NOSTROMO

JOSEPH CONRAD

NOSTROMO

Tradução e posfácio
José Paulo Paes

COMPANHIA DE BOLSO

Título original
Nostromo: A tale of the seaboard

Capa
Jeff Fisher

Preparação
Carlos Tomio Kurata

Revisão
Renato Potenza Rodrigues
Vivian Miwa Matsushita

Dados Internacionais de Catalogação na Publicação (CIP)
(Câmara Brasileira do Livro, SP, Brasil)

Conrad, Joseph, 1857-1924.
Nostromo / Joseph Conrad ; tradução e posfácio José Paulo Paes.
— São Paulo : Companhia das Letras, 2007.

Título original: Nostromo.
ISBN 978-85-359-0966-1

1. América Latina — Ficção 2. Ficção política 3. Histórias do mar
4. Marinheiros — Ficção 5. Revoluções — Ficção 6. Romance inglês
I. Paes, José Paulo. II. Título.

07-0056 CDD-823

Índice para catálogo sistemático:
1. Romances : Literatura inglesa 823

2007

EDITORA SCHWARCZ LTDA.
Rua Bandeira Paulista, 702, cj. 32
04532-002 — São Paulo — SP
Telefone: (11) 3707-3500
Fax: (11) 3707-3501
www.companhiadasletras.com.br

Para John Galsworthy

céu tão borrascoso
não se desanuvia
sem uma tormenta
SHAKESPEARE

NOTA DO AUTOR

Nostromo, dentre os romances mais longos que pertencem ao período subseqüente à publicação do volume dos contos *Typhoon* [Tufão], foi aquele concebido com maior ansiedade.

Não quero dizer, com isso, que eu então me tornasse cônscio de qualquer mudança iminente na minha mentalidade e na minha atitude para com as tarefas da vida de escritor. E talvez não tenha ocorrido nunca mudança alguma, a não ser naquela coisa misteriosa, estranha, que nada tem a ver com as teorias de arte: uma mudança sutil na natureza da inspiração, fenômeno pelo qual não posso ser responsabilizado de maneira alguma. O que, todavia, me causou certa preocupação, após escrever o derradeiro conto de *Tufão*, foi ter-me parecido, desta ou daquela maneira, que nada mais havia no mundo sobre o que escrever.

Tal estado de ânimo, tão estranhamente negativo mas perturbador, durou pouco tempo; então, como no caso de muitas das minhas narrativas mais longas, a primeira idéia de *Nostromo* veio sob a forma de uma anedota vadia, completamente destituída de pormenores de importância.

Na verdade, foi em 1875 ou 1876, quando eu era muito jovem e estava nas Índias Ocidentais, ou melhor, no golfo do México, pois os meus contatos com a terra eram breves, poucos e fugazes, que ouvi a história de um homem que dizia ter roubado, sem ajuda de ninguém, um batelão carregado de prata, algures no litoral de Tierra Firme durante as agitações de uma revolução.

A julgar pelas aparências, tratava-se de algo assim como uma façanha. Mas eu não soube quaisquer pormenores, e como não tinha nenhum interesse especial pelo *qua* crime, não seria de esperar que guardasse aquele na memória. E o esqueci por vinte e seis ou vinte e sete anos, quando topei precisamente com ele num ensebado volume comprado à porta de uma loja de livros usados. Era a biografia de um marujo americano escrita por ele próprio com a ajuda de um jornalista. No curso de suas andanças, o dito marujo trabalhara durante alguns meses a bordo de uma escuna cujo capitão e proprietário era o mesmo ladrão de quem eu ouvira falar nos primórdios da minha juventude. Eu não tinha qualquer dúvida a respeito, pois dificilmente poderia ter havido duas façanhas de tipo tão peculiar na mesma parte do mundo e ambas ligadas a uma revolução sul-americana.

De fato o sujeito conseguira roubar um batelão carregado de prata e isso tão-somente porque merecia, ao que parece, a implícita confiança de seus empregadores, os quais devem ter sido péssimos juízes de caráter. Na narrativa do marujo americano, ele aparece representado como um rematado patife, um pequeno trapaceiro obtusamente cruel, taciturno, de aparência vil, e de todo indigno da grandeza que tal oportunidade lhe impusera. O interessante era que ele costumava jactar-se abertamente dela.

Dizia:

— As pessoas pensam que ganho muito dinheiro com esta minha escuna. Mas ela não rende nada e nem me importo com isso. De vez em quando, dou uma escapulida em segredo e apanho uma barra de prata. Tenho de enriquecer devagar; você há de compreender.

Havia também outra coisa curiosa com ele. Certa vez, no curso de uma desavença qualquer, o marujo o ameaçou:

— Que é que me impede de ir à terra e repetir o que me contou sobre essa prata?

O cínico rufião não se assustou nem um pouco. Chegou a rir:

— Seu tolo, se você se atrever a falar assim em terra a meu respeito, acabará com uma faca enfiada nas costas. Todo homem, mulher ou criança deste porto é meu amigo. E quem poderá provar que o batelão não afundou? Eu não lhe mostrei onde a prata está escondida, mostrei? Então você não sabe nada. E se eu tiver mentido? Hein?

Ao fim e ao cabo, enojado da sordidez daquele ladrão impenitente, o marujo desertou da escuna. O episódio todo ocupa-lhe cerca de três páginas da autobiografia. Não tem nada de notável, mas quando o reli cuidadosamente, a curiosa confirmação de algumas palavras que eu por acaso ouvira no começo da minha juventude trouxe-me lembranças daquela época distante quando tudo era tão novo, tão surpreendente, tão aventuroso, tão interessante — trechos de estranhos litorais ao clarão das estrelas, sombras de colinas à luz do sol, paixões humanas no cair da tarde, bisbilhotices quase esquecidas, rostos tornados indistintos... Talvez, talvez houvesse no mundo algo sobre o que escrever. No entanto, não vi nada a princípio na história em si. Um patife rouba uma grande quantidade de um produto valioso — pelo que dizem. Pode ser verdade, pode não ser; de qualquer modo, o incidente por si só não tem valor. Inventar uma narração circunstanciada do roubo não me atraía; como os meus talentos não vão por aí, eu não achava que o empenho valesse a pena. Foi só quando me ocorreu que o ladrão do tesouro não precisava ser necessariamente um rematado velhaco, que poderia ser inclusive um homem de caráter, um ator e possivelmente uma vítima das cenas mutáveis de uma revolução, foi só aí que tive a primeira visão de uma região crespuscular que iria se tornar a província de Sulaco, com a sua alta serra sombria e o seu campo enevoado como silentes testemunhas de acontecimentos resultantes das paixões de homens de vista curta no tocante ao bem e ao mal.

Tais são, na verdade, as obscuras origens de *Nostromo* — o livro. Desde aquele momento, suponho que ele teria de ser escrito. Mesmo então, porém, hesitei, como se advertido, pelo instinto de autopreservação, de não me aventurar numa longa e exaustiva jornada por uma terra cheia de intrigas e de revoluções. Mas a jornada precisava ser feita.

Ela tomou boa parte dos anos de 1903-4, com muitos intervalos de redobradas hesitações, por receio de perder-me nos horizontes cada vez mais amplos que iam se abrindo à minha frente à medida que me aprofundava no conhecimento da região. Freqüentes vezes também, quando imaginava ter chegado a um impasse nos enredados assuntos da república, eu, figurativamente falando, arrumava as malas e fugia de Sulaco para, numa mudança de ares, escrever algumas páginas de *Mirror of the sea* [Espelho do mar]. Mas no geral, como já disse, minha permanência no continente latino-americano, afamado por sua hospitalidade, durou cerca de dois anos. Ao regressar de lá, encontrei (para falar mais ou menos no estilo do capitão Guliver) toda a família bem, minha mulher sinceramente satisfeita de saber que toda a confusão terminara, e o nosso filho pequeno consideravelmente crescido durante a minha ausência.

Minha principal autoridade, no tocante à história de Costaguana, é evidentemente meu venerando amigo, o falecido *don* José Avellanos, ministro junto às cortes da Inglaterra e da Espanha etc. etc., na sua imparcial e eloqüente *História de cinqüenta anos de desgoverno*. Essa obra nunca chegou a ser publicada — o leitor irá descobrir por que — e eu sou de fato a única pessoa do mundo familiarizada com o seu conteúdo. Dominei-o em não poucas horas de aturada meditação e espero que minha exatidão seja digna de crédito. Para fazer justiça a mim próprio e acalmar os receios de possíveis leitores, peço licença para sublinhar que as poucas alusões históricas não foram introduzidas com o fito de alardear a minha singular erudição: cada uma delas tem a ver de perto com a realidade dos fatos, seja porque lança alguma luz sobre a natureza dos acontecimentos em curso, seja porque afeta diretamente os destinos das pessoas de que falo.

Quanto às histórias de cada uma delas, tentei registrá-las, aristocracia e povo, homens e mulheres, latinos e anglo-saxões, bandidos e políticos, com mão tão desapaixonada quanto possível no calor e embate de minhas próprias emoções em conflito. E depois de tudo, esta é também a história de seus conflitos. Cabe agora ao leitor dizer em que medida são merecedoras de interesse em suas ações e nos secretos desígnios de seus corações postos a nu pelas amargas contingências da época. Quanto a mim, confesso que se trata de uma época de sólidas amizades e inesquecíveis hospitalidades. E minha gratidão vai em primeiro lugar para a senhora Gould, "a primeira-dama de Sulaco", que podemos deixar seguramente entregue à secreta devoção do doutor Monygham, e Charles Gould, o criador idealista de bens materiais, que devemos deixar entregue à sua mina — da qual não há como escapar neste mundo.

Sobre Nostromo, o segundo dos dois homens racial e socialmente contrastantes, ambos presa da prata da mina de San Tomé, sinto-me obrigado a dizer algo mais.

Não hesitei em fazer esse protagonista italiano. Em primeiro lugar, tal atribuição é perfeitamente verossímil: havia muitos italianos na província ocidental àquela época, como poderá ver quem que leia mais adiante, e em segundo lugar, ninguém mais poderia ficar tão bem ao lado de Giorgio Viola, o garibaldino, o idealista das humanitárias revoluções de outrora. De minha parte, eu precisava de um homem do povo, tão livre quanto possível das convenções de sua classe e de todos os modos estabelecidos de pensar. Não se trata de um oblíquo rosnido contra as convenções. Minhas razões não eram morais e sim artísticas. Fosse ele anglo-saxão e teria tentado meter-se na política local. Mas Nostromo não aspira a ser líder numa empresa pessoal. Não deseja elevar-se acima da massa. Contenta-se em sentir-se como um poder — dentro do povo.

Mas, sobretudo, Nostromo é o que é porque foi inspirado num marinheiro mediterrânico que conheci nos dias de juventude. Os que leram certas páginas minhas verão de pronto o que quero dizer quando afirmo que Dominic, o *padrone* do *Tremolino*, poderia, dadas as circunstâncias, ter sido um Nostromo. De qualquer modo, Dominic teria entendido perfeitamente esse homem mais jovem — ainda que com desdém. Eu e ele participamos juntos de uma aventura assaz absurda; todavia o absurdo não vem ao caso. Dá-me real satisfação pensar que, nos dias mais recuados da minha juventude, tivesse havido em mim, afinal, algo digno de inspirar naquele homem uma fidelidade meio amargurada, uma devoção meio irônica. Muitas das falas de Nostromo ouvi-as na voz de Dominic. A mão no leme e os olhos indômitos esquadrinhando o horizonte por sob o capuz monacal que lhe ensombrava o rosto, ele pronunciava o habitual exórdio de sua sabedoria implacável: "*Vous autres gentilhomes!*", em tom cáustico que ainda permanece em meu ouvido. Como Nostromo! "Vocês, *hombres* finos!" Exatamente como Nostromo. Mas Dominic, o corso, nutria, de sua ascendência, um certo orgulho de que o meu Nostromo está isento; pois a linhagem de Nostromo tinha de ser mais antiga ainda. É um homem com o peso de incontáveis gerações atrás de si e nenhum parentesco de que se vangloriar... Como o povo.

Na firme apreensão que herdou das coisas da terra, na sua imprevidência e generosidade, na prodigalidade dos meus dons, na sua vaidade viril, na obscura consciência de sua grandeza e na sua fiel devoção a algo tão desesperador quanto desesperado em seus impulsos, é um homem do povo, de que encarna fielmente a força sem inveja — a que desdenha mandar mas manda desde dentro. Anos depois, envelhecido e celebrizado como o famoso capitão Fidanza, com interesses no país, cuidando dos seus numerosos negócios pelas ruas modernizadas de Sulaco enquanto é acompanhado por olhares respeitosos, visitando a viúva do *cargador*,* freqüentando a loja maçônica, ouvindo em silêncio impassível as arengas do comício anarquista, o enigmático patrono da nova agitação revolucionária, o fidedigno, o abastado camarada Fidanza, com a consciência de sua degradação moral encerrada no peito, continua sendo essencialmente um homem do povo. Em seu a um só tempo amor e ódio da vida, e na sua perplexa convicção de ter sido traído, de morrer traído mal sabe pelo que ou por quem, é ainda povo, o seu indubitável grande homem — com uma história pessoal toda própria.

Eu gostaria de mencionar uma outra figura daqueles tempos agitados: a de Antonia Avellanos — a "bela Antonia". Se se trata de uma possível variação da típica moça latino-americana é coisa que eu não me atreveria a afirmar. Mas, para mim, *é*. Sempre um pouco no fundo de cena, ao lado do pai (meu venerando amigo), espero que, não obstante, tenha ela relevo sufi-

* Em espanhol no texto. (N. T.)

ciente para tornar inteligível o que vou dizer em seguida. De todas as pessoas que assistiram comigo ao nascimento da República Ocidental, ela é a única que conservou, na minha lembrança, um aspecto de vida continuada. Antonia, a aristocrata, e Nostromo, o homem do povo, são os artesãos da nova era, os verdadeiros criadores do novo Estado; ele pelo seu feito legendário e audaz, ela como mulher, simplesmente, pela força do que é: o único ser capaz de inspirar paixão sincera no coração de um frívolo.

Se alguma coisa pudesse me persuadir a voltar a Sulaco (eu detestaria ver todas essas mudanças), seria certamente Antonia. E a verdadeira razão para isso — por que não ser franco? —, a verdadeira razão é a de que a modelei pelo meu primeiro amor. Quanto nós, um bando de colegiais espigados, companheiros dos dois irmãos dela, quanto admirávamos aquela menina, recém-saída da escola ela própria, como a porta-bandeira de uma fé em que todos havíamos nascido mas que só ela sabia manter bem alta com inquebrantável esperança! Ela talvez tivesse mais radiância e menos serenidade de alma que Antonia, mas era uma puritana inflexível no seu patriotismo, sem o menor traço de mundanidade nos pensamentos. Eu não era o único apaixonado por ela, mas o que tinha de ouvir-lhe, com freqüência, as críticas mordazes às minhas leviandades — bem à semelhança do pobre Decoud — ou agüentar o impacto de suas invectivas austeras, irrespondíveis. Ela não entendia bem — mas não importa. Naquela tarde em que fui vê-la, pecador encolhido mas desafiador, para dar-lhe um adeus definitivo, recebi um aperto de mão que fez meu coração pular e vi uma lágrima que me cortou a respiração. Ela finalmente se enternecera, como se tivesse percebido de súbito (éramos ainda tão crianças!) que eu estava de fato indo embora, para muito longe — tão longe quanto Sulaco, jazendo, desconhecido, oculto aos nossos olhos, na escuridão do golfo Plácido.

Por isso é que às vezes anseio ter outro vislumbre da "bela Antonia" (ou será da outra?) movendo-se na obscuridade da grande catedral, rezando uma breve oração na tumba do primeiro e último cardeal-arcebispo de Sulaco, detendo-se em filial devoção diante do monumento a *don* José Avellanos, e, com uma demorada, terna, fiel olhadela ao medalhão comemorativo de Martin Decoud, saindo para o sol da plaza com o seu porte ereto e a sua cabeça toda branca; uma relíquia do passado, menosprezada pelos homens, a esperar com impaciência as auroras de novas eras, o advento de outras revoluções.

Mas este é o mais ocioso dos sonhos; pois eu não compreendia muito bem, àquela altura, que no momento em que o sopro da vida abandonasse o corpo do magnífico capataz, o homem do povo finalmente liberto das lidas do amor e da riqueza, nada mais me restava a fazer em Sulaco.

J. C.
Outubro de 1917

Primeira Parte

A PRATA DA MINA

1

Na época do domínio espanhol, e por muitos anos depois, a cidade de Sulaco — a luxuriante beleza de seus laranjais dá-lhe testemunho da antigüidade — não tivera maior importância comercial a não ser como porto litorâneo por onde escoava uma produção local bastante grande de couro de boi e de anil. Os desajeitados galeões de alto-mar dos conquistadores que, à falta de brisa enérgica para pô-los em movimento, ficavam detidos ali onde vossos barcos modernos, com linhas de clíper, seguem avante ao mero drapear de suas velas, haviam sido barrados de Sulaco em razão das calmarias freqüentes no seu vasto golfo. Certas baías da Terra têm acesso difícil devido à perfídia de suas rochas submersas e às tempestades de suas praias. Sulaco encontrara um inviolável santuário contra as tentações de um mundo mercantil na solene quietação do profundo golfo Plácido, como se estivesse no interior de um enorme templo semicircular e destelhado, aberto ao oceano, com suas paredes de altas montanhas colgadas de nuvens lutuosas.

De um lado desta ampla curvatura, no reto litoral da República de Costaguana, o derradeiro contraforte da serrania costeira forma um cabo insignificante cujo nome é Punta Mala. Do meio do golfo não se consegue absolutamente avistar a ponta de terra; todavia o rebordo de uma colina íngreme ao fundo avulta indistintamente como uma sombra no céu.

Do outro lado, o que parece ser uma nesga isolada de névoa azul flutua suavemente no resplendor do horizonte. É a península de Azuera, um selvático amontoamento de rochas em ponta e patamares de pedra cortado de ravinas verticais. Penetra mar adentro ao longe, como um tosco promontório que se estira a partir de uma costa revestida de verdura na extremidade de um estreito istmo de areia coberto de moitas de vegetação espinhenta. Totalmente árida, pois a água da chuva escorre imediatamente de todos os lados para o mar, não tem, ao que se diz, solo para um só talo de grama, como se tivesse sido crestada por uma maldição. Os pobres, associando por um obscuro instinto de consolação as idéias de mal e de riqueza, vos dirão que é fatal por causa de seus tesouros escondidos. A gente comum da vizinhança, *peons* das *estancias*, *vaqueros* das planuras costeiras, índios mansos que andam quilômetros até o mercado com um feixe de canas-de-açúcar ou um cesto de milho que valem cerca de três pence, está bem a par de que montões de ouro reluzente jazem na obscuridade dos fundos precipícios rasgados nos patamares pétreos de Azuera. Diz a tradição que muitos aventureiros dos velhos tempos morreram procurando-os. Corre também a história remota de que dois marinheiros errantes — *americanos* talvez, mas certamente gringos de algum tipo — convenceram um *mozo*, um jogador imprestável, e os três furtaram um asno para transportar-lhes um feixe de lenha seca, um odre de água e provisões suficientes para uns poucos dias. Assim associados, e com revólveres nos cintos, tinham começado a abrir caminho a machete pela vegetação espinhenta no trecho mais estreito da península.

Na tarde do segundo dia, uma espiral vertical de fumo (só podia vir do acampamento deles) foi vista pela primeira vez, ao que se tem lembrança, levemente desenhada contra o céu logo acima da crista aguçada do promontório de pedra. A tripulação de uma escuna costeira, ancorada a cinco quilômetros da praia, ficou a olhá-la com espanto até o escurecer. Um pescador negro que vivia numa choça solitária em uma pequena enseada próxima tinha visto a fumaça e ficou em vigília, à espera de algum sinal. Chamou sua mulher quando o sol estava prestes a cair. Ficaram a observar o estranho portento com inveja, incredulidade e espanto.

Os ímpios aventureiros não deram nenhum outro sinal de si. Os marinheiros, o índio e o burro roubado nunca mais foram vistos. Quanto ao *mozo*, homem de Sulaco, sua esposa pagou algumas missas em seu favor, e ao pobre quadrúpede, por isento de pecado, provavelmente foi permitido morrer; acredita-se porém que os dois gringos, espectrais e vivos, moram até hoje entre as rochas, sob o fatal encantamento de seu sucesso. Suas almas não podem se desprender dos corpos que montam guarda ao tesouro descoberto. Estão agora ricos e esfaimados e sedentos — uma estranha teoria de tenazes fantasmas gringos a penarem em sua carne faminta e ressequida de heréticos insolentes, ao passo que um cristão teria renunciado e sido libertado.

Esses são, pois, os lendários habitantes de Azuera guardando-lhe a riqueza proibida; e a sombra no céu, de um lado, com a nesga redonda de névoa azulada toldando a fímbria clara do horizonte, de outro, assinalam os pontos extremos da curva que leva o nome de golfo Plácido, porque nunca se soube de qualquer vento forte que lhe soprasse as águas.

Ao cruzar a linha imaginária traçada de Punta Mala a Azuera, os barcos da Europa no rumo de Sulaco perdem de pronto as brisas enérgicas do oceano. Tornam-se presa de ares caprichosos que brincam com eles trinta horas seguidas às vezes. Diante deles, o promontório do calmo golfo se enche, em quase todos os dias do ano, de uma grande massa de nuvens opacas e imóveis. Nas raras manhãs límpidas, outra sombra é lançada sobre a curvatura do golfo. O dia rompe alto por trás da muralha alterosa e serrilhada da cordilheira, visão bem delineada de picos escuros a elevarem suas íngremes encostas sobre um altaneiro pedestal de florestas que se ergue desde a orla da praia. Entre eles, o cabeço branco do Higuerota eleva-se majestosamente para o azul. Grupos escalvados de enormes rochas salpicam de minúsculos pontos negros o domo liso da neve.

Então, à medida que o sol a pino afasta do golfo as sombras das montanhas, as nuvens começam a rolar para fora dos vales inferiores. Envolvem de farrapos sombrios as fendas à vista de precipícios acima das encostas boscosas; ocultam os picos; fumegam em rastros tempestuosos através das neves do Higuerota. A cordilheira desaparece de vista como se se tivesse dissolvido nas grandes massas de vapores acinzentados e negros que viajam vagarosamente rumo ao mar e se desfazem no ar tênue ao longo da costa, ante o calor abrasante do dia. A orla esgarçada do banco de nuvens forceja por alcançar, mas raramente consegue, o meio do golfo. Conforme dizem os marinheiros, o sol se põe a devorá-la. A menos que uma nuvem de tempestade se desgarre ocasionalmente da massa principal para atravessar velozmente todo o golfo até perder-se ao largo, além do Azuera, onde irrompe de súbito em chamas e estrondos como um sinistro navio-pirata do ar, suspenso sobre o horizonte, combatendo o mar.

De noite, a massa de nuvens que transita bem alto no céu encobre a quietude do golfo inteiro com uma escuridão impenetrável onde se ouve o ruído dos aguaceiros que começam e terminam abruptamente — ora perto, ora longe. Na verdade, essas noites nubladas são bem conhecidas dos homens do mar ao longo de toda a costa oeste de um grande continente. Céu, terra e mar desaparecem conjuntamente do mundo quando o Plácido — como se costuma dizer — vai dormir sob o seu negro poncho. As poucas estrelas ainda visíveis sob a abóbada carrancuda que cobre o mar cintilam fracamente, como se na boca de uma obscura caverna. Naquela vastidão, o barco flutua invisível sob os pés da tripulação, as velas tatalam invisíveis acima de suas cabeças. O olho do Próprio Deus — dizem os marujos em sinistra blasfêmia — não conseguiria descobrir o que está fazendo ali a mão de um homem; e bem se poderia pedir impunemente a ajuda do diabo se até mesmo a malignidade dele não fosse frustrada por treva tão completa.

As praias à volta do golfo são todas alcantiladas; três ilhas desabitadas que se aquentam ao sol logo além do véu de nuvens, no lado oposto à entrada da baía de Sulaco, são chamadas de As Isabelas.

Há a Grande Isabel; há a Pequena Isabel, que é redonda; e há a Hermosa, a menor das três.

Esta última não tem mais que meio metro de altura e cerca de sete passos de largura, um mero topo chato de rocha cinzenta a fumegar como cinza quente após um aguaceiro, e onde homem algum se aventuraria a pisar descalço antes do pôr-do-sol. Na Pequena Isabel uma velha palmeira espinhosa, com um grosso tronco torto eriçado de espinhos, verdadeira bruxa entre as palmeiras, farfalha um lúgubre punhado de folhas secas acima da areia grossa. A Grande Isabel tem uma fonte de água fresca que brota da encosta de uma ravina coberta de plantas rasteiras. Semelhando uma cunha de terra verde-esmeralda com quilômetro e meio de extensão, estirada sobre o mar, ostenta duas árvores de floresta bem perto uma da outra, com uma larga área de sombra ao pé de seus troncos lisos. Uma ravina, que se estende por todo o comprimento da ilha, está cheia de touceiras e, apresentando uma fenda no lado mais alto recoberto de vegetação, desce do outro até uma depressão pouco profunda, lindeira de uma pequena faixa de praia arenosa.

Dessa extremidade mais baixa da Grande Isabel o olhar penetra por uma abertura a três quilômetros de distância, tão abrupta como se cortada a machado na linha regular da costa, até o interior da baía de Sulaco. É uma extensão oblonga de água parecida a um lago. Num dos lados, os curtos esporões e vales boscosos da cordilheira baixam em ângulos retos até a própria praia; no outro lado, o panorama aberto da grande planície de Sulaco funde-se ao mistério opalino de grandes distâncias encobertas de névoa seca. A própria cidade de Sulaco — cumeeiras de muros, uma grande cúpula, vislumbres de alvos mirantes num vasto bosque de laranjeiras — jaz a meio caminho das montanhas e da planície, a pequena distância da sua baía e fora da linha de visão direta do mar.

2

O único sinal de atividade comercial dentro da baía, visível da praia da Grande Isabel, é a abrupta extremidade quadrangular do desembarcadouro de madeira que a Companhia Oceânica de Navegação a Vapor (a ONV, como é comumente chamada) estendeu na parte mais estreita da baía, depois de ter resolvido fazer de Sulaco um dos portos de escala na República de Costaguana. O Estado conta diversas baías em seu extenso litoral, mas, com exceção de Cayta, uma localidade importante, todas as outras são pequenos esteiros inconvenientes numa costa penhascosa — como Esmeralda, por exemplo, cem quilômetros ao sul — ou então meros ancoradouros abertos, expostos aos ventos e batidos pela arrebentação.

Talvez as mesmas condições atmosféricas que tinham mantido à distância as frotas mercantes de antigas épocas induziram a Companhia ONV a violar o santuário de paz que resguardava a calma existência de Sulaco. Os ventos variáveis que brincavam descuidadosamente com o vasto semicírculo de águas dentro do promontório de Azuera não podiam intimidar os barcos a vapor de sua excelente frota. Ano após ano, os cascos negros de seus navios tinham descido e subido a costa, entrado e saído, além de Azuera, das Isabelas, de Punta Mala — sem se importar com outra coisa que não fosse a tirania do tempo. Os nomes desses navios, nomes de toda a mitologia, tornaram-se palavras caseiras num litoral que nunca fora governado pelos deuses do Olimpo. O *Juno* era conhecido tão-só por seus confortáveis camarotes a meia-nau, o *Saturno* pela cordialidade do seu capitão e pelo luxo dourado e pintado do seu salão, ao passo que o *Ganimedes* estava adaptado principalmente para transporte de gado, devendo ser evitado por passageiros costeiros. O mais humilde dos índios, no mais obscuro vilarejo da costa, conhecia o *Cérbero*, um escuro naviozinho a vapor, sem nenhum atrativo ou acomodação de que se pudesse falar, cuja missão era arrastar-se pela costa, ao longo das praias boscosas, contíguas a feias e enormes rochas, parando obrigatoriamente diante de todo agrupamento de cabanas para recolher produtos, até volumes de um quilo e meio de caucho num envoltório de ervas secas.

E como raras vezes deixava de prestar contas do menor dos pacotes, mais raramente ainda perdia um boi, e jamais afogara um passageiro que fosse, o nome da ONV era altamente fidedigno. As pessoas costumavam dizer que, sob os cuidados da companhia, suas vidas e suas propriedades estavam mais seguras no mar do que em suas próprias casas em terra.

O superintendente da ONV em Sulaco, que respondia por todo o setor costaguanense do serviço, orgulhava-se muito do prestígio de sua companhia. Resumia-o numa frase que estava sempre em seus lábios: "Nós nunca cometemos enganos". Para os funcionários da companhia, a frase assumia a forma de uma severa exortação: "Não devemos cometer enganos. Não admitirei nenhum, não importa o Smith que o tenha cometido".

O Smith em quem ele nunca tinha posto os olhos na vida era o outro superintendente do serviço, acantonado a cerca de vinte e cinco mil quilômetros de Sulaco:

— Não me venham falar do seu Smith.

Então, acalmando-se de súbito, ele punha o assunto de lado com estudada negligência.

— Smith sabe tanto deste continente quanto um bebê.

"Nosso excelente *señor* Michell" para o mundo oficial e mercantil de Sulaco, "Joe Trapalhão" para os comandantes dos navios da companhia, o capitão Joseph Mitchell se orgulhava do seu profundo conhecimento dos homens e das coisas do país — *cosas de Costaguana*. Entre as últimas, ele considerava particularmente desfavoráveis para o ordeiro funcionamento da companhia as freqüentes mudanças do governo acarretadas por revoluções de tipo militar.

A atmosfera política de República era em geral tempestuosa naqueles dias. Os patriotas fugitivos do partido derrotado tinham o hábito de reaparecer na costa em um vapor com meia carga de armas de pequeno porte e munição. Tamanha expediência o capitão Mitchell tinha por realmente maravilhosa em vista da completa penúria deles no momento da fuga. Observara que "eles nunca pareciam trazer consigo câmbio suficiente para pagar a passagem para fora do país". E podia falar com conhecimento de causa; numa ocasião memorável, tinha sido procurado para salvar a vida de um ditador, juntamente com a vida de alguns funcionários de Sulaco — o chefe político, o diretor da alfândega e o comandante da polícia — pertencentes ao governo derrubado. O pobre *señor* Ribiera (esse era o nome do ditador) percorrera aos solavancos cento e trinta quilômetros de trilhas montanhosas após a perdida batalha de Socorro, na esperança de deixar atrás de si as notícias fatais — o que evidentemente não conseguiu fazer cavalgando uma mula estropiada. A besta, ademais, morreu sob ele no fim da alameda, onde a banda militar às vezes toca de tarde, no intervalo das revoluções.

— Senhor — costumava dizer o capitão Mitchell com pressaga gravidade —, o inoportuno falecimento daquela mula atraiu as atenções para o infortunado cavaleiro. As feições dele foram reconhecidas por vários desertores do exército ditatorial que faziam parte da turba de patifes já ocupada em quebrar as vidraças da *intendencia*.

Na manhãzinha daquele dia, as autoridades locais do Sulaco haviam corrido a buscar refúgio nos escritórios da Companhia ONV, um sólido edifício perto da extremidade praiana do desembarcadouro, deixando a cidade entregue aos caprichos de uma turba revolucionária; e como o ditador era execrado pela população em razão da severa lei de recrutamento que suas necessidades o tinham compelido a fazer respeitar durante a luta, havia uma forte possibilidade de ele ser chacinado. Providencialmente, Nostromo — inestimável camarada — e alguns operários italianos importados para trabalhar na Estrada de Ferro Central Nacional estavam à mão e conseguiram salvá-lo — pelo menos na ocasião. Finalmente, o capitão Mitchell deu um jeito de levar todos em seu próprio cabriolé até um dos vapores da companhia — o *Minerva* — que por sorte estava então entrando na baía.

Ele tivera de fazer esses cavalheiros descerem na ponta de uma corda por um buraco na parede dos fundos, enquanto a turba, que, brotando de todas as partes da cidade, tinha se espalhado ao longo da praia, urrava e espumava na frente do edifício. Tivera depois de fazê-los vencer às carreiras a extensão toda do embarcadouro; fora uma arremetida desesperada, a todo risco — e mais uma vez, havia sido Nostromo, um em mil, que, à frente desta vez do pessoal das chatas da companhia, defendera o ancoradouro das arremetidas da turba, dando assim aos fugitivos tempo suficiente para alcançarem o bote que estava à espera na outra extremidade do ancoradouro, com a bandeira da companhia à popa. Voaram paus, pedras, tiros; facas também foram arremessadas. O capitão Mitchell exibia de bom grado a longa cicatriz de um corte acima da orelha e da têmpora esquerda, feita por uma lâmina de barbear presa à extremidade de uma vara — arma que, vociferava ele, era muito apreciada pela "pior espécie dos negros daqui".

O capitão Mitchell era um homem idoso, cheio de corpo, que vestia colarinhos altos, pontudos, usava suíças curtas e mostrava particular afeição por coletes brancos, revelando-se na verdade assaz comunicativo sob o seu ar de pomposa reserva.

— Aqueles cavalheiros — dizia a olhar o interlocutor com ar muito solene — tiveram de correr feito coelhos, senhor. Eu mesmo corri como um coelho. Certas formas de morte são... hum... desagradáveis para um homem... hum... respeitável. Eles teriam me matado a pancadas também. Uma turba endoidecida, senhor, não sabe fazer distinções. Graças à Providência, devemos nossa salvação a meu capataz de carregadores, conforme o chamam na cidade, um homem que, quando descobri o seu valor, senhor, era apenas o contramestre de um navio italiano, grande, de Gênova, um dos poucos navios europeus que chegaram a tocar Sulaco com uma carga mista antes da construção da Central Nacional. O contramestre o deixou por causa de alguns amigos muito respeitáveis que aqui fizera, compatriotas seus; mas também, penso eu, para melhorar de vida. Senhor, sou um ótimo juiz de caráteres. Contratei-o para capataz do pessoal de nossas chatas e encarregado de nosso desembarcadouro. Era tudo o que ele era. Mas sem ele o *señor* Ribiera teria sido morto. Este Nostromo, senhor, um homem acima de qualquer censura, tornou-se o terror de todos os ladrões da cidade. Estávamos infestados, infestados sim, assolados, senhor, naquela altura, por *ladrones* e *matreros*, gatunos e assassinos vindos de todos os lados da província. Fazia então uma semana que tinham estado afluindo para Sulaco. Haviam farejado o fim, senhor. Cinqüenta por cento daquela turba criminosa era de bandoleiros profissionais, vindos do campo, mas não havia um só que não tivesse ouvido falar de Nostromo, senhor. Quanto aos *léperos* da cidade, senhor, a simples vista dos bigodes negros e dos dentes brancos dele era quanto bastava. Eles se encolhiam em sua presença, senhor. É isso o que a força de caráter consegue fazer.

Na verdade, pode se dizer que fora Nostromo sozinho quem salvara as vidas daqueles cavalheiros. De sua parte, o capitão Mitchell não os deixou até tê-los visto desabar, ofegantes, aterrorizados e exasperados, nos luxuosos sofás de veludo do salão de primeira classe do *Minerva*. Até o finzinho teve ele o cuidado de tratar o ex-ditador de "sua excelência".

— Senhor, eu não podia agir de outro modo. O homem estava na pior: lívido, medonho de se ver, era só escoriações.

O *Minerva* nunca deitou âncora naquele porto de escala. O superintendente deu ordem de que deixasse a baía imediatamente. Nenhuma carga podia ser desembarcada, claro estava, e os passageiros para Sulaco se recusaram naturalmente a desembarcar. Podiam ouvir a fuzilaria e ver com clareza os combates em curso à beira d'água. A turba repelida devotou suas energias a um ataque contra a alfândega, uma lúgubre estrutura, com aparência de inacabada, cheia de janelas, situada a duzentos metros dos escritórios da ONV e, além deles, o único outro edifício perto da baía. Depois de instruir o comandante do *Minerva* de que desembarcasse "aqueles cavalheiros" no primeiro porto de escala fora de Costaguana, o capitão Mitchell voltou para o seu cabriolé a fim de ver o que podia ser feito para proteger os bens da companhia. Estes, e os da estrada de ferro, eram preservados pela colônia européia: isto é, pelo próprio capitão Mitchell e o corpo de engenheiros encarregados da construção da ferrovia, ajudados pelos trabalhadores bascos e italianos que se arregimentavam fielmente em torno de seus chefes ingleses. O pessoal das chatas, composto também de naturais da República, comportou-se muito bem sob o comando de seu capataz. Um magote de desclassificados, de sangue muito misturado, negros na maior parte, perenemente em rixa com os outros freqüentadores das abjetas tavernas da cidade, acolheu com júbilo tal oportunidade de acertar suas diferenças pessoais sob auspícios tão favoráveis. Não havia um só deles que não houvesse, numa ou noutra ocasião, encarado com terror o revólver de Nostromo apontado bem de perto para o seu rosto ou não tivesse se intimidado de algum modo com a firmeza de Nostromo. Era "muito homem" o capataz deles, diziam, de índole por demais desdenhosa para lançar injúrias, um feitor incansável, de temer sobretudo por causa do seu distanciamento. E vejam! ali estava ele, naquele dia, à testa deles, condescendendo em fazer observações jocosas acerca deste ou daquele homem.

Tal liderança era inspiradora e, na verdade, todo o mal que a turba conseguiu fazer foi pôr fogo numa — numa única — pilha de dormentes de estrada de ferro que, por estarem creosotados, queimaram bem. O ataque principal aos pátios da estrada de ferro, aos escritórios da ONV e especialmente à alfândega, cuja casa-forte, como era bem sabido, guardava um grande tesouro de lingotes de prata, falhou completamente. Mesmo o hotelzinho mantido pelo velho Giorgio, um edifício solitário a meio caminho da baía e da cidade, escapou do saque e da destruição não por milagre mas porque, com os cofres em vista, a turba o negligenciou a princípio e depois já não teve tempo para ali deter-se. Nostromo, com os seus *cargadores*, estava pressionando-a encarniçadamente.

3

Pode-se dizer que ele estava ali só protegendo o que era seu. Desde o princípio, fora recebido e passara a viver na intimidade da família do hoteleiro, que era compatriota seu. O velho Giorgio Viola, um genovês de hirsuta e leonina cabeça branca — amiúde chamado simplesmente de "garibaldino" (assim como os maometanos são chamados pelo nome do seu profeta) —, era, nas palavras do capitão Mitchell, o "respeitável amigo casado" por cujo conselho Nostromo havia deixado seu navio para, durante um período, tentar a sorte na praia de Costaguana.

O velho, cheio de desprezo para com a população, como é de hábito entre os republicanos austeros, não dera atenção aos primeiros ruídos de perturbação. Naquele dia zanzou pela casa de chinelos, como costumava fazer, resmungando o seu desprezo pela natureza não política do tumulto e sacudindo os ombros. No final, a explosão da turba o pegou desprevenido. Era tarde demais para tirar a família dali, e na verdade para onde ele poderia ter corrido com a corpulenta *signora* Teresa e suas duas meninas naquela planura? Assim, defendendo com barricada todas as aberturas, o velho se sentou resolutamente no meio do café obscurecido com uma velha espingarda de caça atravessada nos joelhos. Sua mulher ficou sentada noutra cadeira ao lado murmurando invocações piedosas a todos os santos do calendário.

O velho republicano não acreditava em santos nem em preces nem no que chamava de "religião 'dos padres'". Liberdade e Garibaldi eram as suas únicas divindades; tolerava porém a "superstição" nas mulheres, guardando nesses assuntos uma atitude altiva e silente.

As duas meninas, uma de catorze, a outra dois anos mais nova, estavam agachadas no soalho areado, uma de cada lado da *signora* Teresa, com as cabeças repousando no colo da mãe, assustadas ambas, mas cada uma à sua maneira, indignada e raivosa a Linda de cabelos pretos, espantada e resignada a loura Giselle, mais nova. A *padrona* ergueu os braços que envolviam as filhas por um momento para fazer o sinal-da-cruz e torcer as mãos ansiosamente. Gemeu um pouco mais alto.

— Oh! Gian' Battista, por que não estás aqui? Oh! por que não estás aqui?

Não invocava propriamente o santo, mas chamava Nostromo, de quem ele era padroeiro. E Giorgio, imóvel na cadeira ao lado dela, irritou-se com aquele chamamento de censura e pavor.

— Calma, mulher! Qual o sentido disso? Ele está cumprindo o seu dever! — murmurou no escuro; e ela retrucou, arfante:

— Eh! Não tenho paciência. Dever! E quanto à mulher que tem sido uma mãe para ele? Ajoelhei-me à sua frente hoje de manhã: "Não saia, Gian' Battista... Fique em casa, Battistino... Cuide destas duas criancinhas inocentes!".

A senhora Viola era também italiana, natural de La Spezia, e, embora fosse bem mais nova que o marido, já havia chegado à meia-idade. Tinha um rosto bonito, cuja tez amarelecera porque o clima de Sulaco não lhe era absolutamente favorável. Sua voz era de um sonoro contralto. Quando, os braços apertadamente cruzados sob o peito farto, ralhava com as moças *chinas*, atarracadas, de pernas grossas, que cuidavam da roupa, depenavam frangos, pilavam milho nos pilões de madeira entre os anexos de barro nos fundos da casa, sua voz alcançava uma nota tão arrebatada, vibrante, sepulcral que fazia o cão de guarda acorrentado no canil saltar numa grande algazarra. Luis, um mulato cor de canela, de bigode nascente e lábios grossos, escuros, parava de varrer o café com uma vassoura de palmas e um leve arrepio lhe corria pela espinha. Seus olhos amendoados e lânguidos permaneciam cerrados por longo tempo.

Essa era a criadagem da Casa Viola, mas todos haviam fugido no começo da manhã, aos primeiros ruídos da agitação, preferindo ir ocultar-se na planura do que fiar-se na casa — preferência pela qual de modo algum mereciam censura, pois, fosse ou não verdade, acreditava-se em geral na cidade que o garibaldino tinha dinheiro escondido sob o chão de terra da cozinha. O cão, uma besta irritável e feroz, latia com força ou gemia queixoso, alternadamente, no fundo do quintal, correndo para fora e para dentro do seu canil conforme o incitasse a ira ou o pavor.

Rajadas de altos gritos erguiam-se e morriam na distância, como doidas lufadas de vento na planura, à volta da casa barricada; o pipocar espasmódico dos tiros fazia-se ouvir mais alto que a gritaria. Às vezes ocorriam intervalos de inexplicável quietude lá fora, e nada podia ser mais alegremente tranqüilizador que as brilhantes riscas de luz do sol que, atravessando as fendas dos postigos, corriam em linha reta pelo café, por sobre as mesas e cadeiras desarranjadas, até a parede oposta. O velho Giorgio escolhera aquele aposento desnudo, caiado, para refúgio. Tinha só uma janela e sua única porta abria para uma trilha de pó espesso cercado de sebes de aloés que corria entre a baía e a cidade e pela qual carros toscos costumavam transitar, rangentes, puxados por lentas juntas de boi guiadas por meninos a cavalo.

Numa pausa de silêncio Giorgio engatilhou sua arma. O som ominoso arrancou um gemido abafado da rígida figura de mulher que sentava ao seu lado. Uma súbita erupção de gritos desafiadores bem perto da casa acalmou-se de pronto num murmúrio confuso de resmungos. Alguém correu; o ruído de sua respiração ofegante foi ouvido no momento em que passou diante da porta; houve resmungos surdos e ruídos de passadas perto da parede; um ombro roçou o postigo apagando as riscas brilhantes de luz solar desenhadas por toda a largura do aposento. Os braços da *signora* Teresa, envolvendo os corpos ajoelhados de suas filhas, trouxeram-nas para mais junto num aperto convulsivo.

A turba, expulsa para longe da alfândega, havia se fragmentado em vários bandos, que se retiravam pela planura em direção à cidade. O estrondo abafado de rajadas de tiros disparados ao longe foi respondido por débeis gritos também ao longe. No intervalo, os tiros isolados espoucaram fracamente, e o longo, baixo, branco edifício, com todas as janelas cerradas, parecia ser o centro de um tumulto que se alargava num vasto círculo a envolver-lhe o hermético silêncio. Mas os cicios e os movimentos cautelosos do outro lado da parede iluminavam a obscuridade do aposento, atravessado por riscas de sol mudo, de sons malignos, furtivos. Os Viola os captavam nos ouvidos como se espectros invisíveis, a pairar em torno de suas cadeiras, se consultassem em murmúrios quanto à conveniência de incendiar aquela casa de estrangeiros.

Era desgastante para os nervos. O velho Viola se erguera devagar, arma na mão, irresoluto, pois não via como poderia detê-los. Já se podiam ouvir vozes a falar nos fundos. A *signora* Teresa estava fora de si de pavor.

— Ah! o traidor! o traidor! — resmungava, quase inaudivelmente. — Vamos agora ser queimados; e me ajoelhei para ele. Deve estar agora correndo nos calcanhares do seu inglês.

Parecia julgar que a simples presença de Nostromo na casa a teria tornado perfeitamente segura. Até aí, também ela estava sob o encantamento daquela reputação que o capataz dos *cargadores* conquistara para si na beira-mar, ao longo da ferrovia, entre os ingleses e a populaça de Sulaco. Na presença dele, e mesmo em contradita ao marido, ela invariavelmente fingia rir-se depreciativamente, às vezes com complacência, mais amiúde com acrimônia. Mas o certo é que as mulheres são desarrazoadas em suas opiniões, conforme Giorgio costumava observar tranqüilamente nas ocasiões apropriadas. Naquela ocasião, com a arma pronta ao alcance das mãos, ele se inclinou sobre a cabeça da mulher e, mantendo os olhos na porta barricada, sussurrou-lhe no ouvido que Nostromo estaria impotente para ajudar. Que poderiam dois homens fechados dentro de uma casa fazer contra vinte ou mais homens decididos a atear fogo ao teto? Ele estava seguro de que Gian' Battista pensava na casa o tempo todo.

— Ele, pensar na casa! Ele! — exclamou a *signora* Viola transtornada. Golpeou o peito com as mãos espalmadas. — Eu o conheço. Ele só pensa em si mesmo, em mais ninguém.

Uma descarga de armas de fogo nas proximidades a fez dobrar a cabeça para trás e fechar os olhos. O velho Giorgio apertara fortemente os dentes sob os bigodes grisalhos e seus olhos começaram a rolar arrebatadamente. Várias balas atingiram ao mesmo tempo o alto da parede; podiam-se ouvir pedaços de reboco caindo do lado de fora; uma voz gritou:

— Aí vêm eles! — e após um momento de incômodo silêncio, houve um ruído de pés correndo pela frente da casa.

Então a tensão da postura do velho Giorgio relaxou-se e um sorriso de alívio desdenhoso assomou aos lábios do velho lutador de rosto leonino. Não se tratava de um povo a lutar por injustiça, e sim de ladrões. Até mesmo defender a própria vida contra eles era uma espécie de degradação para um homem que fora um dos Mil Imortais de Garibaldi na conquista da Sicília. Ele tinha um imenso desprezo por aquela erupção de patifes e *léperos* que não sabiam o significado da palavra "liberdade".

Pôs no chão a sua velha espingarda e, voltando a cabeça, olhou a litografia colorida de Garibaldi numa moldura preta contra a parede branca; uma risca de intensa luz solar a cortava perpendicularmente. Seus olhos, acostumados à meia-luz, distinguiram o colorido forte do rosto, o vermelho da camisa, os contornos dos ombros robustos, a área negra do chapéu do Bersagliere com penas de galo espiralando sobre o topo. Um herói imortal! Isso é que era liberdade: não dava só vida a uma pessoa mas também a imortalidade!

Por aquele homem único o seu fanatismo não diminuíra em nada. No momento de alívio da apreensão pelo maior dos perigos talvez a que a sua família estivera exposta em todas as suas deambulações, ele se voltara para o retrato do seu velho chefe em primeiro lugar, e só depois pusera a mão sobre o ombro da esposa.

As meninas ajoelhadas no chão não tinham se movido. A *signora* Teresa entreabriu os olhos, como se o toque a houvesse despertado de um sono muito profundo e sem sonhos. Antes de o marido ter tempo de, à sua maneira ponderada, dizer-lhe uma palavra tranqüilizadora, ela deu um pulo, com as duas crianças aferradas a si, uma de cada lado, arquejou em busca de ar e deixou escapar um grito rouco.

O grito coincidiu com o estrondo de uma violenta pancada desferida contra o lado de fora do postigo. Puderam ouvir repentinamente o resfolegar de um cavalo, o irrequieto pisotear de cascos no estreito, duro caminho na frente da casa; a ponta de uma bota tornou a golpear o postigo; uma espora tilintava a cada golpe, e uma voz excitada gritou:

— *Hola! hola*, aí dentro!

4

Durante toda a manhã, Nostromo tivera o olhar voltado, de longe, para a Casa Viola, mesmo no auge das escaramuças junto à alfândega. "Se eu vir fumaça saindo de lá", pensou consigo, "eles estarão perdidos." Tão logo a turba se dispersou, ele, com um pequeno grupo de trabalhadores italianos, apressou-se em ir naquela direção que, na verdade, era a distância mais curta no rumo da cidade. A parte da ralé que estava perseguindo parecia querer fazer uma parada junto à casa para resistir; uma rajada disparada pelos secretários de Nostromo por detrás de uma sebe de aloés pôs os marotos em fuga. Numa brecha aberta para passagem dos trilhos do ramal da baía, surgiu Nostromo montando sua égua cinza-prateado. Gritou, disparou contra eles um tiro de revólver e galopou até a janela do café. Ocorreu-lhe que o velho Giorgio escolheria aquela parte da casa como refúgio.

Sua voz chegou até eles, esbaforida e urgente:

— *Hola! Vechio! O, vecchio!* Está tudo bem aí com vocês?

— Como vê... — murmurou o velho Viola à mulher.

A *signora* Teresa guardava silêncio agora. Nostromo riu-se.

— Vejo que a *padrona* não morreu.

— Você fez o que pôde para me matar de medo — gritou a *signora* Teresa. Queria dizer mais alguma coisa, mas a voz faltou-lhe.

Linda ergueu os olhos para o rosto da mãe, por um instante, mas o velho Giorgio gritou em tom de desculpa:

— Ela está um pouco perturbada.

Lá de fora, com outra risada, gritou Nostromo:

— Ela não consegue me perturbar.

A *signora* Teresa reencontrou a voz:

— Isso é o que você diz. Você não tem coração... e não tem consciência, Gian' Battista...

Ouviram-no conduzir o cavalo para longe da janela. Os homens que chefiava falavam nervosamente em italiano e em espanhol, incitando-se mutuamente para a perseguição. Ele se pôs à frente deles gritando:

— *Avanti!*

— Ele não se demorou muito conosco. Aqui não iria receber nenhum elogio de estranhos — disse a *signora* Teresa teatralmente. — *Avanti!* É só nisso que pensa. Ser o primeiro nalgum lugar... de algum modo... ser o primeiro com esses ingleses. Vão mostrá-lo a toda gente: "Este é o nosso Nostromo!". — Ela riu agourentamente. — Mas que nome! O que é isso? Nostromo? Ele assumiu um nome que não é propriamente nenhuma palavra da língua deles.

Nesse meio tempo Giorgio, com movimentos tranqüilos, estivera desobstruindo a porta; o jorro de luz caiu na *signora* Teresa, com as duas meninas ao lado, uma mulher pinturesca em atitude de exaltação maternal. Por trás dela, a parede era ofuscadoramente branca e as cores cruas da litografia de Garibaldi empalideciam à luz do sol.

O velho Viola, na porta, levantou o braço como se estivesse dirigindo todos os rápidos, fugazes pensamentos para a figura do seu velho chefe dependurada à parede. Mesmo quando cozinhava para os *signori inglesi* — os engenheiros — (era um notável cozinheiro, embora a cozinha fosse um lugar sombrio), ele estava sob os olhos do grande homem que o chefiara numa luta gloriosa onde, sob os muros de Gaeta, a tirania teria expirado para sempre não fosse aquela amaldiçoada raça piemontesa de reis e ministros. Quando às vezes uma frigideira pegava fogo durante uma delicada operação com cebolas em fatias e se via o velho sair pela porta praguejando e tossindo violentamente em meio a uma nuvem acre de fumaça, o nome de Cavour — o arquiintrigante vendido a reis e tiranos — podia ser ouvido de mistura com imprecações contra as moças *chinas*, contra a culinária em geral e contra a selvageria de um país onde ele estava reduzido a viver pelo amor da liberdade que aquele traidor sufocara.

Nesse momento, toda de preto, assomando de outra porta, a *signora* Teresa avançava, imponente e ansiosa, inclinando a bela cabeça de sobrancelhas negras, abrindo os braços e exclamando em tom grave:

— Giorgio! que homem impulsivo! *Misericordia Divina!* Num sol como este! Ele vai ficar doente.

Diante de seus pés as galinhas fugiam em todas as direções, com longas passadas; como havia alguns engenheiros da ferrovia hospedados em Sulaco, uma ou duas jovens faces inglesas surgiam à porta da sala de bilhar que ocupava uma das extremidades da casa; na outra extremidade porém, Luis, o mulato, no café, cuidava de não se deixar ver. As moças índias, com as negras jubas de suas cabeleiras desnastradas, vestidas só de saia curta e camisa, ficavam a olhar obtusamente por sob as franjas retas na testa; o frigir ruidoso da gordura parara, a fumaça se erguia ao sol, um cheiro forte de cebola queimada pairava no calor amodorrado que envolvia a casa; e o olhar se perdia numa vasta e chata extensão de grama a oeste, como se a planura entre a serra que dominava Sulaco e a cordilheira litorânea lá para os lados de Esmeralda fosse tão grande quanto metade do mundo.

A *signora* Teresa, após uma pausa dramática, admoestava:

— Giorgio! Deixe Cavour em paz e cuide de si mesmo, agora que estamos perdidos neste país, com as duas meninas, só porque você não pode viver debaixo de um rei.

E ficava a olhá-lo enquanto às vezes punha a mão apressadamente no lado do peito com uma breve crispação dos belos lábios e um franzir dos negros, retos sobrolhos, como se uma palpitação de dor irada ou de irado pensamento lhe passasse pelos traços formosos regulares.

Era dor; ela reprimia a pontada. Viera-lhe pela primeira vez poucos anos depois de terem deixado a Itália a fim de emigrar para a América e instalar-se finalmente em Sulaco, após vagar de cidade em cidade, tentando o pequeno comércio de lojista aqui e ali, e em certa ocasião uma empresa de pesca organizada — em Maldonado —, pois Giorgio, como o grande Garibaldi, fora marinheiro.

Por vezes, a dor a impacientava. Durante anos, seu aguilhão fora parte da paisagem que abarcava o fulgor da baía sob os contrafortes boscosos da cordilheira; e a própria luz do sol era densa e insípida — densa de dor —, não como a luz de sua juventude, quando Giorgio, já na meia-idade, a cortejara grave e apaixonadamente nas praias do golfo de La Spezia.

— Entre imediatamente, Giorgio — ela ordenava. — Até parece que não tem piedade nenhuma de mim, eu com quatro *signori inglesi* hospedados aqui em casa.

— *Va bene, va bene* — resmungava Giorgio.

E obedecia. Era hora de servir o almoço dos *signori inglesi*. Ele havia pertencido a um dos imortais e invencíveis bandos de libertadores que fizeram os mercenários da tirania fugir como palhiço ante um furacão — *un uragano terribile*. Mas isso fora antes de casar-se e ter filhos; e antes de a tirania tornar a erguer a cabeça entre os traidores que tinham aprisionado Garibaldi, o seu herói.

Havia três portas na parte fronteira da casa, e todas as tardes o garibaldino podia ser visto numa delas com o seu grande tufo de cabelos brancos, os braços cruzados, as pernas também cruzadas, apoiando a cabeça leonina contra a verga da porta e fitando as encostas boscosas dos contrafortes até o domo nevado do Higuerota. A frente da casa projetava um longo triângulo negro de sombra, que se alargava aos poucos sobre a lisa trilha de carros de boi. Através das brechas abertas nas sebes de loendro, o ramal ferroviário da baía, assentado temporariamente no nível da planura, recurvava os reluzentes trilhos paralelos num cinturão de capim crestado e seco a sessenta metros da extremidade da casa. No entardecer, as composições de vagões de carga vazios circulavam à volta do bosquete verde-escuro de Sulaco, e lá se iam, sacudindo ligeiramente com os jatos brancos de vapor, por sobre a planura para os lados da Casa Viola, a caminho dos pátios da ferrovia junto à baía. Os maquinistas italianos, de pé na sua plataforma, o saudavam erguendo a mão, enquanto os guarda-freios negros iam descuidadosamente sentados no carro-freio, olhos à frente, as abas dos grandes chapéus tatalando ao vento. Em resposta, Giorgio fazia um leve aceno de cabeça, para o lado, sem descruzar os braços.

No memorável dia do tumulto, não os cruzara sobre o peito. Suas mãos apertavam o cano da espingarda apoiada na soleira; não ergueu de pronto o olhar para o domo branco do Higuerota, cuja frígida pureza parecia manter-se de parte numa terra acalorada. Seus olhos examinaram com curiosidade a planura. Altos rastros de poeira iam baixando aqui e ali. O sol nítido e ofuscante pendia num céu imaculado. Magotes de homens corriam apressados; outros haviam feito uma parada; e o matraquear irregular de armas de fogo chegava a seus ouvidos em ondas que atravessavam o ar abrasado, imóvel. Figuras isoladas corriam em desespero. Cavaleiros galopavam uns ao encontro dos outros, giravam juntos, separavam-se velozmente. Giorgio viu um deles cair, cavaleiro e montaria desaparecendo como se tragados por um abismo; os movimentos da cena animada semelhavam lances de um jogo violento travado na planície entre anões montados e a pé, gritando com suas gargantas minúsculas sob a montanha que parecia uma colossal personificação do silêncio. Nunca antes vira Giorgio esse trecho da planura tão cheio de vida ativa; seu olhar não conseguia captar todos os pormenores da cena de uma só vez; pôs a mão em pala sobre os olhos, até que o repentino estrondear de muitos cascos ali perto o assustou.

Um bando de cavalos irrompera da pastagem cercada da companhia de estrada de ferro. Surgiram como um turbilhão e se lançaram sobre a linha, resfolegando, escoiceando, relinchando num tropel compacto, multicolorido, encrespado, de lombos baios, castanhos, cinzentos, de olhos esbugalhados, de pescoços esticados, de narinas rubras de sangue, de longas caudas a ondular. Assim que pularam sobre a estrada, uma nuvem espessa de poeira ergueu-se dos seus cascos e passou a seis metros de Giorgio de arrastão, parda, envolvendo vagos vultos de pescoços e garupas e fazendo o chão tremer à sua passagem.

Viola tossiu, desviando o rosto da poeira, e sacudiu devagar a cabeça.

— Vão ter de ir apanhar de volta esses cavalos antes do cair da noite — murmurou.

No quadrado de luz solar que entrava pela porta, a *signora* Teresa, ajoelhada diante da cadeira, pousara a cabeça, com sua basta massa entrançada de cabelos negros raiados de prata nas palmas das mãos. O xale preto de rendas que costumava cercar seu rosto caíra no chão a seu lado. As duas meninas haviam se erguido, de mãos dadas, com suas saias curtas, o cabelo solto caindo em desalinho. A mais nova cobrira os olhos com o braço, como se temerosa de enfrentar a luz. Linda, com a mão sobre o ombro da outra, olhava destemida. Viola contemplou as filhas.

O sol lhe destacava as linhas fundas do rosto que, de expressão enérgica, tinha imobilidade de uma obra de talha. Era impossível descobrir o que estaria pensando. Espessas sobrancelhas grisalhas lhe encobriram o olhar sombrio.

— E então? Vocês não rezam como a sua mãe?

Linda fez um muxoxo com os lábios rubros, talvez rubros demais; mas tinha olhos admiráveis, castanhos, com um lampejo dourado nas pupilas, cheios de inteligência e de expressão, e tão límpidos que pareciam lançar um fulgor sobre o rosto fino, pálido. Havia cintilações de bronze nos cachos sombrios do seu cabelo, e os cílios, longos e negros como carvão, faziam-lhe a cútis parecer ainda mais pálida.

— A mãe vai oferecer um maço de velas na igreja. Ela sempre faz isso quando Nostromo sai em combate. Terei de levar algumas à capela de Madona na catedral.

Disse tudo isso à pressa, com grande segurança, numa voz animada, penetrante. Em seguida, dando uma ligeira sacudida no ombro da irmã, acrescentou:

— E ela vai ter de carregar um maço também!

— Por que ter? — perguntou Giorgio circunspectamente. — Ela não quer levar?

— Ela é tímida — disse Linda, com uma curta risada. — As pessoas ficam olhando o seu cabelo louro quando ela vai conosco. Dizem quando ela passa "Olhe a *rubia!* Olhe a *rubiacita!*". Dizem isso também na rua. Ela é tímida.

— E você? Você não é tímida... hein? — disse o pai pausadamente.

Ela atirou para trás o cabelo negro.

— Ninguém fala nada quando eu passo.

O velho Giorgio contemplou as filhas pensativo. Havia dois anos de diferença entre uma e outra. Tinham-lhe nascido tardiamente, depois da morte do menino. Se este houvesse sobrevivido, teria quase a idade de Gian' Battista — a quem os ingleses chamavam Nostromo; os anos que avançavam, a absorção nas lembranças do passado tinham impedido Giorgio de prestar atenção nelas. Gostava de suas filhas, mas pertenciam mais à mãe, e grande parte do afeto dele fora gasta no culto e no serviço da liberdade.

Quando ainda muito jovem, desertara de um navio que levava mercadorias a La Plata para alistar-se num navio de Montevidéu, então sob o comando de Garibaldi. Ulteriormente, na Legião Italiana da República, que lutou contra a ditadura usurpadora de Rosas, participou, nas grandes planícies, nas margens de rios imensos, dos mais ferozes combates que o mundo talvez conhecera. Vivera entre homens que tinham discursado sobre a liberdade, sofrido pela liberdade, morrido pela liberdade, com desesperada exaltação e com os olhos voltados para a Itália oprimida. Seu próprio entusiasmo se nutria de cenas de morticínio, de exemplos de altaneira devoção, do estrépito da luta armada, da linguagem inflamada das proclamações. Jamais se apartara do chefe que escolhera — o fogoso apóstolo da independência — e se mantivera a seu lado, na América e na Itália, até depois do dia fatal de Aspromonte, quando a traição de reis, imperadores e ministros tinha se revelado ao mundo no ferir e aprisionar seu herói — uma catástrofe que nele instilou a dúvida sombria de jamais poder compreender os caminhos da justiça divina.

Não a negou, porém. Era preciso ter paciência, dizia. Embora não gostasse de padres e não pusesse o pé dentro de uma igreja por nada deste mundo, acreditava em Deus. Pois as proclamações contra os tiranos não eram endereçadas aos povos em nome de Deus e da liberdade? "Deus para os homens — religiões para as mulheres", resmungava às vezes. Na Sicília, um inglês que aparecera em Palermo, após a cidade ter sido evacuada pelo exército do rei, dera-lhe uma Bíblia em italiano — publicação da Sociedade Bíblica Estrangeira e Britânica, encadernada em couro preto. Durante os períodos de adversidade política, durante as pausas de silêncio em que os revolucionários não lançavam proclamações, Giorgio ganhava a vida com o primeiro trabalho que lhe aparecesse — como marujo, como operário das docas nos cais de Gênova, certa feita como trabalhador rural nas colinas acima de La Spezia — e nas horas vagas estudava o grosso volume. Levava-o consigo nas batalhas. Era agora a sua única leitura e a fim de não se ver privado dele (era em letra miúda) consentira em aceitar um óculos com aros de prata a ele presenteado pela *señora* Emilia Gould, a esposa do inglês que dirigia a mina de prata nas montanhas, a quinze quilômetros da cidade. Era a única mulher inglesa em Sulaco.

Giorgio Viola nutria grande consideração pelos ingleses. Esse sentimento, nascido nos campos de batalha do Uruguai, tinha no mínimo uns quarenta anos de idade. Vários deles haviam dado seu sangue pela causa da liberdade na América, e lembrava-se do primeiro que jamais conhecera, de nome Samuel; comandara uma companhia negra sob Garibaldi, durante o famoso assédio de Montevidéu, e morrera heroicamente com os seus negros na passagem do Boyana. Ele, Giorgio, chegara ao posto de alferes — *alférez* — e cozinhara para o general. Mais tarde, na Itália, com graduação de tenente, cavalgou com o Estado-Maior e continuou a cozinhar para o general. Para ele cozinhara durante toda a campanha da Lombardia; na marcha para Roma, laçara bois na Campagna à maneira americana; fora ferido na defesa da república romana; havia sido um dos quatro fugitivos que, com o general, carregara-lhe para os bosques o corpo inanimado da esposa até a casa de quinta em que ela morrera exaurida pelas provações da terrível retirada. Sobrevivera àqueles tempos desastrosos para assistir seu general em Palermo quando os obuses napolitanos do castelo caíam sobre a cidade. Cozinhara para ele no campo de Volturno depois de combater o dia inteiro. E por toda parte vira ingleses na linha de frente do exército da liberdade. Respeitava-lhes a nação porque amavam Garibaldi. Suas próprias condessas e princesas tinham beijado as mãos do general em Londres, dizia-se. Podia bem acreditar nisso; pois a nação era nobre e o homem era um santo. Bastava olhar uma só vez o seu rosto para ver nele a força divina da fé e a sua profunda piedade por todos os pobres, sofredores e oprimidos deste mundo.

O espírito de altruísmo, a singela devoção a uma vasta idéia humanitária que inspirava o pensamento e os esforços daquela época revolucionária haviam deixado sua marca em Giorgio numa espécie de austero desprezo de toda e qualquer vantagem pessoal. Esse homem, que a classe inferior de Sulaco suspeitava tivesse um tesouro enterrado na cozinha, desprezara o dinheiro ao longo de toda a sua vida. Os chefes dos seus tempos de juventude tinham vivido na pobreza, morrido na pobreza. Fora um hábito do seu espírito desconsiderar o amanhã. Em parte, o hábito resultava de uma existência de agitação, aventura e guerra acirrada. Mas era sobretudo uma questão de princípios. Em nada semelhava a incúria de um *condottiere*; tratava-se de um puritanismo de conduta nascido de austero entusiasmo, como o puritanismo da religião.

Tal austera devoção a uma causa lançara uma sombra na velhice de Giorgio. Lançara-a porque a causa parecia perdida. Reis e imperadores floresciam em demasia ainda no mundo que Deus havia destinado ao povo. Ele vivia triste por causa da sua simplicidade. Embora estivesse sempre disposto a ajudar os compatriotas e fosse grandemente respeitado pelos emigrantes italianos onde quer que vivesse (no exílio, conforme dizia), não podia esconder de si mesmo que pouco lhe importavam as iniqüidades sofridas pelas nações espezinhadas. Ouviam de bom grado as suas histórias de guerra mas pareciam perguntar-se que lucrara ele com tudo aquilo, no final das contas. Não havia nada que pudessem ver. "Não queríamos coisa alguma, sofríamos pelo amor da humanidade toda!", gritava ele enfurecido, às vezes; e a voz potente, os olhos em fogo, as sacudidelas da branca juba, a mão forte apontando para cima como que a chamar o céu por testemunha, impressionavam os seus ouvintes. Quando o velho se interrompia abruptamente com um gesto de cabeça e um movimento do braço, a dizer claramente "Mas que adianta falar disso a vocês?", eles se davam cotoveladas uns nos outros. Havia no velho Giorgio uma energia de sentimento, uma qualidade pessoal de convicção, algo a que chamavam *terribilità* — "um velho leão", costumavam dizer dele. Algum mínimo incidente, uma palavra ao acaso punha-o a discursar na praia aos pescadores italianos de Maldonado; na lojinha que teve mais tarde (em Valparaíso) aos fregueses seus compatriotas; uma tarde, repentinamente, no café de uma das extremidades da Casa Viola (o outro era reservado para os engenheiros ingleses) à seleta clientela de maquinistas e chefes de turma das oficinas da estrada de ferro.

Com suas faces bronzeadas e magras, os negros anéis de cabelo, os olhos luzentes, os peitos vastos, as barbas, por vezes um anelzinho de ouro no lóbulo da orelha, a aristocracia das oficinas ferroviárias ficava a ouvi-lo, deixando de lado o jogo de cartas ou de dominós. Aqui e ali um basco de cabelo louro fitava sua mão, esperando a vez sem protesto. Nenhum nativo de Costaguana se intrometia ali. Era uma fortaleza italiana. Mesmo a polícia de Sulaco, em patrulha noturna, passava a cavalo devagar, os soldados inclinando-se na sela para espiar as cabeças através das janelas, envoltas numa névoa de fumaça; e o ruído monótono da narrativa declamatória do velho Giorgio parecia perder-se atrás deles, pela planura afora. Só de quando em quando o assistente do chefe de polícia, algum homenzinho com boa dose de sangue índio, aparecia lá dentro. Deixando um soldado seu lá fora para tomar conta dos cavalos, ele avançava com um sorriso confiante, manhoso, sem dizer palavra, até o longo balcão. Apontava para uma das garrafas na prateleira; Giorgio, metendo abruptamente o cachimbo na boca, servia-o pessoalmente. Não se ouvia outro som que não fosse um ligeiro tilintar de esporas. Esvaziado o copo, o homem lançava um olhar lento, perscrutador, à sua volta, saía para a noite e lá se ia a cavalo lentamente, numa volta em demanda da cidade.

5

Só desta maneira era que o poder das autoridades locais se afirmava entre a grande comunidade de estrangeiros de compleição robusta que cavavam a terra, dinamitavam as rochas, dirigiam as máquinas deste "empreendimento patriótico e progressista". Nestas mesmas palavras, dezoito meses antes, o *excelentísimo señor don* Vincente Ribiera, o ditador de Costaguana, descrevera a Estrada de Ferro Central Nacional em seu grande discurso na cerimônia de inauguração.

Viera a Sulaco especialmente para a ocasião e havia um banquete festivo, um *convite* oferecido pela Companhia ONV, a bordo do *Juno* após a cerimônia em terra. O próprio capitão Mitchell pilotara a chata de carga, toda enfeitada de bandeiras, que, a reboque da lancha a vapor do *Juno*, levou o *excelentísimo* do ancoradouro até o navio. Todas as pessoas gradas de Sulaco tinham sido convidadas — um ou dois comerciantes estrangeiros, todos os representantes das antigas famílias espanholas então na cidade, os grandes proprietários rurais da planura, homens simples, circunspectos e corteses, *caballeros* de pura estirpe, de mãos e pés pequenos, conservadores, hospitaleiros e afáveis. A província ocidental era a sua fortaleza; seu partido blanco estava então triunfante; era o seu ditador-presidente, um blanco dos blancos, que se sentava, sorrindo cortesmente, entre os representantes das duas potências estrangeiras amigas. Tinham vindo de Santa Marta, na comitiva dele, para sancionar com sua presença o empreendimento em que estava o capital de seus países.

A única senhora presente era a senhora Gould, a esposa de *don* Carlos, administrador da mina de prata de San Tomé. As damas de Sulaco não eram suficientemente avançadas para participar da vida pública em tal medida. Tinham comparecido em peso ao grande baile da *intendencia*, na noite anterior, mas somente a senhora Gould aparecera, um salpico luminoso no grupo de casacas pretas por trás do ditador-presidente, na plataforma revestida de tecido carmesim erguida sob uma árvore copada na praia da baía, onde se realizara a cerimônia de inauguração. Ela embarcara na chata de carga, repleta de notabilidades, e sentara-se, sob o drapejar das alegres bandeiras, no lugar de honra ao lado do capitão Mitchell, que pilotava o barco; o seu vestido claro foi a única nota verdadeiramente festiva no longo, suntuoso salão do *Juno*.

A cabeça do presidente da junta diretora da estrada de ferro (vindo de Londres), um homem bem-parecido e pálido, adejava, numa névoa de cabelos brancos e barba aparada, perto do ombro dela, com ar atento, sorridente e fatigado. A viagem de Londres a Santa Marta em paquetes e nos carros especiais da linha costeira de Santa Marta (a única ferrovia até então) havia sido tolerável — agradável mesmo —, bastante tolerável. Mas a viagem através das montanhas até Sulaco tinha sido outro tipo de experiência, numa velha *diligencia* a sacolejar por estradas impraticáveis bordejando horrendos precipícios.

— Emborcamos duas vezes num só dia à beira de ravinas muito fundas — estava ele contando à senhora Gould em voz baixa. — E quando aqui chegamos finalmente, não sei o que teríamos feito sem a sua hospitalidade. Que lugar mais fora de mão que é Sulaco — e a baía, também! Espantoso!

— Ah, mas temos muito orgulho dela. É de importância histórica. Durante dois vice-reinados, o mais alto tribunal eclesiástico esteve sediado aqui nos velhos tempos — explicou ela com entusiasmo.

— Estou impressionado. Não quis ser depreciativo. A senhora parece ser muito patriota.

— O lugar é adorável; se por mais não fosse pela sua localização. Talvez não saiba que sou uma velha moradora.

— Imagino quão velha — murmurou ele, olhando-a com um leve sorriso. A aparência da senhora Gould era juvenil em razão da expressividade inteligente do seu rosto. — Não podemos restituir-lhes o seu tribunal eclesiástico, mas terão mais vapores, uma estrada de ferro, um cabo telegráfico; um futuro no vasto mundo que vale infinitamente mais do que qualquer soma de passado eclesiástico. Entrarão em contato com algo maior do que dois vice-reinados. Mas eu não tinha idéia de que uma localidade litorânea pudesse manter-se assim tão isolada do mundo. Ainda se estivesse a mil quilômetros para o interior... realmente notável! Aconteceu alguma coisa por aqui nos últimos cem anos?

Enquanto ele lhe falava em tom pachorrento, bem-humorado, ela mantinha o sorrizinho. Em concordância irônica, assegurou-lhe que não, certamente — nada jamais acontecia em Sulaco. Mesmo as revoluções, das quais duas desde que ela ali vivia, haviam respeitado a tranqüilidade do lugar. Seu palco eram as partes meridionais, mais populosas, da República, e o grande vale de Santa Marta, que era como que um grande campo de batalha dos partidos, com a posse da capital por prêmio e uma saída para o outro oceano. Eram mais avançados naquelas regiões. Aqui em Sulaco só se ouviam os ecos dessas questões momentosas, e, evidentemente, o mundo oficial da cidade mudava de cada vez, a ela chegando através do baluarte das montanhas, que ele próprio cruzara, numa velha *diligencia*, com tamanho risco da vida.

O presidente da estrada de ferro estivera a desfrutar-lhe a hospitalidade havia já alguns dias e lhe era realmente grato. Foi apenas depois de ter deixado Santa Marta que ele perdera inteiramente contato com a sensação de vida européia nos longes do seu exótico ambiente. Na capital, fora hóspede da legação, e se mantivera ocupado negociando com os membros do governo de *don* Vincente — homens cultos, homens que não desconheciam as condições do comércio civilizado.

O que mais o preocupava na ocasião era a aquisição de terras para a estrada de ferro. No vale de Santa Marta, onde já havia uma linha em atividade, as pessoas eram tratáveis e tudo se cifrava numa questão de preço. Nomeara-se uma comissão para fixar os valores, e a dificuldade se resolvia com influenciar judiciosamente os membros da comissão. Mas em Sulaco — a província ocidental a cujo desenvolvimento se destinava precipuamente a ferrovia — tinha havido problemas. Por séculos ela se escondera atrás de suas barreiras naturais, repelindo a iniciativa moderna com os precipícios de sua cordilheira, com a sua baía rasa abrindo-se para a calma perene de um golfo atulhado de nuvens, com o estado de espírito atrasado dos proprietários de seu fértil território — todas aquelas velhas e aristocráticas famílias espanholas, todos aqueles *don* Ambrosio disto e *don* Fernando daquilo que de fato pareciam ver com maus olhos e com desconfiança a vinda da estrada de ferro até as suas terras. Acontecera que alguns dos grupos de levantamento topográfico espalhados por toda a província tinham sido hostilizados com ameaças de violência. Em outros casos, foram feitas pretensões abusivas de preços. Mas o homem da estrada de ferro jactava-se de estar à altura de qualquer emergência. Como se defrontara com um sentimento hostil, de cego conservadorismo em Sulaco, ele lhe faria frente com igual sentimento, antes de firmar-se somente nos seus direitos. O governo estava obrigado a cumprir a sua parte no contrato com a junta da nova companhia de estrada de ferro, mesmo que tivesse de recorrer à força para tanto. Mas não havia nada que ele desejasse menos que uma agitação armada a perturbar o tranqüilo desenvolvimento de seus planos. Eram vastos, de grande alcance, e por demais promissores para deixar uma só pedra intacta; assim ele pensou em trazer o ditador-presidente até ali, numa viagem de cerimônias e discursos culminada numa grande função, quando da solenidade de inauguração na praia da baía. Afinal de contas, era gente deles — aquele *don* Vincente. Era o triunfo corporificado dos melhores elementos do Estado. Tratava-se de fatos, e a menos que fatos nada significassem, argumentava sir John consigo, a influência de um homem havia de ser efetiva, e sua ação pessoal produziria o efeito conciliatório de que precisava. Conseguira acertar a viagem com a ajuda de um advogado muito hábil, conhecido em Santa Marta como o agente da mina de prata Gould, a coisa mais importante de Sulaco e inclusive de toda a República. Era uma mina fabulosamente rica. O seu assim chamado agente, evidentemente um homem de cultura e de habilidade, parecia, sem ocupar nenhuma posição oficial, ter uma extraordinária influência nas mais altas esferas do governo. Ele pôde assegurar a sir John que o presidente faria a viagem. Lamentou contudo, no decurso da mesma conversa, que o general Montero insistisse em ir também.

O general Montero, nos primórdios da luta um obscuro capitão do exército destacado para a inóspita fronteira oriental do Estado, arriscou a sorte aliando-se ao partido de Ribiera num momento em que circunstâncias especiais conferiam uma importância fortuita àquela obscura adesão. Os azares da guerra foram-lhe maravilhosamente favoráveis e a vitória de Río Seco (ao fim de um dia de desesperados combates) selou o seu êxito. No fim ele saiu general, ministro da Guerra e chefe militar do partido blanco, embora nada houvesse de aristocrático na sua linhagem. Dizia-se, na verdade, que tanto ele quanto seu irmão, ambos órfãos, tinham sido amparados pela munificência de um famoso viajante europeu a cujo serviço o pai deles perdera a vida. Outra história corrente era a de o pai deles não ter sido senão um carvoeiro do mato e a mãe uma índia batizada vinda do longínquo interior.

Fosse como fosse, a imprensa costaguanense tinha por hábito denominar a longa marcha de Montero pela floresta, desde a sua *comandancia* até o momento de juntar-se às forças blancas no começo dos distúrbios, o "mais heróico feito militar dos tempos modernos". Pela mesma época, outrossim, seu irmão voltou da Europa, onde ao que parece servira de secretário de um cônsul. Tendo arregimentado um bando de gente fora-da-lei, demonstrou algum talento como chefe de guerrilha e foi premiado, na pacificação, com o posto de comandante militar da capital.

O ministro da Guerra acompanhou, pois, o ditador. A junta da Companhia ONV, trabalhando de mãos dadas com o pessoal da estrada de ferro para o bem da República, tinha recomendado ao capitão Mitchell que pusesse o paquete *Juno* à disposição dos ilustres viajantes. *Don* Vincente, que ia de Santa Marta para o Sul, embarcara em Cayta, o principal porto de Costaguana, e chegara a Sulaco por mar. Mas o presidente da companhia de estrada de ferro atravessara corajosamente as montanhas numa desengonçada *diligencia* com o propósito expresso de encontrar-se com o seu engenheiro-chefe ocupado no levantamento topográfico final da estrada.

A despeito de toda a indiferença de um homem de negócios pela natureza, cuja hostilidade sempre pode ser vencida pelos recursos da finança, ele não pôde evitar impressionar-se com a paisagem circunstante durante a parada no acampamento topográfico instalado no ponto mais alto que a sua ferrovia iria alcançar. Passou a noite ali, após ter chegado um instante atrasado para ver os últimos raios de sol morrerem sobre o flanco nevado de Higuerota. Massas de basalto negro em forma de pilares enquadravam, como um portal aberto, um trecho do campo branco em declive, a oeste. No ar transparente das grandes altitudes, tudo parecia muito perto, mergulhado numa límpida quietude que semelhava um líquido imponderável; com o ouvido atento ao primeiro ruído da esperada *diligencia*, o engenheiro-chefe, à porta de uma cabana de pedras irregulares, ficara a contemplar as cores mutáveis no enorme flanco da montanha, pensando consigo que naquela vista, como uma peça de música inspirada, podiam-se encontrar os mais delicados matizes de expressão aliados a uma estupenda magnificência de efeitos.

Sir John chegou tarde demais para ouvir a magnífica e inaudível ária entoada pelo pôr-do-sol entre os altos picos da serra. Começara e terminara ela na pausa anelante do profundo anoitecer, antes de ele, descendo da *diligencia* pela roda dianteira, com os membros entorpecidos, apertar a mão do engenheiro.

Serviram-lhe o jantar na cúbica cabana de pedras, sem porta nem janelas nas suas duas aberturas; um vivo fogo de gravetos (trazidos em lombo de mula do primeiro vale abaixo) do lado de fora lançava lá dentro um clarão tremulante, e duas velas em castiçais de latão — acesas em sua honra, explicaram-lhe — haviam sido postas em cima de uma espécie de mesa rústica a que ele se sentava, à direita do engenheiro. Sabia como ser amável, e os rapazes do grupo de engenheiros, para os quais o levantamento topográfico do trajeto da ferrovia tinha o encanto dos primeiros passos no caminho da vida, sentavam-se ali também, a ouvir acanhadamente, com os rostos glabros crestados pelo tempo, deleitados de ver tanta afabilidade em homem tão importante.

Ulteriormente, tarde da noite, caminhando de um para outro lado fora da cabana, ele teve uma longa conversa com o seu engenheiro-chefe. Conhecia-o bem e de há longo tempo. Não era o primeiro empreendimento em que seus dons, tão elementarmente diversos quanto o fogo e a água, tinham trabalhado conjuntamente. Do contato dessas duas personalidades, que não partilhavam a mesma visão do mundo, gerava-se uma energia a serviço do mundo — uma força sutil capaz de pôr em movimento máquinas poderosas, músculos de homens, e de suscitar outrossim, em peitos humanos, uma ilimitada devoção ao trabalho por fazer. Dos rapazes sentados à mesa, para quem o levantamento do trajeto da ferrovia era como o traçado do caminho da vida, mais de um iria encontrar a morte antes de completar a tarefa. Mas ela tinha de ser feita: a força seria quase tão intensa quanto uma fé. Não tanto, porém. No silêncio do acampamento adormecido, sobre o altiplano banhado de luar que fazia do topo do desfiladeiro o chão de uma vasta arena circundada pelos muros basálticos de precipícios, as duas figuras envoltas em casacões de inverno se detiveram e a voz do engenheiro pronunciou distintamente as palavras:

— Não podemos mover montanhas!

Sir John, erguendo a cabeça para o que o gesto do outro apontava, sentiu-lhe toda a força das palavras. O branco Higuerota se elevava acima das sombras da rocha e da terra feito uma bolha congelada sob a lua. Estava tudo em silêncio até que, perto dali, por trás da cerca de um curral para os animais do acampamento, construção rústica em pedras soltas na forma de círculo, uma besta de carga bateu com a pata dianteira e resfolegou ruidosamente duas vezes.

O engenheiro-chefe usou a frase em resposta à sugestão probatória do presidente de talvez ser possível alterar o traçado da estrada em deferência às prevenções dos proprietários rurais de Sulaco. O engenheiro-chefe acreditava que a obstinação dos homens era o menor obstáculo. Ademais, para combatê-la eles contavam com a grande influência de Charles Gould, ao passo que abrir um túnel sob o Higuerota seria uma empresa colossal.

— Ah, sim! Gould. Que tipo de homem é ele?

Sir John ouvira falar muito de Charles Gould em Santa Marta e queria saber mais. O engenheiro-chefe assegurou-lhe que o administrador da mina de San Tomé tinha imensa influência sobre todos esses dons espanhóis. Possuía também uma das melhores casas de Sulaco e a hospitalidade de Gould ultrapassava todos os louvores.

— Receberam-me como se me conhecessem há anos — disse ele. — A pequena senhora é a bondade em pessoa. Hospedei-me com eles por um mês. Ele me ajudou a organizar os grupos de levantamento. O fato de ser virtualmente o dono da mina de prata de San Tomé lhe confere uma posição especial. Ao que parece, goza das boas graças de todas as autoridades provinciais e, como eu disse, leva pelo beiço todos os fidalgos da província. Se o senhor seguir o meu conselho, as dificuldades desaparecerão, porque ele deseja a estrada de ferro. Evidentemente, o senhor precisa ter cuidado com o que vai dizer. Ele é inglês e, além disso, é imensamente rico. A Casa Holroyd está com ele no negócio da mina, e assim o senhor bem pode imaginar...

Interrompeu-se quando, de diante de uma das pequenas fogueiras que ardiam do lado de fora do muro baixo do curral, ergue-se o vulto de um homem envolto num poncho até o pescoço. A sela que estivera usando como travesseiro punha uma mancha escura no chão contra a rubra incandescência das brasas.

— Irei visitar Holroyd pessoalmente em minha viagem de volta pelos Estados Unidos — disse sir John. — Verifiquei que ele também deseja a estrada de ferro.

O homem que, talvez incomodado pela proximidade das vozes, tinha se levantado do chão, riscou um fósforo para acender o cigarro. A chama revelou um rosto cor de bronze, de suíças negras, e dois olhos que olhavam de frente; tornando a arrumar sua capa, ele se deitou de comprido e apoiou a cabeça na sela.

— Este é o capataz do nosso acampamento, que tenho de mandar de volta a Sulaco agora que vamos transferir o nosso levantamento para o vale de Santa Marta — disse o engenheiro. — Um sujeito muito útil que me foi emprestado pelo capitão Mitchell da Companhia ONV. Uma grande bondade dele. Charles Gould me disse que o melhor a fazer seria eu aproveitar a oferta. Ele sabe como dirigir todos esses arrieiros e peões. Não tivemos o menor problema com nosso pessoal. Vai escoltar a sua *diligencia* até Sulaco com alguns dos peões de nossa ferrovia. A estrada é ruim. Tê-lo à mão pode poupar ao senhor alguns transtornos. Prometeu-me tomar conta de sua pessoa, durante toda a descida, como se o senhor fosse o seu pai.

Esse capataz de acampamento era o marujo italiano que todos os europeus de Sulaco, imitando a pronúncia errada do capitão Mitchell, tinham o hábito de chamar de Nostromo. E na verdade, taciturno e expedito, ele tomou excelente conta de sua carga nos trechos ruins de estrada, conforme o próprio sir John declarou à senhora Gould mais tarde.

6

Àquela altura Nostromo já estava na região tempo bastante para que se elevasse ao grau máximo a opinião do capitão Mitchell acerca do extraordinário valor da sua descoberta. Sem dúvida alguma, ele era um daqueles inestimáveis subordinados que possuir constituía causa legítima de jactância. O capitão Mitchell se gabava do seu olho infalível para escolher homens — mas não era egoísta — e na inocência do seu orgulho já começara a desenvolver aquela mania de "emprestar-lhe o meu apataz de *cargadores*" que iria pôr Nostromo em contato pessoal, mais cedo ou mais tarde, com todos os europeus de Sulaco, como uma espécie de factótum universal — um prodígio de eficiência na sua própria esfera de vida.

— O homem é devotado a mim, de corpo e alma! — costumava afirmar o capitão Mitchell, e embora talvez ninguém pudesse explicar por que deveria ser assim, era impossível, num exame da relação entre ambos, lançar qualquer dúvida sobre tal afirmativa, a menos que se tratasse de uma pessoa excêntrica como o doutor Monygham — por exemplo —, cuja risada brusca, desesperançada, exprimia de algum modo imensa descrença da humanidade. Não que o doutor Monygham fosse pródigo de risos ou de palavras. Quando estava na melhor das disposições, era acrimoniosamente taciturno. Quando estava na pior, as pessoas temiam o aberto desdém da sua língua. Somente a senhora Gould conseguia manter dentro dos devidos limites a descrença que ele tinha dos motivos humanos; mesmo a ela, porém (numa ocasião relacionada com Nostromo, e num tom que para o doutor era de gentileza), mesmo a ela dissera, certa ocasião:

— Realmente, é insensato exigir que um homem tenha de outras pessoas opinião muito melhor do que a que tem de si próprio.

E a senhora Gould se apressara a mudar de assunto. Havia estranhos boatos acerca do médico inglês. Anos atrás, na época de Guzmán Bento, ele estivera metido, murmurava-se, numa conspiração que foi delatada e, como se costumava dizer, afogada em sangue. O cabelo dele se tornara grisalho, seu rosto glabro, enrugado, era cor de tijolo; o axadrezado graúdo da sua camisa de flanela e o seu velho panamá todo cheio de manchas era um desafio aos convencionalismos de Sulaco. Não fosse pela imaculada limpeza de suas roupas, poderia ser tomado por um daqueles europeus indolentes que são uma ofensa à respeitabilidade de uma colônia estrangeira em quase todas as partes exóticas do mundo. As moças de Sulaco, que enfeitavam com ramalhetes de lindas faces os balcões ao longo da rua da Constituição, quando o viam passar com o passo claudicante e a cabeça baixa, uma jaqueta curta de linho descuidadosamente atirada sobre a camisa de flanela axadrezada, diziam uma à outra:

— Aí vai o *señor* doutor visitar *doña* Emilia. Vestiu a jaqueta.

A inferência era correta. Seu significado mais profundo, todavia, escapava-lhes à inteligência simplória. Além disso, não gastavam muitos pensamentos com o doutor. Ele era idoso, feio, culto — e um pouco *loco* —, doido, talvez com algo de bruxo, conforme as pessoas comuns suspeitavam. A curta jaqueta branca era na realidade uma concessão à influência humanizadora da senhora Gould. O doutor, com o seu modo de falar acrimonioso, cético, não tinha outro meio de mostrar o seu profundo respeito pelo caráter da mulher que era conhecida na região como a *señora* inglesa. Ele prestava esse tributo de maneira muito séria, na verdade; não era coisa de somenos para um homem dos seus hábitos. A senhora Gould percebia isso perfeitamente. Jamais sonharia impor a ele tão ostensiva mostra de deferência.

Ela abria a sua velha casa espanhola (uma das melhores de Sulaco) para prodigalizar os pequenos encantos da existência. Prodigalizava-os com simplicidade e graça porque a guiava uma alerta percepção de valores. Era altamente dotada para a arte do intercâmbio humano, a qual consiste de delicados matizes de esquecimento de si e da sugestão de universal compreensão.

Charles Gould (a família Gould, estabelecida em Costaguana havia três gerações, ia sempre para a Inglaterra estudar e arranjar esposa) imaginava que se apaixonara pelo sólido bom senso dela como qualquer outro homem, mas essas não eram exatamente as razões por que, por exemplo, todo o acampamento topográfico, do mais moço dos moços até o seu chefe maduro, achasse ocasião de referir-se tão freqüentemente à casa da senhora Gould, entre os altos picos da *sierra*. Ela protestaria que não fizera nada por eles, com uma risadinha baixa e uma surpresa dilatação dos seus olhos cinzentos, se alguém lhe contasse quão convincentemente era ela lembrada à beira da linha de neves perpétuas acima de Sulaco. Mas de imediato, com um arzinho competente de quem põe a cabeça a trabalhar, ela encontrava uma explicação:

— Está claro que foi uma grande surpresa, para esses rapazes, encontrar qualquer tipo de boa acolhida por aqui. E eu acho que eles têm saudades de casa. Acho que toda gente está sempre um pouquinho saudosa de casa.

Ela se apiedava das pessoas saudosas de casa.

Nascido no país, como seu pai antes dele, magro e alto, com um bigode flamejante, um queixo bem proporcionado, olhos azul-claros, cabelo castanho-avermelhado, e rosto fino, fresco, sangüíneo, Charles Gould parecia um recém-chegado de além-mar. Seu avô havia lutado pela causa da independência sob o comando de Bolívar, naquela famosa legião inglesa que, no campo de batalha de Carabobo, fora saudada pelo Grande Libertador como a salvadora de sua pátria. Um dos tios de Charles Gould tinha sido eleito presidente da própria província de Sulaco (então chamada de Estado) nos tempos da federação, e depois fora encostado à parede de uma igreja e fuzilado por ordem do bárbaro general unionista Guzmán Bento. Era o mesmo Guzmán Bento que, tornando-se mais tarde presidente perpétuo, afamado pela impiedosa e cruel tirania, alcançara sua apoteose na lenda popular de um espectro sanguinário, uma assombração terrena cujo corpo fora levado embora, pelo diabo em pessoa, do mausoléu de alvenaria na nave da igreja da Assunção, em Santa Marta. Pelo menos foi assim que os padres explicaram o desaparecimento dele à multidão descalça que, aterrada, irrompera em massa pela igreja a fim de contemplar o buraco na feia caixa de alvenaria diante do altar-mor.

O Guzmán Bento de cruel memória havia mandado executar grande número de pessoas além do tio de Charles Gould; os oligarcas de Sulaco (esta era a fraseologia no tempo de Guzmán Bento; agora são chamados blancos e abdicaram da idéia federalista), vale dizer, as famílias de pura linhagem espanhola, consideravam Charles Gould um deles, pelo fato de ter tido um parente mártir pela causa da aristocracia. Com tais antecedentes familiares, ninguém podia ser mais *costaguanero* que *don* Carlos Gould; porém seu aspecto era tão característico que na fala da gente do povo ele era apenas *el inglés* — o inglês de Sulaco. Parecia mais inglês que um turista ocasional, espécie de peregrino herético entretanto assaz desconhecida em Sulaco. Parecia mais inglês do que o último lote de jovens engenheiros da ferrovia que arribara; mais inglês do que qualquer personagem das cenas de caça à raposa dos números do *Punch* que chegavam à sala de visitas de sua esposa com uns dois meses de atraso. Espantava ouvi-lo falar espanhol (castelhano, como diziam os naturais da terra) ou o dialeto índio da gente do campo com tanta naturalidade. Seu sotaque jamais fora inglês, mas havia algo de tão indelével em todos esses antepassados Gould — libertadores, exploradores, plantadores de café, comerciantes, revolucionários — de Costaguana que ele, o único representante da terceira geração, num continente que possuía seu estilo próprio de equitação, continuava a parecer totalmente inglês mesmo a cavalo. Isso é dito dele não com o espírito zombeteiro dos *llaneros* — homens das grandes planícies — que acham que ninguém no mundo, a não ser eles próprios, sabe como montar um cavalo. Charles Gould, para usar a frase convenientemente retórica, cavalgava como um centauro. Para ele, montar não era uma forma especial de exercício; era uma faculdade natural, tal como andar em linha reta o é para todas as pessoas sãs de corpo e mente; não obstante, quando passava a meio galope ao lado dos sulcos fundos da trilha de carros de boi que levava à mina, parecia, em suas roupas inglesas e sela importada, que estava chegando naquele momento a Costaguana, num *pasotrote* desembaraçado e célere, vindo diretamente de algum verde prado do outro lado do mundo.

A trilha por ele percorrida acompanhava a antiga estrada espanhola — o *camino real* da linguagem popular —, o último vestígio remanescente de um fato e de um nome deixados por aquela realeza que o velho Giorgio Viola abominava e cuja própria sombra desaparecera da Terra; pois a grande estátua eqüestre de Carlos IV à entrada da alameda, onde erguia sua alvura contra as árvores de fundo, era conhecida pela gente do campo e dos mendigos da cidade que dormiam nos degraus à volta do pedestal como "o cavalo de pedra". O outro Carlos que dobrava à esquerda com um rápido matraquear de cascos no pavimento desconjuntado — *don* Carlos Gould, em suas roupas inglesas — parecia tão incongruente, mas muito mais em casa do que o régio cavaleiro a refrear seu corcel no pedestal acima dos *léperos* adormecidos, com o braço marmóreo erguido para a marmórea aba do seu chapéu de plumas.

Manchada pelo tempo, a efígie do rei eqüestre, com a sua vaga sugestão de um gesto de saudação, parecia opor um peito inescrutável às mudanças políticas que a tinham despojado do seu próprio nome; tampouco o outro cavaleiro, bem conhecido do povo, forte e vivo sobre a sua montaria elegante, cor de ardósia, com uma mancha branca no olho, punha o coração à mostra através do seu casaco inglês. Seu espírito conservava o firme equilíbrio, como se se resguardasse com desapaixonada estabilidade nas regras de decoro público e privado vigentes na Inglaterra. Ele aceitava com calma semelhante o execrável costume das senhoras de Sulaco de cobrir o rosto com cosmético até parecerem moldes de gesso com belos olhos vívidos; aceitava outrossim a bisbilhotice própria da cidade e as contínuas mudanças políticas, o constante "salvar o país" que à sua esposa semelhava um jogo pueril e sanguinário de assassínio e rapina jogado com terrível seriedade por crianças depravadas. Nos primórdios de sua vida em Costaguana, a pequena dama costumava cerrar as mãos exasperadamente por não poder levar os assuntos públicos do país tão a sério quanto o merecia a eventual atrocidade de métodos. Via neles uma comédia de aparências ingênuas, mas sem nada de genuíno, a não ser a sua própria e estarrecida indignação. Charles, muito calado e torcendo os longos bigodes, recusava-se absolutamente a discuti-los. Certa ocasião, contudo, observou-lhe com brandura:

— Minha querida, você parece esquecer que eu nasci aqui.

Estas poucas palavras fizeram-na deter-se, como se fossem uma repentina revelação. Talvez o simples fato de ter nascido no país não fizesse diferença. Ela tinha grande confiança no marido; uma confiança que sempre fora muito grande. Desde o princípio impressionara-lhe a falta de sentimentalismo dele, aquela tranqüilidade de espírito que ela firmara em seu pensamento como sinal de perfeita competência no ofício de viver. *Don* José Avellanos, o seu vizinho da casa da frente, estadista, poeta, homem de cultura que representara seu país em diversas cortes européias (e sofrera inúmeras indignidades como prisioneiro de Estado na época da tirania de Guzmán Bento), declarara, na sala de estar de *doña* Emilia, que Carlos tinha todas as qualidades inglesas de caráter de par com um coração verdadeiramente patriota.

A senhora Gould, erguendo os olhos para o rosto esguio, rubicundo e bronzeado do marido, não pôde perceber nenhuma palpitação em suas feições, por mínima que fosse, do que ele devia ter ouvido acerca do seu patriotismo. Talvez tivesse acabado de desmontar de regresso da mina: era inglês bastante para descurar das horas mais quentes do dia. Basilio, numa libré de linho branco com uma faixa vermelha, ajoelhara-se por um instante nos calcanhares dele para desafivelar-lhes as pesadas esporas no pátio; e então o *señor* administrador subiu a escada que levava à galeria. Fileiras de vasos de plantas, alinhados sobre a balaustrada entre os pilares dos arcos, encobriam *el corredor*, com suas flores e folhas, do quadrângulo abaixo cuja área pavimentada é a verdadeira pedra do lar de uma casa sul-americana, onde as horas tranqüilas da vida doméstica são marcadas pelo deslocamento de luz e sombra sobre as lajes.

O *señor* Avellanos tinha por hábito atravessar o pátio às cinco horas de quase todos os dias. *Don* José escolhera vir à hora do chá porque o rito inglês da casa de *doña* Emilia lembrava-lhe o tempo que vivera em Londres como ministro plenipotenciário na Corte de St. James. Ele não gostava de chá e, movimentando a cadeira de balanço, as botas pequenas e lustrosas cruzadas sobre o suporte para os pés, costumava falar continuamente numa espécie de complacente virtuosismo, admirável de ver num homem de sua idade, enquanto segurava a xícara nas mãos por longo tempo. Seu cabelo cortado rente era totalmente grisalho, e seus olhos, negros como carvão.

Ao ver Charles Gould entrar na sala fazia um aceno de cabeça provisório e prosseguia até o fim do período oratório. Só então dizia:

— Carlos, meu amigo, você veio a cavalo da San Tomé em pleno calor do dia. Sempre a verdadeira diligência inglesa. Hein? E então?

Bebia o chá todo de uma só golada. A esse ato se seguia invariavelmente um ligeiro estremecimento e um "b-r-r-r" involuntário, em voz baixa, que não chegava a ser coberto pela apressada exclamação "Excelente!".

Depondo em seguida com um sorriso a xícara vazia na mão do seu jovem amigo, ele continuava a discorrer sobre a natureza patriótica da mina de San Tomé pelo simples prazer de falar fluentemente, enquanto o seu corpo reclinado ia e vinha numa cadeira de balanço do tipo importado dos Estados Unidos. O teto da sala de estar principal da Casa Gould estendia a lisa brancura por sobre a sua cabeça. A altura do salão ananicava a mescla de pesadas cadeiras espanholas em madeira escura, de espaldar reto e assento de couro, com mobília européia baixa, toda ela acolchoada, como pequenos monstros acocorados, empanturrados até rebentar de molas de aço e crina de cavalo. Havia enfeites sobre mesinhas, espelhos afixados à parede sobre consoles de mármore, quadriláteros de tapete sob os dois grupos de poltronas, cada um deles presidido por um sofá fundo; tapetes menores, felpudos, espalhados por todo o pavimento de ladrilhos vermelhos; três janelas que iam do chão ao teto abrindo para um balcão e flanqueadas pelas pregas perpendiculares das cortinas escuras. A imponência dos antigos dias sobrevivia entre as quatro altas paredes lisas, pintadas de um delicado amarelo-claro; e a senhora Gould, com a sua pequena cabeça de cachos reluzentes, sentada em meio a uma nuvem de musselina e rendas, diante de uma grácil mesa de mogno, parecia uma fada delicadamente postada à frente de sutis filtros, guardados em recipientes de prata e porcelana.

A senhora Gould conhecia a história da mina de San Tomé. Explorada nos dias de outrora sobretudo por meio de vergastadas em lombos de escravo, a produção da mina fora paga com o seu próprio peso de ossos humanos. Tribos inteiras de índios tinham perecido na exploração; depois, a mina foi abandonada já que deixara de dar um rendimento lucrativo com esse método primitivo, não importando quantos corpos lhe fossem atirados às mandíbulas. Desde então ficara esquecida. Foi redescoberta após a guerra de independência. Uma companhia inglesa obtivera o direito de explorá-la e encontrou um meio tão rico que nem as extorsões de governos sucessivos nem as periódicas incursões de oficiais de recrutamento contra a população de mineiros assalariados que ela tinha criado conseguiram desencorajar-lhe a perseverança. Mas por fim, durante longo tumulto de pronunciamentos que se seguiu à morte do famoso Guzmán Bento, os mineiros nativos, incitados à revolta pelos emissários vindos da capital, haviam se rebelado contra os seus chefes ingleses, matando-os todos. O decreto de confisco, que apareceu logo em seguida no *Diário Oficial* em Santa Marta, começava com as palavras: "Justificadamente enfurecida pela excruciante opressão de estrangeiros, os quais eram impelidos por sórdidos motivos de lucro e não pelo amor a um país aonde tinham chegado empobrecidos, em busca de fortuna, a população mineira de San Tomé etc. [...]" e concluía com a declaração: "O chefe de Estado resolveu exercer em plenitude o seu poder de clemência. A mina, que por todas as leis, internacional, humana e divina, reverte agora à posse do governo como propriedade nacional, permanecerá fechada até a espada desembainhada na sagrada defesa dos princípios liberais completar a sua missão de assegurar a felicidade do nosso amado país".

E durante muitos anos esse foi o fim da mina de San Tomé. Impossível dizer a essa altura que vantagem aquele governo esperava obter da espoliação. Costaguana viu-se obrigada a pagar, com dificuldade, uma miserável compensação monetária às famílias das vítimas, e desde então o assunto desapareceu dos despachos diplomáticos. Mas posteriormente outro governo lembrou-se de reconsiderar aquela valiosa propriedade. Foi um governo costaguanense medíocre — o quarto em seis anos — mas que soube julgar judiciosamente as suas oportunidades. Lembrou-se da mina de San Tomé com a secreta convicção de sua inutilidade em suas próprias mãos, mas com uma visão franca dos vários usos que uma mina de prata pode ter, afora o sórdido processo de extrair o metal da terra. O pai de Charles Gould, por longo tempo um dos mais abastados comerciantes de Costaguana, já havia perdido parte considerável de sua fortuna em empréstimos compulsórios a sucessivos governos. Era um homem de raciocínio sereno, que jamais sonhara em insistir nas suas reclamações, e quando a concessão perpétua da mina de San Tomé lhe foi inopinadamente oferecida como quitação total da dívida, sua apreensão se tornou extrema. Ele era versado nos métodos de proceder do governo. Em verdade, a intenção do negócio, que sem dúvida fora profundamente meditado pelo gabinete, estava à vista no documento apresentado com urgência para a sua assinatura. A terceira cláusula, a mais importante, estipulava que o concessionário deveria pagar imediatamente ao governo cinco anos de direitos de exploração com base no rendimento estimado da mina.

O senhor Gould pai defendeu-se deste favor fatal com muitos argumentos e rogos, mas sem êxito. Não entendia coisa alguma de mineração; não tinha meios de pôr sua concessão à venda no mercado europeu; a mina, como negócio ativo, não existia. Os edifícios haviam sido queimados, o equipamento de mineração destruído e a população mineradora desaparecera da vizinhança havia anos e anos; a própria estrada sumira sob um dilúvio de vegetação tropical, tão completamente quanto se tivesse sido engolida pelo mar, e a galeria principal desabara a cem metros da entrada. Já não era uma mina abandonada; era uma garganta selvática, inacessível e rochosa da cordilheira, onde vestígios de madeiramento carbonizado, alguns montes de tijolos em pedaços e ocasionais peças informes de metal enferrujado podiam ser encontrados sob a massa enredada de plantas rasteiras e espinhosas que cobriam o solo. O senhor Gould pai não desejava a posse perpétua daquele sítio desolado; de fato, a mera visão dele em sua mente durante as horas quietas da noite tinham o condão de exasperá-lo por horas de escaldante e agitada insônia.

Acontecera no entanto que o ministro de Finanças daquela época era um homem a quem, em anos passados, o senhor Gould infelizmente se recusara a prestar alguma pequena assistência monetária, baseando a sua recusa no fato de o solicitante ser um jogador e trapaceiro notório, além de suspeito, com boas razões, de um assalto com violência a um abastado *ranchero* num remoto distrito do interior, onde então exercia a função de juiz. Agora, após chegar à augusta posição, esse político proclamara sua intenção de pagar o mal com o bem ao *señor* Gould — pobre homem. Afirmou e reafirmou tal resolução nas salas de visita de Santa Marta, em voz branda e implacável, e com olhadelas tão maldosas que os melhores amigos do senhor Gould o advertiam seriamente a não tentar nenhum suborno para resolver a questão. Teria sido inútil. Na verdade, não seria um procedimento muito seguro. Essa era também a opinião de uma senhora de origem francesa, robusta e ruidosa, filha, ao que dizia, de um alto oficial (*officier supérieur de l'armée*), que se estabelecera com cômodos dentro das paredes de um convento secularizado contíguo ao Ministério das Finanças. Essa ostentosa pessoa, quando procurada em nome do senhor Gould, de maneira discreta e com um presente apropriado, sacudiu a cabeça desalentadamente. Era de índole bondosa e o seu desalento era genuíno. Achava que não podia aceitar dinheiro por algo que não poderia fazer. O amigo do senhor Gould encarregado da delicada missão posteriormente costumava dizer ter sido ela a única pessoa honesta ligada de perto ou de longe ao governo que lhe fora dado encontrar.

— Não adianta — dissera ela com uma entonação jovial, rouca, que lhe era natural e usando torneios de expressão mais próprios de uma filha de pais desconhecidos que da filha órfã de um oficial general. — Não, não adianta. *Pas moyen, mon garçon. C'est dommage, tout de même. Ah! zut! Je ne vole pas mon monde. Je ne suis pas ministre — moi! Vous pouvez emporter votre petit sac.**

Por um instante, mordendo os lábios carmíneos, ela deplorou intimamente a tirania dos rígidos princípios que regiam a venda da sua influência em altos círculos. Depois, em tom significativo e com um toque de impaciência:

— *Alloz* — acrescentou — *et dites bien à votre bonhomme... entendez-vous?... qu'il faut avaler la pilule.***

Depois de uma tal advertência, não havia nada a fazer senão assinar e pagar. O senhor Gould engolira a pílula e era como se ela fosse composta de algum veneno sutil que agiu diretamente sobre seu cérebro. Tornou-se de imediato obsessionado por minas e, como era muito lido em matéria de literatura ligeira, a sua assumiu-lhe na mente a forma do Velho do Mar grudado aos seus ombros. Começou também a sonhar com vampiros. O senhor Gould exagerava para si próprio as desvantagens da sua nova posição porque a considerava emocionalmente. Sua posição em Costaguana não era pior que antes. Mas o homem é uma criatura enormemente conservadora, e a extravagante novidade desse ultraje à sua bolsa perturbou-lhe o juízo. Toda gente à sua volta estava sendo roubada pelos bandos grotescos e homicidas que jogavam o seu jogo de governos e revoluções após a morte de Guzmán Bento. A experiência lhe ensinara que, por longe

* Não há jeito, meu rapaz. É uma pena, todavia. Ah!, bolas! Eu não roubo os meus. Não sou ministro — eu! Pode levar embora a sua lembrancinha. (N. T.)

** Ande, vá dizer ao seu homenzinho... compreende?... que é preciso engolir a pílula. (N. T.)

que ficasse a pilhagem da verdadeira expectativa deles, nenhuma quadrilha de posse do palácio presidencial seria incompetente a ponto de tolerar ver-se frustrada por falta de pretextos. O primeiro coronel ocasional do exército descalço de espantalhos que aparecesse seria capaz de expor a qualquer simples civil com vigor e precisão os títulos por que fazia jus a uma soma de dez mil dólares; entrementes, sua esperança estaria imutavelmente fixada numa gorjeta de, fosse como fosse, mil dólares no mínimo. O senhor Gould sabia disso muito bem e, armado de resignação, ficara à espera de melhores tempos. Mas ser roubado sob a forma de legalidade e negócios era-lhe intolerável à imaginação. O senhor Gould pai tinha uma falha no caráter honrado e sagaz: dava muita importância à forma. É uma falha comum à humanidade, cujas concepções estão impregnadas de preconceitos. Para ele, naquela transação havia uma malevolência de justiça perversa que, por via de um choque moral, lhe atacava o físico vigoroso.

— Vai acabar me matando — costumava ele afirmar muitas vezes por dia.

E, de fato, desde essa época começou a sofrer de febre, de dores no fígado, e, sobretudo, de uma preocupante incapacidade de pensar em outra coisa. O ministro das Finanças jamais poderia ter idéia da profunda sutileza da sua vingança. Mesmo as cartas do senhor Gould a seu filho Charles, rapazola de catorze anos, então estudando na Inglaterra, acabaram por não falar praticamente de outra coisa que não fosse a mina. Ele se queixava da injustiça, da perseguição, do ultraje que era a mina; gastava páginas inteiras na exposição das conseqüências fatais da posse da dita mina, isso sob todos os pontos de vista, como toda as funestas inferências, referindo-se em palavras de horror ao caráter aparentemente eterno de tal maldição. Pois a concessão fora dada para sempre a ele e aos seus descendentes. Implorava ao filho que jamais voltasse para Costaguana, jamais reclamasse qualquer parte da sua herança lá, porque estava inquinada pela infame concessão; jamais a tocasse, jamais se aproximasse dela, esquecesse que a América existia, e cuidasse de fazer a sua carreira mercantil na Europa. E toda carta terminava com amargas auto-recriminações por ter se demorado demais naquela caverna de ladrões, intrigantes e bandoleiros.

Ouvir repetidamente que se tem o futuro arruinado por causa da posse de uma mina de prata não é, na idade de catorze anos, assunto de fundamental importância quanto ao enunciado principal; sua forma, porém, tenciona suscitar certa dose de espanto e atenção. Com o correr do tempo, o rapaz, a princípio meramente perplexo com as raivosas jeremiadas, mas deveras pesaroso pelo pai, começou a revolver a questão mentalmente, nos momentos que podia roubar às diversões e ao estudo. Pela leitura das cartas, em cerca de um ano chegou a uma convicção definida de que havia uma mina de prata na província de Sulaco da República de Costaguana, onde o pobre tio Harry havia sido fuzilado por soldados muitos anos atrás. Ligada de perto a essa mina, havia também uma coisa chamada a "iníqua Concessão Gould", ao que parece escrita num documento que seu pai desejava ardentemente "rasgar e atirar no rosto" de presidentes, membros da magistratura e ministros de Estado. E esse desejo persistia, embora os nomes dessa gente, pelo que notara, raramente permanecessem os mesmos por um ano inteiro. O dito desejo (de vez que a coisa era iníqua) parecia muito natural ao rapaz, embora desconhecesse por que o negócio era iníquo. Mais tarde, com o avanço do discernimento, conseguiu desenredar a verdade pura e simples da questão da fantástica intrusão do Velho do Mar, vampiros e espectros que tinham dado à correspondência do pai o sabor de um horrível conto das *Mil e uma noites*. Por fim, o rapaz em crescimento chegou a uma intimidade tão grande com a mina de San Tomé quanto a do ancião que escrevia aquelas cartas queixosas e iradas do outro lado do mar. Repetidas vezes fora ele obrigado a pagar pesadas multas por descurar da exploração da mina, informava, além de outras somas extorquidas por conta de futuros direitos, a pretexto de que um homem com tão valiosa concessão no bolso não podia recusar assistência financeira ao governo da República. Os últimos restos de sua fortuna estavam sendo arrancados contra recibos sem nenhum valor, escrevia ele com raiva, ao mesmo tempo que era apontado como um indivíduo que soubera tirar enormes vantagens das necessidades do seu país. E o jovem da Europa se tornava cada mais vez interessado naquela coisa capaz de provocar tal tumulto de palavras e de paixão.

Pensava nela todos os dias, mas sem amargor. Talvez tivesse sido um negócio infeliz para o seu pobre pai, e a história toda lançava uma luz singular sobre a vida social e política de Costaguana. A sua opinião a respeito era simpática ao pai, mas calma e refletida. Seus sentimentos pessoais não haviam sido ultrajados e é difícil se ressentir com a devida e durável resignação e angústia física ou mental de outro organismo, mesmo que esse outro organismo seja o do próprio pai. À altura dos seus vinte anos, Charles Gould tinha sucumbido, por sua vez, ao encantamento da mina de San Tomé. Mas tratava-se de outra forma de encantamento, mais afim da sua juventude, em cuja fórmula mágica entravam esperança, vigor e confiança em si mesmo, em vez de exausta indignação e desespero. Deixado entregue depois dos vinte ao seu próprio governo (a não ser pela severa recomendação de não voltar a Costaguana), ele continuara os estudos na Bélgica e na França com a idéia de habilitar-se em engenharia de minas. Mas este aspecto científico de sua labuta permanecia vago e imperfeito em sua mente. As minas haviam adquirido, para ele, um interesse dramático. Estudava suas peculiaridades de um ponto de vista pessoal, outrossim, como se estudam os variados caráteres dos homens. Visitava-as com a curiosidade de quem vai visitar pessoas notáveis. Visitou minas na Alemanha, na Espanha, na Cornualha. Fascinavam-no as lavras abandonadas. A desolação delas falava-lhe tanto quanto o espetáculo da miséria humana, cujas causas são variadas e profundas. Talvez não tivessem valor, mas também podem ter sido mal compreendidas. Sua futura esposa foi a primeira e quem sabe a única pessoa a detectar tal secreto estado de espírito que regia a atitude desse homem profundamente sensível e quase inarticulada para com o mundo das coisas materiais. E de pronto o encanto dela com ele, jacente de asas semiabertas, como esses pássaros que não conseguem elevar-se com facilidade de uma superfície plana, encontrou um pináculo do qual alçar-se aos céus.

Os dois tinham se conhecido na Itália, onde a futura senhora Gould estava morando com uma tia pálida e idosa que, anos antes, desposara um marquês italiano, empobrecido e de meia-idade. Ela agora pranteava esse homem que soubera como dar a vida pela independência e unidade de sua pátria, que soubera como ser tão arrebatado na sua generosidade quanto o mais jovem daqueles que haviam tombado pela mesma causa de que o velho Giorgio Viola era uma relíquia ao léu, tal como uma lança quebrada fica a flutuar, esquecida, após uma vitória naval. A *marchesa* levava uma vida silente, sussurrante, uma freira com seus trajes negros e a fita branca na fronte, em um canto do primeiro pavimento de um antigo palácio arruinado cujas amplas salas vazias do térreo abrigavam, sob os tetos pintados, as colheitas, a criação de aves e até mesmo de vacas, juntamente com toda a família de um rendeiro.

Os dois jovens tinham se conhecido em Lucca. Depois daquele encontro, Charles Gould não visitou mais minas, embora certa ocasião tivessem ido juntos de carruagem ver algumas pedreiras de mármore, cuja exploração semelhava a de minas na medida em que consistia também na extração de matéria-prima valiosa da terra. Charles Gould não abriu o coração em nenhuma declaração explícita. Simplesmente continuou a agir e pensar como antes, só que à vista dela. Este é o verdadeiro método da sinceridade. Uma das observações freqüentes que fazia era:

— Às vezes acho que meu pobre pai tem uma visão errada desse negócio de San Tomé.

E discutiam tal opinião a sério, longamente, como se pudessem influenciar um espírito na outra metade do mundo; na verdade porém discutiam porque o sentimento do amor pode penetrar qualquer assunto e viver ardentemente em frases remotas. Por essa razão natural, tais discussões eram preciosas para a senhora Gould no seu estado de atração. Charles temia estar o senhor Gould pai gastando suas energias e ficando doente com os esforços para livrar-se da concessão.

— Acho que não é o tipo de tratamento adequado para a questão — conjeturava em voz alta, como se falasse consigo.

E quando ela dizia com franqueza estranhar que um homem de caráter devotasse suas forças a conspirações e intrigas, Charles observava, com uma solicitude meiga de quem bem lhe compreendia o espanto:

— Você não deve esquecer que ele nasceu lá.

Ela então punha a mente alerta a considerar isso e dava uma réplica inconseqüente, que ele aceitava como perfeitamente sagaz, porque de fato o era:

— Bem, e você? Você também nasceu lá.

Ele sabia o que responder:

— Isso é diferente. Faz dez anos que estou longe. Papai jamais se afastou por um período tão longo, e isso há mais de trinta anos.

Ela foi a primeira pessoa com quem ele se abriu após receber a notícia da morte do pai:

— Acabou matando-o! — disse.

Viera a pé diretamente da cidade com a notícia; viera olhando sempre diante de si pela estrada branca sob o sol do meio-dia, e seus pés o trouxeram até ela no vestíbulo do *palazzo* arruinado, um aposento magnífico e desnudo com longas tiras de damasco a pender aqui e ali, enegrecidas pela umidade e pelos anos sobre um painel desguarnecido na parede. O aposento estava mobiliado tão-só com uma poltrona dourada de encosto quebrado e um suporte em coluna octogonal que sustentava um pesado vaso de mármore ornamentado de máscaras esculpidas e guirlandas de flores, com uma rachadura de cima a baixo. Charles Gould ostentava a branca poeira da estrada nas botas, nos ombros, no boné de duas pontas. Deste pingava água sobre todo o seu rosto, e ele empunhava um grosso cajado de carvalho na mão direita.

Ela empalideceu sob as rosas do seu grande chapéu de palha, enluvada, balançando uma sombrinha clara que acabara de pegar para sair a encontrá-lo no sopé da colina, onde três choupos se erguiam junto à cerca de um vinhedo.

— Acabou matando-o! — repetiu ele. — Ainda tinha muitos anos por viver. Somos uma família longeva.

Ela estava surpreendida demais para dizer o que quer que fosse; ele contemplava com olhar imóvel e penetrante a urna de mármore rachada, como se decidido a fixar-lhe o contorno na memória para sempre. Foi só então que, voltando-se de súbito para ela, repetiu impulsivamente:

— Vim à sua procura... Vim diretamente à sua procura... — sem conseguir concluir a frase, para que a profunda acerbidade daquela morte solitária e atormentada em Costaguana a atingisse com todo o impacto de sua miséria.

Ele tomou-lhe a mão, ergueu-a até os lábios, e a esse gesto ela largou a sombrinha para afagar-lhe o rosto, murmurou:

— Pobre rapaz! — e começou a enxugar os olhos sob a curva descendente da aba do chapéu, muito miúda no seu vestido branco, simples, quase como uma criança perdida, a chorar em meio à grandeza degradada do nobre vestíbulo, enquanto ele ficava ali de pé, junto dela, de novo totalmente imobilizado na contemplação da urna de mármore.

Pouco depois, os dois saíram para um longo passeio, feito em silêncio até o momento em que ele exclamou repentinamente:

— Sim. Mas se ao menos ele tivesse tratado a questão da maneira apropriada!

E então deram uma parada. Por toda a parte havia longas sombras sobre as colinas, sobre as estradas, sobre os olivais cercados; as sombras de choupos, de castanheiros copados, de edificações rurais, de muros de pedra; e na atmosfera o som de um sino, fino e alerta, era como a pulsação da luz do sol poente. Os lábios dela estavam ligeiramente entreabertos, como se surpresos de ele não estar olhando-a com a expressão costumeira. A expressão costumeira era de incondicional aprovação e solicitude. Nas suas conversas com ela, ele era o mais ansioso e deferente dos ditadores, uma atitude que a agradava imensamente. Pois confirmava seu poder, sem privá-lo em nada de sua dignidade. Aquela jovem esguia, com seus pés miúdos, suas mãos pequenas e seu rostinho sedutoramente coroado por grandes cachos de cabelo, com uma boca larga que ao apenas entreabrir os lábios parecia exalar uma fragrância de franqueza e generosidade, tinha a alma exigente de uma mulher experimentada. Acima de todas as coisas e de todas as lisonjas, ela era zelosa do seu orgulho por parte do objeto de sua escolha. Mas no momento ele não estava realmente olhando para ela; sua expressão era tensa, irracional, como é de esperar num homem decidido a fitar o nada além da cabeça de uma jovem.

— Bem, sim. Foi uma iniqüidade. Corromperam-no totalmente, pobre do velho. Oh! por que ele não quis deixar-me voltar para junto dele? Mas agora eu sei como lidar com a coisa.

Após pronunciar essas palavras com imensa confiança, voltou os olhos para ela, e de pronto viu-se presa de aflição, incerteza e temor.

A única coisa que agora queria saber era se ela o amava o bastante — ela teria coragem de ir com ele para longe? Formulou essas perguntas numa voz que tremia de ansiedade — pois era um homem decidido.

Ela iria. Iria sim. E de pronto a futura anfitriã de todos os europeus de Sulaco teve a experiência física de sentir a terra desaparecer sob seus pés. Desapareceu completamente, assim como o próprio som do sino. Quando os pés voltaram a tocar o solo, o sino continuava a badalar no vale; ela levou as mãos ao cabelo, ofegante, e correu os olhos de cima a baixo pela azinhaga pedregosa. Estava tranqüilizadoramente vazia. Entrementes, Charles, com um pé dentro de um fosso seco e poeirento, apanhava a sombrinha, que saltara para longe deles com um som marcial de rufo de tambor. Entregou a ela circunspectamente, cabisbaixo.

Voltaram, e depois de ela ter tomado seu braço, as primeiras palavras que pronunciou foram:

— É uma sorte podermos ir morar numa cidade litorânea. Você já ouviu o nome. É Sulaco. Estou tão contente de meu pobre pai ter conseguido lá aquela casa grande. Comprou-a anos atrás para que sempre houvesse uma Casa Gould na cidade principal do que ele costumava chamar de província ocidental. Vivi ali um ano inteiro, quando menino pequeno, com minha querida mãe, enquanto meu pobre pai estava fora, nos Estados Unidos, a negócio. Você será a nova senhora da Casa Gould.

E mais tarde, no canto habitado do *palazzo* acima dos vinhedos, das colinas de mármore, dos pinhais e olivais de Lucca, ele disse ainda:

— O nome Gould foi sempre altamente respeitado em Sulaco. Meu tio Harry foi chefe do Estado durante algum tempo e deixou um nome ilustre entre as principais famílias. Com isso quero dizer as famílias crioulas puras, que não tomaram parte da miserável farsa do governo. O tio Harry não era nenhum aventureiro. Em Costaguana, nós, os Gould, não somos aventureiros. Ele era da terra e a amava, mas continuou essencialmente inglês nas suas idéias. Perfilhou o clamor político de sua época, "federação". Mas não era nenhum político. Simplesmente tomou o partido da ordem social por puro amor da liberdade racional e por causa do seu ódio à opressão. Não havia nada de insensato nele. Entrou em ação à sua própria maneira porque lhe pareceu certo, assim como eu sinto que devo deitar a mão naquela mina.

Era em palavras assim que ele lhe falava porque tinha a memória impregnada do país de sua infância, o coração da sua vida com aquela jovem, e a mente na Concessão de San Tomé. Acrescentou que precisava deixá-la por alguns dias a fim de ir encontrar-se com um americano, um homem de San Francisco que ainda estava em algum lugar da Europa. Poucos meses antes o conhecera numa velha cidade germânica, situada no distrito mineiro. O americano estava em companhia da esposa, mas parecia solitário enquanto os dois se dedicavam a desenhar o dia todo velhos portais e torrinhas dos cantos de casas medievais. Charles tivera com ele a inseparável camaradagem da mina. O homem estava interessado em empresas de mineração, conhecia alguma coisa de Costaguana e não lhe era estranho o nome de Gould. Haviam conversado com certa intimidade, tornada possível pela diferença de idades. Charles queria agora ir ao encontro desse capitalista de mente sagaz e natureza acessível. A fortuna de seu pai em Costaguana, que ele supunha fosse ainda considerável, parecia ter se fundido no cadinho velhaco das revoluções. Afora umas dez mil libras depositadas na Inglaterra, nada restara, ao que parecia, a não ser a casa de Sulaco, um vago direito de exploração florestal num remoto e selvagem distrito, e a Concessão de San Tomé, que acompanhara o seu pobre pai até a beira da própria cova.

Ele explicou tais coisas. Era tarde quando se separaram. Jamais lhe propiciara ele tão fascinante visão de si mesmo. Toda a avidez da juventude por uma vida estranha, grandes distâncias, um futuro em que havia promessas de aventura, de combate — um sutil pensamento de desagravo e conquista —, tinham-na enchido de intensa emoção, que ela retribuíra ao doador com mostras de uma ternura a mais franca e mais requintada.

Ele a deixou descer sozinha a colina, e tão logo se viu só recobrou a sobriedade. Essa irreparável mudança que uma morte causa no curso dos nossos pensamentos cotidianos pode ser percebida num vago e pungente desconforto de espírito. Doía a Charles Gould sentir que nunca mais, por nenhum esforço de vontade, poderia pensar no pai da mesma maneira com que costumava nele pensar quando o pobre homem estava vivo. Sua imagem não estava mais em seu poder. Tal consideração, que lhe afetava de perto a própria identidade, enchia-lhe o peito de um magoado e raivoso desejo de ação. Nisto, o seu instinto era infalível. A ação consola. É a inimiga do pensamento e a amiga das ilusões lisonjeiras. Só na conduta de nossa ação podemos encontrar um senso de domínio sobre as Parcas. Para a ação dele, a mina era indubitavelmente o único campo. Impõe-se às vezes saber como desobedecer aos solenes desejos dos mortos. Decidiu firmemente tornar a sua desobediência tão completa (como meio de expiação) quanto possível. A mina havia sido a causa de um absurdo desastre moral; a sua exploração devia tornar-se um êxito momentoso e moral. Devia isso à memória do morto. Essas eram as emoções — propriamente ditas — de Charles Gould. Seus pensamentos giravam em torno de como levantar uma grande soma de capital em San Francisco ou alhures; e ocasionalmente lhe ocorrera então a reflexão geral de que o conselho do falecido deveria ser um guia falaz. Nenhum deles poderia ter consciência antecipadamente das enormes mudanças que a morte de um dado indivíduo pode produzir no próprio aspecto do mundo.

A fase mais recente da história da mina a senhora Gould a conhecia por experiência pessoal. Era, em suma, a história de sua vida conjugal. O manto da posição hereditária dos Gould em Sulaco cobrira, amplo, a sua pessoa miúda; ela não permitiria, contudo, que as peculiaridades da estranha veste lhe abafassem a vivacidade de índole, que era sinal não de mera lepidez mecânica, mas de inteligência aguda. Não se deve supor que o espírito da senhora Gould fosse masculino. Uma mulher de espírito masculino não é um ser de superior eficiência; é simplesmente um fenômeno de diferenciação imperfeita — curiosamente infecunda e sem importância. Por ser feminina, a inteligência de *doña* Emilia possibilitou-lhe a conquista de Sulaco com tão-só iluminar o caminho da sua simpatia e do seu altruísmo. Sabia conversar encantadoramente, mas não era loquaz. A sabedoria de coração, por não se preocupar com a edificação ou demolição de teorias e tampouco com a defesa de preconceitos, não tem palavras fortuitas a seu dispor. As palavras que pronuncia têm o valor de atos de integridade, tolerância e compaixão. A verdadeira ternura de uma mulher, tal como a verdadeira virilidade de um homem, se exprime em ação de natureza conquistadora. As senhoras de Sulaco adoravam a senhora Gould.

— Ainda me olham como se eu fosse algo assim como um monstro — dissera ela prazenteiramente a um dos três cavalheiros de San Francisco que tivera de receber em sua nova casa de Sulaco um ano após seu casamento.

Eram os seus primeiros visitantes do estrangeiro, e tinham vindo dar uma olhada na mina de San Tomé. Ela gracejava da maneira mais agradável, acharam; e Charles Gould, além de conhecer muito bem aquilo de que se ocupava, demonstrara-se um homem verdadeiramente ativo. Tais fatos os dispuseram favoravelmente para com a sua esposa. Um entusiasmo inconfundível, pontilhado de um ligeiro sainete de ironia, tornava a conversa dela acerca da mina absolutamente fascinante para os hóspedes e lhes provocava graves e indulgentes sorrisos nos quais havia uma boa dose de deferência. Se eles tivessem sabido o quanto ela era inspirada por uma visão idealista de êxito, talvez se espantassem com o seu estado de espírito, assim como às senhoras hispano-americanas espantara a incansável atividade do seu corpo. Ela teria sido — em suas próprias palavras — “algo assim como um monstro” para elas. Entretanto, os Gould eram, em essência, um casal reticente, e seus hóspedes tinham partido sem suspeitar de qualquer outro propósito que não fosse o de simples lucro com a exploração de uma mina de prata. A senhora Gould mandara atrelar a sua própria carruagem com duas mulas brancas para levá-los até a baía, de onde o *Ceres* iria transportá-los ao Olimpo dos plutocratas. O capitão Mitchell aproveitou a ocasião das despedidas para observar à senhora Gould, num murmúrio confidencial:

— Isto marca uma época.

A senhora Gould adorava o *patio* da sua casa espanhola. Um largo lance de degraus de pedra era silentemente dominado por um nicho na parede com uma Madona de manto azul trazendo nos braços uma criança coroada. Vozes abafadas subiam, no começo da manhã, do poço ladrilhado do quadrângulo, juntamente com o ruído dos cascos de cavalos e mulas levados em parelha para beber na cisterna. Um emaranhado de esguias hastes de bambu debruçava suas estreitas folhas laminares sobre o tanque d'água quadrado, e o gordo cocheiro, envolto num poncho, ficava sentado à beira, segurando preguiçosamente na mão as pontas dos cabrestos. Criados descalços passavam de um lado para o outro, surgidos dos portais baixos, sombrios, mais abaixo; duas moças lavadeiras com cestos de roupa lavada; o padeiro com a bandeja de pão feito para o dia; Leonarda — sua própria *camerista* — de braços erguidos carregando, por sobre a cabeça de um negro lustroso, um monte de saias de baixo engomadas, ofuscadoramente alvas aos raios oblíquos do sol. Então surgia claudicante o velho porteiro para varrer as lajes do pátio, e a casa ficava pronta para o dia. Todos os aposentos de teto alto nos três lados do quadrângulo se intercomunicavam e abriam para o *corredor*, com sua balaustrada de ferro lavrado e uma bordadura de flores, de onde, como a senhora de um castelo medieval, ela podia acompanhar de cima todas as partidas e chegadas da casa, a que o ruidoso portão em arco dava um ar de majestosa importância.

Ela vira a sua carruagem partir com os três hóspedes do Norte. Sorriu-lhes. Seus três braços ergueram-se simultaneamente para tocar os três chapéus. O capitão Mitchell, o quarto, a serviço, já havia iniciado um pomposo discurso. Então ela se deixou ficar por ali. Aproximava o rosto dos cachos de flores como se a dar tempo aos pensamentos de se ritmarem pelos seus passos lentos ao longo do reto corredor.

Uma rede índia de Aroa, com franjas e alegres bordados coloridos em ziguezague, fora acertadamente pendurada numa quina que apanhava o primeiro sol da manhã, sempre fria em Sulaco. A *flor de nochebuena* chamejava em grandes massas diante das portas envidraçadas abertas das salas de recepção. Um grande papagaio verde, brilhante como esmeralda numa gaiola que lampejava como ouro, berrou ferozmente:

— *Viva Costaguana!* — depois chamou duas vezes, melifluamente: — Leonarda! Leonarda! — imitando a voz da senhora Gould, e de súbito se refugiou na imobilidade e no silêncio.

A senhora Gould alcançou o fim da galeria e pôs a cabeça dentro do gabinete.

Charles Gould, com um pé sobre um banquinho de madeira, já estava afivelando as esporas. Tinha pressa de voltar à mina. A senhora Gould, sem entrar, correu os olhos pelo aposento. Uma estante alta e larga, com portas de vidro, estava cheia de livros; mas na outra, sem prateleiras, e revestida de baeta vermelha, pendiam armas de fogo: carabinas Winchester, revólveres, um par de espingardas de caça, e mesmo dois pares de pistolas de dois canos, com coldres. Entre elas, sozinho sobre uma tira de veludo escarlate, havia um antigo sabre de cavalaria, propriedade de *don* Enrique Gould, o herói da província ocidental, presenteado por *don* José Avellanos, o amigo hereditário da família.

No restante, as paredes brancas rebocadas estavam totalmente desnudas, a não ser por um esboço em aquarela da montanha de San Tomé — obra da própria *doña* Emilia. No meio do pavimento de ladrilhos vermelhos havia duas longas mesas atulhadas de desenhos e papéis, algumas cadeiras e uma vitrine envidraçada com espécimes de minério da mina. Olhando tais coisas, alternativamente, a senhora Gould se perguntou em voz alta por que a conversa desses homens abastados e empreendedores, sobre as perspectivas, o trabalho e a segurança da mina, a punham tão inquieta e impaciente, ao passo que seria capaz de falar da mina ao marido, por uma hora inteira, com infatigável interesse e satisfação.

E baixando as pálpebras expressivamente, acrescentou:

— O que é que *você* acha, Charley?

Surpresa com o silêncio do marido, ela ergueu os olhos e abriu-os de todo, lindos como flores pálidas. Ele terminara de afivelar as esporas e, torcendo os bigodes horizontalmente, com ambas as mãos, contemplou-a do alto de suas longas pernas, com visível admiração por sua aparência. A consciência de estar sendo assim contemplada agradava à senhora Gould.

— São homens importantes — disse ele.

— Eu sei. Mas você ouviu a conversa deles? Parecem não ter entendido nada do que viram aqui.

— Eles viram a mina. Entenderam-na no que era preciso — interpôs Charles Gould em defesa dos visitantes; em seguida, sua esposa mencionou o nome do mais importante dos três. Era um homem de peso no mundo das finanças e da indústria. Seu nome era conhecido de milhões de pessoas. Era tão importante que jamais teria viajado para tão longe do centro de suas atividades se os médicos não tivessem insistido, com ameaças veladas, em que tomasse umas longas férias.

— O senso de religião do senhor Holroyd — continuou a senhora Gould — ficou chocado e nauseado com o mau gosto dos santos enfeitados da catedral: idolatria, chamou-lhe, de madeira e ouropel. Mas a mim me parece que ele considerava o seu próprio Deus como uma espécie de sócio influente, que tira a sua parte dos lucros das doações das igrejas. Isso é um tipo de idolatria. Ele me disse que faz donativos a igrejas todo ano, Charley.

— Uma infinidade delas — disse o senhor Gould, maravilhando-se intimamente com a mobilidade da fisionomia da esposa. — Por todo o país. Ele é famoso por essa espécie de munificência.

— Oh, ele não se gabou — declarou a senhora Gould escrupulosamente. — Acredito que seja um bom homem, mas é tão enfadonho! Um pobre *cholo* que ofereça uma miniatura em prata de um braço ou de uma perna para agradecer ao seu Deus por uma cura é tão racional quanto ele e mais comovente.

— Ele está à frente de imensos interesses em prata e ouro — observou Charles Gould.

— Ah, sim! A religião da prata e do ferro. É um homem muito polido, embora parecesse terrivelmente solene quando viu pela primeira vez a Madona no alto da escada, que é apenas madeira e tinta; não me disse nada, porém. Meu caro Charley, ouvi esses homens falarem entre si. Será que eles querem realmente tornar-se, por uma grande benevolência, aguadeiros e lenhadores de todas as regiões e nações da Terra?

— Um homem tem de trabalhar com algum fim em vista — disse Charles Gould de maneira vaga.

Franzindo as sobrancelhas, a senhora Gould olhou-o da cabeça aos pés. Com seu culote, suas polainas de couro (um artigo de vestuário nunca visto antes em Costaguana), um jaquetão de caçador em flanela cinzenta, e aqueles grandes bigodes flamejantes, ele parecia um oficial de cavalaria que se tivesse tornado proprietário rural por esporte. Tal combinação satisfazia o gosto da senhora Gould. "Como está magro o pobre rapaz!", pensou. "Trabalha demais." Mas não se podia negar que a face rubicunda, de traços finos e expressão perspicaz, assim como o todo de sua pessoa, de membros longos, esguios, tinha um ar de civilidade e distinção. E a senhora Gould se enterneceu:

— Só me perguntei o que você sentiu a respeito — murmurou brandamente.

Nos últimos dias, acontecera que Charles Gould estivera atarefado demais, pensando duas vezes antes de falar, para prestar atenção aos seus próprios sentimentos. Mas o casamento deles era um casamento bem-sucedido e ele não teve dificuldade em achar a resposta:

— O melhor dos meus sentimentos está sob sua guarda, minha querida — disse ele descuidosamente, e havia tanta verdade nessa frase obscura que ele experimentou, naquele momento, multiplicada gratidão e ternura por ela.

À senhora Gould, contudo, não pareceu em nada obscura tal resposta. Ela se alegrou delicadamente; ele já havia mudado de tom.

— Mas há os fatos. O valor da mina, enquanto mina, está fora de dúvida. Ela nos tornará muito ricos. A exploração em si é uma questão de conhecimento técnico, que eu possuo, que dez mil outros homens no mundo possuem. Mas a segurança dela, sua existência contínua como empresa capaz de dar lucro a pessoas — a estrangeiros, estrangeiros relativos — que nela invistam dinheiro, ficam inteiramente em minhas mãos. Inspirei confiança a um homem de riqueza e de posição. Você parece achar que isso é perfeitamente natural; acha mesmo? Bem, não sei. Não sei por que a inspirei, mas é um fato. Esse fato torna tudo possível, porque, não fosse ele, nunca teria pensado em desrespeitar os desejos de meu pai. Jamais eu iria vender a Concessão como um especulador vende um direito valioso a uma companhia: por dinheiro e cotas, para, se possível, terminar rico, mas de qualquer modo para pôr algum dinheiro no próprio bolso. Não. Mesmo que isso tivesse sido viável, do que duvido, eu nunca o faria. Meu pobre pai não entendia. Ele temia que me apegasse a essa coisa ruinosa, à espera de alguma oportunidade dessa natureza, dissipando miseravelmente a minha vida. Eis o verdadeiro sentido da sua proibição, que de caso pensado deixamos de lado.

Eles estavam passeando de um lado para outro do corredor. A cabeça dela mal lhe chegava ao ombro. O braço dele, baixado, lhe rodeava a cintura. Suas esporas tilintavam de leve.

— Fazia dez anos que ele não me via. Não me conhecia. Apartou-se de mim em meu benefício e nunca teria me deixado voltar. Estava sempre falando, nas suas cartas, de abandonar Costaguana, de largar tudo e fugir. Mas era uma presa por demais valiosa. Seria atirado numa de suas prisões à primeira suspeita.

Seu pé com espora tilintou. Ele se inclinava para a esposa, enquanto passeavam. O grande papagaio, de cabeça enviesada, acompanhava-lhes o passeio com um olho redondo, sem piscar.

— Ele era um homem solitário. Desde que eu tinha dez anos, costumava me falar como se eu fosse um adulto. Quando eu estava na Europa me escrevia todo mês. Dez, doze páginas, cada mês de vida, durante dez anos. E, no entanto, não me conhecia. Pense nisso: dez anos longe, os anos em que eu estava me fazendo homem. Ele não podia me conhecer. Você acha que podia?

A senhora Gould sacudiu a cabeça negativamente, que era o que seu marido esperara, dada a força do argumento. Todavia, fez esse gesto negativo porque achava que ninguém conseguiria conhecer o seu Charles — só ela o conhecia de fato como era. A coisa era óbvia. Podia-se senti-la. Não era preciso nenhum argumento. E o pobre senhor Gould pai, que havia morrido demasiado cedo para sequer saber do noivado deles, permanecera para ela uma figura por demais vaga para ser-lhe creditado qualquer conhecimento que fosse.

— Não, ele não compreendia. Na minha opinião, esta mina nunca poderia ter sido uma coisa que se vendesse! Nunca! Depois de todo esse sofrimento, simplesmente não a teria tocado apenas por dinheiro — continuou Charles Gould; e ela encostou a cabeça no seu ombro, aprovativamente.

Os dois jovens lembraram a vida que terminara desafortunadamente quando suas próprias vidas haviam se unido naquele esplendor de amor esperançoso que parece às mentes mais sensíveis o triunfo do bem sobre todos os males da Terra. Uma vaga idéia de reabilitação entrara no plano da vida deles. O fato de ser tão vaga a ponto de eludir o apoio de argumentos só servia para torná-la mais forte. Apresentara-se a eles no instante em que o instinto de devoção da mulher e o instinto de atividade do homem receberam da mais intensa das ilusões seu impulso mais vigoroso. A própria proibição impunha a necessidade de sucesso. Era como se ambos estivessem moralmente obrigados a fazer valer sua vigorosa concepção de vida contra o equívoco antinatural do cansaço e do desespero. Se a idéia de riqueza ocorreu a eles era tão-só na medida em que estava ligada a esse outro sucesso. A senhora Gould, órfã desde o começo da infância e sem fortuna, educada numa atmosfera de interesses intelectuais, nunca havia considerado os aspectos de uma grande riqueza. Eram demasiado remotos e ela não aprendera que fossem desejáveis. Por outro lado, nunca conhecera o que quer que fosse da penúria absoluta. Mesmo a própria pobreza de sua tia, a *marchesa*, nada tinha de intolerável para um espírito refinado; parecia de acordo com um grande pesar; tinha a austeridade de um sacrifício oferecido a um nobre ideal. Dessarte, até mesmo o mais justificável dos toques de materialismo estava ausente do caráter da senhora Gould. O homem falecido em quem ela pensava com ternura (porque era o pai de Charley) e com certa impaciência (porque fora fraco) tinha de ser tido como completamente errado. Nada mais manteria a prosperidade sem qualquer mancha no seu único lado real, o lado imaterial!

De sua parte, Charles Gould fora obrigado a colocar a idéia de riqueza bem no primeiro plano, mas ali a colocara como um meio, não como um fim. A menos que fosse um bom negócio, a mina não podia ser tocada. Ele tinha de insistir nesse aspecto do empreendimento. Seria a alavanca para mover os homens que dispunham de capital. E Charles Gould acreditava na mina. Sabia tudo quanto era mister saber dela. Sua fé na mina era contagiosa, embora não fosse servida por grande eloqüência; entretanto homens de negócio são tão ardentes e imaginativos quanto amantes. Uma personalidade os afeta com muito maior freqüência do que as pessoas supõem; e Charles Gould, na sua inabalada confiança, era absolutamente convincente. Ademais, era assunto de conhecimento comum dos homens a quem procurou ser a mineração em Costaguana um jogo que poderia valer mais do que a pena. Os homens de negócio sabiam bem disso. A verdadeira dificuldade em tocá-la estava alhures. Contra ela havia uma ilação de calma e de implacável resolução na própria voz de Charles Gould. Homens de negócio por vezes se arriscam a atos que o senso comum reputaria absurdos; tomam suas decisões por motivos aparentemente impulsivos e humanos.

— Muito bem — dissera o importante personagem a quem Charles Gould havia exposto lucidamente seu ponto de vista em sua passagem por San Francisco. — Suponhamos que os negócios de mineração de Sulaco sejam assumidos. Neles entrariam: primeiro, a Casa Holroyd, o que está muito bem; em seguida, o senhor Charles Gould, um cidadão de Costaguana, o que também está muito bem; e, por fim, o governo da república. Até aqui, isso faz lembrar o começo dos campos de nitrato de Atacama, onde havia uma casa financiadora, um cavalheiro de nome Edwards, e um governo, ou melhor, dois governos, dois governos sul-americanos. E o senhor sabe em que resultou. Resultou em guerra; uma guerra devastadora e prolongada, senhor Gould. Todavia, no caso, temos a vantagem de haver apenas um governo sul-americano à espera para saquear o negócio. É uma vantagem; há porém graus de ruindade, e o governo em questão é o de Costaguana.

Assim falou o importante personagem, o milionário munificente com igrejas numa escala proporcional à grandeza de sua terra natal — o mesmo com quem os médicos usaram a linguagem das ameaças assustadoras e veladas. Era um homem ponderado, de membros longos, cuja corpulência tranqüila emprestava a uma ampla sobrecasaca de lapelas de seda uma dignidade super-requintada. Tinha cabelo cinza-ferro, sobrancelhas ainda pretas e seu perfil imponente era o da cabeça de César numa velha moeda romana. Vinha de linhagem alemã, escocesa e inglesa, porém com traços remotos de sangue dinamarquês e francês, o que lhe dava o temperamento de um puritano e uma insaciável imaginação de conquistador. Pusera o seu visitante completamente à vontade devido à calorosa apresentação que ele trouxera da Europa e a uma inclinação irracional pela seriedade e pela resolução onde quer que as encontrasse, fosse qual fosse o objetivo a que visassem.

— O governo de Costaguana saberá tirar do jogo as vantagens que puder, não se esqueça, senhor Gould. Pois bem, o que é Costaguana? É o poço sem fundo de empréstimos a dez por cento e de outros investimentos néscios. Por anos a fio, tem sido atirado capital europeu às mancheias dentro dele. Mas não capital nosso. Nós, neste país, sabemos o bastante para ficar dentro de casa quando chove. Podemos olhar e esperar. Evidentemente, algum dia vamos sair a campo. Estamos destinados a isso. Mas não há pressa. O próprio Tempo teve de esperar no maior país de todo o universo de Deus. Estaremos pontificando em toda parte: indústria, comércio, leis, jornalismo, arte, política e religião, do cabo Horn até o estreito de Smith, e inclusive além, se alguma coisa de valor surgir no pólo Norte. E então teremos vagares para tomar a nosso cargo as ilhas e continentes mais afastados da Terra. Dominaremos os negócios do mundo, quer o mundo goste, quer não. O mundo não pode evitar, e nós tampouco, acho.

Com isso pretendia ele exprimir sua fé no destino por meio de palavras apropriadas à sua inteligência, que era inexperiente na apresentação de idéias gerais. A inteligência dele se nutria de fatos; e Charles Gould, cuja imaginação havia sido permanentemente dominada por um grande fato, o da mina de prata, não tinha objeções a essa acerca do futuro do mundo. Se parecera antipática por um momento fora porque o súbito enunciado de tão vastas eventualidades amesquinhava até quase a nulidade o assunto em pauta. Ele e seus planos e toda a riqueza mineral da província ocidental pareceram inopinadamente destruídos de qualquer vestígio de magnitude. A sensação era desagradável, mas Charles Gould não era tolo. Já sentia que estava produzindo uma impressão favorável; a consciência desse fato lisonjeiro ajudou-o a esboçar um vago sorriso, que seu ilustre interlocutor tomou por um sorriso de discreta e admirativa anuência. Sorriu discretamente também; e de pronto Charles Gould, com aquela agilidade mental que a humanidade costuma demonstrar na defesa de uma esperança acalentada, refletia consigo que a própria insignificância aparente do seu objetivo o ajudaria a alcançá-lo. Sua personalidade e sua mina seriam aceitas porque se tratava de uma questão de somenos, desta ou daquela maneira, para um homem que vinculava sua ação a destino tão prodigioso. E Charles Gould não se sentiu humilhado com esta ponderação porque, para ele, a coisa tinha tanta importância quanto sempre tivera. As vastas concepções de destino de ninguém que fosse jamais poderiam diminuir a magnitude do seu desejo em prol da redenção da mina de San Tomé. Comparado à precisão do seu alvo, definido no espaço e perfeitamente atingível dentro de um tempo limitado, o outro homem pareceu por um instante um idealista sonhador sem maior importância.

O grande homem, corpulento e benigno, estivera a olhá-lo pensativamente; quando rompeu o breve silêncio, foi para observar que concessões voavam copiosamente pelos ares de Costaguana. Qualquer alma crédula que ansiasse ser enganada poderia abater uma concessão ao primeiro tiro.

— Nossos cônsules têm a boca entupida delas — continuou ele com um brilho de benévolo desprezo nos olhos. Mas em seguida fez-se circunspecto. — Um homem íntegro, consciencioso, que não queira saber de suborno, e se mantenha afastado das intrigas, conspirações e facções locais, logo recebe o seu passaporte de retorno. Entende, senhor Gould? *Persona non grata*. Essa é a razão por que nosso governo nunca está devidamente informado. Por outro lado, a Europa deve ser mantida longe deste continente, e para a interferência conveniente de nossa parte o tempo ainda não chegou, atrevo-me a dizer. Mas nós aqui, nós não somos o governo deste país, tampouco somos almas crédulas. Nosso acerto está em ordem. A questão principal, para nós, é saber se o segundo sócio, isto é, o senhor, é o tipo certo de pessoa para enfrentar e resistir ao terceiro e indesejado sócio, que é um ou outro dos bandos de ladrões poderosos e altamente colocados que dominam o governo da Costaguana. Que é que acha, hein, senhor Gould?

Inclinou-se para a frente a fim de olhar firmemente nos olhos resolutos de Charles Gould que, recordando a grande caixa cheia das cartas do pai, pôs o desprezo e a amargura acumulados em tantos anos no tom da sua réplica:

— No que diz respeito ao conhecimento desses homens, dos seus métodos e da sua política, posso responder por mim. Fui iniciado nesse tipo de conhecimento desde menino. É muito difícil me equivocar por excesso de otimismo.

— Muito difícil, hein? Ótimo. Tato e firmeza é aquilo de que o senhor precisa; e poderá blefar um pouco por conta dos seus patrocinadores. Mas não muito, penso. Terá o nosso apoio enquanto a coisa correr bem. Mas não iremos nos meter em nenhuma encrenca maior. É uma experiência que estou disposto a fazer. Há um certo risco que iremos assumir; mas se o senhor não puder cumprir a sua parte, agüentaremos nossa perda, evidentemente, e então largaremos da coisa. Essa mina pode esperar; já foi fechada antes, como sabe. O senhor há de compreender que em circunstância alguma consentiremos em arriscar bom dinheiro num mau negócio.

Assim falara o grande personagem naquela ocasião, em seu próprio escritório, numa grande cidade onde outros homens (assaz eminentes aos olhos do vulgo) esperavam com alacridade um aceno de sua mão. E bem mais de um ano depois, durante sua inesperada aparição em Sulaco, ele acentuara a atitude de intransigência com a franqueza que sua riqueza e sua influência lhe consentiam. Fê-lo com menor reserva talvez porque a inspeção do que havia sido feito, e mais ainda, a maneira por que as sucessivas etapas foram cumpridas, tinham lhe incutido a convicção de Charles Gould ser perfeitamente capaz de fazer a sua parte.

"Esse rapaz", pensou consigo, "ainda pode se tornar uma potência neste país."

Tal pensamento o lisonjeou, pois até então a única estimativa desse jovem que pudera dar aos íntimos fora:

— Meu cunhado o conheceu numa dessas pequenas cidades alemãs antigas, perto de algumas minas, e o mandou a mim com uma carta de recomendação. É um dos Gould de Costaguana, ingleses da gema mas nascidos todos no país. Seu tio entrou para a política, foi o último presidente da província de Sulaco, e o fuzilaram depois de uma batalha. Seu pai foi um destacado homem de negócios em Santa Marta, tentou manter-se longe da política, e morreu arruinado depois de uma porção de revoluções. Eis, numa palavra, o que é Costaguana.

Evidentemente ele era um homem importante demais para ser interrogado no tocante aos seus motivos, mesmo pelos mais íntimos. O mundo exterior que excogitasse, à vontade mas com respeito, o oculto significado de seus atos. Era tão grande homem que seu generoso patrocínio das "formas mais puras de Cristandade" (que, na sua forma ingênua de construção de igrejas, divertia a senhora Gould) era tido por seus concidadãos como manifestação de um espírito piedoso e humilde. Mas nos seus próprios círculos do mundo financeiro, o assumir algo assim como a mina de San Tomé era considerado de fato com respeito, embora como tema de discreta jocosidade. Tratava-se de um capricho do grande homem. No vasto edifício Holroyd (uma pilha enorme de ferro, vidro e blocos de pedra, na esquina de duas ruas, em cujo topo se estendia uma teia de fios telegráficos), os chefes dos principais departamentos trocavam olhares jocosos, o que significava não terem sido iniciados nos segredos da transação da San Tomé. A correspondência de Costaguana (nunca era grande — um envelope razoavelmente pesado) ia direto, sem abrir, para o gabinete do grande homem, de onde jamais saíra qualquer instrução que tivesse a ver com ela. Corria na firma o boato de que Holroyd a respondia pessoalmente — sem ditar, escrevendo de próprio punho, com pena e tinta e, era de supor, tirando uma cópia em seu próprio copiador, inacessível a olhos profanos. Alguns rapazes desdenhosos, peças insignificantes do maquinismo secundário daquela oficina de altos negócios de onze andares, exprimiam francamente sua opinião particular de que o grande chefe cometera afinal alguma tolice e dela se envergonhava; outros, mais idosos e igualmente insignificantes, mas cheios de romântica reverência pela atividade que lhes havia consumido os melhores anos de vida, costumavam resmungar, enigmática e astutamente, que era um sinal pressago, que a ligação Holroyd significava tomar conta no futuro de toda a República de Costaguana, no atacado. Mas, na verdade, a teoria do passatempo era a correta. Interessava ao grande homem cuidar pessoalmente do que se referia à mina de San Tomé; interessava tanto que fez com que o passatempo lhe direcionasse as primeiras férias completas num surpreendente número de anos. Ele não estava administrando uma grande empresa lá; tampouco uma simples junta diretora de estrada de ferro ou corporação industrial. Estava administrando um homem! Um êxito lhe teria agradado muitíssimo, por razões revigorantemente novas; do outro lado do mesmo sentimento, porém, cumpria a ele pô-lo definitivamente de lado ao primeiro sinal de malogro. Um homem pode ser deitado fora. Os jornais infelizmente tinham trombeteado por toda parte a sua viagem a Costaguana. Se bem lhe agradasse a maneira como Charles Gould estava se conduzindo, ele infundiu uma severidade adicional às suas promessas de apoio. Mesmo na derradeira entrevista, meia hora antes de deixar o pátio de carruagem, chapéu na mão, atrás das mulas brancas da senhora Gould, ele havia dito no gabinete de Charles:

— Toque para a frente à sua maneira, e eu saberei como ajudá-lo enquanto cumprir sua parte. Mas pode ficar certo de que, sendo o caso, saberemos como nos livrar do senhor a tempo.

A isso a única resposta de Charles Gould fora:

— Pode começar a enviar o maquinário assim que julgar conveniente.

E o grande homem apreciou a imperturbável confiança do outro. O segredo dela estava em que, ao espírito de Charles Gould, tais termos inflexíveis agradavam. Dessa maneira a mina preserva a sua identidade, que ele lhe atribuíra quando menino; e continuava dependendo só dele. Era um compromisso sério e ele também o considerava com severidade.

— Naturalmente — disse à esposa, aludindo a essa última conversação com o hóspede que partira, enquanto passeavam lentamente de um lado para outro do corredor, seguidos pelo olho irritado do papagaio —, naturalmente, um homem assim pode assumir ou largar algo conforme lhe apraza. Não experimentará nenhum sentimento de derrota. Pode ser que tenha de desistir, ou pode ser que morra amanhã, mas as grandes empresas de prata e ferro sobreviverão e algum dia tomarão conta de Costaguana bem como do resto do mundo.

Haviam parado perto da gaiola. O papagaio, ouvindo o som de uma palavra pertencente ao seu vocabulário, sentiu-se impelido a intervir. Os papagaios são muito humanos.

— *Viva Costaguana!* — gritou em voz estridente, numa intensa afirmação de si e, arrepiando de pronto as penas, assumiu um ar de intumescida sonolência por trás dos arames rutilantes.

— E você acredita nisso, Charley? — perguntou a senhora Gould. — Isso me parece materialismo do mais terrível, e...

— Minha querida, para mim não tem importância — interrompeu-a o marido em tom moderado. — Uso aquilo que vejo. Que diferença faz para mim se a fala dele é a voz do destino ou apenas um lance de parlapatice eloqüente? Nas duas Américas se produz muita eloqüência deste ou daquele tipo. O ar do Novo Mundo parece ser favorável à arte da declamação. Você por acaso esqueceu que o nosso caro Avellanos é capaz de arengar horas a fio...?

— Oh, mas isso é outra coisa — protestou a senhora Gould, quase escandalizada. A alusão não vinha a propósito. *Don* José era um bom e querido amigo que falava muito bem e sentia entusiasmo pela grandeza da mina de San Tomé. — Como pode compará-los, Charles? — exclamou reprovativamente. — Ele tem sofrido, e no entanto ainda conserva uma esperança.

A competência prática dos homens — que nunca questionava — era assaz surpreendente para a senhora Gould, porque em muitas e tão óbvias questões eles se demonstravam estranhamente parvos.

Charles Gould, com uma calma ansiosa, que garantiu de imediato em seu favor a aflita simpatia da esposa, assegurou-lhe que não estava comparando. Ele próprio era americano, afinal de contas, e talvez pudesse compreender ambos os tipos de eloqüência:

— Se valesse a pena tentar — acrescentou severamente.

Mas respirara o ar da Inglaterra por mais tempo que qualquer dos seus durante três gerações, e pedia fosse desculpado. Seu pobre pai também podia ser eloqüente. E perguntou à mulher se ela se lembrava de uma passagem numa das últimas cartas do pai onde o senhor Gould exprimira sua convicção de que "Deus olhava iracundo para estes países; senão teria deixado algum raio de esperança brilhar através de uma aberta nas trevas pavorosas de intriga, morticínio e crime que cobriam a 'rainha dos continentes'".

A senhora Gould não a esquecera.

— Você a leu para mim, Charley — murmurou. — Foi uma declaração chocante. Seu pai deve ter sentido fundo a sua terrível tristeza.

— Não gostava de ser roubado. Era coisa que o exasperava — disse Charles Gould. — Mas a imagem se aplica muito bem. O que falta por aqui é lei, boa-fé, ordem, segurança. Qualquer um pode discursar sobre tais coisas, mas eu ponho toda a minha crença nos investimentos materiais. Basta deixar que eles firmem pé por aqui e irão impor condições dentro das quais, e somente dentro delas, podem continuar a existir. É assim que o ganhar dinheiro se justifica em face da anarquia e da desordem que reinam por aqui. Justifica-se porque a segurança que exige deve ser partilhada com um povo oprimido. Uma justiça melhor surgirá depois. Eis o nosso raio de esperança. — O braço dele puxou a figura esguia dela para mais perto de si por um instante. — E quem sabe se, nesse sentido, a mina de San Tomé não irá se tornar aquela pequena aberta nas trevas que meu pobre pai desesperou de ver jamais?

Ela ergueu os olhos admirativamente. Ele era competente: dera uma vasta configuração à vaguidade das desinteressadas ambições dela.

— Charley — ela lhe disse —, você é esplendidamente desobediente.

Ele a deixou de inopino no *corredor* para ir buscar o chapéu, um sombrero cinza, mole, artigo da indumentária nacional que combinava inesperadamente bem com seu modo inglês de trajar-se. Ele voltou com um chicote de montar sob o braço, abotoando a luva de couro: o rosto refletia-lhe a natureza resoluta dos pensamentos. A esposa o esperava no alto da escada e antes de lhe dar o beijo de despedida, ele concluiu a conversação:

— O que deve ficar perfeitamente claro para nós — disse — é o fato de que não há volta possível. Onde poderíamos começar a vida de novo? Entramos nisto com tudo.

Inclinou-se com muita ternura e com um pouco de remorso sobre o rosto que ela lhe voltara. Charles Gould era competente porque não nutria ilusões. A Concessão Gould tinha de lutar por sua sobrevivência com as armas que pudesse encontrar de imediato no lamaçal de corrupção, tão geral que quase perdera a significância. Estava preparado para empunhar suas armas. Por um momento sentiu como se a mina de prata, que havia matado seu pai, o tivesse engodado, levando-o mais longe do que pretendera ir; e, com a lógica circunlocutória das emoções, sentiu que o valor de sua vida estava vinculado ao sucesso. Não havia volta possível.

7

A empatia da senhora Gould era inteligente demais para deixar de compartilhar daquele sentimento. Ele tornava a vida emocionante e ela era demasiadamente mulher para não gostar de emoções. Mas a assustavam também um pouco; e quando *don* José Avellanos, balançando-se na sua cadeira americana, chegava ao ponto de dizer: — Mesmo que você tivesse falhado, meu caro Carlos, mesmo que algum infausto acontecimento viesse a destruir o seu trabalho (que Deus não permita!), mesmo assim você não desmereceria do seu país — a senhora Gould erguia os olhos da mesa de chá para fitar intensamente o marido que, imperturbado, mexia a colher na xícara como se não tivesse ouvido uma só palavra.

Não que *don* José evitasse dizer o que quer que fosse nesse sentido. Não podia louvar quanto bastasse o tato e a coragem do seu caro Carlos. O caráter inglês, firme como rocha, era a sua melhor salvaguarda, afirmava *don* José, e, voltando-se para a senhora Gould, dizia-lhe com a familiaridade que a idade e a antiga amizade lhe facultavam:

— Quanto a você, Emilia, minha querida, você é uma patriota tão verdadeira quanto se tivesse nascido aqui.

Isso até que poderia ser verdade. Viajando em companhia do marido por toda a província, atrás de mão-de-obra, a senhora Gould vira a terra com olhar mais penetrante que o de uma *costaguanera* nata. No seu traje de montaria coçado pelas viagens, o rosto empoado de branco feito um molde de gesso, com a proteção adicional de uma pequena máscara de seda durante a canícula do dia, ela montava um pônei de boa aparência e de passo ligeiro, em meio a uma pequena cavalgada. Dois *mozos* de campo, pitorescos nos seus grandes chapéus, de esporas nos calcanhares descalços, *calzoneras* brancas bordadas, jaquetas de couro e ponchos listrados, cavalgavam à frente, com carabinas atravessadas ao ombro sacudindo em uníssono com o passo dos cavalos. Uma *tropilla* de mulas de carga fechava o cortejo, cuidadas por um almocreve trigueiro e esguio sentado em sua besta de orelhas compridas, bem perto da cauda, pernas esticadas para diante, a aba larga do chapéu rebatida para trás rodeando-lhe a cabeça como uma espécie de halo. Um antigo oficial de Costaguana, um veterano major, de origens humildes mas apadrinhado pelas melhores famílias em virtude de suas opiniões *blancas*, fora recomendado por *don* José para chefe e organizador da expedição. As pontas do bigode grisalho lhe pendiam abaixo do queixo e, cavalgando à esquerda da senhora Gould, olhava em torno com olhos bondosos, apontando as particularidades da região, dizendo os nomes dos pequenos *pueblos* e das propriedades rurais, das *haciendas* de muros lisos, como longas fortalezas a coroar os outreiros acima do nível do vale de Sulaco. Este se desenrolava em plantações verdes e novas, planuras, florestas e lampejos de água, como um parque, desde a névoa azulada da serra distante até o imenso horizonte tremulante de grama e céu, onde grandes nuvens brancas pareciam afundar lentamente na escuridão de suas próprias sombras.

Homens lavravam com arados de madeira e bois de canga, figuras minúsculas numa vastidão sem limites, como se atacassem a própria imensidão. *Vaqueros* montados galopavam na distância, e grandes manadas pastavam com as cabeças chifrudas voltadas todas para o mesmo lado, numa longa linha sinuosa que se prolongava até onde o olhar alcançasse nos amplos *potreros*. Um choupo copado sombreava um rancho de colmo à beira de estrada; com passo cansado, filas de índios carregados, chapéu na mão, erguiam olhos tristes e mudos para a cavalgada que levantava o pó do arruinado *camino real* construído pelas mãos de seus antepassados escravos. E a senhora Gould, a cada dia de jornada, parecia chegar mais perto da alma da terra, na tremenda revelação do seu interior não afetado pelo ligeiro verniz europeu das cidades litorâneas, uma vasta extensão de planície, montanha e gente sofredora e muda à espera do futuro na patética imobilidade da paciência.

Ela lhe conhecia os panoramas e a hospitalidade, dispensada com uma espécie de indolente dignidade naquelas casas grandes de longas paredes sem janelas e de grossos portais voltados para as pastagens varridas pelos ventos. A ela era dada a cabeceira da mesa, onde senhores e dependentes se sentavam em estilo simples e patriarcal. As senhoras da casa conversavam em voz baixa sob as laranjeiras dos pátios, incutindo nela a doçura de suas vozes e o algo que havia de misterioso na quietude de suas vidas. De manhã, os cavalheiros, bem montados, com *sombreros* de galões, trajes de montaria bordados e grande ostentação de enfeites de prata nos arreios de seus ginetes, acompanhavam os hóspedes que partiam até os pilares de divisa de suas propriedades; ali, despedindo-se deles gravemente, os entregavam aos cuidados de Deus. Em todas essas casas ela pudera ouvir histórias de desmandos políticos; amigos, parentes aprisionados, arruinados, mortos em batalhas de guerras civis insensatas, barbaramente executados em ferozes proscrições, como se o governo do país tivesse sido uma luta de apetites entre bandos de demônios absurdos soltos pela Terra com sabres, uniformes e frases grandiloqüentes. E em todos os lábios encontrara uma exausta ânsia de paz, o temor ao funcionalismo com a sua opressiva paródia de administração sem lei, sem segurança e sem justiça.

Ela agüentou muito bem dois meses inteiros de perambulação; possuía aquela capacidade de resistência à fadiga que de quando em quando se descobre com surpresa nalgumas mulheres de aparência frágil — como um estado de possessão por algum espírito invulgarmente teimoso. *Don* Pepe — o antigo major costaguanense —, após muitas demonstrações de solicitude pela delicada dama, terminara por conferir-lhe o epíteto de "incansável *señora*". A senhora Gould estava se tornando de fato uma *costaguanera*. Tendo adquirido na Europa meridional um conhecimento do verdadeiro campesinato, era capaz de apreciar o grande valor da gente do povo. Discernia o ser humano por sob a silente besta de carga de olhos tristonhos. Via-as na estrada carregando pesos, figuras solitárias da planura, labutando sob grandes chapéus de palha, com as roupas brancas a adejar no vento em volta de seus membros; lembrava-se das aldeias por algum grupo de mulheres índias junto à fonte que se havia fixado na sua memória; pelo rosto de alguma jovem índia de perfil melancólico e sensual, a erguer um cântaro de água fresca à porta de uma escura choupana com alpendre de madeira atravancado de grandes jarros de barro. As maciças rodas de madeira de um carro de boi, com os seus varais na poeira, exibiam os remates do eixo; e um grupo de carregadores de carvão, cada um com a carga sob a cabeça, feito travesseiro, numa mureta baixa de barro, dormia em fila sob uma faixa de sombra.

A pesada cantaria de pontas e igrejas deixadas pelos conquistadores proclamava o descaso pelo trabalho humano, o trabalho tributário de nações vencidas. O poderio do rei e da Igreja se fora, mas à vista de algum montão de ruínas a dominar, de um outeiro, os muros de barro, pouco elevados, de uma aldeia, *don* Pepe interrompia a narrativa de suas campanhas para exclamar:

— Pobre Costaguana! Antes, era tudo para os padres, nada para o povo; e agora é tudo para grandes *Políticos* de Santa Marta, para negros e ladrões.

Charles conversava com os *alcaldes*, com os *fiscales*, com as pessoas de prol nas cidades e com os *caballeros* nas propriedades rurais. Os comandantes dos distritos lhe ofereciam escoltas — pois ele podia mostrar uma autorização do chefe político da Sulaco de então. Quanto o documento lhe havia custado em moedas de ouro de vinte dólares era um segredo entre ele, um grande homem nos Estados Unidos (que condescendia em responder à correspondência de Sulaco de próprio punho) e um grande homem de outro tipo, de pele escura, azeitonada, e olhos matreiros, então habitando o palácio da *intendencia* em Sulaco e que se orgulhava de sua cultura e europeísmo, geralmente de estilo afrancesado, porque vivera na Europa alguns anos — no exílio, dizia. Todavia sabia-se muito bem que pouco antes do seu exílio ele havia incautamente perdido no jogo toda a receita da alfândega de um pequeno porto onde um amigo seu no poder lhe conseguira o posto de subcoletor. Esse deslize de juventude, entre outras inconveniências, o obrigara a ganhar a vida por algum tempo como garçom num café de Madri; seus talentos, contudo, deviam ter sido consideráveis, pois o capacitaram a recuperar a boa fortuna política tão esplendidamente. Charles Gould, ao expor-lhe com imperturbável firmeza o seu assunto, chamou-o de "excelência".

A excelência provincial assumiu um ar de entediada superioridade, inclinando a cadeira bem para trás, junto a uma janela aberta, à boa moda costaguanense. Na ocasião, a banda militar clangorejava trechos de ópera na *plaza* logo abaixo, e por duas vezes ele ergueu a mão imperativamente, a reclamar silêncio a fim de ouvir uma passagem favorita.

— Encantador, delicioso! — murmurava, enquanto Charles Gould esperava, de pé, com inescrutável paciência. — *Lucia, Lucia di Lammermoor!* Tenho paixão por música. Ela me arrebata. Ah! divino... divino... Mozart. *Sí!* divino... Mas o que o senhor estava dizendo?

Evidentemente, já lhe haviam chegado boatos acerca das intenções do recém-vindo. Além disso, recebera uma notificação oficial de Santa Marta. Sua atitude visava tão-só a esconder sua curiosidade e a impressionar o visitante. Mas depois de ter guardado a chave algo valioso na gaveta de uma grande escrivaninha na parte mais afastada do aposento, ele se tornou muito afável e voltou a sentar-se lestamente na sua cadeira.

— Se o senhor pretende construir aldeias e reunir uma população perto da mina, terá de obter um decreto do ministro do Interior — sugeriu ele em tom pragmático.

— Já enviei uma petição — disse Charles Gould com voz firme — e agora conto confiantemente com as conclusões favoráveis de excelência.

A excelência era um homem de humores variáveis. O recebimento do dinheiro fizera baixar uma grande suavidade sobre sua alma singela. Inesperadamente, ele tirou do peito um fundo suspiro.

— Ah, *don* Carlos! O que necessitamos na província são homens avançados como o senhor. A letargia: a letargia desses aristocratas! A falta de espírito público! A ausência de qualquer senso de iniciativa! Eu, com os meus profundos estudos na Europa, compreende...

Com uma das mãos metidas no peito estufado, ergueu-se da cadeira e durante dez minutos, quase sem tomar fôlego, empreendeu um assalto intelectual contra o polido silêncio de Charles Gould; e quando, numa pausa repentina, deixou-se cair na cadeira, era como se tivesse sido rechaçado de uma fortaleza. Para salvar sua dignidade, apressou-se a dispensar aquele homem silencioso com uma solene inclinação da cabeça e algumas palavras pronunciadas com fatigada, carrancuda condescendência:

— O senhor poderá contar com a minha boa vontade esclarecida enquanto dela for merecedora a sua conduta como um bom cidadão.

Pegou um leque de papel e pôs-se a abanar-se com ar pomposo, enquanto Charles Gould se retirava com uma inclinação. Então deixou cair o leque imediatamente e ficou longo tempo a fitar a porta fechada com uma aparência de admiração e perplexidade. Por fim sacudiu os ombros como para assegurar-se do seu desdém. Frio, apático. Nenhuma intelectualidade. Cabelo ruivo. Um verdadeiro inglês. Ele o desprezava.

Seu rosto turvou-se. O que significava aquele comportamento indiferente e frígido? Ele era o primeiro dos sucessivos políticos enviados da capital para governar a província ocidental a quem a atitude de Charles Gould nos contatos oficiais iria impressionar como ofensivamente independente.

Charles Gould achava que, se a simulação de estar dando ouvidos a deploráveis lengalengas devia fazer parte do preço que tinha de pagar para ser deixado em paz, não estava incluída na barganha a obrigação de ele próprio proferir lengalengas. Ele traçou os limites. Àqueles autocratas provinciais diante dos quais a população pacífica de todas as classes se acostumara a tremer, a reserva do engenheiro de aparência inglesa causava um mal-estar que oscilava entre o servilismo e a truculência. Gradualmente, todos eles descobriram que, fosse qual fosse o partido no poder, aquele homem permanecia em contato assaz efetivo com as mais altas autoridades de Santa Marta.

Isso era um fato e explicava não serem os Gould de modo algum tão ricos quanto podia supor legitimamente o engenheiro-chefe da nova ferrovia. Seguindo a recomendação de *don* José Avellanos, que era um bom conselheiro (embora algo intimidado por suas horríveis experiências no tempo de Guzmán Bento), Charles Gould se mantivera longe da capital; entretanto, na bisbilhotice dos residentes estrangeiros de lá era conhecido (com boa dose de seriedade por sob a ironia) pelo apelido de "rei de Sulaco". Um advogado do foro de Costaguana, homem de reconhecida capacidade e de bom caráter, membro da ilustre família Moraga que possuía extensas propriedades no vale de Sulaco, era apontado aos forasteiros, com uma nuança de mistério e de respeito, como o agente da mina San Tomé — "político, sabe". Era alto, de suíças negras, e discreto. Sabia-se que tinha fácil acesso aos ministros e que os numerosos generais de Costaguana estavam sempre ansiosos de jantar em sua casa. Presidentes concediam-lhe audiência com facilidade. Ele se correspondia ativamente com o tio materno, *don* José Avellanos; todavia suas cartas — salvo as que lhe exprimissem respeitosa afeição — raramente eram confiadas ao correio de Costaguana. Ali, os envelopes são indiscriminadamente abertos, com a franqueza de uma imprudência descarada e infantil característica de certos governos hispano-americanos. Mas cumpre notar que, pela época da reabertura da mina de San Tomé, o arrieiro que tinha sido empregado por Charles Gould em suas viagens preliminares pelo campo acrescentara sua pequena tropa de animais ao minguado fluxo de tráfico, através dos desfiladeiros das montanhas, entre o planalto de Santa Marta e o vale de Sulaco. Não se encontram viajantes naquela rota árdua e insegura, a não ser em circunstâncias assaz excepcionais, e o estado do comércio interior não exigia visivelmente maior disponibilidade de transportes; o arrieiro, porém, parecia tirar lucro do seu. Sempre havia para ele alguns fardos a transportar quando tomava o rumo. Muito trigueiro e rígido, calças de couro de cabra com o pêlo à vista, sentava-se perto da cauda de sua bela mula, o chapelão voltado contra o sol, uma expressão de jubilosa vacuidade mental no rosto comprido, a cantarolar dia após dia uma dolente canção de amor, sem qualquer mudança de expressão, a gritar de quando em quando para a pequena *tropilla* à sua frente. Uma guitarrazinha arrendondada lhe pendia das costas e havia um esconderijo artisticamente escavado na madeira de uma de suas selas de carga onde se podia enfiar uma folha de papel apertadamente enrolada, recolocando depois o tampão de madeira e tornando a atar a lona grossa. Quando em Sulaco, tinha por hábito fumar e dormitar o dia todo (como se não tivesse nenhuma preocupação na vida) num banco de pedra ao lado do portal da Casa Gould, à frente das janelas da Casa Avellanos. Muitos anos atrás, sua mãe fora a principal lavadeira desta família — muito competente em matéria de engomadura sem mácula. Ele próprio havia nascido numa das *haciendas* dos Avellanos. Seu nome era Bonifacio e, atravessando a rua por volta das cinco horas para ir visitar *doña* Emilia, *don* José sempre lhe retribuía com um aceno de mão ou de cabeça a humilde saudação. Os porteiros de ambas as casas conversavam indolentemente com ele num tom de grave intimidade. Seus fins de tarde eram dedicados ao jogo e a visitas, em espírito de generosa festividade, às raparigas de *peine d'oro* nas travessas mais afastadas da cidade. Mas ele também era um homem discreto.

8

Aqueles de nós a quem os negócios ou a curiosidade levaram a Sulaco nesses dias que precederam o primeiro advento da estrada de ferro recordam o efeito moderador da mina de San Tomé sobre a vida daquela remota província. As aparências exteriores não haviam mudado então tanto quanto, ao que me informam, desde que carros a cabo começaram a circular pela rua da Constituição, que estradas interioranas foram abertas, até Rincón e outras vilas onde os comerciantes estrangeiros e os ricos têm no geral suas modernas casas de campo, e que um vasto pátio de manobras da estrada de ferro foi inaugurado perto da baía, a qual tem um embarcadouro, uma longa fieira de depósitos e seus próprios distúrbios trabalhistas, organizados e sérios.

Ninguém havia então jamais ouvido falar de distúrbios trabalhistas. Os *cargadores* do porto formavam, em verdade, uma turbulenta irmandade de toda a sorte de ralé, com um santo padroeiro próprio. Entravam em greve regularmente (todo dia de touradas), uma forma de distúrbio com a qual, mesmo no auge do seu prestígio, Nostromo não conseguiu avir-se eficientemente; mas na manhã seguinte a cada *fiesta*, antes de as feirantes índias terem aberto seus guarda-sóis coloridos na *plaza*, quando as neves do Higuerota brilhavam palidamente acima da cidade num céu ainda escuro, a aparição de um cavaleiro fantasmático montado numa égua cinza-prateado resolvia invariavelmente o problema trabalhista. O seu corcel percorria as ruelas dos cortiços e os cercados cobertos de ervas daninhas dentro das velhas muralhas, entre os escuros amontoados de cabanas, como estábulos ou canis. O cavaleiro batia com o cabo de um pesado revólver nas portas de abjetas *pulperías*, de obscenos barracos de meia-água apoiados a restos desmantelados de um muro majestoso, nas paredes de madeira de habitações tão frágeis que os sons de roncos e resmungos dos que lá dentro dormiam podiam ser ouvidos nas pausas do estardalhaço atroador de suas batidas. Gritava ameaçadoramente nomes de homens do alto de sua sela, uma, duas vezes. As respostas — rabugentas, apaziguadoras, enraivecidas, jocosas, súplices — irrompiam na escuridão silenciosa em que o cavaleiro se imobilizara, e então uma figura sombria se esgueirava para fora, a tossir no ar parado. Por vezes, em voz abafada, uma mulher gritava através da abertura da janela:

— Ele vem já, já, *señor* — e o cavaleiro esperava em silêncio sobre o cavalo imóvel.

Mas se por acaso tivesse de desmontar, então, após um momento, da porta desta choça ou daquela *pulpería*, com violento tumulto ou surdas imprecações, um *cargador* saía voando, cabeça primeiro e mãos em revoada, para ir-se estatelar sob as patas dianteiras da égua cinza-prateado, que se limitava a empinar as orelhas pequenas e pontudas. Ela estava acostumada com esse trabalho; o homem, erguendo-se do chão, apressava-se a distanciar-se do revólver do Nostromo, e ia-se cambaleante rua afora, praguejando surdamente. No nascer do sol, o capitão Mitchell, assomando ansiosamente ainda em trajes de dormir ao balcão de madeira que corria ao longo de toda a fachada do solitário edifício da Companhia ONV junto à praia, via as chatas já a caminho, figuras se movendo atarefadas em meio aos guindastes de carga, e ouvia talvez o inestimável Nostromo, agora desmontado e com a camisa axadrezada e a faixa vermelha de um marinheiro do Mediterrâneo, a berrar ordens da ponta do embarcadouro numa voz estentórea. Um homem entre mil!

O aparelhamento material da civilização aperfeiçoada que oblitera a individualidade das velhas cidades com as conveniências estereotípicas da vida moderna ainda não havia surgido; todavia, por sobre a coçada antigüidade de Sulaco, tão característica, com suas casas de estuque, e janelas de grades, com as altas paredes branco-amareladas de conventos desertos por trás dos renques de ciprestes verde-escuros, um fato — assaz moderno em espírito —, o da mina de San Tomé, já começara a derramar sua sutil influência. Havia alterado também o caráter exterior das turbas em dias de festa na *plaza*, diante do portal aberto da catedral, pelo grande número de ponchos brancos com uma listra verde usado como traje domingueiro pelos mineiros de San Tomé. Tinham também adotado chapéus brancos com cordões e galões verdes — artigos de boa qualidade que podiam ser obtidos a baixo custo no armazém da administração. Um *cholo* pacífico trajando essas cores (inusitadas em Costaguana) raramente era surrado até quase a morte sob a acusação de desrespeito à polícia local; tampouco corria muito risco de ser repentinamente laçado na estrada por um grupo recrutador de *lanceros* — um método de alistamento voluntário considerado quase legal na república. Sabia-se de aldeias inteiras que se tinham apresentado voluntariamente para o serviço militar dessa maneira; porém, como dizia *don* Pepe à senhora Gould com um desesperançado sacudir de ombros:

— O que quer a senhora? Pobre gente! *Pobrecitos! Pobrecitos!* Mas o Estado tem de ter os seus soldados.

Assim falava profissionalmente *don* Pepe, o combatente, com seus bigodes caídos, face magra de um moreno acastanhado, e queixo liso, férreo, a sugerir o tipo de centauro-vaqueiro dos grandes *llanos* do Sul. — Se derem ouvidos a um antigo oficial de Páez, *señores* — era o exórdio de todas as suas perorações no Clube Aristocrático de Sulaco, onde fora admitido por conta de seus serviços passados à extinta causa da federação. O clube, que remontava aos dias da proclamação da independência da Costaguana, jactava-se de contar entre os seus primeiros fundadores muitos nomes de libertadores. Arbitrariamente suprimido inúmeras vezes por diversos governos, com lembranças de proscrições e de pelo menos um massacre em grande escala dos seus membros, melancolicamente reunidos num banquete por ordem de um zeloso *comandante* militar (seus corpos haviam sido depois desnudados e atirados das janelas à *plaza* pela mais baixa ralé da populaça), voltara a florescer pacificamente naquele período. Estendia aos estrangeiros a ampla hospitalidade das grandes e frescas salas de sua sede histórica, na parte fronteira de uma casa que havia sido outrora residência de um alto funcionário do Santo Ofício. As duas alas, fechadas, jaziam em ruínas por trás das portas pregadas, e o que se pode descrever como um bosquete de laranjeiras novas que crescia no pátio não pavimentado ocultava a completa ruína da parte dos fundos que defrontava o portão. Fazia-se uma volta para entrar da rua, como se se ingressasse num pomar fechado, e chegava-se ao pé de uma escada desconjuntada, guardada pela efígie verde do musgo de algum piedoso bispo, de mitra e báculo, a suportar com humildade a indignidade de um nariz quebrado, as belas mãos de pedra cruzadas sobre o peito. As caras cor de chocolate de empregados com grenhas de cabelo preto espiavam de cima o visitante; o clique de bolas de bilhar chegava-lhe aos ouvidos e, subindo os degraus, ele veria talvez na primeira sala, bem empertigado numa cadeira de espaldar reto, sob uma boa luz, *don* Pepe a mexer os longos bigodes enquanto deletreava, à distância de um braço, algum velho jornal de Santa Marta. O seu cavalo — um insensível mas pertinaz animal de pêlo negro e cabeça de martelo — podia ser visto na rua a dormitar imóvel sob a imensa sela, com o focinho quase tocando a beira da calçada.

Don Pepe, quando "descia da montanha", conforme se dizia em Sulaco, costumava também ser encontrado na sala de visitas da Casa Gould. Sentava-se com modesta ousadia a alguma distância da mesa de chá. Com os joelhos juntos e um benévolo lampejo de chocarrice nos olhos de órbitas fundas, contribuía com os seus pequenos e irônicos gracejos para o curso da conversação. Havia nesse homem uma espécie de argúcia bem-humorada e sadia, e uma veia de genuína benevolência tão freqüentemente encontrável em velhos soldados simples e modestos, de comprovada coragem, que já viram muito desatino e temeridade em suas carreiras. Evidentemente ele não entendia coisa alguma de mineração, mas a sua função era especial. Tinha a seu cargo toda a população do território da mina, que ia desde o alto do desfiladeiro até onde a trilha de carretas do sopé da montanha adentra a planura, atravessando um riacho por sobre uma pontezinha de madeira pintada de verde — sendo o verde, cor da esperança, também a cor da mina.

Contava-se em Sulaco que lá em cima, "na montanha", *don* Pepe percorria sendas alcantiladas de longa espada à cinta e num coçado uniforme com oxidadas divisas douradas de major. Como a maioria dos mineiros era de índios de grandes olhos ariscos, eles o tratavam de *taita* (papá), como a gente descalça de

Costaguana costumava tratar quem quer que usasse sapatos; mas foi Basilio, o próprio *mozo* do senhor Gould e chefe dos criados da casa, que, na maior boa-fé e animado de um senso das boas maneiras, anunciou-o certa feita com as solenes palavras:

— *El señor gobernador* chegou.

Don José Avellanos, então na sala de visitas, deliciou-se enormemente com a propriedade do título, com o qual saudou o velho major em caçoada tão logo a sua figura militar assomou à soleira da porta. *Don* Pepe contentou-se em sorrir por trás dos longos bigodes como se dissesse: "Poderia ter encontrado um nome pior para um velho soldado".

E "*el señor gobernador*" ele ficou desde então, com seus pequenos gracejos sobre sua função e sobre o seu domínio, onde, conforme afirmou numa exageração humorística à senhora Gould:

— Duas pedras não poderiam chocar-se em parte alguma sem que o *gobernador* ouvisse o estalido, *señora*.

E tocava o ouvido com o indicador. Mesmo quando o número de mineiros chegou a mais de seiscentos, ele conhecia cada um deles individualmente, todos os inumeráveis Josés, Manueles, Ignacios dos povoados *primero*, *segundo* ou *tercero* (havia três povoados de mineiros) sob seu governo. Podia distingui-los não apenas pelos rostos chatos, sem alegria, que para a senhora Gould pareciam todos iguais, como se fundidos no mesmo molde ancestral de sofrimento e paciência, mas também ao que parece pelos matizes infinitamente graduados de castanho-avermelhado, de castanho-enegrecido ou de castanho-acobreado de suas costas, quando os dois turnos de homens vestidos só de ceroulas de algodão e barretes de couro se misturavam numa confusão de membros nus, picaretas ao ombro, lâmpadas balouçantes e num ruidoso arrastar de sandálias pelo platô aberto diante da entrada do poço principal da mina. Era a hora do intervalo. Os rapazes índios se encostavam preguiçosamente à longa linha de vagonetes vazios; os peneiradores e os britadores de minérios sentavam-se de cócoras para fumar longos charutos; as grandes calhas de transporte que se debruçavam sobre a borda do platô do túnel estavam silenciosas; só se ouvia a incessante, violenta torrente de água pelas calheiras abertas, num murmurejar impetuoso, a que se juntava o esparrinhar e o ribombo das rodas de turbinas em movimento e os golpes surdos, regulares dos pilões que reduziam a pó a rocha argentífera no platô debaixo. Os chefes de grupo, distinguidos por medalhas de bronze pendentes sobre o peito nu, reuniam seus chefiados; e, finalmente, a montanha engolia metade da multidão silente, enquanto a outra metade se deslocava pelas sendas em ziguezague que levavam até a base do desfiladeiro. Era profundo, e lá embaixo um fio de vegetação a serpear entre as resplandecentes faces rochosas semelhava uma fina corda verde em que três volumosos nós de moitas de bananeiras, tetos de folhas de palmeira e árvores copadas assinalavam a Povoação 1, a Povoação 2 e a Povoação 3, onde residiam os mineiros da Concessão Gould.

Desde o começo, famílias inteiras haviam se dirigido para o ponto da cordilheira do Higuerota de onde os boatos acerca do trabalho e segurança tinham se espalhado pelo campo de pastoreio, abrindo caminho, como as águas de uma grande enchente, até os recessos e gretas das longínquas muralhas azuladas das serras. Primeiro o pai, com um pontudo chapéu de palha, depois a mãe com os filhos mais graúdos, e em geral também um jumento minúsculo, todos com cargas às costas, exceto o próprio chefe, ou talvez alguma rapariga crescida, orgulho da família, a caminhar descalça e espigada como uma flecha, de tranças muito negras, perfil espesso, altivo, e sem nada para carregar, a não ser a pequena guitarra do país e um par de sandálias amarradas nas costas. À vista de grupos que tais andando em fila pelas veredas entre as pastagens ou acampados à beira da estrada real, os viajantes a cavalo observavam um para o outro:

— Mais gente indo para a mina de San Tomé. Veremos outros amanhã.

E apressando o passo de suas montarias no cair da tarde, entretinham-se a discutir a grande novidade da província, as notícias da mina de San Tomé. Um inglês rico ia pô-la em funcionamento — talvez não um inglês, *quién sabe*! Um estrangeiro com muito dinheiro. Oh, sim, já tinha começado. Um grupo de homens que estivera em Sulaco com uma tropa de touros negros para a próxima *corrida* informara que do terraço da *posada* em Rincón, a apenas cinco quilômetros da cidade, as luzes na montanha eram visíveis, piscando acima das árvores. E vira-se uma mulher montando de lado, não na cadeirinha mas numa espécie de sela, com um chapéu masculino na cabeça. Subira também a pé o caminho da montanha. Uma mulher-engenheiro, ao que parecia.

— Mas que absurdo! Impossível, *señor*!

— *Sí! Sí! Una americana del norte.*

— Ah, bem! se sua excelência souber. *Una americana*; tinha de ser algo assim.

E punham-se a rir por um instante, com perplexidade e desprezo, mantendo um olho precavido nas sombras da estrada, pois quando se viaja tarde pelo campo podem-se encontrar homens maus.

Mas não eram apenas os homens que *don* Pepe conhecia bem; parecia ser também capaz de, numa olhada atenta, ponderada, classificar cada mulher, moça ou rapazola do seu domínio. Somente a arraia miúda o confundia às vezes. Ele e o padre eram vistos freqüentemente juntos, pensativos, a olhar no outro lado da rua de um povoado um bando de crianças trigueiras, sossegadas, tentando identificá-las, por assim dizer, em voz baixa, deliberativa, ou então fazendo perguntas sobre a família de algum pirralho de expressão séria que encontrassem vagando nu pela estrada com um charuto na boca infantil e talvez o rosário da mãe, tomado de empréstimo para fins de ornamentação, a pender num gancho de contas sobre a parte baixa do ventrezinho rotundo. Os pastores temporal e espiritual do rebanho mineiro eram muito amigos. Com o doutor Monygham, o pastor médico, que aceitara o encargo oferecido pela senhora Gould e vivia no edifício do hospital, não tinham tamanha intimidade. Mas ninguém poderia tê-la com o *señor* doutor que, com seus ombros tortos, sua cabeça curvada, sua boca sardônica e seus amargos olhares de esguelha, era misterioso e enigmático. As outras duas autoridades trabalhavam em harmonia. O padre Roman, seco de corpo, baixo de estatura, alerta, enrugado, com graúdos olhos redondos, queixo em ponta, grande tomador de rapé, era igualmente um veterano; tinha ouvido em confissão muitas almas simples nos campos de batalha da república, ajoelhando-se ao lado de moribundos em encostas, no capim alto, na penumbra das florestas, para ouvir a derradeira confissão com cheiro de pólvora queimada nas narinas, o matraquear de mosquetes e o zunido contínuo das balas nos ouvidos. E que mal havia se, no presbitério, faziam um joguinho com um baralho de cartas ensebadas no começo do entardecer, antes de *don* Pepe fazer suas últimas rondas para ver se todos os vigias da mina — um corpo organizado por ele próprio — estavam em seus postos? Para este dever antes de dormir, *don* Pepe punha de fato à cinta sua velha espada na varanda de uma casa branca de madeira, inconfundivelmente americana, que o padre Roman chamava de presbitério. Perto dela, um edifício comprido, baixo, escuro, com teto de campanário, que parecia um vasto celeiro com uma cruz de madeira sobre a empena, era a capela dos mineiros. Ali o padre Roman rezava missa todos os dias diante de um sombrio retábulo que representava a Ressurreição, a lápide cinzenta da sepultura equilibrada num canto, uma figura lívida, de membros longos, a adejar para o alto num oval de luz pálida, e um legionário moreno, de elmo, caído por terra, de través no primeiro plano betuminoso.

— Esta pintura, meus filhos, *mui linda y maravillosa* — costumava dizer o padre Roman a algumas de suas ovelhas —, que vocês ali vêem graças à munificência da esposa de nosso *señor* administrador, foi feita na Europa, um país de santos e milagres, e muito maior que a nossa Costaguana. — E tomava uma pitada de rapé com unção. Mas quando ocasionalmente algum espírito inquisitivo a saber em que direção essa tal de Europa estava situada, costa acima ou costa abaixo, o padre Roman, para esconder sua perplexidade, tornava-se muito reservado e severo. — Sem dúvida alguma, é muitíssimo longe. Mas pecadores ignorantes como vocês da mina de San Tomé deviam antes meditar seriamente no castigo eterno em vez de perguntar pelo tamanho da Terra, com seus países e populações que ultrapassam de todo a compreensão de vocês.

Com um "boa noite, padre", "boa noite, *don* Pepe", o *gobernador* saía segurando a espada contra a perna, o corpo inclinado para a frente, dando passadas longas, laboriosas pela escuridão que caía. A jocosidade típica de um inocente jogo de cartas onde se apostavam alguns charutos ou um maço de *yerba* era substituída de pronto pela expressão severa do oficial em serviço que se dispunha a visitar os postos avançados de um exército acampado. Um forte assovio do apito que lhe estava pendurado ao pescoço provocava instantaneamente um estridular de apitos de resposta, misturado ao latido de cães, que por fim ia se acalmando aos poucos, até lá longe no alto do desfiladeiro; e no silêncio, dois serenos, de guarda ponte, apareciam a caminhar sem ruído em sua direção. De um lado da estrada, um longo edifício de madeira — o armazém — era fechado e barricado de ponta a ponta; à frente dele, uma outra casa branca de madeira, ainda mais longa, e com uma varanda — hospital —, mostrava luz nas duas janelas dos aposentos do doutor Monygham. Sequer a delicada folhagem de um grupo de aroeiras se movia, tão sem brisas era a escuridão amornada pela radiação das rochas superaquecidas. *Don* Pepe parava por um momento com os dois serenos imóveis à sua frente, e de súbito, no alto da face alcantilada da montanha, pontilhadas de tochas simples, como gotas de fogo caídas dos dois grandes cachos de luzes resplandecentes lá do alto, as calhas de transporte de minério começavam a matraquear. O forte estardalhaço, o ruído de arrastar, que ganhava velocidade e peso, era retomado pelas paredes do desfiladeiro e derramado sobre a planície, num resmungo de trovoada. O *posadero* de Rincón jurava que, nas noites calmas, ouvindo atentamente, ele conseguia captar o som em seu vão de porta como o de uma tempestade nas montanhas.

À fantasia de Charles Gould parecia que o som devia alcançar os mais recuados limites da província. Cavalgando de noite no rumo da mina, o som vinha ao seu encontro na orla do pequeno bosque logo adiante de Rincón. Era inconfundível o ronco da montanha a derramar o seu rio de riqueza sob os pilões;

chegava-lhe ao coração com a força peculiar de uma proclamação trovejada por sobre a terra e a magnificência de um fato consumado a realizar um desejo audacioso. Ele ouvira tal desejo. Ouvira este mesmo som, em sua imaginação, naquele remoto entardecer quando sua esposa e ele, após uma tortuosa cavalgada por uma nesga de floresta, tinham freado os cavalos perto do rio e contemplado pela primeira vez a solidão do desfiladeiro coberto de vegetação selvática. Aqui e ali se erguia uma palmeira. Numa alta ravina, à volta do canto da montanha de San Tomé (que é retangular como um blocausse), o delgado fio de uma cachoeira cintilava, claro e vítreo, através do verde-escuro das espessas frondes dos fetos arborescentes. *Don* Pepe, que os escoltava, avançou a cavalo, e, estendendo o braço para o desfiladeiro, declarou com jocosa solenidade:

— Contemple o próprio paraíso das serpentes, *señora*.

E eles então fizeram os cavalos dar meia-volta e foram dormir em Rincón naquela noite. O *alcalde* — um *moreno* idoso, escanifrado, sargento do tempo de Guzmán Bento — de par com as suas três belas filhas, respeitosamente havia desocupado a própria casa para nela hospedar a *señora* estrangeira e suas excelências os *caballeros*. Tudo quanto pediu a Charles Gould (que tomava por uma pessoa oficial e misteriosa) para fazer por ele era lembrar ao governo supremo — *el gobierno supremo* — uma pensão (de cerca de um dólar por mês) a que ele se julgava com direito. Tinha-lhe sido prometida, afirmava, endireitando marcialmente a espinha curva, "muitos anos atrás, pela minha bravura nas guerras contra os *indios* selvagens quando eu era moço, *señor*.

A cachoeira não mais existia. Os fetos arborescentes que vicejavam aos seus borrifos tinham mirrado à volta da lagoa seca, e a alta ravina passava agora de um grande fosso cheio até a metade de refugo das escavações e de escórias. A torrente, represada lá em cima, punha suas águas a correr pelas calheiras abertas, feitas de troncos de árvore escavados e apoiados sobre cavaletes, até as turbinas que movimentavam os pilões no platô debaixo — a *mesa grande* da montanha de San Tomé. Somente a lembrança da cachoeira, com o seu estupendo samambaial, como um jardim suspenso sobre as rochas do desfiladeiro, ficou preservada no esboço a aquarela feito certo dia pela senhora Gould meio às pressas, numa pequena clareira aberta no matagal, ela sentada à sombra de um telheiro de palha sobre três estacas grosseiras que *don* Pepe mandara erigir para ela.

A senhora Gould vira tudo desde o começo: a limpeza do mato, a construção da estrada, o corte de novas trilhas no paredão rochoso de San Tomé. Semanas a fio vivera ela ali com o marido e tinha ficado tão pouco em Sulaco naquele ano que o aparecimento da carruagem dos Gould na alameda causava uma comoção social. De dentro das pesadas seges de família, cheias de *señora*s pomposas e *señoritas* de olhos negros, que rodavam solenemente pela aléia ensombrada, mãos brancas se agitavam em sua direção, animadamente, num adejar de saudações. *Doña* Emilia tinha "descido da montanha".

Mas não por muito tempo. *Doña* Emilia voltaria a "subir a montanha" dentro de um ou dois dias, e as luzidias mulas de sua carruagem teriam folga por outro longo intervalo. Ela assistira à construção da primeira casa de madeira, na mesa inferior, para sediar um escritório e os alojamentos de *don* Pepe; ouvira, com um arrepio de grata emoção, o primeiro vagão carregado de minério derramar ruidosamente a sua carga pela calha de transporte, a única então existente; ficara de pé ao lado do marido, em completo silêncio, e sentira um frio de emoção percorrer-lhe o corpo no momento em que a primeira bateria de apenas quinze pilões foi posta a funcionar pela primeira vez. Na ocasião em que os fogos sob o primeiro conjunto de retortas, em seu telheiro, brilharam noite adentro, ela não se retirara para repousar no catre rústico para ela instalado na casa de madeira ainda sem mobília enquanto não vira o primeiro grumo esponjoso de prata entregue aos azares do mundo pelas negras profundezas da Concessão Gould; ela tocara com as mãos não mercenárias, numa ansiedade que as fazia tremer, o primeiro lingote de prata ainda quente do molde; e, por via de uma avaliação imaginativa do seu poder, atribuíra àquele pedaço de metal uma concepção justificativa, como se se tratasse não de um simples fato, mas de algo de largo e impalpável alcance, semelhante à expressão veraz de uma emoção ou ao surgimento de um princípio.

Don Pepe, também extremamente interessado, olhou por sobre o ombro dela com um sorriso que, provocando-lhe rugas longitudinais na face, fazia-a parecer uma máscara de couro de expressão benevolentemente diabólica.

— Será que os *muchachos* de Hernández não gostariam de se apoderar desse objeto insignificante que mais parece, *por Dios*, com um pedaço de latão? — observou ele jocosamente.

Hernández, o salteador, fora um pequeno e inofensivo *ranchero*, raptado em circunstâncias particularmente atrozes de sua casa durante uma das guerras civis e forçado a servir no exército. Ali, a sua conduta de soldado havia sido exemplar até que, aproveitando uma oportunidade, matou o seu coronel e conseguiu evadir-se. Com um bando de desertores que o elegeram chefe, fora-se refugiar além do ermo e árido *bolson* de Tonoro. As *haciendas* lhe pagavam uma taxa de extorsão em gado e cavalos; histórias extraordinárias corriam acerca dos seus poderes e de como miraculosamente escapara de perseguições para capturá-lo. Costumava aparecer sozinho, a cavalo, nas povoações e pequenas cidades do campo, com uma mula de carga à frente e dois revólveres no cinto; ia diretamente à loja ou armazém, escolhia o que queria, e partia sem encontrar oposição devido ao terror inspirado pelos seus feitos e sua audácia. A gente pobre do campo ele geralmente deixava em paz; os membros da classe superior eram amiúde detidos nas estradas e roubados; todavia qualquer desafortunado oficial que lhe caísse nas mãos receberia sem dúvida alguma uma severa surra de vara. Os oficiais do exército não gostavam de ouvir-lhe o nome mencionado em sua presença. Seus sequazes, montando cavalos roubados, riam-se das perseguições da cavalaria de linha enviada para acossá-los e se divertiam em emboscá-la, assaz cientificamente, no terreno acidentado de sua própria fortaleza. Foram organizadas expedições; pusera-se a cabeça dele a prêmio; haviam sido feitas inclusive tentativas, traiçoeiras decerto, de entrar em negociações com ele, sem que isso em nada afetasse o curso regular de sua carreira. Por fim, à boa maneira costaguanense, o fiscal de Tonoro, que ambicionava a glória de ter submetido o famoso Hernández, ofereceu-lhe uma soma de dinheiro e um salvo-conduto para sair do país em troca de ele atraiçoar o seu próprio bando. Mas Hernández evidentemente não era feito do mesmo estofo dos ilustres militares, políticos e conspiradores de Costaguana. Esse hábil mas costumeiro recurso (que freqüentemente funciona como um encantamento para fazer revoluções abortarem) malogrou com o chefe de vulgares *salteadores*. Começou promissoramente para o fiscal mas terminou muito mal para o esquadrão de *lanceros* postado (por instruções do fiscal) numa dobra de terreno até onde Hernándes havia prometido levar os seus insuspeitos seguidores. Eles chegaram de fato na hora aprazada, mas rastejando através dos arbustos e só dando a perceber sua presença com uma descarga geral de armas de fogo que esvaziou muitas selas. Os cavalarianos que escaparam chegaram exaustos a Tonoro. Diz-se que seu oficial comandante (que, por estar mais bem montado, chegou muito na frente dos demais) entrou ulteriormente num estado da desesperada exaltação e surrou a valer o ambicioso fiscal com a champa do sabre, na presença da mulher e das filhas dele, por ter ocasionado tal desonra ao exército nacional. O mais alto funcionário civil de Tonoro, caindo ao chão, recebeu em seguida pontapés por todo o corpo e foi roseteado no pescoço e na face pelas esporas aguçadas, devido à grande sensibilidade do seu colega militar. Esse boato do interior da região, tão característico dos governantes do país, com sua história de opressão, ineficiência, métodos estultos, traição e selvagem brutalidade, era muito bem conhecido da senhora Gould. Que pudesse ser aceito sem nenhum comentário indignado por gente de inteligência, refinamento e caráter como algo inerente à natureza das coisas, era um dos sintomas de degradação que tinha o condão de exasperá-la até quase a beira do desespero. Olhando ainda o lingote de prata, ela sacudiu a cabeça à observação de *don* Pepe:

— Se não fosse pela tirania sem lei do seu governo, *don*

Pepe, muitos proscritos que ora estão com Hernández viveriam pacificamente, felizes, com o honesto trabalho de suas mãos.

— *Señora* — exclamou *don* Pepe com entusiasmo —, é verdade! É como se Deus tivesse dado à *señora* o poder de enxergar dentro da alma das pessoas. A *señora* os viu trabalhando ao seu redor, *doña* Emilia: mansos como carneiros, pacientes como os seus próprios burros, valentes como leões. Comandei-os até diante das bocas das armas de fogo (eu, que ora estou à sua frente, *señora*), no tempo de Páez, que tinha grande generosidade e cuja coragem só era igualada pela do tio de *don* Carlos aqui, tanto quanto sei. Não é de estranhar que haja bandidos no campo, pois em Santa Marta, para nos governar, só existem ladrões, trapaceiros e macacos sanguinários. Não obstante, um bandido é sempre um bandido, e teremos uma dúzia de boas e certeiras Winchesters para escoltar a prata até Sulaco.

A cavalgada da senhora Gold com a primeira escolta de prata até Sulaco foi o episódio de encerramento do que ela chamava "minha vida no campo", antes de ela ter se instalado permanentemente em sua casa da cidade, como era próprio e até mesmo necessário em se tratando da esposa do administrador de uma instituição tão importante quanto a mina de San Tomé. Pois a mina tornar-se-ia uma instituição, um ponto de apoio para tudo quanto na província estivesse necessitado de ordem e estabilidade para poder sobreviver. A segurança parecia fluir sobre aquela terra vinda do desfiladeiro da montanha. As autoridades de Sulaco tinham aprendido que a mina de San Tomé podia fazer com que valesse a pena deixar em paz coisas e pessoas. Foi o mais perto da regra do bom senso e da justiça que Charles Gould achou ser possível chegar-se no começo. De fato, a mina, com a sua organização, a sua população a crescer impetuosamente numa posição de privilegiada segurança, com o seu arsenal, o seu *don* Pepe, o seu corpo armado de serenos (no qual, segundo se dizia, muitos proscritos e desertores — até mesmo alguns membros do bando Hernández — tinham encontrado um lugar), a mina era uma potência na região. Como exclamara certo homem proeminente de Santa Marta, com um riso contrafeito, ao discutir a linha de ação tomada pelas autoridades de Sulaco numa época de crise política:

— Chama a esses homens funcionários do governo? Eles? Nunca! São funcionários da mina, funcionários da Concessão, eu lhe digo.

O homem proeminente (que era um homem no poder, de rosto cor de limão e cabelo muito curto e encrespado, para não dizer lanar) levou o seu temporário descontentamento até o ponto de sacudir o punho amarelo sob o nariz do seu interlocutor e gritar com voz aguda:

— Sim! Todos! Silêncio! Todos! Eu lhe digo! O *jefe* político, o chefe de polícia, o chefe da alfândega, o general, todos, todos são funcionários daquele Gould.

Ao que um intrépido mas abafado e argumentativo murmúrio correu por alguns instantes no gabinete ministerial e o arrebatamento do homem proeminente terminou num cínico dar de ombros. Ao fim e ao cabo, parecia ele dizer, o que importava desde que o próprio ministro não era esquecido durante o seu curto período de autoridade? Não obstante, o agente não oficial da mina de San Tomé, que trabalhava por uma boa causa, tinha seus momentos de ansiedade, que se refletiam nas cartas a *don* José Avellanos, seu tio materno.

— Nenhum macaco sanguinário de Santa Marta porá os pés nesta parte de Costaguana que fica além da ponte de San Tomé — costumava *don* Pepe afirmar à senhora Gould para tranqüilizá-la. — A não ser, evidentemente, como hóspede de honra: pois o nosso *señor* administrador é um hábil político. — Mas ao próprio Charles Gould, em seu gabinete, o velho major observava com uma sombria e marcial jovialidade: — Estamos todos arriscando nossas cabeças neste jogo.

Don José Avellano murmurava:

— *Imperium in imperio*, Emilia, minha querida — com um ar de profunda satisfação consigo mesmo, que, de algum modo, parecia conter uma curiosa mescla de desconforto físico. Mas isso talvez fosse visível apenas aos iniciados.

Para os iniciados, era um lugar esplêndido aquela sala de visitas da Casa Gould com os seus momentâneos vislumbres do dono da casa — *el señor* administrador —, mais velho, mais endurecido, enigmaticamente calado, com os vincos de sua rubicunda pele inglesa tornados mais fundos pela vida ao ar livre; a cruzar os umbrais com suas pernas esguias de cavalariano, recém-chegado "da montanha" ou, de esporas tilintantes e chicote de montar sob o braço, prestes a partir "para a montanha". Então, modestamente marcial na sua cadeira, *don* Pepe, o *llanero* que parecia ter recobrado de alguma maneira a sua jovialidade militar, o seu conhecimento do mundo e as suas maneiras perfeitas para o cargo, em meio a selvagens disputas armadas com os de sua raça; polido e familiar, o diplomata Avellanos com sua loquacidade a encobrir muita cautela e circunspecção nos delicados conselhos, com o seu manuscrito de uma obra histórica sobre Costaguana intitulada *Cinqüenta anos de desgoverno* que de momento ele não julgava prudente (ainda que possível) "dar a conhecer ao mundo"; estes três, e entre eles também *doña* Emilia, graciosa, miúda, feito uma fada diante do reluzente serviço de chá, com um só pensamento dominante em suas cabeças, com um só e comum sentimento de viverem uma situação tensa, com um só e sempre presente objetivo de preservar a inviolabilidade da mina a qualquer custo. E também podia ser ali encontrado o capitão Mitchell, um pouco mais além, perto de uma das altas janelas, com um ar de solteirão à moda antiga, correto e ligeiramente pomposo no seu colete branco, um tanto desligado e incônscio da situação, completamente no escuro, mas imaginando-se totalmente a par das coisas. Por ter passado trinta longos anos de sua vida no mar alto, antes de conseguir o que chamava "um bilhete de terra", o bom homem ficava perplexo com a importância das transações (outras que não as relacionadas com transporte marítimo) em curso na terra firme. Quase todo acontecimento um pouco fora da rotina "'marcava uma época" para ele ou então era "história"; a menos que, com sua pomposidade a lutar com um desconcertado abatimento de sua face rubicunda, assaz simpática, realçada pelo cabelo cerrado, branco como neve, e pelas suíças curtas, murmurasse:

— Ah, isso! Isso, senhor, foi um erro.

O embarque da primeira consignação de prata da San Tomé para San Francisco num dos paquetes da Companhia ONV evidentemente tinha "marcado uma época" para o capitão Mitchell. Os lingotes, acondicionados em caixas de couro de boi, rijo, com pegadores, suficientemente pequenas para poderem ser carregadas por dois homens, eram trazidos lá de cima pelos serenos da mina, a pé, em pares vigilantes, por cerca de um quilômetro de caminhos íngremes, em ziguezague, até o sopé da montanha. Ali eram embarcados numa fileira de carretas de duas rodas, que pareciam arcas espaçosas com uma porta na parte traseira, em tandens com duas mulas cada, já à espera sob uma guarda de serenos armados e a cavalo. *Don* Pepe fechava com cadeado cada porta, sucessivamente, e a um sinal de seu apito a fileira de carretas partia, circundada de perto pelo estrépito de esporas e carabinas, com solavancos e estalar de chicotes, com um estrondear fundo ao passar sobre a ponte divisória ("para a terra dos ladrões e macacos sanguinários", tal como *don* Pepe definia aquela travessia); com chapéus a bambolear sob a primeira primeira luz do amanhecer nas cabeças das figuras encapotadas, de Winchesters apoiadas ao quadril, as mãos que seguravam as rédeas alongando-se, magras e morenas, para fora das pregas dos ponchos. O comboio, após contornar um pequeno bosque ao longo da trilha da mina, entre as choupanas de barro e os muros baixos de Rincón, apressava o passo no *camiño real*; as mulas eram espicaçadas, a escolta punha-se a galope. *Don* Carlos cavalgava sozinho à frente de uma tempestade de pó que só permitia uma vaga visão de longas orelhas das mulas, de tatalantes bandeirolas verdes e brancas presas a cada carreta, de braços erguidos numa multidão de *sombreros* com o branco lampejo de olhos em fila; e *don* Pepe, mal e mal visível na cauda daquela matracolejante trilha de pó, ereto na sela e de rosto impassível, subia e descia ritmicamente sobre sua negra montaria de cabeça de martelo, pescoço de cervo e freio de prata.

As pessoas sonolentas, nos pequenos amontoados de choupanas, nos pequenos ranchos de beira de estrada, reconheciam, pelo som apressado, a investida da escolta de prata da San Tomé no rumo da arruinada muralha da cidade, do lado do campo. Assomavam às portas para vê-la passar célere sobre sulcos e pedras, com estardalhaço e estrépito e estalar de chicotes, com o temerário tropel e a condução precisa de uma bateria de campo que entrasse em ação, e o solitário vulto inglês do *señor* administrador a cavalgar bem adiante, no comando.

Pelos cercados à margem da estrada, cavalos soltos galopavam ardegamente por alguns instantes; o gado pesadão imobilizava-se, mergulhado até o peito na grama alta, mugindo queixosamente ao ruído móvel; um humilde aldeão índio relanceava os olhos para trás e apressava-se a encostar o seu jumentinho carregado a um muro, tirando-o do caminho da escolta de prata da San Tomé a caminho do mar; um pequeno grupo de *léperos* enregelados, debaixo do cavalo de pedra da alameda, murmurava "Caramba!" ao vê-la fazer uma larga curva a galope e enveredar pela vazia rua da Constituição; pois era considerada a única coisa correta, o único estilo apropriado, pelos arrieiros da mina de San Tomé, atravessar de ponta a ponta a cidade que despertava sem diminuir em nada a velocidade, como se estivessem sendo perseguidos por um demônio.

O primeiro sol da manhã fulgurava nas fachadas amarelo-claras, azul-pálidas, rosa-pálido, das casas grandes, com todos os seus portões ainda cerrados e sem nenhum rosto a espiar por entre as barras de ferro das janelas. Em toda a fileira de balcões vazios, iluminados pelo sol ao longo da rua, somente uma alva figura era visível lá no alto, acima do limpo pavimento — a esposa do *señor* administrador —, inclinando-se para ver a escolta passar a caminho da baía, com uma densa massa de cabelo louro enrolado negligentemente sobre a cabeça miúda, e refolhos de rendas à volta da gola da bata de musselina. Com um sorriso de resposta ao rápido e único olhar do marido para cima, ela ficava a ver o cortejo passar sob seus pés num estrépito ordeiro até poder retribuir com um sinal amistoso a saudação do galopante *don* Pepe, uma rígida e diferente mesura com um movimento circular do chapéu abaixo do joelho.

A fila de carretas em tandens se encompridava, o tamanho da escolta aumentava com o passar dos anos. A cada três meses, um crescente fluxo de metal precioso transitava pelas ruas de Sulaco a caminho do cofre-forte no edifício da Companhia ONV junto à baía, onde ficava aguardando embarque para o Norte. Ao aumento de volume correspondia um imenso valor, outrossim, pois como Charles Gould contou à esposa certa vez com alguma exultação, nunca se vira nada no mundo que chegasse perto do veio da Concessão Gould. Para o casal, cada passagem da escolta sob os balcões da Casa Gould equivalia a outra vitória na conquista da paz para Sulaco.

Sem dúvida a ação inicial de Charles Gould fora ajudada no começo, por um período de comparativa paz que ocorrera justamente àquela altura; e também por um geral abrandamento de costumes, em comparação com a época de guerras civis de onde surgira a férrea tirania do Guzmán Bento de temida memória. Nas disputas que irromperam ao fim do seu governo (o qual mantivera o país em paz durante quinze anos), houve ainda mais insensata imbecilidade, ainda mais crueldade e sofrimento, mas bem menos daquele cego e feroz fanatismo político dos tempos de antigamente. Em compensação, o caráter dessas disputas era mais vil, mais baixo, mais desprezível e infinitamente mais tratável, por força do aberto cinismo dos seus motivos. Tratava-se, sem nenhum disfarce, de uma renhida e descarada disputa por um espólio cada dia menor, já que todo empreendimento fora estupidamente assassinado no país. Veio assim a acontecer de a província de Sulaco, outrora campo de cruéis vinganças partidárias, tornar-se de certo modo um dos prêmios de maior valor da carreira política. Os grandes da terra (em Santa Marta) reservavam os postos no antigo Estado ocidental para as pessoas que lhe eram mais próximas e mais caras: sobrinhos, irmãos, maridos de irmãs favoritas, amigos do peito, partidários leais — ou partidários proeminentes que talvez temessem. Era a abençoada província das grandes oportunidades e dos salários mais polpudos, pois a mina de San Tomé tinha a sua própria folha não oficial de pagamentos, cujos itens e valores, fixados por consulta entre Charles Gould e o *señor* Avellanos, eram conhecidos de um proeminente homem de negócios nos Estados Unidos que durante uns vinte minutos, todo mês, dedicava sua indivisa atenção aos assuntos de Sulaco. Ademais, as iniciativas comerciais de toda a espécie, favorecidas pela influência da mina de San Tomé, silenciosamente iam ganhando impulso naquela parte da república. Se, por exemplo, a coletoria de Sulaco no geral era considerada pelo mundo político da capital o meio de abrir caminho até o Ministério das Finanças e todos os demais postos oficiais, por outro lado, também os desalentados círculos comerciais da república passaram a ver a província ocidental como a terra prometida da segurança, especialmente quando se conseguia chegar a bons termos com a administração da mina.

— Charles Gould: uma excelente pessoa! É absolutamente necessário poder contar com ele antes de dar um só passo. Consiga uma apresentação para ele de Moraga, se puder: é o agente do "rei de Sulaco", não sabe?

Não é de estranhar, portanto, que sir John, vindo da Europa a fim de aplainar o caminho para a sua ferrovia, se deparasse com o nome (e até mesmo com o apelido) de Charles Gould a cada passo em Costaguana. O agente da administração de San Tomé em Santa Marta (ao ver de sir John, um cavalheiro polido e bem informado) sem dúvida alguma tinha ajudado tanto a concretizar a visita presidencial que ele começou a pensar que havia algo de verdade nos discretos cochichos acerca da imensa influência oculta da Concessão Gould. O que se dizia a boca pequena era que a administração da San Tomé financiara, em parte pelo menos, a última revolução, que levara a uma ditadura de cinco anos *don* Vincente Ribiera, homem de cultura e de caráter impoluto, investido de um mandato de reforma pelos melhores elementos do Estado. Homens sérios, bem informados, pareciam acreditar nele, ter esperanças de um melhor estado de coisas, com o restabelecimento da legalidade, da boa-fé e da ordem na vida pública. Tanto melhor, então achava sir John. Ele sempre trabalhava em grande escala; havia um empréstimo ao Estado, e um projeto de colonização sistemática da província ocidental ligado, num vasto esquema, à construção da Estrada de Ferro Central Nacional. Boa-fé, ordem, honestidade e paz eram grandemente necessárias para levar avante esse vasto empreendimento material. Quem quer que estivesse ao lado de tais coisas, especialmente se fosse capaz de ajudá-las, tinha importância aos olhos de sir John. Ele não se desapontara com o "rei de Sulaco". As dificuldades locais tinham se dissipado, tal como o engenheiro-chefe previra, com a mediação de Charles Gould. Sir John havia sido muito festejado em Sulaco, logo abaixo do presidente-ditador, um fato que poderia justificar o evidente mau humor do general Montero durante o banquete a bordo do *Juno*, pouco antes de o navio levantar âncora levando embora o ditador-presidente e os distintos convidados estrangeiros da sua comitiva.

O *excelentísimo* ("a esperança dos homens de bem", como *don* José o chamara num discurso público em nome da assembléia provincial de Sulaco) sentava-se à cabeceira da longa mesa; o capitão Mitchell, de olhos incontestavelmente petrificados e rosto purpúreo ante a solenidade daquele "acontecimento histórico", ocupava a outra extremidade como representante em Sulaco da Companhia ONV, a anfitriã da cerimônia informal, com o capitão do navio e alguns funcionários subalternos de terra à sua volta. Aqueles pequenos cavalheiros, animados e trigueiros, lançavam olhares joviais às garrafas de champanha que começavam a espoucar às costas dos convidados, nas mãos dos criados de bordo. O vinho ambarino espumejava até a borda nas taças.

Charles Gould sentava-se ao lado de um ministro plenipotenciário estrangeiro que, em voz baixa e inexpressiva, estivera a falar intermitentemente de caça e de armas de fogo. Seu rosto pálido, bem nutrido, de monóculo e bigodes louros pendentes fazia o *señor* administrador parecer, por contraste, muito tisnado de sol, mais flamejantemente ruivo, cem vezes mais intensa, mais silenciosamente vivo. *Don* José Avellanos acotovelava outro diplomata estrangeiro, um homem moreno de maneiras tranqüilas, alerta e seguro de si e com um toque de reserva. Como toda a etiqueta fora posta de lado na ocasião, o general Montero era o único ali em uniforme de gala, tão cheio de bordados na frente que o seu largo peito parecia estar protegido por uma couraça de ouro. Sir John, desde o começo, cuidara de evadir-se de perto dos lugares de honra para poder sentar-se ao lado da senhora Gould.

O grande financista tentava exprimir-lhe seu reconhecimento pela hospitalidade com que ela o distinguira e seu débito de gratidão para com a "enorme influência" do marido dela "naquela região do país", quando ela o interrompeu com um "psiu!" abafado. O presidente iria pronunciar um discurso informal.

O *excelentísimo* já estava de pé. Disse umas poucas palavras, animadas de sentimento profundo e dirigidas sobretudo talvez a Avellanos — seu velho amigo — acerca da necessidade de esforços incessantes a fim de assegurar o duradouro bem-estar do país que, após essa derradeira luta, iria ingressar, esperava ele, num período de paz e de prosperidade material.

Ouvindo a voz macia, ligeiramente pesarosa, e olhando aquela face rotunda, trigueira, de óculos, aquele corpo baixo, obeso a ponto de parecer frágil, a senhora Gould pensou consigo que um homem assim, de espírito melancólico e delicado, fisicamente quase aleijado, saindo do seu retiro para uma luta perigosa, a chamado dos seus concidadãos, tinha o direito de falar com autoridade do seu auto-sacrifício. No entanto, ela se sentia desassossegada. Era mais patético que promissor esse primeiro chefe de Estado civil que Costaguana jamais conhecera, a pronunciar, taça na mão, suas singelas palavras de ordem: honestidade, paz, respeito pela lei, boa-fé política dentro e fora do país — as salvaguardas da honra nacional.

Sentou-se. Durante o respeitoso e admirativo murmúrio de vozes que se seguiu ao discurso, o general Montero ergueu um par de pálpebras descaídas, pesadas, e correu os olhos, com uma espécie de inércia inquieta, pelos rostos dos presentes. O herói militar dos sertões, embora secretamente impressionado com as repentinas novidades e esplendores de sua posição (nunca havia estado antes a bordo de um navio e só conhecia o mar de longe), compreendia, por uma espécie de instinto, a vantagem que sua atitude rude, sem polimento, de selvagem lutador, lhe dava no meio de todos aqueles refinados aristocratas *blancos*. Mas por que seria que ninguém estava olhando para ele? Era o que se perguntava iradamente. Conseguia soletrar a letra de fôrma dos jornais e sabia que havia realizado a "maior proeza militar dos tempos modernos".

— Meu marido queria a estrada de ferro — disse a senhora Gould a sir John no curso do murmúrio geral de conversas reiniciadas. — Tudo isso traz para mais perto o tipo de futuro que desejamos para o país, que por ele espera com aflição há tanto tempo, Deus sabe quanto. Mas confesso que outro dia, durante o meu passeio da tarde, quando vi de repente um menino índio sair do mato com a bandeirola vermelha de um grupo de levantamento topográfico na mão, senti como que um choque. O futuro significa mudança: mudança total. E no entanto mesmo aqui há coisas simples e pitorescas que a gente gostaria de preservar.

Sir John escutava, sorridente. Mas era a sua vez de silenciar a senhora Gould.

— O general Montero vai falar — sussurrou e em seguida acrescentou, com cômico alarme: — Céus! Acho que vai propor um brinde à minha saúde.

O general Montero levantara-se com um tilintar de espada e uma cintilação do seu peito bordado de ouro; um pesado punho de espada aparecia-lhe do lado, acima da borda da mesa. Naquele uniforme suntuoso, com seu pescoço taurino, seu nariz adunco achatado na ponta a encimar um bigode pintado de um negro azulado, parecia um sinistro e disfarçado *vaquero*. O tom monótono da sua voz tinha uma ressonância estranhamente rascante, desalmada. Patinhou, carrancudo, numas poucas e vagas sentenças; então, de súbito, erguendo num só gesto a grande cabeça e o volume de voz, disse impetuosamente, em tom ríspido:

— A honra deste país está nas mãos do exército. Eu lhes asseguro que serei fiel a ele. — Hesitou até seus olhos que vagueavam darem com o rosto de sir John. Fixou-o com um olhar sonolento, sombrio, e o montante do empréstimo recentemente negociado veio-lhe à lembrança. Ergueu sua taça: — Brindo à saúde do homem que nos traz um milhão e meio de libras esterlinas.

Bebeu de um gole a sua champanha e sentou-se pesadamente, com um olhar entre surpreso e fanfarrão às faces em derredor, no profundo, como que espavorido, silêncio que se seguiu ao oportuno brinde. Sir John não se moveu.

— Acho que não preciso me levantar — murmurou ele à senhora Gould. — Esse tipo de coisa fala por si. — Mas *don* José Avellanos veio em socorro dele com um breve discurso em que aludiu apropriadamente à boa vontade da Inglaterra para com Costaguana:

— Uma boa vontade — acrescentou significativamente — da qual, por ter sido no meu tempo embaixador junto à corte de St. James, posso falar com algum conhecimento de causa.

Só então foi que sir John achou apropriado responder, o que fez graciosamente em mau francês, interrompido por aplausos pelos "Apoiado! Apoiado!" do capitão Mitchell, que conseguia entender uma palavra aqui e ali. Logo depois de falar, o financista das ferrovias voltou-se para a senhora Gould:

— A senhora teve a bondade de me dizer que pretendia me pedir algo — lembrou-lhe galantemente. — O que é? Pode estar certa de que qualquer pedido seu será considerado como um favor que faço a mim mesmo.

Ela lhe agradeceu com um sorriso amável. Todos estavam se levantando da mesa.

— Vamos para o convés — propôs ela —, onde poderei apontar-lhe o próprio objeto do meu pedido.

Uma enorme bandeira nacional de Costaguana, uma diagonal vermelha e amarela com duas palmeiras verdes no centro, flutuava preguiçosamente no topo do mastro principal do *Juno*. Milhares de fogos de artifício disparados à beira d'água em honra do presidente produziam um misterioso ruído de crepitação em volta da baía. De quando em quando um punhado de foguetes, sibilando invisivelmente ao subir, detonava lá no alto com apenas um tufo de fumaça no céu claro. Ajuntamentos de pessoas podiam ser vistos entre a porta da cidade e a baía, sob grupos de bandeiras multicoloridas a tremular em altos mastros. Ouviam-se de inopino trechos abafados de música militar e o som remoto de gritos. Um bando de negros esfarrapados, na extremidade do desembarcadouro, carregava e disparava seguidamente um pequeno canhão de ferro. Uma névoa acinzentada pairava rala e imóvel contra o sol.

Don Vincente Ribiera deu alguns passos sob o toldo do convés apoiado ao braço do *señor* Avellanos; um largo círculo se formou à sua volta, onde o riso sem alegria dos seus lábios escuros e o coruscar cego dos seus óculos podiam ser vistos voltando-se amavelmente de um para outro lado. A solenidade informal, de propósito realizada a bordo do *Juno* para dar ao ditador-presidente uma oportunidade de avistar-se intimamente com os seus partidários mais importantes em Sulaco, estava chegando ao fim. De lado, o general Montero, a calva agora coberta por um chapéu armado com plumas, permanecia imóvel numa cadeira a céu descoberto, as grandes mãos enluvadas sobre o punho de um sabre em posição vertical entre as suas pernas. A pluma branca, a tez acobreada do rosto largo, o negro-azulado dos bigodes sob o nariz recurvo, a profusão de dourados nas mangas e no peito, as botas altas e reluzentes com enormes esporas, as narinas arfantes, o olhar imbecil e arrogante de glorioso vencedor de Río Seco tinham algo de ominoso e inacreditável: a exageração de uma caricatura cruel, a fatuidade de uma máscara solene, o grotesco atroz de algum ídolo militar de concepção asteca e ornamentação européia à espera da homenagem dos adoradores. *Don* José se aproximou diplomaticamente daquele fantástico e inescrutável portento, e a senhora Gould desviou finalmente seus olhos fascinados.

Charles, que viera despedir-se de sir John, ouviu-o dizer enquanto se inclinava sobre a mão de sua esposa:

— Certamente. Claro, minha cara senhora Gould, em se tratando de um protegido seu! Não há a menor dificuldade. Considere-o feito.

Ao voltar para a praia no mesmo barco dos Gould, *don* José Avellanos manteve-se assaz calado. Mesmo na carruagem dos Gould, só abriu os lábios após um longo silêncio. As mulas se afastaram em passo lento do embarcadouro, entre as mãos estendidas dos mendigos, que naquele dia pareciam ter abandonado em massa os portais das igrejas. Charles Gould sentara-se no banco traseiro e ficara a olhar a planura ao longe. Um grande número de barracas feitas de ramos verdes, de juncos, de tábuas desemparelhadas cobertas com pedaços de lona, fora erguido por toda parte para a venda de *cana*, de *dulces*, de frutas, de charutos. Sobre pequenos montes de carvão incandescentes, mulheres índias, acocoradas em esteiras, preparavam comida em negras panelas de barro e ferviam água para as cuias de mate, que ofereciam com voz macia, cariciosa, à gente do campo. Uma pista de corrida para os *vaqueros* fora delimitada com estacas; mais ao longe, à esquerda de onde a multidão se comprimia em redor de uma enorme construção temporária, semelhante a uma tenda de circo feita de madeira e com teto cônico de palha, vinha o som agudo e ressonante de cordas de harpa, o rasqueado estridente de guitarras, com a grave batida ritmada de um tambor índio pulsando, invariável, ao fundo do coro estrídulo dos dançarinos.

Charles Gould falou então:

— Toda esta área pertence agora à companhia de estrada de ferro. Não serão mais realizadas festas populares aqui.

A senhora Gould ficou pesarosa ao pensar nisso. Aproveitou a oportunidade para dizer que acabara de obter de sir John a promessa de que a casa ocupada por Giorgio Viola nada sofreria. Declarou que jamais pudera compreender que os engenheiros do levantamento topográfico chegassem a falar em demolir aquele antigo edifício. Não estava absolutamente no caminho do projetado ramal portuário da linha férrea.

Deteve a carruagem diante da porta para tranqüilizar de imediato o velho genovês, que veio ao seu encontro de cabeça descoberta e ficou parado junto ao degrau do veículo. Ela lhe falou em italiano, evidentemente, e ele agradeceu com calma dignidade. Um velho garibaldino lhe ficava reconhecido, do fundo do coração, por conservar um teto sobre as cabeças de sua mulher e de suas filhas. Ele estava velho demais para continuar a vaguear.

— E será para sempre, *signora*? — perguntou.

— Enquanto você quiser.

— *Bene*. Então a casa tem de receber um nome. Antes nem valia a pena.

Deu um sorriso austero, que fez as rugas se juntarem nos cantos dos seus olhos.

— Vou tratar da pintura do nome amanhã cedo.

— E qual vai ser, Giorgio?

— Albergo d'Italia Una — disse o velho garibaldino, desviando o olhar por um momento. — Mais em memória dos que morreram — acrescentou — do que pelo país que nos foi roubado, de nós soldados da liberdade, pela esperteza dessa maldita raça piemontesa de reis e ministros.

A senhora Gould de leve e, inclinando-se um pouco para a frente, começou a perguntar-lhe da mulher e das filhas. Ele as havia mandado à cidade nesse dia. A *padrona* estava melhor de saúde; muito obrigado à *signora* pelo interesse.

Pessoas passavam aos pares, em grupos de três, em bandos de homens e mulheres acompanhados de crianças a caminhar com passo miúdo. Um cavalheiro montando uma égua cinza-prateado parou à sombra da casa depois de tirar o chapéu para os que estavam na carruagem, que lhe responderam com sorrisos e acenos familiares. O velho Viola, evidentemente muito satisfeito com as notícias que acabava de receber, interrompeu o que dizia para informar o recém-chegado de que a casa estava segura, graças à bondade da *signora* inglesa, enquanto ele a quisesse conservar. O outro ouviu atentamente, mas não deu resposta.

Quando a carruagem partiu, ele tornou a tirar o chapéu, um *sombrero* cinza com cordão e borlas de prata. As cores vivas do serape mexicano preso ao arção posterior da sela, os enormes botões prateados da jaqueta de couro bordada, a fieira de minúsculos botões de prata ao longo da costura das calças, a camisa muito alva, a faixa de seda com as pontas bordadas, os enfeites de prata na cabeçada do arreio e na sela, proclamavam o inimitável estilo do famoso capataz dos *cargadores* — um marinheiro do Mediterrâneo — montado com um esplendor mais rematado que o que qualquer jovem e abastado *ranchero* do campo jamais exibira num feriado maior.

— É uma coisa muito importante para mim — murmurou o velho Giorgio, ainda pensando na casa, pois já estava cansado de mudar. — Bastou a *signora* dizer uma palavra ao inglês.

— O inglês velho que tem tanto dinheiro que pode pagar uma estrada de ferro? Vai partir dentro de uma hora — observou Nostromo negligentemente. — *Buon viaggio*, então. Montei guarda aos ossos dele desde a garganta de Entrada, através da planície, até Sulaco, como se ele fosse o meu próprio pai.

O velho Giorgio moveu a cabeça para os lados, com ar distraído. Nostromo apontou para a carruagem dos Gould, a qual se aproximava da porta coberta de hera da muralha da cidade velha, que semelhava uma floresta emaranhada.

— E muitas vezes fiquei sentado sozinho, com o meu revólver, no depósito da companhia, ao lado do monte de prata desse outro inglês, guardando-o como se fosse meu.

Viola parecia imerso em pensamentos.

— É uma coisa muito importante para mim — tornou a repetir, como se de si para si.

— É sim — concordou calmamente o magnífico capataz dos *cargadores*. — Ouça, *vecchio*: vá lá dentro e me traga um charuto, mas não procure no meu quarto. Não há nada ali.

Viola entrou no café e voltou em seguida, ainda absorvido nas suas idéias, e estendeu-lhe um charuto, a resmungar pensativamente entre os seus bigodes:

— As crianças crescendo... e meninas, ainda! Meninas! — Deu um suspiro e calou-se.

— O que, um só? — disse Nostromo, baixando o olhar com uma espécie de cômica curiosidade para o velho distraído. — Não faz mal — acrescentou, com altiva negligência —, basta um até ser preciso outro.

Acendeu-o e deixou o fósforo tombar dos seus dedos passivos. Giorgio Viola ergueu os olhos e disse abruptamente:

— Meu filho seria hoje um belo rapaz como você, Gian' Battista, se tivesse vivido.

— O quê? Seu filho? Mas está certo, *padrone*. Se ele tivesse sido como eu, teria sido um homem.

Fez o cavalo voltar-se devagar e seguiu caminho por entre as barracas, freando a égua de quando em quando até quase imobilizá-la para as crianças, para os grupos de pessoas do campo distante que o contemplavam com admiração. Os tripulantes das chatas da companhia o saudavam de longe; e o tão invejado capataz dos *cargadores* avançava, entre murmúrios de reconhecimento e saudações subservientes, para a grande construção em forma de circo. A turba aumentava, as guitarras soavam mais alto; outros cavaleiros haviam se imobilizado em suas selas, a fumar calmamente acima das cabeças da multidão; esta torvelinhava e comprimia-se diante das portas da construção de alto teto, de onde vinha um arrastar e bater de pés no compasso da música, que vibrava e guinchava em ritmo dilacerante, marcado pelo oco, sustentado, formidável troar do bombo. A bárbaro e majestoso barulho do grande tambor, que pode fazer uma multidão endoidecer e que mesmo os europeus não conseguem ouvir sem sentir estranha emoção, parecia atrair Nostromo para a sua fonte, enquanto um homem envolto num poncho desbotado e rasgado caminhava junto ao estribo de sua montaria e, empurrado pela direita e pela esquerda, rogava a "sua excelência" insistentemente um emprego nas docas. Lastimava-se, oferecendo ao *señor* capataz metade de sua paga diária em troca do privilégio de ser admitido à arrogante confraria dos *cargadores*; a outra metade lhe bastaria, asseverava. Mas o homem que era a mão direita do capitão Mitchell — "inestimável para o nosso trabalho, um homem totalmente incorruptível" —, após examinar criticamente o *mozo* esfarrapado, sacudiu a cabeça sem dizer palavra, em meio à algazarra que lhe ia em volta.

O homem recuou, e um pouco adiante Nostromo teve de parar. Pelas portas do salão de dança homens e mulheres saíam cambaleando, escorrendo de suor, braços e pernas a tremer, para se encostarem ofegantes, de olhos parados e lábios entreabertos, à parede da estrutura, onde harpas e guitarras continuavam a tocar em doida velocidade, num incessante rebôo de trovão. Centenas de mãos batiam lá dentro; vozes se esganiçavam até, de repente, todas esmorecerem para repetir em uníssono o refrão de uma canção de amor num piano desfalecente. Uma flor vermelha, atirada com boa pontaria de algum lugar da multidão, atingiu o resplendente capataz na bochecha.

Ele a apanhou destramente quando caía, mas por algum tempo não moveu a cabeça. Quando por fim condescendeu em olhar à volta, a turba junto dele se abriu para deixar passar uma graciosa *morenita*, o cabelo preso em cima por um pente dourado, que vinha em sua direção pelo espaço aberto.

Seus braços e seu pescoço emergiam, roliços e desnudos, de uma alva camiseta; a saia azul de lã, com toda a sua roda recolhida na frente, modelando-lhe os quadris e o traseiro, revelava o movimento provocante do seu andar. Ela veio diretamente até ele e pôs a mão no pescoço da égua, erguendo os olhos e fitando-o de soslaio, numa expressão tímida, galanteadora.

— *Querido* — murmurou em voz cariciosa —, por que finge não me ver quando eu passo?

— Porque não te amo mais — disse Nostromo vagarosamente, após um momento de meditativo silêncio.

A mão sobre o pescoço da égua tremeu de repente. Ela baixou a cabeça diante de todos os olhos do vasto círculo formado à roda do inconstante, do terrível, do generoso capataz dos *cargadores* e sua *morenita*.

Nostromo, olhando para baixo, viu lágrimas começando a correr pelo rosto dela.

— Aconteceu, então, bem-amado do meu coração? — sussurrou ela. — É verdade?

— Não — disse Nostromo, desviando o olhar descuidadamente. — Era mentira. Eu te amo tanto quanto antes.

— É mesmo verdade? — ela arrulhou alegremente, o rosto ainda molhado de lágrimas.

— É sim.

— Jura que é verdade?

— É verdade mesmo; mas não deves pedir para eu jurar pela Madona que está no teu quarto. — E o capataz riu brevemente em resposta aos sorrisos da turba.

Ela deu um muxoxo, muito gracioso, um tanto inquieta.

— Não, não vou pedir isso. Posso ver o amor nos seus olhos. — Pôs a mão sobre o joelho dele. — Por que você está tremendo assim? Por amor? — acrescentou, enquanto o ribombo cavernoso do tambor continuava sem pausa. — Mas se você a ama tanto assim, deveria dar à sua Paquita um rosário com engastes de ouro para o pescoço da virgem dela.

— Não — disse Nostromo fitando-lhe os olhos erguidos, implorantes, que subitamente se petrificaram de surpresa.

— Não? Então o que mais vossa excelência vai me dar no dia da *fiesta* — perguntou, com raiva — para não me envergonhar diante de toda esta gente?

— Não há vergonha alguma em não receberes coisa alguma do teu namorado, uma vez na vida.

— Isso mesmo! A vergonha é para vossa excelência, para o meu pobre namorado — disse ela num arroubo de sarcasmo.

Ouviram-se risos ante a sua ira, a sua tirada. Que mulherzinha mais brava e audaciosa! As pessoas que assistiram à cena chamavam outras com urgência, da multidão. O círculo em torno da égua cinza-prateado foi-se apertando aos poucos.

A rapariga afastou-se um ou dois passos, enfrentando a curiosidade zombeteira dos olhares, depois voltou para junto do estribo, na ponta dos pés, o rosto irado voltado para Nostromo, com dois olhos chamejantes. Ele se inclinou para ela.

— Juan — sibilou ela —, eu poderia te apunhalar no coração!

O temido capataz dos *cargadores*, magnífico e descuidadamente público nos seus amores, pôs os braços à volta do pescoço dela e beijou-lhe os lábios tartamudeantes. Um murmúrio correu pela roda.

— Uma faca! — pediu ele a esmo, segurando-a firmemente pelos ombros.

Vinte lâminas cintilaram ao mesmo tempo no círculo. Um rapaz em roupa domingueira, num pulo, colocou uma faca na mão de Nostromo e noutro pulo voltou à roda, muito ufano de si. Nostromo sequer o olhara.

— Sobe sobre o meu pé — ordenou ele à moça que, inopinadamente subjugada, elevou-se agilmente, e quando ele a teve em cima, o braço rodeando-lhe a cintura, a face dela encostada à sua, pôs-lhe a faca na mão pequena.

— Não, *morenita*! Você não vai me fazer passar vergonha — disse. — Vai ter o seu presente; e para que todos saibam quem é o seu namorado de hoje, pode cortar todos os botões de prata do meu casaco.

Houve gritos jocosos e aplausos diante dessa extravagância espirituosa, enquanto a rapariga passava a lâmina afiada e o impassivo cavaleiro tilintava na palma da mão o crescente punhado de botões de prata. Desceu-a até o solo com ambas as mãos cheias. Depois de cochichar durante algum tempo com expressão muito tensa, ela se foi, olhando para a frente altivamente, e sumiu na multidão.

A roda havia se desfeito e o senhoril capataz dos *cargadores*, o homem indispensável, o experimentado e fidedigno Nostromo, o marinheiro do Mediterrâneo que viera a terra por acaso a fim de tentar a sorte em Costaguana, pôs o cavalo a passo lento no rumo da baía. O *Juno* estava nesse momento fazendo a volta; e quando Nostromo tornou a frear a montaria para olhar melhor, uma bandeira foi hasteada no mastro improvisado, erguido num pequeno, antigo e desmantelado forte à entrada da baía. Meia bateria de canhões de campanha havia sido apressadamente deslocada das barracas de Sulaco até lá para disparar as salvas regulamentares em honra do presidente e do ministro da Guerra. Quando o paquete já atravessava o canal, os disparos, com atraso, anunciavam o fim da primeira visita oficial de *don* Vincente Ribiera a Sulaco, e, para o capitão Mitchell, o fim de outra "ocasião histórica". Da próxima vez que a "esperança dos homens de bem" iria voltar àquelas bandas, um ano e meio mais tarde, seria não oficialmente, pelas trilhas da montanha, fugindo da derrota numa mula capenga, para ser salvo bem a tempo, por Nostromo, de uma morte ignominiosa nas mãos da turba. Tratava-se de acontecimento muito diverso, do qual costumava dizer o capitão Mitchell:

— Foi história; história, senhor! E aquele homem meu,

Nostromo, sabe, estava bem dentro da coisa. Fazendo história, em sentido estrito, senhor.

Mas esse acontecimento, creditável a Nostromo, seria imediatamente seguido de outro que não podia ser classificado nem como "história" nem como "engano", na fraseologia do capitão Mitchell. Ele tinha outra palavra para ele.

— Senhor — costumava dizer mais tarde —, não foi nenhum engano. Foi uma fatalidade. Uma adversidade, pura e simples. E aquele pobre homem meu estava nela; bem dentro dela! Uma fatalidade, se jamais houve alguma; e no meu entender, ele nunca mais voltou a ser o mesmo homem.

Segunda Parte
AS ISABÉIS

1

Entre boatos favoráveis e desfavoráveis, na variável fortuna daquela luta que *don* José caracterizara com a frase "o destino da honestidade nacional treme na balança", a Concessão Gould, *imperium in imperio*, continuara a operar; a montanha retangular não cessou de despejar sua riqueza, pelas calhas de madeira, nas baterias incansáveis dos pilões; as luzes de San Tomé tinham tremeluzido noite após noite sobre a vasta, ilimitada sombra do campo; a cada três meses, a escolta da prata descera para o mar como se nem a guerra nem as suas conseqüências pudessem jamais afetar o antigo Estado ocidental, insulado por trás da alta barreira de sua cordilheira. Todos os combates se deram do outro lado daquela maciça muralha de picos serreados, dominados pelo alvo domo do Higuerota e ainda não franqueados pela estrada de ferro, de que somente a primeira parte, a parte fácil do campo, de Sulaco até o vale do Ivie no sopé do desfiladeiro, havia sido assentada. Tampouco a linha telegráfica cruzara ainda a montanha; seus postes, como esguias balizas plantadas na planície, adentravam a franja de floresta dos contrafortes cortada pela funda avenida da trilha; e seus fios terminavam abruptamente no acampamento de construção, numa branca mesa de distribuição com um aparelho Morse, dentro de uma longa cabana de tábuas com teto de ferro ondulado, sombreada por cedros gigantescos — o alojamento do engenheiro encarregado da seção avançada.

A baía andava também em grande azáfama, com o tráfego de material ferroviário e com os movimentos de tropas ao longo da costa. A Companhia ONV achava muita ocupação para a sua frota. Costaguana não tinha marinha e, salvo uns poucos e pequenos navios guarda-costas, não havia barcos nacionais, a não ser um par de velhos vapores mercantes usado como transporte.

Sentindo-se mais e mais no auge da História, o capitão Mitchell achou jeito de passar uma hora ou mais, à tarde, na sala de visitas da Casa Gould, onde, com uma estranha ignorância das forças reais que operavam à sua volta, ele se declarava encantado de poder furtar-se à azáfama dos negócios. Não sabia o que teria feito sem o seu inestimável Nostromo, assegurava. Aqueles abomináveis políticos de Costaguana davam-lhe muito mais trabalho — confidenciou à senhora Gould — do que teria esperado.

Don José Avellanos mostrara, a serviço do ameaçado governo Ribiera, uma atividade organizadora e uma eloqüência cujos ecos haviam chegado até mesmo à Europa. Pois, após o novo empréstimo ao governo de Ribiera, a Europa passara a se interessar por Costaguana. O salão da assembléia provincial (nos edifícios municipais de Sulaco), com seus retratos dos libertadores nas paredes e uma velha bandeira de Cortez preservada numa caixa de vidro logo acima da poltrona do presidente, ouvira todos esses discursos: o mais antigo que continha uma declaração apaixonada: "O militarismo é o inimigo"; o famoso sobre o "trêmulo equilíbrio" pronunciado por ocasião do voto em prol da convocação de um segundo regimento de Sulaco para a defesa do governo reformador; e quando as províncias voltaram a hastear suas antigas bandeiras (proscritas no tempo de Guzmán Bento) houve outra dessas grandes orações, quando *don* José saudou os velhos emblemas da guerra de independência trazidos de volta em nome de novos ideais. A velha idéia de federalismo desaparecera. De sua parte, ele não queria reviver antigas doutrinas políticas. Eram perecíveis. Morriam. Mas a doutrina da retidão política era imortal. O segundo regimento de Sulaco, a quem ele estava entregando essa bandeira, iria mostrar o seu valor na luta pela ordem, paz e progresso; pelo restabelecimento do auto-respeito nacional sem o qual — declarava com energia — "somos objeto de vitupério e de zombaria entre as potências mundiais".

Don José Avellano amava o seu país. Servira-o generosamente com a sua fortuna durante a carreira diplomática, e a posterior história do seu cativeiro e bárbaro tratamento sob Guzmán Bento era bem conhecida dos seus ouvintes. Fora um prodígio ele não ter sido vítima das ferozes e sumárias execuções que marcaram o curso daquela tirania; pois Guzmán governara o país com a sombria imbecilidade do fanatismo político. O poder do governo supremo havia se convertido, na sua mente insensível, em objeto de um estranho culto, como se fosse alguma espécie de deidade cruel. Estava encarnado nele próprio; e seus adversários, os federalistas, eram os pecadores supremos, objetos de ódio, abominação e medo, como o seriam heréticos para um inquisidor convicto. Durante anos, ele conduzira por todo o país, na rabeira do exército de pacificação, um bando cativo desses criminosos atrozes, que se consideravam de todo infortunados por não terem sido sumariamente executados. Era um grupo cada vez menor de esqueletos quase nus, carregados de ferros, cobertos de sujeira, infestados de parasitos, com chagas em carne viva, todos homens de posição, de cultura, de riqueza, que haviam aprendido a lutar entre si por nacos de carne apodrecida atirados pelos soldados, ou a implorar, com inflexões lastimosas, um gole de água barrenta a um cozinheiro negro. *Don* José Avellanos, tilintando suas cadeias entre os outros, parecia existir apenas para provar quanta fome, dor, degradação e tortura cruel um corpo humano é capaz de suportar sem renunciar à derradeira centelha de vida. Às vezes, por algum primitivo método de tortura, eram submetidos a interrogatórios por uma comissão de oficiais diligentemente reunidos numa cabana de varas e ramos, e tornados impiedosos pelo temor de suas próprias vidas. Um ou dois felizardos daquele grupo espectral de prisioneiros seriam talvez conduzidos cambaleantes para trás de uma moita a fim de serem fuzilados por uma fileira de soldados. Sempre um capelão do exército — algum homem sujo, barbudo, espada à cinta e com uma pequena cruz bordada em algodão branco no peitilho esquerdo do uniforme de tenente — os acompanhava, cigarro no canto da boca, banquinho de madeira na mão, para ouvir a confissão e dar absolvição, pois o "cidadão salvador do país" (assim era Guzmán Bento chamado oficialmente nas petições) não se mostrava infenso ao exercício da clemência racional. A detonação irregular do pelotão de fuzilamento se fazia ouvir, seguida às vezes de um único tiro final; uma nuvenzinha azulada de fumaça ficava pairando sobre os arbustos, e o exército de pacificação continuava a avançar pelas savanas, através das florestas, cruzando rios, invadindo *pueblos* rurais, devastando as *haciendas* dos horríveis aristocratas, ocupando as cidades do interior no cumprimento de sua patriótica missão e deixando atrás de si uma terra onde a maligna corrupção do federalismo não se fazia mais sentir na fumaça das casas incendiadas ou no cheiro do sangue derramado.

Don José Avellanos havia sobrevivido a essa época.

Quando desdenhosamente deu a conhecer a ele sua soltura, talvez o cidadão salvador do país tivesse achado estar aquele entenebrecido aristocrata demasiado combalido na saúde, no espírito e na fortuna para oferecer ainda algum perigo. Ou talvez não se tratasse mais que um simples capricho. Guzmán Bento, usualmente cheio de temores fantasiosos e suspeitas incubadas, tinha repentinos acessos de autoconfiança desarrazoada, quando se sentia elevado a um pináculo de poder e segurança além do alcance de meros conspiradores mortais. Nessas ocasiões, mandava impulsivamente celebrar uma solene missa de graças, que era cantada com grande pompa na catedral de Santa Marta por um trêmulo e subserviente arcebispo de sua criação. Ele a ouvia sentado numa poltrona dourada posta diante do altar-mor, cercado pelas sumidades civis e militares do seu governo. O mundo não oficial de Santa Marta apinhava a catedral, pois não era seguro para ninguém de alguma importância estar ausente dessas manifestações da piedade presidencial. Tendo assim reconhecido o único poder que estava disposto a reconhecer acima do seu, ele esparzia atos de benevolência política numa sardônica afetação de clemência. Não lhe restava agora nenhuma outra maneira de desfrutar o seu poder que não fosse ver os seus adversários esmagados rastejarem impotentemente até a luz do dia, emersos das obscuras, fétidas celas do *colegio*. A inofensividade deles lhe alimentava a insaciável vaidade, e sempre poderiam ser presos de novo. Era norma todas as mulheres das famílias deles virem depois apresentar seus agradecimentos numa audiência especial. A encarnação daquele estranho deus, *el gobierno supremo*, as recebia de pé, chapéu armado na cabeça, e as exortava num resmungo ameaçador a demonstrar sua gratidão criando os filhos na fidelidade à forma democrática de governo, "que estabeleci para a felicidade de nossa pátria". Como os dentes da frente tinham sido quebrados nalgum acidente da sua antiga vida de tropeiro, sua prolação era tartamuda e indistinta. Ele estivera a labutar sozinho em prol de Costaguana, cercado por tradição e oposição. Que cessassem agora ou ele se cansaria de ser clemente!

Don José Avellanos havia conhecido tal clemência.

Estava deploravelmente combalido na saúde e na fortuna, o bastante para apresentar um espetáculo de fato aprazível ao supremo chefe das instituições democráticas. Retirou-se para Sulaco. Sua esposa tinha uma propriedade nessa província e os extremosos cuidados dela o trouxeram da casa da morte e do cativeiro de volta à vida. Quando ela morreu, a filha única do casal já tinha idade para devotar-se ao seu "pobre papai".

A senhorita Avellanos, nascida na Europa e educada em parte na Inglaterra, era uma jovem alta, grave, com ar de autodomínio, testa alva, ampla, opulenta cabeleira castanha e olhos azuis.

As outras moças de Sulaco admiravam-se do seu caráter e dos seus dotes. Era tida como terrivelmente culta e séria. Quanto à altivez, sabia-se serem altivos todos os Corbelan, e a mãe dela era uma Corbelan. *Don* José Avellanos dependia muito da devoção da sua estremecida Antonia. Ele a aceitava à entenebrecida maneira dos homens, que, feitos embora à imagem de Deus, são como insensatos ídolos de pedra ante a fumaça de certas oferendas. Ele estava arruinado de todas as maneiras, mas um homem possuído por uma paixão não é uma ruína em vida. *Don* José Avellanos desejava ardentemente para o seu país: paz, prosperidade e (como dizia o final do prefácio de *Cinqüenta anos de desgoverno*) "um lugar honroso no concerto das nações civilizadas". Nesta última frase, o ministro plenipotenciário, cruelmente humilhado pela má-fé do seu governo para com os acionistas estrangeiros, se revela no patriota.

O insensato torvelinho de facções cúpidas que se seguiu à tirania de Guzmán Bento parecia levar o seu desejo até o próprio umbral da oportunidade. Ele era idoso demais para aparecer pessoalmente no centro da arena em Santa Marta. Mas os homens que ali atuavam buscavam-lhe o conselho a cada passo. Ele próprio achava que podia ser mais útil à distância, em Sulaco. Seu nome, suas ligações, sua posição outrora, sua experiência mereciam o respeito da sua classe. A descoberta de que esse homem, vivendo em digna pobreza na residência Corbelan da cidade (em frente à Casa Gould), podia dispor de meios materiais em prol da causa, aumentou-lhe a influência. Foi a sua carta aberta de chamamento que decidira a candidatura de *don* Vincente Ribiera à Presidência. Outro desses documentos políticos informais redigidos por *don* José (dessa vez sob a forma de uma representação da província) induziu aquele escrupuloso constitucionalista a aceitar os poderes extraordinários a ele conferidos durante cinco anos por um voto consagrado do Congresso em Santa Marta. Tratava-se de um mandato específico para estabelecer a prosperidade do povo com base numa paz estável no país e para redimir o crédito nacional mercê da satisfação de todas as exigências justas do exterior.

De tarde, as notícias daquele voto chegaram até Sulaco pelo costumeiro desvio postal de Cayta e costa acima por vapor. *Don* José, que estivera à espera do correio na sala de visitas dos Gould, ergueu-se da cadeira de balanço, deixando o chapéu cair dos joelhos. Esfregou o cabelo grisalho, curto, com ambas as mãos, sem fala por excesso de alegria.

— Emilia, minha querida — dissera num ímpeto —, deixe-me abraçá-la! Deixe-me...

O capitão Mitchell, se tivesse estado lá, sem dúvida alguma faria uma observação apropositada sobre a aurora de uma nova era; mas se *don* José pensou algo assim, sua eloqüência o desamparou na ocasião. O inspirador daquela revivescência do partido *blanco* cambaleou no lugar onde estava de pé. A senhora Gould avançou prontamente e, enquanto oferecia a face com um sorriso ao velho amigo, cuidou com muito jeito de oferecer-lhe o apoio do seu braço, que ele de fato necessitava.

Don José recobrara-se de imediato, mas por algum tempo não pôde fazer senão murmurar:

— Oh, seus dois patriotas! Oh, seus dois patriotas! — olhando de um para o outro.

Vagos planos de outra obra histórica, na qual todas as devoções em prol da regeneração do país que ele amava seriam entesouradas para o culto reverente da posteridade, passaram-lhe pela mente. O historiador que tinha suficiente elevação de alma para escrever de Guzmán Bento: "No entanto, esse monstro, empapado do sangue de seus compatriotas, não deve ser irrestritamente apresentado à execração dos anos vindouros. Parece ser de igual modo verdade que ele amava também a sua pátria. Dera-lhe doze anos de paz e, senhor absoluto de vidas e fortunas que foi, morreu pobre. Seu pior erro talvez não tivesse sido a ferocidade, mas a ignorância"; o homem que podia assim escrever de um cruel perseguidor (a passagem ocorre em sua *História de cinqüenta anos de desgoverno*) sentia, ao prefigurar o êxito, uma afeição quase ilimitada pelos seus dois ajudantes, por aqueles dois jovens do outro lado do oceano.

Assim como anos atrás, calmamente, pela convicção da necessidade prática, mais forte que qualquer doutrina política abstrata, Henry Gould desembainhara a espada, assim também agora, estando os tempos mudados, Charles Gould pusera a prata de San Tomé na refrega. O *inglés* de Sulaco, o "inglês costaguanense" de terceira geração, estava tão longe de ser um intriguista político quanto o seu tio de ter sido um espadachim revolucionário. Originada da instintiva retidão da natureza deles, sua ação era racional. Viram uma oportunidade e usaram a arma que estava à mão.

A posição de Charles Gould — uma posição de comando na retaguarda daquela tentativa de recuperar a paz e o crédito da república — era muito clara. De começo, tivera de acomodar-se às circunstâncias reinantes de corrupção tão candidamente desavergonhada que desarmava a aversão de um homem corajoso o suficiente para não temer seu irresponsável poder de arruinar tudo quanto tocava. Parecia-lhe desprezível demais até mesmo para a ira acalorada. Fez uso do suborno com um frio, intemerato desprezo, mais manifesto que disfarçado pelas formas de pétrea cortesia que aniquilava grande parte da ignomínia da situação. No fundo, talvez sofresse com ela, pois não era homem de ilusões covardes; recusava-se porém a discutir o ponto de vista ético com sua esposa. Confiava em que, conquanto algo desencantada, ela seria inteligente bastante para compreender que o caráter dele salvaguardava o empreendimento de suas vidas tanto ou mais que a política por ele adotada. O extraordinário desenvolvimento da mina pusera-lhe nas mãos um grande poder. Sentir que a prosperidade estava sempre à mercê da cobiça insensata era-lhe penoso. Para a senhora Gould era humilhante. De qualquer modo, havia perigo. Nas comunicações confidenciais entre Charles Gould, "o rei de Sulaco", e o cabeça das empresas de prata e de aço na distante Califórnia, crescia a convicção de que qualquer tentativa feita por homens de cultura e de integridade deveria ser discretamente apoiada. "Pode dizer ao seu amigo Avellanos que eu penso assim", escrevera o senhor Holroyd no devido momento do seu inviolável santuário dentro dos onze andares da usina de grandes negócios. E pouco depois, com um crédito aberto pelo Terceiro Banco Sulino (situado duas portas adiante do Edifício Holroyd), o partido ribierista assumia uma configuração prática aos olhos do administrador da mina de San Tomé. E *don* José, o amigo hereditário da família Gould, podia dizer:

— Talvez, meu caro Carlos, eu não tenha acreditado em vão.

2

Após outra luta armada, decidida pela vitória de Montero em Río Seco, ter se somado à narrativa das guerras civis, os "homens honestos", tal como *don* José os chamava, puderam respirar livremente pela primeira vez em meio século. A lei de cinco anos de mandato tornou-se a base dessa regeneração apaixonadamente esperada e desejada por *don* José Avellanos, a ponto de tornar-se um elixir da eterna juventude para ele.

E quando de súbito — mas não de todo inesperadamente — ela perigou por causa daquele “feroz Montero”, uma indignação veemente deu a *don* José vida nova, por assim dizer. Já à altura da visita do ditador-presidente a Sulaco, Morage fizera soar uma nota de advertência, desde Santa Marta, acerca do ministro da Guerra. Montero e seu irmão constituíram o tema de uma grave conversação entre o presidente-ditador e o inspirador nestoriano do partido. Mas *don* Vincente, um doutor em filosofia pela Universidade de Córdova, parecia nutrir um respeito exagerado pela capacidade militar, cujo caráter misterioso — já que parecia ser totalmente independente do intelecto — se impunha à sua imaginação. O vencedor de Río Seco era um herói popular. Seus serviços datavam de tão pouco que o ditador-presidente se intimidou com a acusação óbvia de ingratidão política. Grandes transações estavam sendo conduzidas em prol da regeneração — o recente empréstimo, uma nova linha férrea, um vasto plano de colonização. Tinha-se de evitar o que quer que pudesse inquietar a opinião pública na capital. *Don* José curvou-se a esses argumentos e tentou expulsar do espírito o portento de botas, douraduras e sabre, tornado afinal sem sentido, confiava ele, na nova ordem de coisas.

Menos de seis meses depois da visita do ditador-presidente, Sulaco soube com estupefação da revolta militar em nome da honra nacional. O ministro da Guerra, numa alocução de caserna aos oficiais do regimento de artilharia que estivera inspecionando, declarara ter sido a honra nacional vendida a estrangeiros. O ditador, pela sua fraqueza de curvar-se às exigências das potências européias — de acerto de antigas reclamações monetárias —, revelara-se incapacitado para o exercício do governo. Uma carta de Moraga explicou ulteriormente que a iniciativa, e até o próprio texto da alocução incendiária, procedia na realidade do outro Montero, o *ex-guerrillero*, o *comandante de plaza*. O enérgico tratamento do doutor Monygham, chamado à pressa “da montanha”, e que veio a galope por cinco quilômetros de escuridão, salvou *don* José de um perigoso ataque de icterícia.

Depois de recuperar-se do choque, *don* José recusou-se a continuar na cama. Em verdade, melhores notícias se seguiram às primeiras. A revolta na capital fora sufocada após uma noite de combates de rua. Infelizmente, os dois Montero tinham conseguido fugir para o Sul, para a sua província natal de Entre-Montes. O herói da marcha pela floresta, o vencedor de Río Seco, fora recebido com aclamações frenéticas em Nicoya, a capital provincial. A totalidade das tropas da guarnição tinha aderido a ele. Os irmãos começaram a organizar um exército, aliciando descontentes, enviando emissários com mentiras patrióticas para o povo e com promessas de saque para os selvagens *llaneros*. Até mesmo uma imprensa monterista surgiu, a falar oracularmente das promessas secretas de apoio feitas pela "nossa grande república irmã do Norte" contra os sinistros desígnios territoriais das potências européias, invectivando a cada passo o "miserável Ribiera", que "planejara entregar sua pátria, de pés e mãos atados, como presa aos especuladores estrangeiros".

Sulaco, pastoral e adormecida, com seu campo opulento e sua rica mina de prata, ouvia intermitentemente, de seu ditoso isolamento, o estrépito das armas. Ela estava, não obstante, na linha de frente da defesa, com homens e com dinheiro; todavia, os próprios boatos a ela chegavam por vias tortuosas — inclusive do estrangeiro, de tal modo se achava desligada do resto da república, não só por obstáculos naturais como também pelas vicissitudes da guerra. Os monteristas estavam assediando Cayta, um importante elo de ligação postal. Os correios por terra pararam de atravessar as montanhas, e arrieiro algum concordaria em fazer viagens tão arriscadas; até mesmo Bonifácio, certa ocasião, deixou de regressar de Santa Marta, ou por não se atrever ou talvez por ter sido capturado pelos bandos do inimigo que faziam incursões pela região entre a cordilheira e a capital. Publicações monteristas, contudo, acabaram por chegar à província, de modo assaz misterioso, bem como emissários monteristas, que pregavam morte aos aristocratas nas povoações e cidades do campo. Desde cedo, no começo da insurreição, Hernández, o bandido, propusera (por intermédio de um velho padre de um vilarejo do sertão) entregar dois deles às autoridades ribieristas de Tonoro. Tinham vindo oferecer-lhe indulto e o posto de coronel de parte do general

Montero se ele se juntasse, com o seu bando montado, ao exército rebelde. Na ocasião, a proposta não mereceu nenhuma consideração. Foi anexada, como prova de boa-fé, a uma petição que rogava à assembléia de Sulaco permissão para Hernández, com todos os seus seguidores, alistar-se nas forças que estavam sendo então recrutadas em Sulaco para a defesa do mandato de regeneração de cinco anos. A petição, como tudo o mais, acabou indo parar nas mãos de *don* José. Ele mostrara à senhora Gould aquelas páginas de papel ordinário, sujo e pardacento (talvez roubado do armazém de algum vilarejo), coberto com a letra quase ilegível do velho padre semi-analfabeto, raptado de sua cabana junto a uma igreja de taipa para ser secretário do temido *salteador*. Ambos haviam se debruçado, à luz do candeeiro da sala de visitas dos Gould, sobre o documento contendo o violento e no entanto humilde apelo de um homem contra a cega e estúpida barbárie que tornara bandido um honesto *ranchero*. Um pós-escrito do padre dizia que, a não ser por ver-se privado de sua liberdade durante dez dias, ele fora tratado com humanidade e com o respeito devido ao seu sagrado ofício. Estivera, ao que parecia, ouvindo em confissão e absolvendo o chefe e a maior parte dos membros do bando, e podia garantir a sinceridade dos bons propósitos deles. Distribuíra penitências severas, sem dúvida na forma de litanias e jejuns; porém argumentava astutamente que seria difícil para eles reconciliar-se com Deus, de modo durável, sem antes terem se reconciliado com os homens.

Nunca antes, talvez, estivera a cabeça de Hernández em menor perigo do que quando humildemente requerera permissão de comprar um perdão para si e para o seu bando de desertores em troca de serviço armado. Ele podia vaguear livremente, desde os ermos que lhe protegiam a fortaleza, porque não havia mais tropa alguma na província inteira. A guarnição habitual de Sulaco partira rumo ao Sul, para a guerra, com a sua banda tocando a marcha de Bolívar na ponte de um dos vapores da Companhia ONV. As grandes carruagens de família estacionadas na praia da baía balançavam sobre suas altas molas encouradas ao peso do entusiasmo das *señoras* e *señoritas* que se erguiam para acenar com seus lenços de rendas, conforme chata após chata apinhadas de tropas deixavam o fim do desembarcadouro.

Nostromo dirigia o embarque sob a superintendência do capitão Mitchell, rubicundo ao sol, bem visível no seu colete branco, que representava a boa vontade aliada e apreensiva de todos os interesses materiais da civilização. O general Barrios, que comandava as tropas, assegurou a *don* José, ao partir, que em três semanas teria Montero dentro de uma jaula de madeira, puxada por três parelhas de boi, pronto para uma excursão a todas as cidades da República.

— E então, *señora* — continuou, descobrindo a cabeça crespa, pardo-escura, à senhora Gould em seu landau —, e então, *señora*, transformaremos nossas espadas em relhas de arado e ficaremos ricos. Eu mesmo, tão logo este pequeno assunto esteja resolvido, abrirei uma *fundación* numas terras que tenho nos *llanos* e tentarei fazer algum dinheiro em paz e tranqüilidade. A *señora* sabe, toda Costaguana sabe (que digo?), todo o continente sul-americano sabe, que Pablo Barrios já teve o que chegue de glória militar.

Charles Gould não estava presente à apreensiva e patriótica partida. Não era obrigação sua ver os soldados embarcarem. Nem obrigação nem inclinação nem política. Sua obrigação, sua inclinação e sua política se uniam no mesmo empenho de manter ininterrupto o fluxo de metal precioso que, sozinho, fizera jorrar da chaga reaberta no flanco da montanha. À medida que a mina prosperara, ele arranjara e treinara alguns auxiliares nativos. Havia capatazes, artífices e amanuenses, com *don* Pepe como *gobernador* da população mineira. No restante, só os seus ombros sustentavam o peso todo do *imperium in imperio*, a grande Concessão Gould, cuja mera sombra bastara para aniquilar a vida de seu pai.

A senhora Gould não tinha mina de prata de que cuidar. Na vida geral da Concessão Gould, ela era representada por seus dois lugares-tenentes, o médico e o padre, mas satisfazia o gosto feminino da agitação com ocorrências cuja significância era purificada pelo fogo do seu propósito imaginativo. Naquele dia, ela trouxera consigo até a baía os Avellanos, pai e filha.

Entre suas outras atividades naquela época agitada, *don* José tinha a de presidente de um comitê patriótico que armara grande parte das tropas do comando de Sulaco com um modelo aperfeiçoado de fuzil militar. O modelo acabara de ser trocado por algo ainda mais mortífero por uma das grandes potências européias. Quanto do preço de mercado de armas de segunda-mão fora coberto por contribuições voluntárias das principais famílias, e quanto viera desses fundos que se julgava *don* José obtinha do estrangeiro, era um segredo que só ele mesmo poderia ter revelado; mas os *ricos*, conforme a população os chamava, haviam contribuído sob a pressão de sua eloqüência de Nestor. Algumas das senhoras mais entusiastas tinham sido levadas a depor ofertas de jóias nas mãos do homem que era a vida e a alma do partido.

Havia momentos em que tanto a vida quanto a alma dele pareciam oneradas por tantos anos de desencorajada crença na regeneração. Ele parecia quase inanimado, ali rigidamente sentado junto à senhora Gould no landau, com o seu velho e belo rosto bem barbeado, de tez uniforme, como que modelado em cera amarela, ensombrado por um chapéu de feltro mole, os olhos escuros a olharem fixamente para fora. Antonia, a bela Antonia, como chamavam a senhorita Avellanos em Sulaco, estava recostada no banco fronteiro; e o seu corpo cheio, seu rosto sério e oval de rubros lábios carnudos, faziam-na parecer mais madura que a senhora Gould com a sua expressão móvel e sua figura miúda, ereta sob um guarda-sol que oscilava ligeiramente.

Sempre que possível, Antonia acompanhava o pai; sua reconhecida devoção a ele abrandava o efeito chocante do seu desprezo das rígidas convenções que regulavam a vida das meninas hispano-americanas. E na verdade ela não era mais menina. Dizia-se que escrevia com freqüência documentos de Estado que o pai lhe ditava, e tinha permissão de ler todos os livros da biblioteca dele. Nas recepções — onde a situação era salva pela presença de uma velha senhora muito decrépita (parente dos Corbelan), muito surda e imóvel numa poltrona — Antonia conseguia defender o seu ponto de vista numa discussão com dois ou três homens de uma vez. Obviamente, não era moça de contentar-se com ficar espiando, pelas grades de uma janela, a figura embuçada de um namorado oculto no portal da casa de frente — o que é a forma correta de namoro em Costaguana. Era voz geral que a culta e orgulhosa Antonia, com a sua educação estrangeira e suas idéias estrangeiras, nunca iria se casar — a menos, evidentemente, que desposasse algum estrangeiro da Europa ou da América do Norte, agora que Sulaco parecia a pique de ser invadida pelo mundo todo.

3

Quando o general Barrios parou para falar com a senhora Gould, Antonia ergueu negligentemente a mão que segurava um leque aberto, como para proteger do sol a sua cabeça envolta num delicado xale de renda. A mirada límpida de seus olhos azuis que se moviam por trás da franja negra dos cílios deteve-se por um instante sobre o pai para em seguida ir até a figura de um rapaz de no máximo trinta anos, estatura média e compleição robusta, envergando um sobretudo leve. Com a palma da mão apoiada no castão de uma bengala flexível, ele estivera a olhar de longe; porém, logo ao perceber que era observado, aproximou-se em silêncio e pôs o cotovelo sobre a porta do landau.

O colarinho da camisa, baixo no pescoço, o laço grande da gravata, o estilo da roupa, desde o chapéu coco até os sapatos envernizados, davam uma idéia de elegância francesa; no demais, porém, ele era o próprio tipo do crioulo espanhol aloirado. O bigode fofo e a barba curta, crespa, dourada, não lhe escondiam os lábios róseos, de expressão quase amuada. Seu rosto cheio, redondo, tinha aquela alvura crioula, cálida e sadia, que nunca se tisna com o sol da pátria. Martin Decoud raramente se expunha ao sol costaguanense sob o qual nascera. Sua família se estabelecera havia longo tempo em Paris, onde ele estudara direito, dedicara-se à literatura amadoristicamente, esperando, em momentos de exaltação, chegar a ser algum dia um poeta como José

Maria Heredia, também um estrangeiro de sangue espanhol. Em outras ocasiões, para passar o tempo, condescendera em escrever artigos sobre assuntos europeus para o *Seminario*, o principal jornal de Santa Marta, que os publicava sob a rubrica "De nosso correspondente especial", embora a autoria deles fosse um segredo de Polichinelo. Toda gente de Costaguana, onde a crônica dos compatriotas na Europa é zelosamente cultivada, sabia tratar-se do "Decoud filho", um rapaz talentoso que se supunha freqüentava os altos círculos da sociedade. Na realidade, era um *boulevardier* ocioso que tinha contato com alguns jornalistas elegantes, era bem recebido nas redações de alguns jornais e nos pontos de encontro da gente da imprensa. Essa vida cuja melancólica superficialidade é disfarçada pelo brilho da *blague* universal, como as palhaçadas estúpidas de um arlequim pelas lentejoulas de uma fantasia multicolorida, induzia-o a um cosmopolitismo afrancesado — mas muito pouco francês — que não passava, na realidade, de mero e estéril indiferentismo a fingir de superioridade intelectual. De sua própria pátria costumava ele dizer aos seus companheiros franceses:

— Imaginem uma atmosfera de *opéra bouffe* em que todos os assuntos cômicos de estadistas, bandoleiros e muitas outras figuras de fancaria, a roubar, intrigar e apunhalar farsescamente são encenados com mortal seriedade. É demais; corre sangue o tempo todo e os próprios atores acreditam estar influenciando o destino do universo. Evidentemente, o governo em geral, qualquer governo em qualquer parte, é coisa refinadamente cômica para um espírito perspicaz; entretanto, nós hispano-americanos ultrapassamos os limites. Nenhum homem de inteligência comum consegue tomar parte nas intrigas de *une farce macabre*. Mas esses ribieristas de quem ouvimos falar agora estão realmente tentando, à sua maneira cômica, tornar o país habitável e até mesmo pagar parte das suas dívidas. Meus amigos, vocês deveriam escrever o que pudessem de favorável sobre o *señor* Ribiera em atenção aos seus próprios acionistas. Se é verdade o que me dizem nas cartas que recebo, há alguma possibilidade de serem finalmente pagos.

E ele se punha a explicar, com uma vivacidade zombeteira, o que *don* Vincente Ribiera representava — um homenzinho tristonho, acabrunhado pelas suas boas intenções —, qual a importância das batalhas ganhas, quem era Montero (*un grotesque vaniteux et féroce*) e os trâmites do novo empréstimo concedido para o desenvolvimento ferroviário e a colonização de vastos tratos de terra dentro de um grande esquema financeiro.

E seus amigos franceses assinalavam então que esse rapazinho Decoud *connaisait la question à fond*. Uma importante revista parisiense pediu-lhe um artigo sobre a situação. Foi escrito em tom sério e com espírito frívolo. Mais tarde perguntou a um dos seus íntimos:

— Leu o que escrevi sobre a regeneração de Costaguana? *Une bonne blague, hein?*

Imaginava-se parisiense até a ponta dos dedos. Mas, longe de ser isso, corria o perigo de permanecer uma espécie de diletante indefinível pelo resto da vida. Levara o hábito do motejo indiscriminado a um ponto que o cegava para os impulsos genuínos de sua própria natureza. A escolha súbita para membro executivo do comitê patriótico de Sulaco de armas de fogo portáteis parecia-lhe o cúmulo do inesperado, um daqueles gestos fantásticos de que só os seus "caros compatriotas" seriam capazes.

— É como um tijolo me despencando sobre a cabeça. Eu... eu... membro executivo! É a primeira vez que ouço falar nisso! Que sei eu de fuzis militares? *C'est funambulesque!* — exclamara ele para a sua irmã favorita; pois os membros da família Decoud, com exceção do pai e da mãe idosos, usavam a língua francesa entre si. — E você devia ver a carta explicativa, confidencial! Nada menos que oito páginas!

Essa carta, na caligrafia de Antonia, fora assinada por *don* José, que apelava por razões cívicas para o "jovem e talentoso costaguanense", e privadamente abria o coração ao seu talentoso afilhado, homem de riqueza e de lazeres com vasto círculo de relações, que, por berço e parentesco, era digno de toda confiança.

— O que quer dizer — comentou Martin cinicamente com

a irmã — que não é provável eu me apropriar dos fundos ou ir dar com a língua nos dentes ao nosso *chargé d'affaires* aqui.

A coisa toda estava sendo feita pelas costas do ministro da Guerra, Montero, membro suspeito do governo Ribiera mas do qual era difícil ele se livrar de imediato. Não deveria saber de coisa alguma até as tropas sob o comando de Barrios terem nas mãos o novo fuzil. Somente o ditador-presidente, cuja posição era muito difícil, estava a par do segredo.

— Que engraçado! — comentou a irmã e confidente de Martin. O irmão, com um ar da melhor *blague* parisiense, retorquira:

— É o máximo, a idéia desse chefe de Estado empenhado, com a ajuda de cidadãos particulares, em cavar uma mina debaixo do seu próprio e indispensável ministro! Não! Nós somos inimitáveis! — E ria sem parar.

Ulteriormente, a irmã ficou surpresa com a seriedade e competência de que ele deu mostras no desempenho da sua missão, que as circunstâncias tornavam delicada e a sua carência de conhecimento especializado difícil. Nunca antes vira ela Martin dar-se a tanto trabalho pelo que quer que fosse.

— Isso me diverte — explicou ele sucintamente. — Estou sendo assediado por um bando de trapaceiros que tentam impingir-me toda a sorte de armas. São encantadores; convidam-me para almoços caros; eu os mantenho esperançosos; é muito divertido. Enquanto isso, o verdadeiro negócio está sendo feito por canal muito diverso.

Quando se concluiu a transação, ele manifestou inopinadamente a sua intenção de acompanhar o precioso carregamento até vê-lo entregue com segurança em Sulaco. Todo esse assunto burlesco, pensava, valia a pena acompanhar até o fim. Resmungou suas justificativas, cofiando a barba alourada, à jovem e perspicaz senhora que (após o primeiro olhar de espanto) fitou-o com olhos entrecerrados e disse lentamente:

— Acho que você quer ir ver Antonia.

— Que Antonia? — perguntou o *boulevardier* de Costaguana em tom vexado e desdenhoso. Sacudiu os ombros e girou nos calcanhares. A irmã o chamou de volta risonhamente:

— A Antonia que você conhecia quando ela usava o cabelo em duas tranças pelas costas.

Ele a conhecera oito anos atrás, pouco antes de os Avellanos deixarem a Europa definitivamente, como uma moça alta, de dezesseis anos, juvenilmente austera e com um caráter já tão formado que se atreveu a tratar desdenhosamente a sua pose de desencantada sabedoria. Certa ocasião, como se tivesse perdido toda a paciência, ela se irritou com a falta de propósito da vida dele e com a frivolidade de suas opiniões. Ele, então com vinte anos, era um filho único estragado pelos mimos da família que o adorava. Esse ataque o desconcertou tanto que ele titubeou na sua afetação de divertida superioridade diante daquela insignificante mas atrevida colegial. A impressão por ela causada, todavia, foi tão forte que desde então todas as amigas de suas irmãs lhe recordavam Antonia Avellanos por alguma ligeira semelhança ou pela grande força do contraste. Era como se se tratasse, dizia ele consigo, de alguma ridícula fatalidade. E evidentemente, nas notícias que os Decoud recebiam regularmente de Costaguana, o nome de seus amigos, os Avellanos, surgia com freqüência — a prisão do ex-ministro e o abominável tratamento de que foi vítima, os perigos e vicissitudes suportados pela família, seu empobrecimento e exílio em Sulaco, a morte da mãe.

O pronunciamento monterista ocorreu antes de Martin Decoud chegar a Costaguana. Ele fizera uma viagem tortuosa, através do estreito de Magalhães, pela linha principal e no serviço da costa oeste da Companhia ONV. A sua preciosa consignação chegou bem a tempo de converter os primeiros sentimentos de consternação em sentimentos de esperança e determinação. Foi muito festejado publicamente pelas *familias principales*. Privadamente, *don* José, ainda abalado e fraco, abraçou-o com lágrimas nos olhos.

— Você veio em pessoa! Não se podia esperar menos de um Decoud. Ai de nós! nossos piores temores se concretizaram — gemeu ele, afetuosamente. E tornou a estreitar o afilhado. Aquela era de fato a ocasião de os homens de intelecto e de consciência se congregarem em torno da causa perigo.

Foi então que Martin Decoud, o filho adotivo da Europa ocidental, sentiu a maior mudança de atmosfera. Resignou-se sem palavras aos abraços e aos encômios. A despeito de si mesmo, tocou-o aquela nota de paixão e de pesar desconhecida no estágio mais refinado da política européia. Mas quando a alta Antonia, adiantando-se com seu passo leve pela semipenumbra da grande sala desnuda da Casa Avellanos, ofereceu-lhe a mão (à sua maneira emancipada), e murmurou:

— Estou contente de vê-lo aqui, *don* Martin — ele sentiu ser-lhe impossível dizer àquelas duas pessoas que pretendia ir-se embora pelo paquete do mês seguinte.

Don José, entrementes, continuava com seus louvores. A cada adesão aumentava a confiança pública e, além disso, que exemplo para os jovens da pátria o do brilhante defensor da regeneração do país, o digno expositor da fé política do partido perante o mundo! Todos tinham lido o magnífico artigo na famosa revista parisiense. O mundo estava agora informado e o aparecimento do autor naquele momento equivalia a um ato público de fé. O jovem Decoud sentiu-se assoberbado por um sentimento de confusão impaciente. Seu plano era regressar via Estados Unidos, através da Califórnia, visitar o Parque Yellowstone, ver Chicago, Niágara, dar uma espiada no Canadá, fazer talvez uma breve estada em Nova York, outra mais longa em Newport, usar suas cartas de apresentação. A pressão da mão de Antonia era tão franca, o tom de sua voz tão inesperadamente inalterado na sua cálida aprovação, que tudo quanto lhe ocorreu dizer, após curvar-se, foi:

— Não sei dizer o quanto estou grato pela acolhida, mas por que um homem deve ser cumprimentado por regressar a sua terra natal? Estou certo de que *doña* Antonia não pensa assim.

— Certamente que não, *señor* — disse ela com aquela franqueza de maneiras absolutamente calmas que lhe caracterizava todas as manifestações. — Mas quando ele regressa, como o *señor* regressou, pode-se ficar contente por ambos.

Martin Decoud nada revelou dos seus planos. Ele não só não disse palavra a respeito deles a ninguém como, apenas quinze dias depois, perguntou à dona da Casa Gould (onde obtivera evidentemente pronta admissão), inclinando-se para a frente na sua cadeira com um ar de familiaridade bem-educada, se ela não notara aquele dia uma acentuada mudança nele; um ar, explicava, de gravidade mais meritória. À pergunta, a senhora Gould voltou o rosto de todo para ele com a silente interrogação de olhos bem abertos e a leve sombra de um sorriso, gesto habitual seu, assaz fascinante para os homens pelo algo que havia de sutilmente devotado, finamente altruísta, na vivacidade de sua pronta atenção. Porque, prosseguiu Decoud, ele não mais se sentia um ocioso atravancador sobre a face da Terra. Naquele momento, assegurou-lhe, ela estava olhando de fato para o jornalista de Sulaco. Imediatamente a senhora Gould mirou na direção de Antonia, sentada eretamente no canto de um sofá espanhol de espaldar reto, um grande leque preto a mover-se lentamente diante das curvas de sua bela figura, as pontas dos pés cruzados assomando sob a orla da saia negra. Os olhos de Decoud também permaneceram fitos na mesma direção, enquanto, baixando a voz, ele acrescentava que a senhorita Avellanos estava bem a par de sua nova e inesperada vocação, a qual em Costaguana era no geral especialidade de negros semi-instruídos e advogados sem tostão. E então, afrontando com uma espécie de desfaçatez urbana o olhar da senhora Gould, que ora se voltava indulgentemente para ele, disse suavemente as palavras:

— *Pro patria!*

O que acontecera fora que cedera de pronto às prementes solicitações de *don* José para assumir a direção de um jornal que "daria voz às aspirações da província". Era uma antiga e acalentada idéia de *don* José. A maquinaria necessária (em escala modesta) e uma grande consignação de papel haviam sido recebidas dos Estados Unidos fazia algum tempo; só faltava o homem certo. Mesmo o *señor* Moraga não conseguira encontrar um em Santa Marta, e a questão estava se tornando urgente; era absolutamente necessário um órgão que pudesse neutralizar o efeito das mentiras disseminadas pela imprensa monterista: as atrozes calúnias, os chamamentos ao povo para que se erguesse de faca na mão para acabar de uma vez por todas com os *blancos*, esses remanescentes medievais, essa múmias sinistras, esses impotentes paralíticos que tramavam com estrangeiros a entrega das terras e a escravização do povo.

O clamor daquele *Liberalismo Negro* assustava o *señor* Avellanos. Um jornal seria o único remédio. E agora que se encontrara em Decoud o homem certo, grandes letras pretas apareceram pintadas entre as janelas acima das arcadas do andar térreo de uma casa da *plaza*. Era ao lado do grande empório de Anzani, que vendia botas, sedas, ferragens, musselinas, brinquedos de madeira, pequenas armas prateadas, pernas, cabeças, corações (para oferendas de ex-votos), rosários, champanha, chapéus de mulher, medicamentos registrados, até mesmo algumas brochuras empoeiradas na maior parte em língua francesa. As grandes letras pretas formavam as palavras REDAÇÃO DO PORVENIR. Dessa redação saía três vezes por semana, numa só folha dobrada, o jornalismo de Martin; e o nédio e amarelo Anzani, rondando num folgado terno preto e chinelos de lã as muitas portas do seu estabelecimento, saudava com uma profunda inclinação de viés o jornalista de Sulaco que ia e vinha a serviço do seu augusto ofício.

4

Talvez fosse no desempenho de seu ofício que ele viera ver as tropas partirem. O *Porvenir* de depois de amanhã sem dúvida iria relatar o acontecimento, mas o seu editor, apoiado de flanco ao laudau, não parecia olhar para nada em particular. A linha de frente da companhia de infantaria, formada a três de fundo através da extremidade praiana do embarcadouro, quando acossada perto demais punha ferozmente as baionetas em posição de carga, com um estrépito medonho; então, a turba de espectadores ondulava em massa para trás, até junto dos focinhos das grandes mulas brancas. Não obstante a multidão, ouvia-se só um ruído baixo, murmurante; o pó pairava numa névoa castanha, em que os cavalarianos, entalados aqui e ali no meio da aglomeração, assomavam dos quadris para cima, olhando por sobre as cabeças na mesma direção. Quase todos eles tinham um amigo na garupa, que se segurava com ambas as mãos aos ombros do cavaleiro; e as abas de seus chapéus, tocando-se, semelhavam formar um só disco que sustinha os cones de duas coroas pontudas com uma dupla face debaixo. Um *mozo* roufenho berrava alguma coisa a um conhecido das fileiras, ou uma mulher gritava subitamente a palavra *Adios!* em voz aguda, seguida do nome de batismo de um homem.

O general Barrios, numa túnica azul desbotada e calças de funil brancas que lhe caíam sobre estranhas botas vermelhas, mantinha a cabeça descoberta e se inclinava ligeiramente para diante, apoiando-se numa grossa bengala. Não! Ele tinha alcançado o bastante de glória militar para saciar qualquer homem, reiterava à senhora Gould, tentando ao mesmo tempo pôr um ar de galanteria na sua atitude. Alguns pêlos cor de azeviche pendiam-lhe esparsamente do lábio superior; tinha nariz saliente, maxilar fino, comprido, e uma venda de seda preta num dos olhos. O outro olho, pequeno e fundo, pestanejava em todas as direções, afável e errático. Os poucos espectadores europeus, todos homens, que tinham se aproximado instintivamente da carruagem dos Gould, traíam na solenidade de seus rostos a impressão de que o general devia ter bebido ponche em demasia (ponche sueco, importado em garrafas por Anzani) no Clube Amarilla antes de ter rumado num galope furioso para a baía com o seu Estado-Maior. Mas a senhora Gould inclinou-se para a frente, tranqüilamente, e declarou sua convicção de que ainda maiores glórias esperavam o general no futuro próximo.

— *Señora!* — protestou ele com calor — reflita, pelo amor de Deus! Que glória poderá haver para um homem como eu em vencer aquele *embustero* careca de bigodes pintados?

Pablo Ignacio Barrios, filho de um *alcalde* de aldeia, general-de-divisão, comandante-em-chefe do distrito militar ocidental, não freqüentava a alta sociedade da cidade. Preferia as reuniões masculinas sem cerimônia onde pudesse narrar histórias de caçadas de jaguar; jactar-se de suas habilidades no laço, com o qual podia realizar proezas extremamente difíceis, do tipo que "nenhum homem casado deve tentar", conforme se diz entre os *llaneros*; contar extraordinárias cavalgadas noturnas, encontros com touros bravios, lutas com crocodilos, aventuras nas grandes florestas, travessias de rios intumescidos. E não era apenas jactância que instigava as reminiscências do general, mas um amor genuíno por aquela vida rústica que ele levara nos dias de juventude, antes de voltar para sempre as costas ao telhado de colmo da *toldería* paterna nas florestas. Nas suas perambulações, chegara até o México, onde tinha combatido os franceses ao lado de Juarez (segundo dizia), sendo o único militar de Costaguana que enfrentara tropas européias no campo de batalha. Esse fato lhe dera grande renome até ser eclipsado pela estrela em ascensão de Montero. Fora toda a vida um jogador inveterado. Ele próprio aludia abertamente à história corrente de como certa vez, durante alguma campanha (quando no comando de uma brigada), tinha apostado seus cavalos, suas pistolas e seu equipamento, até mesmo as dragonas, num jogo de monte com os seus coronéis na noite anterior à batalha. Finalmente, enviara sob escolta sua espada (uma espada de presente, com punho de ouro) até a cidade logo à retaguarda de sua posição para ser empenhada por quinhentas pesetas com um sonolento e assustado lojista. Quando o dia despontou, ele havia perdido até o último cêntimo dessa quantia também, e sua única observação, quando se ergueu calmamente, foi:

— Vamos agora lutar até a morte.

Desde essa época convencera-se de que um general podia muito bem levar suas tropas à batalha com uma simples bengala na mão.

— Tem sido meu costume desde aí — costumava dizer.

Estava sempre cumulado de dívidas; mesmo durante os períodos de esplendor de sua variada fortuna como general de Costaguana, quando ocupara altos comandos militares, seus uniformes com douraduras estavam quase sempre empenhados com algum negociante. Por fim, para evitar as incessantes dificuldades de indumentária causadas por emprestadores ansiosos, ele passara a cultivar um desprezo pelos ornamentos militares e a adotar a moda excêntrica de velhas túnicas surradas que havia se tornado como que uma segunda natureza. Mas a facção em que ele se alistara não precisava temer nenhuma traição política. Era um soldado autêntico demais para o tráfico ignóbil de compra e venda de vitórias. Um membro do corpo diplomático estrangeiro em Santa Marta fizera certa feita um julgamento a seu respeito: — Barrios é um homem de perfeita honestidade e até mesmo de algum talento, *mais il manque de tenue*.

Após o triunfo dos ribieristas, obtivera o comando ocidental, tido por lucrativo, principalmente devido aos empenhos de seus credores (os lojistas de Santa Marta, todos eles grandes políticos), que moveram céus e terras em seu favor publicamente, e privadamente assediaram o *señor* Moraga, o influente agente da mina de San Tomé, com lamentações teatrais de que, se o general fosse preterido, "estaremos todos arruinados". Uma menção ocasional, mas favorável, do seu nome na longa correspondência do senhor Gould pai com o filho tinha também algo a ver com a nomeação; mas o principal foi sem dúvida a sua comprovada honestidade política. Ninguém questionava a bravura pessoal do "matador de tigres", como o chamava a populaça. Dizia-se contudo que costumava ter má sorte no campo de batalha — mas aquele iria ser o começo de uma era de paz. Os soldados gostavam dele pela sua têmpera humana, que era como uma estranha e preciosa flor inesperadamente vicejando no viveiro de revoluções corruptas; e quando ele passava lentamente a cavalo pelas ruas durante alguma demonstração militar, o bom humor desdenhoso do seu olho solitário correndo por sobre a multidão provocava as aclamações da populaça. As mulheres dessa classe pareciam particularmente fascinadas pelo seu longo nariz recurvo, pelo queixo em bico, pelo grosso lábio inferior, pelo tapa-olho de seda preta a atravessar-lhe libertinamente a fronte. Sua alta patente reunia sempre uma audiência de *caballeros* para as suas histórias esportivas, que ele pormenorizava muito bem com singelo e grave deleite. Quanto à sociedade das senhoras, era enfadonha pelas restrições que impunha sem qualquer compensação, pelo que podia ver. Talvez não tivesse falado três vezes ao todo com a senhora Gould desde que assumira o seu alto comando; vira-a porém freqüentemente cavalgando ao lado do *señor* administrador e proclamara que havia mais bom senso naquelas mãozinhas que seguravam as rédeas do que em todas as cabeças femininas de Sulaco. Seu impulso ao partir fora o de ser muito polido com uma mulher que não oscilava na sela e acontecia ser a esposa de uma personalidade muito importante para um homem sempre curto de dinheiro. Ele levou suas atenções até o ponto de querer que o ajudante-de-campo a seu lado (um capitão baixo, atarracado, com fisionomia de tártaro) trouxesse um cabo com um destacamento de soldados para alinhar-se diante da carruagem, a fim de que a turba, em suas ondulações de recuo, não "incomodasse as mulas da *señora*". Depois, voltando-se para o pequeno grupo de circunstantes europeus ao alcance de sua voz, ergueu-a para dizer protetoramente:

— *Señores*, não fiquem apreensivos. Continuem tranqüilos a fazer o seu *ferrocarril*; suas estradas de ferro, seus telégrafos. Seus... Há riqueza suficiente em Costaguana para pagar tudo, ou então não estariam aqui. Ha! Ha! Não se preocupem com esta pequena *picardía* de meu amigo Montero. Brevemente vão admirar os seus bigodes pintados, por trás das grades de uma jaula de madeira bem sólida. *Sí, señores!* Nada temam, desenvolvam o país, trabalhem, trabalhem!

O pequeno grupo de engenheiros recebeu essa exortação sem dizer palavra, e, depois de abanar a mão para eles altivamente, o general tornou a dirigir-se à senhora Gould:

— Isso é o que *don* José diz que devemos fazer. Ser empreendedores! Trabalhar! Ficar ricos! Pôr Montero dentro de uma jaula é o meu trabalho; e quando esse assunto insignificante estiver resolvido, então, como *don* José quer que façamos, vamos ficar ricos, todos nós, como tantos ingleses, porque é o dinheiro que salva um país, e...

Mas um jovem oficial, num uniforme muito novo, veio correndo da direção do embarcadouro interromper-lhe a interpretação dos ideais do senhor Avellanos. O general teve um gesto de impaciência; o outro continuou a falar-lhe insistentemente, com um ar de respeito. Os cavalos do Estado-Maior tinham sido embarcados, o bote do navio estava à espera do general; e Barrios, após outro olhar ameaçador do seu único olho, começou a despedir-se. *Don* José ergueu-se para pronunciar mecanicamente uma frase apropriada. A terrível tensão da esperança e do temor era visível nele, que parecia estar poupando os últimos lampejos do seu fervor para aqueles esforços oratórios que até mesmo a distante Europa iria ouvir. Antonia, com os lábios rubros bem cerrados, desviava a cabeça por trás do leque erguido; e o jovem Decoud, embora sentisse sobre si os olhos dela, fitava noutra direção persistentemente, apoiado no cotovelo, com um ar de desdenhosa e completa isenção. A senhora Gould ocultou heroicamente a sua consternação ante homens e acontecimentos tão remotos das suas convenções raciais, consternação profunda demais para ser expressa em palavras, sequer ao seu marido. Ela compreendia melhor agora sua muda reserva. As conversas confidenciais deles não ocorriam nos momentos de privacidade, mas precisamente em público, quando o rápido encontro de seus olhares comentava alguma recente virada dos acontecimentos. Ela entrara para a escola dele, de silêncio obstinado, a única possível, já que grande parte do que parecia chocante, estranho e grotesco no curso da realização de seus propósitos tinha de ser aceito como coisa normal no país. Sem dúvida alguma, a majestosa Antonia aparentava ser mais madura e infinitamente calma, mas jamais teria sabido como reconciliar os súbitos desfalecimentos do coração com uma amável mobilidade de expressão.

A senhora Gould deu um sorriso de despedida a Barrios, fez um aceno de cabeça aos europeus circunstantes (que ergueram seus chapéus simultaneamente), acompanhado de um convite cativante:

— Espero vê-los todos em breve lá em casa. — Depois disse nervosamente a Decoud: — Entre, *don* Martin — e ouviu-o murmurar consigo em francês, quando abria a porta da carruagem:

— *Le sort en est jeté.*

Ela o ouviu com uma espécie de exasperação. Ninguém deveria ter sabido melhor do que ele que o primeiro lance de dados fora jogado muito tempo atrás numa partida das mais desesperadas. Aclamações distantes, ordens de comando gritadas, e o rufar de tambores no ancoradouro saudaram o general que partia. Algo como uma ligeira tontura acometeu a senhora Gould, que olhou inexpressivamente para a face tranqüila de Antonia, a perguntar-se o que aconteceria a Charley se aquele homem ridículo falhasse.

— *A la casa, Ignacio* — gritou para as largas costas imóveis do cocheiro, que apanhou as rédeas sem pressa, resmungando consigo a meia voz:

— *Sí, la casa. Sí, sí, niña.*

A carruagem rolou sem ruído sobre a trilha macia; as sombras se alongavam sobre a pequena planura empoeirada por onde se espalhavam a esmo touceiras escuras, montes de terra revolvida, edifícios baixos de madeira com tetos de ferro ondulado da companhia ferroviária; as fileiras esparsas de postes telegráficos ladeavam a cidade, conduzindo um único fio, quase invisível, até o campo aberto — como uma tênue, vibrante antena sensitiva daquele progresso que esperava de fora um momento de paz para entrar e enroscar-se à volta do extenuado coração da terra.

A janela do café do Albergo d'Italia Una estava repleta de rostos de homens da ferrovia, crestados, de suíças. Mas no lado oposto da casa, o lado dos *signori inglesi*, o velho Giorgio, à porta com as duas filhas, uma de cada lado, descobria a cabeça basta, branca como as neves do Higuerota. A senhora Gould deteve a carruagem. Raramente deixava de ir conversar com o seu protegido; ademais, o alvoroço, o calor e a poeira tinham-lhe dado sede. Ela pediu um copo d'água. Giorgio mandou as meninas irem lá dentro buscá-lo e acercou-se com a satisfação a iluminar-lhe todo o rosto rugoso. Não era muito amiúde que tinha ocasião de ver sua benfeitora, que era além disso uma inglesa — outro título de importância, a seu ver. Pediu-lhe desculpas pela mulher. Estava num dos seus maus dias; suas opressões — batia no próprio e largo peito. Ela não conseguia levantar da cadeira nesse dia.

Escondido no canto do seu assento, Decoud observava taciturnamente o velho revolucionário, e de repente perguntou-lhe:

— E então, o que acha disso tudo, garibaldino?

O velho Giorgio, olhando para ele com alguma curiosidade, disse cortesmente que as tropas tinham marchado muito bem. O zarolho Barrios e seus oficiais fizeram prodígios com os recrutas em curto tempo. Aqueles *indios*, apanhados ainda outro dia, tinham desfilado em passo acelerado como Bersaglieri; pareciam bem alimentados, também, e com uniformes completos.

— Uniformes! — repetiu, com um meio sorriso de piedade. Uma expressão de rememoração sombria assomou-lhe ao olhar penetrante, firme. Tinha sido diferente no seu tempo, quando os homens lutavam contra a tirania, nas florestas do Brasil ou nos campos do Uruguai, comendo famintos carne de boi semicrua e sem sal, quase nus, tendo amiúde por arma apenas uma faca presa à cinta.

— E no entanto costumávamos derrotar o opressor — concluiu orgulhosamente.

Sua animação esmoreceu; o leve gesto de mão exprimia desencorajamento; acrescentou porém que tinha pedido a um dos sargentos que lhe mostrasse o novo fuzil. Não havia armas assim nos seus dias de combatente; e se Barrios não podia...

— Sim, sim — interrompeu *don* José, quase a tremer de impaciência. — Estamos seguros. O bom *señor* Viola é um homem experiente. Extremamente mortífero, não é assim? Você realizou admiravelmente a sua missão, meu caro Martin.

Decoud, recostando-se sorumbático, contemplou o velho Viola.

— Ah! Sim. Um homem experiente. Mas a favor de quem está, realmente, no fundo do seu coração?

A senhora Gould se inclinou para as meninas. Linda trouxera um copo d'água numa bandeja, com extremo cuidado; Giselle ofereceu-lhe um ramilhete de flores colhidas às pressas.

— Do povo — declarou o velho Viola resolutamente.

— Estamos todos a favor do povo, no fim das contas.

— Sim — resmungou o velho Viola ferozmente. — E neste meio tempo os homens do povo lutam em favor dos senhores. Cegos. *Esclavos!*

Nesse momento o jovem Scarfe, do grupo da ferrovia, surgiu à porta da parte reservada aos *signori inglesi*. Viera para a sede de algum lugar da linha numa locomotiva sem vagões, e só tivera tempo de tomar um banho e trocar de roupa. Era um bom rapaz e a senhora Gould o cumprimentou.

— É uma agradável surpresa vê-la aqui, senhora Gould. Acabei de chegar. O azar de sempre. Perdi tudo naturalmente. O espetáculo terminou há pouco e contaram-me que houve um grande baile ontem à noite na casa de *don* Juste López. É verdade?

— Os jovens patrícios — disse Decoud repentinamente no seu inglês preciso — estiveram de fato dançando antes de partir para a guerra com o Grande Pompeu.

O jovem Scarfe olhou-o espantado.

— Os senhores não se conhecem ainda — interveio a senhora Gould. — Senhor Decoud, senhor Scarfe.

— Ah! Mas não estamos indo para Farsália — protestou *don* José, num açodamento nervoso, também em inglês. — Você não deveria gracejar assim, Martin.

O peito de Antonia ergueu-se e baixou com uma respiração mais profunda. O jovem engenheiro estava completamente no escuro.

— Grande o quê? — murmurou incertamente.

— Felizmente, Montero não é nenhum César — continuou Decoud. — Nem dois Monteros juntos conseguiriam fazer uma paródia decente de um César. — Cruzou os braços sobre o peito, olhando para o senhor Avellanos, que voltara à imobilidade. — Só o senhor, *don* José, é que é um velho romano genuíno, *vir romanus*, eloqüente e inflexível.

Desde que ouvira o nome de Montero ser pronunciado, o jovem Scarfe estava ansioso por exprimir os seus singelos sentimentos. Em voz alta e juvenil, declarou esperar que esse tal Montero fosse derrotado e liquidado de uma vez por todas. Ninguém poderia dizer o que iria acontecer com a estrada de ferro se a revolução triunfasse. Talvez tivesse de ser abandonada. Não seria a primeira ferrovia a ir por água abaixo em Costaguana.

— Sabem, é uma dessas que chamam de coisas nacionais — continuou, torcendo o nariz como se o mundo tivesse um cheiro suspeito para sua profunda experiência dos assuntos sul-americanos. E evidente, continuou a tagarelar com animação, tinha sido uma grande sorte para ele, na sua idade, ser escolhido para o grupo de engenheiros de "uma coisa assim grande, sabem". Iria darlhe uma apreciável vantagem sobre uma porção de sujeitos pela vida afora, assegurou. — Por isso, abaixo com Montero, senhora Gould! — Seu largo e ingênuo sorriso foi desaparecendo aos poucos diante da gravidade unânime dos rostos voltados para ele de dentro da carruagem; somente aquele "velho camarada", *don* José, exibindo um perfil de cera, imóvel, olhava fixamente como se estivesse morto. Scarfe não conhecia os Avellanos muito bem. Não davam bailes e Antonia nunca aparecia à janela do térreo, como outras jovens senhoras costumavam fazer, acompanhadas de mulheres mais idosas, para conversar com os *caballeros* a cavalo na *calle*. Os olhares daqueles crioulos não importavam muito, mas o que acontecera à senhora Gould? Ela disse:

— Vamos, Ignacio — e lhe fez um lento aceno de cabeça.

Ele ouviu um risinho vindo daquele sujeito afrancesado de cara redonda. Enrubesceu até a raiz dos cabelos e olhou para Giorgio Viola, que tinha recuado com as meninas, chapéu na mão.

— Vou precisar de um cavalo agora — disse com certa aspereza ao ancião.

— *Sí, señor*. Há muitos cavalos — murmurou o garibaldino, acariciando distraidamente, com suas mãos trigueiras, as duas cabeças, uma preta com lampejos de bronze, a outra loura com uma ondulação de cobre, das duas meninas ao seu lado. O fluxo de espectadores que voltavam erguia uma grande nuvem de poeira na estrada. Cavaleiros perceberam o grupo. — Vão para junto de sua mãe — disse. — Elas estão crescendo e eu envelhecendo, e não há ninguém...

Olhou para o jovem engenheiro e interrompeu-se, como se despertado de um sonho; então, cruzando os braços sobre o peito, retomou sua posição habitual, encostado ao vão da porta com o olhar erguido fito no branco contorno do Higuerota ao longe.

Na carruagem, Martin Decoud, mudando de posição como se não conseguisse pôr-se a gosto, murmurou ao inclinar-se para Antonia:

— Imagino que me deteste. — Depois, em voz alta, cumprimentou *don* José por todos os engenheiros serem ribieristas convictos. Aos interesses de todos aqueles forasteiros era lisonjeiro. — O senhor ouviu esse aí. É um simpatizante esclarecido. É deleitoso pensar que a prosperidade de Costaguana possa ser de alguma utilidade para o mundo.

— Ele é ainda muito jovem — observou a senhora Gould tranqüilamente.

— E tão sabido para a sua idade — replicou Decoud. — Mas eis que tivemos a pura verdade da boca daquele menino. O senhor está certo, *don* José. As riquezas naturais de Costaguana são de importância para a Europa progressista representada por esse jovem, assim como trezentos anos atrás a riqueza de nossos antepassados espanhóis era coisa séria para o resto da Europa, tal como representada pelos audazes bucaneiros. Há uma maldição de futilidade a pesar sobre o nosso caráter: *don* Quixote e Sancho Pança, cavalaria e materialismo, sentimentos altissonantes e uma moralidade negligente, esforços violentos em prol de uma idéia e uma sombria aquiescência a todas as formas de corrupção. Convulsionamos um continente por causa de nossa independência, só para nos tornarmos presa passiva de uma paródia democrática, vítimas inermes de canalhas e assassinos, com instituições que são uma piada, com leis que são uma farsa — e um Guzmán Bento por amo! E caímos tão baixo que quando um homem como o senhor desperta a nossa consciência, um bárbaro estúpido de um Montero (céus! um Montero) se torna um perigo mortal, e um *indio* ignorante, jactancioso como Barrios o nosso defensor.

Mas *don* José, desconsiderando a condenação generalizada como se não tivesse ouvido uma só palavra, tomou a si a defesa de Barrios. O homem era suficientemente competente para a tarefa especial que lhe cabia no plano da campanha. Consistia em um movimento ofensivo, com Cayta por base, contra o flanco das forças revolucionárias que avançavam do Sul sobre Santa Marta, a qual estava protegida por outro exército com o ditador-presidente no meio. *Don* José se animou bastante, com uma grande exuberância de palavras, inclinado para a frente sob os olhos vigilantes da filha. Decoud, como que silenciado por tanto ardor, não disse nada. Os sinos da cidade estavam tocando a hora de *oración* quando a carruagem passou sob a velha entrada que faceava a baía como um monumento informe de folhas e pedras. O troar das rodas sob o arco sonoroso foi atravessado por um grito estridente, estranho, penetrante, e Decoud, de seu assento traseiro, teve uma visão do povo que ia atrás da carruagem, caminhando pela estrada: todas as cabeças sob *sombreros* e *rebozos* se voltaram para olhar uma locomotiva que desapareceu prontamente atrás da casa de Giorgio Viola num rastro branco de vapor que pareceu desvanecer-se no grito ofegante, histericamente prolongado, de triunfo guerreiro. E tudo semelhava uma visão fugaz, o espectro guinchante de uma locomotiva a desaparecer pela moldura da arcada, atrás do movimento sobressaltado do povo que retornava em massa de um espetáculo militar pisando com passo silencioso a poeira da estrada. Tratava-se de um trem de material que vinha do campo para os pátios cercados de paliçada. Os vagões vazios rolavam suavemente pela linha férrea; não havia troar de rodas nem tremor de chão. O maquinista da locomotiva, depois de passar pela Casa Viola com uma saudação do braço erguido, diminuiu a velocidade destramente antes de entrar no pátio; e depois de o guincho ensurdecedor do apito a vapor dos freios ter emudecido, uma série de choques fortes, repetidos, mesclados ao estrépito dos engates de corrente, elevou um tumulto de golpes e cadeias sacudidas sob a abóbada do portão.

5

A carruagem dos Gould foi a primeira a regressar da baía à cidade vazia. Sobre o antigo calçamento, formando desenhos, mas cheio de sulcos e buracos, o imponente Ignacio, cioso das molas do landau feito em Paris, diminuíra a marcha dos animais, e Decoud, do seu canto, contemplava sorumbático o aspecto interno da porta da cidade. Os flancos atarracados com torrinhas sustentavam no vão um lance de alvenaria com tufos de capim a crescer-lhe do topo e um escudo armorial de pedra, pardo, ornado de pesados arabescos, sobre o ápice do arco com as armas da Espanha, quase nivelado, como se pronto para algum novo dispositivo típico do progresso iminente.

O ruído explosivo dos truques da ferrovia parecia aumentar a irritação de Decoud. Resmungou algo consigo, depois pôs-se a falar alto em frases curtas, nervosas, atiradas ao silêncio das duas mulheres. Elas absolutamente não o olhavam; e *don* José, com sua tez cerosa, semitransparente, ensombrada pelo chapéu de feltro mole, oscilava um pouco às sacudidas da carruagem, ao lado da senhora Gould.

— Esse som dá um novo sentido a uma verdade muito antiga.

Decoud falava em francês, talvez por causa de Ignacio na boléia acima dele; o velho cocheiro, com suas costas largas metidas numa jaqueta curta com galões de prata, tinha orelhas grandes, cujas grossas abas estavam bem separadas da cabeça de cabelo cortado rente.

— Sim, o barulho fora das muralhas da cidade é novo, mas o princípio é antigo.

Ficou a ruminar sua insatisfação por um instante, depois começou de novo um olhar de viés para Antonia:

— Não, mas imaginem apenas nossos antepassados em morriões e corseletes, formados fora desta porta, e um bando de aventureiros que acabasse de desembarcar de seus navios lá na baía. Ladrões, evidentemente. Especuladores também. Suas expedições, cada uma delas, eram especulações de pessoas graves e reverendas na Inglaterra. Isso é História, como aquele ridículo marítimo Mitchell está sempre dizendo.

— Os preparativos de Mitchell para o embarque das tropas foram excelentes! — exclamou *don* José.

— Aquilo! Aquilo! Ora, foi na verdade trabalho desse marujo genovês. Mas voltando ao meu barulho: costumava haver, nos tempos de outrora, o som de trombetas fora dessa porta. Trombetas de guerra! Estou certo que eram trombetas. Li nalgum lugar que Drake, que foi o maior desses homens, costumava cear sozinho na cabine do seu barco ao som de trombetas. Naqueles dias, a cidade estava cheia de riquezas. Tais homens tinham vindo tomá-la. Agora o país inteiro é como uma casa do tesouro, e toda essa gente está arrombando-a, enquanto nós nos cortamos a garganta uns aos outros. A única coisa que os mantém de fora é o mútuo ciúme. Mas chegarão a um acordo algum dia, e à altura em que tivermos acertado nossas diferenças, tornando-nos decentes e honrados, já não restará mais nada para nós. Tem sido sempre assim. Somos um povo maravilhoso, mas tem sido sempre a nossa sina ser — ele não disse "roubado", mas acrescentou ao fim de uma pausa — explorados!

A senhora Gould exclamou:

— Oh, mas isso é injusto! — e Antonia interpôs:

— Não lhe responda, Emilia. Ele está me atacando.

— Certamente não pensa que eu esteja atacando *don* Carlos! — respondeu Decoud.

E então a carruagem parou diante do portão da Casa Gould. O rapaz ofereceu a mão às senhoras. Elas entraram primeiramente, juntas; *don* José caminhava ao lado de Decoud, e o velho porteiro gotoso os acompanhava tropegamente com alguns agasalhos leves no braço.

Don José introduziu a mão sob o braço do jornalista de Sulaco.

— O *Porvenir* deve publicar um longo e confiante artigo sobre Barrios e o irresistível poder do seu exército de Cayta! Tem-se de manter o moral no país. Devemos telegrafar trechos encorajadores à Europa e aos Estados Unidos a fim de dar uma impressão favorável lá fora.

Decoud murmurou:

— Oh, sim, devemos confortar nossos amigos, os especuladores.

A comprida galeria aberta estava na sombra, com seu anteparo de plantas em vasos ao longo da balaustrada, a exibir flores imóveis, e todas as portas de vidro das salas de visita escancaradas. Um tilintar de esporas esvaiu-se na outra extremidade.

Basilio, de pé contra a parede, deu passagem às senhoras, dizendo-lhes em voz baixa:

— O *señor* administrador acaba de voltar da montanha.

Na grande sala, com os seus grupos de mobília espanhola antiga e européia moderna formando como que diferentes centros sob o mesmo alto e vasto teto branco, a prata e a porcelana do serviço de chá cintilava entre cadeiras anãs, feito um recanto do toucador de uma dama, introduzindo uma nota de delicadeza íntima e feminina.

Don José, em sua cadeira de balanço, colocou o chapéu sobre os joelhos, e Decoud pôs-se a passear ao longo do aposento, por entre mesas atestadas de enfeites que quase desapareciam por trás dos altos espaldares dos sofás de couro. Pensava no rosto zangado de Antonia; estava confiante em poder fazer as pazes com ela. Ele não ficara em Sulaco para brigar com Antonia.

Martin Decoud estava zangado consigo mesmo. Tudo quanto via e ouvia à sua volta exasperava as opiniões preconcebidas de sua civilização européia. Contemplar revoluções à distância, dos bulevares de Paris, era coisa muito diferente. Ali, no próprio local, tornava-se impossível exonerar-se de sua trágica comédia com a expressão "*Quelle farce!*".

A realidade da ação política, tal como era, parecia mais próxima e adquiria pungência pela crença de Antonia na causa. A crueza dessa realidade lhe feria os sentimentos. Surpreendia-se com sua própria suscetibilidade.

"Acho que sou mais costaguanense do que teria acreditado fosse possível", pensou de si para si.

Seu desdém cresceu como uma reação do seu ceticismo contra a ação a que fora arrastado pela paixão por Antonia. Acalmou-se dizendo que não era um patriota e sim um apaixonado.

As senhoras entraram sem chapéu e a senhora Gould sentou-se numa cadeira baixa, junto à mesinha de chá. Antonia tomou o seu lugar de costume na hora da recepção — o canto de um sofá de couro, com uma rígida graça na atitude e um leque na mão. Decoud, desviando-se da linha reta do seu itinerário, veio inclinar-se sobre o alto espaldar do sofá.

Por longo tempo ficou a falar-lhe junto ao ouvido, por trás, em voz baixa, com um meio sorriso de familiaridade escusatória. Ela segurava o leque frouxamente sobre o colo. Não erguia os olhos para ele. A fala dele tornava-se cada vez mais insistente e mais cariciosa. Por fim, atreveu-se a dar um riso ligeiro.

— Não, realmente. Você deve me desculpar. Tem-se de ser sério, às vezes. — Fez uma pausa. Ela moveu a cabeça um pouco; seus olhos azuis voltaram-se devagar na direção dele, ergueram-se ligeiramente, apaziguados e interrogativos.

— Como pode achar que não falo a sério quando chamo Montero de *gran' bestia* a cada dois dias no *Porvenir*? Essa não é uma ocupação séria. Nenhuma ocupação é séria, nem mesmo quando uma bala no coração seja a punição pelo fracasso!

A mão dela apertou firmemente o leque.

— Alguma razão, compreende, algum bom senso, quero dizer, pode-se insinuar no pensamento; algum vislumbre de verdade. Isto é, de alguma verdade efetiva para a qual não há lugar nem na política nem no jornalismo. Acontece que eu disse o que pensava. E você está zangada! Se me fizer o favor de refletir um pouco, verá que falei como um patriota.

Ela descerrou os lábios pela primeira vez, não descaridosamente.

— Sim, mas o senhor nunca vê o objetivo. Tem-se de usar os homens como eles são. Suponho que ninguém seja realmente desinteressado, a não ser talvez o *señor*, *don* Martin.

— Que Deus me perdoe! É a última coisa que eu gostaria

de acreditar em relação a mim mesmo — disse ele descuidosamente e calou-se.

Ela se pôs a mover o leque lentamente para abanar-se, mas sem erguer a mão. Ao fim de uma pausa, ele sussurrou impulsivamente:

— Antonia!

Ela sorriu e estendeu a mão, à maneira inglesa, para Charles Gould, que se inclinava diante dela, enquanto Decoud, com os cotovelos apoiados às costas do sofá, baixava os olhos e murmurava:

— *Bonjour*.

O *señor* administrador da mina de San Tomé curvou-se sobre sua esposa por um momento. Trocaram umas poucas palavras, das quais somente a frase "o maior entusiasmo", pronunciada pela senhora Gould, pôde ser ouvida.

— Sim — disse Decoud num murmúrio. — Até ele!

— Isso é pura calúnia — censurou-lhe Antonia com não muita severidade.

— Então peça a ele para jogar a sua mina no caldeirão da fervura em favor da grande causa — ciciou Decoud.

Don José ergueu a voz. Esfregou as mãos animadamente. O excelente aspecto das tropas e a grande quantidade de fuzis novos e mortíferos nos ombros daqueles bravos homens pareciam enchê-lo de uma confiança extática.

Charles Gould, muito alto e magro diante da cadeira dele, ouvia, mas nada se podia descobrir-lhe na face a não ser uma bondosa e deferente atenção.

Nesse meio-tempo, Antonia havia se levantado e, atravessando o aposento, ficou a olhar para fora por uma das três altas janelas que davam para a rua. Decoud a seguiu. A janela estava escancarada e ele se apoiou à espessura da parede. As longas pregas da cortina de damasco, que tombavam retas da larga sanefa de latão, escondiam-no em parte das vistas dos que estavam no salão. Ele cruzou os braços sobre o peito e fitou fixamente o perfil de Antonia.

O povo que regressava da baía enchia as calçadas; o arrastar de sandálias e o murmúrio de vozes chegavam até a janela. De quando em quando um coche rolava lentamente pelo calçamento desconjuntado da *calle* de la Constitución. Não havia muitas carruagens particulares em Sulaco; na hora de maior movimento na alameda, podiam ser contadas num relance de olhos. As grandes arcas de família balançavam-se sobre altas molas, cheias de belos rostos empoados em que os olhos ressaltavam intensamente vivos e negros. E em primeiro lugar passou *don* Juste López, o presidente da assembléia provincial, em companhia das suas três encantadoras filhas, solene numa sobrecasaca preta e numa gravata branca engomada, como quando presidia a um debate de sua alta tribuna. Embora todos erguessem os olhos, Antonia não fez o usual aceno de mão para cumprimentá-los, e eles fingiram não ver os dois jovens *costaguaneros* de maneiras européias cujas excentricidades eram discutidas por trás das janelas gradeadas das primeiras famílias de Sulaco. E em seguida passou a enviuvada *señora* Gavilaso de Valdes, elegante e digna, numa grande máquina em que costumava ir e vir de sua casa de campo, cercada por um séquito em roupas de couro e grandes *sombreros*, com carabinas atravessadas nos arções das selas. Era uma mulher de família muito distinta, altiva, rica e bondosa de coração. Seu segundo filho, Jaime, acabara de partir no Estado-Maior de Barrios. O mais velho, um tipo imprestável de temperamento mal-humorado, enchia Sulaco com o tumulto de suas dissipações e jogava pesado no clube. Os dois filhos mais moços, com cocares ribieristas em seus bonés, estavam sentados no assento dianteiro. Ela também fingiu não ver o *señor* Decoud conversando publicamente com Antonia num desafio a todas as convenções. E ele nem sequer era *novio* dela, tanto quanto se sabia! Embora mesmo nesse caso já fosse escândalo bastante. Mas a digna e velha dama, respeitada e admirada pelas primeiras famílias, ficaria ainda mais chocada se pudesse ter ouvido as palavras que eles trocavam entre si.

— Você disse que eu perdi de vista o objetivo? Eu só tenho um objetivo no mundo.

Ela fez um movimento quase imperceptível de cabeça, ainda fitando do outro lado da rua a Casa Avellanos, gris, marcada pela decadência, e com barras de ferro como uma prisão.

— E seria tão fácil alcançar — continuou ele — esse objetivo que, sabendo ou não, eu sempre trouxe no coração; desde o dia em que você me tratou tão mal, tão horrivelmente. Foi em Paris, lembra-se decerto.

Um ligeiro sorriso pareceu contorcer o canto da boca que estava mais perto dele.

— Você sabe que era uma pessoa terrível, uma espécie de Charlotte Corday em trajes de colegial; uma feroz patriota. Imagino que teria enfiado uma faca em Guzmán Bento, não teria?

Ela o interrompeu:

— É muita honra que me faz.

— De qualquer modo — disse ele, mudando repentinamente para um tom de amarga frivolidade — você teria me mandado ir apunhalá-lo sem nenhum remorso.

— Ah, *par exemple*! — murmurou ela, chocada.

— Bem — interpôs ele, zombeteiramente —, você me mantém aqui escrevendo disparates de morte. De morte para mim! Já matou o meu auto-respeito. E você sabe — continuou, mudando o tom para um de caçoada ligeira — que Montero, se ganhasse, ajustaria contas comigo da única maneira que um animal assim poderia ajustá-las com um homem de inteligência que condescende em chamá-lo de *gran' bestias* três vezes por semana. É uma espécie de morte intelectual, mas há uma outra, no fundo, para um jornalista da minha capacidade.

— Se ele ganhasse! — disse Antonia, pensativamente.

— Você parece contente de ver a minha vida pender por um fio — replicou Decoud com um largo sorriso. — E o outro Montero, o "meu fiel irmão" da proclamação, o *guerrillero*; pois não escrevi que ele recolhia os sobretudos e trocava os pratos na nossa legação de Paris, dedicando-se nos intervalos a espionar os nossos refugiados ali, ao tempo de Rojas? Ele irá lavar com sangue essa verdade sacrossanta. No meu sangue! Por que você parece aborrecida? Trata-se apenas de um pouco da biografia de um dos nossos grandes homens. Que acha que ele irá fazer comigo? Há um certo muro de convento logo depois da esquina da *plaza*, em frente à porta da arena de touros. Conhece? Em frente da porta com a inscrição ENTRADA DE LA SOMBRA. Nome muito adequado, talvez! Foi ali que o tio do nosso anfitrião rendeu sua alma anglo-sul-americana. E veja, ele poderia ter fugido. Um homem que lutou de armas na mão pode fugir. Você deveria ter-me deixado ir com Barrios se se importasse comigo. Eu teria carregado um desses fuzis em que *don* José acredita com a maior satisfação nas fileiras de pobres *peons* e *indios* que não entendem nada de razão ou de política. A mais desesperada empresa do exército mais desesperado do mundo teria sido mais segura para mim do que essa pela qual você me fez ficar aqui. Quando se faz guerra, pode-se bater em retirada, mas não quando se gasta o tempo incitando pobres tolos ignorantes a matar e a morrer.

O tom de sua fala continuava descuidoso, e como que inconscia da presença dele, ela permanecia imóvel, de mãos cruzadas, o leque a pender-lhe dos dedos entrelaçados. Ele esperou um instante, depois continuou:

— Irei para o paredão — disse, com uma espécie de desespero jocoso.

Mesmo essa declaração não a fez olhar para ele. A cabeça dela permanecia imóvel, os olhos fitos na casa dos Avellanos, cujas pilastras lascadas, cornijas quebradas e degradada dignidade eram agora ocultadas pelo crepúsculo que se adensava na rua. Em toda a figura dela, só os lábios se moveram formando as palavras:

— Martin, você vai me fazer chorar.

Ele ficou em silêncio por um instante, surpreso, como que engolfado numa espécie de pasma e reverente felicidade, com as linhas do sorriso de mofa ainda paralisadas na boca e um incrédulo assombro nos olhos. O valor de uma sentença está na personalidade que a enuncia, pois nada de novo pode ser dito pelo homem ou pela mulher; e aquelas eram as últimas palavras, parecia-lhe, que jamais poderiam ser pronunciadas por Antonia. Ele nunca fora tão longe em todos os pequenos encontros que haviam tido; mesmo antes, porém, de que ela tivesse tempo de voltar-se para ele, o que fez lentamente com uma hirta graciosidade, rogou-lhe:

— Minha irmã não quer mais do que abraçá-la. Meu pai ficará louco de alegria. Quanto mais minha mãe! Nossas mães eram como irmãs. Há um paquete para o Sul na próxima semana: vamo-nos. Aquele Moraga é um tolo! Um homem como Montero se suborna. É o costume do país. É tradição; é política. Leia *Cinqüenta anos de desgoverno*.

— Deixe o pobre papai em paz, *don* Martin. Ele acredita...

— Tenho o maior carinho pelo seu pai — atalhou ele, apressadamente. — Mas eu a amo, Antonia! E Moraga dirigiu muito mal, desastrosamente, este assunto. Talvez o seu pai também; não sei. Montero era subornável. Ora, imagino que só quisesse a sua parte nesse famoso empréstimo para o desenvolvimento nacional. Por que essa gente estúpida de Santa Marta não lhe deu uma missão à Europa ou algo assim? Ele teria recebido adiantados cinco anos de salário e iria vagabundear em Paris, esse *indio* feroz e parvo!

— O homem — disse ela ponderadamente, muito calma diante da explosão dele — estava bêbado de vaidade. Tivemos todas as informações, não apenas de Moraga, mas de outros também. Havia além disso o irmão dele fazendo intrigas.

— Oh, sim! — disse ele. — Claro que você sabe. Você sabe de tudo. Lê toda a correspondência, escreve todos os documentos; todos os documentos de Estado que são inspirados aqui, neste salão, em cega deferência a uma teoria de pureza política. Não tinham vocês diante dos olhos Charles Gould? *Rey de Sulaco!* Ele e a sua mina são a demonstração prática do que poderia ter sido feito. Acha que ele teve sucesso por causa da sua fidelidade a uma teoria da virtude? E toda essa gente da ferrovia, com o seu honesto trabalho! Claro que o trabalho deles é honesto! Mas, e se não se puder trabalhar honestamente antes de os ladrões estarem satisfeitos? Não poderia ele, um cavalheiro, ter dito a esse sir John sei lá de quê que Montero tinha de ser comprado; ele e todos os liberais negros agarrados à sua manga cheia de enfeites dourados? Deveria ter sido comprado pelo seu estúpido peso em ouro; seu peso em ouro, sim, botas, sabre, esporas, chapéu armado e tudo mais.

Ela sacudiu a cabeça ligeiramente.

— Isso era impossível — murmurou.

— Ele queria tudo? O quê?

Ela o fitava agora no fundo recesso da janela, muito próxima e imóvel. Seus lábios se moviam rapidamente. Decoud, encostado à parede, ouvia de braços cruzados e pálpebras baixas. Bebia-lhe os sons da voz serena e acompanhava a agitada vida de sua garganta, como se vagas de emoção irrompessem do coração para o ar nas suas palavras sensatas. Ele também tinha aspirações; aspirava a levá-la para longe daquelas mortíferas futilidades de pronunciamentos e reformas. Tudo isso era errado — completamente errado; mas ela o fascinava, e às vezes a mera sagacidade de uma frase rompia o encanto, substituía o fascínio por um súbito e indesejado frêmito de interesse. Certas mulheres pairavam, por assim dizer, no limiar da genialidade, pensou consigo. Não queriam saber, nem pensar, nem compreender. A paixão substituía isso tudo, e ele estava pronto a crer que alguma observação surpreendentemente profunda, alguma avaliação de caráter ou algum juízo acerca de um acontecimento beiravam o miraculoso. Na maturidade de Antonia ele podia discernir, com extraordinária vividez, a austera colegial dos dias de outrora. Ela lhe seduzia a atenção; às vezes, ele não conseguia reter um murmúrio de concordância; de quando em quando, apresentava uma objeção assaz gravemente. Aos poucos, começaram a discutir; a cortina escondia-os parcialmente das pessoas no salão.

Lá fora havia escurecido. Do fosso profundo de sombra entre as casas, vagamente iluminado pelo clarão dos lampiões de rua, ascendia o silêncio noturno de Sulaco; o silêncio de uma cidade de poucas carruagens, de cavalos desferrados e de população de sandálias macias. As janelas da Casa Gould lançavam seus paralelogramas de luz sobre a casa dos Avellanos. De quando em quando, um arrastar de pés se fazia ouvir lá embaixo, acompanhado da rubra incandescência de um cigarro ao pé dos muros; e o ar da noite, como se esfriado pelas neves do Higuerota, lhes refrescava o rosto.

— Nós, ocidentais — disse Martin Decoud, usando o termo

que os provinciais de Sulaco aplicavam a si próprios —, sempre fomos distintos e separados. Enquanto mantivermos Cayta, nada poderá nos alcançar. Em todas as nossas agitações, nenhum exército marchou através daquelas montanhas. Uma revolução nas províncias centrais nos isola imediatamente. Veja como é completo o nosso atual isolamento! As notícias da movimentação de Barrios serão telegrafadas aos Estados Unidos e somente assim poderão chegar a Santa Marta, pelo cabo da outra costa marítima. Temos as maiores riquezas, a maior fertilidade, o mais puro sangue em nossas grandes famílias, a população mais laboriosa. A província ocidental deve manter-se só. O antigo federalismo não era mau para nós. Depois veio essa união a que *don* Enrique Gould resistiu. Ela abriu caminho para a tirania, e desde então o resto de Costaguana está dependurado em nossas costas como um fardo. O território ocidental é grande bastante para ser o país de qualquer homem. Veja essas montanhas! A própria Natureza parece gritar-nos: "Separem-se!".

Ela fez um gesto enérgico de negação. Sobreveio um silêncio.

— Oh, sim, eu sei que isso é o contrário da doutrina assentada na *História de cinqüenta anos de desgoverno*. Estou tentando só ser sensato. Mas o meu bom senso parece sempre motivo de afronta para você. Será que a escandalizei demais com essa aspiração tão perfeitamente justa?

Ela sacudiu a cabeça. Não, não estava escandalizada, mas a idéia lhe repugnava as antigas convicções. Seu patriotismo era mais amplo. Jamais considerara tal possibilidade.

— Pode bem ser o meio de salvar algumas de suas convicções — disse ele profeticamente.

Ela não respondeu. Parecia cansada. Debruçaram-se lado a lado sobre o parapeito da grade do pequeno balcão, muito amigos; esgotados os assuntos políticos, podiam entregar-se à silenciosa sensação de sua proximidade, numa daquelas pausas profundas que se inserem no ritmo da paixão. Na extremidade da rua que dava para a *plaza*, os carvões incandescentes dos *brazeros* das mulheres do mercado a cozinhar sua refeição da tarde brilhavam rubramente à beira da calçada. Um homem surgiu sem ruído sob a luz de um lampião de rua, com o colorido triângulo invertido de seu poncho com debruns, quadrado nos ombros e caindo-lhe em ponta abaixo dos joelhos. Da extremidade da *calle* que dava para a baía veio um homem no seu cavalo de passo macio e peito cinza-prateado a brilhar em cada lampião sob o vulto escuro do cavaleiro.

— Contemple o ilustre capataz dos *cargadores* — disse Decoud com brandura — regressando em todo o seu esplendor depois de terminar o trabalho. O outro grande homem de Sulaco depois de *don* Carlos Gould. Mas é de boa índole e aceitou minha amizade.

— Ah, sim? — disse Antonia. — Como foi que se tornaram amigos?

— Um jornalista deve ter o dedo no pulso popular, e esse homem é um dos líderes da populaça. Um jornalista tem de conhecer homens notáveis, e esse homem é notável à sua maneira.

— Ah, sim! — disse Antonia, pensativamente. — É sabido que esse italiano tem grande influência.

O cavaleiro passara abaixo deles, com um lampejo de luz baça nas largas ancas luzentes da égua cinza, no seu pesado estribo brilhante, sua longa espora de prata; todavia, o curto pincel de chama amarelada, no crepúsculo, nada podia contra o mistério da obscura figura embuçada cujo rosto invisível era escondido por um grande *sombrero*.

Decoud e Antonia ficaram debruçados sobre o balcão, lado a lado, cotovelos tocando-se com as cabeças acima da escuridão da rua e a sala brilhantemente iluminada às suas costas. Em um *tête-à-tête* de extrema impropriedade; algo de que, por toda a extensão da república, somente a extraordinária Antonia seria capaz — a moça pobre, sem mãe, sem acompanhante, com um pai descuidado que só havia pensado em torná-la culta. Mesmo o próprio Decoud parecia sentir que isso era tudo quanto podia esperar ter dela para si até que — até que a revolução terminasse e ele pudesse levá-la para a Europa, para longe do inacabável conflito civil cuja insensatez parecia mais difícil de suportar que a sua ignomínia. Depois de um Montero haveria outro, a indisciplina de uma população de todas as cores e raças, a barbárie, a irremediável tirania. Como o Grande Libertador Bolívar dissera com amargura: "A América é ingovernável. Os que trabalharam em prol de sua independência lavraram no mar". Ele, Decoud, não se importava, declarava-o intrepidamente; aproveitava todas as oportunidades para dizer-lhe que embora ela tivesse conseguido fazer dele um jornalista *blanco*, não era nenhum patriota. Primeiro que tudo, a palavra não fazia sentido para os espíritos cultos, os quais abominavam a estreiteza de todas as crenças: em segundo lugar, no tocante às permanentes perturbações desse país inditoso, tinham-no maculado irremediavelmente; fora o brado da negra barbárie, um manto de indisciplina, crimes, rapacidade, mera gatunagem.

Ele se surpreendia com o calor de seus próprios enunciados. Não tinha necessidade de baixar o tom de voz, que fora sempre contido, um simples murmúrio no silêncio de casas escuras com as janelas fechadas cedo por causa do ar da noite, como era costume em Sulaco. Somente a sala da Casa Gould lançava desafiadoramente o fulgor de suas quatro janelas, o brilhante chamamento de luz à taciturna escuridão da rua. E o murmúrio no pequeno balcão continuou depois de uma curta pausa.

— Mas estamos trabalhando para mudar tudo isso — protestou Antonia. — É exatamente o que desejamos. É o nosso objetivo. É a grande causa. E a palavra que você despreza simbolizou também sacrifício, coragem, constância, sofrimento. Papai, que...

— Lavrou no mar — interrompeu Decoud, olhando para baixo.

Ouviu-se um som de passos pesados e apressados.

— Seu tio, o vigário-geral da catedral, acabou de passar pelo portão — observou Decoud. — Rezou missa para as tropas hoje de manhã, na *plaza*. Fizeram-lhe um altar de tambores, sabe. E trouxeram para fora todos os madeiros pintados, a fim de tomarem ar. Todos os santos de madeira ficaram perfilados militarmente no alto da grande escadaria. Pareciam uma imponente escolta ao serviço do vigário-geral. Assisti à grande cerimônia das janelas do *Porvenir*. É assombroso o seu tio, o último dos Corbelan. Ele reluzia à beça em seus parâmetros, com uma grande cruz de veludo vermelho nas costas. E o tempo todo nosso salvador Barrios ficou sentado no Clube Amarilla bebendo ponche diante de uma janela aberta. *Esprit fort*, o nosso Barrios. Eu esperava a todo momento que seu tio lançasse uma excomunhão contra o tapa-olho preto à janela no outro lado da *plaza*. Mas não lançou nenhuma. Por fim as tropas foram-se embora marchando. Mais tarde Barrios desceu com alguns dos oficiais e ficou discursando à beira da calçada com o uniforme todo desabotoado. Repentinamente o seu tio apareceu, não mais reluzente, mas todo de preto, à porta da catedral, com aquele aspecto ameaçador que tem, sabe, como uma espécie de espírito vingador. Dá uma olhada, dirige-se diretamente para o grupo de uniformes, toma o general pelo cotovelo e leva-o dali. Caminhou ao lado dele por um quarto de hora à sombra de uma parede. Não largou do cotovelo do general um momento que fosse, falando o tempo todo exaltadamente, gesticulando com seu braço negro. Foi uma cena curiosa. Os oficiais pareciam paralisados de assombro. Um homem notável, o seu tio missionário. Odeia um herege muito mais que um infiel, e prefere mil vezes um pagão a um infiel. Ele condescende em chamar-me às vezes de pagão, sabe.

Antonia ouvia com as mãos sobre a balaustrada, abrindo e fechando o leque devagar; Decoud falava algo nervosamente, como se temeroso de que ela o deixasse à primeira pausa. O comparativo isolamento deles, a valiosa sensação de intimidade, o ligeiro contato dos seus braços, o enterneciam, pois de quando em quando uma inflexão meiga se insinuava no fluxo dos seus murmúrios irônicos.

— Qualquer leve sinal de favor da parte de um parente seu é bem-vindo, Antonia. E talvez ele me compreenda, afinal de contas! Mas eu também o conheço, ao nosso padre Corbelan. A idéia de honra, justiça e honestidade política consiste para ele na restituição das propriedades confiscadas à Igreja. Nada mais poderia ter tirado dos sertões esse ardente vertedor de índios selvagens e fazê-lo trabalhar pela causa ribierista! Nada mais além dessa insensata esperança! Ele próprio faria um pronunciamento contra qualquer governo, em prol desse objetivo, se pudesse conseguir seguidores! Que é que *don* Carlos Gould acha disso? Mas claro que, com aquela sua impenetrabilidade inglesa, ninguém pode saber o que ele pensa. Provavelmente não pensa em outra coisa a não ser em sua mina, o seu *imperium in imperio*. Quanto à senhora Gould, ela pensa nas suas escolas, nos seus hospitais, nas mães com bebês de colo, em todos os velhos doentes das três povoações. Se virasse a cabeça agora, você a veria arrancando um relatório daquele médico sinistro de camisa xadrez; como é mesmo o nome dele? Monygham; ou então catequizando *don* Pepe ou talvez ouvindo o padre Roman. Estão todos aqui embaixo hoje; todos os seus ministros de Estado. Bem, é uma mulher sensata, e talvez *don* Carlos seja um homem sensato. Faz parte do sólido bom senso inglês não pensar muito, ver apenas o que possa ser de utilidade prática no momento. Essa gente não é como nós. Nós não temos razão política; temos paixões políticas; às vezes. O que é uma convicção? Uma visão particular de nossa vantagem pessoal, prática ou emocional. Ninguém é patriota por nada. A palavra se aplica bem a nós. Mas sou perspicaz e não vou aplicar essa palavra a você, Antonia! Não tenho ilusões patrióticas. Tenho só a suprema ilusão de um enamorado.

Fez uma pausa, depois murmurou quase inaudivelmente:

— Isso, no entanto, pode levar a pessoa muito longe.

Às costas dele, a maré política que a cada vinte e quatro horas inundava a sala de visitas dos Gould podia ser ouvida crescer no ruído das vozes. Os homens chegavam sozinhos, ou aos pares ou em grupos de três; os altos funcionários da província, os engenheiros da ferrovia, queimados de sol e em roupas de *tweed*, com a cabeça branca do seu chefe a sorrir com lenta, jocosa indulgência entre as faces mais jovens. Scarfe, aficcionado de fandangos, já escapulira à procura de algum baile, fosse onde fosse, nas cercanias da cidade. *Don* Juste López, depois de levar as filhas para casa, tinha entrado solenemente numa enrugada casaca preta abotoada até a larga barba castanha. Os poucos membros presentes da assembléia provincial agruparam-se imediatamente em torno do seu presidente para discutir as notícias de guerra e a última proclamação do rebelde Montero, o miserável Montero, pedindo, em nome de "uma democracia justificadamente incensada", que todas as assembléias provinciais da república suspendessem suas sessões até a espada dele restabelecer a paz para que a vontade do povo pudesse ser consultada. Era praticamente um convite à dissolução: uma audácia inaudita daquele maligno demente.

A indignação alcançara o ponto alto no grupo de deputados atrás de José Avellanos. *Don* José, erguendo a voz, gritou-lhes por sobre o alto espaldar de sua cadeira:

— Sulaco respondeu enviando hoje um exército contra o seu flanco. Se todas as demais províncias mostrassem metade do patriotismo que nós ocidentais...

Uma grande salva de aclamações cobriu a voz aguda, vibrante, da vida e alma do partido. Sim! Sim! Era verdade! Uma grande verdade! Sulaco estava na primeira linha, como sempre! Era um tumulto fanfarrão, a esperança suscitada pelo acontecimento do dia que irrompia entre aqueles *caballeros* do campo preocupados com seus rebanhos, suas terras, a segurança de suas famílias. Estava tudo em jogo... Não! Era impossível que Montero tivesse êxito! Aquele criminoso, aquele *indio* descarado! O clamor prolongou-se por algum tempo; todas as demais pessoas da sala tinham os olhos postos no grupo onde *don* Juste exibia seu ar de imparcial solenidade, como se estivesse presidindo uma reunião da assembléia provincial. Decoud se voltou diante do ruído e, apoiando as costas à balaustrada, gritou para a sala com toda a força dos pulmões:

— *Gran' bestia!*

Esse brado inesperado teve o condão de acalmar o tumulto. Todos os olhares se dirigiram para a janela num expectativa favorável; no entanto, Decoud já dera as costas à sala e estava novamente debruçado sobre a rua silente.

— Eis a quintessência do meu jornalismo; eis o argumento supremo — disse a Antonia. — Inventei essa definição, essa última palavra sobre uma grande questão. Mas não sou nenhum patriota. Não mais do que o capataz dos *cargadores* de Sulaco, esse genovês que fez tantas coisas importantes para a nossa baía; esse ativo introdutor dos implementos materiais do nosso progresso. Você já ouviu o capitão Mitchell confessar muitas vezes que até conseguir esse homem não poderia dizer quanto tempo levaria descarregar um navio. O que é mau para o progresso. Você o viu passar, terminado o trabalho, no seu famoso cavalo, a caminho de algum salão de baile com chão de terra batida onde vai deslumbrar as raparigas. É um homem de sorte! O trabalho dele é um exercício de poderes pessoais; seu lazer ele o passa recebendo os tributos de uma extraordinária adulação. E gosta disso, inclusive. Pode alguém ser mais afortunado? Ser temido e admirado é...

— E essas são suas mais altas aspirações, *don* Martin? — interrompeu Antonia.

— Eu estava falando de um homem dessa espécie — disse Decoud laconicamente. — Os heróis do mundo têm sido temidos e admirados. Que mais poderia ele querer?

Decoud sentira amiúde que o seu hábito do pensamento irônico se espatifava contra a gravidade de Antonia. Ela o irritava como se também padecesse daquela inexplicável obtusidade feminina que com tanta freqüência se interpõe entre um homem e uma mulher do tipo mais comum. Mas ele se refez prontamente do vexame. Estava muito longe de considerar Antonia comum, fosse qual fosse o veredicto que, com o seu ceticismo, pronunciasse acerca de si próprio. Pondo um toque de comovente ternura na voz, assegurou a ela que sua única aspiração era uma felicidade tão alta que parecia quase irrealizável sobre a face da Terra.

Ela enrubesceu invisivelmente, com uma tepidez contra a qual a brisa da cordilheira parecia ter perdido o poder refrescante na súbita fusão das neves. O sussurro dele não poderia ter ido tão longe, embora houvesse no seu tom ardor bastante para derreter um coração de gelo. Antonia voltou-se abruptamente, como para conduzir a sussurrada asseveração dele até a sala atrás, cheia de luz, ruidosa de vozes.

A maré da especulação política subia alto dentro das quatro paredes da grande sala, como se impelida para além de suas marcas por uma grande rajada de esperança. A barba em forma de leque de *don* Juste ainda era o centro de barulhentas e animadas discussões. Havia um acento de autoconfiança em todas as vozes. Mesmo os poucos europeus ao redor de Charles Gould — um dinamarquês, dois franceses, um gordo e discreto alemão a sorrir de olhos baixos, todos representantes de interesses materiais que se estabeleceram em Sulaco sob a proteção do poderio da mina de San Tomé — haviam infundido uma dose de bom humor na sua deferência. Charles Gould, a quem estavam cortejando, era o signo visível da estabilidade que poderia ser alcançada no solo movediço das revoluções. Sentiam-se esperançosos no tocante aos seus vários empreendimentos. Um dos dois franceses, escuro, de olhos brilhantes perdidos numa imensa floração de bastas barbas, agitava as pequenas mãos trigueiras e os pulsos delicados. Estivera viajando pelo interior da província para um sindicato de capitalistas europeus. Seu enérgico "*monsieur l'administrateur*" que se repetia a cada minuto destacava-se, por estridente, do zunzum constante das conversas. Narrava as suas descobertas. Estava extático. Charles Gould olhava-o cortesmente.

Num dado momento dessas recepções necessárias, era hábito da senhora Gould retirar-se discretamente para uma saleta sua, ao lado da sala grande. Ela tinha se levantado e, à espera de Antonia, ouvia com uma afabilidade ligeiramente enfadada o engenheiro-chefe da ferrovia que, inclinado para ela, narrava devagar, sem nenhum gesto, algo aparentemente engraçado, pois havia um brilho jocoso em seus olhos. Antonia, antes de entrar no salão para ir ao encontro da senhora Gould, voltou a cabeça por sobre o ombro, um breve instante, na direção de Decoud.

— Por que qualquer um de nós deveria achar que suas aspirações sejam irrealizáveis? — disse rapidamente,

— Vou agarrar-me à minha até o fim, Antonia — respondeu ele, entre os dentes, depois fez uma inclinação profunda, com ar meio distante.

O engenheiro-chefe não havia concluído sua história engraçada. O lado humorístico da construção de ferrovias na América do Sul espicaçava-lhe a aguda percepção do absurdo, e ele narrava muito bem os seus casos de preconceito ignorante e de ignorante astúcia. A senhora Gould estava prestando toda a atenção agora enquanto ele acompanhava as duas senhoras que deixavam o salão. Os três passaram por fim, sem ser notados, pelas portas de vidro que levavam à galeria. Somente um padre alto que transitava, altiva e silenciosamente, pela sala, deteve-se a olhá-los. O padre Corbelan, que Decoud vira, do balcão, entrar pelo portão da Casa Gould, não falara com ninguém desde que entrara. A longa, discreta sotaina acentuava-lhe a alta estatura; ele andava com o torso vigoroso atirado para a frente, e a negra linha reta das suas sobrancelhas unidas, o contorno pugnaz do seu rosto ossudo, a mancha branca de uma cicatriz nas faces azuladas, bem barbeadas (um testemunho do seu zelo apostólico deixado por um bando de índios não convertidos), sugeriam qualquer coisa de ilegal no seu sacerdócio, a idéia de um capelão de bandidos.

Ele separou as mãos ossudas, nodosas, que segurava nas costas, para sacudir o dedo a Martin.

Decoud seguira Antonia ao salão. Mas não foi longe. Ficou parado junto à cortina, com uma expressão de gravidade não muito genuína, como um adulto que tomasse parte num jogo de crianças. Olhou tranqüilamente para o dedo ameaçador.

— Assisti a vossa reverência convertendo o general Barrios com um sermão especial na *plaza* — disse, sem fazer o menor movimento.

— Que lamentável disparate! — a voz do padre Corbelan, profunda, ressoou pela sala, fazendo com que todas as cabeças se voltassem por sobre os ombros. — O homem é um beberrão. *Señores*, o deus do vosso general é uma garrafa.

Sua voz desdenhosa, autoritária, suscitou uma desconfortável suspensão de qualquer som que fosse, como se a autoconfiança da reunião tivesse sido abalada por um golpe. Mas ninguém respondeu à declaração do padre Corbelan.

Era sabido que ele viera dos sertões advogar os sagrados direitos da Igreja com o mesmo fanático destemor com que saíra a pregar a selvagens sedentos de sangue, destituídos de compaixão humana ou de qualquer tipo de culto. Rumores de proporções legendárias falavam de suas vitórias como missionário além dos olhos de gente cristã. Ele havia batizado nações inteiras de índios, vivendo entre eles como se fosse ele próprio um selvagem. Contava-se que o padre costumava cavalgar com os seus ídolos dias a fio, seminu, carregando um escudo de pele de boi e sem dúvida uma longa lança também — quem sabe? Que andara vagando, vestido de peles, à procura de prosélitos, algures perto da linha de neve da cordilheira. Nunca se soube de o próprio padre Corbelan falar de tais façanhas. Mas ele não fazia segredo da sua opinião de que os políticos de Santa Marta tinham corações mais duros e mentes mais corruptas que os pagãos aos quais havia levado a palavra de Deus. Seu imprudente zelo pela prosperidade temporal da Igreja prejudicava a causa ribierista. Era do conhecimento geral que se recusara a ser ordenado bispo titular da diocese ocidental enquanto não se fizesse justiça a uma Igreja esbulhada. O *jefe* político de Sulaco (o mesmo dignatário que o capitão Mitchell salvou depois da turba) insinuava, com ingênuo cinismo, que sem dúvida alguma suas excelências os ministros enviaram o padre montanhas acima até Sulaco na pior estação do ano com a esperança de que os ventos glaciais dos altos páramos o gelassem até a morte. Sabia-se que todo ano alguns arrieiros mais resolutos — homens habituados a expor-se ao tempo — acabavam perecendo dessa maneira. Mas que fazer? Suas excelências possivelmente não se tinham dado conta de quão rijo era o padre. Entrementes, os ignorantes já começavam a murmurar que as reformas ribieristas significavam simplesmente o confisco das terras do povo. Parte delas seria dada aos estrangeiros que construíam a estrada de ferro; a maior parte iria para os padres.

Tais eram os resultados do zelo do vigário-geral. Mesmo na breve alocução às tropas na *plaza* (que só as primeiras fileiras poderiam ter ouvido) ele não conseguira deixar de fora a idéia fixa de uma Igreja ultrajada à espera de reparação por parte de um país penitente. O *jefe* político se exasperara. Mas não podia de modo algum atirar o cunhado de *don* José à prisão do *cabildo*. O principal magistrado, um funcionário pachorrento e popular, costumava visitar a Casa Gould, para onde se dirigia da *inten-*

dencia, após o cair do sol, a pé e desacompanhado, retribuindo com cerimoniosa cortesia os cumprimentos tanto dos grandes quanto dos humildes. Naquela tarde tinha ido direto a Charles Gould para confidenciar-lhe num sibilo que gostaria de poder deportar o vigário-geral de Sulaco para qualquer parte, para alguma ilha deserta, para as Isabéis, por exemplo.

— Aquela sem água, de preferência, hein, *don* Carlos? — acrescentara, meio de brincadeira, meio a sério.

Esse padre incontrolável, que tinha rejeitado sua oferta do palácio episcopal para residência, preferindo dependurar a coçada sotaina entre o entulho e as teias de aranha do convento dominicano seqüestrado, metera na cabeça a idéia de advogar um perdão incondicional para Hernández, o bandoleiro! E como se isso não bastasse, havia entrado em comunicação com o mais audaz criminoso que o país conhecera nos últimos anos. A polícia de Sulaco evidentemente sabia o que estava se passando. O padre Corbelan pegara aquele imprudente italiano, o capataz dos *cargadores*, o único homem à altura da incumbência, e enviara uma mensagem por intermédio dele. O padre Corbelan tinha estudado em Roma e podia falar italiano. Sabia-se que o capataz visitara o velho convento dominicano à noite. Uma velha que era criada do vigário-geral ouvira o nome de Hernández ser pronunciado; e já na tarde do último sábado o capataz fora visto saindo da cidade a galope. Não voltou senão ao fim de dois dias. A polícia teria pendurado o italiano pelos calcanhares não fosse seu temor dos *cargadores*, um grupo de homens turbulentos, muito capazes de provocar um tumulto. Hoje em dia não era nada fácil governar Sulaco. Gente de mau caráter afluía à cidade, atraída pelo dinheiro nos bolsos dos trabalhadores da estrada de ferro. A população ia ficando inquieta com os discursos do padre Corbelan. E o primeiro magistrado explicou a Charles Gould que agora que a província estava desprovida de tropas, qualquer explosão de desordem encontraria as autoridades de botas descalçadas, por assim dizer.

E foi sentar-se taciturnamente numa poltrona, fumando um charuto comprido, fino, não muito longe de *don* José, com quem, inclinando-se para o lado, trocava algumas palavras de quando em quando. Ignorou a entrada do sacerdote, e sempre que a voz do padre Corbelan se elevava às suas costas, sacudia os ombros impacientemente.

O padre Corbelan permanecera completamente imóvel durante algum tempo e havia em sua imobilidade algo de vingativo, que também lhe caracterizava todas as atitudes. Um lúrido fulgor de fortes convicções dava aspecto peculiar à sua figura de preto. Mas a ferocidade se abrandou quando o padre, fixando os olhos em Decoud, ergueu o longo braço negro vagarosamente, impressionantemente:

— E você, você é um perfeito pagão — disse em voz abafada, profunda.

Aproximou-se mais um passo do jovem, apontando o indicador para o peito dele. Decoud, muito calmo, apoiou a parte de trás da cabeça à parede coberta pela cortina. Então, de queixo bem erguido, sorriu:

— Está bem — concordou com a indiferença ligeiramente enfadada de homem assaz habituado a situações assim. — Mas não é possível que o senhor não tenha descoberto ainda o deus que cultuo? Com o nosso Barrios, foi mais fácil.

O sacerdote reprimiu um gesto de desalento:

— Você não acredita nem em pau nem em pedra — disse.

— Nem em garrafa — acrescentou Decoud sem se mover. — Tampouco o outro confidente de vossa reverência. Refiro-me ao capataz dos *cargadores*. Ele não bebe. A leitura que o senhor fez do meu caráter honra a sua perspicácia. Mas por que me chamar de pagão?

— É verdade — retorquiu o padre. — Você é cem vezes pior. Nem um milagre poderia convertê-lo.

— Está claro que não acredito em milagres — disse Decoud tranqüilamente. O padre Corbelan sacudiu os ombros altos, largos, num gesto de dúvida.

— Uma espécie de francês; um ímpio; um materialista — pronunciou cada termo vagarosamente, como se o pesasse numa cuidadosa análise. — Que não é filho do seu país nem de nenhum outro — continuou, pensativamente.

— Muito pouco humano, de fato — comentou Decoud a meia-voz, a cabeça apoiada à parede, os olhos no teto.

— Uma vítima desta época ímpia — continuou o padre Corbelan em voz profunda mas contida.

— Mas de alguma utilidade como jornalista. — Decoud mudou de posição e falou em tom mais animado. — Vossa excelência por acaso deixou de ler o último número do *Porvenir*? Eu lhe asseguro que é como os outros. No que diz respeito à política geral, continua a chamar Montero de *gran' bestia* e estigmatiza o irmão dele, o *guerrillero*, como uma mistura de lacaio e espia. O que poderia haver de mais eficaz? Nos assuntos locais, exorta o governo provincial a alistar em bloco, no exército nacional, o bando de Hernández, o bandoleiro (que é aparentemente o protegido da Igreja; ou pelo menos do vigário-geral). Nada poderia ser mais sensato.

O sacerdote assentiu com a cabeça e girou nos calcanhares de seus sapatos de bico chato com grandes fivelas de aço. E novamente com as mãos às costas, ficou a andar de um lado para outro, com passo firme. Quando girava, a saia de sua sotaina se inflava ligeiramente com a brusquidão dos movimentos.

A grande sala ia-se esvaziando aos poucos. Quando o *jefe político* se levantou para ir-se, a maioria dos que ainda ali permaneciam também se levantou em sinal de respeito, e *don* José Avellanos parou de balançar-se na cadeira. Mas o afável primeiro magistrado fez um gesto excusativo, abanou a mão para Charles Gould e saiu discretamente.

Na comparativa tranqüilidade do salão, os brados "*monsieur l'administrateur*" do frágil e barbudo francês pareciam adquirir uma estridência sobrenatural. O explorador do sindicato capitalista ainda estava entusiasmado.

— Cobre no valor de dez milhões praticamente à flor do chão, *monsieur l'administrateur*. Dez milhões à flor do chão! E uma estrada de ferro a caminho; uma estrada de ferro! Jamais irão acreditar no meu relatório. *C'est trop beau*. — Foi tomado de um êxtase berrante, em meio a cabeças circunspectamente afirmativas e a imperturbável calma de Charles Gould.

E só o sacerdote continuou a andar de cá para lá, arremessando a orla da sotaina toda vez que fazia meia-volta ao fim do trajeto. Decoud murmurou-lhe ironicamente:

— Esses cavalheiros estão falando de seus deuses.

O padre Corbelan parou de inopino, olhou o jornalista fixamente por um momento, sacudiu de leve os ombros, e retomou sua afanosa caminhada de viajeiro obstinado.

Agora os europeus estavam se retirando do grupo à volta de Charles Gould até o administrador da grande mina de prata poder ser visto em toda a sua magreza, da cabeça aos pés; a maré vazante dos convidados deixara-o encalhado à beira do grande tapete quadrangular, como se este fosse um baixio multicolorido de flores e arabescos sob suas botas marrons. O padre Corbelan acercou-se da cadeira de balanço de *don* José Avellanos.

— Vamos, irmão — disse-lhe com brusquidade benévola e o toque de aliviada impaciência que um homem pode sentir ao fim de uma cerimônia perfeitamente inútil. — *A la casa! A la casa!* Aqui foi tudo conversa. Vamos agora meditar e pedir orientação do céu.

Voltou seus olhos negros para cima. Ao lado do frágil diplomata — vida e alma do partido — ele parecia gigantesco, com um fulgor de fanatismo no olhar. Mas a voz do partido, melhor dizendo, o seu porta-voz, o "Decoud filho" de Paris, convertido em jornalista por amor dos olhos de Antonia, sabia muito bem que não era assim; ele não passava de um zeloso sacerdote tomado de uma idéia fixa, que as mulheres do povo temiam e os homens do povo execravam. Martin Decoud, o diletante da vida, acreditava extrair prazer artístico de observar o extremo pitoresco de teimosia a que uma honesta convicção, quase sagrada, pode levar um homem. "É como loucura. Deve ser; porque é autodestrutiva", dizia Decoud consigo, amiúde. Parecia-lhe que toda convicção, tão logo se tornava efetiva, convertia-se nessa forma de demência que os deuses lançam sobre aqueles que desejam destruir. Mas saboreava o gosto amargo desse exemplo com o deleite de um conhecedor na arte de sua escolha. Aqueles dois homens se davam bem, como se cada um sentisse respectivamente que uma convicção dominante, tanto quanto um radical ceticismo, pode levar um homem muito longe nas trilhas da ação política.

Don José obedeceu ao toque da grande mão peluda. Decoud acompanhou os cunhados em sua saída. E só ficou um visitante na grande sala vazia, cheia de uma névoa azul de fumaça de tabaco; um homem de olhos fundos, bochechas gordas e bigodes de pontas caídas, comerciante de peles em Esmeralda, que viera por terra até Sulaco, cavalgando com alguns peões através da faixa litorânea. Ele estava muito empolgado com a sua viagem, levada a cabo principalmente com o propósito de consultar o *señor* administrador de San Tomé quanto a certa assistência de que ele comerciante precisava no seu negócio de exportação de peles. Esperava ampliá-lo muito, agora que a região ia ser colonizada. Ia ser colonizada, repetiu várias vezes, corrompendo com um estranho, ansioso queixume a sonoridade do idioma espanhol, que ele falava rapidamente, aos arrancos, como uma espécie de jargão aviltado. Um homem modesto podia agora tocar para a frente o seu negócio na região, e até mesmo pensar em ampliá-lo — com segurança. Não era assim? Parecia implorar a Charles Gould uma palavra de confirmação, um resmungo de concordância, um simples aceno corroborativo.

Não pôde conseguir nenhum. A sua apreensão aumentou, e nas pausas da conversa dardejava olhares para um e outro lado; então, relutando em desistir, digressionava em emotivas alusões aos perigos de sua viagem. O audacioso Hernández, deixando seus esconderijos usuais, atravessara o campo de Sulaco e dizia-se que se postara de tocaia nas ravinas da região costeira. No dia anterior, quando estavam a apenas umas poucas horas de Sulaco, o comerciante de peles e seus empregados tinham visto, parados na estrada, três homens suspeitos, com as cabeças de seus cavalos juntas. Dois deles partiram em seguida, sumindo numa rasa quebrada à esquerda.

— Nós paramos — continuou o homem de Esmeralda — e tentamos esconder-nos atrás de uma pequena capoeira. Mas nenhum dos meus *mozos* quis saber de ir verificar o que significava aquilo, e o terceiro cavaleiro parecia estar à espera de que nos aproximássemos. Não adiantara. Tínhamos sido vistos. Assim, avançamos devagar, trêmulos. Ele nos deixou passar (um homem num cavalo cinza; com a aba do chapéu escondendo os olhos) sem uma só palavra de saudação; mas dali a pouco nós o ouvimos galopando atrás de nós. Fizemos meia-volta, mas isso não pareceu intimidá-lo. Ele avançou velozmente e, tocando meu pé com a ponta da bota, pediu-me um charuto com um riso de gelar o sangue. Não parecia estar armado, mas quando pôs a mão atrás para pegar os fósforos, vi um enorme revólver na cintura dele. Tremi. Ele tinha costeletas grossas, de assustar, *don* Carlos, e como não fizera menção de partir, não ousamos mover-nos. Por fim, soprando a fumaça do meu charuto pelas narinas, ele disse: "*Señor*, seria talvez melhor eu seguir atrás do seu grupo. Não estão muito longe de Sulaco agora. Vão com Deus". Que fazer? Prosseguimos viagem. Não havia como resistir-lhe. Poderia ter sido o próprio Hernández, embora o meu empregado, que fora muitas vezes a Sulaco por mar, me garantisse que o reconhecera muito bem, que era o capataz dos *cargadores* da companhia de navegação a vapor. Depois, naquela mesma tarde, eu vi o mesmíssimo homem num canto da *plaza* conversando com uma moça, uma *morenita*, parada junto do estribo dele, com a mão na crina do cavalo.

— Asseguro-lhe, *señor* Hirsch — murmurou Charles Gould —, que o senhor não correu nenhum risco nessa ocasião.

— Pode ser, *señor*. Estou tremendo até agora. Um homem terrível; de aspecto terrível. E o que significava aquilo? Um empregado da companhia de navegação a vapor conversando com *salteadores*; sim, *señor*; os outros cavaleiros eram *salteadores*; num lugar solitário e comportando-se ele próprio como um bandoleiro! Um charuto não é nada, mas o que o impedia de pedir a minha carteira?

— Não, não, *señor* Hirsch — murmurou Charles Gould, desviando algo distraidamente o olhar da face redonda, com o nariz adunco erguido numa súplica quase infantil. — Se foi o capataz dos *cargadores* que encontrou (e não há nenhuma dúvida, há?), o *señor* estava perfeitamente a salvo.

— Obrigado. O *señor* é muito bondoso. Um homem de aspecto terrível, *don* Carlos. Pediu-me um charuto com a maior familiaridade. O que teria acontecido se eu não tivesse um charuto? Ainda estou tremendo. Que é que ele tinha de estar conversando com bandoleiros num lugar deserto?

Mas Charles Gould, visivelmente preocupado então, não fez nenhum gesto, não disse nada. A impenetrabilidade da Concessão Gould personificada tinha as suas sombras exteriores. Ficar mudo é tão-só uma angústia fatal; o "rei de Sulaco" tinha porém palavras bastantes para investir-se de todo o misterioso peso de uma força taciturna. Seus silêncios, sustentados pela força da fala, tinham tantos matizes de significação quanto palavras pronunciadas à guisa de concordância, de dúvida, de negação — até de simples comentário. Alguns pareciam dizer simplesmente: "Pense nisso de novo". Outros significavam claramente: "Vá em frente". Um simples, baixo: "Compreendo" com um aceno afirmativo, após ouvir pacientemente o interlocutor por meia hora, era o equivalente de um contrato verbal em que os homens tinham aprendido a confiar implicitamente, visto que por trás disso tudo estava a grande mina de San Tomé, o núcleo e o objetivo de interesses financeiros tão fortes que não dependiam da boa vontade de homem algum por toda a extensão da província ocidental — isto é, de nenhuma boa vontade que não pudessem comprar dez vezes se preciso. Mas para o homenzinho de nariz adunco vindo de Esmeralda e ansioso quanto à questão da exportação de peles, o silêncio de Charles Gould agourava um fracasso. Evidentemente, aqueles não eram tempos propícios para um homem modesto ampliar o seu negócio. O comerciante envolveu numa rápida maldição mental o país inteiro, com todos os seus habitantes, partidários de Ribiera e de Montero, tanto fazia; e havia lágrimas incipientes da muda ira dele à idéia das inumeráveis peles de boi que iriam-se perder nas enevoadas distâncias do campo, com suas palmeiras solitárias erguendo-se como navios no mar dentro do círculo perfeito do horizonte, com seus grupos de grossas árvores de madeira de lei imóveis como ilhas sólidas de folhas acima das contínuas ondas de relva. Havia peles ali, a apodrecer, sem proveito para ninguém — a apodrecer onde foram deixadas por homens afastados de suas ocupações pelas necessidades urgentes das revoluções políticas. A alma prática, mercantil do *señor* Hirsch se rebelava contra toda essa loucura, enquanto se despedia respeitosa mas desconcertadamente do poder e da majestade da mina de San Tomé na pessoa de Charles Gould. Não pôde conter um murmúrio de profundo desconsolo, arrancado do coração a sangrar, por assim dizer.

— É uma grande, uma grande loucura, *don* Carlos, tudo isso. O preço das peles subiu em Hamburgo; subiu. Evidentemente o governo ribierista acabará com tudo isso; quando tiver se estabelecido solidamente. Nesse meio-tempo...

Suspirou.

— Sim, nesse meio tempo — repetiu Charles Gould inescrutavelmente.

O outro sacudiu os ombros. Mas ainda não estava pronto para ir-se. Havia um assuntozinho que ele gostaria muito de mencionar, se lhe fosse permitido. Parece que tinha alguns bons amigos em Hamburgo (murmurou o nome da firma) que estavam bastante desejosos de fechar negócios, de dinamite, explicou. Um contrato de fornecimento de dinamite para a mina de San Tomé, e mais tarde, talvez para outras minas, que certamente... O homenzinho de Esmeralda estava pronto para se estender sobre o assunto, mas Charles o atalhou. Parecia que a paciência do *señor* administrador finalmente estava chegando ao fim.

— *Señor* Hirsch — disse —, tenho dinamite estocada na montanha em quantidade suficiente para fazê-la desmoronar sobre o vale — sua voz se elevou um pouco —, para mandar meia Sulaco pelos ares, se quisesse.

Charles Gould sorriu ante os olhos redondos, espantados, do comerciante de peles, que murmurava apressadamente:

— Isso mesmo. Isso mesmo.

E agora ele ia-se embora. Era impossível fazer negócio de explosivos com um administrador tão bem provido e tão desencorajador. Tinha sofrido agonias sobre a sela e tinha se exposto às atrocidades do bandido Hernández por nada. Nem peles nem dinamite — e os próprios ombros do empreendedor israelita exprimiam desalento. Na porta fez uma profunda inclinação para o engenheiro-chefe. Mas ao pé da escada, no pátio, deteve-se de súbito, com a mão rechonchuda sobre os lábios, numa atitude de espanto pensativo.

— Para que mantém tamanho estoque de dinamite? — murmurou. — E por que fala assim comigo?

O engenheiro-chefe, olhando da porta para dentro da sala vazia, depois de a maré política ter se escoado até a última gota insignificante, acenou com a cabeça, num gesto de familiaridade, para o dono da casa, que permanecia de pé, imóvel, como um alto farol em meio aos baixos da mobília.

— Boa noite, já vou indo. Tenho a bicicleta lá embaixo. A estrada de ferro saberá onde ir buscar dinamite caso venha a nos faltar a qualquer momento. Temos estado a cortar e limpar faz já algum tempo. Logo começaremos a abrir caminho a dinamite.

— Não venha me procurar — disse Charles Gould com perfeita serenidade. — Não poderei dispor de um grama sequer. Nem mesmo para o meu próprio irmão, se tivesse um, e ele fosse engenheiro-chefe da mais promissora ferrovia do mundo.

— O que é isso? — perguntou o engenheiro-chefe calmamente. — Inclemência?

— Não — disse Charles Gould fleumaticamente. — Política.

— Radical, diria eu — observou o engenheiro-chefe da porta.

— É esse o nome certo? — perguntou Charles Gould do meio da sala.

— Quer dizer, que vai até as raízes, sabe — explicou o engenheiro com um ar de divertimento.

— Ah, sim — articulou Charles lentamente. — A Concessão Gould lançou raízes tão fundas neste país, nesta província, naquela garganta da montanha, que nada, a não ser dinamite, poderá desalojá-la de lá. É a minha escolha. A última carta que vou jogar.

O engenheiro-chefe deu um assovio baixo.

— Um belo jogo — disse, com um matiz de discrição. — E já falou a Holroyd desse extraordinário trunfo que tem na mão?

— Trunfo só quando for jogado; quando lançado no fim do jogo. Até então pode-se chamá-lo de... de...

— Arma — sugeriu o homem da ferrovia.

— Não. Pode-se chamá-la antes de argumento — corrigiu Charles Gould mansamente. — Foi assim que o apresentei ao senhor Holroyd.

— E o que foi que ele disse? — perguntou o engenheiro com indisfarçado interesse.

— Ele — falou Charles Gould ao fim de uma leve pausa —, ele disse alguma coisa sobre agarrar-se com unhas e dentes e ter fé em Deus. Imagino que tenha ficado bastante surpreso. Mas — prosseguiu o administrador da mina de San Tomé —, mas ele está muito longe, sabe, e como dizem neste país, Deus mora muito alto.

O riso compreensivo do engenheiro perdeu-se pela escada abaixo onde, de seu nicho estreito, a Madona com a criança nos braços parecia estar olhando para as suas largas costas a sacudir-se.

6

Reinava um silêncio profundo na Casa Gould. O dono da casa, avançando pelo corredor, abriu a porta do seu gabinete e viu a esposa sentada numa grande poltrona — a sua poltrona de fumante — contemplando pensativamente os pequenos sapatos. E não ergueu os olhos quando ele entrou.

— Cansada? — perguntou Charles Gould.

— Um pouco — disse a senhora Gould. Ainda de olhos baixos, acrescentou com emoção: — Há uma horrível sensação de irrealidade nisto tudo.

Charles Gould, junto da longa mesa atulhada de papéis, sobre a qual jazia um chicotinho de caça e um par de esporas, ficou parado a olhar para a esposa:

— O calor e a poeira devem ter sido terríveis hoje de tarde, lá na praia — murmurou compassivamente. — O brilho do sol na água deve ter sido simplesmente insuportável.

— Podia se fechar os olhos contra o brilho — disse a senhora Gould. — Mas, meu querido Charley, é impossível para mim fechar os olhos à nossa situação, a esta horrível...

Levantou os olhos e fitou o rosto do marido, de onde toda expressão de compaixão ou de qualquer outro sentimento havia desaparecido.

— Por que não me diz alguma coisa? — pediu ela num quase gemido.

— Pensei que você tivesse me entendido desde o começo — disse Charles lentamente. — Pensei que tivéssemos dito tudo quanto havia por dizer muito tempo atrás. Agora não resta mais nada. Havia coisas a serem feitas. Nós as fizemos; nós continuamos a fazê-las. Não se pode mais voltar para trás. Acho que desde o começo não havia nenhum caminho possível de volta. E, além disso, não podemos sequer permitir-nos ficar parados.

— Ah, se se soubesse até onde você pretendia ir — disse a esposa, tremendo interiormente, mas num tom quase jocoso.

— Qualquer distância, qualquer lonjura, claro — foi a resposta, num tom positivo, que levou a senhora Gould a novo esforço para conter um estremecimento.

Ela se levantou, sorrindo graciosamente, e sua figura miúda parecia ainda menor devido ao denso volume dos cabelos e à longa cauda do vestido.

— Mas sempre até o sucesso — disse ela persuasivamente.

Charles Gould, envolvendo-a no acerado relance azul dos seus olhos atentos, respondeu sem hesitação:

— Oh, não há outra alternativa.

Disse-o num tom de imensa segurança. Quanto às palavras, isso era tudo que a sua consciência lhe permitiria dizer.

O sorriso da senhora Gould demorou-se nos seus lábios um pouco além da conta. Ela murmurou:

— Vou deixá-lo só; tenho uma ligeira dor de cabeça. O calor, a poeira foram de fato... Suponho que voltará à mina antes do amanhecer?

— À meia-noite — disse Charles Gould. — Vamos descer a prata amanhã. Então passarei três dias inteiros na cidade com você.

— Ah, você vai encontrar-se com a escolta. Estarei no balcão às cinco horas para vê-los passar. Até lá, adeus.

Charles Gould deu uma volta rápida à mesa e, tomando-lhe as mãos, inclinou-se, levando-as aos lábios. Antes que ele se endireitasse novamente até a sua plena estatura, ela soltara uma das mãos para acariciar-lhe de leve a face, como se ele fosse um menino.

— Tente descansar um pouco — murmurou-lhe, olhando para uma rede esticada num canto distante do aposento. A longa cauda do seu vestido fez um leve ruído ao roçar os ladrilhos vermelhos, quando ela se encaminhava para a porta. De lá, olhou para trás.

Dois grandes lampiões com globos de vidro fosco banhavam numa luz abundante e macia as quatro paredes brancas da sala, com o armário envidraçado das armas, o punho de bronze do sabre de cavalaria de Henry Gould no seu quadrado de veludo, e o esboço em aquarela do desfiladeiro de San Tomé. E a senhora Gould, fitando por fim a moldura negra de madeira, suspirou:

— Ah, se o tivéssemos deixado em paz, Charley!

— Não — disse Charles Gould melancolicamente —, era impossível deixá-lo em paz.

— Talvez fosse impossível — admitiu a senhora Gould lentamente. Os lábios tremiam um pouco, mas ela sorria com um ar de graciosa bravata. — Perturbamos uma porção de serpentes naquele paraíso, Charley, não perturbamos?

— Sim, eu me lembro — disse Charles Gould —, era *don* Pepe que chamava o desfiladeiro de paraíso das serpentes. Perturbamos sem dúvida uma porção delas. Mas lembre-se, minha querida, que ele não é agora como era quando você fez o esboço. — Sacudiu a mão para a pequena aquarela solitária suspensa à vasta parede nua. — Não é mais um paraíso de serpentes. Levamos homens e mulheres até lá e não podemos voltar-lhes as costas para ir começar uma vida nova em outra parte.

Fitava a esposa com um olhar firme, concentrado, que a senhora Gould enfrentou com uma brava afetação de destemor antes de ir-se, fechando mansamente a porta atrás de si.

Em contraste com o gabinete ofuscantemente branco, a parca iluminação do corredor dava-lhe o repousante mistério de uma clareira de floresta, sugerida pelos caules e folhas das plantas enfileiradas sobre a balaustrada do lado aberto. Nos feixes de luz que atravessavam as portas das salas de recepção, as flores, brancas, vermelhas e lilás-claro, destacavam-se vividamente como sob um raio de sol; e a senhora Gould, ao passar por ali, tinha a nitidez de uma figura vista nas listras ensolaradas que variegam a obscuridade das clareiras nos bosques. As pedras dos anéis de sua mão espalmada sobre a fronte cintilaram à luz do candelabro da sala, quando ela lhe passou diante da porta.

— Quem está aí? — perguntou, com voz assustada. — É você, Basilio? — Ela olhou para dentro e viu Martin Decoud andando, com o ar de ter perdido alguma coisa por entre as cadeiras e as mesas.

— Antonia esqueceu o leque aqui — disse Decoud, com um estranho ar de distração —, e eu então vim procurá-lo.

Mas, ao dizer isso, tinha obviamente desistido da procura e caminhou diretamente ao encontro da senhora Gould, que o fitou entre duvidosa e surpresa.

— *Señora* — começou ele em voz baixa.

— O que é, *don* Martin? — perguntou a senhora Gould. E acrescentou, com um riso ligeiro: — Estou tão nervosa hoje — como para justificar a impaciência da pergunta.

— Nada que seja perigoso de imediato — disse Decoud, que não podia já esconder a agitação. — Por favor, não se aflija. Não, realmente não deve se afligir.

A senhora Gould, com os seus olhos cândidos muito abertos, os lábios a compor um sorriso, apoiava-se ao vão da porta com a mão miúda enfeitada de anéis.

— Talvez não saiba quão alarmante é, aparecendo assim inesperadamente...

— Eu? Alarmante? — protestou ele, sinceramente vexado e surpreso. — Asseguro-lhe que não estou absolutamente alarmado. Perdeu-se um leque; pois bem, há de ser achado. Mas não creio que esteja aqui. É um leque que estou procurando.

Não consigo entender como Antonia pôde... Bem! Encontrou-o, amigo?

— Não, *señor* — disse atrás da senhora a voz branda de Basilio, o criado-chefe. — Não acho que a *señorita* o pudesse ter deixado nesta casa.

— Vá procurá-lo novamente no pátio. Vá, meu amigo, procure-o nos degraus, debaixo do portão; examine cada laje; procure-o até eu descer de novo... Esse sujeito — dirigia-se à senhora Gould em inglês — está sempre se esgueirando às costas da gente, de pés descalços. Mandei-o procurar o leque assim que entrei, a fim de justificar o meu reaparecimento, a minha volta repentina.

Interrompeu-se, e a senhora Gould disse amavelmente:

— É sempre bem-vindo. — Interrompeu-se ela também por um segundo. — Mas estou à espera de saber a razão de sua volta.

Decoud afetou de súbito a mais extrema despreocupação.

— Não suporto ser espionado. Oh, a razão? Sim, há uma razão; há uma outra coisa que foi perdida além do leque favorito de Antonia. Enquanto eu estava indo para casa, depois de ter acompanhado *don* José e Antonia até a deles, o capataz dos *cargadores*, que descia a rua a cavalo, falou comigo.

— Aconteceu alguma coisa aos Viola? — perguntou a senhora Gould.

— Os Viola? Quer dizer, o velho garibaldino dono do hotel onde os engenheiros moram? Nada aconteceu ali. O capataz não disse nada deles; só me disse que o telegrafista da companhia de cabogramas estava andando pela *plaza*, sem chapéu, a minha procura. Há notícias do interior, senhora Gould. Eu diria melhor, boatos de notícias.

— Notícias boas? — perguntou a senhora Gould em voz baixa.

— Sem maior valor, penso eu. Mas se tivesse de defini-las, eu as chamaria de más. São de que uma batalha de dois dias foi travada perto de Santa Marta e de que os ribieristas estão derrotados. Deve ter acontecido há alguns dias; talvez há uma semana. O boato acabou de chegar a Cayta, e o homem que cuida da estação de cabogramas transmitiu a notícia ao seu colega daqui. Teria sido melhor mantermos Barrios em Sulaco.

— Que se deve fazer agora? — murmurou a senhora Gould.

— Nada. Ele está no mar com as tropas. Chegará a Cayta num par de dias e saberá das notícias ali. Quem poderá dizer o que fará então? Defender Cayta? Oferecer sua submissão a Montero? Debandar o seu exército; essa última alternativa, muito provavelmente; e enfiar-se num dos vapores da Companhia ONV, rumo ao Norte ou ao Sul: a Valparaíso ou a San Francisco, não importa aonde. O nosso Barrios tem uma grande prática de exílios e repatriações, que marcam pontos no jogo político.

Trocando um olhar firme com a senhora Gould, Decoud acrescentou, probatoriamente, por assim dizer:

— No entanto, se contássemos com Barrios e seus dois mil fuzis aperfeiçoados, algo poderia ter sido feito.

— Montero vitorioso, completamente vitorioso! — murmurou a senhora Gould em tom de descrença.

— Uma falsa notícia, provavelmente. Balelas assim são fabricadas em grande quantidade em tempos como estes. E se fosse mesmo verdade? Bem, vamos imaginar o pior, vamos dizer que seja verdade.

— Então tudo está perdido — disse a senhora Gould com a calma do desespero.

Subitamente, ela pareceu adivinhar, pareceu descobrir a tremenda agitação de Decoud por sob o manto de uma estudada indiferença. Estava de fato tornando-se visível no seu olhar petulante e atento, na curva, entre indiferente e desdenhosa, dos seus lábios. E uma frase em francês deles assomou como se, para esse costaguanense do bulevar, fosse a única língua eficaz:

— *Non, Madame. Rien n'est perdu.*

A frase arrancou a senhora Gould de sua atitude entorpecida e ela disse com vivacidade:

— Que está pensando em fazer?

Mas já havia algo de zombeteiro na contida agitação de Decoud.

— Que espera que um legítimo costaguanense faça? Outra revolução, evidentemente. Palavra de honra, senhora Gould, penso ser um legítimo *hijo del país*, um legítimo filho do país, diga o padre Corbelan o que disser. E não sou tão descrente assim que não tenha fé nas minhas próprias idéias, nos meus próprios remédios, nos meus próprios desejos.

— Sim — disse a senhora Gould em tom de dúvida.

— A *señora* não parece convencida — Decoud voltou a falar em francês: — Digamos então, em minhas paixões.

A senhora Gould recebeu esse aditamento sem se abalar. Para entendê-lo plenamente, não precisava ouvir-lhe a murmurada asseveração:

— Não há nada que eu não fizesse por Antonia. Nada que não esteja preparado para assumir. Não há nenhum risco que não queira correr.

Decoud parecia encontrar uma nova audácia nessa exteriorização dos seus pensamentos:

— A *señora* não me acreditaria se eu dissesse que é meu amor pelo país que...

Ela fez um gesto de protesto descoroçoado, como se a dizer que desistira de esperar esse motivo de quem quer que fosse.

— Uma revolução de Sulaco — prosseguiu Decoud em voz baixa mas enérgica. — A grande causa pode ser servida aqui, no próprio local de seus primórdios, no berço do seu nascimento, senhora Gould.

Franzindo as sobrancelhas e mordendo o lábio inferior pensativamente, ela se afastou um passo da porta.

— A *señora* não vai contar ao seu marido, vai? — Decoud a deteve, apreensivo.

— Mas não vai precisar da ajuda dele?

— Sem dúvida — admitiu Decoud sem hesitação. — Tudo gira em torno da mina de San Tomé, mas eu preferia que ele ainda não soubesse nada das minhas... das minhas esperanças.

Uma expressão de perplexidade assomou à face da senhora Gould, e Decoud, aproximando-se, explicou confidencialmente:

— Não entende? Ele é tão idealista.

A senhora Gould enrubesceu, e ao mesmo tempo seus olhos escureceram.

— Charley um idealista! — disse, surpreendida, como se falasse consigo própria. — Que pretende dizer com isso?

— Sim — concordou Decoud —, é uma coisa fora do comum de se dizer em vista da mina de San Tomé, o fato mais importante de toda a América do Sul, talvez, diante de nossos próprios olhos. Mas, veja, mesmo nisso ele idealizou tal fato a um ponto... — Fez uma pausa: — Senhora Gould, deu-se conta de a que ponto ele idealizou a existência, o valor, o significado da mina de San Tomé? Deu-se conta disso?

Ele devia saber do que estava falando.

O efeito que esperara produzir produziu-se. A senhora Gould, pronta a inflamar-se, rendeu-se de inopino com um leve som que semelhava um gemido.

— O que sabe? — perguntou em voz débil.

— Nada — respondeu Decoud firmemente. — Mas, veja, ele é inglês.

— Bem, e daí? — perguntou a senhora Gould.

— Ele simplesmente não pode agir ou sequer existir sem idealizar cada simples sentimento, desejo ou realização. Não poderia acreditar em seus próprios motivos se primeiramente não os tornasse parte de algum conto-de-fadas. A terra não é bastante boa para ele, receio. Poderá perdoar a minha franqueza? Além disso, quer a *señora* me perdoe, quer não, faz parte da verdade das coisas que ofende as (como se diz?), as suscetibilidades anglo-saxônicas, e no presente momento não acho que poderia tratar a sério nem as concepções que ele tem das coisas nem, se me permite falar assim, as que a *señora* tem.

A senhora Gould não deu mostras de estar ofendida.

— Imagino que Antonia entenda o *señor* completamente?

— Compreender? Bem, sim. Mas não estou certo de que aprove. Isso porém não faz nenhuma diferença. Sou honesto o bastante para lhe dizer isso, senhora Gould.

— A sua idéia, claro, é de separação — disse ela.

— Separação, claro — asseverou Martin. — Sim, separação

de toda a província ocidental do restante do inquieto corpo nacional. Mas a minha verdadeira idéia, a única que me importa, é não ser separado de Antonia.

— E isso é tudo? — perguntou a senhora Gould, sem severidade.

— Absolutamente. Não estou me iludindo quanto aos meus motivos. Antonia não deixará Sulaco por mim; por isso, Sulaco deve deixar o resto da república entregue à sua própria sorte. Nada poderia ser mais claro que isso. Gosto de uma situação claramente definida. Não posso me separar de Antonia, por isso a república una e indivisível de Costaguana tem de ser separada da sua província ocidental. Felizmente, acontece que se trata também da política mais sensata. A parte mais rica, mais fértil do país pode ser salva da anarquia. Pessoalmente, isso pouco me importa, muito pouco; é um fato, porém, que a ascensão de Montero ao poder poderia significar a morte para mim. Em todas as proclamações de perdão geral que tenho visto, meu nome, como os de alguns outros, é especialmente excetuado. Os irmãos me odeiam, como sabe muito bem, senhora Gould; e eis que agora corre o boato de terem ganho uma batalha. A *señora* diria que, supondo seja verdade, eu tenha ainda tempo bastante para fugir.

O débil murmúrio de protesto da parte da senhora Gould fê-lo interromper-se por um momento, enquanto a olhava com expressão sombria e resoluta.

— Ah, mas eu fugiria, senhora Gould. Fugiria se isso servisse àquilo que no momento é o meu único desejo. Sou corajoso bastante para dizer isso, e para fazê-lo também. Mas as mulheres, mesmo as nossas mulheres, são idealistas. É Antonia que não iria querer fugir. Uma nova espécie de vaidade.

— Chama-lhe de vaidade! — disse a senhora Gould, chocada.

— Digamos orgulho, então. O padre Corbelan diria que é um pecado mortal. Mas não sou orgulhoso. Estou apenas apaixonado demais para fugir. Ao mesmo tempo, quero viver. Não há amor para um homem morto. Por isso é necessário que Sulaco não reconheça o vitorioso Montero.

— E acha que meu marido irá dar ao *señor* seu apoio?

— Acho que pode ser levado a isso, como todos os idealistas, assim que veja uma base sentimental para a sua ação. Mas eu não falaria com ele. Fatos claros e simples não tocarão seus sentimentos. Será muito melhor para ele se se convencer à sua própria maneira. E, francamente, talvez eu não pudesse, neste momento, respeitar o suficiente os motivos dele, ou talvez os seus, senhora Gould.

Era evidente que a senhora Gould estava firmemente decidida a não se ofender. Deu um sorriso vago, afetando estar a pensar no assunto. Tanto quanto lhe era dado ver pelas semiconfidências da moça, Antonia compreendia aquele rapaz. Havia obviamente uma promessa de segurança no plano dele, ou melhor, na sua idéia. Além disso, certa ou errada, a idéia não poderia causar nenhum mal. E era muito possível, outrossim, que o boato fosse falso.

— O *señor* tem alguma espécie de plano — disse ela.

— Simplíssimo. Barrios já começou, que continue, pois; manterá Cayta, que é a porta do caminho marítimo para Sulaco. Eles não poderão enviar uma força suficiente através das montanhas. Não; nem mesmo para medir-se com o bando de Hernández. Entrementes, vamos organizar a nossa resistência aqui. E para isso este mesmo Hernández será útil. Derrotou tropas como bandido; sem dúvida fará a mesma coisa se for tornado coronel ou até mesmo general. A *señora* conhece bem o país e não ficará chocada com o que digo, senhora Gould. Ouvia-se afirmar que esse pobre bandido era o exemplo vivo, palpitante da crueldade, injustiça, estupidez e opressão que arruinam as almas dos homens assim como as fortunas neste país. Bem, haveria uma certa retribuição poética em esse homem se erguer para destruir os males que arrastaram um honesto *ranchero* a uma vida de crime. Há uma bela idéia de retribuição nisso, não há?

Decoud mudara facilmente para o inglês, que falava com precisão, muito corretamente, mas com muitos sons sibilantes.

— Pense também nos seus hospitais, nas suas escolas, nas suas mães doentes e velhos enfraquecidos, em toda essa população que, com o seu marido, trouxe para o desfiladeiro rochoso de San Tomé. Não se sente responsável, em sua consciência, por toda essa gente? Não valerá a pena então fazer outro esforço, que não é de modo algum tão desesperado quanto parece, em vez de...

Decoud completou o pensamento atirando o braço para cima, num gesto que sugeria aniquilamento; e a senhora Gould desviou a cabeça com uma expressão de horror.

— Por que não diz tudo isso ao meu marido? — ela perguntou, sem olhar para Decoud, que ficara a observar o efeito de suas palavras.

— Ah! mas *don* Carlos é tão inglês — começou ele a dizer, mas a senhora Gould o interrompeu.

— Deixe disso, *don* Martin. Ele é tão *costaguanero*... Não! É mais *costaguanero* que o *señor*.

— Sentimentalista, sentimentalista — Decoud quase arrulhava, num tom de suave e apaziguadora deferência. — Sentimentalista, à surpreendente maneira do seu povo. Tenho estado observando *el rey de Sulaco* desde que aqui cheguei numa empresa quixotesca, impelido talvez por alguma traição do destino, sempre à espreita por trás das incontáveis reviravoltas da vida de homem. Mas não me importa, não sou um sentimental. Não posso enfeitar os meus desejos pessoais de seda e jóias brilhantes. A vida para mim não é um romance edificante filiado à tradição dos belos contos-de-fadas. Não, senhora Gould, sou prático. Não tenho medo dos meus motivos. Mas desculpe-me, eu me deixei empolgar. O que quero dizer é que estive observando. Não vou lhe dizer o que descobri.

— Não, não é necessário — sussurrou a senhora Gould, desviando outra vez a cabeça.

— Não, não é. A não ser por uma coisinha: o seu marido não gosta de mim. É coisa de somenos que, nas circunstâncias, parece adquirir uma importância perfeitamente ridícula. Ridícula e imensa; porque evidentemente é necessário dinheiro para o meu plano — disse ele em tom pensativo; depois acrescentou, significativamente: — e temos de lidar com dois sentimentalistas.

— Não sei se o entendo, *don* Martin — disse a senhora Gould friamente, mantendo o tom moderado da conversação. — Mas, supondo que entendesse, quem seria o outro?

— O grande Holroyd de San Francisco, claro — murmurou Decoud descuidosamente. — Creio que me entende muito bem. As mulheres são idealistas, mas são também tão perspicazes!

Mas qualquer que fosse a razão dessa observação, depreciativa e lisonjeira ao mesmo tempo, a senhora Gould não pareceu dar-lhe atenção. O nome de Holroyd dera um novo tom à sua ansiedade.

— A escolta da prata desce para a baía amanhã cedo; seis meses inteiros de trabalho, *don* Martin! — exclamou ela, consternada.

— Que desça então — disse Decoud em voz baixa, fervorosamente, quase ao ouvido dela.

— Mas o boato vai se espalhar e se se demonstrar particularmente verdadeiro, pode haver distúrbios na cidade — contrapôs a senhora Gould.

Decoud admitiu que era possível. Conhecia bem as crianças citadinas do campo de Sulaco, rabugentas, dissimuladas, vingativas e sanguinárias a despeito de qualquer grandes qualidades que seus irmãos da planície pudessem ter. Mas também havia aquele outro sentimentalista que atribuía um significado estranhamente idealista aos fatos concretos. O rio de prata devia continuar a correr para o Norte a fim de retornar sob a forma de apoio financeiro da grande casa de Holroyd. Lá na montanha, na casa-forte da mina, as barras de prata valiam menos que chumbo para os propósitos dele; do chumbo, balas poderiam ao menos ser fundidas. Que descesse a prata para a baía, pronta para embarque.

O próximo vapor rumo ao Norte a levaria embora para a própria salvação da mina de San Tomé, que tem produzido tanta riqueza. E, além disso, o boato era provavelmente falso, assinalou ele, com muita convicção, em seu tom apressado.

— Além disso, *señora* — concluiu Decoud —, podemos suprimir o boato por muitos dias. Estive conversando com o telegrafista no meio da *plaza mayor*; por isso estou certo de que não pudemos ser ouvidos por ninguém. Não havia sequer um passarinho no ar perto de nós. E deixe-me dizer-lhe algo mais. Fiz amizade com esse homem chamado Nostromo, o capataz. Tivemos uma conversa hoje mesmo à noite, eu andando ao lado do seu cavalo enquanto ele saía da cidade justamente então. Prometeu-me que se algum distúrbio ocorresse por qualquer razão, mesmo a mais política das razões, entende, seus *cargadores*, uma parte importante da populaça, terá a *señora* de admitir, seria posta ao lado dos europeus.

— Ele lhe prometeu isso? — perguntou a senhora Gould, interessada. — Que foi que o levou a fazer essa promessa?

— Dou-lhe a minha palavra de que não sei — declarou Decoud, num tom de ligeira surpresa. — Ele certamente me prometeu isso, mas agora que me pergunta por que, eu não saberia dizer de modo algum as razões dele. Ele falava com a sua negligência costumeira, que, fosse ele algo mais do que um simples marujo, eu chamaria de pose ou afetação.

Decoud, interrompendo-se, olhou para a senhora Gould com curiosidade.

— De modo geral — continuou —, imagino que espera tirar alguma vantagem para si. Não deve esquecer que ele não exerce o seu extraordinário poder sobre as classes inferiores sem uma certa dose de risco pessoal e sem gastar profusamente o seu dinheiro. Tem-se de pagar de uma ou de outra maneira por uma coisa sólida como o prestígio individual. Ele me contou, depois de termos feito amizade numa *posada* mantida por um mexicano logo fora dos muros da cidade, que veio aqui fazer fortuna. Suponho que considera o seu prestígio como uma espécie de investimento.

— Talvez o aprecie por si mesmo — disse a senhora Gould num tom de quem repelisse uma calúnia imerecida. — Viola, o garibaldino em cuja casa ele vive há alguns anos, chama-o de "o incorruptível".

— Ah! ele pertence ao grupo dos seus protegidos lá de perto da baía, senhora Gould. *Muy bien*. E o capitão Mitchell o chama de maravilhoso. Ouvi uma infinidade de histórias sobre a sua força, a sua audácia, a sua fidelidade. Uma infinidade de belas coisas. Hum! incorruptível! É na verdade um título de honra para o capataz dos *cargadores* de Sulaco. Incorruptível! Bonito, mas vago. No entanto imagino que ele seja sensato também. E falei com ele na base dessa sadia e prática suposição.

— Prefiro acreditar que seja desinteressado e por isso digno de confiança — disse a senhora Gould com tanto laconismo e rispidez quanto a sua natureza lhe permitia assumir.

— Bem, se assim for, então a prata estará ainda mais segura. Que ela desça, *señora*. Que desça, para que possa seguir para o Norte e voltar a nós sob a forma de crédito.

A senhora Gould lançou um olhar pelo corredor até a porta do gabinete do marido. Decoud, que a fitava como se a sua sorte estivesse nas mãos dela, detectou um sinal afirmativo quase imperceptível. Inclinou-se com um sorriso e pondo a mão no bolso de dentro da sua casaca, tirou um leque de penas leves aplicadas sobre folhas pintadas de pau-sândalo.

— Eu o tinha no meu bolso — murmurou triunfante — para um pretexto plausível. — Fez nova inclinação. — Boa noite, *señora*.

A senhora Gould caminhou pelo corredor em direção oposta à do gabinete do marido. O destino da mina de San Tomé pesava-lhe no coração. Havia muito que começara a temê-la. Fora uma idéia. Vira-se tornar-se um fetiche com apreensão, e agora o fetiche se convertia em peso monstruoso e esmagador. Era como se a inspiração dos primeiros anos dos dois tivesse deixado seu coração para mudar-se numa parede de tijolos de prata, erguida pelo trabalho silencioso de maus espíritos, entre ela e o marido. Ele parecia habitar sozinho dentro de uma circunvalação de metal precioso, deixando-a de fora com a sua escola, o seu hospital, as suas mãos doentes e os velhos debilitados, meros e insignificantes vestígios da inspiração inicial.

— Essa pobre gente! — murmurou ela consigo.

Ouviu a voz de Martin Decoud falar alto no pátio lá debaixo:

— Encontrei o leque de *doña* Antonia, Basilio. Veja, aqui está!

7

Era parte do que Decoud chamava o seu sadio materialismo a descrença na possibilidade de amizade entre homem e mulher.

A única exceção que admitia confirmava, a seu ver, essa regra absoluta. A amizade era possível entre irmão e irmã, entendendo-se por amizade a aberta franqueza diante de outro ser humano de pensamentos e sensações; toda a sinceridade, necessária e sem objeto, da vida mais íntima de uma pessoa que tenta influir nas simpatias profundas de outra existência.

A irmã favorita dele, o anjo gracioso, um tanto despótico e resoluto, que reinava sobre os Decoud pai e mãe nos apartamentos de primeiro andar de uma casa parisiense muito elegante, era a receptora das confidencias de Martin Decoud no tocante a seus pensamentos, atos, propósitos, dúvidas e até mesmo malogros:

"Prepare o nosso pequeno círculo em Paris para o nascimento de outra república sul-americana. Uma a mais ou a menos, que diferença faz? Elas podem vir ao mundo feito flores malignas num esterqueiro de instituições decompostas; mas a semente desta germinou no cérebro do seu irmão, e é o quanto basta para merecer a sua devota aprovação. Estou escrevendo isto a você à luz de uma única vela, numa espécie de hotel da baía, dirigido por um italiano chamado Viola, um protegido da senhora Gould. O edifício todo, que, pelo que sei, pode ter sido ideado por um fazendeiro conquistador da colônia de pesca de pérolas trezentos anos atrás, está em completo silêncio. Também o está a planície entre a cidade e a baía: silenciosa, mas não tão escura quanto a casa, porque os piquetes de trabalhadores italianos que guardam a estrada de ferro acenderam pequenas fogueiras ao longo da linha. Não estava assim tão quieto por aqui no dia de ontem. Tivemos um terrível distúrbio — uma repentina insurreição da populaça, que só se conseguiu reprimir bem tarde hoje. Seu objetivo era sem dúvida a pilhagem e ela foi vencida, como você já deve ter sabido pelo cabograma enviado na última noite via San Francisco e Nova York, quando os cabos ainda estavam abertos. Você já leu por aí que a ação enérgica dos europeus da estrada de ferro salvou a cidade da destruição; pode acreditar nisso. Fui eu mesmo que redigi o cabograma. Não temos nenhum correspondente da agência Reuter por aqui. Também disparei contra a turba das janelas do clube, em companhia de alguns outros rapazes de posição social. Nosso objetivo era manter a *calle* de la Constitución desimpedida para o êxodo de senhores e crianças, que buscaram refúgio a bordo de alguns navios de carga ancorados na baía. Isso foi ontem. Você também deve ter sabido pelo cabograma que o presidente Ribiera, sumido depois da batalha de Santa Marta, apareceu aqui em Sulaco por uma dessas estranhas coincidências que são quase inacreditáveis, montado numa mula capenga, bem no meio de um combate de rua. Parece que, na companhia de um arrieiro chamado Bonifácio, ele havia fugido, através das montanhas, das ameaças de Montero para vir cair nos braços de uma turba enfurecida.

"O capataz dos *cargadores*, aquele marinheiro italiano a cujo respeito já lhe escrevi, salvou-o de uma morte ignóbil. Esse homem parece ter um talento especial para estar sempre presente onde haja algo de pitoresco a ser feito.

"Ele estava comigo às quatro da manhã na redação do *Porvenir*, onde aparecera assim cedo para me prevenir dos iminentes distúrbios e também para me garantir que manteria seus *cargadores* do lado da ordem. Quando o sol surgiu de todo, estávamos contemplando juntos a multidão que, a pé e a cavalo, fazia uma manifestação na *plaza* e atirava pedras contra as janelas da *intendencia*. Nostromo (é chamado por esse nome aqui) apontava-me os *cargadores* imiscuídos na turba.

"O sol aparece tarde em Sulaco, pois tem de se elevar primeiro acima das montanhas. Na luz clara desta manhã, mais forte que a do meio-dia, Nostromo viu do outro lado da vasta *plaza*, no fim da rua além da catedral, um homem montado aparentemente em dificuldades com um grupo vociferante de *léperos*. Disse-me imediatamente:

"— É um forasteiro. O que estão fazendo com ele?

"Então tirou o apito de prata que costuma usar no cais (esse homem parece desdenhar o uso de qualquer metal menos precioso que prata) e soprou-o duas vezes, evidentemente um sinal já combinado para os seus *cargadores*. Saiu correndo de imediato e eles se congregaram à sua volta. Corri também, mas era tarde demais para acompanhá-los e ajudar no resgate do forasteiro, cuja montaria havia caído ao solo. De pronto fui atacado como um odioso aristocrata, mas tive a sorte de alcançar o clube, onde *don* Jaime Berges (você deve se lembrar de sua visita a nossa casa em Paris uns três anos atrás) me pôs nas mãos uma arma de caça. Eles já estavam disparando das janelas. Havia pequenos montes de cartuchos sobre as mesas de jogo. Lembro-me de algumas cadeiras viradas, de algumas garrafas a rolar pelo chão entre cartas de baralho subitamente espalhadas quando os *caballeros* se levantaram das mesas de jogo para abrir fogo contra a turba. A maioria dos rapazes tinha passado a noite no clube na expectativa de algum distúrbio. Em dois dos candelabros sobre os aparadores, as velas já queimavam até os bocais. Uma grande porca de ferro, provavelmente roubada das oficinas da estrada de ferro, voou desde a rua quando eu entrava e quebrou um dos grandes espelhos de parede. Notei também um dos criados do clube, de pés e mãos amarrados com os cordões da cortina, atirado num canto. Tenho uma vaga lembrança de *don* Jaime assegurar-me açodadamente que o sujeito tinha sido surpreendido pondo veneno nos pratos da ceia. Mas recordo-me nitidamente de que ele gritava por clemência, sem parar, continuamente; merecia tão pouca atenção que ninguém se deu ao trabalho de amordaçá-lo. O barulho que ele fazia era tão desagradável que cheguei a pensar eu mesmo em cuidar disso. Mas não havia tempo para tais insignificâncias. Tomei meu lugar numa das janelas e comecei a atirar.

"Só bem depois, à tarde, foi que eu soube a quem Nostromo, com os seus *cargadores* e também alguns operários italianos, conseguira salvar daqueles patifes embriagados. Esse homem tem um peculiar talento sempre que algo de surpreendente precisa ser feito. Fiz essa observação a ele mais tarde, quando nos encontramos depois de algum tipo de ordem ter sido restabelecido na cidade, e a resposta que deu surpreendeu-me bastante. Ele disse, carrancudo:

"— E o que é que eu ganho com isso, *señor*? — Então me ocorreu que talvez a vaidade daquele homem tivesse sido saciada pela adulação da gente comum e pela confiança dos seus superiores!"

Decoud fez uma pausa para acender um cigarro e, com a cabeça ainda sobre o que escrevera, soprou uma nuvem de fumaça que parecia ressaltar do papel. Tomou da pena novamente.

"Isso foi ontem à tarde na *plaza*, enquanto ele estava sentado nos degraus da catedral, as mãos entre os joelhos, segurando as rédeas da sua famosa égua cinza-prateado. Chefiara esplendidamente o seu corpo de *cargadores* durante o dia todo. Parecia fatigado. Não sei que aparência eu próprio tinha. Muito sujo, imagino. Mas imagino também que satisfeito. Desde o momento em que o presidente fugitivo fora resgatado e levado para o *S. S. Minerva*, o curso do sucesso se voltara contra a turba. Havia sido expulsa da baía e das melhores ruas da cidade, de volta ao seu próprio labirinto de ruínas e *tolderías*. Você deve compreender que esse tumulto, cujo principal objetivo indubitavelmente era apoderar-se da prata de San Tomé guardada nas salas térreas do edifício da alfândega (além do saque geral dos ricos), adquirira uma coloração política pelo fato de dois deputados da assembléia provincial, os *señores* Gamacho e Fuentes, ambos de Bolson, terem se posto à frente dele — no fim da tarde, é verdade, quando a turba, desapontada nas suas esperanças de pilhagem, fez uma parada nas ruas estreitas aos gritos de '*Viva la libertad!* Abaixo o feudalismo!' (pergunto-me o que imaginam seja o feudalismo?), 'Abaixo os medievais e paralíticos'. Suponho que os *señores* Gamacho e Fuentes sabiam o que estavam fazendo. São cavalheiros prudentes. Na assembléia, chamam-se a si próprios de moderados e se opõem a toda medida enérgica com filantrópico pesar. Aos primeiros boatos da vitória de Montero, começaram a mostrar uma mudança sutil do ânimo pesaroso e a desafiar o pobre *don* Juste López em sua tribuna presidencial com um desabrimento a que o pobre homem só podia responder por um aturdido alisar de sua barba e o tilintar de sua sineta presidencial. Depois, quando a derrocada da causa ribierista se confirmou além de qualquer sombra de dúvida, eles se inculcaram liberais convictos, atuando conjuntamente como se fossem irmãos siameses, e por fim assumindo a tutela, por assim dizer, do tumulto em nome dos princípios monteristas.

"Sua última providência, às oito horas da noite passada, foi organizar-se num comitê monterista instalado, pelo que sei, numa *posada* mantida por um toureiro mexicano aposentado, grande político também, cujo nome esqueci. Dali emitiram um comunicado a nós, os medievais e paralíticos do Clube Amarilla (que é o nosso próprio comitê), convidando-nos a chegar a algum acordo provisório para uma trégua, a fim de que, tiveram a desfaçatez de dizer, a nobre causa da liberdade 'não seja maculada pelos criminosos abusos do egoísmo conservador'! Quando saí para ir sentar-me com Nostromo nos degraus da catedral, o clube se ocupava em estudar uma resposta no salão principal, juncado de cartuchos usados, vidros quebrados, manchas de sangue, candelabros, e toda a sorte de destroços pelo chão. Mas tudo isto é absurdo. Ninguém na cidade tem qualquer poder efetivo, a não ser os engenheiros da estrada de ferro, cujos homens ocupam as casas desmanteladas adquiridas pela companhia para construir sua estação urbana num dos lados da *plaza*, e Nostromo, cujos *cargadores* estavam dormindo sob as arcadas ao longo da fachada das lojas de Anzani. Uma fogueira feita com restos da mobília dos salões da *intendencia*, na maior parte dourada, ardia na *plaza*, numa alta labareda que oscilava bem diante da estátua de Carlos IV. O cadáver de um homem jazia nos degraus do pedestal, de braços abertos, o *sombrero* cobrindo o rosto — atenção de algum amigo, talvez. A luz da chama alcançava a folhagem das primeiras árvores da alameda e tremulava numa travessa próxima, bloqueada por uma mixórdia de carros e bois mortos. Sentado numa das carcaças, um *lépero* encapotado fumava um cigarro. Era uma trégua, compreende. O único outro ser vivo na *plaza*, além de nós, era um *cargador* que andava de um lado para outro com uma longa faca desembainhada, feito sentinela, diante das arcadas onde seus amigos dormiam. E o outro único ponto iluminado na cidade em trevas eram as janelas do clube, na esquina da *calle*."

Após ter escrito isso, *don* Martin Decoud, o exótico dândi do bulevar parisiense, levantou-se e atravessou o soalho coberto de areia do café do Albergo d'Italia Una, dirigido por Giorgio Viola, o antigo companheiro de Garibaldi. A litografia vivamente colorida do leal herói parecia olhar vagamente, à luz de uma única vela, para o homem que não punha fé em nada que não fosse a verdade de suas próprias sensações. Espiando pela janela, Decoud deparou uma escuridão tão impenetrável que não conseguia divisar nem as montanhas nem a cidade nem sequer os edifícios perto da baía; e não se ouvia um único som, como se a tremenda escuridão do golfo Plácido, estendendo-se das águas à terra, a tornasse tão surda quanto cega. Nesse instante Decoud sentiu um ligeiro tremor no assoalho e um distante tilintar de ferros. Uma luz branca, brilhante, surgiu do fundo da escuridão, aumentando aos poucos e acompanhada de um ruído trovejante. O material rodante usualmente mantido nos desvios de Rincón estava sendo levado de volta aos pátios da ferrovia para maior segurança. Como uma misteriosa agitação das trevas atrás do farol da locomotiva, o trem passou, num alvoroto cavernoso, perto da extremidade da casa, que pareceu vibrar toda em resposta. E nada era claramente visível a não ser, no fim do último vagão-plataforma, um negro de calças brancas e torso nu balançando sem parar um archote de cesta, num movimento circular do braço desnudo. Decoud não se mexeu.

Atrás, no espaldar da cadeira de que tinha se levantado, estava dependurada a sua elegante casaca parisiense, de forro de seda cinza-pérola. Mas quando ele se virou para voltar à mesa, a luz da vela incidiu num rosto encardido e arranhado. Os lábios negros estavam enegrecidos, chamuscados de fumaça de pólvora. Sujeira e ferrugem empanavam o brilho da barba curta. O colarinho e os punhos da camisa estavam amarfanhados; a gravata de seda azul lhe pendia sobre o peito como um trapo; havia sobre sua testa branca uma mancha de graxa. Não trocara de roupa nem usara água, salvo um gole apressado para matar a sede, perto de quarenta horas atrás. Uma horrível inquietude tomara conta dele, marcara-o com todos os sinais de uma desesperada porfia e lhe pusera nos olhos um olhar fixo, impassível, insone. Murmurou consigo em voz rouca:

— Será que há algum pão por aqui? — olhou vagamente à sua volta, depois deixou-se cair na cadeira e retomou o lápis. Deu-se conta de que não comia nada havia muitas horas.

Ocorreu-lhe que ninguém o podia entender tão bem quanto a irmã. No coração mais cético, há sempre de tocaia, nesses momentos em que estão em jogo as contingências da vida, um desejo de deixar uma impressão correta dos sentimentos, como uma luz sob a qual a ação possa ser vista quando a personalidade se foi, foi-se para onde nenhuma luz de investigação consegue alcançar a verdade que toda morte seqüestra do mundo. Por isso, em vez de procurar algo de comer, ou tentar tirar uma hora ou duas de sono, Decoud estava enchendo as páginas de uma grande caderneta de bolso com uma carta para a irmã.

Na intimidade daquele intercâmbio, ele não podia manter de fora sua exaustão, sua imensa fadiga, o toque imperativo de suas sensações corporais. Começou de novo, como se estivesse falando. Com uma ilusão de sua quase presença, escreveu a frase: "Estou com muita fome".

"Tenho a sensação de uma grande solitude à minha volta", prosseguiu. "Será porque sou o único homem com uma idéia definida na cabeça, em meio ao completo colapso de todas as resoluções, intenções e esperanças à minha volta? Mas a solitude também é muito real. Todos os engenheiros estão fora, há já dois dias, cuidando das propriedades da Estrada de Ferro Central Nacional, esse grande empreendimento costaguanense que irá encher de dinheiro os bolsos de ingleses, franceses, americanos, alemães e Deus sabe mais quem. O silêncio que me rodeia é ominoso. Sobre a parte mediana desta casa, há uma espécie de primeiro andar, com aberturas estreitas como seteiras à guisa de janelas, provavelmente usadas nos velhos tempos para melhor defesa contra os selvagens, quando a persistente barbárie de nosso continente natal não vestia as casacas pretas dos políticos, mas andava por aí a gritar, seminua, de arcos e flechas nas mãos. A mulher da casa está agonizante lá em cima, em companhia, creio, só do velho marido. Há uma escada estreita, o tipo de escada que um homem sozinho poderia facilmente defender contra uma multidão, e acabei de ouvir, através da espessura da parede, o velho descer até a cozinha em busca de alguma coisa. A espécie de ruído que um rato poderia fazer por trás do reboco de uma parede. Todos os criados que tinham fugiram ontem e ainda não voltaram, se é que vão voltar. Fora eles, há apenas duas crianças na casa, duas meninas. O pai as mandou para baixo, e elas se introduziram neste café, talvez porque me acho aqui. Estão encolhidas num canto, abraçadas; percebi-as uns minutos atrás, e me sinto mais sozinho do que nunca."

Decoud voltou-se a meio na cadeira e perguntou:

— Há pão por aqui?

A cabeça escura de Linda acenou negativamente em resposta, por cima da cabeça loura da irmã que se aninhara em seu peito.

— Será que não podia conseguir um pouco de pão para mim? — insistiu Decoud. A menina não se moveu; ele viu os grandes olhos fitando-o, muito escuros, do canto. — Não tem medo de mim, tem? — perguntou-lhe.

— Não — disse Linda —, não tenho medo do *señor*. O *señor* veio aqui com Gian' Battista.

— Quer dizer Nostromo? — perguntou Decoud.

— Os ingleses o chamam assim, mas isso não é nome nem de gente nem de bicho — disse a menina, passando a mão suavemente pelos cabelos da irmã.

— Mas ele deixa as pessoas o chamarem assim — observou Decoud.

— Não nesta casa — retorquiu a menina.

— Ah! bem; vou chamá-lo então de capataz.

Decoud desistiu de argumentar e, depois de escrever seguidamente por alguns instantes, tornou a virar-se.

— Quando é que o esperam de volta? — perguntou.

— Depois de trazer o *señor* aqui, ele saiu a cavalo em busca do doutor, na cidade, para a mãe. Estará de volta logo.

— Tem boas possibilidades de levar um tiro pelo caminho

— murmurou Decoud consigo, audivelmente; e Linda declarou na sua voz aguda:

— Ninguém se atreveria a atirar em Gian' Battista.

— Você acredita nisso — perguntou Decoud —, não acredita?

— Eu sei — disse a menina, com convicção. — Não há ninguém por aqui que tenha coragem bastante para atacar Gian' Battista.

— Não é preciso muita coragem para puxar um gatilho detrás de uma moita — murmurou Decoud consigo. — Felizmente a noite é escura ou não haveria qualquer possibilidade de se salvar a prata da mina.

Voltou à sua caderneta de bolso, correu os olhos pelas páginas, e recomeçou a escrever.

"Essa era a posição ontem, depois de o *Minerva*, com o presidente, ter saído da baía e os desordeiros terem sido repelidos de volta para as ruelas e travessas da cidade. Sentei-me nos degraus da catedral com Nostromo, após expedir o cabograma para informação de um mundo mais ou menos atento. Assaz estranhamente, embora os escritórios da companhia cabográfica estejam situados no mesmo prédio do *Porvenir*, a turba, que atirou minhas prensas pela janela e espalhou os tipos por toda a *plaza*, foi impedida de chegar aos instrumentos do outro lado do pátio. Enquanto eu conversava com Nostromo, Bernhardt, o telegrafista, saiu de sob as arcadas com um pedaço de papel na mão. O homenzinho se afivelara a uma enorme espada e tinha revólveres dependurados por toda parte. É ridículo, mas é o mais bravo alemão da sua estatura que jamais acionou a tecla de um transmissor Morse. Recebera uma mensagem de Cayta informando que os transportes com o exército de Barrios estavam entrando no porto nesse momento; a mensagem terminava com as palavras 'Reina o maior entusiasmo'. Andei até a fonte para beber um gole d'água e alguém escondido atrás de uma das árvores da alameda atirou em mim. Mas continuei a beber, sem me importar; com Barrios em Cayta e a grande cordilheira a se interpor entre nós e o exército vitorioso de Montero, eu parecia, malgrado os senhores Gamacho e Fuentes, ter o meu novo Estado na palma da mão. Estava disposto a ir para a cama, mas quando passei pela Casa Gould encontrei o pátio cheio de feridos deitados sobre montes de palha. Havia lanternas acesas e dentro do pátio fechado um leve odor de clorofórmio e sangue impregnava o ar quente da noite. Numa das extremidades, o doutor Monygham, o médico da mina, estava pensando ferimentos; na outra, perto dos degraus, o padre Corbelan, ajoelhado, ouvia a confissão de um *cargador* agonizante. A senhora Gould andava por entre aquela confusão com um grande frasco numa das mãos e um chumaço de algodão na outra. Lançou-me um breve olhar e sequer pestanejou. A sua *camerista* a seguia, também segurando um frasco e soluçando baixinho.

"Ocupei-me durante algum tempo em ir buscar água na cisterna para os feridos. Depois subi as escadas, encontrando algumas das primeiras damas de Sulaco, mais pálidas do que jamais as vira, com ataduras atravessadas nos braços. Nem todas tinham fugido para os navios. Boa parte delas havia se refugiado de dia na Casa Gould. No patamar da escada, uma moça, com o cabelo pelo meio das costas, estava ajoelhada junto da parede, sob o nicho da Madona de manto azul e coroa dourada na cabeça. Creio que se tratava da senhorita López mais velha; não pude ver o rosto, mas lembro-me de ter visto o salto alto de seu sapatinho francês. Ela não produzia som algum, não se mexia, não estava soluçando; permanecia ali perfeitamente imóvel, toda de preto contra a parede branca, uma figura silenciosa de fervente piedade. Estou certo de que não estava mais amedrontada que as outras senhoras de rosto pálido que encontrei carregando ataduras. Uma, sentada no último degrau, rasgava em tiras apressadamente um lençol de linho: era a jovem esposa de um homem de fortuna daqui, mais idoso. Interrompeu-se para responder com um aceno de mão à minha curvatura, como se estivesse passando na sua carruagem pela alameda. As mulheres do nosso país são dignas de serem vistas durante uma revolução. O ruge e o alvaiade desaparecem, juntamente com aquela atitude passiva diante do mundo exterior que lhes é imposta pela educação, pela tradição, pelo costume desde a mais tenra infância. Pensei em você, no seu rosto que já na infância tinha a marca da inteligência, em vez daquela expressão resignada e paciente que aparece quando alguma comoção política rasga o véu de cosméticos e costumes.

"No grande salão lá em cima, estava reunida uma junta de notáveis, os remanescentes da desaparecida assembléia provincial. *Don* Juste López tivera metade da barba chamuscada na boca de um *trabuco* carregado de grãos de chumbo, cada um dos quais providencialmente errou o alvo. E quando virava a cabeça de um lado para outro, era exatamente como se houvesse dois homens dentro de sua casaca, um nobremente barbudo e solene, o outro desarrumado e assustado.

"Bradaram 'Decoud! *Don* Martin!' à minha entrada. Perguntei-lhes: 'O que estão deliberando, cavalheiros?'. Parecia não haver nenhum presidente, embora *don* José Avellanos estivesse sentado à cabeceira da mesa. Todos responderam juntos: 'Sobre a preservação da vida e das propriedades'. 'Até que os novos magistrados cheguem', explicou-me *don* Juste voltando-me o lado solene do seu rosto. Era como se um jato de água fria tivesse sido derramado sobre a minha candente idéia de um novo Estado. Houve um som chiante nos meus ouvidos e o aposento se tornou enevoado, como se subitamente cheio de vapor.

"Caminhei às cegas até a mesa, como se estivesse embriagado. 'Estão deliberando sobre a rendição', eu disse. Todos sentavam-se imóveis, com os narizes metidos na folha de papel que tinham diante de si, só Deus sabe por quê. Apenas *don* José escondeu o rosto nas mãos murmurando: 'Nunca, nunca!'. Mas quando olhei para ele, tive a impressão de que poderia fazê-lo voar dali só com o meu sopro, tão frágil, tão débil, tão gasto parecia. O que quer que acontecesse, não sobreviveria. O choque era demasiado para um homem da sua idade; e não havia ele visto as folhas de *Cinqüenta anos de desgoverno*, que tínhamos começado a imprimir nas máquinas do *Porvenir*, juncando a *plaza*, flutuando nas sarjetas, disparadas como buchas de *trabucos* cheios de punhados de tipos, carregadas pelo vento, pisoteadas na lama? Eu vira páginas boiando nas próprias águas da baía. Seria despropositado esperar que sobrevivesse. Seria cruel.

"— Não sabem — gritei — o que a rendição significa para os senhores, para suas esposas, seus filhos, suas propriedades?

"Arenguei durante cinco minutos sem tomar fôlego, pareceu-me, insistindo nas nossas melhores oportunidades, na ferocidade de Montero, que pintei como a fera que não tenho dúvidas de que gostaria de ser se tivesse inteligência bastante para conceber um reino de terror sistemático. E por outros cinco ou mais minutos extravasei um exaltado apelo à coragem e ao brio deles, com toda a paixão do meu amor por Antonia. Para um homem falar bem, só se for movido por um sentimento pessoal, denunciando um inimigo, defendendo-se a si mesmo, ou argumentando em favor do que lhe é de fato mais precioso que a vida. Minha cara menina, despejei sobre eles uma verdadeira tempestade verbal. Era como se minha voz despedaçasse as paredes, e quando terminei vi todos os assustados olhos deles me olhando indecisamente. E esse fora todo o efeito que eu conseguira causar! Somente a cabeça de *don* José pendera mais e mais sobre o peito. Encostei o ouvido aos seus lábios murchos e distingui-lhe o murmúrio, algo como: 'Por Deus, Martin, meu filho!'. Não sei ao certo. Havia o nome de Deus nele, estou seguro. Parecia-me ter recolhido seu último suspiro — o suspiro da alma que lhe escapava dos lábios.

"Ele ainda está vivo, é verdade. Revi-o desde então, mas não passa de um corpo senil jazendo de costas, coberto até o queixo, de olhos abertos, e tão imóvel que se diria que nem respira mais. Deixei-o nesse estado, com Antonia ajoelhada junto ao leito, pouco antes de vir para esta *posada* italiana, onde a morte ubíqua está também à espera. Mas sei que *don* José morreu realmente lá, na Casa Gould, naquele murmúrio instando comigo que tentasse o que sem dúvida a sua alma, envolta na santidade dos tratados diplomáticos e das declarações solenes, deve ter abominado. Em voz muito alta exclamei: 'Não há Deus algum num país onde os homens não queiram ajudar-se a si mesmos'.

"Entrementes, *don* Juste iniciara uma ponderada oração cujo efeito solene foi estragado pelo ridículo desastre da sua barba. Não esperei pelo fim. Parecia sustentar que as intenções de Montero (a quem chamava 'o general') não eram provavelmente más, embora, prosseguia ele, 'esse homem notável [havia apenas uma semana costumava chamá-lo de *gran' bestia*] estivesse talvez equivocado quanto aos meios legítimos a que recorrer'. Como você bem pode imaginar, não fiquei para ouvir o restante. Conheço as intenções do irmão de Montero, Pedrito, o *guerrillero*, a quem desmascarei em Paris, alguns anos atrás, num café freqüentado por estudantes sul-americanos, onde ele tentou passar-se por secretário de legação. Costumava aparecer ali e falar durante horas, torcendo o chapéu de feltro entre as patas peludas; sua ambição era tornar-se uma espécie de *duc* de Morny de uma espécie de Napoleão. Já então falava do irmão em termos bombásticos. Parecia estar assaz seguro de não ser desmascarado, porque os estudantes, todos de famílias *blancas*, não freqüentavam a legação, como você pode bem imaginar. Só Decoud, um homem sem fé nem princípios, conforme costumavam dizer, ia ali algumas vezes para divertir-se, como se se tratasse de uma assembléia de símios adestrados. Conheço as intenções dele. Vi-o trocar os pratos à mesa. A qualquer outro que não eu poderá ser permitido viver em estado de terror; quanto a mim, terei de morrer.

"Não, não fiquei até o fim para ouvir *don* Juste López tentando persuadir-se, numa grave oração, da clemência, justiça, honestidade e pureza dos irmãos Montero. Saí bruscamente à procura de Antonia. Vi-a na galeria. Quando abri a porta, ela me estendeu as mãos entrelaçadas.

"— O que é que estão fazendo lá? — perguntou.

"— Falando — respondi, com os olhos fitos nos dela.

"— Sim, sim, mas...

"— Palavras ocas — interrompi-a. — Escondendo seus temores por trás de esperanças imbecis. São todos grandes parlamentaristas por aqui; de acordo com o modelo inglês, como sabe. — Eu estava tão furioso que mal conseguia falar. Ela fez um gesto de desespero.

"Pela porta que eu mantinha entreaberta às minhas costas,

ouvimos o pausado e prosaico palavrório de *don* Juste desenrolando-se de frase em frase, numa espécie de terrível e solene insânia.

"— Ao fim e ao cabo, as aspirações democráticas talvez tenham a sua legitimidade. Os caminhos do progresso humano são inescrutáveis, e se o destino do país está na mão de Montero, devemos...

"Bati a porta ao ouvir isso; bastava; era até demais. Nunca houve uma bela face exprimindo mais horror e desespero que a de Antonia. Eu não podia suportar vê-la; agarrei-a pelos pulsos.

"— Mataram meu pai lá dentro? — ela perguntou.

"Seus olhos flamejavam de indignação, mas enquanto a contemplava, fascinado, a luz deles se apagou.

"— É uma rendição — eu disse. E lembro que ela sacudia os pulsos que eu segurava nas mãos. — Mas é mais do que conversa. Seu pai me pediu que prosseguisse, por Deus.

"Minha cara menina, há em Antonia o que me faria crer na exeqüibilidade de qualquer coisa. Um simples olhar à sua face é quanto basta para me incendiar a mente. E no entanto eu a amo como qualquer outro homem — com o coração e com ele somente. Ela é mais para mim do que a Igreja para o padre Corbelan (o vigário-geral desapareceu ontem à noite da cidade; foi talvez juntar-se ao bando de Hernández). Ela é mais para mim do que a preciosa mina para o inglês sentimental. Não quero falar de sua esposa. Ela pode ter sido sentimental outrora. A mina de San Tomé se interpõe agora entre os dois.

"— Seu próprio pai, Antonia — eu repeti —, seu próprio pai, compreende? Ele me disse para prosseguir.

"Ela desviou o rosto, e com voz angustiada:

"Disse? — exclamou. — Então, na verdade, receio que ele nunca mais volte a falar.

"Ela libertou suas mãos das minhas e pôs-se a chorar, apertando o lenço ao rosto. Desconsiderei o seu pesar; preferia vê-la infeliz do que não vê-la mais, nunca mais; pois quer eu fugisse, quer ficasse para morrer, já não havia para nós nenhuma possibilidade de um futuro a dois. E sendo assim, eu não podia gastar piedade com o momento passageiro do seu pesar. Mandei-a, em lágrimas, ir procurar *doña* Emilia e também *don* Carlos. O sentimento deles era indispensável à própria vida do meu plano; o sentimentalismo de gente que nunca fará nada em prol de seus ardentes desejos a menos que lhes venha adornado com a bela roupagem de uma idéia.

"Tarde da noite formamos uma pequena junta de quatro — as duas mulheres, *don* Carlos e eu — no *boudoir* azul e branco da senhora Gould.

"*El rey de Sulaco* se julga sem dúvida um homem muito honesto. E de fato é, se se olhar por trás da sua taciturnidade. Talvez acha que só isso basta para lhe tornar a honestidade impoluta. Esses ingleses vivem de ilusões que de uma maneira ou outra os ajudam a ter um firme domínio da realidade. Quando ele fala, é só por alguns raros 'sins' ou 'nãos' que parecem tão impessoais quanto as palavras de um oráculo. Mas ele não conseguiu enganar-me com a sua muda reserva. Eu sabia o que ele tinha na cabeça; a sua mina; e a esposa não tinha na cabeça outra coisa que não fosse a preciosa pessoa dele, que ele atou à Concessão Gold e pendurou ao pescoço dessa mulherzinha. Pouco importa. O importante era fazê-lo apresentar o assunto a Holroyd (o rei do aço e da prata) de maneira a conseguir-lhe o apoio financeiro. Àquela hora da última noite, apenas vinte e quatro horas atrás, pensávamos que a prata da mina estivesse a salvo nas abóbadas da casa da alfândega até que o paquete para o Norte a viesse buscar. E enquanto a riqueza fluísse para o Norte, sem interrupção, aquele extremado sentimentalista, Holroyd, não abandonaria a idéia de instituir não apenas justiça, indústria, paz nos entenebrecidos continentes, mas também o seu sonho favorito de uma forma mais pura de cristianismo. Mais tarde, o principal europeu de fato em Sulaco, o engenheiro-chefe da estrada de ferro, surgiu a cavalo pela *calle*, vindo da baía, e foi admitido ao nosso conclave. Entrementes, a junta de notabilidades no grande salão ainda estava deliberando; somente que uma delas assomara ao corredor a fim de perguntar ao criado se não podia levar alguma coisa de comer lá para dentro. As primeiras palavras que o engenheiro-chefe pronunciou ao entrar no *boudoir* foram:

"O que é a sua casa, cara senhora Gould? Um hospital de guerra lá embaixo e, ao que parece, um restaurante aqui em cima. Vi bandejas cheias de coisas serem levadas para a sala.

"— E aqui, neste *boudoir* — disse eu —, está vendo o gabinete secreto da futura República Ocidental.

"Ele estava tão preocupado que não sorriu; sequer pareceu surpreso.

"Disse-nos que estava cuidando das medidas gerais para a defesa das propriedades da ferrovia, nos pátios de manobra, quando foi chamado até o posto telegráfico da ferrovia. O engenheiro da extremidade da linha férrea, no sopé das montanhas, queria falar-lhe do seu lado ao cabo telegráfico. Não havia ninguém no posto a não ser ele próprio e o operador do telégrafo, que lia em voz alta os estalidos à medida que a fita ia se desenrolando sobre o soalho. E o teor daquela comunicação ao engenheiro-chefe, nervosamente transmitida de um barracão de madeira nas profundezas das selvas, era o de que o presidente Ribiera fora, ou estava sendo, perseguido. Isso era novidade realmente para todos nós de Sulaco. O próprio Ribiera, quando resgatado, reanimado e acalmado por nós, inclinava-se a pensar que não tinha sido perseguido.

"Ribiera tinha cedido às urgentes solicitações de seus amigos e deixara, sozinho, o quartel-general do seu desbaratado exército para ser guiado por Bonifacio, o arrieiro, que se mostrara disposto a assumir a responsabilidade e o risco. Partiram ao amanhecer do terceiro dia. As forças que lhe restavam evaporaram-se durante a noite. Bonifacio e ele foram laboriosamente a cavalo até a cordilheira; conseguiram então mulas, adentraram os desfiladeiros e cruzaram o páramo de Ivie pouco antes de uma rajada glacial varrer aquele altiplano rochoso, sepultando sob um monte de neve a pequena cabana de pedras em que haviam se abrigado durante a noite. Subseqüentemente, o pobre Ribiera passara por muitas aventuras, vira-se separado do seu guia, perdera a montaria, forcejara por chegar a pé até o campo e se não tivesse se confiado à compaixão de um *ranchero*, teria perecido muito longe de Sulaco. Esse homem, que na verdade o reconhecera de pronto, deu-lhe uma mula descansada que o fugitivo, pesado e canhestro, cavalgara até matá-la. E era verdade que havia sido perseguido por um grupo comandado nada menos do que pelo próprio Pedro Montero, o irmão do general. O vento frio do páramo felizmente surpreendera os perseguidores no topo do desfiladeiro. Uns poucos homens, e todos os animais, tinham perecido nas gélidas rajadas. Os extraviados morreram, mas o grosso do destacamento se manteve. Encontraram o pobre Bonifacio jazendo semimorto no sopé de uma encosta de neve e imediatamente o mataram a baioneta, no genuíno estilo da guerra civil. Teriam alcançado Ribiera também se, por alguma razão, não houvessem se desviado da trilha do velho *camiño real* para extraviar-se pelas florestas ao pé das encostas inferiores. E ali toparam inesperada e casualmente com o acampamento de construção. O engenheiro na extremidade da linha contou ao seu chefe que tinha Pedro Montero em carne e osso ali ao seu lado, dentro do escritório, ouvindo os estalidos. Ia tomar posse de Sulaco em nome da democracia. Era muito despótico. Seus homens abateram alguns bois da companhia de estrada de ferro sem pedir permissão e puseram-se a assar a carne nas brasas. Pedrito fez muitas e precisas perguntas sobre a mina de prata e o destino do produto dos últimos seis meses de extração. Disse peremptoriamente: 'Pergunte a seu chefe pelo telégrafo, ele deve saber; diga-lhe que *don* Pedro Montero, chefe do campo e ministro do Interior do novo governo deseja ser informado corretamente'.

"Ele tinha os pés envoltos em trapos ensangüentados, as faces descarnadas, macilentas, barbas e cabelos hirsutos, e andava mancando, com um galho torto de árvore como bastão. Seus sequazes estavam talvez em piores condições, mas ao que parecia não haviam se desfeito das armas, nem de sua munição. Seus rostos magros enchiam a porta e as janelas da cabana do telégrafo. Como era ao mesmo tempo o dormitório do engenheiro encarregado, Montero se atirara sobre os cobertores limpos e ali ficara deitado a tremer e a ditar requisições para serem transmitidas por telégrafo a Sulaco. Exigia que um trem de vagões fosse mandado imediatamente para transportar os seus homens.

"— A isso respondi, do meu terminal — disse-nos o engenheiro-chefe —, que não me atrevia a arriscar o material rodante no interior, onde ocorreram tentativas de danificar os trens ao longo da linha por diversas vezes. Fiz isso por sua causa, Gould — acrescentou o engenheiro-chefe. — A resposta foi, nas palavras do meu subordinado: 'O sujo animal na minha cama disse: "E se eu mandasse fuzilar você?"'. Meu subordinado, que, ao que parece, era quem estava operando o telégrafo, observou então que isso não traria os vagões até ali. Bocejando, o outro retrucou: 'Não importa, não faltam cavalos no campo'. E, voltando-se para o outro lado, adormeceu na cama de Harris.

"Eis por que, minha cara menina, sou esta noite um fugitivo. O último telegrama da extremidade dos trilhos diz que Pedro Montero e seus homens partiram de madrugada, depois de comerem boi *asado* a noite toda. Levaram todos os cavalos; acharão mais a caminho; estarão aqui em menos de trinta horas, e por isso Sulaco não é lugar que me convenha nem à grande reserva de prata pertencente à Concessão Gould.

"Mas isso não é o pior. A guarnição de Esmeralda passou-se para o partido vitorioso. Soubemos disso pelo telegrafista da companhia de cabogramas, que veio até a Casa Gould de manhã cedinho trazendo a notícia. Na verdade, era tão cedo que o dia ainda não havia nascido de todo sobre Sulaco. O seu colega de Esmeralda o tinha chamado para informar que a guarnição, depois de matar alguns dos seus oficiais, se apoderara de um vapor do governo ancorado na baía. Foi um duro golpe para mim, realmente. Pensei que podia contar com todos os homens desta província. Enganei-me. Ocorreu uma revolução monterista em Esmeralda, igual à que foi intentada em Sulaco, só que *essa* venceu. O telegrafista se comunicava com Bernhardt o tempo todo e as últimas palavras que transmitiu foram: 'Estão arrebentando a porta para tomar posse do posto telegráfico. Você está isolado; não posso fazer mais nada'.

"Mas na realidade ele conseguiu escapar de algum modo à

vigilância dos seus captores, que haviam tentado interromper a comunicação com o mundo exterior. Conseguiu escapar. Como o fez, não sei, mas poucas horas depois tornou a chamar Sulaco e o que disse foi: 'O exército insurreto apoderou-se do transporte do governo na baía e o está enchendo de tropas, com a intenção de seguir pela costa até Sulaco. Por isso tomem cuidado. Estarão prontas para partir em poucas horas e podem chegar aí antes do amanhecer'.

"Isso foi tudo que ele pôde transmitir. Dessa vez o arrastaram para longe do seu instrumento, pois Bernhardt tem estado chamando Esmeralda desde então sem obter resposta."

Depois de ter registrado essas palavras na caderneta de bolso que estava preenchendo em proveito da irmã, Decoud ergueu a cabeça para escutar. Mas não havia som algum, nem no aposento nem na casa, salvo o gotejar de água do filtro para dentro do grande vaso de barro debaixo do suporte de madeira. E fora da casa reinava um grande silêncio. Decoud tornou a debruçar-se sobre a caderneta de bolso.

"Não estou fugindo, compreende", continuou a escrever. "Estou simplesmente levando embora esse grande tesouro de prata que deve ser salvo a qualquer custo. Pedro Montero, pelo campo, e a guarnição revoltada de Esmeralda, pelo mar, estão convergindo para ele. Que ali esteja, à disposição deles, é apenas um acidente. O verdadeiro objetivo é a própria mina de San Tomé, como você bem pode imaginar; de outro modo, a província ocidental sem dúvida teria sido deixada em paz por muitas semanas, para ser colhida, quando fosse conveniente, pelas armas do partido vitorioso. *Don* Carlos Gould tem muito que fazer para salvar a mina, com a sua organização e o seu pessoal; esse *imperium in imperio*, essa coisa produtora de riqueza, a que o seu sentimentalismo vincula a idéia de justiça. Apega-se a ela assim como certos homens se apegam à idéia de amor ou de vingança. A menos que eu me engane muito quanto ao homem, a mina deve permanecer inviolada ou perecer por um ato de sua vontade, tão-somente. Uma paixão se imiscuiu na sua vida fria e idealística. Uma paixão que só posso compreender intelectualmente. Uma paixão que não é como a que conhecemos nós, homens de outro sangue. Mas é tão perigosa quanto qualquer das nossas.

"Sua esposa compreendeu isso também. Eis por que é tão boa aliada da mina. Ela se agarra a todas as minhas sugestões com um instinto seguro de que no fim contribuirão para a segurança da Concessão Gould. E ele lhe acata a opinião porque talvez confie nela, mas se me afigura antes que é como se ele quisesse compensá-la por algum agravo sutil, por essa infidelidade sentimental que subordina a felicidade dela, sua vida, à sedução de uma idéia. A mulherzinha descobriu que ele vive para a mina e não para ela. Mas deixemo-los. Cada qual com seu destino, afeiçoado pela paixão ou pelo sentimento. O fundamental é que ela aceitou e apoiou o meu conselho de tirar a prata da cidade, do país, imediatamente, a qualquer custo, com qualquer risco. A missão de *don* Carlos é manter impoluta a justa fama da sua mina; a missão da senhora Gould é salvá-lo dos efeitos dessa fria e assoberbante paixão, que ela teme mais que se fosse um enrabichamento por outra mulher. A missão de Nostromo é salvar a prata. O plano é colocá-la na maior chata da companhia e mandá-la através do golfo até um pequeno porto fora do território de Costaguana, logo do outro lado do Azuera, onde o primeiro vapor no rumo norte receberá ordens de apanhá-la. As águas aqui são calmas. Vamos escapulir pela escuridão do golfo antes que cheguem os rebeldes de Esmeralda; e quando o dia romper sobre o oceano, estaremos fora de vistas, invisíveis, escondidos pelo Azuera, que mais parece ele próprio uma leve nuvem azul no horizonte quando visto da praia.

"O incorruptível capataz dos *cargadores* é o homem para essa tarefa; e eu, o homem com uma paixão, mas sem uma missão, irei com ele para voltar — para desempenhar o meu papel na farsa até o fim, e, se tiver êxito, receber a minha recompensa, que ninguém mais a não ser Antonia pode me dar.

"Não tornarei a vê-la antes de partir. Deixei-a, como disse, à cabeceira de *don* José. A rua estava às escuras, as janelas fechadas, e saí da cidade a pé, de noite. Nem um só lampião de rua fora aceso nos últimos dois dias, e a arcada do portal da cidade era só uma massa de trevas com a vaga forma de uma torre sob a qual ouvi gemidos baixos, lúgubres, que pareciam retrucar aos murmúrios de uma voz de homem.

"Reconheci algo de impassível e descuidoso no seu tom, característico desse marinheiro genovês que, como eu, apareceu casualmente por aqui para ser empolgado pelos acontecimentos que seu ceticismo, tanto quanto o meu, considera à luz de um desprezo passivo. A única coisa que lhe importa pelo que consegui descobrir, é que falem bem dele. Uma ambição própria de almas nobres, mas proveitosa também para um patife excepcionalmente inteligente. Sim. As suas próprias palavras: 'Que falem bem de mim. *Sí, señor*'. Ele não parece fazer nenhuma diferença entre falar e pensar. Pura ingenuidade ou ponto de vista prático, pergunto-me? Individualidades excepcionais sempre me interessaram porque correspondem fielmente à fórmula geral que expressa a condição moral da humanidade.

"Ele veio ao meu encontro na estrada da baía depois de eu ter passado por eles, sob a escuridão da arcada, sem parar. Era com uma mulher aflita que ele estivera falando. Por discrição, guardei silêncio enquanto ele caminhava ao meu lado. Ao fim de algum tempo começou a falar. Não era o que eu esperava. Tratava-se apenas de uma mulher idosa, uma velha rendeira em busca do filho, um dos varredores de rua empregados pela municipalidade. No dia anterior, ao amanhecer, amigos dele tinham vindo chamá-lo à porta da choça onde moravam. Ele se fora com eles e ela não o vira mais; por isso deixara a comida que estivera preparando semicozida sobre as brasas extintas e se esgueirara até a baía, onde ficara sabendo que alguns *mozos* da cidade tinham sido mortos na manhã do tumulto. Um dos *cargadores* que guardavam a casa da alfândega trouxera uma lanterna e a ajudara a examinar os poucos mortos que haviam sido deixados por ali. Agora ela estava de volta, depois de ter malogrado em sua busca. Sentara-se no banco de pedra sob o portal, gemendo porque se sentia muito cansada. O capataz a interrogara e após ouvir-lhe o relato entrecortado e lamentoso, aconselhara-a a ir procurar entre os feridos no pátio da Casa Gould. Tinha-lhe dado também um quarto de dólar, acrescentou descuidosamente.

"— Por que fez isso? — perguntei. — Você a conhecia?

"— Não, *señor*. Acho que nunca a vi antes. Como poderia? Fazia anos provavelmente que ela não saía às ruas. É uma dessas velhas que a gente encontra por este país no fundo de choças, acocoradas junto ao fogo, com um cajado no chão ao seu lado, tão fracas que mal poderiam afastar os cães vadios de suas panelas. Caramba! Eu podia dizer, pela sua voz, que a morte a tinha esquecido. Mas, velhas ou jovens, gostam de dinheiro, e vão falar bem do homem que lhes dê algum. — Teve um riso curto. — *Señor*, deveria ter sentido o aperto de sua mão quando pus a moeda na palma dela. — Fez uma pausa. — Minha última moeda, aliás — acrescentou.

"Não fiz nenhum comentário. Sua liberalidade é notória, assim como a sua má sorte no jogo de monte, que o mantém tão pobre como quando aqui chegou pela primeira vez.

"— Suponho, *don* Martin — disse, num tom de voz pensativo, especulativo —, que o *señor* administrador me recompensará algum dia se eu salvar a prata dele, pois não?

"Eu disse que nem poderia ser de outra forma, por certo. Ele continuou a andar, resmungando consigo:

"— *Sí*, *sí*, sem dúvida, sem dúvida; e veja, *señor* Martin, o que é ser bem falado! Não há nenhum outro homem em quem se pudesse pensar para a tarefa. Ganharei alguma coisa grande por isso, algum dia. E que venha logo — murmurou. — O tempo passa depressa neste país, tão depressa quanto em qualquer outro lugar.

"Este, *soeur chérie*, é o meu companheiro na grande fuga em prol da grande causa. Ele é mais ingênuo que esperto, mais capaz que ladino, mais generoso com a sua personalidade do que o são, com seu dinheiro, as pessoas que o usam. Pelo menos, é o que ele próprio pensa com mais orgulho que sentimentalismo. Estou contente de ter feito amizade com ele. Como companheiro, adquire mais importância do que jamais teve como uma espécie de gênio menor, à sua maneira — como um excêntrico marinheiro italiano a quem eu permitia vir, nas primeiras horas da madrugada, conversar familiarmente com o editor do *Porvenir* enquanto o jornal estava sendo impresso. E é curioso ter encontrado um homem para quem o valor da vida parece consistir no prestígio pessoal.

"Estou agora aqui esperando por ele. Ao chegar à *posada* de Viola, encontramos as meninas sozinhas cá embaixo, e o velho genovês gritou ao seu compatriota que fosse buscar o médico. Senão teríamos ido para o cais, onde parece que o capitão Mitchell com alguns voluntários europeus e uns poucos *cargadores* escolhidos estão carregando a chata com a prata que precisa ser salva das garras de Montero a fim de ser usada para a derrota dele. Nostromo partiu a todo galope rumo à cidade. Já faz muito que se foi. Essa demora deu-me tempo para conversar com você. À altura em que esta caderneta de bolso chegar às suas mãos, muita coisa terá acontecido. Mas agora há uma pausa sob a adejante asa da morte, nesta casa silenciosa sepulta na escuridão da noite, com essa mulher agonizante, as duas meninas agachadas e mudas, e esse velho que posso ouvir através da espessura da parede descendo e subindo com um leve esfregar não mais alto que o de um rato. E eu, o único outro ser além deles, não sei realmente se devo contar-me entre os vivos ou os mortos. '*Quién sabe?*', como a gente daqui costuma dizer em resposta a qualquer pergunta. Mas não! o afeto por você não está absolutamente morto, e a coisa toda, a casa, a noite escura, as meninas silenciosas neste aposento sombrio, minha própria presença aqui — tudo isso é vida, deve ser vida, já que parece tanto com um sonho."

Após ter escrito a última linha, sobreveio a Decoud um momento de completo esquecimento. Tombou sobre a mesa como que atingido por uma bala. Um instante depois endireitou-se, confuso, com a idéia de ter ouvido o lápis rolar pelo chão. A porta baixa do café, escancarada, enquadrava o clarão de uma tocha que tornava visível, pela metade, um cavalo a bater a cauda contra a perna de um cavaleiro de longa espora de ferro presa ao calcanhar descalço. As duas meninas tinham-se ido, e Nostromo, de pé no meio do aposento, olhava-o por baixo da aba redonda do *sombrero* que lhe escondia a testa.

— Eu trouxe o doutor inglês de cara azeda na carruagem da *señora* Gould — disse Nostromo. — Duvido que, com toda a sua ciência, ele consiga salvar a *padrona* desta vez. Mandaram chamar as meninas. Um mau sinal.

Sentou-se na ponta de um banco.

— Acho que ela quer dar sua bênção a elas.

Aturdido, Decoud percebeu que devia ter adormecido profundamente, e Nostromo disse, com um sorriso vago, que olhara pela janela e o vira caído sobre a mesa com a cabeça nos braços. A *señora* inglesa tinha vindo também na carruagem e subira imediatamente com o doutor. Dissera-lhe que não acordasse *don* Martin ainda; mas quando mandaram buscar as meninas, ele entrara no café.

O cavalo pela metade com sua metade de cavaleiro fez meia-volta diante da porta; a tocha de estopa e resina, dentro do cesto de ferro na ponta de um bastão preso ao arção anterior da sela, chamejou na sala por um instante, e a senhora Gould entrou apressadamente, com um rosto muito pálido, muito fatigado. O capuz de seu manto azul-escuro caíra para trás. Os dois homens se ergueram.

— Teresa quer vê-lo, Nostromo — disse ela.

O capataz não se moveu. Decoud, de costas para a mesa, começou a abotoar a casaca.

— A prata, senhora Gould, a prata — murmurou em inglês. — Não esqueça que a guarnição de Esmeralda tem um vapor. Podem aparecer a qualquer momento na entrada da baía.

— O doutor diz que não há esperança — a senhora Gould falava rapidamente, também em inglês. — Vou levá-los até o cais na minha carruagem e depois voltarei para pegar as meninas. — Mudou prontamente para o espanhol ao dirigir-se a Nostromo. — Por que está perdendo tempo? A mulher do velho Giorgio quer vê-lo.

— Vou até ela, *señora* — murmurou o capataz.

O doutor Monygham apareceu então, trazendo consigo as

meninas. A um olhar interrogativo da senhora Gould, limitou-se a sacudir a cabeça e saiu imediatamente, seguido de Nostromo.

O cavalo do carregador de tocha, imóvel, baixara a cabeça, e o cavaleiro soltara as rédeas para acender um cigarro. O clarão da tocha tremulava sobre a fachada da casa atravessada pelas letras pretas de sua inscrição, na qual só a palavra ITALIA estava iluminada de todo. O facho do trêmulo clarão chegava até a carruagem da senhora Gould à espera na estrada, com o corpulento Ignacio de cara amarelada aparentemente cochilando na boléia. A seu lado Basilio, trigueiro e escanifrado, segurava uma carabina Winchester diante de si, com ambas as mãos, e sondava temerosamente a escuridão. Nostromo tocou de leve o ombro do doutor.

— Ela está mesmo morrendo, *señor* doutor?

— Sim — disse o médico, com uma estranha crispação de sua face atravessada por uma cicatriz. — E por que deseja vê-lo não posso sequer imaginar.

— Ela já esteve assim antes — sugeriu Nostromo, desviando o olhar.

— Bem, capataz, eu lhe posso garantir que ela nunca mais voltará a estar assim de novo — rosnou o doutor Monygham. — Você pode ir vê-la ou ficar longe dela. Há muito pouco proveito em falar com agonizantes. Mas ela disse a *doña* Emilia, pelo que pude ouvir, que tem sido uma mãe para você desde o dia em que pôs o pé aqui.

— *Sí!* E nunca disse uma boa palavra sobre mim a ninguém. É como se não pudesse me perdoar de estar vivo, e de ser também um homem como gostaria que o seu filho fosse.

— Talvez! — exclamou uma voz profunda, pesarosa, perto deles. — As mulheres têm suas próprias maneiras de se atormentar. — Giorgio Viola saíra da casa. Lançava uma negra sombra volumosa à luz da tocha, cujo clarão lhe incidia no rosto largo, no cabelo grisalho, entufado. Com o braço estendido, fez sinal ao capataz que entrasse.

O doutor Monygham, depois de ocupar-se com um pequeno estojo de medicamentos de madeira envernizada, posto sobre o assento do landau, voltou-se para o velho Giorgio e lhe pôs na grande mão trêmula um dos frascos com tampa de vidro que tirara do estojo.

— Dê-lhe uma colher disto de vez em quando, misturada com água — disse. — Irá torná-la mais tranqüila.

— E não há mais nada a fazer por ela? — perguntou o velho pacientemente.

— Não. Não neste mundo — respondeu o médico, de costas para ele, fechando o ferrolho do estojo de medicamentos.

Nostromo atravessou em passo lento a vasta cozinha, toda no escuro a não ser pelo brilho de um punhado de carvão sob o pesado console do fogão, onde num ruidoso borbulhar fervia a água de uma chaleira de ferro. Entre as duas paredes da escada estreita escoava-se um feixe de luz clara vindo do quarto da doente; e o magnífico capataz dos *cargadores*, a pisar sem ruído com as sandálias de couro macio, mais parecia, com as bastas suíças, o seu pescoço musculoso e o peito nu a avultar da camisa de listras, um marinheiro do Mediterrâneo que acabava de chegar à praia de algum falucho carregado de frutas ou vinho. No alto da escada parou, com seus ombros largos, seus quadris estreitos e seu talhe flexível, e ficou a contemplar o leito amplo, que semelhava um alvo coche de gala na abundância de níveos lençóis entre os quais estava sentada a *padrona*, sem encosto, curvada, o belo rosto de sobrancelhas negras pendido sobre o peito. Uma profusão de cabelos pretos e lustrosos com uns poucos fios brancos lhe cobria os ombros; uma grossa mecha caída para a frente lhe ocultava o rosto a meio. Completamente imóvel naquela atitude que exprimia ansiedade e inquietação física, ela voltou os olhos em direção de Nostromo.

O capataz tinha uma faixa vermelha de muitas voltas na cintura e um pesado anel de prata no indicador da mão que ergueu para retorcer a ponta do bigode.

— As revoluções deles, as revoluções deles — arquejou a *señora* Teresa com voz arquejante. — Veja, Gian' Battista, por fim elas conseguiram me matar!

Nostromo não disse nada e a mulher doente, erguendo a mirada, insistiu:

— Veja, esta me matou, enquanto você anda fora lutando pelo que não lhe diz respeito, seu homem tolo.

— Por que falar assim? — resmungou o capataz entre dentes. — Será que nunca vai acreditar no meu bom senso? Diz respeito a mim continuar sendo o que sou: o mesmo todos os dias.

— Você nunca vai mudar, de fato — ela disse com amargura. — Sempre pensando em si próprio e recebendo sua paga em belas palavras dos que não se importam coisa alguma com você.

Havia entre eles uma intimidade de antagonismo tão estreita, à sua maneira, quanto a intimidade do acordo e do afeto. Ele não seguira o caminho prescrito pelas expectativas de Teresa. Tinha sido ela quem o encorajara a deixar o navio, na esperança de arranjar um amigo e defensor para as meninas. A esposa do velho Giorgio estava cônscia do seu precário estado de saúde e dominava-a o temor da solidão do marido já idoso, bem como o estado de desamparo das filhas. Ela quisera agregar aquele rapaz aparentemente tranqüilo e ajuizado, afetuoso e dócil, órfão desde a mais tenra idade, conforme ele lhe havia contado, sem quaisquer vínculos na Itália a não ser um tio, proprietário e patrão de um falucho, de cujos maus-tratos fugira antes de completar os catorze anos. Ele parecera a ela corajoso, um trabalhador tenaz decidido a abrir caminho no mundo. Por gratidão e pelos laços do hábito ele se tornaria como um filho para ela própria e Giorgio; e então, quem sabe, quando Linda estivesse crescida... Dez anos de diferença entre marido e mulher não era tanto assim. O grande homem que ela própria desposara era quase vinte anos mais velho. Gian' Battista era um rapaz atraente, além disso — atraente para os homens, as mulheres e as crianças, exatamente por aquela profunda quietude de personalidade que, como um crepúsculo sereno, fazia mais sedutora a promessa do seu físico vigoroso e a determinação de sua conduta.

O velho Giorgio, na total ignorância das opiniões e esperanças da esposa, tinha grande consideração pelo seu jovem compatriota.

— Um homem não deve ser manso — ele costumava dizer a ela, citando o provérbio espanhol em defesa do esplêndido capataz.

Ela sentia cada vez mais ciúmes do sucesso dele. Temia que estivesse escapando ao seu controle. Era uma mulher prática e ele lhe parecia um absurdo esbanjador daquelas qualidades que o tornavam tão valioso. Obtinha em troca muito pouco por elas. Dissipava-se com ambas as mãos entre gente em demasia, no ver dela. Não punha dinheiro de lado. Ela lhe exprobrava a pobreza, os efeitos, as aventuras, os amores e a reputação; no fundo do coração, porém, não desistia dele, como se fosse de fato filho seu.

Mesmo agora, doente como estava, tão doente que podia sentir o sopro gélido, negro, do fim próximo, quisera vê-lo. Era como estender a mão entorpecida para reconquistar o domínio. Mas ela contara demasiado com suas forças. Não podia controlar os próprios pensamentos, que haviam se tornado confusos como a sua visão. As palavras lhe titubeavam nos lábios, e só a extrema ansiedade e desejo de sua vida pareciam ser bastante fortes para se sobreporem à morte.

O capataz disse:

— Ouvi essas coisas muitas vezes. A *señora* é injusta, mas isso não me atinge. No momento não parece ter forças para falar e eu tenho pouco tempo para ouvir. Estou envolvido num trabalho da maior importância.

Ela fez um esforço para perguntar-lhe se era verdade que tinha achado tempo de ir buscar-lhe um médico. Nostromo assentiu.

Ela estava satisfeita; alivia-lhe os sofrimentos saber que ele condescendera em fazer isso por aqueles que realmente precisavam da sua ajuda. Era uma prova de amizade. A voz dela se tornou mais forte.

— Preciso mais de um padre que de um doutor — disse com voz patética, sem mover a cabeça; só os seus olhos se voltaram de lado para contemplar o capataz de pé junto ao leito. — Quer ir buscar um padre para mim agora? Pense! É uma mulher agonizante que lhe pede!

Nostromo sacudiu a cabeça resolutamente. Não acreditava em padres, pelo menos na sua condição sacerdotal. Um médico era uma pessoa eficaz, mas um padre, enquanto padre, não era nada, não podia fazer nem bem nem mal. Nostromo não chegava a desgostar-se da simples vista deles, como o velho Giorgio. A total inutilidade da missão era o que mais o impressionava.

— *Padrona* — disse-lhe —, já esteve assim antes e melhorou em poucos dias. Já lhe dei os últimos momentos que podia. Peça à *señora* Gould que mande chamar um.

Ele se sentia constrangido com a impiedade dessa recusa. A *padrona* acreditava em padres e se confessava com eles. Mas todas as mulheres o faziam. Não podia ter muita importância. No entanto sentiu o coração opresso por um instante — à idéia do que a absolvição significaria para ela, mesmo que acreditasse nela só um pouco. Não importava. Era realmente verdade que ele tinha dado os últimos momentos que podia.

— Você se recusa a ir? — perguntou ela, ofegante. — Ah! de fato você é sempre o mesmo.

— Seja sensata, *padrona* — disse ele. — Precisam de mim para salvar a prata da mina. Está escutando? Um tesouro maior que aquele que dizem ser guardado por fantasmas e demônios no Azuera. É verdade. Estou decidido a fazer desta a empresa mais desesperada em que jamais me meti em toda a minha vida.

Ela sentiu uma indignação desesperadora. A prova suprema havia falhado. Olhando-a de cima, Nostromo não viu as feições retorcidas por um paroxismo de dor e de raiva. Mas ela começou a tremer toda. Sua cabeça pensa sacudia-se. Os ombros largos estremeciam.

— Então talvez Deus se apiede de mim! Mas, homem, cuide de tirar disso alguma coisa para si próprio, além do remorso que haverá de persegui-lo algum dia.

Ela riu debilmente.

— Consiga riqueza pelo menos uma vez, seu indispensável, admirado Gian' Battista, para quem a paz de uma mulher agonizante vale menos que o louvor de gente que lhe deu um tolo apelido, e nada mais do que isso, em troca da sua alma e do seu corpo.

O capataz dos *cargadores* praguejou consigo entre dentes.

— Deixe minha alma em paz, *padrona*, e eu saberei como cuidar do meu corpo. O que há de mal em as pessoas terem necessidade de mim? Que é que me inveja que eu tenha roubado da *señora* ou das meninas? Essas mesmas pessoas que está me atirando na cara fizeram mais pelo velho Giorgio do que jamais pensaram em fazer por mim.

Bateu no peito com a palma da mão aberta; sua voz permanecia baixa, embora tivesse falado em tom violento. Torceu o bigode, primeiro uma ponta, depois a outra, e seus olhos erraram um instante pelo quarto.

— É culpa minha se sou o único homem para o que precisam? Que bobagem está dizendo tão zangada, mãe? Preferia ver-me tímido e palerma, vendendo melancias na praça do mercado ou remando um bote de passageiros pela baía, como um napolitano frouxo, sem coragem nem reputação? Preferia que eu fosse um rapaz vivendo como monge? Não acredito. Gostaria de um monge para a sua filha mais velha? Deixe-a crescer. De que tem medo? A *padrona* tem estado zangada comigo por tudo quanto faço há anos; desde quando falou comigo pela primeira vez, escondida do velho Giorgio, sobre a sua Linda. Marido de uma e irmão da outra, não foi o que disse? Bem, por que não? Gosto das pequenas e um homem precisa casar-se algum dia. Mas desde esse tempo tem feito pouco de mim para toda gente. Por quê? Acha que pôs coleira e corrente em mim como se eu fosse um dos cães de guarda que tomam conta dos pátios da estrada de ferro? Olhe aqui, *padrona*, eu sou o mesmo homem que veio à terra uma tarde e se sentou no rancho de palha em que moravam naquele tempo, do outro lado da cidade, e lhe contou tudo sobre si. A *señora* não foi injusta comigo então. O que aconteceu depois? Não sou mais um rapazola insignificante. Um bom nome, diz Giorgio, é um tesouro, *padrona*.

— Eles viraram a sua cabeça com os seus elogios — arquejou a mulher doente. — Têm estado a lhe pagar com palavras. A sua loucura o ilude e arrasta você para a pobreza, a miséria, a indigência. Os próprios *léperos* ainda vão rir de você, o grande capataz.

Nostromo permaneceu imóvel algum tempo, como que apatetado. Ela não olhava para ele. Um sorriso de autoconfiança, mas tristonho, passou-lhe rapidamente pelos lábios e então ele recuou. Sua menosprezada figura foi baixando pelo vão da porta. Desceu de costas os degraus, com a habitual sensação de ter sido de algum modo ferido pelo menoscabo daquela mulher por tal reputação que ele obtivera e desejava manter.

Lá embaixo, na grande cozinha, uma vela queimava, rodeada pelas sombras das paredes, do teto, mas nenhum clarão rosado enchia o quadrilátero da porta da rua. A carruagem com a senhora Gould e *don* Martin, precedida do cavaleiro com a tocha, tinha seguido para o cais. O doutor Monygham, que ficara para trás, sentava-se junto ao canto de uma pesada mesa de madeira perto do castiçal, a face barbeada, cortada pela cicatriz, meia de través, os braços cruzados sobre o peito, os lábios franzidos e os olhos saltados fitos no chão de terra negra. Próximo ao ressalto do console da lareira, onde a chaleira de água ainda fervia violentamente, o velho Giorgio tinha o queixo na mão, um dos pés para a frente, como paralisado por um pensamento súbito.

— *Adios, viejo* — disse Nostromo, apalpando o cabo do revólver no cinto e soltando a faca da bainha. Apanhou da mesa um poncho azul orlado de vermelho e o pôs por cima da cabeça. — *Adios*, cuide das coisas no meu quarto de dormir e, se não tiver mais notícias minhas, entregue a caixa a Paquita. Não há muita coisa de valor ali, a não ser o meu novo sarape do México e alguns botões de prata da minha melhor jaqueta. Não importa! Ficarão muito bem no próximo amante dela, que não precisa ter medo de eu continuar sobre a terra depois de morto, como aqueles gringos que assombraram o Azuera.

O doutor Monygham torceu os lábios num sorriso amargo. Depois de o velho Giorgio, com um aceno quase imperceptível e sem dizer palavra, ter subido os estreitos degraus, ele disse:

— Ora, capataz! Pensei que nunca fosse capaz de falhar.

Nostromo, olhando com desprezo para o doutor, deteve-se no vão da porta enrolando um cigarro, depois riscou um fósforo e segurou-o aceso acima da cabeça até a chama quase lhe atingir os dedos.

— Nenhum vento — resmungou consigo. — Olhe aqui, *señor*: conhece a natureza da minha missão?

O doutor Monygham acenou com a cabeça acrimoniosamente.

— É como se eu estivesse atraindo uma maldição sobre mim, *señor* doutor. Um homem com um tesouro, nesta costa, terá todas as facas erguidas contra si em terra. Compreende isso, *señor* doutor? Vou vogar por aí com uma maldição sobre a minha vida até encontrar em algum lugar o vapor da companhia que sobe para o Norte, e então sim, falarão do capataz dos *cargadores* de Sulaco de uma ponta a outra da América.

O doutor Monygham riu o seu riso curto, gutural. Nostromo se voltou no vão da porta.

— Mas se vossa excelência encontrar algum outro homem à altura da missão eu me retiro. Ainda não estou cansado de viver, se bem que seja tão pobre que posso levar na garupa do cavalo tudo quanto possuo.

— Você joga demais e nunca diz não a um rosto bonito, capataz — disse o doutor Monygham com maliciosa simplicidade. — Não é assim que se faz fortuna. Mas ninguém que eu conheça jamais imaginou que você fosse pobre. Espero que tenha feito um bom negócio se voltar são e salvo desta aventura.

— Que negócio teria feito vossa excelência? — perguntou Nostromo, soprando a fumaça pelas narinas.

O doutor Monygham ficou à escuta por um momento, voltado para a escada, antes de responder com outro dos seus risos curtos, abruptos:

— Ilustre capataz, por atrair a maldição da morte sobre mim, como diz você, só o tesouro todo é que seria paga bastante.

Nostromo sumiu-se do vão da porta com um resmungo de insatisfação por essa resposta zombeteira. O doutor Monygham ouviu-o afastar-se a galope. Nostromo cavalgava furiosamente no escuro. Havia luzes nos edifícios da Companhia ONV perto do ancoradouro, mas antes de ali chegar encontrou a carruagem dos Gould. O cavaleiro a precedia com a tocha, cuja luz revelava as mulas brancas trotando, o corpulento Ignacio dirigindo, o Basilio com a carabina na boléia. De dentro do landau escuro a voz da senhora Gould gritou:

— Estão esperando por você, capataz!

Ela estava voltando, enregelada e emocionada, com a caderneta de bolso de Decoud ainda na mão. Ele lhe confiara para que a fizesse chegar à sua irmã.

— Talvez minhas últimas palavras a ela — dissera, apertando a mão da senhora Gould.

O capataz não diminuiu a velocidade. Da extremidade do ancoradouro vagas figuras de fuzis na mão pularam à frente do cavalo; outras o flanquearam — *cargadores* da companhia postados pelo capitão Mitchell como vigias. A uma palavra de Nostromo, recuaram com murmúrios subservientes, reconhecendo-lhe a voz. Da outra ponta do cais, perto de um guindaste de carga, num grupo escuro com brasas de charutos, o seu nome foi pronunciado em tom de alívio. A maioria dos europeus de Sulaco ali estava, reunidos à volta de Charles Gould, como se a prata da mina fosse o emblema de uma causa comum, o símbolo da suprema importância dos interesses materiais. Haviam-na depositado na chata com suas próprias mãos. Nostromo reconheceu *don* Carlos Gould, uma figura alta, esguia, postada meio de parte, em silêncio, à qual outra figura alta, o engenheiro-chefe, disse em voz alta:

— Se tiver de perder-se, é um milhão de vezes melhor que vá para o fundo do mar.

Martin Decoud bradou da chata:

— *Au revoir, messieurs*, até voltarmos a nos apertar as mãos na recém-nascida República Ocidental.

Só um murmúrio abafado respondeu à voz clara, vibrante; e pareceu-lhe então que o ancoradouro se afastava flutuando noite afora; mas era Nostromo, que já estava empurrando o barco com um dos pesados remos contra uma estaca. Decoud não se moveu; a sensação era de estar sendo lançado ao espaço. Após um ou dois chapes, não houve outro som, apenas a pancada dos pés de Nostromo saltando para dentro do bote. Ele içou a grande vela; um sopro de vento refrescou o rosto de Decoud. Tudo desaparecera a não ser a luz da lanterna que o capitão Mitchell içara ao poste no fim do ancoradouro para guiar Nostromo para fora da baía.

Os dois homens, que não conseguiam enxergar-se um ao outro, mantiveram-se em silêncio até que a chata, deslizando ao sopro da brisa intermitente, atravessasse entre promontórios quase invisíveis para adentrar a escuridão ainda mais profunda do golfo. Por algum tempo a lanterna do cais brilhou atrás deles. O vento parou, depois tornou a soprar, mas tão de leve que o grande bote semicoberto deslizava sem ruído como se estivesse suspenso no ar.

— Já saímos para o golfo — disse a voz calma de Nostromo. Um momento depois acrescentou: — O *señor* Mitchell desceu a lanterna.

— Sim — disse Decoud —, ninguém pode encontrar-nos agora.

Um grande recrudescimento de obscuridade envolveu o bote. O mar do golfo era tão negro quanto as nuvens acima dele. Nostromo, depois de riscar alguns fósforos para dar uma olhada na bússola que trazia consigo na chata, governou-a pela sensação do vento em suas faces.

Era uma nova experiência para Decoud, o mistério das grandes águas que se estendiam estranhamente calmas, como se sua inquietude tivesse sido esmagada pelo peso daquela noite densa. O Plácido dormia profundamente debaixo do seu negro poncho.

O principal agora, para alcançar sucesso, era afastar-se da costa e ganhar o meio do golfo antes de o dia romper. As Isabéis estavam algures à mão.

— À sua esquerda, se olhar para a frente, *señor* — disse Nostromo de repente. Quando a voz dele silenciou, a calma enorme, sem luz nem som, pareceu afetar os sentidos de Decoud como uma droga poderosa. À semelhança de um homem mergulhado no sono, não ouvia nada, não via nada. Mesmo sua própria mão, posta diante do rosto, não existia para os seus olhos.

A mudança da agitação, das paixões e dos perigos, das vistas e dos sons da terra era tão completa que antes pareceria a morte não fosse a sobrevivência dos seus pensamentos. Nesse antegosto da paz eterna, flutuavam eles vívidos e leves, feito sonhos sobrenaturalmente claros de coisas terrenas que assombram as almas libertadas pela morte da nebulosa atmosfera dos pesares e esperanças. Decoud sacudiu-se, tremeu um pouco, embora o ar que passava por ele fosse morno. Experimentou a mais estranha das sensações, de sua alma ter acabado de retornar ao corpo vinda da escuridão circundante na qual terra, mar, céu, as montanhas e as rochas eram como se não tivessem existido.

A voz de Nostromo falava, embora ele, ao leme, era como se ali não estivesse.

— Adormeceu, *don* Martin? Caramba! Caso isso fosse possível, eu também pensaria que dei uma cochilada. Tenho a estranha impressão de haver sonhado que ouvi um som de choro, um som de homem se lamentando, nalgum lugar perto deste bote. Algo assim entre um suspiro e um soluço.

— Estranho! — murmurou Decoud, estendido sobre a pilha de caixas do tesouro cobertas por muitas lonas. — Será que há algum outro bote aqui no golfo, perto de nós? Não poderíamos vê-lo, sabe.

Nostromo deu um breve riso ante o absurdo da idéia. Tiraram-na da cabeça. Quase que podia sentir-se a solidão. E quando a brisa parava, a escuridão parecia pesar sobre Decoud como uma pedra.

— Isto é esmagador — resmungou. — Estamos mesmo nos movendo, capataz?

— Não tão depressa quanto um besouro se arrastando no capim — respondeu Nostromo, e sua voz parecia amortecida pelo denso véu de obscuridade que sentiam morna e desesperançada à sua volta. Havia longos períodos em que ele não produzia nenhum som, invisível e inaudível como se tivesse abandonado misteriosamente a chata.

Na noite informe, Nostromo não estava seguro sequer de que rumo o barco tomara após o vento ter cessado completamente. Perscrutou a treva à procura das ilhas. Não havia nenhum sinal delas, como se tivessem ido para o fundo do golfo. Deixou-se cair finalmente ao lado de Decoud e sussurrou-lhe ao ouvido que se a luz do dia os surpreendesse perto da praia de Sulaco, por falta de vento, seria possível fazer a chata deslizar para trás do penhasco na extremidade mais alta da Grande Isabel, onde ficaria escondida. Decoud surpreendeu-se com a sombria ansiedade do companheiro. Para ele, a remoção do tesouro era um lance político. Impunha-se, por diversas razões, que não caísse nas mãos de Montero, mas ali estava um homem que tinha outra visão da empresa. Os *caballeros* em terra não pareciam fazer a menor idéia do que o haviam encarregado. Nostromo, como se afetado pela escuridão ao redor, mostrava-se nervoso e ressentido. Decoud estava surpreso. O capataz, indiferente àqueles perigos que pareciam óbvios ao companheiro, permitia-se ficar desdenhosamente exasperado com a natureza mortífera da custódia que, como coisa de rotina, haviam posto em suas mãos. Era mais perigoso, disse Nostromo com um riso e uma praga, do que mandar um homem ir buscar o tesouro que as pessoas diziam ser guardado por demônios e fantasmas nas fundas ravinas do Azuera.

— *Señor* — disse —, devemos alcançar o vapor no mar. Devemos nos manter em mar aberto à sua procura, até termos comido e bebido tudo quanto foi posto a bordo aqui. E se perdermos o vapor por algum contratempo, temos de ficar longe da terra até perder as forças, e talvez enlouquecer, e morrer, e vogar à deriva, mortos, até algum dos vapores da *compañía* dar com o bote e os dois homens mortos que salvaram o tesouro. Essa, *señor*, é a única maneira de salvá-lo; pois, não vê?, tocar terra nalgum ponto da costa, ao longo de uma centena de quilômetros, com toda esta prata em nosso poder, é atirar-nos de peito descoberto contra a ponta de uma faca. Esta coisa me foi dada como uma doença mortal. Se a descobrirem, estou morto, e o *señor* também, pois veio comigo. Há prata bastante para enriquecer uma província inteira, quanto mais um *pueblo* do litoral habitado por ladrões e vagabundos. *Señor*, iriam pensar que o próprio céu tinha posto toda esta riqueza nas mãos deles e cortariam nossas gargantas sem hesitar. Eu não acreditaria nas boas palavras do melhor homem que habitasse as praias deste golfo selvagem. Penso que, mesmo entregando o tesouro à primeira exigência, não conseguiríamos salvar as nossas vidas. Compreende isso, não compreende, ou terei de explicar?

— Não, não é preciso explicar — disse Decoud, um tanto apático. — Posso muito bem ver por mim mesmo que a posse deste tesouro é muito parecida com uma doença mortal para homens na nossa situação. Mas ele tinha de ser retirado de Sulaco, e você era o homem certo para a tarefa.

— Eu era, mas não consigo acreditar — respondeu Nostromo — que a sua perda empobrecesse muito *don* Carlos Gould. Há mais riqueza na montanha. Ouvi-a rolando pelas calhas abaixo nas noites calmas, quando costumava ir a cavalo até Rincón para ver uma certa moça, depois de terminar meu trabalho na baía. Durante anos, as ricas rochas têm descido com um barulho de trovão, e os mineiros dizem que há bastante no coração da montanha para trovejar por muitos anos ainda. No entanto, anteontem, estivemos lutando para salvar a prata da multidão, e hoje de noite me mandaram escoltá-la por esta escuridão, onde não há vento para tocar-nos, como se fosse a última porção de prata sobre a face da Terra capaz de comprar pão para os famintos. Ha! ha! Bem, vou fazer este o mais famoso e o mais desesperado negócio da minha vida; com ou sem vento. Será comentado quando as crianças tiverem crescido e os adultos envelhecido. Aha! os monteristas não devem se apoderar dela, disseram-me, aconteça o que acontecer a Nostromo, o capataz; e eles não a terão, garanto-lhe, pois, para maior segurança, ela foi amarrada ao pescoço de Nostromo.

— Compreendo — murmurou Decoud. Compreendia, de fato, que seu companheiro tinha sua própria e peculiar visão daquela empresa.

Nostromo interrompeu as reflexões em torno de como as qualidades dos homens são utilizadas sem nenhum conhecimento fundamental de sua natureza, propondo que pegassem os longos remos e fizessem o barco deslizar em direção das Isabéis. Não seria bom a luz do dia revelar o tesouro flutuando a dois ou três quilômetros da entrada da baía. No geral, quanto mais densa a escuridão, mais vivas seriam as lufadas de vento com que tinham contado para seguir caminho; naquela noite, porém, sob o seu poncho de nuvens, o golfo permanecia sem respirar, como se estivesse mais morto que adormecido.

As mãos macias de *don* Martin sofreram cruelmente mourejando com o grosso cabo do remo enorme. Obstinou-se virilmente, apertando os dentes. Ele também estava nas malhas de uma existência imaginativa, e aquela estranha labuta de remar uma chata parecia pertencer naturalmente aos primórdios de um novo Estado, adquiria um significado ideal em função do seu amor por Antonia. Malgrado os esforços dos dois, a chata com a sua pesada carga mal se movia. Podia-se ouvir Nostromo praguejando consigo mesmo entre os chapes regulares das remadas.

— Estamos seguindo um curso todo torto — murmurou consigo. — Gostaria de poder enxergar as ilhas.

Na sua imperícia, *don* Martin se esfalfava. De quando em quando, uma espécie de debilidade muscular lhe corria das pontas dos dedos doloridos através de cada fibra do seu corpo para esvair-se numa onda de calor. Ele tinha lutado, falado, sofrido mental e fisicamente, exaurido mente e corpo nas últimas quarenta e oito horas, sem interrupção. Não tivera nenhum descanso, comera muito pouco e não conhecera pausa nos seus pensamentos e sentimentos. Mesmo o seu amor por Antonia, do qual tirava força e inspiração, alcançou o ponto de tensão trágica durante o apressado encontro junto ao leito de *don* José. E agora, de súbito, fora precipitado disso tudo para dentro de um golfo escuro, cujas trevas, silêncio, paz exânime acrescentavam um tormento à necessidade de esforço físico. Imaginar a chata indo ao fundo dava-lhe um insólito estremecimento de prazer. "Estou à beira do delírio", pensou. Dominou o tremor dos seus membros, do peito, o tremor interno do corpo todo exaurido da força nervosa.

— Vamos descansar, capataz? — propôs em tom despreocupado. — Temos ainda muitas horas de noite à nossa frente.

— É verdade. Mas acho que são só mais dois quilômetros, se tanto. Descanse seus braços, *señor*, se é o que quer dizer. Não achará nenhum outro tipo de repouso, asseguro-lhe, já que se deixou amarrar a este tesouro cuja perda não tornará nenhum homem pobre mais pobre. Não, *señor*, não há descanso enquanto não acharmos um vapor para o Norte, ou então algum navio não nos encontrar à deriva, estirados mortos sobre a prata do inglês. Senão (*por Dios!*) abrirei a amurada com o machado até a linha-d'água antes que a sede e a fome me privem da minha força. Por todos os santos e demônios, prefiro entregar o tesouro ao mar que a qualquer estranho. Já que aos *caballeros* comprouve enviar-me numa missão como esta, eles hão de saber que sou exatamente o homem por que me tomavam.

Decoud jazia ofegante sobre as caixas da prata. Todas as suas sensações e sentimentos ativos, tão longe quanto podia lembrar, lhe pareciam o mais doido dos sonhos. Mesmo a sua apaixonada devoção por Antonia, a que ascendera desde as profundezas do seu ceticismo, tinha perdido toda a aparência de realidade. De momento, ele era presa de uma indiferença extremamente lânguida mas não desagradável.

— Estou certo de que não queriam que tivesse uma visão tão desesperada deste assunto — disse.

— De que se tratava, então? De uma brincadeira? — rosnou o homem que nas folhas de pagamento do estabelecimento da Companhia ONV em Sulaco era descrito como "capataz do cais" ao lado do montante do seu salário. — Foi de brincadeira que me acordaram do meu sono após dois dias de combates de rua, para me fazer arriscar a vida num mau jogo? Todos sabem aliás que não sou um jogador de sorte.

— Sim, todos sabem da sua boa sorte com mulheres, capataz — disse apaziguadoramente Decoud ao companheiro, em voz lenta e cansada.

— Olhe, *señor* — prosseguiu Nostromo —, nunca reclamei deste negócio. Logo que soube do que se tratava, vi que era coisa desesperada e tomei a resolução de ir até o fim. Cada minuto era importante. Tive de esperar primeiro pelo *señor*. Então, quando chegamos ao Italia Una, o velho Giorgio gritou para eu ir buscar o doutor inglês. Mais tarde, aquela pobre mulher agonizante quis me ver, como sabe. *Señor*, hesitei em ir. Sentia cada vez mais o peso desta maldita prata sobre as minhas costas, e tinha medo de que, sabendo que estava morrendo, ela me pedisse para sair novamente a cavalo em busca de um padre. O padre Corbelan, que é valente, viria ao primeiro chamado; mas ele está longe, a salvo com o bando de Hernández, e a populaça, que gostaria de fazê-lo em pedaços, anda muito irritada com os padres. Nenhum padre gordo consentiria em pôr a cabeça fora do seu esconderijo, hoje de noite, para salvar uma alma cristã, a menos talvez com a minha proteção. Era o que estava na mente dela. Fingi que não acreditava que fosse morrer. *Señor*, recusei-me a ir buscar um padre para uma mulher agonizante...

Decoud agitou-se audivelmente.

— Você fez isso, capataz! — exclamou. Seu tom de voz mudou: — Bem, saiba que... foi admirável.

— O *señor* não acredita em padres, acredita, *don* Martin? Eu também não. De que adiantaria perder tempo? Mas ela, ela acredita neles. A coisa ficou atravessada na minha garganta. Talvez já esteja morta e nós aqui a flutuar sem esperança, sem vento algum. Maldita seja toda superstição. Ela morreu pensando que a privei do paraíso, imagino. Será o negócio mais desesperado da minha vida.

Decoud permanecia perdido em reflexões. Tentou analisar as sensações nele despertas pelo que ouvira. A voz do capataz tornou a soar:

— Vamos, *don* Martin, vamos pegar os remos e tentar encontrar as Isabéis. Ou isso ou então afundar o barco se o dia nos surpreender. Não devemos esquecer que o vapor de Esmeralda com os soldados pode estar chegando. Vamos tocar para a frente, agora. Achei um toco de vela aqui e devemos assumir o risco de uma luzinha para marcar o curso pela bússola. Não há vento suficiente para apagá-la; que a maldição dos céus caia sobre este golfo escuro.

Uma chamazinha surgiu, a queimar muito reta. Mostrava fragmentariamente os sólidos reforços e entabuamento da parte oca, vazia, da chata. Decoud podia enxergar Nostromo de pé para remar. Viu-o até a altura da faixa vermelha na cintura, com o brilho de um revólver de coronha branca e o cabo de madeira de uma longa faca ressaltando do seu lado esquerdo. Decoud se preparou para o esforço de remar. Não havia de fato vento bastante para apagar a vela, mas a sua chama oscilava um pouco ao lento movimento do pesado barco. Este era tão grande que com os maiores esforços não conseguiam fazê-lo andar mais do que um quilômetro e meio por hora. Bastava, contudo, para passarem entre as Isabéis bem antes de o dia nascer. Havia ainda umas seis horas de escuridão à frente deles, e a distância da baía até a Grande Isabel não excedia três quilômetros. Decoud atribuiu aquela dura azáfama à impaciência do capataz. Algumas vezes faziam uma pausa e ficavam à escuta do barco vindo de Esmeralda. Naquela quietude absoluta, o ruído de vapor em marcha poderia ser ouvido de longe. Quanto a enxergar o que quer que fosse, estava fora de questão. Não podiam sequer enxergar-se um ao outro. Mesmo a vela da chata, que permanecia içada, era invisível. Descansavam com muita freqüência.

— Caramba! — disse Nostromo subitamente, durante um daqueles intervalos, quando se apoiavam aos grossos cabos dos remos. — O que é isso? Está se sentindo mal, *don* Martin?

Decoud assegurou-lhe que não, absolutamente. Nostromo permaneceu calado durante algum tempo, e então, num sussurro, convidou Martin a vir para a popa.

Com os lábios encostados ao ouvido de Decoud, exprimiu sua crença de que havia alguém mais, além deles, na chata. Duas vezes ouvira o som de soluços abafados.

— *Señor* — murmurou num tom de admiração e espanto —, estou certo de que há alguém chorando nesta chata.

Decoud não tinha ouvido nada. Manifestou a sua incredulidade. Contudo, era fácil verificar.

— É muito surpreendente — resmungou Nostromo. — Alguém poderia ter se escondido a bordo enquanto a chata estava ainda ao lado do cais?

— E você diz que era como um soluço? — perguntou Martin, baixando também a voz. — Se estiver chorando, seja ele quem for, não pode ser muito perigoso.

Subindo sobre a preciosa pilha no meio do barco, agacharam-se na parte dianteira do mastro e apalparam debaixo do meio-convés. Bem à frente, na parte mais estreita, suas mãos deram com os membros de um homem, que permanecia silencioso como um morto. Surpresos demais eles próprios para produzir qualquer som, arrastaram-no até a popa por um braço e pela gola da casaca. Estava flácido, inerte.

A luz do toco de vela incidiu num rosto redondo, de nariz aquilino, bigode preto e suíças curtas. Estava extremamente sujo. Barba sebosa repontava nas partes raspadas das faces. Os lábios grossos estavam levemente entreabertos, mas os olhos mantinham-se cerrados. Decoud, atônito ao extremo, reconheceu o *señor* Hirsch, o comerciante de peles de Esmeralda. Nostromo também o havia reconhecido. E ficaram a olhar um para o outro por sobre o corpo, que jazia com os pés descalços acima da cabeça, num absurdo fingimento de sono, desmaio ou morte.

8

Por um momento, diante daquele extraordinário achado, eles esqueceram seus próprios cuidados e sensações. As sensações do *señor* Hirsch, enquanto ali jazia, devem ter sido as de extremo terror. Por longo tempo se recusou a dar sinal de vida, até que as invectivas de Decoud e, mais ainda talvez, a impaciente sugestão de Nostromo de jogá-lo pela borda fora, já que parecia estar morto, por fim induziram-no a erguer primeiro uma pálpebra, depois a outra.

Afigurava-se que não conseguira achar nenhuma ocasião segura de deixar Sulaco. Hospedara-se com Anzani, o lojista de produtos gerais, na *plaza mayor*. Mas quando o tumulto irrompeu, fugiu da casa do seu hospedeiro antes de romper o dia, e com tamanha pressa que esquecera de calçar os sapatos. Correra impulsivamente, de meias e chapéu na mão, para o jardim da casa de Anzani. O medo lhe deu a necessária agilidade para escalar vários muros baixos, e acabou indo parar nos claustros cobertos de plantas rasteiras do arruinado convento dos franciscanos, numa das ruas laterais. Enfiou-se no meio de um emaranhado de arbustos com a imprudência do desespero, o que lhe explicava o corpo arranhado e a roupa rasgada. Permanecera ali escondido o dia inteiro, a língua grudada ao céu da boca com toda a intensidade de sede gerada pelo calor e pelo medo. Por três vezes, diferentes bandos de homens invadiram o local com gritos e imprecações à procura do padre Corbelan, mas no fim do entardecer, ainda deitado de frente nos arbustos, ele pensou que fosse morrer de temor do silêncio. Não soube explicar o que o levara a deixar o lugar, mas evidentemente conseguira evadir-se e escapulir da cidade pelas ruelas desertas da periferia. Vagou pela escuridão nas proximidades da estrada de ferro, tão ensandecido de apreensão que não se atreveu sequer a acercar-se das fogueiras dos piquetes de trabalhadores italianos que guardavam a via férrea. Nutria uma vaga idéia de achar refúgio nos pátios da ferrovia, mas os cães o acometeram, a latir; homens começaram a gritar, um tiro foi disparado a esmo. Ele fugiu para longe dos portões. Por puro acidente, aconteceu-lhe tomar a direção dos escritórios da Companhia ONV. Por duas vezes tropeçou em corpos de homens mortos durante o dia. Mas tudo quanto estivesse vivo o amedrontava muito mais. Agachava-se, esgueirava-se, rastejava, dava arremetidas, guiado por uma espécie de instinto animal, mantendo-se longe de qualquer luz e de qualquer som de vozes. Sua idéia era atirar-se aos pés do capitão Mitchell e implorar abrigo nos escritórios da companhia. Estava tudo escuro ali quando se aproximou de gatinhas, mas repentinamente alguém de guarda bradou:

— *Quién vive?* — Havia mais cadáveres jacentes à volta, e ele se aplastou de imediato ao lado de um corpo gelado. Ouviu uma voz que dizia:

— É algum desses patifes feridos rastejando por aí. Devo ir liquidá-lo? — E outra voz objetou que não era seguro sair sem lanterna numa missão dessa natureza; talvez fosse apenas algum liberal negro atrás da oportunidade de meter uma faca no estômago de um homem honesto.

Hirsch não ficou para ouvir mais; rastejando até o fim do cais, escondeu-se entre uma porção de barris vazios. Depois de certo tempo, algumas pessoas se aproximaram, falando e de cigarros acesos. Ele não se deteve a perguntar-se se seriam capazes de lhe fazer algum mal, mas fugiu incontinenti cais afora, viu uma chata ancorada na ponta e atirou-se dentro dela. No desejo de achar onde esconder-se, esgueirou-se para debaixo do meio-convés e ali ficou mais morto do que vivo, sofrendo as agonias da fome e da sede, e quase desmaiando de pavor, até ouvir numerosos passos e as vozes dos europeus, que vinham em grupo escoltando o vagão com a carga do tesouro, empurrado sobre os trilhos por uma turma de *cargadores*. Compreendeu perfeitamente o que estava sendo feito devido à conversa, mas não denunciou sua presença, de medo que não lhe permitissem ficar. Sua única idéia, imperiosa e assoberbante, era fugir daquela terrível Sulaco. E agora lamentava-a profundamente. Ouvira a conversa de Nostromo com Decoud, e desejava estar de volta à praia. Não queria se envolver numa empresa desesperada — numa situação da qual não se podia fugir. Os involuntários gemidos do seu espírito angustiado o haviam denunciado aos ouvidos atentos do capataz.

Tinham-no posto sentado, com as costas apoiadas à lateral da chata, e ele prosseguiu na gemebunda narrativa de suas aventuras, até que sua voz se quebrantou, a cabeça tombou sobre o peito.

— Água — murmurou com dificuldade.

Decoud levou-lhe um dos cântaros aos lábios. Ele se reanimou em tempo extraordinariamente curto e num pulo pôs-se de pé, desvairadamente. Nostromo, com voz irada e ameaçadora, ordenou-lhe que fosse para a proa. Hirsch era um desses homens a quem o medo fustiga como chicote e deve ter-se feito uma idéia assustadora da ferocidade do capataz. Demonstrou extraordinária agilidade no avançar e desaparecer dentro da escuridão. Ouviram-no passar por cima da lona encerada; depois, houve o som de uma pesada queda, seguida de um suspiro de exaustão. E tudo ficou então em silêncio na parte dianteira da chata, como se ele tivesse se matado na sua queda de cabeça. Nostromo gritou em voz ameaçadora:

— Fique quieto! Não mexa um dedo. Se eu ouvir uma respiração que seja um pouco mais alta, vou até aí e lhe meto uma bala na cabeça.

A mera presença de um covarde, ainda que passivo, introduz um elemento de insídia numa situação perigosa. A nervosa impaciência de Nostromo se converteu em reflexividade sombria. Decoud, em voz baixa, como se falasse consigo próprio, assinalou que, afinal de contas, o extravagante acontecimento não fazia grande diferença. Não alcançava imaginar que mal aquele homem podia fazer. No máximo, metia-se no caminho deles, feito um objeto inanimado e inútil — como um cepo de madeira, por exemplo.

— Eu pensaria duas vezes antes de livrar-me de um pedaço de madeira — disse Nostromo calmamente. — Alguma coisa inesperada pode acontecer, quando então talvez se possa usá-lo. Mas num assunto como o nosso, um homem assim deveria ser atirado pela borda fora. Mesmo que fosse valente como um leão, não o quereríamos aqui. Não estamos fugindo para salvar nossas próprias vidas. *Señor*, não há mal algum em um homem de valor tentar salvar-se com habilidade e coragem; mas o *señor* ouviu a história dele, *don* Martin. Ele estar aqui é um milagre do medo... — Nostromo fez uma pausa: — Não há lugar para o medo neste barco — acrescentou entre dentes.

Decoud não tinha nenhuma resposta a oferecer. Não era uma situação para ser discutida nem para demonstrar escrúpulos ou suscetibilidades. Havia mil maneiras de um homem em pânico revelar-se perigoso. Era óbvio que não se podia falar com Hirsch para argumentar com ele ou persuadi-lo a assumir uma linha racional de conduta. A história de sua própria fuga o demonstrava claramente. Decoud achava que era muita, muita pena o infeliz não ter morrido de medo. A natureza, que o fizera como era, parecia ter calculado cruelmente o quanto ele poderia suportar em matéria de atroz angústia sem chegar a morrer de fato. Tanto pavor merecia alguma compaixão. Decoud, ainda que imaginoso o bastante para sentir simpatia, resolveu não interferir em qualquer ação que Nostromo decidisse tomar. Mas Nostromo não fez nada. E a sorte do *señor* Hirsch ficou em suspenso na escuridão do golfo, à mercê de acontecimentos que não podiam ser previstos.

O capataz, estendendo a mão, apagou subitamente a vela. Para Decoud, foi como se o seu companheiro tivesse destruído, com um simples toque, o mundo dos negócios, dos amores, da revolução, onde a sua complacente superioridade analisava destemidamente todos os motivos e todas as paixões, inclusive as suas próprias.

Arquejou um pouco. Decoud estava sendo tocado pela novidade da sua posição. Intelectualmente autoconfiante, sofria de ver-se privado da única arma que podia usar com eficácia. Inteligência alguma conseguia penetrar a escuridão do golfo Plácido. Só restava uma coisa de que estava certo, e era a arrogante vaidade do seu companheiro. Uma vaidade direta, sem complicações, ingênua e eficiente. Decoud, que estivera a fazer uso dele, tentara compreendê-lo a fundo. Tinha descoberto uma completa unidade de motivação por trás das variadas manifestações de um caráter coerente. Eis por que o homem permanecia tão surpreendentemente simples na ciumenta grandeza da sua vaidade. E surgia agora uma complicação. Era evidente que ele se ressentia de ter-lhe sido dada uma tarefa em que havia tantas possibilidades de malogro. "Como será", pensou Decoud, "que ele se comportaria se eu não estivesse aqui?"

Ouviu Nostromo resmungar de novo:

— Não! Não há lugar para o medo nesta chata. A própria coragem não parece ser bastante. Eu tenho olho certeiro e mão firme; homem algum jamais pode dizer que me viu cansado ou em dúvida do que fazer; mas *por Dios*, *don* Martin, fui mandado para esta calmaria e esta escuridão numa missão onde nem olho certeiro nem mão firme nem bom senso adiantam coisa alguma... — Proferiu baixinho uma série de pragas em espanhol e italiano. — Nada a não ser puro desespero adiantará nesta situação.

Tais palavras faziam um estranho contraste com a paz reinante — com a tranqüilidade quase palpável do golfo. Um aguaceiro caiu com um cicio abrupto em redor do barco; Decoud tirou o chapéu e, após ter a cabeça molhada, sentiu-se grandemente refrescado. Então, uma leve mas constante lufada de ar lhe acariciou a face. A chata começou a se mover, mas o aguaceiro foi-se afastando dela. As gotas deixaram de tombar-lhe sobre a cabeça e as mãos; o cicio perdeu-se na distância. Nostromo emitiu um grunhido de satisfação e, agarrando o leme, estridulou baixinho, como os marinheiros costumam fazer para encorajar o vento. Nunca, nos últimos três dias, sentira Decoud menos necessidade daquilo que o capataz chamava de desespero.

— Acho que estou ouvindo outro aguaceiro caindo sobre a água — observou em tom de tranqüila satisfação. — Espero que chegue até nós.

Nostromo parou imediatamente de estridular.

— Está ouvindo outro aguaceiro? — disse em tom de dúvida. Uma espécie de aligeiramento da escuridão parecia ter ocorrido, e Decoud podia agora divisar o contorno da figura do companheiro; até mesmo a vela se destacava da noite como um bloco retangular de densa neve.

O som que Decoud percebera vinha áspero por sobre as águas. Nostromo identificou aquele ruído, com algo de silvo e algo de farfalhar, que se espalha à volta de um vapor navegando em águas calmas numa noite tranqüila. Não podia ser outra coisa senão o transporte capturado, com as tropas de Esmeralda. Não levava luz alguma. O ruído de suas máquinas, aumentando a cada minuto, parava às vezes de todo, e então recomeçava abruptamente, soando assustador e perto, como se aquele barco invisível, cuja posição não podia ser localizada com acuidade, estivesse rumando direto para a chata. Entrementes, esta última continuava a velejar lenta e silenciosamente sob uma brisa tão leve que só debruçando-se sobre a borda e sentindo a água correr entre os dedos é que Decoud se convencia de que estava mesmo se movendo. Sua sensação de sonolência sumira. Alegrava-o saber que a chata se movia. Depois de tanta quietude, o ruído do vapor parecia estrondoso e perturbador. Havia algo de fantástico em não ser capaz de avistá-lo. De súbito, tudo ficou em silêncio. O outro barco parara, mas tão perto que o vapor, escapando-se, enviava sua vibração retumbante por cima das cabeças deles.

— Estão tentando determinar onde se encontram — disse Decoud num sussurro. Tornou a inclinar-se sobre a borda e pôs os dedos dentro da água. — Estamos avançando bastante bem — informou a Nostromo.

— Parece que passamos pela sua proa — disse o capataz em tom cauteloso. — Mas é um jogo de cabra-cega com a morte. Avançar não adianta. Não devemos ser vistos nem ouvidos.

Seu sussurro soava rouco de comoção. De seu rosto, só era visível o brilho dos alvos globos oculares. Seus dedos agarraram o ombro de Decoud.

— É a única maneira de salvar este tesouro do vapor cheio de soldados. Qualquer outro barco levaria luzes. Mas veja que não há um só raio que mostre onde está.

Decoud permanecia imóvel, como que paralisado; somente os seus pensamentos estavam doidamente ativos. No espaço de um segundo recordou o desolado olhar de Antonia tal como a deixara à cabeceira do pai na sombria casa dos Avellanos, de janelas fechadas, mas com todas as portas abertas, e desertada por todos os criados, exceto um velho negro porteiro. Recordava a Casa Gould em sua última visita, os argumentos, o tom de sua voz, a impenetrável atitude de Charles, o rosto da senhora Gould tão pálido de ansiedade e fadiga que seus olhos pareciam ter mudado de cor, ter se tornado quase negros pelo contraste. Até mesmo orações inteiras da proclamação que pretendia fazer Barrios expedir de seu quartel-general em Cayta assim que ali chegasse lhe passaram pelo espírito; o próprio embrião do novo Estado, a proclamação separatista que, antes de ir-se, tentara ler às pressas para *don* José, estendido no leito sob o olhar fixo da filha. Só Deus sabe se o velho estadista a tinha compreendido; não conseguira falar, mas certamente erguera o braço pousado sobre a colcha; sua mão se movera como que a fazer o sinal-da-cruz no ar, um gesto de bênção, de anuência. Decoud tinha aquele mesmo rascunho no bolso, escrito a lápis em várias folhas soltas com o cabeçalho de letras graúdas: ADMINISTRAÇÃO DA MINA DE SAN TOMÉ. SULACO, REPÚBLICA DE COSTAGUANA. Escrevera-o furiosamente, arrancando página após página da escrivaninha de Charles Gould. A senhora Gould olhara diversas vezes por cima do ombro dele enquanto Decoud escrevia; mas o *señor* administrador, de pé, pernas afastadas, não quis sequer dar-lhe um relance depois de pronto. Afastara-o com a mão, resolutamente. Deve ter sido desprezo, não precaução, visto jamais ter feito qualquer observação acerca do uso de papel da administração para documento tão comprometedor. E isso lhe mostrava o desdém, o legítimo desdém inglês pela prudência comum, como se tudo quanto estivesse fora do âmbito de seus próprios pensamentos e sentimentos não merecesse consideração mais séria. Decoud ficara então, por um ou dois segundos, furiosamente zangado com Charles Gould e inclusive ressentido com a senhora Gould, a cujo cargo, tacitamente na verdade, deixara a segurança de Antonia. Melhor morrer mil vezes do que dever sua defesa a gente assim, exclamou mentalmente. O aperto dos dedos de Nostromo, que não lhe deixaram o ombro, aumentou, chamando-o a si.

— A escuridão está a nosso favor — murmurou-lhe o capataz ao ouvido. — Vou descer a vela e confiar nossa fuga a este golfo escuro. Olho algum poderia enxergar-nos deitados aqui em silêncio, com um mastro nu. Vou fazer isso agora, antes que esse vapor se aproxime ainda mais de nós. O menor ruído nos trairia e faria o tesouro cair nas mãos desses ladrões.

Movia-se tão cautelosamente quanto um gato. Decoud não ouvia som algum; e foi só pelo desaparecimento da mancha retangular da escuridão que ele soube que a verga fora baixada, com tanto cuidado quanto se fosse feita de vidro. Um momento depois ouvia Nostromo respirando baixinho a seu lado.

— É melhor não sair de onde está, *don* Martin — advertiu o capataz gravemente. — Poderia tropeçar ou mexer em alguma coisa que fizesse barulho. Os remos e as varas de empurrar estão jogados por aí. Não se mexa se tem amor à vida. *Por Dios, don* Martin — prosseguiu, num sussurro ardente mas amigável —, estou tão desesperado que se não soubesse que o *señor* é um homem de coragem, capaz de agüentar firme o que venha a acontecer, eu atravessaria com minha faca o seu coração.

Um silêncio de morte rodeava a chata. Era difícil acreditar que havia ali perto um vapor cheio de homens com muitos pares de olhos a perscrutarem da ponte qualquer sinal de terra dentro da noite. O vapor parara de escapar-se e o barco inimigo permanecia imóvel, longe demais, pelo jeito, para que qualquer som alcançasse a chata.

— Talvez atravessasse, capataz — disse Decoud num sussurro. — Entretanto, não se preocupe. Há outras coisas, além do medo de sua faca, que mantêm firme o meu coração. Não irei traí-lo. Apenas, acaso esqueceu...

— Eu lhe falei francamente, como a um homem tão desesperado quanto eu próprio — explicou o capataz. — A prata tem de ser salva dos monteristas. Eu disse três vezes ao capitão Mitchell que preferia ir sozinho. Disse também a *don* Carlos. Foi na casa Gould. Tinham mandado me chamar. As senhoras estavam lá; e quando tentei explicar por que eu não queria o *señor* comigo, prometeram-me, ambas, grandes recompensas pela sua segurança. Maneira estranha de falar a um homem que estavam mandando para uma morte quase certa. Essa gente de posição não parece ter senso bastante para perceber o que ordenam aos outros. Eu lhes disse que não podia fazer nada pelo *señor*. Estaria mais seguro com o bando de Hernández. Teria sido possível sair da cidade a cavalo sem risco maior que um tiro no escuro. Mas era como se elas estivessem surdas. Tive de prometer que esperaria pelo *señor* sob o portão da baía. Esperei. E porque o *señor* é um homem valente, está tão seguro agora quanto a prata. Nem mais nem menos.

Nesse momento, como que à guisa de comentário às palavras de Nostromo, o vapor invisível avançou a meia velocidade apenas, a julgar pela batida desapressada de sua hélice. O som mudava perceptivelmente de lugar, mas sem aproximar-se. Chegou inclusive a distanciar-se um pouco mais de través da chata, e então parou de novo.

— Estão tentando enxergar as Isabéis — murmurou Nostromo — a fim de rumar em linha reta para a baía e tomar a casa da alfândega com o tesouro que conteria. Já viu alguma vez o comandante de Esmeralda, Sotillo? Um sujeito bonitão, de voz macia. Quando aqui cheguei no princípio costumava vê-lo na *calle* conversando com as *señoritas* nas janelas das casas; e mostrando os dentes brancos o tempo todo. Mas um dos meus *cargadores*, que tinha sido soldado, contou-me que certa vez ele mandou esfolar um homem vivo num campo distante, onde fora recrutar gente das *estancias*. Nunca lhe passou na cabeça que a *compañía* pudesse ter um homem capaz de fazer falharem os seus planos.

A múrmura loquacidade do capataz perturbava Decoud como um sinal de fraqueza. No entanto a resolução loquaz pode ser tão genuína quanto o silêncio sombrio.

— Por enquanto, Sotillo não falhou — disse. — Você esqueceu aquele sujeito doido lá na frente?

Nostromo não esqueceu o *señor* Hirsch. Censurava-se amargamente por não ter revistado cuidadosamente a chata antes de deixar o cais. Censurava-se por não ter esfaqueado e atirado Hirsh pela borda fora no próprio momento da descoberta, sem sequer olhar-lhe o rosto. Isso teria sido coerente com o caráter desesperado da missão. Acontecesse o que quer que fosse, Sotillo *já* tinha falhado. Mesmo que aquele infeliz, agora tão silencioso quanto se estivesse morto, fizesse algo para trair a proximidade da chata, Sotillo — se é que estava no comando das tropas a bordo — ainda falharia na sua pilhagem.

— Tenho um machado na mão — sussurrou Nostromo acrimoniosamente — que com três machadadas abriria a lateral do casco até a linha d'água. Além disso, toda chata tem um batoque na popa, e eu sei exatamente onde está. Sinto-o sob a sola do meu pé.

Decoud reconheceu o acento de genuína determinação nos murmúrios nervosos, na excitação vingativa do famoso capataz. Antes que o vapor, guiado por um ou dois gritos (não poderia haver mais que isso, disse Nostromo, rilhando os dentes audivelmente), pudesse encontrar a chata, haveria muito tempo para afundar o tesouro amarrado ao seu pescoço.

As últimas palavras ele as silvou ao ouvido de Decoud. Este não disse nada. Estava perfeitamente convencido. A tranqüilidade usual, característica daquele homem, desaparecera. Não se adequava à situação tal como ele a concebia. Algo de mais profundo, algo de que ninguém suspeitava, viera à luz. Com movimentos cautelosos, Decoud despiu o sobretudo e descalçou as botas; não se sentiu obrigado, por qualquer sentimento de honra, a afundar junto com o tesouro. Seu objetivo era chegar até Barrios, em Cayta, como o capataz sabia muito bem; e ele também, à sua maneira, pretendia empenhar nessa tentativa todo o desespero de que fosse capaz. Nostromo murmurou:

— Certo, certo! O *señor* é um político. Junte-se ao exército e comece outra revolução. — Lembrou, contudo, que toda chata trazia um pequeno bote, o qual podia transportar dois homens, se não mais. O deles estava sendo levado a reboque.

Disso Decoud não se dera conta. Evidentemente, fazia escuro demais para ver, e só quando Nostromo levou-lhe a mão até o cabo de amarração, preso a um cunho na popa, foi que ele sentiu pleno alívio. A perspectiva de ver-se dentro d'água a nadar, engolfado pela escuridão e pela ignorância, provavelmente em círculo, até afundar de exaustão, era repugnante. A estúpida e cruel futilidade de tal fim intimidava a sua afetação de descuidoso pessimismo. Em comparação com ele, a possibilidade de ser deixado à deriva num bote, exposto a sede, fome, descoberta, captura, execução, apresentava um aspecto de amenidade que valia a pena conseguir mesmo que ao custo de certo autodesprezo. Não aceitou a proposta de Nostromo de entrar já para dentro do bote.

— Algo inesperado pode nos acontecer, *señor* — observou o capataz, prometendo lealmente, ao mesmo tempo, soltar o cabo de amarração no momento em que a necessidade se tornasse manifesta.

Mas Decoud lhe assegurou despreocupadamente que só pretendia tomar o bote no último momento, e então queria que o capataz viesse também. A escuridão do golfo não era mais o fim de todas as coisas para ele. Fazia parte de um mundo vivo já que, repassando-o, o malogro e a morte podiam ser sentidos ao alcance da mão. E ao mesmo tempo era um abrigo. Ele exultava ante a impenetrabilidade da treva.

— Como uma parede, como uma parede — resmungou consigo.

A única coisa que lhe diminuía a confiança era a lembrança do *señor* Hirsch. Não tê-lo amarrado e amordaçado parecia agora a Decoud o cúmulo da insensatez imprevidente. Enquanto a miserável criatura tivesse o poder de dar um grito representava um perigo constante. Seu abjeto terror emudecera por enquanto, mas não se podia prever que causa o faria subitamente manifestar-se em gritos.

Essa mesma insensatez do pavor que tanto Decoud quanto Nostromo lhe tinham discernido nos olhares desvairados e irracionais e nos contínuos repuxões da boca protegia o *señor* Hirsch das cruéis necessidades daquela missão desesperada. O momento de silenciá-lo para sempre passara. Foi o que assinalou Nostromo em resposta ao arrependimento de Decoud. Era tarde demais! Não podia ser feito sem ruído, especialmente na ignorância da exata posição de Hirsch. Onde quer que tivesse escolhido para ficar agachado a tremer, era arriscado demais chegar perto dele. Provavelmente começaria a gritar por clemência. Era muito melhor deixá-lo em paz já que estava se mantendo tão quieto. Mas confiar no seu silêncio tornava-se de momento a momento uma tensão cada vez maior para a serenidade de Decoud.

— Como eu queria, capataz, que não tivesse deixado passar o momento certo — murmurou ele.

— O quê? Silenciá-lo para sempre! Achei melhor saber primeiro como aconteceu de ele estar aqui. Era tão estranho. Quem podia imaginar que não passava de um acidente? Depois, quando vi o *señor* dar-lhe água para beber, já não podia mais fazê-lo. Não após ver o *señor* levando a caneca aos lábios dele como se fosse seu irmão. *Señor*, nesse tipo de necessidade não se pode pensar por muito tempo. No entanto não teria sido crueldade tirar-lhe a miserável vida. Ela é de puro medo. Sua compaixão o salvou então, *don* Martin, e agora é tarde demais. Ele não poderia ser liquidado sem ruído.

No vapor reinava completo silêncio, e a quietude era tão profunda que a Decoud parecia que o menor som concebível iria viajar incontido e audível até o fim do mundo. E se Hirsch tossisse ou espirrasse? Sentir-se a mercê de contingência tão idiota era exasperante demais para ser considerado com ironia. Nostromo também parecia estar se tornando irrequieto. Seria acaso possível, perguntava-se, que o vapor, achando a noite escura demais, pretendesse ficar estacionado onde estava até o romper do dia? Começou a pensar que isso, afinal de contas, constituía o perigo real. Temia que a escuridão, que era sua proteção, acabasse sendo, no fim, a causa de sua perdição.

Sotillo, tal como Nostromo conjecturara, estava a bordo do transporte, no comando. Os acontecimentos das últimas quarenta e oito horas, em Sulaco, lhe eram desconhecidos; tampouco sabia que o telegrafista de Esmeralda conseguira prevenir seu colega de lá. Como muitos dos oficiais das tropas que guarneciam a província, Sotillo fora influenciado, na sua adoção da causa ribierista, pela crença de que ela tinha a seu lado a enorme riqueza da Concessão Gould. Havia sido um dos freqüentadores da Casa Gould, onde fizera praça de suas convicções *blancas* e do seu entusiasmo pela reforma a *don* José Avellanos, lançando entrementes olhares francos, virtuosos em direção da senhora Gould e de Antonia. Sabia-se que pertencia a uma boa família, perseguida e empobrecida durante a tirania de Guzmán Bento. As opiniões que alardeava pareciam eminentemente legítimas e próprias de um homem de sua estirpe e antecedentes. E não era um embusteiro; afigurava-se perfeitamente natural a ele exprimir sentimentos elevados ao mesmo tempo que todas as suas faculdades se voltavam para o que parecia então uma idéia sólida e prática — a de que o marido de Antonia Avellanos seria naturalmente amigo íntimo da Concessão Gould. Chegou inclusive a acentuar isso a Anzani certa ocasião, ao negociar o sexto ou sétimo pequeno empréstimo no sombrio, úmido aposento de enormes barras de ferro, atrás da loja principal da série sob as arcadas. Mencionou ao negociante de artigos gerais os excelentes termos em que estava com a emancipada *señorita*, que era como uma irmã para a mulher inglesa. Punha uma perna à frente e as mãos nos quadris, posando para a inspeção de Anzani e fixando-o altivamente.

Ouça, miserável lojista! Como um homem como eu pode falhar com qualquer mulher que seja, quanto mais uma moça emancipada que vive em escandalosa liberdade? — parecia estar dizendo.

Suas maneiras na Casa Gould eram evidentemente muito diversas — isentas de qualquer truculência e até mesmo ligeiramente melancólicas. Como a maioria de seus compatriotas, deixava-se levar pela sonoridade das belas palavras, especialmente quando pronunciadas por ele próprio. Não tinha convicções de espécie alguma sobre o que quer que fosse, a não ser o irresistível poder de seus dotes pessoais. Mas esta convicção era tão firme que mesmo o aparecimento de Decoud em Sulaco e suas intimidades com os Gould e os Avellanos não o inquietaram. Ao contrário, tentou fazer amizade com aquele rico costaguanense da Europa, na esperança de futuramente tomar-lhe emprestada uma grande soma. A única motivação de sua vida era arranjar dinheiro para a satisfação dos seus gostos dispendiosos, a que se entregava sem freios, sem nenhum domínio de si. Imaginava-se um mestre da intriga, mas a sua corrupção era simples como um instinto animal. Às vezes, em solidão, tinha seus momentos de ferocidade; tinha-os também em ocasiões como por exemplo quando estivera num aposento com Anzani tentando arrancar-lhe um empréstimo.

Conseguira o comando da guarnição de Esmeralda. Esse pequeno porto marítimo tinha importância como estação do principal cabo submarino que ligava as províncias ocidentais ao mundo exterior e pela junção do ramal de Sulaco com ele. *Don* José Avellanos o propusera e Barrios, com uma gargalhada rude e caçoísta, dissera:

— Oh, que seja ele. É um homem muito bom para ficar de guarda ao cabo, e as senhoras de Esmeralda merecem ter a sua vez. — Homem indubitavelmente bravo, Barrios não tinha muito boa opinião de Sotillo.

Era através do cabo de Esmeralda que a mina de San Tomé podia se manter em contato constante com o grande financista cuja tácita aprovação dera força ao movimento ribierista. Esse movimento tinha seus adversários mesmo lá. Sotillo governou Esmeralda com severidade repressiva até o curso adverso dos acontecimentos no distante teatro da guerra civil lhe impor a reflexão de que, afinal, a grande mina de prata estava fadada a tornar-se a presa dos vencedores. Mas impunha-se cautela. Começou por assumir uma atitude obscura e misteriosa para com a fiel municipalidade ribierista de Esmeralda. Posteriormente, a informação de que o comandante estava mantendo reuniões oficiais na calada da noite (informação que vazara de alguma maneira) fez com que os ditos cavalheiros negligenciassem de todo os seus deveres cívicos e se fechassem em suas respectivas casas. Repentinamente, certo dia, todas as cartas trazidas de Sulaco pelo correio de terra foram levadas do posto do correio até a *comandancia*, por um troço de soldados, sem qualquer disfarce, evasiva ou desculpa. Sotillo soubera por Cayta da derrota final de Ribiera.

Esse foi o primeiro sinal ostensivo da mudança de suas convicções. A partir de então, democratas notórios, que tinham vivido no constante temor de prisão, grilhões nos pés e até mesmo açoites, podiam ser vistos entrando e saindo pela porta principal da *comandancia*, onde os cavaleiros dos ordenanças dormitam sob as pesadas selas, enquanto os homens, em uniformes esfarrapados e pontudos chapéus de palha, preguiçam num banco, com os pés descalços esticados para fora da faixa de sombra, e um sentinela, num casaco de baeta vermelha com furos nos cotovelos, monta guarda no topo da escada, olhando altivamente para a gente comum, que descobre a cabeça ao passar por ele.

As idéias de Sotillo não iam além do cuidado com sua segurança pessoal e com a oportunidade de pilhar a cidade sob sua guarda, mas temia que uma adesão assim tardia pudesse aliciar escassa gratidão dos vencedores. Acreditara por tempo um pouco longo demais no poderio da mina de San Tomé. A correspondência apreendida lhe confirmara a prévia informação de que uma grande quantidade de lingotes de prata jazia na casa da alfândega de Sulaco. Tomar posse dela seria uma clara providência monterista, um tipo de serviço que teria de ser recompensado. Com a prata em suas mãos, ele poderia estabelecer os termos para si e para os seus soldados. Não soubera dos tumultos nem da fuga do presidente para Sulaco e da acirrada perseguição chefiada pelo irmão de Montero, o *guerrillero*. O jogo parecia estar em suas próprias mãos. As providências iniciais foram a apreensão da agência do telégrafo por cabo e do vapor do governo ancorado na estreita enseada que é a baía de Esmeralda. Esta última apreensão foi efetuada sem dificuldade por uma companhia de soldados que se precipitaram num enxame pelas pranchas de desembarque do navio encostado ao cais; todavia, o tenente encarregado de prender o telegrafista deu uma parada no único café de Esmeralda, onde distribuiu conhaque aos seus homens e se revigorou à custa do proprietário, conhecido ribierista. O destacamento se embriagou e partiu para a sua missão subindo a rua aos gritos e disparos a esmo contra as janelas. Esta pequena festividade, que poderia ter se tornado perigosa para a vida do telegrafista, possibilitara-lhe afinal enviar seu aviso a Sulaco. O tenente, após ter subido vacilante a escada, de sabre desembainhado, dentro em pouco estava beijando ambas as faces numa daquelas inopinadas mudanças de ânimo típicas do estado de embriaguez. Abraçou o telegrafista pelo pescoço, assegurando-lhe que todos os oficiais da guarnição de Esmeralda iriam ser promovidos a coronéis, enquanto lágrimas de alegria lhe desciam pelo rosto estupidificado. Assim aconteceu de o major da cidade, ao aparecer ali mais tarde, encontrar todo o destacamento dormindo nos degraus e nas passagens, e o telegrafista (que desprezara essa oportunidade de fuga) muito ocupado operando o aparelho de transmissão. O major o levou embora sem chapéu, de mãos atadas nas costas, mas escondeu a verdade de Sotillo, que continuou ignorante do aviso transmitido a Sulaco.

O coronel não era homem de deixar qualquer tipo de escuridão meter-se no caminho de uma surpresa planejada. Parecia-lhe uma certeza infalível; tinha o coração posto no seu objetivo com uma impaciência infantil, incontrolável. Desde que o vapor rodeara Punta Mala para entrar na sombra mais densa do golfo, ele permanecia na ponte com um grupo de oficiais tão agitados quanto ele próprio. Aturdido com os agrados e as ameaças de Sotillo e seu Estado-Maior, o pobre comandante do vapor movia-se com a prudência que lhe permitiam exercitar. Alguns dos oficiais tinham estado a beber copiosamente, sem dúvida, mas a perspectiva de pôr as mãos em tanta riqueza os tornava absurdamente temerários e ao mesmo tempo extremamente ansiosos. O velho major do batalhão, um homem estúpido, desconfiado, que nunca estivera num navio em sua vida, fez-se notar por apagar subitamente a luz da bitácula, a única permitida a borda para as necessidades de navegação. Não podia entender de que utilidade poderia ser para achar o caminho. Diante dos protestos veementes do capitão do navio, bateu o pé e levou a mão ao punho da espada.

— Aha! acabei de desmascará-lo — gritou triunfalmente. — Você está arrancando os cabelos de desespero por causa da minha perspicácia. Acha que sou criança para acreditar que uma luz dentro desse estojo de bronze pode lhe mostrar onde fica a baía? Sou um velho soldado, sou sim. Posso farejar um traidor a um quilômetro de distância. Você queria que o clarão traísse a nossa chegada ao seu amigo o inglês. Imagine uma coisa dessas mostrar o caminho! Que sórdida mentira! *Que picardía!* Vocês de Sulaco estão todos a soldo desses estrangeiros. Merece ser atravessado pela minha espada.

Outros oficiais, à sua volta, tentaram acalmar-lhe a indignação repetindo persuasivamente:

— Não, não! Isso é um instrumento dos marinheiros, major. Não há nenhuma traição.

O capitão do transporte se atirou ao chão da ponte, cara para baixo, e se recusou a levantar-se.

— Acabem comigo de uma vez — repetiu em voz sufocada.

Sotillo teve de intervir.

O barulho e a confusão na ponte se tornaram tão grandes que o timoneiro largou do leme, foi-se refugiar na sala de máquinas e alarmou os maquinistas, os quais, ignorando as ameaças dos soldados designados para guardá-los, pararam as máquinas, protestando que preferiam levar um tiro a correr o risco de afogar-se.

Essa foi a primeira vez em que Nostromo e Decoud ouviram o vapor parar. Depois de a ordem ter sido restabelecida, e a lanterna da bitácula novamente acesa, o navio continuou a avançar, passando ao largo da chata em sua busca das Isabéis. Não se conseguia divisá-las e, ante os rogos lastimosos do capitão, Sotillo consentiu em que as máquinas fossem paradas outra vez para esperar por um daqueles aclaramentos periódicos da escuridão causados pela movimentação da canópia de nuvens que cobria as águas do golfo.

Sotillo, na ponte, resmungava iradamente, de quando em quando, com o capitão. O outro, em tom escusatório e servil, rogava a *su merced* o coronel que levasse em consideração as limitações impostas às faculdades humanas pela escuridão da noite. Sotillo estourava de ira e impaciência. Era a oportunidade de uma vida inteira.

— Se os seus olhos não lhe adiantam mais que isso, terei de mandar arrancá-los — berrou.

O capitão do vapor não deu resposta, pois justamente então a massa da Grande Isabel avultou sombriamente após um rápido aguaceiro e tornou a desaparecer, como se arrebatada por uma vaga de maior escuridão que precedesse outro aguaceiro. Isso foi quanto lhe bastou. Com a voz de um homem restituído à vida, ele informou a Sotillo que dentro de uma hora encostaria ao cais de Sulaco. O navio foi posto no curso, a toda velocidade, e uma grande azáfama de preparativos para o desembarque iniciou-se entre os soldados no convés.

Foi claramente ouvida por Decoud e Nostromo. O capataz compreendeu-lhe o significado. Tinham avistado as Isabéis e rumavam agora diretamente para Sulaco. Julgou que iriam passar perto deles, mas acreditou que, mantendo-se assim em silêncio, de vela arriada, a chata não poderia ser vista.

— Não, nem mesmo se roçassem seu casco no nosso — murmurou.

A chuva voltou a cair; primeiro, como um úmido nevoeiro, depois mais forte, até engrossar num aguaceiro violento, perpendicular; o silvo e o martelar do vapor que se aproximava ouviam-se extremamente perto. Decoud, de olhos cheios de água e cabeça baixa, perguntou-se quanto demoraria para que passasse por eles; então, inesperadamente, sentiu uma guinada. Uma irrupção de espuma abateu-se sibilante sobre a popa, simultaneamente a um estalar de vigas e a um abalo atordoante. Deu-lhe a impressão de uma mão raivosa agarrando a chata e arrastando-a para a destruição. O choque evidentemente o derrubara e ele viu-se rolando dentro d'água no fundo da chata. Violenta agitação correu ao longo da borda; uma voz estranha e surpresa gritou algo acima dele, dentro da noite. Ouviu um agudo grito de socorro do *señor* Hirsch. Manteve os dentes cerrados o tempo todo. Era uma colisão!

O vapor atingira a chata obliquamente, fazendo-a adernar e encher-se de água pela metade, despregando-lhe algumas das balizas do arcabouço e pondo-lhe a proa em paralelo com o seu próprio curso, na força do impacto. O choque mal se ouviu a bordo do vapor. Toda a violência da colisão foi sentida, como de hábito, somente a bordo da embarcação menor. Até o próprio Nostromo pensou que aquele fosse o fim de sua desesperada aventura. Ele também fora atirado para longe da comprida cana de leme, que tomou a direção na guinada. Um instante mais e o vapor teria passado adiante, deixando a chata afundar ou sobrenadar, após empurrá-la assim para fora do seu caminho, e sem sequer ter um vislumbre de sua forma, não fosse pela circunstância de, por estar sobrecarregado de materiais e grande número de pessoas, sua âncora achar-se baixa o bastante para enganchar num dos cabos de ovém do mastro da chata. Por dois ou três ofegantes respiros, a corda nova resistiu ao súbito puxão. Foi o que deu a Decoud a sensação do breve arrasto da chata para a sua destruição. A causa disso era-lhe obviamente inexplicável. A coisa toda fora tão súbita que ele não tivera tempo de pensar. Mas todas as suas sensações haviam sido perfeitamente claras; ele mantivera completo autodomínio; na verdade, estava aprazivelmente cônscio inclusive dessa calma no momento mesmo de ser arremessado de cabeça por sobre o gio e debater-se de costas em meio da água. O grito do *señor* Hirsch ele o tinha ouvido e reconhecido quando tentava pôr-se de pé, sempre com aquela misteriosa sensação de estar sendo arrastado de ponta-cabeça pela escuridão. Nem uma só palavra, um só grito lhe escapou; não tivera tempo de ver coisa alguma; e logo após os desesperadores gritos de socorro, o movimento de arrasto cessou tão repentinamente que ele cambaleou para a frente de braços abertos e caiu de encontro à pilha de caixas do tesouro. Aferrou-se a elas instintivamente, na vaga apreensão de ser novamente derrubado, e de imediato ouviu outra série de gritos de socorro, prolongados e desesperadores, não perto de si, mas inexplicavelmente longe, a grande distância da chata, como se algum espírito da noite estivesse zombando do terror e do desespero do *señor* Hirsch.

Então tudo ficou em silêncio — como quando se acorda num quarto escuro de um sonho extravagante e agitado. A chata oscilava ligeiramente; a chuva continuava a cair. Duas mãos tateantes lhe tocaram por trás as espáduas contundidas e a voz do capataz lhe sussurrou ao ouvido:

— Silêncio, se tem amor à vida! O vapor parou.

Decoud ficou à escuta. O golfo estava silencioso. Sentia a água até quase os joelhos.

— Estamos afundando? — perguntou num murmúrio.

— Não sei — murmurou Nostromo de volta. — *Señor*, não faça o mínimo ruído.

Hirsch, quando foi mandado para a frente por Nostromo, não retornara ao seu primeiro esconderijo. Deixara-se cair junto do mastro e não tivera forças para erguer-se: além disso, temia mover-se. Dera-se por morto, e não apenas por motivos racionais. Era tão-só um sentimento cruel e aterrador. Sempre que tentava pensar no que lhe iria acontecer, seus dentes punham-se a estalejar com violência. Estava demasiadamente absorvido pela funda aflição do seu medo para se dar conta do que quer que fosse.

Embora sufocasse sob a vela da chata, que Nostromo inadvertidamente arriara sobre ele, não se atrevera sequer a pôr a cabeça de fora até o momento da colisão com o vapor. Então, deu um pulo instantâneo, acicatado a novos prodígios de vigor físico por essa outra forma de perigo. A irrupção de água quando a chata adernou descerrou-lhe os lábios. O seu grito de "Socorro!" foi o primeiro aviso nítido da colisão para a gente a bordo do vapor. Um instante depois, o cabo de ovém rompeu-se e a âncora liberada passou sobre o castelo de proa da chata. Tocou o peito do *señor* Hirsch, que simplesmente se agarrou a ela, sem ter a menor idéia do que fosse, mas enroscando com braços e pernas à parte acima da pata de âncora com uma tenacidade irracional, invencível. A chata deu uma larga guinada e o vapor, continuando a avançar, arrastou-o consigo, firmemente agarrado e a berrar por socorro. Demorou algum tempo, contudo, depois de o vapor ter parado, para que sua posição fosse descoberta. Os seus repetidos gritos de socorro pareciam vir de alguém de dentro d'água. Finalmente, alguns homens passaram por cima da proa e o içaram para bordo. Foi levado diretamente a Sotillo na ponte. O exame feito por este confirmou a impressão de que alguma embarcação tinha sido abalroada e afundada, mas era impraticável, numa noite tão escura, procurar a prova confirmadora de destroços flutuantes. Sotillo estava mais impaciente do que nunca, então, de adentrar a baía sem perda de tempo; a idéia de que tivesse destruído o principal objetivo de sua expedição era demasiadamente intolerável para ser aceita. Este sentimento fez com que a história que acabara de ouvir parecesse ainda mais incrível. O *señor* Hirsch, depois de uma pequena surra por ter contado mentiras, foi atirado à sala de navegação. Mas a surpresa foi breve. Sua história havia consternado o Estado-Maior de Sotillo, embora todos repetissem, à volta de seu chefe:

— Impossível! impossível! — com exceção do velho major, que se sentia desalentadoramente triunfante.

— Eu lhes disse, eu lhes disse — resmungava. — Eu podia sentir o cheiro de alguma traição, de alguma *diableria*, a um quilômetro de distância.

Entrementes, o vapor mantivera o curso para Sulaco, o único lugar onde se podia confirmar a verdade da questão. Decoud e Nostromo ouviram a ruidosa batida de sua hélice diminuir e desvanecer-se, e então, sem gastar palavras inúteis, ocuparam-se em alcançar as Isabéis. O último aguaceiro trouxera consigo uma brisa leve mas firme. O perigo ainda não passara e não havia tempo para conversas. A chata vasava feito uma peneira. Chapinhavam na água a cada passo. O capataz pôs a alavanca da bomba, fixada ao costado de ante-ré, nas mãos de Decoud, que, calando perguntas ou observações, começou a bombear sem qualquer outro desejo que não fosse manter o tesouro à tona. Nostromo içou a vela, correu para o leme, pôs-se a puxar a escota feito louco. O breve clarão de um fósforo (tinham se conservado secos numa latinha hermeticamente fechada, embora o homem estivesse todo molhado), o vivo clarão revelou ao azafamado Decoud a impaciência do rosto do outro, debruçado sobre o estojo da bússola, e a atenta fixidez dos seus olhos. Nostromo sabia agora onde estavam e esperava poder fazer a chata quase afundando varar na praia da estreita enseada onde a alta, penhascosa extremidade da Grande Isabel é dividida em duas partes iguais por uma funda ravina coberta de mato.

Decoud bombeava ininterruptamente. Nostromo governava sem relaxar um instante o esforço intenso, perscrutador, de sua mirada. Cada qual se achava como que completamente a sós com sua tarefa. Não lhes ocorria falar. Entre eles, de comum, só havia a percepção de que a chata danificada estava afundando lenta mas progressivamente. Nessa percepção, que era como que a prova crucial de seus desejos, pareciam ter se tornado totalmente estranhos um ao outro, como se tivessem descoberto, no próprio choque da colisão, que a perda da chata não significava a mesma coisa para ambos. O perigo comum, na visão privada de cada um, dava absoluta proeminência às suas diferenças de objetivo, perspectiva, caráter e posição. Não havia nenhum vínculo de convicção, de idéia comum; eram apenas dois aventureiros perseguindo cada qual a sua própria aventura, envolvidos na mesma iminência de perigo mortal. Por isso não tinham nada para dizer um ao outro. Mas esse perigo, a única verdade incontroversa que partilhavam, parecia atuar como uma espécie de inspiração para suas faculdades corporais e mentais.

Havia indubitavelmente algo de quase miraculoso na maneira por que o capataz rumava para a enseada sem outro indício que não fosse o indistinto vulto da ilha e o vago brilho de uma estreita faixa de areia para guiar-se. No ponto em que a ravina se abre entre os penhascos e um estreito regato, depois de correr em meandros por entre o matagal, emerge para ir-se perder no mar, a chata foi encalhada; e os dois homens, com uma energia indômita, taciturna, puseram-se a desembarcar sua preciosa carga, carregando cada caixa de pele de boi pelo riacho acima, além do matagal, até uma cavidade que o desmoronamento do solo abrira sob as raízes de uma grande árvore. Seu vasto tronco liso se debruçava, como uma coluna cadente, muito além do fio de água que corria entre pedras soltas.

Alguns anos antes, Nostromo passara um domingo inteiro, sozinho, explorando a ilha. Explicou isso a Decoud depois de terem completado a tarefa, quando os dois descansavam, com o corpo moído, as pernas pendentes sobre o barranco baixo, e as costas encostadas ao tronco, como dois cegos cônscios um do outro e do que os rodeava graças a algum indefinível sexto sentido.

— Sim — repetiu Nostromo —, jamais esqueço um lugar que examinei cuidadosamente uma só vez. — Falava devagar, quase preguiçosamente, como se tivesse uma vida inteira de lazer à sua frente, em vez de no máximo umas duas horas antes de o sol nascer. A existência do tesouro, mal escondido naquele lugar improvável, impunha um ônus de sigilo a cada passo pretendido, a cada intenção e plano de conduta futura. Dava-se conta do parcial malogro daquela missão desesperada, confiada à grande reputação que soubera granjear para si. Contudo, ela tinha sido também um êxito parcial. Sua vaidade fora satisfeita pela metade. Desaparecera-lhe a irritação nervosa.

— Nunca se sabe o que pode ser útil — continuou, com a sua habitual tranqüilidade de tom e de maneiras. — Passei todo um domingo miserável explorando esta migalha de terra.

— Um tipo de ocupação bem misantrópica — murmurou Decoud maldosamente. — Suponho que não tivesse dinheiro para jogar nem para esbanjar com raparigas nos seus covis costumeiros, capataz.

— *È vero!* — exclamou o capataz, levado pela surpresa, diante de tanta perspicácia, ao uso de sua língua materna. — Eu não tinha! Por isso não quis aparecer para essa gente indigente, acostumada à minha generosidade. É o que se espera do capataz dos *cargadores*, que são os ricos e, por assim dizer, os *caballeros* entre a gente comum. As cartas só me interessam como um passatempo; e quanto a essas raparigas que se vangloriam de ter aberto a porta à minha batida, o *señor* sabe que eu não olharia nenhuma delas duas vezes a não ser pelo que as pessoas pudessem dizer. É esquisita a boa gente de Sulaco, e consegui muita informação útil simplesmente ouvindo com paciência a conversa das mulheres de quem todos diziam que eu estava apaixonado. A pobre Teresa nunca conseguiu entender isso. Naquele domingo, *señor*, rezingou tanto comigo que abandonei a casa jurando que só voltaria a pôr os pés ali para pegar a minha rede e a minha mala de roupas. *Señor*, não há nada mais irritante que ouvir uma mulher que se respeita rezingar contra a nossa reputação quando não se tem um só níquel no bolso. Desamarrei um dos botes pequenos e saí fora da baía com apenas três cigarros no bolso para passar o dia todo na ilha. Mas a água deste riacho que corre sob seus pés é fresca e doce e boa, *señor*, tanto antes como depois de uma fumada. — Ficou em silêncio por algum tempo, depois acrescentou pensativamente: — Foi o primeiro domingo depois de eu ter trazido o rico inglês de suíças brancas montanha abaixo, desde o páramo no alto do desfiladeiro de Entrada — e de carruagem, também! Nenhuma carruagem tinha subido ou descido esse caminho da montanha, ao que as pessoas se lembrem, *señor*, antes de eu trazer essa para baixo, com cinqüenta peões trabalhando como um só homem, com cordas, picaretas e estacas, sob a minha direção. Foi o inglês rico que, como dizem, paga a construção dessa estrada de ferro. Ele ficou muito contente comigo. Mas meu salário só vencia no fim do mês.

Ele escorregou pelo barranco de repente. Decoud ouviu o chapinhar de seus pés no riacho e seguiu-lhe os passos à ravina abaixo. Seu vulto perdeu-se no matagal até ele alcançar a faixa de areia sob o penhasco. Como acontece com freqüência no golfo, quando os aguaceiros durante a primeira parte da noite foram amiudados e fortes, a escuridão diminuíra consideravelmente com a aproximação do amanhecer, embora não houvesse ainda sinal da luz do dia.

A chata de carga, aliviada de seu precioso conteúdo, oscilava de leve, à tona pela metade, com a proa sobre a areia. Uma longa corda se estendia, com um fio preto de algodão, através da faixa de praia branca, até a fateixa que Nostromo trouxera para terra e enganchara ao caule de um arbusto arbóreo logo na entrada da ravina.

Não restava outra alternativa a Decoud senão permanecer na ilha. Recebeu das mãos de Nostromo todo o alimento que a previdência do capitão Mitchell pusera a bordo da chata, e o depositou temporariamente na pequena dinga que, ao chegar, tinham arrastado até o matagal, fora de vistas. Ia ser deixada com ele. A ilha seria um esconderijo, não uma prisão; ele poderia remar até um navio de passagem. Os paquetes da Companhia ONV passavam perto das ilhas quando se dirigiam a Sulaco vindos do Norte. Mas o *Minerva*, conduzindo o ex-presidente, levara até o Norte as notícias das perturbações em Sulaco. Era possível que o próximo paquete a descer recebesse instruções de não tocar o porto, já que a cidade, pelo que os oficiais do *Minerva* sabiam, estava por enquanto nas mãos da ralé. Isso significava que não haveria nenhum vapor durante um mês, no que dizia respeito ao serviço postal; Decoud, porém, teria de tirar daí a sua possibilidade. A ilha era o único abrigo da proscrição que lhe pesava sobre a cabeça. O capataz, evidentemente, iria voltar para Sulaco. A chata descarregada fazia muito menos água e ele achava que se manteria à tona até a baía.

Passou a Decoud, metido n'água até os joelhos, uma das duas pás que pertenciam ao equipamento de toda chata e era usada para lastrear navios. Trabalhando com ela cuidadosamente, assim que houvesse luz bastante para enxergar, Decoud poderia soltar a massa de terra e pedras acima da cavidade em que haviam depositado o tesouro, de modo a parecer que tinha despencado naturalmente. Cobriria não apenas a cavidade mas também todos os traços do trabalho deles, as pegadas, as pedras deslocadas e inclusive os arbustos quebrados.

— Além disso, quem iria pensar em procurá-lo aqui ou ao tesouro? — continuou Nostromo, como se não pudesse arrancar-se do lugar. — Não é nada provável que apareça alguém. Que havia qualquer homem de querer desta nesga de terra enquanto houver espaço para seus pés no continente! As pessoas não são curiosas neste país. Não há sequer pescadores por aqui para intrometer-se com vossa senhoria. Toda a pesca feita no golfo vai para perto de Zapiga, lá adiante. *Señor*, se for forçado a deixar esta ilha antes de que se possa arranjar alguma coisa para si, não tente chegar a Zapiga. É uma povoação de gatunos e *matreros*, onde cortariam sem perda de tempo o seu pescoço para roubar-lhe o relógio e a corrente de ouro. E, *señor*, pense duas vezes em confiar em quem quer que seja, até mesmo nos oficiais dos vapores da companhia, se conseguir chegar a bordo de um deles. Só a honestidade não basta para garantir a segurança. Deve procurar num homem discrição e prudência. E lembre-se sempre, *señor*, antes de abrir a boca para uma confidência, de que este tesouro pode ser deixado aqui em segurança por centenas de anos. O tempo está do nosso lado, *señor*. E a prata é um metal incorruptível: pode-se confiar em que mantenha para sempre o seu valor... Um metal incorruptível — repetiu, como se a idéia lhe tivesse dado um profundo prazer.

— Como se diz que certos homens são — disse Decoud inescrutavelmente, enquanto o capataz, que se ocupava em esvaziar a chata com um balde de madeira, continuou a atirar água pela borda com um chape regular. Decoud, incorrigível no seu ceticismo, refletiu, não cinicamente, mas com indefinida satisfação, que aquele homem era tornado incorruptível pela sua enorme vaidade, a mais refinada forma de egoísmo, que pode assumir o aspecto de todas as virtudes.

Nostromo parou de baldear água e, como se lhe ocorresse um pensamento repentino, deixou cair o balde dentro da chata, com estrondo.

— Tem alguma mensagem? — perguntou em voz mais baixa. — Lembre-se, vão me fazer perguntas.

— Deve encontrar as palavras de esperança que acha que devem ser ditas à gente da cidade. Confio em sua inteligência e na sua experiência, capataz. Compreende?

— *Sí, señor*... Às senhoras.

— Sim, sim — disse Decoud apressadamente. — Sua maravilhosa reputação as fará dar grande valor às suas palavras; por isso, tenha cuidado com o que vai dizer. Estou contando — continuou, sentindo o fatal toque de autodesprezo a que sua complexa natureza estava sujeita —, estou contando com um glorioso e bem-sucedido remate para a minha missão. Ouviu, capataz? Use as palavras "glorioso" e "bem-sucedido" quando falar com a *señorita*. A sua própria missão foi cumprida gloriosamente e com sucesso. Você salvou sem dúvida alguma a prata da mina. Não somente essa prata, mas provavelmente toda a prata que dela ainda vai ser extraída.

Nostromo percebeu o tom irônico.

— Atrevo-me a dizer que sim, *señor don* Martin — disse sombriamente. — Há muito poucas coisas de que eu não seja capaz. Pergunte aos *signori* estrangeiros. Eu, um homem do povo que nem sempre pode entender o que o *señor* quer dizer. Mas quanto a esta fortuna que tenho de deixar aqui, permita-me que lhe diga que acredito que estaria em maior segurança se o *señor* não tivesse estado comigo.

Uma exclamação escapou a Decoud e uma breve pausa se seguiu.

— Quer que eu vá consigo para Sulaco? — perguntou ele em tom irado.

— Quer que eu o mate agora mesmo com esta faca? — retorquiu Nostromo desdenhosamente. — Seria a mesma coisa que levá-lo para Sulaco. Ora vamos, *señor*. A sua reputação está na sua política, e a minha depende do destino desta prata. Acha que eu queria que algum outro homem partilhasse o meu conhecimento? Eu não queria ninguém comigo, *señor*.

— Não teria conseguido manter a chata à tona sem mim — Decoud quase berrou. — Teria ido para o fundo com ela.

— Sim — disse Nostromo devagar —, sozinho.

Ali estava um homem, refletiu Decoud, que parecia ter preferido morrer a desfigurar a forma perfeita do seu egoísmo. Um homem assim era seguro. Em silêncio ajudou o capataz a levar a fateixa para bordo. Nostromo safou a chata da praia em declive com um empurrão do pesado remo, e Decoud viu-se solitário na praia, como um homem num sonho. Tomou-lhe o coração um súbito desejo de ouvir uma voz humana. Mal se conseguia distinguir a chata da água negra em que flutuava.

— O que acha que aconteceu com Hirsch? — gritou.

— Atirado por cima da borda e afogado — berrou a voz de Nostromo, confiantemente, dos negros ermos do céu e mar à volta da ilhota. — Fique perto da ravina, *señor*. Tentarei voltar dentro de uma ou duas noites.

Um leve roçagar sibilante mostrou que Nostromo estava içando a vela. Ela enfunou de imediato com o som de uma única e forte batida de tambor. Decoud regressou à ravina. Nostromo, ao leme, voltava o olhar de tempos em tempos para a massa da Grande Isabel que, aos poucos, ia se desvanecendo e confundindo à textura uniforme da noite. Por fim, quando tornou a voltar-se, não viu nada além de uma escuridão compacta, feito uma parede sólida.

Sentiu então, ele também, aquele sentimento de solidão que tinha pesado tanto sobre Decoud assim que a chata deslizara para fora da praia. Mas enquanto o homem na ilha era oprimido por uma extravagante sensação de irrealidade, que afetava o próprio chão sobre que pisava, a mente do capataz dos *cargadores* voltava-se alerta para o problema da conduta futura. As faculdades de Nostromo, trabalhando em linhas paralelas, capacitavam-no a governar o barco no rumo, a procurar divisar Hermosa, perto de que tinha de passar, e a tentar imaginar o que aconteceria amanhã em Sulaco. Amanhã, ou na verdade hoje, pois o alvorecer não estava muito longe, Sotillo descobriria de que maneira o tesouro se fora. Um grupo de *cargadores* tinha sido usado para carregá-lo dos depósitos da casa da alfândega até o vagão ferroviário e para fazer este correr pelos trilhos até o cais. Seriam feitas prisões e antes do meio-dia Sotillo certamente iria saber de que maneira a prata deixara Sulaco e quem a levara.

A intenção de Nostromo era velejar diretamente para dentro da baía, mas ao pensar nisso, com um ligeiro toque de leme, pôs a chata contra o vento e diminuiu-lhe a velocidade. Sua reaparição com esse mesmo barco levantaria suspeitas, daria lugar a suposições, poria Sotillo incondicionalmente na pista. Ele próprio seria detido; e uma vez no *calabozo*, não se pode saber o que lhe fariam para forçá-lo a falar. Confiava em si próprio, mas ergueu-se para olhar em redor. Ali perto, Hermosa mostrava sua rasa e alva superfície, lisa feito uma mesa, com as pequenas ondas erguidas pela brisa a lavar-lhe ruidosamente as bordas. A chata tinha de ser afundada sem perda de tempo.

Deixou-a à deriva com a vela por devante. Já continha uma boa quantidade de água. Enquanto ela derivava no rumo da entrada da baía, com o leme a voltear, agachou-se e cuidou de soltar o batoque. Com ele de fora, encheria rapidamente, e toda chata trazia um pequeno lastro de ferro — suficiente para fazê-la afundar quando cheia d'água. Quando tornou a erguer-se, a ruidosa rebentação à volta da Hermosa soava muito à distância, quase inaudível; e já conseguia divisar os contornos da terra à volta da entrada da baía. Tratava-se de uma situação desesperada e ele era um bom nadador. Um quilômetro e meio não era nada e conhecia um lugar de fácil acesso para desembarque, logo abaixo das obras de terra do velho forte abandonado. Ocorreu-lhe, idéia peculiarmente atrativa, que esse forte era um bom lugar para dormir o dia todo, após tantas noites insones.

Com uma pancada do leme, que para tanto desarmou, arrancou o batoque, mas não se deu o trabalho de baixar a vela. Sentiu a água subir copiosamente ao redor de suas pernas antes de pular para cima do corrimão de popa. Ali de pé, imóvel, só de calças e camisa, ficou a espera. Quanto percebeu a chata afundar, saltou para longe com uma forte pancada n'água.

De pronto voltou a cabeça. O sombrio, enevoado alvorecer por trás das montanhas mostrou-lhe nas águas lisas a ponta da vela, um escuro triângulo de lona molhada a oscilar de leve de um para outro lado. Viu-o sumir-se, como se puxado de baixo, e então nadou para a praia.

Terceira Parte

O FAROL

1

Assim que a embarcação de carga se afastou do cais e se perdeu na escuridão da baía, os europeus de Sulaco se separaram a fim de preparar-se para o advento do regime monterista, que se aproximava de Sulaco vindo das montanhas, bem como do mar.

Aqueles momentos do trabalho manual para carregar a prata foram a última ação concertada deles. Remataram os três dias de perigo durante os quais, segundo a imprensa da Europa, sua firmeza havia preservado a cidade das calamidades de uma revolta popular. Na extremidade do ancoradouro que dava para a praia, o capitão Mitchell disse boa-noite e voltou. Sua intenção era ficar andando pelas pranchas do desembarcadouro até o vapor de Esmeralda aparecer. Os engenheiros da ferrovia, após reunir seus trabalhadores bascos e italianos, fizeram-nos marchar para os pátios da companhia, deixando a casa da alfândega, tão bem defendida no primeiro dia da sedição, aberta a todos os ventos. Esses homens haviam se portado leal e bravamente durante os famosos "três dias" de Sulaco. Em boa parte, tal lealdade e tal coragem tinham sido exercidas em defesa própria mais do que em favor daqueles interesses materiais a que Charles Gould dedicara sua fé. Entre os gritos da turba, o de morte aos estrangeiros não fora dos menos altos. Em verdade, era uma feliz circunstância para Sulaco as relações desses trabalhadores importados com a gente da terra terem sido invariavelmente más desde o princípio.

O doutor Monygham, indo até a porta da cozinha de Viola, assistiu a esse fim da interferência estrangeira, a esse afastamento do exército do progresso material do campo das revoluções de Costaguana.

Tochas de alfarrobeira, conduzidas nas fímbrias do grupo em movimento, enviaram seu aroma penetrante até as narinas dele. A luz das tochas, varrendo a fachada da casa, fazia com que as letras da inscrição ALBERGO D'ITALIA UNA ressaltassem, negras, de ponta a ponta da longa parede. Os olhos dele piscaram ao forte clarão. Vários jovens, na maioria louros e altos, que pastoreavam aquela turba de cabeças escuras e bronzeadas, encimadas pelo brilho de canos enviezados de carabinas, acenaram para ele familiarmente quando passaram. O doutor era uma figura bem conhecida. Alguns se perguntaram o que ele estaria fazendo ali. E, no flanco dos seus trabalhadores, continuaram a marchar, seguindo a linha dos trilhos.

— Retirando a sua gente da baía? — perguntou o doutor ao engenheiro-chefe da estrada de ferro, que acompanhara Charles Gould até ali, no seu caminho para a cidade, andando ao lado do cavalo com a mão no arção anterior da sela. Haviam parado junto à porta aberta para deixar os trabalhadores atravessarem a estrada.

— Tão depressa quanto possível. Não somos uma facção política — respondeu significativamente o engenheiro. — E não vamos dar aos nossos novos governantes nada que possam usar contra a ferrovia. Está de acordo comigo, Gould?

— Totalmente — disse a voz impassível de Charles Gould, vinda do alto e de fora do vago paralelogramo de luz que se desenhava sobre a estrada através da porta aberta.

Agora que se esperava de um lado Sotillo e do outro Pedro Montero, a única preocupação do engenheiro-chefe era evitar uma colisão com qualquer um. Para ele, Sulaco era uma estação ferroviária terminal, oficinas, um grande acúmulo de suprimentos. Contra a turba, a ferrovia cuidara de defender sua propriedade, mas politicamente mantinha-se neutra. Ele era um homem valente; e com tal espírito de neutralidade tinha levado propostas de trégua aos chefes autonomeados do partido popular, os deputados Fuentes e Gamacho. Balas ainda voavam à volta quando atravessara a *plaza* no cumprimento dessa missão, agitando acima da cabeça um guardanapo branco pertencente aos panos de mesa do Clube Amarilla.

Ele se orgulhava bastante desse feito e conjecturando que o doutor, ocupado o dia todo com os feridos no pátio da Casa Gould, não tivera tempo de ouvir as notícias, pôs-se a fazer uma narrativa sucinta. Havia comunicado a eles a informação do acampamento de construção sobre Pedro Montero. O irmão do general vitorioso, assegurou-lhes, podia ser esperado em Sulaco a qualquer momento, agora. Tal notícia (como ele previra), quando o *señor* Gamacho assomou à janela para anunciá-la em altas vozes, provocou uma corrida da turba pela estrada do campo rumo a Rincón. Os dois deputados também, após apertar-lhe a mão efusivamente, montaram em seus cavalos e lá se foram a galope encontrar o grande homem.

— Confundi-os um pouco quanto ao tempo — confessou o engenheiro-chefe. — Por mais velozmente que cavalgue, ele dificilmente poderá chegar aqui antes do amanhecer. Mas o meu objetivo foi alcançado. Garanti algumas horas de paz para o partido perdedor. Não lhes contei nada de Sotillo, porém, de medo que metessem na cabeça a idéia de tentar novamente apoderar-se da baía, ou para opor-se a ele ou para dar-lhe as boas-vindas: não se pode saber. Havia a prata de Gould, na qual repousa o que resta de nossas esperanças. Tinha-se de levar em conta também a retirada de Decoud. Acho que a estrada de ferro ajudou bastante os seus amigos, sem comprometer-se irremissivelmente. Agora, os partidos têm de ser deixados entregues a si mesmos.

— Costaguana para os costaguanenses — exclamou o doutor sardonicamente. — É um belo país, e eles produziram uma bela colheita de ódios, vinganças, morticínios e rapina, esses filhos da pátria.

— Bem, sou um deles — disse calmo, a voz de Charles Gould — e devo ir agora ver a minha própria colheita de incômodos. Minha mulher seguiu direto para casa, doutor?

— Sim. Estava tudo em calma por aqui. A senhora Gould levou as duas meninas consigo.

Charles Gould foi-se no seu cavalo, e o engenheiro-chefe entrou em companhia do médico.

— Esse homem é a calma personificada — disse apreciativamente, deixando-se cair num banco e esticando as pernas bem-feitas, em meias de ciclista, até quase além da soleira. — Deve ser um homem extremamente seguro de si.

— Se é disso que está seguro, então não está seguro coisa alguma — respondeu o doutor. Voltara a empoleirar-se na ponta da mesa. Afagava o queixo com a palma de uma das mãos, enquanto a outra lhe sustinha o cotovelo. — Essa é a última coisa de que um homem deveria estar seguro. — A vela, consumida pela metade e queimando fracamente com um longo pavio, iluminava-lhe por baixo o rosto inclinado, em cuja expressão, marcada pelas fundas cicatrizes das faces, havia algo de vagamente inatural, uma exagerada e cruel amargura. Ali sentado, tinha o ar de quem meditava coisas sinistras. O engenheiro-chefe fitou-o por um instante antes de protestar.

— Realmente, não vejo assim. Para mim não parece haver nada mais. Contudo...

Era um homem prudente, mas não conseguia esconder de todo o seu desprezo por esse tipo de paradoxo; em verdade, o doutor Monygham não era apreciado pelos europeus de Sulaco. Seu aspecto exterior de pária, que ele mantinha mesmo na sala de visitas da senhora Gould, suscitava críticas desfavoráveis. Não havia dúvidas quanto à sua inteligência, e como vivia fazia mais de vinte anos no país, o pessimismo do seu modo de ver não podia ser ignorado. Mas instintivamente, numa autodefesa de suas atividades e esperanças, seus ouvintes debitavam-no a alguma imperfeição oculta do caráter dele. Sabia-se que, muitos anos antes, quando ainda bastante moço, tinha sido promovido a oficial-médico do exército por Guzmán Bento. Nenhum outro europeu então no serviço de Costaguana fora assim apreciado e prestigiado pelo velho e feroz ditador.

Sua história de vida subseqüentemente não era muito clara. Perdia-se em meio às inumeráveis histórias de conspirações e atentados contra o tirano, assim como um riacho se perde numa árida faixa de areia até emergir, diminuído e turvo, do outro lado. O doutor não fazia segredo de que tinha vivido durante anos nas regiões mais selváticas da República, vagando com tribos de índios quase desconhecidas pelas grandes florestas do interior remoto, onde os grandes rios têm suas nascentes. Mas fora mera vagueação sem rumo; não escrevera nada, não coligira nada, não trouxera nada para a ciência do lusco-fusco das florestas, que parecia apegar-se à sua escalavrada figura a manquejar por Sulaco, destroço que fora dar ali por acaso para encalhar nas praias do mar.

Sabia-se também que vivera em estado de penúria até a chegada dos Gould da Europa. *Don* Carlos e *doña* Emilia haviam tomado como protegido o doido médico inglês quando se evidenciou que, a despeito de toda a sua selvagem independência, podia ser domesticado pela bondade. Fora talvez apenas a fome que o domesticara. Em anos passados, ele certamente havia travado conhecimento com o pai de Charles Gould em Santa Marta; e agora, fossem quais fossem as obscuras passagens de sua história de vida, tornara-se uma personalidade reconhecida por sua condição de médico-chefe da mina de San Tomé. Era reconhecido, mas não aceito sem reservas. Tanta excentricidade desafiadora e tanto desprezo sem rebuços pela humanidade pareciam indicar mera imprudência de julgamento, a bravata da culpabilidade. Além disso, desde que voltara a merecer alguma consideração, fizeram-se ouvir vagos boatos de que anos atrás, quando caíra em desgraça e fora atirado a uma prisão por Guzmán Bento, na época da chamada grande conspiração, ele havia traído alguns dos seus melhores amigos entre os conspiradores. Ninguém aparentava acreditar nesses boatos; toda a história da grande conspiração era irremediavelmente enredada e obscura; admite-se em Costaguana que nunca houvera uma conspiração, a não ser na imaginação doentia do tirano; por conseguinte, tampouco houvera nada nem a quem trair, conquanto os costaguanenses mais ilustres tivessem sido aprisionados e executados com base nessa acusação. Tal método de agir arrastara-se por anos, dizimando a melhor gente como uma pestilência. A simples expressão de pesar pela sorte de parentes executados era punida com a morte. *Don* José Avellanos era talvez a única pessoa viva que sabia toda a história dessas indescritíveis crueldades. Ele próprio as havia sofrido e costumava, com um sacudir de ombros e um espasmódico, nervoso gesto de braço, afastar de si, por assim dizer, qualquer alusão a elas. Mas qualquer que fosse a razão, o doutor Monygham, uma pessoa importante na administração da Concessão Gould, tratado com reverente temor pelos mineiros e respeitado em suas esquisitices pela senhora Gould, permanecia meio marginalizado.

Não fora por qualquer simpatia pelo doutor que o engenheiro-chefe se demorara na hospedaria de planura. Gostava muito do velho Viola. Passara a considerar o Albergo d'Italia Una como uma dependência da estrada de ferro. Muitos de seus subordinados residiam ali. O interesse da senhora Gould pela família conferia-lhe uma espécie de distinção. Com um exército de trabalhadores sob suas ordens, o engenheiro-chefe apreciava a influência moral do velho garibaldino sobre os seus compatriotas. O seu austero republicanismo velho mundo seguia um severo padrão militar de lealdade e dever, como se o mundo fosse um campo de batalha onde os homens tinham de lutar pelo amor e irmandade universal, em vez de por uma maior ou menor parte do espólio.

— Pobre do velho! — disse, após ter ouvido o doutor a respeito de Teresa. — Jamais conseguirá manter, sozinho, o albergue em funcionamento. Lamento por ele.

— Ele está sozinho lá em cima — resmungou o doutor Monygham, com um aceno da cabeça pesada em direção à estreita escada. — Não há mais viva alma por aqui, e a senhora Gould acaba de levar as meninas embora. Talvez não fosse muito seguro para elas continuarem aqui. Evidentemente, como médico, não posso fazer mais nada, mas ela me pediu que ficasse com o velho Viola, e como não tenho cavalo para voltar à mina, onde deveria estar, não objetei em ficar. Podem passar sem mim na cidade.

— Acho bom eu ficar com o senhor, doutor, até vermos se algo acontece esta noite na baía — declarou o engenheiro-chefe. — Ele não deve ser molestado pelos soldados de Sotillo, que podem chegar até aqui prontamente. Sotillo costumava ser muito cordial comigo em casa dos Gould e no clube. Como esse homem se atreverá a olhar de frente qualquer um dos seus amigos aqui é coisa que nem posso imaginar.

— Começará sem dúvida fuzilando alguns deles para superar o embaraço inicial — disse o doutor. — Nada será mais agradável ao seu militar que mudou de lado do que algumas execuções sumárias. — Falava com uma sombria positividade que não deixava brecha para qualquer protesto. O engenheiro-chefe não tentou nenhum. Contentou-se em assentir com a cabeça várias vezes, pesarosamente, depois disse:

— Acho que de manhã poderemos arranjar-lhe montaria, doutor. Nossos peões conseguiram recuperar alguns dos nossos cavalos ferrados. Cavalgando com afinco e fazendo uma grande volta por Los Hatos, ao longo da beira da floresta, é de se esperar que possa alcançar a ponte de San Tomé sem oposição. A meu ver no momento a mina é o lugar mais seguro para quem esteja de algum modo comprometido. Bem que eu gostaria que a ferrovia fosse tão difícil de tocar.

— Estou comprometido? — perguntou Monygham lentamente, após um breve silêncio.

— Toda a Concessão Gould está comprometida. Eu não conseguiria ficar para sempre alheio à vida política do país; se é que se pode chamar de vida tais convulsões. A questão é: poderá ser tocada? Tinha de chegar o momento de a neutralidade se tornar impossível, e Charles Gould compreendeu bem isso. Creio que está preparado para qualquer eventualidade extrema. Um homem da sua natureza jamais concebeu permanecer indefinidamente à mercê da ignorância e da corrupção. Era como ficar prisioneiro numa caverna de *banditi* com o valor do resgate no bolso, pagando a sobrevivência dia por dia. O que importa é a nossa simples segurança, não a nossa liberdade, doutor. Sei do que estou falando. A imagem à qual o senhor sacode os ombros é perfeitamente correta, especialmente se conceber um prisioneiro com o poder de reabastecer o bolso por meios tão incompreensíveis ao entendimento dos seus captores quanto se fossem mágicos. Deve ter percebido isso tão bem quanto eu, doutor. Ele estava na situação do ganso de ovos de ouro. Mencionei o assunto a ele desde a visita de sir John a Sulaco. O prisioneiro de *banditi* estúpidos e gananciosos está sempre à mercê do primeiro rufião imbecil, que bem pode estourar seus miolos num acesso de raiva ou ante alguma perspectiva de ganho imediato e considerável. Não foi à toa que a história da morte do ganso dos ovos de ouro surgiu da sabedoria da humanidade. É uma história que jamais envelhecerá. Eis por que Charles Gould, à sua maneira calada, profunda, apoiou o mandato ribierista, o primeiro ato público que lhe prometeu segurança por outras razões que não as venais. O ribierismo fracassou, como fracassa neste país tudo quanto seja meramente sensato. Mas Gould continua sensato no seu desejo de salvar esse grande lote de prata. O plano de Decoud, de uma contra-revolução, pode ou não ser praticável; talvez tenha possibilidade de dar certo, talvez não. Com toda a minha experiência deste continente revolucionário, dificilmente consigo levar ainda a sério os seus métodos. Decoud nos leu o rascunho de uma proclamação e nos falou muito bem, durante duas horas, sobre o seu plano de ação. Ele tinha argumentos que deveriam parecer bastante sólidos se a nós, membros de organizações nacionais e políticas antigas, estáveis, não chocasse a simples idéia de um novo Estado nascer, como a deste, da cabeça de um jovem zombeteiro que, fugindo para salvar a vida, ia, com uma proclamação no bolso, ao encontro de um rude, sarcástico espadachim mestiço que nesta parte do mundo é chamado de general. Mais parece um conto cômico de fadas; e olhe que pode dar certo, pois é fiel ao verdadeiro espírito do país.

— A prata foi levada embora então? — perguntou o médico, taciturnamente.

O engenheiro-chefe consultou o relógio.

— Pelos cálculos do capitão Mitchell, e ele deve entender disso, já houve tempo bastante para estar agora uns cinco ou seis quilômetros além da baía; e, como diz Mitchell, Nostromo é o tipo de marinheiro que sabe tirar o melhor partido das suas oportunidades. — Nesse ponto, o doutor grunhiu tão ruidosamente que o outro mudou de tom.

— Tem uma opinião desfavorável sobre essa providência, doutor? Mas por quê? Charles Gould tem de jogar o seu jogo até o fim, embora não seja homem de explicitar a sua conduta, nem mesmo para si próprio, quanto mais para os outros. Pode ser que a tática lhe tenha sido sugerida em parte por Holroyd; mas está de acordo com o seu caráter também; e por isso tem tido tanto sucesso. Não chegaram a chamá-lo de *El rey de Sulaco* em Santa Marta? Um apelido pode ser a melhor prova de sucesso. É o que chamo dar rosto de gracejo ao corpo de uma verdade. Meu caro senhor, quando cheguei pela primeira vez a Santa Marta, fiquei surpreendido de ver todos aqueles jornalistas, demagogos, membros do congresso, todos aqueles generais e juízes se curvarem servilmente a um advogado de olhos sonolentos, sem clientela, simplesmente porque era o plenipotenciário da Concessão Gould. Sir John, quando chegou, também ficou impressionado.

— Um novo Estado com esse dândi rechonchudo, Decoud, como primeiro presidente — disse pensativamente o doutor Monygham, afagando o queixo e balançando as pernas o tempo todo.

— E por que não? — retorquiu o engenheiro-chefe numa voz inesperadamente grave e confidencial. Era como se algo de sutil no ar de Costaguana o tivesse inoculado com a fé local nos "pronunciamentos". E pôs-se imediatamente a falar, como um revolucionário experimentado, do instrumento à mão que era o exército intacto de Cayta, o qual em poucos dias poderia ser trazido de volta a Sulaco se Decoud conseguisse completar a sua jornada costa abaixo. Pois o chefe militar ali era Barrios, que não tinha a esperar de Montero, seu antigo rival profissional e seu feroz inimigo, outra coisa que não fosse uma bala. A adesão de Barrios era segura. Quanto ao seu exército, tampouco tinha coisa alguma a esperar de Montero — sequer o soldo de um mês. Desse ponto de vista, a existência do tesouro era de enorme importância. O simples conhecimento de que tinha sido salvo dos monteristas seria um forte incentivo para as tropas de Cayta aderirem à causa do novo Estado.

O doutor voltou-se e ficou a contemplar seu companheiro por algum tempo.

— Esse tal Decoud, pelo que vejo, é um jovem tratante bastante persuasivo — observou finalmente. — E diga-me, por favor, foi por causa disso então que Charles Gould deixou todo o lote de lingotes ir mar afora a cargo desse Nostromo?

— Charles Gould — respondeu o engenheiro-chefe — não disse mais do que habitualmente sobre o seu motivo. Sabe que ele não fala. Mas nós todos aqui conhecemos o seu motivo, que é só um: a segurança da mina de San Tomé e a preservação da Concessão Gould no espírito do seu pacto com Holroyd. Holroyd é outro homem fora do comum. Um entende o lado imaginativo do outro. Um tem trinta, o outro quase sessenta anos, e foram feitos um para o outro. Ser milionário, e um milionário como Holroyd, é como ser eternamente jovem. A audácia da juventude dispõe, para aquilo que imagina, de tempo ilimitado, mas um milionário dispõe de recursos ilimitados; o que é melhor. O tempo de vida de uma pessoa sobre a face da Terra é uma quantidade incerta, mas não há dúvida alguma acerca do longo alcance dos milhões. A introdução de uma forma pura de cristianismo neste continente é um sonho para um entusiasta jovem, e tenho tentado explicar ao senhor por que Holroyd, aos cinqüenta e oito anos, é como um homem no limiar da vida, e melhor que isso, aliás. Não é um missionário, mas a mina de San Tomé tem tal significado para ele. Asseguro-lhe, sem nenhum exagero, que ele não conseguiu manter isso de fora durante uma conferência estritamente de negócios sobre as finanças de Costaguana que teve com sir John alguns anos atrás. Sir John mencionou o assunto com surpresa numa carta que me escreveu de San Francisco, quando já estava a caminho de casa. Sob minha palavra, doutor, as coisas não parecem ser nada do que aparentam ser. Começo a acreditar que a única coisa segura a respeito deles é o valor espiritual que cada qual descobre em sua própria forma de atividade...

— Ora! — respondeu o doutor, sem interromper um só momento o indolente balançar das pernas. — Autobajulação. Alimento daquela vaidade que faz o mundo rodar. Enquanto isso, que acha que vai acontecer ao tesouro vogando pelo golfo com o grande capataz e o grande político?

— Por que está preocupado com ele, doutor?

— Eu, preocupado! E que diabos me importa isso? Não dou nenhum valor espiritual aos meus desejos, ou às minhas opiniões, ou às minhas ações. Não têm amplitude bastante para a autobajulação. Olhe, por exemplo: eu certamente gostaria de ter aliviado os últimos momentos dessa pobre mulher. Mas não posso. É impossível. Já se viu face a face com o impossível... ou o senhor, o Napoleão das ferrovias, não terá tal palavra no seu dicionário?

— Ela vai ter momentos muito maus? — perguntou o engenheiro-chefe com preocupação humanitária.

Passos lentos, pesados, ouviram-se sobre as tábuas acima das grossas vigas de madeira de lei da cozinha. E pela estreita abertura da escada embutida na espessura da parede, estreita o bastante para ser defendida por um único homem contra vinte inimigos, veio o murmúrio de duas vozes, uma fraca e alquebrada, a outra profunda e meiga respondendo-lhe, e com o seu tom mais grave encobrindo-lhe o som mais débil.

Os dois homens permaneceram em silêncio, imóveis, até os murmúrios cessarem; então, o doutor sacudiu os ombros e resmungou:

— Vai ter sim. E eu nada poderia fazer se subisse agora.

Seguiu-se um longo período de silêncio em cima e embaixo.

— Suponho — disse o engenheiro, em voz abafada — que não confia no capataz do capitão Mitchell.

— Não confiar! — murmurou o doutor entre dentes. — Acho que é capaz de qualquer coisa; inclusive da mais absurda fidelidade. Sabe, sou a última pessoa com quem falou ao deixar o embarcadouro. A pobre mulher lá de cima queria vê-lo, e eu o fiz ir até ela. Os agonizantes não devem ser contrariados, sabe. Ela parecia então bastante calma e resignada, mas o patife, naqueles dez minutos, se tanto, deve ter feito ou dito alguma coisa que parece tê-la levado ao desespero. Sabe — prosseguiu o médico, em tom hesitante —, as mulheres são tão inexplicáveis em todas as situações e épocas da vida, que cheguei a pensar por vezes que ela estava de certo modo (entende?) apaixonada por ele; pelo capataz. O patife possui o seu encanto, sem dúvida, ou não teria conquistado toda a população da cidade. Não, não estou sendo absurdo. Posso talvez ter dado o nome errado a algum intenso sentimento dela por ele; a alguma atitude irracional e simples que uma mulher tende a assumir emotivamente para com um homem. Ela costumava falar mal dele a mim, o que não contradiz a minha idéia, obviamente. De modo algum. Parecia-me que estava sempre pensando nele. Ele era algo de importância na sua vida. Sabe, freqüentei bastante essa gente. Sempre que eu descia da mina, a senhora Gould costumava pedir-me para dar uma olhada neles. Ela gosta de italianos; viveu longo tempo na Itália, creio, e tinha especial afeição por esse velho garibaldino. Um sujeito notável, aliás. Um homem austero e sonhador vivendo no republicanismo dos seus dias de mocidade como se vivesse numa nuvem. Ele encorajou boa parte dos malditos disparates do capataz, esse agitado, esse exaltado velhote.

— Que tipo de disparates? — estranhou o engenheiro-chefe. — Sempre achei o capataz um homem muito arguto e muito sensato, totalmente destemido e notavelmente útil. Um perfeito faz-tudo. Sir John ficou muito impressionado com a sua engenhosidade e atenção quando fez a viagem por terra desde Santa Marta. Mais tarde, como deve ter ouvido, prestou-nos o capataz um grande serviço ao denunciar ao então chefe de polícia a presença na cidade de alguns ladrões profissionais que tinham vindo de longe para descarrilar e assaltar o nosso trem mensal de pagamento de salários. Sem dúvida organizou com grande habilidade o serviço de frete de chatas na baía para a Companhia ONV. Sabe como fazer-se obedecer, embora seja estrangeiro. É verdade que os *cargadores* são também aqui, na maior parte, estrangeiros, imigrantes, *isleños*.

— O prestígio dele é a sua fortuna — resmungou o doutor em tom azedo.

— O homem demonstrou cabalmente ser digno de confiança em inumeráveis ocasiões e de todas as maneiras — argumentou o engenheiro. — Quando surgiu essa questão da prata, o capitão Mitchell era natural e calorosamente da opinião de ser o seu capataz o único homem à altura da missão. Como marinheiro, claro está, pelo que imagino. Mas como homem, sabe, Gould, Decoud e eu próprio julgamos que não importava muito quem fosse. Qualquer barqueiro serviria igualmente bem. Diga-me: o que um ladrão poderia fazer com tal montão de lingotes? Se fugisse com eles, teria de desembarcar nalgum lugar, e como poderia esconder a sua carga do pessoal de terra? Tiramos da mente essa preocupação. Além disso, Decoud iria também. Houve ocasiões em que o capataz mereceu ainda maior confiança implicitamente.

— Ele tinha uma opinião um pouco diferente — disse o médico. — Ouvi-o declarar nesta mesma sala que seria o encargo mais desesperado de sua vida. Fez uma espécie de testamento oral, que também ouvi, nomeando o velho Viola seu testamenteiro; e, com a breca! fique sabendo que ele não enriqueceu com sua fidelidade aos senhores, boa gente da estrada de ferro e da baía. Imagino que tenha tirado algum (como é mesmo que se diz isso?), algum valor espiritual de suas labutas, ou então não sei por que diabos teria sido fiel ao senhor, a Gould, Mitchell ou a quem quer que seja. Ele conhece bem este país. Sabe, por exemplo, que Gamacho, o deputado de Javira, nunca foi mais do que um *tramposo* dos mais rasteiros, um pequeno mascate do campo, até conseguir muita mercadoria a crédito de Anzani para abrir uma lojinha no interior e ser eleito pelos *mozos* bêbados que andam pelas *estancias* e pelos *rancheros* mais paupérrimos em dívida com ele. E Gamacho, que amanhã será provavelmente um dos nossos altos magistrados, é estrangeiro também, *isleño*. Poderia ter sido um *cargador* no cais da ONV se não houvesse assassinado (o *posadero* de Rincón está pronto a jurar quanto a isso) um mascate no mato e roubado a sua mercadoria para começar a vida. E acha que Gamacho se tornaria algum dia um herói para a democracia deste lugar, como o nosso capataz? Claro que não. Não é nem de longe para tanto. Não, acho que Nostromo é positivamente um tolo.

A fala do doutor desagradava ao construtor de ferrovias.

— É impossível argumentar sobre isso — disse judiciosamente. — Cada homem tem os seus dons. Devia ter ouvido Gamacho arengando aos seus amigos na rua. Tem uma voz ululante e gritava feito louco, erguendo o punho fechado acima da cabeça e pondo metade do corpo fora da janela. A cada pausa, a ralé gritava da rua: "Abaixo os oligarcas! *Viva la libertad!*". Lá dentro, Fuentes parecia extremamente infeliz. Como sabe, ele é irmão de Jorge Fuentes, que foi ministro do Interior durante uns seis meses, alguns anos atrás. Está claro que não tem consciência, mas é um homem de boa família e boa educação; em certa ocasião foi diretor da alfândega de Cayta. Esse bruto idiota, Gamacho, agarrou-se a ele com os seus sequazes da pior ralé. O medo doentio que Fuentes tem desse rufião é um espetáculo digno de ser visto.

Levantou-se e foi até a porta para olhar em direção da baía.

— Tudo em silêncio — disse. — Será que Sotillo pretende mesmo aparecer por aqui?

2

Percorrendo o desembarcadouro, o capitão Mitchell fazia-se a mesma pergunta. Havia sempre a dúvida de se o aviso do telegrafista de Esmeralda — uma mensagem interrompida e fragmentária — fora entendida corretamente. Todavia o bom homem decidira não ir deitar-se antes do amanhecer, ou mesmo então. Imaginava ter prestado um enorme serviço a Charles Gould. Quando pensava na prata salva, esfregava-se as mãos, satisfeito. À sua maneira simplória, orgulhava-se de ter sido um partícipe desse expediente muitíssimo esperto. Fora ele quem lhe tinha dado feição prática ao sugerir a possibilidade de interceptar no mar algum vapor de rumo norte. E tinha sido outrossim vantajoso para a sua companhia, que perderia um valioso frete se o tesouro houvesse ficado em terra para ser confiscado. O prazer de desapontar os monteristas era também muito grande. Autoritário por temperamento e pelo longo hábito do mando, o capitão Mitchell não era nenhum democrata. Ia a ponto de professar desprezo pelo próprio parlamentarismo.

— Sua excelência *don* Vincente Ribiera — costumava dizer —, a quem eu e aquele meu auxiliar, Nostromo, tivemos a honra, senhor, e o prazer de salvar de uma morte cruel, procrastinou demais com o seu congresso. Foi um equívoco; um claro equívoco, sir.

O ingênuo e idoso homem do mar que superintendia o serviço da ONV supunha que os últimos três dias tinham exaurido todas as surpresas alarmantes que a vida política de Costaguana podia oferecer. Costumava confessar, tempos depois, que os acontecimentos que se seguiram tinham ultrapassado seu poder de imaginação. Para começar, Sulaco (devido à tomada da estação de cabogramas e à desorganização do serviço de barcos a vapor) ficara uma quinzena inteira desligada do resto do mundo, como uma cidade sitiada.

— Ninguém acreditaria que fosse possível; mas foi, senhor. Uma quinzena inteira.

A narrativa das coisas extraordinárias que aconteceram naquela época, e das intensas emoções que experimentou, assumia caráter cômico e impressivo por causa do estilo pomposo do seu modo de narrar. Abria sempre a narrativa assegurando ao seu ouvinte que havia estado "no meio dos acontecimentos do começo até o fim". Punha-se então a descrever o escape da prata e a natural preocupação que sentira com o "seu auxiliar" encarregado da chata cometer eventualmente algum engano. Além da perda de tanto metal precioso, a vida do *señor* Martin Decoud, um jovem cavalheiro muito agradável, de posses e bem informado, estaria em perigo caso caísse nas mãos de seus inimigos políticos. O capitão Mitchell também admitia que em sua solitária vigília do desembarcadouro sentira certa preocupação pelo futuro do país todo.

— Um sentimento, senhor — explicava —, perfeitamente compreensível num homem assaz agradecido por tantas gentilezas recebidas das melhores famílias de comerciantes e de outros cavalheiros locais de recursos próprios que, salvos a custo por nós dos excessos da turba, pareciam, pelo que eu então imaginava, estar destinados a ser presa, em suas pessoas e em seus bens, da soldadesca, a qual, como é bem sabido, comportou-se com lamentável selvageria para com os habitantes, durante as perturbações civis. E havia também os Gould, senhor, por ambos os quais, marido e mulher, eu só podia nutrir os sentimentos mais calorosos em vista da hospitalidade e gentileza com que me distinguiam. Senti de igual modo os riscos sofridos pelos cavalheiros do Clube Amarilla, que me haviam feito membro honorário e me tinham tratado com constante polidez e consideração, tanto na minha condição de agente consular como na de superintendente de uma importante linha de vapores. A senhoria Antonia Avellanos, a mais bela e a mais prendada jovem senhora a quem tive o privilégio de falar, tampouco estava ausente dos meus cuidados, devo confessar. Outrossim, a maneira por que os interesses de minha companhia iriam ser afetados pela iminente mudança de autoridade exigia grande parte da minha atenção. Em suma, senhor, estava extremamente apreensivo e muito fatigado, como pode imaginar, pelos emocionantes e memoráveis acontecimentos nos quais desempenhei um modesto papel. O edifício da companhia, no qual eu tinha também residência, ficava apenas cinco minutos a pé; ele me acenava com o atrativo de uma pequena ceia e da minha rede de armar (sempre durmo à noite numa rede, por ser a mais adequada ao clima); no entanto, senhor, embora eu não pudesse fazer nada por ninguém ficando ali, não podia afastar-me daquele desembarcadouro, onde a fadiga me fazia por vezes tropeçar. A noite estava excessivamente escura: a mais escura de que me lembro na vida; de tal modo que comecei a achar que a chegada do transporte de Esmeralda não poderia dar-se possivelmente antes de o dia despontar, devido à dificuldade de navegar no golfo. Os mosquitos picavam feito fúrias. Antes dos ulteriores melhoramentos, éramos infestados aqui por mosquitos: uma variedade típica da baía, senhor, renomada pela sua ferocidade. Formavam uma nuvem à volta da minha cabeça, e não fosse pelos seus ataques, possivelmente eu daria uma cochilada enquanto caminhava de cima para baixo, arriscando-me a um grave tombo. Fumava um charuto atrás do outro, mais para evitar ser devorado vivo do que por qualquer real necessidade de tabaco. E então, senhor, talvez pela vigésima vez em que aproximava meu relógio da zona iluminada para ver a hora, e verificava com surpresa faltar ainda dez minutos para a meia-noite, ouvi o espadanar da hélice de um navio: um som inconfundível para um ouvido de marujo numa noite assim calma. Era muito leve, de fato, porque o barco avançava lenta e precavidamente, tanto por causa da escuridão como pelo desejo de não revelar cedo demais sua presença: um cuidado assaz desnecessário, pois firmemente acredito que eu era a única alma desperta em toda a imensa extensão desta baía. Mesmo o grupo costumeiro de vigias e outros homens havia estado ausente de seus postos por várias noites devido às perturbações. Fiquei absolutamente silencioso, depois de jogar fora e apagar o meu charuto com o pé; uma circunstância assaz agradável, cumpria-me crer, para os mosquitos, a julgar pelo estado de meu rosto na manhã seguinte. Mas isso foi uma inconveniência mínima em comparação com o tratamento brutal de que fui vítima por parte de Sotillo. Algo de toda inconcebível, senhor, mais parecido com os furores de um maníaco do que com a conduta de um homem são, ainda que tivesse perdido todo senso de honra e de decência. Mas Sotillo enfureceu-se com o malogro dos seus planos de rapina.

Nisso, estava certo o capitão Mitchell. Sotillo ficara realmente furioso. O capitão Mitchell, contudo, não havia sido detido de imediato; uma viva curiosidade o levou a permanecer no desembarcadouro (que tem perto de cento e cinqüenta metros de extensão) para ver, ou melhor ouvir, todo o processo de desembarque. Escondido atrás do vagão usado para o transporte da prata, o qual fora posteriormente levado de volta à extremidade do molhe que dava para a praia, o capitão Mitchell viu um pequeno destacamento avançar e seguir adiante, tomando diferentes direções pela planura. Entrementes, as tropas estavam sendo desembarcadas e formadas em colunas cuja vanguarda foi se aproximando gradualmente até distar uns poucos metros dele, que pôde divisá-la toda, quase barrando a largura do desembarcadouro. Então os sons abafados de pés se arrastando, murmúrio de vozes, o tilintar de armas cessou, e a massa toda permaneceu imóvel e silenciosa por cerca de uma hora, à espera do regresso dos batedores. Em terra, nada se ouvia a não ser o latido profundo dos mastins nos pátios da ferrovia, respondido pelo ladrar distante dos vira-latas que infestavam os limites exteriores da cidade. Um agrupamento de vultos escuros permanecia isolado da vanguarda da coluna.

Finalmente, o piquete na extremidade do desembarcadouro começou a pedir a senha, em voz baixa, a figuras isoladas que se aproximavam vindas da planura. Os mensageiros mandados de volta pelos grupos de batedores lançavam aos companheiros breves sentenças e seguiam seu caminho à pressa, perdendo-se na grande massa imóvel, a fim de fazer seu informe ao Estado-Maior. Ocorria ao capitão Mitchell que a sua posição podia tornar-se desagradável e talvez perigosa quando, de súbito, na dianteira do molhe, houve uma voz de comando e um toque de clarim, seguido de uma movimentação e tilintar de armas, e de um ruído de murmúrios que correu até a extremidade da coluna. Perto, uma voz alta ordenou apressadamente:

— Tirem esse vagão do caminho!

Ao tropel de pés nus para executar a ordem, o capitão Mitchell afastou-se um ou dois passos; o vagão, repentinamente impelido por muitas mãos, deslizou para longe dele sobre os trilhos, e antes de saber o que acontecera viu-se rodeado e agarrado pelos braços e pela lapela do casaco.

— Pegamos um homem escondido aqui, *mi teniente*! — gritou um dos seus captores.

— Mantenham-no aí de lado até a retaguarda avançar —

respondeu uma voz. A coluna toda desfilou diante do capitão Mitchell a passo acelerado; o ruído trovejante dos pés morria de súbito quando chegavam à praia. Seus captores o seguravam firmemente, sem se importar com sua declaração de que era inglês. Nem com suas enfáticas exigências de ser levado à presença do oficial comandante. Por fim, ele se recolheu a um digno silêncio. Com um ribombo cavo de rodas sobre as pranchas, duas peças de artilharia de campanha, puxadas a mão, passaram. Em seguida veio um pequeno corpo de homens a escoltar quatro ou cinco figuras que caminhavam à frente, com um tilintar de bainhas de aço; então, ele sentiu um puxão nos braços e recebeu ordem de andar também. Durante a caminhada do desembarcadouro até a casa da alfândega, é de recear que o capitão Mitchell se visse sujeito a certas indignidades nas mãos dos soldados — tais como sacões, golpes no pescoço, aplicação violenta da coronha de um fuzil contra seus lombos. As idéias de velocidade dos soldados não coordenavam com a sua idéia de dignidade. Ficou afogueado, rubicundo, ao desamparo. Era como se o mundo chegasse ao fim.

O longo edifício estava cercado de tropas; os soldados já começavam a ensarilhar armas por companhias e a preparar-se para passar a noite deitados no chão sobre os seus ponchos com as mochilas sob a cabeça. Cabos se movimentavam com lanternas balouçantes para postar sentinelas a toda a volta dos muros, onde quer que houvesse uma porta ou uma abertura. Sotillo estava tomando medidas de proteção da sua conquista, como se esta contivesse de fato o tesouro. O desejo de fazer sua fortuna num audacioso golpe de gênio tinha lhe obnubilado as faculdades raciocinantes. Ele não acreditava na possibilidade de malogro; a mera insinuação de uma coisa que tal punha-lhe o cérebro a girar de raiva. Toda circunstância que apontasse para isso lhe parecia inacreditável. A declaração de Hirsch, tão cabalmente fatal para as suas esperanças, não podia ser admitida de modo algum. É verdade também que a história de Hirsch tinha sido contada de modo tão incoerente, com tais e tão excessivas mostras de confusão, que parecia realmente improvável. Não tinha pé nem cabeça, como se costuma dizer, era muito difícil de compreender. Na ponte do vapor, logo após resgatá-lo das águas, Sotillo e seus oficiais, impacientes e nervosos, não tinham dado ao pobre homem tempo para recuperar o pouco juízo que lhe restava. Precisaria de ter sido aquietado, apaziguado, reanimado; em vez disso, fora tratado com brutalidade, algemado, sacudido e interrogado em tom ameaçador. Seus movimentos, suas torções, suas tentativas de pôr-se de joelhos, seguidas dos mais violentos esforços de fugir, como se pretendesse pular pela borda fora incontinenti; seus berros e esquivanças e olhares de desvairado terror — tudo isso os enchera primeiramente de espanto, depois de dúvida quanto à sua autenticidade, já que os homens costumam suspeitar da sinceridade de todas as grandes emoções. O espanhol dele também se misturava de tal modo com alemão que metade do que dizia era incompreensível. Ele buscava conquistar-lhes as boas graças chamando-os de *hochwohlgeboren herren*, o que por si só soava suspeito. Quando severamente admoestado a deixar-se de brincadeiras, repetia seus rogos, seus protestos de lealdade e inocência igualmente em alemão, porque não tinha consciência da língua que estava falando. Sua identidade de morador em Esmeralda era bem conhecida mas em nada servia para esclarecer o assunto. Como ele timbrasse em esquecer o nome de Decoud, confundindo-o com diversas outras pessoas que vira na Casa Gould, afigurava-se que todos tinham estado na chata conjuntamente; por um momento, Sotillo chegou a pensar que afogara todos os ribieristas proeminentes de Sulaco. A improbabilidade de tal ocorrência lançava uma dúvida sobre a declaração em conjunto. Hirsch estava louco ou então desempenhava um papel — fingia terror e confusão de improviso a fim de ocultar a verdade. A rapacidade de Sotillo, exacerbada ao máximo pela perspectiva de um espólio imenso, não conseguia acreditar em nada adverso. Aquele judeu podia estar muito assustado com o acidente, mas sabia onde a prata estava escondida e inventara essa história, com a sua astúcia judaica, para desviá-lo inteiramente da pista do que de fato tinha sido feito.

Sotillo havia estabelecido o seu alojamento no andar superior, num vasto aposento de grossas traves escuras. Mas não tinha forro e o olhar se perdia na escuridão da alta empena do teto. Sobre uma longa mesa viam-se um grande tinteiro, algumas grossas penas de ganso sujas de tinta, e duas caixas retangulares de madeira, com uns vinte quilogramas de areia. Folhas de papel ofício acinzentado e ordinário juncavam o solo. Devia ter sido um aposento ocupado por algum alto funcionário da alfândega, porque havia uma grande poltrona de couro atrás da mesa e outras de espaldar alto espalhadas à volta. Uma rede de dormir balouçava sob uma das traves — sem dúvida para a sesta vesperal do funcionário. Duas velas em altos castiçais de ferro davam uma vaga luz avermelhada. O chapéu, a espada e o revólver do coronel jaziam entre eles, e alguns dos seus oficiais de maior confiança recostavam-se desalentadamente à mesa. O coronel deixou-se por sua vez cair na poltrona, e um negro alto, com as divisas de sargento na manga rota, ajoelhou-se para descalçar-lhe as botas. O bigode preto e luzente de Sotillo contrastava violentamente com a palidez de suas faces. Seus olhos eram sombrios, como se olhassem de bem do fundo da cabeça. Parecia exausto pelas perplexidades, entibiado pelo desapontamento; porém quando o sentinela do alto da escada meteu a cabeça pela porta para anunciar a chegada do prisioneiro, reanimou-se prontamente.

— Tragam-no para dentro — berrou ferozmente.

A porta foi escancarada e o capitão Mitchell, de cabeça descoberta, colete desabotoado, o laço da gravata debaixo da orelha, empurrado para dentro da sala.

Sotillo o reconheceu imediatamente. Não podia desejar mais promissora e preciosa captura; ali estava um homem que poderia lhe dizer, se quisesse, tudo quanto ele ardia por saber — e de pronto se apresentou à sua mente o problema da melhor maneira de fazê-lo falar. O ressentimento de uma nação estrangeira em nada atemorizava Sotillo. O poderio de toda a Europa armada não teria protegido o capitão Mitchell de insultos e maustratos tão bem quanto a veloz reflexão de Sotillo de tratar-se de um inglês que muito provavelmente se tornaria obstinado com um mau tratamento e muito difícil de manejar. Em todo caso, o coronel abrandou a carranca.

— O quê! O eminente *señor* Mitchell! — exclamou com fingida consternação. A pretensa ira do seu rápido avanço e do seu berro: — Soltem o *caballero* imediatamente — foi tão eficaz que os atônitos soldados literalmente deram um pulo para trás. De súbito privado de um apoio forçado, o capitão Mitchell cambaleou como se fosse cair. Sotillo o tomou familiarmente pelo braço, levou-o até uma cadeira, sacudiu a mão para os que estavam no aposento e ordenou: — Saiam, todos vocês.

Quando foram deixados sós, permaneceu de olhos baixos, irresoluto e silente, à espera de que o capitão Mitchell recuperasse o dom da fala.

Ali, em suas próprias mãos, estava um dos homens envolvidos na remoção da prata. O temperamento de Sotillo era de molde a fazê-lo experimentar um ardente desejo de espancá-lo; tal como numa ocasião anterior, ao negociar com dificuldade um empréstimo do cauteloso Anzani, quando seus dedos comichavam o tempo todo de vontade de agarrar o lojista pela garganta. Quanto ao capitão Mitchell, o inesperado e o inconcebível de tal experiência haviam confundido seu pensamento. Ademais, estava fisicamente sem fôlego.

— Fui derrubado três vezes no caminho do desembarcadouro até aqui — conseguiu por fim arquejar. — Alguém vai ter de pagar por isso. — Havia certamente tropeçado mais de uma vez e tinha sido arrastado por uma certa distância antes de poder retomar o passo. Recobrado o fôlego, a indignação pareceu endoidecê-lo. Deu um pulo, rubro de cólera, o cabelo branco ouriçado, os olhos a cintilar vingativamente, e sacudiu com violência as abas do seu colete arruinado à frente do desconcertado Sotillo. — Veja! Aqueles seus ladrões uniformizados lá debaixo me roubaram o relógio.

O aspecto do velho marujo era sobremaneira ameaçador. Sotillo viu-se isolado da mesa onde jaziam o seu sabre e o seu revólver.

— Exijo devolução e desculpas — berrou Mitchell para ele, completamente fora de si. — De você! Sim, de você!

Pelo espaço de um ou dois segundos, o coronel permaneceu imóvel, com uma expressão pétrea no rosto; então, quando o capitão Mitchell esticou um braço para a mesa, como se fosse agarrar o revólver, Sotillo, com um grito de alarma, pulou em direção à porta e sumiu-se num relâmpago, batendo-a atrás de si. A surpresa acalmou a fúria do capitão Mitchell. Do outro lado da porta fechada, Sotillo gritou do patamar e houve um grande tumulto de pés pela escada de madeira.

— Desarmem-no! Amarrem-no! — podia-se ouvir o coronel vociferando.

O capitão Mitchell só teve tempo de dar uma olhada às janelas, cada uma com três barras perpendiculares de ferro e a uns seis metros do solo, como ele bem sabia, antes de a porta escancarar-se e se precipitarem sobre ele. Em tempo incrivelmente curto, viu-se amarrado, com muitas voltas de uma corda de couro, a uma cadeira de espaldar alto, de tal modo que só a sua cabeça continuava livre. Foi somente então que Sotillo, o qual estivera encostado ao vão da porta a tremer visivelmente, se arriscou a entrar outra vez. Os soldados, recolhendo do solo os fuzis que tinham deixado cair para agarrar o prisioneiro, saíram do aposento. Apenas os oficiais permaneceram, apoiados às suas espadas, a olhar.

— O relógio! O relógio! — esbravejava o coronel, andando de um lado para outro, feito um tigre numa jaula. — Dêem-me o relógio desse homem.

Era verdade que quando o revistaram à procura de armas, no vestíbulo do térreo, antes de o levarem à presença de Sotillo, o capitão Mitchell tinha sido aliviado do relógio e da corrente; todavia, ante a vociferação do coronel, o relógio reapareceu assaz prontamente, trazido para cima por um cabo, que o carregava cuidadosamente nas palmas das mãos juntas. Sotillo agarrou-o e sacudiu o punho fechado do qual pendia diante da cara do capitão Mitchell.

— Olhe aí! Seu inglês arrogante! Atreve-se a chamar de ladrões os soldados do exército! Veja o seu relógio.

Brandia o punho como se fosse esmurrar o nariz do prisioneiro. O capitão Mitchell, inerme como uma criança enfaixada, fitava ansiosamente o semicronômetro de ouro, de sessenta guinéus, que lhe fora presenteado anos atrás por uma comissão de seguradores por ele ter salvo um navio de perda total por fogo. Sotillo pareceu também aperceber-se do seu valor. Calou-se de súbito, foi até a mesa e começou a examiná-lo cuidadosamente à luz das velas. Nunca tinha visto coisa tão fina. Seus oficiais se aproximaram e esticaram os pescoços às suas costas.

Ficou tão interessado que por um instante esqueceu o seu precioso prisioneiro. Há sempre algo de infantil na rapacidade das raças passionais, lúcidas, do Sul, carentes do nebuloso idealismo dos nortistas que, ao menor encorajamento, sonham com nada menos que a conquista da Terra. Sotillo era apaixonado por jóias, berloques de ouro, enfeites pessoais. Ao cabo de um momento, voltou-se e, com um gesto imperativo, fez todos os seus oficiais recuarem. Colocou o relógio sobre a mesa e negligentemente cobriu-o com o chapéu.

— Ah! — começou a falar, chegando bem perto da cadeira. — Atreve-se a chamar de ladrões os meus valentes soldados do regimento de Esmeralda. Atreve-se a isso! Que desfaçatez! Vocês estrangeiros vêm para cá roubar nosso país de suas riquezas. Nunca têm o que baste! Sua audácia não conhece limites.

Olhou em direção dos oficiais, entre os quais se elevou um murmúrio de aprovação. O major idoso sentiu-se compelido a declarar:

— *Sí, Sí, mi colonel!* São todos traidores.

— Não vou dizer nada — continuou Sotillo, fitando o imobilizado e impotente Mitchell com um olhar severo mas inquieto —, não vou dizer nada da sua traiçoeira tentativa de apoderar-se do meu revólver para atirar contra mim enquanto eu tentava tratá-lo com uma consideração que não merece. Você pôs a própria vida em perigo. Sua única esperança é a minha clemência.

Ficou à espera do efeito de suas palavras, mas não havia nenhum sinal ostensivo de medo no rosto do capitão Mitchell. O seu cabelo branco estava cheio de poeira, que lhe cobria também o restante da inerme pessoa. Como se não tivesse ouvido coisa alguma, entortou uma sobrancelha para livrar-se de uma palhinha que lhe pendia dos cabelos.

Sotillo adiantou uma perna e pôs as mãos nos quadris.

— É você, Mitchell — disse enfaticamente —, que é o ladrão, não os meus soldados! — Apontou para o prisioneiro um indicador de unha comprida, amendoada. — Onde está a prata da mina de San Tomé? Pergunto-lhe, Mitchell: onde está a prata que foi depositada nesta alfândega? Responda-me isso! Você a roubou. Você participou do roubo. Ela foi roubada do nosso governo. Ah! pensa que não sei do que estou falando, mas estou bem a par de suas tramóias estrangeiras. Foi-se a prata! Não? Foi-se numa de suas lanchas, seu miserável! Como se atreveu?

Desta vez conseguiu provocar efeito. "De que jeito conseguiu Sotillo saber disso?", pensou Mitchell. Sua cabeça, a única parte do corpo que podia mover, traiu-lhe a surpresa num súbito estremecimento.

— Ah! você treme — bradou Sotillo, de inopino. — É uma conspiração. É um crime contra o Estado. Não sabe que a prata pertence à República até as reclamações do governo serem atendidas? Onde está ela? Onde a escondeu, seu ladrão miserável?

A essa pergunta, o ânimo abatido do capitão Mitchell reviveu. Ainda que de alguma inexplicável maneira Sotillo obtivesse a informação acerca da chata, não a tinha capturado. Isso estava claro. No seu íntimo ultrajado, o capitão Mitchell decidira que nada o induziria a dizer uma só palavra enquanto permanecesse vergonhosamente amarrado, mas o desejo de ajudar a evasão da prata fê-lo desviar-se dessa resolução. Seu bom senso estava em intensa atividade. Percebeu em Sotillo um certo ar de dúvida, de irresolução.

"Esse homem", disse consigo, "não está seguro do que diz."

A despeito de toda a sua pomposidade no trato social, o capitão Mitchell podia avir-se com as realidades da vida resoluta e lestamente. Agora que sobrepujara o primeiro choque do tratamento abominável de que fora vítima, estava suficientemente tranqüilo e senhor de si. O imenso desprezo que sentia por Sotillo lhe dava forças e ele disse ambiguamente:

— Sem dúvida deve estar bem escondida a esta altura.

Sotillo também tivera tempo de acalmar-se.

— *Muy bien*, Mitchell — respondeu, de maneira fria e ameaçadora. — Mas você pode exibir o recibo do governo dos direitos pagos e a autorização alfandegária para embarque? Pode? Não, não pode. Então a prata foi removida ilegalmente, e os culpados vão padecer por isso, a menos que ela apareça dentro de cinco dias a contar de hoje. — Deu ordens de que o prisioneiro fosse desamarrado e encarcerado num dos quartos menores lá debaixo. Ficou a passear pelo aposento, carrancudo e silencioso, até o capitão Mitchell, com cada um dos braços seguro por dois homens, levantar-se, sacudir-se e bater os pés.

— Que tal achou ficar amarrado, Mitchell? — perguntou zombeteiramente.

— É o mais incrível, o mais abominável abuso de poder! — declarou o capitão Mitchell em voz alta. — E seja qual for o seu propósito, não ganhara nada com isso, posso lhe assegurar.

O alto coronel, lívido, com seus anéis de cabelo negro e seu negro bigode, agachou-se, por assim dizer, para fitar os olhos do baixo, atarracado, rubicundo prisioneiro de cabelos brancos em desordem.

— Isso veremos. Você irá conhecer um pouco melhor o meu poder quando eu o amarrar a um *potalón* e o deixar exposto ao sol um dia inteiro. — Empertigou-se altivamente e fez um sinal de que levassem embora o capitão Mitchell.

— E quanto ao meu relógio? — berrou o capitão Mitchell, resistindo aos esforços dos homens que o arrastavam em direção à porta.

Sotillo se voltou para os seus oficiais.

— Mas não! Ouçam o que diz este *pícaro*, *caballeros* — exclamou com fingido desdém, recebendo por resposta um coro de risadas escarninhas. — Ele quer o seu relógio!... — Correu para o capitão Mitchell, pois sentia muito intenso dentro de si o desejo de dar vazão aos seus sentimentos golpeando e infligindo dor àquele inglês. — O seu relógio! Você é um prisioneiro em tempo de guerra, Mitchell! Em tempo de guerra! Não tem direitos nem propriedade! Caramba! Até a respiração do seu corpo me pertence. Lembre-se disso.

— Baboseiras! — disse o capitão Mitchell, disfarçando uma desagradável impressão.

Embaixo, no grande vestíbulo de chão de terra batida e com um alto montículo erguido por cupins a um canto, os soldados tinham acendido uma pequena fogueira, com mesas e cadeiras quebradas, perto do portão em arco através do qual se podia ouvir o leve murmúrio das águas na praia da baía. Enquanto o capitão Mitchell estava sendo levado pela escada abaixo, um oficial passou por ele, subindo à pressa para informar a Sotillo a captura de mais prisioneiros. Uma nuvem de fumaça pairava na vasta peça sombria, o fogo estralejava e como que através de um nevoeiro o capitão Mitchell divisou, cercado por soldados de pequena estatura, de baionetas caladas, as cabeças de três altos prisioneiros — o médico, o engenheiro-chefe e a branca juba leonina do velho Viola, que permanecia afastado dos outros, voltado de lado, com o queixo sobre o peito e os braços cruzados. O espanto de Mitchell não conheceu limites. Gritou para eles; os outros dois também soltaram exclamações. Mas ele atravessou à pressa, diagonalmente, o grande vestíbulo cavernoso. Uma porção de pensamentos, conjecturas, sugestões de cautela e apreensão que tais enchiam-lhe a cabeça de perplexidades.

— Estão de fato mantendo-o prisioneiro? — gritou o engenheiro-chefe, cujo monóculo cintilava à luz da fogueira.

Um oficial, do alto da escada, berrou com insistência:

— Tragam os três para cima. Todos os três.

Em meio ao clamor de vozes e ao estrépito de armas, o capitão Mitchell se fez ouvir imperfeitamente:

— Santo Deus! o sujeito roubou o meu relógio.

O engenheiro-chefe, já na escada, resistiu à pressão o bastante para gritar:

— O quê? Que foi que disse?

— Meu cronômetro! — berrou o capitão Mitchell com força no mesmo momento em que estava sendo atirado de cabeça, através de uma pequena porta, para dentro de uma espécie de cela, totalmente negra e tão estreita que colidiu com a parede oposta. A porta foi instantaneamente batida. Sabia onde o tinham posto: na casa-forte da alfândega, de onde a prata fora removida havia umas poucas horas. Era quase tão estreita quanto um corredor, com uma pequena abertura retangular, barrada por forte gradil, na outra extremidade. O capitão Mitchell deu alguns passos cambaleantes, depois se sentou no chão de terra com as costas contra a parede. Nada, sequer um vislumbre de luz, interferia com a sua meditação. Pensou intensamente mas não por muito tempo. Não era de feitio taciturno. A despeito de todas as suas pequenas fraquezas e contra-sensos, o velho marinheiro se demonstrava constitucionalmente incapaz de nutrir qualquer temor mais demorado acerca de sua segurança pessoal. Não tanto por fortaleza de ânimo como pela falta de um certo tipo de imaginação — o tipo cujo indevido desenvolvimento causava intenso sofrimento ao *señor* Hirsch; aquela espécie de imaginação que acrescenta o cego terror do sofrimento corporal e da morte, encarados como um acidente estritamente só do corpo — a todas as demais apreensões em que se baseia o senso da existência individual. Desafortunadamente, o capitão Mitchell não tinha muita penetração, fosse de que natureza fosse; o teor característico, iluminador, de certos pormenores de expressão, de ação ou de movimento lhe escapava completamente. De uma maneira pomposa e inocente, estava por demais cônscio de sua própria existência para observar a de outrem. Por exemplo, não podia acreditar que Sotillo de fato tivera medo dele, e isso simplesmente porque jamais lhe passaria pela cabeça disparar contra quem quer que fosse, a não ser num caso de autodefesa ao extremo premente. Qualquer um podia ver que não era nenhum homicida, refletia ele muito gravemente. Então, por que aquela absurda e insultante acusação?, perguntava-se. Mas os seus pensamentos giravam sobretudo em torno da surpreendente e irrespondível questão: como, com os diabos, viera aquele sujeito a saber que a prata tinha sido levada embora numa chata? Era óbvio que não a tinha capturado. E, obviamente, não poderia tê-la capturado! Nesta última conclusão, o capitão Mitchell se deixou enganar pela suposição que tirara da observação do tempo durante sua longa vigília no desembarcadouro. Pensava que houvera muito mais vento do que costumeiramente no golfo; na verdade, o oposto acontecera.

"Em nome do que há de miraculoso no mundo, de que maneira esse maldito sujeito teve notícia do assunto?", foi a primeira pergunta que se fez logo após o estrépito, o estrondo e o clarão da porta aberta (e logo fechada quase antes que ele pudesse erguer a cabeça pendida) informá-lo de que tinha um companheiro de cativeiro. A voz do doutor Monygham parou de resmungar pragas em inglês e em espanhol.

— É você, Mitchell? — perguntou, irritado. — Bati a testa contra essa maldita parede com força bastante para derrubar um boi. Onde está você?

Acostumado já à escuridão, o capitão Mitchell pôde discernir o doutor de mãos esticadas feito cego.

— Estou sentado aqui no chão. Não vá tropeçar nas minhas pernas — advertiu a voz do capitão Mitchell num tom de grande dignidade. O médico, instado a não caminhar no escuro, deixou-se também cair ao solo. Os dois prisioneiros de Sotillo, com as cabeças quase se tocando, puseram-se a trocar confidências.

— Sim — relatou o doutor em voz baixa à veemente curiosidade do capitão Mitchell —, fomos agarrados na casa do velho Viola. Parece que um dos piquetes deles, comandado por um oficial, chegou até a porta da cidade. Tinham ordens de não entrar, e sim de trazer qualquer vivente que encontrassem na planura. Tínhamos estado a conversar ali de porta aberta, e eles sem dúvida viram o clarão de nossa vela. Deviam estar se aproximando fazia já algum tempo. O engenheiro deitou-se num banco, num recesso perto da lareira, e eu fui dar uma olhada lá em cima. Não tinha ouvido som algum por longo tempo. O velho Viola, assim que me viu subir, ergueu o braço pedindo silêncio. Entrei na ponta dos pés. Por Deus, a mulher dele tinha se deitado e pegara no sono. Pegara de fato no sono! "Senhor doutor", murmurou-me o velho Viola, "parece que a aflição dela estava melhorando." "Sim", respondi, muito surpreso, "sua esposa é uma mulher maravilhosa, Giorgio." Nesse instante um tiro foi disparado na cozinha, que nos fez pular e encolher-nos como ao estouro de um trovão. Parece que o destacamento de soldados se aproximara furtivamente e um deles chegara até a porta. Olhou para dentro, julgou não haver ninguém ali e, de fuzil pronto para atirar, entrou em silêncio. O engenheiro-chefe me contou que acabava de fechar os olhos por um momento. Quando os abriu, viu o homem já no meio da cozinha espiando pelos cantos escuros. O engenheiro ficou tão espantado que, sem pensar, pulou do recesso até diante da lareira. Não menos espantado, o soldado ergue o fuzil e puxa o gatilho, ensurdecendo e chamuscando de leve o engenheiro, mas errando completamente o tiro na sua atrapalhação. E veja o que aconteceu! Ao ruído do disparo, a mulher adormecida sentou-se na cama, como se movida por uma mola, com um grito. "As meninas, Gian' Battista! Salve as meninas!" Ainda trago nos ouvidos esse grito de aflição, o mais autêntico que jamais ouvi. Fiquei como que paralisado, mas o velho marido correu para o leito, de mãos estendidas. Ela se agarrou a elas! Pude ver-lhe os olhos se tornarem vidrados; o velho a recostou nos travesseiros e então olhou para mim. Ela estava morta! Tudo isso levou menos que cinco minutos e então desci para ver o que acontecera. Era inútil pensar em qualquer tipo de resistência. Nada do que nós dois pudéssemos dizer ao oficial adiantou, pelo que me prontifiquei a subir com dois dos soldados para trazer o velho Viola. Estava sentado ao pé do leito, olhando o rosto da mulher, e não parecia ouvir o que eu lhe dizia; mas depois de eu ter coberto o rosto dela com o lençol, ergueu-se e nos seguiu tranqüilamente até lá embaixo, com uma expressão pensativa. Fizeram-nos marchar pela estrada, deixando a porta aberta e a vela acesa. O engenheiro-chefe caminhava sem dizer palavra, mas eu olhei uma ou duas vezes para o débil clarão. Depois de termos andado uma distância considerável, o garibaldino, que ia ao meu lado, disse subitamente: "Enterrei muitos homens nos campos de batalha deste continente. Os padres falam de terreno consagrado. Bah! Toda terra feita por Deus é sagrada, mas o mar, que nada sabe nem de reis nem de padres nem de tiranos, é o que há de mais sagrado. Doutor! Eu gostaria de sepultá-la no mar. Nada de cerimônias, velas, incenso, água benta aspergida com resmungos de padres. O espírito da liberdade paira sobre as águas". Que velho incrível. Dizia tudo isso em voz baixa como se falasse consigo mesmo.

— Sim, sim — interrompeu o capitão Mitchell com impaciência. — Pobre velho! Mas você tem alguma idéia de como aquele rufião do Sotillo obteve essa informação? Ele não prendeu nenhum dos nossos *cargadores* que ajudaram com o vagão, prendeu? Mas não, é impossível! Eram homens escolhidos a dedo, que têm trabalhado em nossos barcos nestes últimos cinco anos, e eu os paguei especialmente para que executassem o serviço, dando-lhes instruções de desaparecerem por vinte e quatro horas pelo menos. Eu os vi com os meus próprios olhos marchando com os italianos para os pátios da ferrovia. O chefe prometeu dar-lhes rações enquanto quisessem permanecer ali.

— Bem — disse o médico vagarosamente —, garanto-lhe que pode dizer adeus para sempre à sua melhor chata e ao capataz dos *cargadores*.

Ao ouvir isso, o capitão Mitchell pôs-se de pé num pulo, levado pelo excesso de comoção. O doutor, sem lhe dar tempo de soltar uma exclamação, explicou-lhe sucintamente o papel desempenhado por Hirsch durante a noite.

O capitão Mitchell sentia-se derrotado.

— Afogado! — murmurou, num sussurro de perplexidade e estarrecimento. — Afogado! — Depois ficou em silêncio, aparentando ouvir, mas absorvido demais na notícia da catástrofe para prestar atenção à narrativa do médico.

Este havia assumido uma atitude de perfeita ignorância, até que por fim Sotillo se viu instigado a trazer Hirsch e fazê-lo repetir a história toda, que lhe tornou a arrancar com a maior dificuldade, porque a todo momento ele a interrompia com lamentações. Finalmente, Hirsch foi levado embora, parecendo mais morto do que vivo, e encarcerado num dos quartos do andar de cima para estar logo à mão. Então o doutor, assumindo o seu caráter de homem jamais admitido às reuniões privadas da administração da San Tomé, observou que a história soava incrível. Evidentemente, afirmou que não poderia dizer qual fora a ação dos europeus, já que estivera inteiramente absorvido no seu próprio trabalho de cuidar dos feridos e também de atender a *don* José Avellanos. Conseguira afetar tão bem um tom de imparcial indiferença que Sotillo parecera ter sido completamente enganado. Até então um simulacro de inquérito regular havia sido mantido; um dos oficiais, sentado à mesa, registrava por escrito as perguntas e as respostas; os outros oficiais, que preguiçavam no aposento, ouviam atentamente, fumando seus longos charutos e mantendo os olhos fitos no médico. Mas nesse ponto Sotillo ordenou a todos que saíssem.

3

Assim que se viram sós, a severa atitude oficial do coronel mudou. Ergueu-se e se aproximou do médico. Seus olhos brilhavam de rapacidade e esperança; tornou-se confidencial.

— A prata pode ter sido embarcada de fato na chata, mas não é concebível que tenha sido levada para o mar.

O doutor, atento a cada palavra, assentiu ligeiramente, fumando com aparente deleite o charuto que Sotillo havia oferecido como sinal de suas intenções amigáveis. A atitude do doutor, de frio insulamento dos demais europeus, espicaçou Sotillo a, de conjectura em conjectura, insinuar que na sua opinião se tratava de uma trama de Charles Gould com o fito de apoderar-se sozinho do imenso tesouro. O médico, atento e senhor de si, murmurou:

— Ele é bem capaz disso.

Nesse ponto o capitão Mitchell exclamou com espanto, escândalo e indignação:

— Você disse isso de Charles Gould! — Aversão, e até mesmo certa suspicácia, transpareceu-lhe no tom de voz, pois para ele, como para os outros europeus, parecia haver algo de dúbio na personalidade do médico.

— Céus, o que é que o levou a dizer isso àquele patife ladrão de relógios? — perguntou. — Qual o objetivo de uma mentira diabólica como essa? O maldito batedor de carteiras era bem capaz de acreditar em você.

Deu um risinho de desdém. Durante algum tempo o médico se manteve em silêncio no escuro.

— Sim, foi exatamente isso que eu disse — respondeu por fim, num tom que tornaria muito claro, a um terceiro, não ter sido a pausa de relutância e sim de reflexão. O capitão Mitchell pensou que nunca ouvira na vida nada de tão descaradamente impudente.

— Bem, bem — resmungou consigo, mas não teve ânimo de exteriorizar seus pensamentos. Foram varridos por outros, repletos de perplexidade e pesar. Uma opressiva sensação de desconforto esmagava-o; a perda da prata, a morte de Nostromo, que era um duro golpe para a sua sensibilidade, porque se tinha apegado ao seu capataz, assim como as pessoas se apegam aos seus subalternos por amor do sossego e por gratidão quase inconsciente. E quando pensava em Decoud também se afogando, sua sensibilidade quase se consumia com fim tão desgraçado. Que terrível golpe para aquela pobre moça! O capitão Mitchell não pertencia à espécie dos velhos solteirões rabugentos; pelo contrário, gostava de ver rapazes cortejando moças. Parecia-lhe algo natural e apropriado. Particularmente apropriado. Quanto aos marinheiros, era diferente. Não haviam sido feitos para o casamento, sustentava, e por razões morais, por uma questão de desprendimento, pois, explicava, a vida a bordo de um navio não convinha a uma mulher, mesmo no melhor dos casos, e deixá-la em terra não era, primeiramente, justo, e ademais, quer ela sofresse com a separação, quer nada lhe importasse, seria um mal em ambos os casos. Ele não saberia dizer o que mais o contristava — se a imensa perda material de Charles Gould, se a morte de Nostromo, que era uma grande perda para ele próprio, ou se a idéia daquela bela e prendada moça ver-se mergulhada em luto.

— Sim — voltou a falar o doutor, que aparentemente continuara a refletir —, ele me acreditou, de fato. Pensei que fosse me abraçar. "*Sí, sí*", disse, "ele vai escrever àquele sócio dele, o rico americano de San Francisco, que tudo se perdeu. Por que não? Há bastante para dividir com muita gente."

— Mas isso é totalmente imbecil! — exclamou o capitão Mitchell.

O médico assinalou que Sotillo *era* imbecil e que a sua imbecilidade era suficientemente engenhosa para fazê-lo extraviar-se de todo. Ele, doutor, só lhe dera um pequeno empurrão.

— Mencionei casualmente — disse —, como que de passagem, que tesouros são no geral enterrados em vez de serem postos a vogar no mar. A essa observação, Sotillo deu uma palmada na testa. "*Por Dios*", disse, "devem tê-lo enterrado nas praias desta baía antes de zarparem."

— Oh, céus! — murmurou o capitão Mitchell. — Eu nunca imaginaria que alguém pudesse ser parvo assim... — Fez uma pausa, depois continuou pesarosamente: — Mas qual a utilidade disso tudo? Teria sido uma mentira bastante esperta se a chata estivesse ainda flutuando. Teria impedido esse idiota chapado de enviar o vapor a percorrer o golfo. Esse era o perigo que me preocupava mais que tudo. — O capitão Mitchell deu suspiro fundo.

— Eu tinha um objetivo — disse o médico pausadamente.

— Tinha? — murmurou o capitão Mitchell. — Isso é providencial; caso contrário, seria de pensar que continuava a enganá-lo por divertimento. Talvez esse fosse o seu objetivo. Bem, devo dizer que, pessoalmente, eu não transigiria com coisas assim. Não é do meu gosto. Não, não. Denegrir o caráter de um amigo não é bem a minha idéia de divertimento, ainda que para enganar o pior canalha do mundo.

Não fosse pela depressão que lhe haviam causado as notícias fatais, a aversão do capitão Mitchell pelo doutor Monygham teria assumido feição mais ostensiva; refletiu contudo que agora realmente não importava o que aquele homem, de quem nunca gostara, dissesse ou fizesse.

— Admiro-me — resmungou — de nos prenderem aqui juntos, ou de Sotillo o prender, afinal de contas, já que me parece que estavam muito íntimos lá em cima.

— Sim, é mesmo de admirar — disse o médico sombriamente.

O coração do capitão Mitchell estava tão pesaroso que ele teria preferido, no momento, a mais completa solidão à melhor das companhias. Mas qualquer outra teria sido preferível à do doutor, a quem ele sempre olhara de través como uma espécie de vagabundo de praia reabilitado em parte do seu estado de degradação graças à superioridade de inteligência. Tal sentimento o induziu a perguntar:

— Que foi que aquele rufião fez com os outros dois?

— De qualquer modo, deve ter soltado o engenheiro-chefe — respondeu o médico. — Não gostaria de arranjar para si uma briga com a ferrovia. Não agora, pelo menos. Não creio que entenda claramente, capitão Mitchell, qual é a posição de Sotillo...

— Não vejo por que deva preocupar a cabeça com isso — rosnou o outro.

— Não — assentiu o médico com a mesma sombria tranqüilidade. — Não vejo mesmo por quê. Não ajudaria pessoa nenhuma no mundo você pensar intensamente sobre qualquer assunto.

— Não — disse o capitão Mitchell singelamente, em tom de evidente depressão. — Um homem preso dentro de um maldito buraco às escuras não é de nenhuma utilidade a ninguém.

— Quanto ao velho Viola — prosseguiu o doutor como se não tivesse ouvido —, Sotillo o soltou pela mesma razão por que vai em seguida soltar você.

— Hein? O quê? — exclamou o capitão Mitchell, a olhar da escuridão feito um mocho. — O que há de comum entre mim e o velho Viola? Talvez seja porque o velho não tem nenhum relógio com corrente para o batedor de carteiras afanar. E eu lhe digo, doutor Monygham — prosseguiu, com cólera crescente —, que ele vai descobrir ser mais difícil do que pensa livrar-se de mim. Ele ainda vai se dar mal com esse negócio, digo-lhe. Para começar, não sairei daqui sem o meu relógio, e quanto ao resto, veremos. Atrevo-me a dizer que, para você, não faz muita mossa ser preso. Mas Joe Mitchell é uma espécie diferente de homem, senhor. Não pretendo submeter-me passivamente ao insulto e ao roubo. Sou uma figura pública, senhor.

Nesse momento o capitão Mitchell se deu conta de que as barras de ferro da abertura haviam se tornado visíveis, uma grade negra contra um quadrado de cinza. O alvorecer silenciou o capitão Mitchell como se lhe tivesse lembrado que por todos os dias futuros estaria privado dos inapreciáveis serviços do seu capataz. Encostou-se à parede de braços cruzados sobre o peito, e o doutor se pôs a andar de lá para cá, por toda a extensão da cela, no seu peculiar passo claudicante, como se tivesse os pés machucados. No canto oposto ao da grade, sumia-se quase inteiramente na escuridão. Só se ouvia o leve e claudicante arrastar de pés. Havia um ar de soturno desapego naquela penosa ronda sem pausa. Quando a porta da prisão foi subitamente escancarada e o seu nome gritado, ele não mostrou nenhuma surpresa. Mudou abruptamente de direção e saiu sem demora, como se muito dependesse da sua velocidade; todavia o capitão Mitchell continuou com os ombros encostados à parede por algum tempo, assaz indeciso, na sua amargura de espírito, quanto a se não seria melhor recusar-se a mover um só membro, à guisa de protesto. Chegou mesmo a pensar em deixar-se arrastar para fora, mas depois de o oficial junto à porta ter berrado três ou quatro vezes em tons de admoestação e surpresa, dignou-se a sair.

As maneiras de Sotillo haviam mudado. A improvisada cortesia do coronel era um tanto irresoluta, como se ele estivesse em dúvida de a cortesia ser apropriada ao caso. Ficou a olhar atentamente o capitão Mitchell antes de falar, da grande poltrona atrás da mesa, numa voz condescendente:

— Decidi não detê-lo, *señor* Mitchell. Sou de índole clemente. Sei ser indulgente. Que isso lhe sirva de lição, porém.

O peculiar alvorecer de Sulaco, que parecia romper longe, do lado oeste, e arrastar-se até a sombra das montanhas, misturava-se à luz avermelhada das velas. O capitão Mitchell, dando mostras de desprezo e indiferença, deixou o olhar vagar pelo aposento e o deteve firmemente no doutor, já encarapitado no batente de uma das janelas, de olhos baixos, descuidado e pensativo — ou talvez envergonhado.

Sotillo, refestelado na vasta poltrona, observou:

— Eu imaginava que os sentimentos de um *caballero* lhe teriam ditado uma resposta conveniente.

Ficou à espera, mas como o capitão Mitchell se conservasse mudo, mais pelo extremo ressentimento do que por propósito deliberado, Sotillo hesitou, olhou em direção do doutor, que ergueu as vistas e assentiu, e depois continuou, com um ligeiro esforço:

— Aqui está, *señor* Mitchell, o seu relógio. Veja como foi apressado e injusto o seu juízo acerca dos meus patrióticos soldados.

Recostado na poltrona, estendeu o braço por sobre a mesa e empurrou o relógio para a frente, de leve. O capitão Mitchell se adiantou com indisfarçada sofreguidão, levou-o ao ouvido, depois o meteu friamente no bolso.

Sotillo parecia sobrepujar uma imensa relutância. Olhou novamente de esguelha para o doutor, que o fitou sem piscar.

Mas como o capitão Mitchell se voltasse, sem lhe dar sequer um relance ou um gesto de cabeça, apressou-se a dizer:

— Pode ir e espere lá embaixo pelo *señor* doutor, que vou também libertar. Vocês estrangeiros são insignificantes, a meu ver.

Deu uma risadinha forçada, discordante, enquanto, pela primeira vez, o capitão Mitchell o olhava com algum interesse.

— A lei cuidará mais tarde das suas transgressões — continuou, açodadamente. — Mas, de minha parte, pode viver em liberdade, sem guarda, sem observação. Ouviu, *señor* Mitchell? Pode voltar às suas ocupações. É indigno da minha atenção, que é exigida por assuntos da mais alta importância.

O capitão Mitchell sentiu-se muito tentado a dar-lhe uma resposta. Desagradava-lhe ser libertado de modo insultuoso; todavia a falta de sono, as prolongadas ansiedades, um profundo desapontamento com o fatal desfecho da missão de salvar a prata conturbavam-lhe o espírito. Fazia o que podia para ocultar a sua inquietação, não no tocante a si próprio, mas às coisas em geral. Ocorreu-lhe claramente que algo de furtivo estava em curso. Quando deixou o aposento, ignorou ostensivamente o médico.

— Um animal! — disse Sotillo, quando a porta se fechou.

O doutor Monygham desceu do rebordo da janela e, metendo as mãos nos bolsos do longo casaco pardo e empoeirado que vestia, deu alguns passos pelo aposento.

Sotillo também se levantou e, pondo-se no caminho dele, examinou-o da cabeça aos pés.

— Com que então os seus compatriotas não confiam muito no *señor*, doutor. Não gostam do *señor*, hein? Por que será, pergunto?

O médico, erguendo a cabeça, respondeu com um olhar demorado, exânime, e as palavras:

— Talvez porque vivi demasiado tempo em Costaguana.

Os dentes brancos de Sotillo lampejaram sob o bigode preto.

— Ah! Mas o senhor gosta de si próprio — disse encorajadoramente.

— Se deixá-los em paz — disse o médico, continuando a fitar o belo rosto de Sotillo com o mesmo olhar exânime —, eles se trairão a si próprios em pouco. Entrementes, posso tentar fazer *don* Carlos falar?

— Ah! *señor* doutor — respondeu Sotillo sacudindo a cabeça —, é um homem de inteligência viva. Nascemos para entender-nos um ao outro. — Voltou-se. Não podia agüentar por mais tempo aquele olhar sem expressão, imóvel, que parecia ter uma espécie de impenetrável vacuidade, como as negras profundezas de um abismo.

Mesmo a um homem totalmente destituído de senso moral ainda resta uma percepção da velhacaria que, sendo convencional, é perfeitamente lúcida. Sotillo julgava que o doutor Monygham, tão diferente de todos os outros europeus, estava pronto a vender seus compatriotas e Charles Gould, seu patrão, por uma parte na prata de San Tomé. Sotillo não o desprezava por isso. A falta de senso moral no coronel era de caráter profundo e inocente. Beirava a estupidez, a estupidez moral. Nada que lhe pudesse servir aos propósitos lhe parecia realmente repreensível. Não obstante desprezava o doutor Monygham. Desprezava-o de coração porque não pretendia permitir que o médico tivesse qualquer recompensa. Desprezava-o não como um homem sem lealdade nem honra, mas como um tolo. O vislumbre que o doutor Monygham tivera do seu caráter enganara Sotillo completamente. Por isso julgava o médico um tolo.

Desde sua chegada a Sulaco, as idéias do coronel tinham sofrido alguma modificação.

Não mais ambicionava uma carreira política na administração de Montero. Sempre tivera dúvidas quanto a tratar-se de um posto seguro. Assim que soubera, pelo engenheiro-chefe, que ao amanhecer muito provavelmente se confrontaria com Pedro Montero, suas apreensões nesse particular tinham aumentado de modo considerável. O irmão *guerrillero* do general — o Pedrito da fala popular — tinha uma reputação própria. Não era pessoa com quem fosse seguro lidar. Sotillo havia planejado vagamente apoderar-se não apenas do tesouro mas da própria cidade, para então negociar calmamente. Mas diante dos fatos sabidos por intermédio do engenheiro-chefe (que lhe havia revelado francamente a situação toda), sua audácia, a qual nunca fora muito arrojada por natureza, cedera lugar a uma hesitação das mais cautelosas.

— Um exército; um exército já atravessou as montanhas sob o comando de Pedrito — repetira, incapaz de esconder a consternação. — Se não tivesse recebido a notícia de um homem da sua posição, nunca teria acreditado. Incrível!

— Uma força armada — corrigiu o engenheiro, suavemente.

Seu objetivo fora alcançado. Era o de manter Sulaco livre de qualquer ocupação armada por mais algumas horas, para permitir que os impelidos pelo medo deixassem a cidade. Na consternação geral, havia famílias suficientemente esperançosas para fugir pela estrada até Los Hatos, que ficara desimpedida com a retirada da ralé armada, os *señor*es Fuentes e Gamacho à frente, para Rincón, onde iam dar uma entusiástica acolhida a Pedro Montero. Foi um êxodo apressado e perigoso; dizia-se que Hernández, o qual ocupava com seu bando as florestas nas cercanias de Los Hatos, estava recebendo os fugitivos. Que muita gente boa, a quem conhecia, pensava empreender tal fuga era fato bem conhecido do engenheiro-chefe.

Os esforços do padre Corbelan em favor da causa desse bandido tão piedoso não tinham ficado de todo infrutíferos. O chefe político de Sulaco, cedendo no último momento às urgentes solicitações do padre, assinara uma nomeação provisória conferindo a Hernández patente de general e convocando-o oficialmente, nessa nova condição, para manter a ordem na cidade. O fato é que, vendo a situação desesperada, o chefe político nem se preocupou com o que assinava. Foi o último documento oficial que firmou antes de deixar o palácio da *intendencia* para se refugiar no escritório da Companhia ONV. Mas mesmo que pretendesse tornar efetivo o seu ato, era tarde demais. O tumulto que temera e esperara irrompeu menos de uma hora depois de o padre Corbelan tê-lo deixado. Na verdade, o padre, que marcara um encontro com Nostromo no convento dominicano, onde morava numa das celas, jamais conseguiu chegar lá. Da *intendencia* havia ido diretamente para a casa Avellanos a fim de contar ao seu cunhado, e embora se demorasse não mais que meia hora, vira-se impedido de chegar à sua ascética morada. Nostromo, depois de esperar ali algum tempo, observando com inquietude o crescente alvoroto na rua, encaminhara-se para a redação do *Porvenir* onde ficara até amanhecer, conforme Decoud mencionara em sua carta à irmã. Dessarte, o capataz, em vez de cavalgar rumo às florestas de Los Hatos como portador da nomeação de Hernández, permanecera na cidade para salvar a vida do ditador-presidente, ajudar a reprimir a sublevação da ralé, e finalmente partir de barco com a prata da mina.

Mas o padre Corbelan, que fugira à procura de Hernández, tinha o documento no bolso, um documento pelo qual — derradeiro ato oficial do partido ribierista, cujo lema era honestidade, paz e progresso — um bandido era transformado em general. Provavelmente, nem o padre nem o bandido se deram conta da ironia disso. O padre Corbelan deve ter encontrado mensageiros para enviá-lo à cidade, pois, no começo do segundo dia das perturbações, houve boatos de Hernández estar a caminho de Los Hatos pronto para receber aqueles que quisessem colocar-se sob a sua proteção. Um cavaleiro de aparência estranha, idoso e audaz, aparecera na cidade, cavalgando devagar enquanto seus olhos esquadrinhavam as fachadas das casas, como se nunca tivesse visto edifícios tão altos. Diante da catedral desmontara, e, ajoelhando-se no meio da *plaza*, as rédeas no braço e o chapéu no chão à sua frente, inclinara a cabeça, persignando-se e batendo o peito por alguns instantes. Tornando a montar seu cavalo, com um olhar intemerato mas não inamistoso para o pequeno ajuntamento que se formara à volta de suas devoções públicas, ele perguntou pela Casa Avellanos. Algumas mãos se estenderam em resposta, com os dedos apontando para a *calle* de la Constitución.

O cavaleiro partira com apenas um relance de despreocupada curiosidade às janelas do Clube Amarilla, na esquina. Com voz estentórea gritava periodicamente pela rua vazia:

— Onde é a Casa Avellanos? — até receber uma resposta do assustado porteiro, e desaparecer sob a arcada do portão.

A carta que ele trazia, escrita pelo padre Corbelan a lápis junto ao fogo do acampamento de Hernández, estava endereçada a *don* José, de cujo estado crítico o padre não sabia. Antonia leu-a e, após consultar Charles Gould, enviou-a ao Clube Amarilla, para informação dos cavalheiros que o guarneciam. Quanto a ela própria, sua decisão estava tomada; iria juntar-se ao tio; confiaria o último dia — as últimas horas talvez — da vida do pai à guarda do bandido cuja existência era um protesto contra a irresponsável tirania de todos os partidos, sem distinção, contra as trevas morais do país. Era preferível a obscuridade das florestas de Los Hatos; uma vida de provações no séquito de um bando de salteadores seria menos aviltante. Antonia perfilhava com toda a sua alma o obstinado desafio do tio ao infortúnio. Alicerçava sua crença no homem a quem amava.

Em sua mensagem, o vigário-geral respondia com o penhor de sua própria cabeça pela lealdade do bandido. Quanto ao seu poderio, assinalava que não fora subjugado havia tantos anos. Nessa carta, a idéia de Decoud, de um novo Estado ocidental (cuja situação próspera e estável era agora de conhecimento geral), foi tornada pública pela primeira vez e usada como argumento. Hernández, o ex-bandido e último general criado pelo ribierismo, estava seguro de poder manter a região entre as florestas de Los Hatos e a cordilheira litorânea até aquele devotado patriota, *don* Martin Decoud, poder trazer o general Barrios de volta a Sulaco para a retomada da cidade.

"É vontade do Céu. A Providência está do nosso lado", escrevia o padre Corbelan; não havia tempo para meditar acerca da sua afirmativa nem de contestá-la; e se a discussão desencadeada pela leitura dessa carta no Clube Amarilla foi violenta, teve também vida curta. Na generalizada confusão diante do colapso, alguns se apressaram a acolher a idéia com jubiloso pasmo, como se descobrissem com surpresa uma nova esperança. Outros se deixaram fascinar pela perspectiva de imediata segurança pessoal para suas mulheres e filhos. A maioria agarrou-se a ela como um homem a se afogar se aferra a uma palha. O padre Corbelan estava oferecendo-lhes um inesperado refúgio de Pedrito Montero e seus *llaneros*, aliados aos *señores* Fuentes e Gamacho com sua ralé armada.

Na parte final da tarde, uma animada discussão se travou nos grandes salões do Clube Amarilla. Mesmo os membros postados às janelas com fuzis e carabinas para guardar o fim da rua no caso de um retorno ofensivo da populaça berravam suas opiniões e argumentos por sobre o ombro. No lusco-fusco, *don* Juste López, convidando os *caballeros* que lhe partilhavam a maneira de pensar, retirou-se para o corredor, onde, numa mesinha iluminada por duas velas, ocupou-se em redigir um comunicado, ou melhor, uma declaração solene que seria apresentada a Pedrito Montero por uma deputação daqueles membros da assembléia que tinham optado por permanecer na cidade. Sua idéia era aplacá-lo a fim de salvar pelo menos a forma das instituições parlamentares. Sentado diante de uma folha branca de papel, uma pena de pato na mão, e solicitado de todos os lados, voltava-se ora para a direita ora para a esquerda, repetindo com solene insistência:

— *Caballeros*, um momento de silêncio! Um momento de silêncio! Devemos tornar bem claro que nos submetemos, com toda a boa-fé, aos fatos consumados.

A enunciação dessa frase pareceu dar-lhe uma melancólica satisfação. O burburinho de vozes à sua volta ia se tornando tenso e áspero. Nas repentinas pausas, os trejeitos nervosos das faces decaíam de imediato na imobilidade de um profundo abatimento.

Entrementes, o êxodo tinha começado. Carretas cheias de senhoras e crianças atravessavam, balouçantes, a *plaza*, com homens acompanhando-as a pé ou a cavalo; os mais pobres se retiravam a pé, homens e mulheres carregando trouxas, segurando bebês nos braços, guiando gente idosa, arrastando as crianças maiores. Quando Charles Gould, depois de deixar o médico e o engenheiro na Casa Viola, adentrou a cidade pela porta da baía, todos quantos intentavam partir já tinham se ido, e os demais haviam se barricado dentro de suas casas. Por toda a rua escura, havia só um ponto de luzes bruxuleantes e figuras em movimento no qual o *señor* administrador reconheceu a carruagem de sua esposa, à espera diante da porta da casa dos Avellanos. Cavalgou até lá, quase despercebido, e ficou a olhar sem nada dizer enquanto alguns dos seus próprios criados saíam pelo portão carregando *don* José Avellanos que, de olhos fechados e feições imóveis, parecia totalmente inanimado. Emilia e Antonia acompanhavam, uma de cada lado, a maca improvisada, que foi imediatamente colocada na carruagem. As duas mulheres se abraçaram; do outro lado do landau, o emissário do padre Corbelan, com a barba em desordem toda raiada de fios grisalhos e altos, trigueiros pômulos, sentava-se ereto na sela. Então Antonia, de olhos enxutos, entrou pelo lado da maca e, depois de fazer rapidamente o sinal-da-cruz, desceu um espesso véu sobre o rosto. Os criados, e três ou quatro vizinhos que tinham vindo assistir à partida, afastaram-se, descobrindo as cabeças. Na boléia, Ignacio, já resignado a conduzir a noite toda (e a ter quiçá a garganta cortada antes do amanhecer), olhou irritadiçamente para trás, por sobre o ombro.

— Guie com cuidado — gritou a senhora Gould com voz trêmula.

— *Sí*, com cuidado, *sí niña* — resmungou, mordendo os lábios, as faces redondas e coriáceas a tremer. E o landau rodou devagar, saindo da zona de luz.

— Vou acompanhá-los até o passo do rio — disse Charles Gould à esposa. Ela estava de pé à beira da calçada com as mãos entrelaçadas, e assentiu para ele quando seguiu a carruagem. Já não havia luz nas janelas do Clube Amarilla. A última centelha de resistência se apagara. Voltando a cabeça na esquina, Charles Gould viu a esposa atravessar a rua em direção ao portão de sua própria casa, na faixa iluminada. Um de seus vizinhos, um conhecido comerciante e proprietário rural da província, ia ao seu lado, falando com grandes gestos. Quando ela entrou, apagaram-se todas as luzes na rua, que ficou escura e vazia de ponta a ponta.

As casas da vasta *plaza* estavam mergulhadas na noite. Ao alto, como uma estrela, havia um pequeno clarão numa das torres da catedral; e a estátua eqüestre luzia palidamente contra as obscuras árvores da alameda, feito um fantasma da realeza assombrando as cenas da revolução. Os raros transeuntes que encontravam encostavam-se à parede. Passadas as últimas casas, a carruagem rodou silenciosamente sobre a macia camada de poeira e, com o adensamento da escuridão, uma sensação de frescor parecia descer da folhagem das árvores que bordejavam a estrada rural. O emissário do acampamento de Hernández conduziu seu cavalo para perto de Charles Gould.

— *Caballero* — disse numa voz atenta —, o *señor* é aquele que chamam de "rei de Sulaco", o dono da mina? Não é verdade?

— Sim, sou o dono da mina — respondeu Charles Gould.

O homem continuou a cavalgar em silêncio por alguns momentos, e então disse:

— Tenho um irmão, um sereno a seu serviço no vale de San Tomé. O *señor* mostrou ser um homem justo. Ninguém sofreu nenhuma injustiça desde que chamou as pessoas para trabalharem nas montanhas. Meu irmão diz que nenhum funcionário do governo, nenhum opressor do campo, foi visto no seu lado do rio. Seus próprios funcionários não oprimem a gente do desfiladeiro. Sem dúvida têm medo da sua severidade. O *señor* é um homem justo e poderoso — acrescentou.

Falava num tom abrupto, de independência, mas se tornara comunicativo com um propósito em vista. Contou a Charles Gould que tinha sido *ranchero* num dos vales inferiores, bem ao sul, vizinho de Hernández nos velhos dias e padrinho do seu filho mais velho; um dos que se uniram a ele na resistência à incursão de recrutamento que tinha sido o começo de todas as desventuras deles. Fora ele que, quando levaram o compadre embora, lhe sepultara a mulher e os filhos trucidados pelos soldados.

— *Sí, señor* — murmurou roucamente —, eu e dois ou três outros, os felizardos que tinham sido deixados em liberdade, enterramos todos eles numa tumba perto das cinzas do seu próprio rancho, debaixo da árvore que dera sombra ao teto.

Fora ele, outrossim, que Hernández viera procurar após ter desertado, três anos depois. Ainda vestia o uniforme com as divisas de sargento na manga, e o sangue do seu coronel nas mãos e no peito. Três cavalarianos o acompanhavam, daqueles que tinham começado por persegui-lo mas acabaram por escolher a liberdade. E contou a Charles Gould que ele e alguns amigos, ao ver aqueles soldados, ficaram de tocaia atrás de umas rochas prontos a disparar sobre eles; quando reconheceu seu compadre, saiu a correr do esconderijo gritando-lhe o nome, pois sabia que Hernández não teria voltado numa missão de injustiça e de opressão. Aqueles três soldados, juntamente com o grupo atrás das rochas, haviam formado o núcleo do famoso bando; e ele, o narrador, fora o lugar-tenente favorito de Hernández durante muitos, muitos anos. Referiu com orgulho que os oficiais lhe tinham posto a cabeça a prêmio, mas isso não o impediu de chegar a ter cabelos grisalhos. E agora vivera tempo bastante para ver seu compadre feito general.

Teve um frouxo de riso abafado.

— E de salteadores viramos soldados. Mas olhe, *caballero*, para os que nos fizeram soldados e a ele general! Olhe essa gente!

Ignacio gritou. A luz das lanternas da carruagem, correndo ao longo das sebes que coroavam o talude de ambos os lados, iluminava os rostos assustados de pessoas ao lado da estrada, a qual, à semelhança de uma azinhaga rural da Inglaterra, afundava pelo solo brando do campo. Elas se encolhiam de medo; seus olhos cintilavam, muito graúdos, por um segundo; e então a luz, deslocando-se, incidia sobre as raízes semidescobertas de uma grande árvore, em outro trecho da sebe de nopal apanhava outro grupo de faces a olhar para trás, com apreensão. Três mulheres — uma das quais carregava uma criança — e dois homens em trajes civis — um armado de sabre e o outro de carabina — agrupavam-se à volta de um burro que transportava duas trouxas amarradas com cobertores. Mais adiante, Ignacio tornou a gritar ao ultrapassar uma carreta, uma longa caixa de madeira sobre duas rodas altas, com a porta na parte traseira escancarada. Algumas das senhoras que nela iam devem ter reconhecido as mulas brancas, pois gritaram:

— É a *señora*, *doña* Emilia?

Na volta da estrada, o clarão de uma grande fogueira iluminava o breve trecho abobadado pelos ramos que se encontravam no alto. Perto do vau de um estreito riacho, um rancho de beira de estrada feito de juncos entrelaçados e com teto de capim incendiara-se por acidente e as chamas, a rugir malevolamente, aclaravam um espaço aberto apinhado de cavalos, mulas e uma turba de gente aturdida que gritava. Quando Ignacio deteve a carruagem, várias senhoras a pé a assaltaram, implorando um lugar a Antonia. Esta respondeu-lhes ao clamor apontando silenciosamente para o próprio pai.

— Devo deixá-las neste ponto — disse Charles Gould, em meio ao vozerio. As chamas se elevaram para o céu e ao recuar do calor escaldante do outro lado da estrada o fluxo de fugitivos apertava-se contra a carruagem. Uma senhora de meia-idade, vestida de seda preta mas com uma *manta* grosseira cobrindo-lhe a cabeça e um ramo de árvore na mão à guisa de bengala, tropeçou contra a roda dianteira. Duas meninas, assustadas e mudas, agarravam-se aos seus braços. Charles Gould a conhecia muito bem.

— *Misericordia!* Estamos sendo terrivelmente machucadas no meio desta multidão! — exclamou ela, sorrindo corajosamente para ele. — Partimos a pé. Todos os nossos criados fugiram ontem para se juntar aos democratas. Vamos nos pôr sob a proteção do padre Corbelan, o seu santificado tio, Antonia. Ele operou um milagre no coração de um bandoleiro dos mais impiedosos: Um milagre!

Foi erguendo a voz aos poucos até gritar enquanto estava sendo empurrada pela pressão das pessoas que saíam do caminho de algumas carroças que subiam do vau a galope, com altos berros e estalar de chicotes. Grandes massas de fagulhas misturadas a fumaça negra cobriam a estrada; os bambus das paredes detonavam no fogo com o som de uma fuzilaria irregular. E então as vivas chamas descambaram de súbito, deixando apenas uma penumbra rubra povoada de negras sombras arrastadas a esmo para direções contrárias; o vozerio pareceu morrer com as chamas; e o tumulto de cabeças, braços, altercações e imprecações passou, sumiu-se na escuridão.

— Devo deixá-las neste ponto — repetiu Charles Gould a Antonia. Ela virou a cabeça devagar e descobriu o rosto. O emissário e compadre de Hernández esporgou o cavalo, acercando-se.

— O senhor da mina tem alguma mensagem para enviar a Hernández, o senhor do campo?

A justeza da comparação impressionou Charles Gould profundamente. Em seu obstinado desígnio ele dominava a mina, e o indomável bandido dominava o campo, com o mesmo tipo de precário domínio. Igualavam-se perante a anarquia do país. Era impossível a quem quer que fosse desvencilhar sua atividade de contatos aviltantes. Uma rede cerrada de crime e corrupção cobria a nação toda. Imenso e exausto desencorajamento selou seus lábios por alguns instantes.

— O *señor* é um homem justo — insistiu o emissário de Hernández. — Olhe para essa gente que fez do meu compadre um general e transformou nós todos em soldados. Olhe para esses oligarcas que fogem para salvar a vida, com apenas a roupa do corpo. Meu compadre não pensa nisso, mas nossos seguidores podem estar preocupando-se muito, e eu devo falar por eles ao *señor*. Ouça! Faz já muitos meses que o campo tem sido nosso. Não precisamos pedir nada a ninguém, mas soldados têm de ter o seu soldo para poder viver honestamente quando as guerras acabarem. As pessoas acreditam que a alma do *señor* é tão justa que basta uma prece sua para curar a doença de qualquer animal, como a oração do juiz honrado. Dê-me algumas palavras dos seus lábios para que atuem como um encantamento sobre as dúvidas de nosso *partida*, onde todos são homens.

— Ouve o que ele está dizendo? — perguntou Charles Gould em inglês a Antonia.

— Perdoai a nossa miséria! — exclamou ela precipitadamente. — É o seu caráter que é o inesgotável tesouro capaz de salvar-nos a todos ainda; o seu caráter, Carlos, não a sua riqueza. Eu lhe rogo que dê a esse homem sua palavra de que aceitará qualquer acordo que meu tio possa fazer com o chefe deles. Uma palavra. Ele não vai querer mais que isso.

No local da cabana de beira de estrada já não restava mais que um enorme monte de brasas, que lançava longe um fulgor vermelho-escuro no qual o rosto de Antonia aparecia enrubescido de emoção. Charles Gould, ao cabo de uma pequena hesitação, pronunciou o voto de compromisso exigido. Era como um homem que se tivesse aventurado por um caminho alcantilado onde não houvesse espaço para fazer meia-volta, onde a única possibilidade de salvação estava em tocar para a frente. Nesse instante, compreendeu a fundo a questão ao olhar para *don* José estendido ao lado de Antonia, mal respirando, vencido numa luta perpétua contra os poderes das trevas morais, cujas profundezas estagnadas pariam crimes monstruosos e monstruosas ilusões. Em poucas palavras, o emissário de Hernández exprimiu a sua total satisfação. Estoicamente, Antonia baixou o véu, resistindo ao desejo de perguntar sobre a fuga de Decoud. Mas Ignacio olhou de soslaio, morosamente, por sobre o ombro.

— Dê uma boa olhada nas mulas, *mi amo* — resmungou. — Nunca mais vai vê-las de novo!

4

Charles Gould virou na direção da cidade. À sua frente, os picos denteados da serra avultavam, negros, na claridade da manhã. Aqui e ali um *lépero* agasalhado virava depressa a esquina de uma rua coberta de capim ao ruído dos cascos de seu cavalo. Cães latiam por trás dos muros dos jardins; e, juntamente com a luz incolor, a frialdade das neves parecia baixar das montanhas sobre as calçadas desconjuntadas e as casas entaipadas, de cornijas rotas e reboco a descascar em nesgas entre as pilastras lisas da fachada. O amanhecer lutava contra a obscuridade debaixo das arcadas da *plaza*, onde não havia qualquer sinal de gente do campo arranjando seus produtos para a feira do dia, pilhas de frutas, molhos de hortaliças e legumes ornamentados com flores, sobre bancadas baixas à sombra de enormes guarda-sóis de esteira de palha; tampouco se fazia ouvir o alegre alvoroto matinal de aldeões, mulheres, crianças e burros carregados. Só alguns grupos dispersos de revolucionários postavam-se no vasto espaço, todos de olhos voltados, sob os chapéus desabados, na mesma direção, à espera de algum indício de notícias de Rincón. O mais numeroso desses grupos se virou, como um só homem, à passagem de Charles Gould, e gritou:

— *Viva la libertad!* — no seu encalço, em tom ameaçador.

Charles Gould continuou a cavalgar e entrou pelo arco de sua casa. No pátio juncado de palha, um *practicante*, um dos auxiliares nativos do doutor Monygham, estava sentado no chão, com as costas apoiadas à borda da fonte, dedilhando discretamente uma guitarra enquanto duas moças da classe mais pobre mexiam de leve os pés e ondulavam os braços, cantarolando uma melodia de dança popular. A maior parte dos feridos durante os dois dias de tumulto tinha sido levada embora por amigos e parentes, mas podiam-se ainda ver várias figuras sentadas balançando as cabeças envoltas em ataduras no compasso da música. Charles Gould apeou-se. Um *mozo* sonolento saiu da padaria e veio pegar as rédeas da montaria; o *practicante* cuidou prontamente de esconder sua guitarra; as moças, sem se perturbar, afastaram-se sorrindo; e Charles Gould, enquanto subia a escada, relanceou, num canto escuro do pátio, outro grupo, um *cargador* mortalmente ferido e uma mulher ajoelhada a seu lado; ela murmurava preces com rapidez, tentando ao mesmo tempo enfiar um gomo de laranja entre os lábios entorpecidos do agonizante.

A cruel futilidade das coisas se desvelava na inconstância e nos sofrimentos daquele povo incorrigível; a cruel futilidade de vidas e mortes desperdiçadas no vão empenho de chegar a uma solução duradoura do problema. Diferentemente de Decoud, Charles Gould não conseguia desempenhar um papel leviano numa farsa trágica. Com toda a consciência, sabia-a deveras trágica, mas não conseguia ver nela nenhum elemento de farsa. Sofria demasiadamente com a convicção de uma irremediável sandice. Era severo, prático e idealista demais para encarar-lhe os terríveis humores divertidamente, como conseguia fazê-lo Martin Decoud, materialista imaginativo, à luz árida do seu ceticismo. Para ele, como para todos nós, os compromissos com sua própria consciência pareciam mais horrendos do que nunca à luz do malogro. Sua taciturnidade, assumida com um propósito, havia-o impedido de brincar abertamente com os seus pensamentos; a Concessão Gould, porém, lhe corrompera insidiosamente o julgamento. Poderia ter visto, disse consigo, debruçando-se sobre a balaustrada do corredor, que o ribierismo nunca iria dar certo. A mina lhe corrompera o julgamento com pô-lo nauseado de ter de subornar e intrigar tão-só para poder ser deixado em paz, no seu trabalho, dia por dia. Como o pai, não gostava de ser roubado. Exasperava-o. Persuadira-se de que, afora considerações mais elevadas, o apoio às esperanças de reforma de *don* José era um bom negócio. Metera-se no insensato conflito tal como seu pobre tio, cuja espada estava pendurada à parede do seu gabinete, se metera — na defesa das regras mais comuns de decoro numa sociedade organizada. Só que a sua arma era a riqueza da mina, de muito maior alcance e sutileza que uma honesta lâmina de aço presa a uma simples guarda de bronze.

Mais perigoso também para quem a brandia, essa arma da riqueza, cujo gume era duplicado pela cupidez e miséria da humanidade, embebia-se de todas as vozes da satisfação dos próprios apetites, como se se embebesse numa mistura de raízes venenosas, e maculava a causa por que fora desembainhada, já que estava sempre pronta a voltar-se canhestramente na mão. Não havia nada a fazer, agora, senão continuar a usá-la. Mas prometeu a si mesmo vê-la despedaçar-se em pequenos fragmentos antes que lhe fosse arrancada.

Afinal de contas, com a sua ascendência inglesa e a sua educação igualmente inglesa, ele se dava conta de que era um aventureiro em Costaguana, o descendente de aventureiros alistados numa legião estrangeira, de homens que tinham buscado a fortuna numa guerra revolucionária, que haviam planejado revoluções, que acreditavam nelas. Malgrado a retidão do seu caráter, ele tinha algo da fácil moralidade do aventureiro que leva em conta o risco pessoal numa avaliação ética da sua própria ação. Ele estava preparado, se necessário fosse, para fazer toda a montanha de San Tomé ir pelos ares, sumir do território da República. Tal resolução exprimia a tenacidade de caráter, o remorso daquela sutil infidelidade conjugal por culpa da qual sua esposa não mais era a única dona dos seus pensamentos; era algo que tinha a ver com a debilidade de imaginação de seu pai e também com o espírito de um bucaneiro que preferia atirar um fósforo aceso ao depósito de munições a render o seu navio.

Lá embaixo, no pátio, o *cargador* ferido soltara o último suspiro. A mulher deu um grito, e esse grito, inesperado e agudo, fez todos os feridos se sentarem. O *practicante* se pôs de pé e, de guitarra em punho, olhou fixamente na direção dela, com os cenhos erguidos. As duas moças — sentadas agora uma de cada lado do seu parente ferido, com os joelhos erguidos e longos charutos entre os lábios — fizeram um aceno significativo de cabeça uma para a outra.

Charles Gould, da balaustrada, viu três homens cerimoniosamente trajando sobrecasacas pretas, camisas brancas e chapéus-cocos europeus entrarem no pátio vindos da rua. Um deles, mais alto de cabeça e de ombros que os outros dois, adiantou-se com manifesta gravidade, assumindo a direção. Era *don* Juste López, acompanhado de dois dos seus amigos, membros da assembléia, que tinham vindo visitar o administrador da mina de San Tomé àquela hora matinal. Eles também o avistaram; abanaram as mãos para ele, instantemente, e subiram os degraus como que em procissão.

Don Juste, cuja fisionomia mudara de modo surpreendente por ele ter raspado quase que de todo a sua barba danificada, perdera com isso nove décimos da sua dignidade exterior. Mesmo naquele momento de sérias preocupações, Charles Gould não pôde deixar de notar a inépcia patenteada no aspecto do homem. Seus companheiros aparentavam estar abatidos e sonolentos. Um não parava de passar a língua pelos lábios ressequidos; os olhos do outro vagueavam apaticamente pelo piso ladrilhado do corredor, enquanto *don* Juste, um pouco à frente, arengava ao *señor* administrador da mina de San Tomé. Era da firme opinião de que as formalidades tinham de ser observadas. Um novo governador é sempre visitado por deputações do *cabildo* ou conselho municipal, do consulado, da junta comercial, e era de rigor que a assembléia provincial também enviasse uma deputação, quando mais não fosse para afirmar a existência de instituições parlamentares. *Don* Juste propunha que *don* Carlos Gould, na condição de o mais destacado cidadão da província, integrasse a deputação da assembléia. Sua posição era excepcional, sua personalidade conhecida ao longo e ao largo de toda a República. Cortesias oficiais não devem ser esquecidas, ainda que levadas a cabo com o coração a sangrar. A aceitação de fatos consumados podia ainda salvar os vestígios das instituições parlamentares. Os olhos de *don* Juste tinham um brilho apático; acreditava em instituições parlamentares — e o ruído monótono de sua voz se perdia na quietude da casa como o zumbido grave de algum inseto.

Charles Gould se voltara e ouvia pacientemente, com o cotovelo apoiado à balaustrada. Sacudiu a cabeça de leve, recusando, quase que sensibilizado pelo olhar ansioso do presidente da assembléia provincial. Não era política de Charles Gould fazer da mina de San Tomé partícipe de qualquer procedimento formal.

— Meu conselho, *señores*, é que aguardem o que lhes possa acontecer em suas casas. Não há necessidade de se porem formalmente nas mãos de Montero. Submissão ao inevitável, como *don* Juste lhe chama, está muito bem, mas quando o inevitável tem o nome de Pedrito Montero não há necessidade alguma de exibir ostensivamente toda a extensão da rendição dos *señores*. O defeito deste país é a falta de medida na vida política. Frouxa aquiescência à ilegalidade, seguida de reação sanguinária: esse, *señores*, não é o caminho de um futuro estável e próspero.

Charles Gould se interrompeu ante a tristonha perplexidade dos rostos, a expressão atônita, ansiosa dos olhos. O sentimento de piedade por aqueles homens, que punham toda a sua confiança em palavras de algum tipo enquanto o morticínio e a rapina devastavam a terra, induzira-o erroneamente a recorrer ao que lhe parecia loquacidade vácua. *Don* Juste murmurou:

— Está nos abandonando, *don* Carlos... No entanto, as instituições parlamentares...

A aflição não o deixou concluir. Por um momento, tapou os olhos com a mão. Charles Gould, no temor da loquacidade vácua, não deu resposta à acusação. Retribuiu em silêncio suas inclinações cerimoniosas. A taciturnidade era o seu refúgio. Compreendia que o que eles buscavam era ter de seu lado a influência da mina de San Tomé. Queriam ir em missão conciliadora até o vencedor sob a asa protetora da Concessão Gould. Outras corporações públicas — o *cabildo*, o *consulado* — viriam também dentro em pouco buscar o apoio da força mais estável, mais eficaz que jamais souberam existir em sua província.

O doutor, ao chegar no seu andar apressado, sacudido, verificou que o patrão já havia se retirado para o seu quarto com ordens de não ser perturbado em circunstância alguma. Mas o doutor Monygham não estava ansioso por ver de imediato Charles Gould. Passou algum tempo examinando rapidamente os seus feridos. Fitava cada um por sua vez, esfregando o queixo entre o polegar e o indicador; seu olhar firme enfrentava sem expressão a mirada silente e indagadora deles. Todos esses casos estavam indo bem, mas quando chegou ao *cargador* morto, deteve-se um pouco mais, olhando não o homem que deixara de sofrer, mas a mulher ajoelhada em calada contemplação da face rígida, com suas narinas murchas e um branco lampejo nos olhos mal fechados. Ela ergueu a cabeça lentamente e disse, numa voz apática:

— Não faz muito tempo que ele se tornou *cargador*: só algumas semanas. Sua excelência o capataz o aceitou depois de ele muito pedir.

— Não sou responsável pelo grande capataz — resmungou o médico, que se afastou em seguida.

Rumando para cima, para a porta do gabinete de Charles Gould, hesitou no último momento; então, voltando as costas à maçaneta com um sacudir de seus ombros desalinhados, seguiu rapidamente pelo corredor à procura da *camerista* da senhora Gould.

Leonarda lhe disse que a *señora* ainda não tinha se levantado. Ela deixara a seus cuidados as meninas daquele *posadero* italiano. Ela, Leonarda, as alojara para dormir em seu próprio quarto. A menina loura tinha chorado até pegar no sono, mas a morena, a maior, ainda não fechara os olhos. Estava sentada na cama segurando as cobertas até a altura do queixo e de olhos fitos à sua frente como uma pequena feiticeira. Leonarda não aprovava as meninas de Viola terem sido trazidas para a casa. Manifestou tal sentimento no tom de indiferença com que perguntou se a mãe delas já tinha morrido. Quanto à *señora*, devia estar dormindo. Desde que se retirara para o seu quarto, após ter assistido à partida de *doña* Antonia com o pai agonizante, não se escutara mais nenhum som atrás da porta.

O médico, despertando de uma profunda reflexão, disse-lhe abruptamente que chamasse a patroa sem perda de tempo. Foi-se manquejando esperar a senhora Gould na sala. Estava muito cansado, mas agitado demais para sentar-se. Naquela grande sala de visitas, agora vazia, em que sua alma murcha se refrescara após tantos anos de aridez e seu espírito proscrito aceitara em silêncio a tolerância de muitos olhares oblíquos, ficou a vagar a esmo entre as cadeiras e as mesas até a senhora Gould, envolta num penteador matinal, entrar apressadamente.

— Sabe que nunca aprovei mandarem a prata embora — disse o doutor de imediato, à guisa de prólogo da narrativa de suas aventuras noturnas em companhia do capitão Mitchell, do engenheiro-chefe e do velho Viola, no quartel-general de Sotillo. Para ele, com a sua peculiar concepção daquela crise política, a remoção da prata parecera uma medida irracional e aziaga. Era como se um general estivesse mandando embora a melhor parte de suas tropas, na véspera da batalha, sob algum recôndito pretexto. Toda a carga de lingotes poderia ter sido escondida nalgum lugar de onde pudesse ser recuperada com o fito de obviar os perigos que estavam ameaçando a segurança da Concessão Gould. O administrador agira como se a imensa e poderosa prosperidade da mina se fundasse em métodos de probidade, no senso de utilidade. E não se tratava de nada disso. O método seguido fora o único possível. Mediante o pagamento de resgates a Concessão Gould pudera seguir o seu curso durante todos aqueles anos. Era um processo nauseabundo. Ele compreendia muito bem que Charles Gould se enojasse dele e abandonasse a velha trilha para apoiar aquele desesperançado tentame de reforma. O médico não acreditava na reforma de Costaguana. E agora a mina estava de volta à velha trilha, com a desvantagem de dali por diante ter de lidar não apenas com a ganância despertada pela sua riqueza mas também com o ressentimento suscitado pela tentativa de livrar-se de sua sujeição à corrupção moral. Era o preço do malogro. Inquietava-se porque lhe parecia que Charles Gould havia fraquejado no momento decisivo, quando um retorno aos antigos métodos era a única possibilidade. Ter dado ouvidos ao insensato plano de Decoud fora uma fraqueza.

O médico ergueu os braços exclamando:

— Decoud! Decoud!

Manquejou pelo aposento com pequenas risadas coléricas. Havia muitos anos, seus calcanhares tinham sido seriamente danificados no curso de certa investigação realizada no castelo de Santa Marta por uma comissão composta de militares. A nomeação lhes havia sido comunicada inesperadamente na calada da noite, com cenhos carrancudos, olhos chamejantes e voz tempestuosa, por Guzmán Bento. O velho tirano, endoidecido por um dos seus repentinos acessos de suspicácia, misturou atabalhoados apelos à fidelidade deles com imprecações e horríveis ameaças. As celas e os porões do castelo na colina já tinham sido abarrotados de prisioneiros. Cumpria agora à comissão descobrir a iníqua conspiração contra o "salvador-cidadão" do seu país.

O temor do desvairado tirano se traduzia numa açodada ferocidade de métodos. O "salvador-cidadão" não estava acostumado a esperar. Uma conspiração tinha de ser descoberta. Os pátios do castelo ressoavam com o tinir de grilhões de tornozelo, ruídos de golpes, berros de dor; e a comissão de altos oficiais trabalhava febrilmente, cada qual escondendo dos outros sua angústia e suas apreensões; escondiam-nas principalmente do secretário da comissão, o padre Beron, um capelão militar naquela época muito na confidência do "salvador-cidadão". O padre era um homem alto, de ombros curvos, com uma tonsura crescida, imunda, no topo da cabeça chata; tinha uma pele amarelada, pardacenta, gordurosa, manchas de sebo por toda a parte dianteira de seu uniforme de tenente, e uma pequena cruz bordada em linha branca no lado esquerdo do peito. Seu nariz era espesso e o lábio inferior caído. O doutor Monygham ainda se recordava dele. Recordava-se malgrado tentasse, com todas as forças de sua vontade, esquecê-lo. O padre Beron tinha sido incorporado à comissão por Guzmán Bento com o fim expresso de, com o seu iluminado zelo, assistir os demais membros em seus trabalhos. De modo algum poderia o doutor Monygham esquecer o zelo de padre Beron, nem o seu rosto, nem a voz monótona, impiedosa com que pronunciava as palavras:

— Vai agora confessar?

A lembrança não o fazia estremecer, mas tornara-o no que era aos olhos das pessoas de respeito, um homem descuidoso das regras comuns de decoro, a meio caminho de um vagabundo sagaz e de um médico mal-afamado. Mas nem todas as pessoas de respeito teriam tido a necessária delicadeza de sentimentos para compreender com que perturbação de espírito e justeza de visão o doutor Monygham, diretor médico da mina de San Tomé, recordava o padre Beron, capelão do exército e certa feita secretário de uma comissão militar. Ao fim de todos esses anos, o doutor Monygham, em seus aposentos da extremidade do prédio do hospital, no desfiladeiro de San Tomé, lembrava o padre Beron tão distintamente quanto sempre. Lembrava-se do padre à noite, algumas vezes durante o sono. Em noites assim, o doutor esperava pelo alvorecer com uma vela acesa e ficava a andar por toda a extensão dos seus aposentos, de um para outro lado, fitando os pés nus, os braços apertados aos flancos. Sonhava com o padre Beron sentado na ponta de uma longa mesa negra, por trás da qual, em fileira, apareciam as cabeças, os ombros e as dragonas dos membros militares, mordiscando a pluma de uma pena de pato e ouvindo, com fatigado e impaciente desdém, os protestos de algum prisioneiro a invocar o céu como testemunha da sua inocência, até exclamar:

— De que adianta perder tempo com essas lamentáveis tolices! Deixem-me levá-lo lá fora por um instante. — E o padre Beron saía atrás do prisioneiro levado entre dois soldados, com as cadeias a estrepitar. Tais interlúdios aconteciam repetidas vezes, com muitos prisioneiros, dia após dia. Quando o prisioneiro regressava, estava pronto para fazer uma confissão completa, conforme declarava o padre Beron, inclinando-se para a frente com aquele olhar embotado, empanzinado, que pode ser visto em pessoas glutonas após uma refeição farta.

Os instintos inquisitoriais do padre quase não sofriam com a falta do clássico aparelhamento da inquisição. Em época alguma da história do mundo tiveram os homens qualquer dificuldade de infligir tormentos corporais e mentais aos seus semelhantes. Tal aptidão lhes veio da crescente complexidade de suas paixões e do precoce refinamento de sua engenhosidade. Mas pode-se dizer com segurança que o homem primitivo não se deu ao trabalho de inventar torturas. Era indolente e de coração puro. Rebentava ferozmente os miolos do seu semelhante levado pela necessidade e sem qualquer malevolência. A mente mais estúpida pode inventar uma frase venenosa ou ferretear o inocente com uma calúnia cruel. Um pedaço de cordão e uma vareta de fuzil, alguns mosquetes combinados com uma corda escondida de certo comprimento, ou até mesmo um simples macete de madeira rija, pesada, aplicado com brandura a dedos humanos ou a juntas de um corpo humano bastam para infligir a mais refinada tortura. O doutor havia sido um prisioneiro muito obstinado, e, como conseqüência natural desse "mau gênio" (como lhe chamava o padre Beron), sua sujeição fora assaz aniquiladora e completa. Eis por que a claudicação do seu andar, a curva dos seus ombros, as cicatrizes de suas faces eram tão pronunciadas. Suas confissões, quando finalmente sobrevieram, foram de igual modo completas. Às vezes, nas noites em que ficava a andar pelos seus aposentos, admirava-se, rangendo os dentes com vergonha e raiva, da fertilidade de sua imaginação quando estimulada por um tipo de dor que torna a verdade, a honra, o amor-próprio e a vida coisas de somenos importância.

E não conseguia esquecer o padre Beron com a sua frase monótona: — Vai confessar agora? — chegando-lhe com uma horrenda iteração e lucidez de significado em meio à delirante incoerência da dor insuportável. Não conseguia esquecer. Mas isso não era o pior. Tivesse encontrado o padre Beron na rua após todos esses anos, o doutor Monygham estava certo de que se teria encolhido diante dele. Semelhante contingência não era mais de recear. O padre Beron estava morto; todavia a nauseante certeza impedia o doutor Monygham de olhar quem quer que fosse na cara.

Ele havia se tornado, de certa maneira, o escravo de um fantasma. Era-lhe obviamente impossível levar seu conhecimento do padre Beron de volta à Europa. Ao fazer suas confissões, arrancadas pela violência, à comissão militar, o doutor Monygham não estava procurando evitar a morte. Ansiava por ela. Sentado seminu, horas a fio, sobre o úmido chão de terra da sua prisão, e tão imóvel que as aranhas, suas companheiras, prendiam as teias ao seu cabelo emaranhado, consolava-se das angústias da própria alma com o raciocínio sutil de ter confessado crimes suficientes para uma sentença de morte — de eles terem ido longe demais para permitir-lhe viver e contar a sua história.

Todavia, como que por um refinamento de crueldade, o doutor Monygham foi deixado a apodrecer lentamente na escuridão de sua prisão tumular. Contava-se sem dúvida que acabaria por liquidá-lo poupando o trabalho de uma execução; porém o doutor Monygham tinha uma constituição de ferro. Foi Guzmán Bento que morreu, não pelo punhal de um conspirador, mas de um ataque de apoplexia, e o doutor Monygham viu-se libertado às pressas. Seus grilhões foram rompidos à luz de uma vela que, após meses de obscuridade, lhe doía tanto nos olhos que teve de cobrir o rosto com as mãos. Ergueram-no do chão. O coração lhe batia violentamente de medo de tal liberdade. Quando tentou andar, a extraordinária leveza de seus pés deulhe tonturas e ele caiu. Puseram-lhe dois bastões na mão e o empurraram para fora da passagem. Era no fim da tarde; velas já bruxuleavam nas janelas do alojamento dos oficiais à volta do pátio; no entanto, o céu crepuscular ofuscou-o com o seu brilho enorme, avassalador. Um poncho fino lhe cobria os ombros nus e ossudos; as calças em frangalhos mal lhe chegavam aos joelhos; cabelos há dezoito meses sem serem cortados pendiam em sujas madeixas de cada lado dos malares salientes. Quando se arrastou para diante da porta da sala de guarda, um dos soldados, indolentemente recostado ao umbral, foi movido por um obscuro impulso: com um estranho riso, de um pulo enfiou-lhe um velho e estragado chapéu de palha na cabeça. E o doutor Monygham, após cambalear, continuou seu caminho. Adiantava um dos bastões, depois um dos pés estropiados, em seguida o outro bastão; o outro pé avançava só uma curta distância sobre o solo, penosamente, como se fosse pesado demais para mover-se; e contudo suas pernas, sob as pontas pendentes do poncho, não pareciam mais grossas do que os dois bastões em suas mãos. Um incessante tremor lhe agitava o corpo curvado, os membros debilitados, a cabeça ossuda, a copa cônica, esfarrapada do *sombrero*, cuja larga aba chata lhe tocava os ombros.

Foi nessas condições e trajes que o doutor Monygham saiu para entrar na posse de sua liberdade. E as ditas condições pareciam jungi-lo indissoluvelmente à terra de Costaguana como um terrível processo de naturalização, envolvendo-o a fundo na vida nacional, mais a fundo do que poderia ter feito qualquer grau de sucesso e de honrarias. Extinguiram-lhe o europeísmo; pois o doutor Monygham elaborara para si próprio uma concepção ideal da sua desgraça. Era uma concepção eminentemente adequada a um oficial e a um cavalheiro. Antes de ir para Costaguana, o doutor Monygham tinha sido cirurgião num dos regimentos de infantaria de sua majestade. Tratava-se de uma concepção que não levava absolutamente em conta fatos fisiológicos ou argumentos racionais; nem por isso era estulta. Era simples. Aliás, uma regra de conduta que se baseie sobretudo em rejeições severas é necessariamente simples. A noção do doutor Monygham acerca do que lhe cumpria fazer era severa; mais que isso, uma noção ideal, na medida em que resultava de uma exageração imaginativa de um sentimento correto. Era outrossim, na sua força, influência e persistência, a noção de uma natureza essencialmente leal.

Havia uma grande reserva de lealdade na natureza do doutor Monygham. Ele a assentara toda sobre a cabeça da senhora Gould. Tinha-a por merecedora de qualquer devoção. No fundo do coração, sentia-se iradamente apreensivo com a prosperidade da mina de San Tomé, porque o progresso dela lhe roubava a paz de espírito. Costaguana não era lugar para uma mulher daquelas. O que estaria pensando Charles Gould quando a trouxera para ali! Era inominável! E o doutor acompanhara o desenrolar dos acontecimentos com uma sombria e distante reserva que lhe era imposta, segundo imaginava, por sua lamentável história.

A lealdade para com a senhora Gould, contudo, não podia excluir a segurança do seu marido. O doutor dera um jeito de estar na cidade quando do momento crítico porque não confiava em Charles Gould. Considerava-o irreparavelmente contaminado pela insensatez das revoluções. Eis por que manquejava aflito pela sala de visita da Casa Gould naquela manhã, exclamando:

— Decoud! Decoud! — num tom de lamentosa irritação.

A senhora Gould, com o seu rubor realçado e os olhos a brilhar, mirava fixamente diante de si a repentina enormidade daquela catástrofe. As pontas dos dedos de uma de suas mãos se apoiavam de leve numa mesinha baixa a seu lado, e o braço lhe tremia até o ombro. O sol, que desponta tarde em Sulaco, surgindo com a plenitude de sua força alto no céu por trás da ofuscante orla nevada do Higuerota, precipitara o gris suave, macio, perolado da luz em que a cidade jaz mergulhada nas primeiras horas da manhã, em massas nítidas de sombra escura e espaços de cálida, cegante luminosidade. Três longos retângulos de luz solar entravam pelas janelas da sala; ao mesmo tempo, do outro lado da rua, a fachada da casa dos Avellanos mostrava-se muito escura na sua própria sombra vista através da torrente de luz.

Uma voz disse da porta:

— Que houve com Decoud?

Era Charles Gould. Não tinham ouvido ele vir pelo corredor. Seu olhar passou pela esposa e se deteve no médico.

— Trouxe alguma notícia, doutor?

O doutor Monygham contou tudo impulsivamente, sem atenuantes. Durante algum tempo, depois de ele o ter feito, o administrador da mina de San Tomé ficou a fitá-lo sem dizer palavra. A senhora Gould deixou-se cair numa cadeira baixa com as mãos pousadas no regaço. Reinou um intervalo de silêncio entre aquelas três pessoas imóveis. Então Charles Gould falou:

— Deve querer tomar um desjejum.

Afastou-se de lado para deixar a esposa passar. Ela tomou-lhe a mão e a apertou contra si quando saía, levando o lenço aos olhos. A visão do marido lhe trouxera à lembrança a posição de Antonia, e ela não pôde conter as lágrimas ao pensar na pobre moça. Quando se foi juntar aos dois homens na sala de refeições, após ter banhado o rosto, Charles Gould estava dizendo ao médico por sobre a mesa:

— Não, não parece haver qualquer razão de dúvida.

E o doutor assentiu:

— Não, não vejo tampouco como se possa questionar a história desse desgraçado Hirsch. Receio que seja bem verdadeira.

Ela se sentou desolada à cabeceira da mesa e olhou de um para o outro. Os dois homens, sem de modo algum furtar a cabeça, evitaram-lhe a mirada. O médico inclusive afetou estar com fome: pegou faca e garfo e pôs-se a comer com ênfase, como se estivesse no palco. Charles Gould não recorreu a nenhuma simulação desse tipo; com os dois cotovelos erguidos em ângulo reto, torcia as duas pontas dos seus flamejantes bigodes — eram tão longos que as mãos ficavam assaz distantes do rosto.

— Não estou surpreso — murmurou, deixando em paz os bigodes e pondo um dos braços sobre o espaldar da cadeira. Seu rosto estava calmo, com aquela imobilidade de expressão que trai a intensidade de um combate mental. Percebia que aquele acidente levara a um ponto decisivo todas as conseqüências implícitas na sua linha de conduta, com suas intenções conscientes e inconscientes. Teria de pôr fim agora àquela silenciosa reserva, aquele ar de impenetrabilidade por trás do qual estivera resguardando a sua dignidade. Era a forma menos ignóbil de dissimulação imposta a ele por aquela paródia de instituições civilizadas que lhe ofendiam a inteligência, a integridade e o senso de justiça. Era como seu pai. Não tinha olho irônico. Não se divertia com os absurdos que reinam neste mundo. Eles lhe feriam a inata gravidade. Sentia que a morte infeliz daquele pobre Decoud o removia da sua inacessível posição de uma força no fundo de cena. Comprometia-o abertamente, a menos que quisesse desistir do jogo — o que era impossível. Os interesses materiais exigiam-lhe o sacrifício do seu alheamento — quiçá de sua própria segurança, inclusive. E refletia consigo que o plano separatista de Decoud não tinha sossobrado com a prata perdida.

A única coisa que não tinha mudado era sua posição em relação ao senhor Holroyd. O magnata da prata e do aço entrara nos negócios de Costaguana com uma espécie de paixão. Costaguana se tornara necessária à sua existência; na mina de San Tomé encontrara a satisfação imaginativa que outros espíritos obtinham do teatro, da arte, ou de algum esporte arriscado e fascinante. Era uma forma especial de extravagância do grande homem, sancionada por uma intenção moral grande o bastante para lisonjear-lhe a vaidade. Mesmo nessa aberração do seu gênio, servia ao progresso do mundo. Charles Gould estava seguro de ser compreendido com exatidão e de ser julgado com a indulgência de sua paixão comum. Nada poderia agora surpreender ou alarmar aquele grande homem. E Charles Gould se imaginava escrevendo uma carta a San Francisco nestes termos: "[...] Os homens à frente do movimento estão mortos ou fugiram; a organização civil da província de momento está acabada; o partido blanco de Sulaco sucumbiu irreparavelmente, mas da maneira característica deste país. Todavia, Barrios, intacto em Cayta, ainda está ao dispor. Vejo-me forçado a considerar abertamente o plano de uma revolução provincial como a única maneira de colocar os enormes interesses materiais envolvidos na prosperidade e paz de Sulaco em posição de permanente segurança [...]". Isso estava claro. Via tais palavras como que em letras de fogo na parede que fitava distraidamente.

A senhora Gould lhe contemplava a distração com temor. Era um fenômeno assustador e doméstico que escurecia e enregelava a casa, para ela, como uma nuvem de tempestade a esconder o sol. Os acessos de distração de Charles Gould retratavam a enérgica concentração de uma vontade perseguida por uma idéia fixa. Um homem perseguido por uma idéia fixa é insano. É inclusive perigoso se se tratar de uma idéia de justiça; pois não será capaz de fazer o céu desabar impiedosamente sobre uma cabeça amada? Os olhos da senhora Gould, ao contemplar o perfil do marido, tornaram a encher-se de lágrimas. E pareceu sentir outra vez o desespero da infortunada Antonia.

"Que é que eu teria feito se Charley morresse afogado enquanto estávamos noivos?", exclamou ela mentalmente, com horror. Seu coração virou gelo, enquanto suas faces inflamavam-se como se crestadas pelas chamas de uma pira fúnebre a lhe consumir todas as afeições terrenas. As lágrimas lhe irromperam dos olhos.

— Antonia vai se matar! — bradou.

O brado se perdeu no silêncio do aposento sem, estranhamente, produzir maior efeito. Só o doutor, esmigalhando uma fatia de pão, com a cabeça inclinada de lado, ergueu o rosto, e os pêlos longos que lhe sobressaíam dos cenhos hirsutos estremeceram num leve franzir. Ele achava sinceramente que Decoud era um objeto singularmente indigno da afeição de qualquer mulher. Depois tornou a curvar a cabeça, com um amuo, o coração repleto de terna admiração pela senhora Gould.

"Ela pensa nessa moça", disse consigo; "pensa nas meninas de Viola; pensa em mim; nos feridos; nos mineiros; pensa sempre nos pobres e infelizes! Mas o que fará se Charles se der mal nessa infernal confusão a que esses malditos Avellanos o arrastaram? Ninguém parece estar pensando nela."

Charles Gould, fitando a parede, continuou sutilmente as suas reflexões.

"Vou escrever a Holroyd que a mina de San Tomé é suficientemente grande para assumir a criação de um novo Estado. Vai lhe agradar. Vai reconciliá-lo com o risco envolvido."

Mas Barrios estaria de fato ao dispor? Talvez. Mas era inacessível. Não mais podia se enviar um barco a Cayta, já que Sotillo dominava a baía, e tinha um vapor a seu serviço. E agora, com todos os democratas da província sublevados, e todas as povoações do campo em estado de agitação, onde iria encontrar um homem que conseguisse chegar a Cayta por terra, com uma mensagem, numa viagem de pelo menos dez dias a cavalo; um homem decidido, de coragem, que se esquivasse da prisão ou da morte, e que, se detido, engolisse lealmente a mensagem escrita? O capataz dos *cargadores* teria sido esse homem. Mas o capataz dos *cargadores* já não vivia.

E Charles Gould, desviando os olhos da parede, disse brandamente:

— Esse Hirsch! Que coisa mais incrível! Salvou-se agarrando-se a uma âncora, não foi? Não imaginava que se encontrasse ainda em Sulaco. Pensei que tivesse viajado por terra a Esmeralda, há mais de uma semana. Ele veio aqui uma vez falar-me do seu negócio de peles e de algumas outras coisas. Tornei claro a ele que nada podia ser feito.

— Teve medo de partir por causa de Hernández andar por aí — observou o médico.

— Não fosse ele e não teríamos sabido nada do que aconteceu — disse Charles Gould, em tom de admiração.

A senhora Gould exclamou:

— Antonia não deve saber! Não devem contar-lhe. Não agora.

— Não é provável que alguém leve a notícia — assinalou o doutor. — Não é do interesse de ninguém. Além disso, as pessoas temem Hernández como se ele fosse o diabo. — Voltou-se para Charles Gould. — É inclusive difícil, porque, se se quisesse entrar em contato com os refugiados, não se poderia encontrar nenhum mensageiro. Quando Hernández vagava a cem quilômetros de distância de Sulaco, a populaça costumava arrepiar-se com as histórias de ele assar vivos os seus prisioneiros.

— Sim — murmurou Charles Gould. — O capataz do capitão Mitchell foi o único homem na cidade que viu Hernández cara a cara. O padre Corbelan o usou. Foi o primeiro a estabelecer comunicações. É uma pena que...

Sua voz foi encoberta pelo badalar do sino grande da catedral. Três pancadas isoladas, depois mais uma, ecoaram explosivamente, morrendo em vibrações profundas e melodiosas. E então todos os sinos na torre de todas as igrejas, conventos ou capelas da cidade, mesmo os que tinham permanecido inertes durante anos, repicaram com estardalhaço. Nessa furiosa torrente de algazarra metálica havia um poder de sugestão de imagens de luta e violência que fez empalidecerem as faces da senhora Gould. Basilio, que estivera a servir, encolheu-se para dentro de si e se apertou contra o aparador, os dentes a estralejar. Era impossível à pessoa ouvir sua própria voz.

— Feche essas janelas! — gritou-lhe Charles Gould zangado. Todos os outros criados, aterrados com o que julgavam fosse o sinal para um massacre generalizado, tinham corrido escada acima, atropelando-se uns aos outros, homens e mulheres, a obscura e geralmente invisível população do andar térreo nos quatro lados do pátio. As mulheres, a berrar "Misericórdia!", entraram à pressa no aposento e, caindo de joelhos diante das paredes, começaram a persignar-se convulsivamente. As cabeças dos homens a olhar para dentro bloquearam o vão da porta num instante — *mozos* do estábulo, jardineiros, ajudantes indefinidos que viviam das migalhas de uma casa munificente — e Charles Gould pôde contemplar toda a amplitude do seu serviço doméstico, até o porteiro. Este era um ancião semiparalítico cujos longos cabelos brancos lhe chegavam aos ombros: uma relíquia adotada pela piedade familiar de Charles Gould. O porteiro podia lembrar-se de Henry Gould, um inglês e costaguanense de segunda geração, presidente da província de Sulaco; fora seu *mozo* pessoal muitos anos atrás, na paz e na guerra; tinham-lhe permitido cuidar do seu amo na prisão; na manhã fatal acompanhara o pelotão de fuzilamento; e, espiando detrás de um dos ciprestes que cresciam ao longo do muro do convento franciscano, vira, com os olhos a lhe saltar do rosto, *don* Enrique erguer as mãos e cair de frente sobre o solo. Charles Gould notou especialmente a grande cabeça patriarcal dessa testemunha na rabeira dos outros criados. Mas surpreendeu-se de ver uma ou duas encarquilhadas megeras de cuja existência entre os muros de sua casa não estava a par. Deviam ser as mães ou até mesmo as avós de alguns de seus criados. Havia também umas poucas crianças, mais ou menos nuas, chorando e agarrando-se às pernas dos adultos. Jamais notara antes qualquer sinal de crianças no seu pátio. Até Leonarda, a *camerista*, entrou assustada, abrindo caminho com sua face amuada de camareira mimada e trazendo pela mão as filhas de Viola. As louças matraqueavam sobre a mesa e o aparador e a casa toda parecia oscilar na ensurdecedora onda de som.

5

Durante a noite, a populaça expectante havia tomado posse de todos os campanários da cidade a fim de dar boas-vindas a Pedrito Montero, que iria fazer a sua entrada depois de ter passado a noite em Rincón. Primeiramente surgiu, na porta do lado do campo, a turba armada, de todas as cores, cútis, tipos e estados de esfarrapamento, que se chamava a si própria de guarda nacional de Sulaco e era comandada pelo *señor* Gamacho. Ao longo do leito da rua fluía, como uma torrente de detritos, uma massa de chapéus de palha, ponchos e canos de espingarda, com uma enorme bandeira verde e amarela a drapejar no meio, envolta numa nuvem de pó e ao som de um furioso rufar de tambores. Os espectadores se comprimiam contra as paredes das casas gritando os seus *Vivas!* Atrás da turba podiam-se ver as lanças da cavalaria, o "exército" de Pedro Montero. Ele cavalgava entre os *señores* Fuentes e Gamacho à testa dos seus *llaneros*, que tinham realizado o feito de atravessar os páramos de Higuerota numa tempestade de neve. Cavalgavam em colunas de quatro, montados em cavalos confiscados no campo, vestindo roupas heterogêneas pilhadas à pressa nas lojas de beira de estrada durante a sua rápida travessia da região setentrional da província; pois Pedro Montero tivera grande pressa em ocupar Sulaco. Os lenços frouxamente amarrados aos pescoços nus eram ostensivamente novos, e a manga direita de todas as camisas de algodão tinha sido cortada perto do ombro a fim de dar-lhes maior liberdade para atirar o *lazo*. Velhos grisalhos e emaciados cavalgavam ao lado de rapazes esguios e trigueiros, marcados por todas as agruras da campanha, com tiras de carne crua enroladas à volta da copa do chapéu e enormes esporas de ferro presas aos calcanhares descalços. Os que, nas passagens da montanha, tinham perdido suas lanças equiparam-se com os aguilhões usados pelos criadores de gado no campo: finos fustes de palmeira, de uns bons três metros de comprimento, com uma porção de anéis soltos a tilintar sob a ponteira de ferro. Estavam armados de facas e revólveres. Um fatigado destemor caracterizava a expressão de todos aqueles rostos tisnados pelo sol; olhavam altivamente de cima, com seus olhos causticados, a multidão abaixo, ou, piscando para o alto insolentemente, apontavam uns aos outros alguma cabeça em particular entre as mulheres debruçadas às janelas. Quando chegaram à *plaza* e deram com a estátua eqüestre do rei, ofuscantemente branca à luz do sol, dominando enorme e imóvel a multidão encapelada, com o seu eterno gesto de saudação, um murmúrio de surpresa correu pelas fileiras:

— Que santo é esse de chapéu grande? — perguntavam uns aos outros.

Era uma boa amostra da cavalaria das planuras com que Pedro Montero tanto ajudara a vitoriosa carreira do seu irmão general. A influência que esse homem criado nas cidades do litoral adquiriu em curto espaço de tempo sobre os habitantes das planícies da República pode ser atribuída tão-só a um gênio para a traição que, de tão efetivo, deve ter parecido, a esses homens violentos, pouco distantes de um estado de total selvageria, a própria perfeição da sagacidade e da virtude. As tradições populares de todas as nações atestam que essa duplicidade e astúcia, juntamente com a força corporal, eram encaradas, mais ainda que a coragem, como virtudes heróicas pela humanidade primitiva. Sobrepujar o adversário era o mais importante na vida. A coragem era tida como corriqueira. Mas o uso da inteligência suscitava pasmo e respeito. Estratagemas, desde que não falhassem, eram considerados louváveis; a fácil matança de um inimigo não suspicaz não suscitava outros sentimentos além dos de satisfação, orgulho e admiração. Não que os homens primitivos talvez fossem mais ímpios que seus descendentes de hoje, mas eram mais diretos nos seus objetivos e mais desartificiosos no seu reconhecimento do êxito como o único padrão de moralidade.

Mudamos desde então. O uso da inteligência suscita menos pasmo e menos respeito. Mas os homens da planície, ignorantes e bárbaros, ao se engajar na guerra civil seguiam de bom grado um chefe que conseguia amiúde pôr-lhes nas mãos os inimigos já amarrados, por assim dizer. Pedro Montero tinha talento para aquietar seus adversários e fazê-los sentir-se em segurança. E como os homens aprendem a prudência com extrema lentidão, estando sempre prontos a acreditar nas promessas que lhes afaguem as esperanças secretas, Pedro Montero era bem-sucedido todas as vezes. Quando ainda criado ou funcionário subalterno na legação de Costaguana em Paris, correra de volta para seu país assim que soubera ter o irmão saído da obscuridade de sua *comandancia* de fronteira. Conseguira iludir, com seu dom de plausibilidade, os chefes do movimento ribierista na capital, e até mesmo o sagaz agente da mina de San Tomé falhara no avaliar-lhe o caráter. Prontamente obtivera grande influência sobre o irmão. Eram fisicamente muito parecidos, ambos calvos, com molhos de cabelo crespo perto das orelhas a denunciar a presença de algum sangue negro. Só que Pedro era mais baixo que o general, mais delicado no geral, com um talento para a macaqueação dos sinais exteriores de refinamento e distinção e um dom para papaguear línguas estrangeiras. Os dois irmãos tinham recebido alguma instrução elementar graças à generosidade de um grande viajante europeu de quem o pai deles fora criado pessoal durante suas jornadas pelo interior do país. No caso do general Montero, ela lhe possibilitara elevar-se acima das fileiras. Pedrito, mais jovem, incrivelmente preguiçoso e desleixado, andara a vagar sem rumo de uma cidade costeira a outra, peruando escritórios comerciais, ligando-se a estranhos como uma espécie de *valet de place*, cavando a vida de maneira fácil e suspeita. A capacidade de ler só serviu-lhe para encher a cabeça de visões absurdas. Seus atos eram determinados via de regra por motivos tão improváveis em si mesmos que escapavam à compreensão de uma pessoa racional.

Assim, à primeira vista, o agente da Concessão Gould em Santa Marta lhe creditara a posse de opiniões sensatas e inclusive certo poder de moderar a vaidade perenemente insatisfeita do general. Jamais lhe teria passado pela cabeça que Pedrito Montero, lacaio ou escriba subalterno, alojado nas águas-furtadas dos diversos hotéis parisienses onde a legação de Costaguana costumava asilar sua dignidade diplomática, estivera a devorar o tipo mais ligeiro de obras históricas em língua francesa, a exemplo dos livros de Imbert de Saint Amand acerca do Segundo Império. Mas Pedrito ficara impressionado com o esplendor de uma corte brilhante e concebera a idéia, para si próprio, de uma existência como a do *duc* de Morny, em que combinaria a disponibilidade de todos os prazeres com a direção dos assuntos políticos e desfrutaria excelsamente o poder de todas as maneiras. Ninguém jamais poderia ter suposto algo assim. No entanto foi uma das causas imediatas da revolução monterista. Isso há de parecer menos incrível à reflexão de que as causas fundamentais foram as mesmas de sempre, enraizadas na imaturidade política do povo, na indolência das classes superiores e nas trevas mentais das inferiores.

Pedrito Montero viu na elevação do irmão o caminho aberto para a realização das suas mais desvairadas fantasias. Foi o que tornou o pronunciamento monterista tão imprevisível. O próprio general provavelmente poderia ter sido subornado, apaziguado com lisonjas, despachado para a Europa em missão diplomática. Fora o irmão que o instigara do começo ao fim. Queria tornar-se o mais brilhante estadista da América do Sul. Não ambicionava o poder supremo. Teria tido medo do trabalho e do risco que envolvia, na realidade. Antes do mais, Pedrito Montero, ensinado por sua experiência européia, pretendia adquirir uma considerável fortuna para si. Com esse objetivo em vista, obteve do irmão, já no dia seguinte ao da batalha vitoriosa, a permissão de atravessar as montanhas e tomar posse de Sulaco. Sulaco era a terra da prosperidade futura, a terra escolhida do progresso material, a única província da República que interessava aos capitalistas europeus. Seguindo o exemplo do *duc* de Morny, Pedrito Montero queria ter o seu quinhão dessa prosperidade. Era o que literalmente pretendia. Agora que o irmão era dono do país, fosse como presidente, ditador ou até como imperador — por que não imperador? —, ele pretendia exigir uma cota de todas as empresas — de estradas de ferro, minas, propriedades açucareiras, tecelagens de algodão, companhias agrárias, de todo e qualquer empreendimento — como o preço de sua proteção. O desejo de chegar logo ao local fora a verdadeira causa da célebre travessia das montanhas com cerca de duzentos *llaneros*, um feito de cujos perigos não se dera conta inicialmente devido à sua impaciência. Egresso de uma série de vitórias, parecera-lhe que um Montero só teria de parecer senhor da situação. Tal ilusão o levara a uma imprudência que agora começava a perceber. Cavalgando à testa dos seus *llaneros*, lamentava que fossem tão poucos. O entusiasmo da populaça lhe restituiu a confiança. Ela gritava:

— *Viva Montero! Viva Pedrito!*

A fim de torná-la ainda mais entusiástica, e pelo natural prazer que sentia em fingir, deixou cair as rédeas sobre o pescoço do cavalo, e com um tremendo efeito de familiaridade e confiança, enfiou as mãos por sob os braços dos *señores* Fuentes e Gamacho. Nessa postura, com um esfarrapado *mozo* da cidade a segurar-lhe as bridas da montaria, atravessou triunfalmente a *plaza* até a porta da *intendencia*. As velhas e sombrias paredes do edifício pareciam sacudir-se às aclamações que rasgavam o ar e encobriam as estrondosas badaladas dos sinos da catedral.

Pedro Montero, o irmão do general, desmontou diante de uma turba suada e vociferante de entusiastas que os esfarrapados guardas nacionais empurravam violentamente para trás. Depois de subir alguns degraus, contemplou a grande multidão a fitá-lo embasbacada e as paredes furadas a bala das casas fronteiras, veladas de leve por uma ensolarada névoa de poeira. A palavra "PORVENIR" em enormes maiúsculas pretas, que se alternavam com janelas quebradas, o confrontava através do vasto espaço; e ele pensou com deleite na hora da vingança, porque estava muito seguro de que iria deitar as mãos em Decoud. À sua esquerda, Gamacho, grandalhão e encalorado, a enxugar a cara peluda e suada, pôs à mostra uma fileira de presas amareladas num arreganho de estúpida hilaridade. À sua direita, o *señor* Fuentes, pequeno e descarnado, fitava à frente com lábios apertados. A multidão olhava literalmente boquiaberta, imersa num silêncio impaciente, como se tivesse esperado que o grande *guerrillero*, o famoso Pedrito, começasse de pronto a espargir algum tipo de dádiva visível. O que ele começou foi um discurso. Começou berrando a palavra "Cidadãos!", que chegou até os que estavam no meio da *plaza*. Em seguida, a maior parte dos cidadãos se deixou fascinar tão-só pela movimentação do orador, seus passos na ponta dos pés, os braços lançados acima da cabeça com os punhos cerrados, a mão espalmada sobre o coração, o fulgor prateado dos olhos a rolar, os gestos de varrer, apontar, abranger, a mão posta com familiaridade no ombro de Gamacho; a mão acenando formalmente em direção à miúda figura, encasacada de preto, do *señor* Fuentes, advogado, político e leal amigo do povo. Os *vivas* dos que estavam mais próximos do orador irrompiam de inopino, propagando-se irregularmente até os confins da multidão, como chamas a correr por capim seco, e morrendo na abertura das ruas. A intervalos, por sobre a praça apinhada, pairava um silêncio pesado, no qual a boca do orador continuava a abrir-se e fechar, e frases soltas — "a felicidade do povo" [...] "filhos da pátria" [...] "o mundo inteiro" (*el mundo entiero*) — chegavam até os degraus cheios da catedral com um som débil e claro, tênue como o zumbir de um pernilongo. Mas o orador batia no peito; parecia empinar-se entre os seus dois partidários. Era o esforço supremo da sua peroração. Então as duas figuras menores desapareceram das vistas do público e o enorme Gamacho, deixado só, adiantou-se erguendo o chapéu bem acima da cabeça. Aí tornou a cobrir-se orgulhosamente e berrou:

— *Ciudadanos!*

Um bramido impreciso saudou o *señor* Gamacho, ex-mascate do campo, *comandante* dos guardas nacionais.

No andar de cima, Pedrito Montero ia apressadamente de um a outro dos arruinados cômodos da *intendencia* rosnando sem cessar:

— Que estupidez! Que destruição!

O *señor* Fuentes, a segui-lo, abrandou sua disposição taciturna para murmurar:

— É tudo obra de Gamacho e dos seus nacionais — e então, inclinando a cabeça sobre o ombro direito, cerrou os lábios com tanta força que uma covinha lhe apareceu nos cantos da boca. Trazia no bolso a sua nomeação para chefe político da cidade e ardia de impaciência de assumir suas atribuições.

Na longa sala de audiências, com seus altos espelhados rachados por pedras, as colgaduras rasgadas e a canópia sobre a plataforma na extremidade oposta toda arrebentada, o vasto e fundo murmúrio da multidão e a voz ululante de Gamacho a falar logo abaixo chegavam até eles através das persianas, a eles parados em meio à penumbra e à desolação.

— Que estúpido! — observou sua excelência *don* Pedro Montero entre dentes. — Temos de dar um jeito, tão logo que possível, de mandá-lo para o campo, com seus nacionais, combater Hernández.

O novo *jefe político* limitou-se a sacudir a cabeça lateralmente e a tirar uma baforada do cigarro num sinal de concordância com esse método de livrar a cidade de Gamacho e sua inconveniente ralé.

Pedrito Montero olhou com nojo para o assoalho totalmente desnudo e para a faixa de quadros de grossas molduras douradas que corria à volta do aposento e da qual pendiam, como trapos encardidos, os restos de telas acutiladas e rasgadas.

— Não somos bárbaros — disse.

Isso foi o que disse sua excelência, o popular Pedrito, o *guerrillero* destro na arte de preparar emboscadas, que a seu próprio pedido o irmão incumbira de organizar Sulaco segundo os princípios democráticos. Na noite anterior, durante a conferência com os partidários que tinham vindo encontrá-lo em Rincón, revelara ele suas intenções ao *señor* Fuentes:

— Vamos organizar uma votação popular, de sim ou não, confiando os destinos de nossa pátria idolatrada à sabedoria e bravura de meu heróico irmão, o general invencível. Um plebiscito. Compreende?

E o *señor* Fuentes, estufando as bochechas coriáceas, inclinara a cabeça ligeiramente para a esquerda, deixando um fino, azulado jato de fumaça escapar-lhe dos lábios franzidos. Havia compreendido.

Sua excelência estava exasperado com a devastação. Nem uma só cadeira, mesa, sofá, *étagère* ou console foram deixados nos salões de gala da *intendencia*. Sua excelência, embora se contorcesse todo de raiva, viu-se impedido de explodir em violências pela noção do seu isolamento e distância. O heróico irmão estava longe, muito longe. Entrementes, onde ele iria fazer a sua *siesta*? Esperara encontrar conforto e luxo na *intendencia* após um ano de dura vida de acampamento, rematada pelas agruras e privações da audaz investida sobre Sulaco — sobre a província que valia mais, por sua riqueza e influência, que todo o resto do território da República. Ele ajustaria as contas com Gamacho futuramente. E a oração do *señor* Gamacho, deleitosa para ouvidos populares, prosseguia no calor ensolarado da *plaza* como o insólito uivar de algum tipo inferior de demônio atirado a uma fornalha incandescente. A todo instante tinha ele de enxugar a face fumegante com o antebraço nu; atirara fora a casaca e enrolara as mangas da camisa bem acima dos cotovelos; porém conservara na cabeça o chapéu armado de penas brancas. Na sua ingenuidade, prezava altamente aquele emblema do seu posto de comandante dos guardas nacionais. Graves murmúrios de aprovação lhe saudavam as frases. Sua opinião era a de que se deveria declarar imediatamente guerra à França, à Inglaterra, à Alemanha e aos Estados Unidos que, com introduzir ferrovias, empresas de mineração, colonização, visavam, com tais frívolas simulações, a despojar os pobres de suas terras e, com a ajuda desses medievais e paralíticos, os aristocratas, convertê-los em afanosos e miseráveis escravos. E os *léperos*, sacudindo as pontas de suas imundas mantas brancas, berravam sua aprovação. O general Montero, uivava Gamacho com convicção, era o único homem à altura da patriótica tarefa. Concordaram com isso, igualmente.

A manhã ia adiantada; já havia sinais de ruptura, correntes e remoinhos na multidão. Alguns buscavam a sombra das paredes e das árvores da alameda. Cavaleiros esporeavam as montarias, gritando; grupos de *sombreros* nivelados nas cabeças contra o sol vertical iam-se deslocando para as ruas, onde as portas abertas das *pulperías* revelavam uma tentadora obscuridade a ressoar com o suave tanger de guitarras. Os guardas nacionais pensavam em *siesta* e a eloqüência de Gamacho, o chefe deles, se exaurira. Mais tarde, nas horas menos quentes da tarde, quando tentaram reunir-se novamente para ulterior consideração dos assuntos públicos, destacamentos da cavalaria de Montero acampada na alameda atacaram-nos sem parlamentação, velozmente, com longas lanças voltadas contra suas costas em fuga até o fim das ruas. Os guardas nacionais de Sulaco ficaram surpresos com essa conduta. Mas não estavam indignados. Costaguanense algum jamais aprendera a questionar as excentricidades de uma força militar. Elas faziam parte da ordem natural das coisas. Aquela poderia ser, concluíram, algum tipo de medida administrativa, sem dúvida. Mas o seu motivo lhes escapava à desajudada inteligência, e o chefe e orador deles, Gamacho, comandante da guarda nacional, jazia bêbado e adormecido no recesso de sua família. Seus pés descalços estavam repulsivamente voltados para cima, nas sombras, à maneira de um cadáver. Sua boca eloqüente se escancarara. Sua filha menor, coçando a cabeça com uma das mãos, abanava com a outra um galho verde sobre a tostada e descascada cara do pai.

6

O sol em declínio deslocara as sombras de oeste para leste entre as casas da cidade. Deslocara-as por toda a extensão do campo imenso, com os muros brancos de suas *haciendas* nos cômoros que dominavam as verdes distâncias; com seus ranchos de teto de capim agachados nas dobras do terreno perto das margens dos regatos; com as ilhas escuras de árvores agrupadas num claro oceano de capim, e a cordilheira escarpada, imensa e imóvel, emergindo do marouço das florestas inferiores como a árida costa de uma terra de gigantes. Os raios do poente, ferindo a encosta nevada do Higuerota de longe, davam-lhe uma aparência de rósea juventude, enquanto a massa serrilhada dos picos distantes permanecia negra, como se calcinada na ígnea radiância. A superfície ondulosa da floresta parecia polvilhada de poeira ouro-pálido; e lá ao longe, além de Rincón, escondida da cidade por dois esporões boscosos, as rochas do desfiladeiro de San Tomé, com a lisa muralha da própria montanha galardoada de fetos gigantes, assumia cálidos tons de castanho e amarelo, com listras de vermelho-ferrugem e o verde-escuro dos grupos de arbustos enraizados nas fendas. Da planície, os telheiros das prensas de estampar e os edifícios das minas apareciam escuros e minúsculos, no alto, como ninhos de pássaros agrupados nos ressaltos de um penhasco. As trilhas em ziguezague semelhavam leves traços riscados na parede de um blocausse ciclópico. Para os dois serenos da mina que em serviço de patrulha passeavam, carabina na mão e olhos vigilantes, sob a sombra das árvores à orla do rio perto da ponte, *don* Pepe, que descia a trilha vindo do platô superior, não parecia maior que um grande besouro.

Com o seu jeito de inseto sem rumo a ir de um lado para outro pela superfície do rochedo, a figura de *don* Pepe continuava a descer regularmente, e quando chegou perto do fundo sumiu-se finalmente por trás dos tetos dos depósitos, forjas e oficinas. Durante algum tempo, os dois serenos ficaram a andar de lá para cá diante da ponte, em que haviam detido um cavaleiro que trazia um grande envelope branco na mão. Então *don* Pepe, surgindo na rua da povoação por entre as casas, a um tiro de pedra da fronteira da ponte, aproximou-se; usava calças escuras, largas, metidas dentro das botas, uma jaqueta de linho branco, sabre de lado e um revólver no cinto. Nessa época de perturbações, circunstância alguma encontraria o *señor gobernador* de botas descalçadas, como se costuma dizer.

A um leve aceno de cabeça de um dos serenos, o homem, um mensageiro da cidade, desmontou e atravessou a ponte, trazendo o cavalo pela brida.

Don Pepe recebeu-lhe a carta da outra mão, apalpou o lado esquerdo e os quadris sucessivamente, em busca do estojo do óculos. Depois de encavalar a pesada armação de prata no nariz e ajustá-la cuidadosamente atrás das orelhas, abriu o envelope, mantendo-o a cerca de trinta centímetros de distância dos olhos. O papel que tirou continha umas três linhas escritas. Ficou a olhá-las por um bom tempo. Seu bigode grisalho movia-se ligeiramente para cima e para baixo, e as rugas, irradiando-se do canto dos olhos, acompanhavam-no. Assentiu serenamente com a cabeça.

— *Bueno* — disse. — Não tem resposta.

A seguir, à sua maneira tranqüila, afável, iniciou uma cautelosa conversa com o homem, que estava propenso a falar com animação, como se algo auspicioso lhe tivesse acontecido recentemente. Avistara de certa distância a infantaria de Sotillo acampada ao longo da praia da baía, de ambos os lados da alfândega. Não haviam causado dano algum aos edifícios. Os estrangeiros da estrada de ferro permaneciam encerrados dentro dos pátios. Já não estavam mais ansiosos por disparar contra a gente pobre. Ele amaldiçoou os estrangeiros; então relatou a entrada de Montero e os boatos da cidade. Os pobres iam agora ficar ricos. Isso era muito bom. De mais não sabia e, rompendo em sorrisos conciliadores, deu a entender que estava com fome e com sede. O velho major o enviou ao *alcalde* da primeira povoação. O homem tornou a montar e foi-se, enquanto *don* Pepe, caminhando devagar em direção ao pequeno campanário de madeira, espiou por cima de uma sebe para dentro de um pequeno jardim, onde viu o padre Roman sentado numa rede branca dependurada entre duas laranjeiras à frente do presbitério.

Um enorme tamarineiro sombreava com sua folhagem escura a casa branca de madeira. Uma jovem índia de cabelos longos, olhos graúdos e mãos e pés pequenos, trouxe para fora uma cadeira, enquanto uma velha franzina, rabugenta e vigilante, a observava o tempo todo da varanda.

Don Pepe sentou-se na cadeira e acendeu um charuto; o padre tirou uma enorme pitada de rapé do oco da mão. Nas suas faces de um castanho avermelhado, gastas, cavas, os olhos, frescos e cândidos, brilhavam como dois diamantes negros.

Don Pepe, em voz branda e jocosa, informou o padre Roman de que Pedrito Montero, pela mão do *señor* Fuentes, perguntara-lhe em que termos entregaria a mina, em perfeito estado de funcionamento, a uma comissão legalmente constituída de cidadãos patrióticos, escoltada por uma pequena força militar. O padre ergueu os olhos para o céu. Entretanto, continuou *don* Pepe, o *mozo* que tinha trazido a carta dissera que *don* Carlos Gould estava vivo e que até então não fora molestado.

O padre Roman exprimiu, em breves palavras, a sua gratidão por saber da segurança do *señor* administrador.

A hora da oração passara, pela melodiosa badalada de um sino no pequeno campanário. O cinturão de floresta que fechava a entrada do vale erguia-se como uma cortina entre o sol baixo e a rua da povoação. Na outra ponta do desfiladeiro rochoso, entre os paredões de basalto e granito, elevara-se uma montanha boscosa, íngreme, folhuda e iluminada até o cimo, que ocultava toda a cordilheira dos moradores de San Tomé. Três pequenas nuvens róseas pendiam imóveis lá em cima, no azul profundo. Grupos de pessoas estavam sentados na rua, entre as choças de varas trançadas. Diante da casa do *alcalde*, os capatazes do turno da noite, já prontos para chefiar os seus homens, acocoravam-se num círculo de barretes de couro e, curvando as costas bronzeadas, passavam à volta a cuia de chimarrão. O *mozo* da cidade, após ter amarrado o cavalo a um pilar de madeira em frente à porta, contava-lhes as novidades de Sulaco, enquanto a escurecida cuia da infusão ia de mão em mão. O próprio *alcalde*, de expressão grave, colete branco e uma espécie de bata de chita com desenhos florais e mangas largas a revelar-lhe parte da robusta nudez, feito uma vistosa roupa de banho, estava de pé ao lado, coberto por um hirsuto chapéu de pele de castor e segurando um alto bastão de castão de prata. Tais insígnias de sua dignidade lhe tinham sido conferidas pela administração da mina, a fonte de honra, de prosperidade e de paz. Ele fora um dos primeiros imigrantes a chegar ao vale; seus filhos e genros trabalhavam no interior da montanha que parecia, com os seus tesouros, derramar pelas trovejantes calhas de transporte da meseta superior os dons de bem-estar, segurança e justiça sobre os trabalhadores. O *alcalde* ouvia as notícias da cidade com curiosidade e indiferença, como se dissessem respeito a outro mundo que não o seu. Essa a aparência que verdadeiramente tinham para eles. Em pouquíssimos anos, a noção de pertencer a uma organização poderosa havia se desenvolvido naqueles hostilizados índios semibravios. Tinham orgulho da mina e lhe eram afeiçoados. Ela lhes conquistara a confiança e a crença. Investiam-na de uma virtude invencível e protetora, como se fosse um fetiche feito pelas suas mãos, pois eram ignorantes e em outros respeitos não diferiam apreciavelmente do resto da humanidade, que põe infinita confiança em suas próprias criações. Jamais passaria pela cabeça do *alcalde* que a mina pudesse falhar na sua proteção e força. A política só era boa para a gente da cidade e do campo. Sua cara redonda e amarela, de largas narinas e de expressão imóvel, semelhava uma ardente lua cheia. Escutava as exaltadas jactâncias do *mozo* sem desconfiança, sem surpresa, sem qualquer sentimento ativo.

O padre Roman balançava-se desanimadamente sentado na rede, os pés roçando o solo, as mãos segurando o punho da rede. Com menos confiança, mas tão ignorante quanto seu rebanho, perguntou ao major o que ele pensava que fosse agora acontecer.

Don Pepe, ereto na cadeira, envolveu com as mãos, tranqüilamente, o punho da espada, que se elevava perpendicular entre suas coxas, e respondeu que não sabia. A mina podia ser defendida contra qualquer força a ser eventualmente enviada para tomar posse dela. Por outro lado, devido à natureza árida do vale, quando fossem cortados os suprimentos regulares do campo, a população das três povoações poderia ser reduzida à submissão pela fome. *Don* Pepe expôs com serenidade essas contingências ao padre Roman, que, como veterano de campanhas, estava apto a compreender o raciocínio de um militar. Conversavam com simplicidade e franqueza. O padre Roman se entristecia à idéia de o seu rebanho ser dispersado ou então escravizado. Não tinha ilusões quanto à sorte dos seus paroquianos, não por particular discernimento, mas pela longa experiência de atrocidades políticas, que lhe pareciam fatais e inevitáveis na vida de um Estado. O funcionamento das instituições públicas habituais se apresentava para ele muito claramente como uma série de calamidades que acometiam os indivíduos particulares e que decorriam logicamente umas das outras, através do ódio, da vingança, da insensatez e da capacidade, como se fossem parte de um arranjo da Providência divina. A clareza de visão do padre Roman era servida por uma inteligência desinformada; seu coração, todavia, com preservar a compassividade em meio a cenas de carnificina, espoliação e violência, abominava tais calamidades tanto mais que era íntima sua associação com as vítimas. Alimentava pelos índios do vale sentimentos de paternal menosprezo. Estivera a casar, batizar, confessar, absolver e enterrar os trabalhadores da mina de San Tomé, com dignidade e unção, havia cinco ou mais anos; e acreditava na santidade de tais sacramentos, que os tornava seus próprios num sentido espiritual. Eram-lhe caros à supremacia sacerdotal. O zeloso interesse da senhora Gould pelos assuntos dessa gente realçava-lhe a importância aos olhos do padre porque realmente aumentava a sua própria. Quando conversava com as inúmeras Marías e Brígidas das povoações, sentia sua humanidade se expandir. O padre Roman era incapaz de fanatismo e isso a um grau quase repreensível. Conquanto fosse evidentemente uma herética, a *señora* inglesa lhe parecia ao mesmo tempo admirável e angélica. Sempre que tal confusão de sentimentos lhe ocorria enquanto passeava, por exemplo, o breviário sob o braço, à larga sombra do tamarindo, ele fazia alto para inalar ruidosamente uma grande dose de rapé e sacudir a cabeça sagazmente. Ao pensamento do que poderia agora acontecer com a nobre *señora*, foi gradualmente tomado de consternação. Exprimiu-a num murmúrio agitado. Mesmo *don* Pepe perdeu a serenidade por um momento. Curvou-se rigidamente para a frente:

— Ouça, padre. O simples fato de aqueles macacos ladrões de Sulaco estarem tentando descobrir o preço da minha honra prova que o *señor don* Carlos e todos na Casa Gould estão a salvo. Quanto à minha honra, também está a salvo, como todo homem, mulher e criança sabe. Mas os liberais negros que se apoderaram da cidade de surpresa não sabem. *Bueno*. Que fiquem esperando sentados. Enquanto esperam, não podem fazer mal.

E reassumiu sua compostura. Reassumiu-a sem dificuldade porque, acontecesse o que acontecesse, sua honra de velho oficial de Páez estava salva. Tinha prometido a Charles Gould que à aproximação de uma força armada ele defenderia o desfiladeiro o suficiente para ter tempo de destruir cientificamente todas as instalações, edifícios e oficinas da mina com grandes cargas de dinamite; bloquear com destroços o túnel principal, rebentar os caminhos, explodir a represa de força hidráulica, despedaçar a famosa Concessão Gould em fragmentos que voariam muito alto, para longe de um mundo horrorizado. A mina se apossara de Charles Gould com força tão mortal quanto aquela com que lhe dominara o pai. Mas essa resolução extrema parecia a *don* Pepe a coisa mais natural do mundo. Suas medidas haviam sido tomadas com discernimento. Fora tudo preparado com cuidado, ponto por ponto. E *don* Pepe entrelaçou os dedos tranqüilamente sobre o punho da espada, assentindo com a cabeça para o padre. Na sua agitação, este atirara rapé aos punhados pela cara e, todo lambuzado de tabaco, olhos arregalados, fora de si, descera da rede para perambular, soltando exclamações.

Don Pepe cofiou os longos bigodes grisalhos, cujas finas pontas caíam bem abaixo da linha firme da mandíbula, e falou, orgulhosamente cônscio da sua reputação:

— Assim, padre, não sei o que vai acontecer. Mas sei que enquanto eu estiver aqui *don* Carlos pode falar com aquele macaco, Pedrito Montero, e ameaçá-lo com a destruição da mina, perfeitamente seguro de que será levado a sério. Pois as pessoas me conhecem.

Pôs-se a girar o charuto entre os lábios, algo nervosamente, e prosseguiu:

— Mas toda esta conversa: isso é bom para políticos. Sou um militar. Não sei o que pode acontecer. Mas sei o que tem de ser feito: a mina deve marchar sobre a cidade com carabinas, machados, facas presas na ponta de paus, *por Dios*. Isso é o que tem de ser feito. Só que...

Suas mãos entrelaçadas apertaram o punho da espada. O charuto girou-lhe mais rápido no canto da boca.

— Quem poderia comandar a não ser eu? Infelizmente, veja, dei minha palavra de honra a *don* Carlos de que não deixaria a mina cair em mãos desses ladrões. Na guerra, e o senhor sabe disso, padre, a sorte das batalhas é incerta; quem poderia eu deixar aqui para agir em meu lugar no caso de derrota? Os explosivos estão prontos. Mas seria preciso um homem de muito brio, inteligência, discernimento e coragem para levar a cabo a destruição preparada. Alguém em quem eu possa confiar com honra tanto quanto em mim mesmo. Algum outro antigo oficial de Páez, por exemplo. Ou então... talvez... um dos antigos capelães de Páez.

Levantou-se, alto, esguio, ereto, enérgico, com o seu bigode marcial e o seu rosto ossudo, cujos olhos fundos pareciam trespassar o padre, que se imobilizara, segurando na mão a caixa de rapé vazia, virada para baixo, e fitando, sem fala, o governador da mina.

7

Aproximadamente à mesma hora, na *intendencia* de Sulaco, Charles Gould estava assegurando a Pedrito Montero, o qual lhe solicitara a presença ali, que jamais deixaria a mina passar de suas mãos às de um governo que a roubara dele. A Concessão Gould não podia ser retomada. Seu pai não quisera isso. O filho jamais a entregaria. Jamais a entregaria viva. E uma vez morta, onde estava o poder capaz de ressuscitar um empreendimento daqueles, em todo o seu vigor e opulência, das cinzas e das ruínas da destruição? Não havia no país um poder assim. E onde encontrar, no estrangeiro, a perícia e o capital que condescenderiam em tocar um cadáver tão malfadado? Charles Gould falava no tom impassível que por tantos anos lhe servira para esconder a ira e o desprezo. Sofria. Repugnava-lhe o que tinha a dizer. Soava muito altiloqüente. Na sua personalidade, o instinto estritamente pragmático discordava profundamente da concepção quase mística que tinha do seu direito. A Concessão Gould era um símbolo de justiça abstrata. Que os céus despencassem. Mas como a mina de San Tomé havia alcançado fama mundial, sua ameaça tinha força e efetividade suficientes para sensibilizar a inteligência rudimentar de Pedro Montero, por obscurecida que estivesse pelas futilidades das anedotas históricas. A Concessão Gould era um ativo muito importante nas finanças do país e, mais ainda, nos orçamentos particulares de muitas autoridades públicas. Era tradicional. Era conhecida. Era citada. Era fidedigna. Todo ministro do Interior recebia um salário da mina de San Tomé. Naturalmente. E Pedrito pretendia ser ministro do Interior e presidente do conselho de Estado no governo do seu irmão. O *duc* de Morny havia ocupado esses altos cargos durante o Segundo Império francês, com manifesta vantagem para si.

Uma mesa, uma cadeira, uma armação de cama foram arranjadas para sua excelência que, após uma breve *siesta*, tornada absolutamente necessária pelos afãs e pompas de sua entrada em Sulaco, estivera a tomar posse da máquina administrativa marcando encontros, dando ordens e assinando proclamações. Sozinho com Charles Gould na sala de audiências, sua excelência conseguira, com a sua conhecida habilidade, esconder o aborrecimento e a consternação. Principiara falando altivamente de confisco, mas a ausência de qualquer emoção ou mobilidade nas feições do *señor* administrador acabara por afetar-lhe adversamente a destreza verbal. Charles Gould repetiu:

— O governo certamente pode causar a destruição da mina de San Tomé, se quiser; mas, sem mim, não poderá fazer mais nada. — Era uma declaração alarmante e bem calculada para tocar a sensibilidade de um político cuja mente estava voltada para os despojos da vitória. E Charles Gould disse também que a destruição da mina de San Tomé causaria a ruína de outros empreendimentos, a retirada do capital europeu, e muito provavelmente a suspensão do pagamento da última parcela do empréstimo estrangeiro. Aquele demônio impassível disse todas essas coisas (que eram acessíveis ao entendimento de sua excelência) com uma frieza de dar arrepios.

Longas leituras de obras históricas, de caráter frívolo e tom bisbilhoteiro, que ele levara a cabo em águas-furtadas de hotéis parisienses, esparramado numa cama em desalinho e negligenciando seus deveres, servis ou de outra natureza, haviam afetado as maneiras de Pedro Montero. Tivesse ele visto em seu redor o esplendor da antiga *intendencia*, as colgaduras luxuosas, a mobília dourada ao longo das paredes; estivesse de pé sobre um estrado coberto por um nobre tapete vermelho, provavelmente teria se tornado muito perigoso devido a um sentimento de vitória e elevação. Mas naquela casa saqueada e devastada, com as três peças de mobília comum amontoadas no meio do vasto aposento, a imaginação de Pedrito foi subjugada por um sentimento de insegurança e de transitoriedade. Tal sentimento, e a firme atitude de Charles Gould, que não pronunciara uma só vez a palavra "excelência", diminuíam-no aos seus próprios olhos. Assumiu então o tom de um esclarecido homem do mundo e rogou a Charles Gould que tirasse da mente qualquer razão de alarme. Ele estava agora conversando, lembrou-lhe, com o irmão do chefe do país, encarregado de uma missão reorganizadora. O irmão fidedigno do chefe do país, repetiu. Nada estava mais longe dos pensamentos daquele sábio e patriótico herói do que as idéias de destruição.

— Rogo-lhe, *don* Carlos, que não se deixe levar por seus preconceitos antidemocráticos — exclamou, numa efusão de condescendência.

Pedrito Montero surpreendia, à primeira vista, pela vastidão de sua fronte calva, uma luzidia extensão amarelada entre tufos de cabelo crespo de um negro sem lustre, pelo formato cativante de sua boca, e por uma voz inesperadamente refinada. Mas seus olhos muito brilhantes, como se tivessem sido acabados de pintar de cada lado do nariz aquilino, tinham algo de pássaro na mirada redonda, desesperançada, quando se abriam de todo. No momento, contudo, semicerrara-os aprazivelmente, erguendo o queixo quadrado e falando, com um leve anasalamento, por entre os dentes cerrados, com o que imaginava fosse o tom de um grande senhor.

Nessa atitude declarou, de súbito, que a mais alta expressão de democracia era o cesarismo: o poder imperial baseado no voto popular direto. O cesarismo era conservador. Era forte. Reconhecia as necessidades legítimas da democracia, que exige ordens, títulos e distinções. Delas seriam cumulados os homens merecedores. O cesarismo era a paz. Era progressista. Assegurava a prosperidade de um país. Pedrito Montero estava empolgado. Veja o que o Segundo Império fez pela França. Era um regime que se comprazia em honrar homens da têmpera de *don* Carlos. O Segundo Império caiu, mas isso porque o seu chefe estava destituído daquele gênio militar que elevara o general Montero ao pináculo da fama e da glória. Pedrito ergueu as mãos espasmodicamente para acentuar a idéia de pináculo, de fama.

— Ainda teremos muito que conversar. Vamo-nos entender muito bem, *don* Carlos! — exclamou num tom de camaradagem. O republicanismo já tinha cumprido a sua tarefa. A democracia imperial era o poder do futuro. Pedrito, o *guerrillero*, apontando com a mão, baixou impressivamente a voz. Um homem distinguido pelos seus concidadãos com o honroso apelido de *el rey de Sulaco* só poderia receber, de uma democracia imperial, o pleno reconhecimento de sua condição de grande capitão de indústria e de pessoa de abalizada opinião cujo apelido popular seria em breve substituído por um título mais sólido: — Hein, *don* Carlos? Não! O que diz? *Conde de Sulaco*, hein?, ou marquês...

Parou de falar. O ar estava fresco na *plaza*, onde uma patrulha de cavalaria rondava, sem penetrar nas ruas pelas quais ressoavam os gritos e o zangarrear de guitarras vindos das portas abertas da *pulperías*. As ordens eram de não interferir nos divertimentos do povo. E acima dos tetos, perto das linhas perpendiculares das torres da catedral, a curva nevada do Higuerota bloqueava um largo espaço de céu azul a escurecer entre as janelas da *intendencia*. Após algum tempo, Pedrito Montero, enfiando a mão no seio de sua casaca, inclinou a cabeça com lenta dignidade. A audiência terminara.

Na saída, Charles Gould passou a mão pela fronte como que para dispersar as névoas de um sonho opressivo, cuja grotesca extravagância deixa atrás de si uma sutil sensação de perigo físico e de deterioração mental. Pelos corredores e escadarias do velho palácio, as tropas de Montero mandriavam insolentemente, fumando, sem dar passagem a ninguém; o estrépito de sabres e esporas ressoava por todo o edifício. Três silenciosos grupos de civis, severamente de preto, aguardavam na galeria principal, em atitude formal e desamparada, um tanto encolhidos, cada um deles afastado dos outros, como se o exercício de um dever público tivesse sido subjugado por um desejo de esquivar-se de todos os olhares. As deputações esperavam sua audiência. A da assembléia provincial, mais agitada e contrafeita em sua expressão corporada, era sobrelevada pelo rosto largo de *don* Juste López, mole e branco, de pálpebras protuberantes e envolto numa solenidade impenetrável como numa densa nuvem. O presidente da assembléia provincial, que tinha vindo bravamente salvar o último farrapo das instituições parlamentares (pelo modelo inglês), desviou os olhos do administrador da mina de San Tomé à guisa de uma digna censura à sua pouca fé naquele único princípio salvador.

A magoada severidade dessa censura não afetou Charles Gould, mas ele se deu conta dos olhares que os outros lhe dirigiam sem exprobação, como se tentassem ler-lhe no rosto sua própria sorte. Todos eles tinham falado, gritado e declamado no grande salão da Casa Gould. O sentimento de compaixão por aqueles homens, enredados com uma estranha impotência nas malhas da degradação moral, não o induzia a fazer qualquer sinal. Doía-lhe demais sua comunhão com eles na maldade. Atravessou a *plaza* sem ser molestado. O Clube Amarilla estava cheio de esfarrapados festivos. Suas cabeças desgrenhadas sobressaíam de todas as janelas e lá de dentro vinham gritos embriagados, bater de pés e zangarrear de harpas. Garrafas quebradas juncavam o pavimento abaixo. Charles Gould encontrou o médico ainda na sua casa.

O doutor Monygham afastou-se da fresta da veneziana por onde estivera a vigiar a rua.

— Ah! ei-lo de volta, afinal! — disse num tom de alívio. — Eu dizia à senhora Gould que você estava perfeitamente seguro, mas eu não tinha absolutamente certeza de que o sujeito ia deixá-lo ir-se.

— Nem eu — confessou Charles Gould colocando o chapéu sobre a mesa.

— Você vai ter que agir.

O silêncio de Charles Gould parecia admitir ser essa a única saída. Era o mais longe que ele estava habituado a ir no tocante a revelar suas intenções.

— Espero que não tenha prevenido Montero do que pretende fazer — disse o médico ansiosamente.

— Tentei fazê-lo ver que a existência da mina estava ligada à minha segurança pessoal — prosseguiu Charles Gould desviando o olhar do médico e fixando-o na aquarela da parede.

— E ele acreditou? — perguntou o outro avidamente.

— Só Deus sabe! — disse Charles Gould. — Devo à minha mulher ter dito isso. Ele está muito bem informado. Sabe que tenho *don* Pepe lá. Fuentes deve ter-lhe contado. Sabem que o velho major é perfeitamente capaz de explodir a mina de San

Tomé sem hesitação nem remorso. Não fosse por isso, não acho que eu teria saído livre da *intendencia*. Ele explodiria tudo por lealdade e por ódio: ódio desses liberais, conforme eles próprios se chamam. Liberais! Palavra que bem se sabe ter um significado de pesadelo neste país. Liberdade, democracia, patriotismo, governo: todas essas palavras têm um sabor de loucura e de homicídio. Não têm, doutor?... Só eu posso deter *don* Pepe. Se eles resolvessem... se resolvessem liquidar-me, nada o poderia deter.

— Vão tentar entrar em entendimentos com ele — sugeriu o médico pensativamente.

— É bem possível — disse Charles Gould em voz muito baixa, como se estivesse falando consigo próprio e ainda de olhos fitos no esboço do desfiladeiro de San Tomé que pendia da parede. — Sim, espero que tentem — Charles Gould olhou pela primeira vez para o doutor. — Isso me daria algum tempo — acrescentou.

— Exatamente — disse o doutor Monygham, contendo a agitação. — Especialmente se *don* Pepe agir diplomaticamente. Por que não daria a eles alguma esperança de êxito? Hein? De outro modo, você não ganharia tanto tempo. Não poderia ele receber instruções para...

Charles Gould, olhando fixamente o médico, sacudiu a cabeça, mas o outro continuou com certa veemência:

— Sim, entrar em negociações sobre a entrega da mina. É uma boa idéia. Você amadureceria o seu plano. Evidentemente, não pergunto qual é. Não quero saber. Eu me recusaria a ouvir se tentasse dizer-me. Não sirvo para confidências.

— Que tolice! — resmungou Charles Gould com desagrado.

Desaprovava a suscetibilidade do médico em relação àquele remoto episódio de sua vida. Tanta memória chocava Charles Gould. Era uma coisa mórbida. E tornou a sacudir a cabeça. Recusava-se a jogar com a aberta retidão de conduta de *don* Pepe, tanto por uma questão de gosto como de política. Instruções teriam de ser verbais ou por escrito. Em ambos os casos, corriam o risco de ser interceptadas. Não era certo que um mensageiro conseguisse chegar à mina; além disso, não havia quem mandar. Estava na ponta da língua de Charles a observação de que só o falecido capataz dos *cargadores* poderia ser enviado com alguma possibilidade de sucesso e certeza de discrição. Mas não disse isso. Observou ao doutor que teria sido má política. Assim que *don* Pepe permitisse a suposição de que poderia ser subornado, a segurança pessoal do administrador e a segurança de seus amigos estariam em perigo. Pois então não haveria motivo para moderação. A incorruptibilidade de *don* Pepe era o fato coibidor e essencial. O médico baixou a cabeça e admitiu que de certa maneira era assim.

Não pôde negar a si mesmo que o raciocínio era bastante sensato. A utilidade de *don* Pepe estava no seu caráter imaculado. A sua própria utilidade, refletiu amargamente, estava também no seu caráter. Declarou a Charles Gould que tinha meios de impedir Sotillo de unir suas forças às de Montero, pelo menos de momento.

— Se você tivesse toda essa prata aqui — disse o doutor — ou mesmo se se soubesse que estava na mina, poderia ter subornado Sotillo, fazendo-o abandonar o seu recente monterismo. Poderia tê-lo induzido a ir-se embora no seu vapor ou então juntar-se a você.

— Certamente não a última alternativa — declarou Charles Gould com firmeza. — O que se poderia fazer com um homem desse, depois? Diga-me, doutor. A prata se foi e estou contente com isso. Teria sido uma tentação imediata e perigosa. A disputa dessa presa visível precipitaria um final desastroso. Eu teria de defendê-la, também. Estou contente por havê-la removido; mesmo que tenha se perdido. Seria um perigo e uma maldição.

— Talvez ele esteja certo — disse o doutor apressadamente, uma hora mais tarde, à senhora Gould, a quem encontrou no corredor. — A coisa está feita, e a sombra do tesouro talvez possa servir tão bem quanto a sua substância. Deixe-me tentar servi-la até o máximo de minha má reputação. Vou jogar o meu jogo de traição com Sotillo e mantê-lo fora da cidade.

Ela estendeu a mão impulsivamente:

— Doutor Monygham, está correndo um risco terrível — sussurrou, desviando do seu rosto os olhos cheios de lágrimas para dar uma olhada à porta do gabinete do marido. Apertou-lhe as duas mãos e o médico ficou como que pregado no lugar, fitando-a e tentando retorcer os lábios num sorriso.

— Oh, eu sei que irá defender a minha memória — articulou por fim e desceu a correr os degraus, cambaleante, atravessou o pátio e saiu da casa. Na rua manteve o ritmo apressado com o seu lesto manquejar, o estojo de instrumentos debaixo do braço. Era tido por *loco*. Ninguém se metia com ele. Através da porta que dava para o mar, além da planura árida, poeirenta, com suas touceiras baixas e dispersas, viu, a mais de dois quilômetros de distância, a feia mole da alfândega e os outros dois ou três edifícios que naquela época constituíam o porto marítimo de Sulaco. Bem ao longe, para o sul, bosquetes de palmeiras orlavam a curva litorânea da baía. Os distantes picos da cordilheira tinham perdido sua identidade de contornos nítidos no azul do céu oriental, que se adensava constantemente. O doutor caminhava à pressa. Uma sombra noturna parecia cair sobre ele do zênite. O sol se havia posto. Durante algum tempo as neves do Higuerota continuaram a luzir no esplendor refletido do ocidente. O médico, rumando direto para a alfândega, apareceu solitário a manquejar por entre as touceiras escuras, feito um alto pássaro de asa quebrada.

Matizes de púrpura, ouro e carmesim se espelhavam na água límpida da baía. Uma comprida língua de terra, reta como uma parede, com as ruínas do forte cobertas de grama a formar uma espécie de verde cômoro arredondado, visível da praia interior, fechava-lhe o circuito; além dela, o golfo Plácido repetia os mesmos esplendores de colorido em maior escala e com magnificência mais sombria. A grande massa de nuvens que enchia o promontório do golfo tinha longos borrões vermelhos por entre as dobras convolutas de cinza e branco, como um manto flutuante manchado de sangue. As três Isabéis, sombreadas e com perfis nítidos numa vasta uniformidade que confundia mar e céu, pareciam suspensas, rubro-negras, no ar. As ondinhas pareciam estar atirando minúsculas faíscas vermelhas às praias arenosas. As vítreas faixas de água ao longo do horizonte emitiam um brilho rubro, incandescente, como se fogo e água se misturassem no vasto leito do oceano.

Por fim, a conflagração de mar e céu, abraçados e ainda em flamejante contato na orla do mundo, extinguiu-se. As fagulhas vermelhas na água desapareceram, conjuntamente com as manchas de sangue no manto negro que colgava o sombrio promontório do golfo Plácido; uma brisa repentina levantou-se e morreu após fazer farfalhar violentamente a vegetação de arbustos na obra de terra do forte arruinado. Nostromo despertou de um sono de catorze horas e ergueu-se de todo da sua toca no capim alto. Ficou de pé, mergulhado até o joelho nas ondulações sussurrantes das folhas verdes, com o olhar transviado de um homem que acabasse de nascer. Bonito, robusto e ágil, atirou a cabeça para trás, abriu os braços e espreguiçou-se com uma lenta torção da cintura e um vagaroso, resmungado bocejo de dentes brancos, tão natural e isento de maldade quanto o despertar de um magnífico e inconsciente animal selvagem. Então, no olhar subitamente firme a fitar o nada por sob um pensativo franzir de cenhos, apareceu o homem.

8

Após alcançar a terra a nado, Nostromo subira, gotejante, até o quadrângulo principal do velho forte e ali, entre ruínas de paredes e restos apodrecidos de tetos e telheiros, dormira o dia todo. Dormira na sombra das montanhas, na intensa luz branca do pino do dia, na quietude e solidão daquele pedaço de terra coberto de vegetação, entre o oval da baía e o semicírculo espaçoso do golfo. Jazera como se estivesse morto. Um *rey-zamuro*, que surgira como um minúsculo ponto negro no azul, foi descendo em círculos, prudentemente, com uma dissimulação de vôo surpreendente num pássaro de tão grande porte. A sombra do seu corpo azul-pérola, das asas de extremidades negras, projetou-se na grama tão silenciosamente quanto o seu pouso num montículo de detritos a três metros daquele homem imóvel como um cadáver. O pássaro esticou o pescoço depenado, ergueu a cabeça calva, repulsivo no brilho do seu colorido variado e com um ar de voraz ansiedade, em direção à promissora imobilidade daquele corpo prostrado. Então, mergulhando fundo a cabeça na plumagem macia, dispôs-se a esperar. A primeira coisa sobre a qual caíram os olhos de Nostromo ao despertar foi esse paciente vigia de sinais de morte e apodrecimento. Quando o homem se ergueu, o abutre afastou-se em grandes saltos de esguelha adejantes. Demorou-se mais um pouco, moroso e relutante, antes de levantar vôo em círculos silenciosos com uma sinistra inclinação de bicos e garras.

Longo tempo depois de ele ter desaparecido, Nostromo, erguendo os olhos para o céu, murmurou:

— Ainda não estou morto.

O capataz dos *cargadores* de Sulaco tinha vivido em esplendor e notoriedade até o próprio momento, por assim dizer, em que assumira o encargo da chata que continha o tesouro de lingotes de prata.

O último ato que realizara em Sulaco harmonizava-se por completo com a sua vaidade, pelo que era perfeitamente genuíno. Dera o seu último dólar a uma velha que gemia de pesar e de fadiga, após uma busca desoladora, sob o arco da antiga porta. Levado a cabo no escuro e sem testemunhas, o ato tinha, no entanto, características de esplendor e notoriedade, e estava em total conformidade com a sua reputação. Mas esse acordar solitário, a não ser pelo abutre vigilante, entre as ruínas do forte, não tinha as mesmas características. Sua primeira e confusa sensação foi exatamente essa — a de que não estava conforme. Era mais como o fim das coisas. A necessidade de viver, escondida algures Deus sabe havia quanto tempo e que o assaltou ao recobrar a consciência, fez tudo quanto acontecera nos anos anteriores parecer vão e tolo, como um sonho deleitoso de súbito terminado.

Escalou o aclive do reparo e, afastando os arbustos, olhou para a baía. Viu dois barcos ancorados sobre o lençol d'água que refletia os últimos lampejos de luz, e o vapor de Sotillo atracado ao cais. Por trás da descorada e longa frontaria da alfândega, aparecia a extensão da cidade como um bosquete cerrado sobre a planura, com uma entrada de portão na frente e as cúpulas, torres e mirantes erguendo-se acima das árvores, tudo escuro, como que já rendido à noite. O pensamento de que não mais lhe era franqueado cavalgar pelas ruas, reconhecido por todos, grandes e pequenos, como costumava fazer todo fim de tarde a caminho da *posada* do mexicano Domingo, onde ia jogar monte ou sentar-se no lugar de honra para ouvir as canções e olhar as danças, fazia-a parecer uma cidade inexistente.

Ficou longo tempo olhando, depois deixou os arbustos apartados voltarem a unir-se e, atravessando para o outro lado do forte, examinou o vazio mais largo do grande golfo. As Isabéis erguiam-se sombriamente sobre a longa faixa rubra que se estreitava a ocidente e que luzia baixa entre os seus negros vultos; o capataz pensou em Decoud ali sozinho com o tesouro. Era o único homem que se importava de ele cair ou não nas mãos dos monteristas, refletiu amargamente. E tratava-se tão-só de uma preocupação do outro consigo próprio. Quanto aos demais, nem sabiam nem se interessavam. O que ouvira certa vez Giorgio Viola dizer era bem verdade. Os reis, os ministros, os aristocratas, os ricos em geral, mantinham o povo na pobreza e na sujeição; mantinham-no como mantinham seus cães, para lutar e caçar em seu proveito.

A escuridão do céu baixara até a linha do horizonte, envolvendo o golfo todo, as ilhotas e o namorado de Antonia, a sós com o tesouro na Grande Isabel. O capataz, voltando as costas a tais coisas invisíveis e existentes, sentou-se com o rosto entre os punhos. Sentiu a opressão da pobreza pela primeira vez na vida. Ver-se sem dinheiro após um período de má sorte no monte, na sala baixa, enfumaçada da *posada* de Domingo, onde a fraternidade dos *cargadores* jogava, cantava e dançava de noite; ficar de bolsos vazios após um acesso de generosidade pública com alguma moça de *peine d'oro* (à qual nem ligava), não tinha nada da humilhação da penúria. Ele continuava rico de glória e de reputação. Mas agora que já não lhe era possível desfilar pelas ruas da cidade, e ser saudado com respeito nos seus usuais covis de lazer, o marujo se sentia verdadeiramente indigente.

Sua boca estava seca. Seca por causa do sono pesado e da extrema ansiedade de suas reflexões, como nunca antes estivera. Podia-se dizer que Nostromo provava o pó e as cinzas do fruto da vida que mordera fundamente na sua fome de louvor. Sem tirar a cabeça de entre os punhos, tentou cuspir diante de si.

— Pfui! — e resmungou uma praga contra o egoísmo de todos os ricos.

Uma vez que tudo parecia estar perdido em Sulaco (e esse fora o sentimento que experimentara ao despertar), a idéia de abandonar o país já havia ocorrido a Nostromo. A esse pensamento, tivera, como o princípio de outro sonho, uma visão de praias escarpadas e sem maré, com pinheiros escuros nas elevações e casas brancas embaixo, perto de um mar muito azul. Viu os cais de um grande porto, onde os falucos de cabotagem, com suas velas latinas desfraldadas como asas imóveis, entram deslizando silenciosamente pela extremidade de molhes de blocos esquadriados que se projetam angulosamente um para o outro, acalentando um cardume de embarcações no seio soberbo de uma colina recoberta de palácios. Recordava tais vistas não sem alguma emoção filial, embora tivesse sido severa e costumeiramente espancado quando menino, num desses falucos, por um genovês barbeado, de pescoço curto, de maneiras cautelosas e desconfiadas, que (segundo firmemente acreditava) o havia esbulhado de sua herança de órfão. Mas um piedoso decreto determina que os males do passado apareçam atenuados em retrospecto. O sentimento de solidão, abandono e malogro tornava tolerável a idéia do retorno a tais coisas. Mas quê? Voltar? Descalço, sem chapéu, com uma camisa axadrezada e um par de *calzoneras* de algodão por únicos pertences terrenos?

O renomado capataz, com os cotovelos sobre os joelhos e um punho encostado a cada face, riu escarnecedoramente de si próprio, tal como cuspira de nojo dentro da noite. As impressões confusas e íntimas de dissolução universal, que assediam uma natureza subjetiva a qualquer forte impedimento de sua paixão dominante, tinham um amargor próximo do da própria morte. Ele era um homem simples. Estava sujeito a tornar-se presa de qualquer crença, superstição ou desejo, tanto quanto uma criança.

As circunstâncias objetivas da sua situação ele as podia apreciar como um homem com experiência específica do país. Via-as claramente. Era como se tivesse recuperado a sobriedade ao fim de uma longa bebedeira. Tirara vantagem da sua fidelidade. Ele havia persuadido o corpo de *cargadores* a tomar o partido dos blancos contra o resto do povo; tivera encontros com *don* José; fora usado pelo padre Corbelan para negociar com Hernández; sabia-se que *don* Martin Decoud lhe concedera uma certa intimidade, que ele tinha livre ingresso à redação do *Porvenir*. Todas essas coisas o haviam lisonjeado do modo costumeiro. Que lhe importava a política deles? Coisíssima nenhuma. E no fim de tudo — Nostromo daqui e Nostromo dali —, onde está Nostromo? Nostromo pode fazer isto e aquilo — trabalhar o dia todo e cavalgar a noite toda — e vejam! ei-lo um ribierista marcado para qualquer tipo de vingança que Camacho, por exemplo, resolvesse tomar, agora que, ao fim e ao cabo, o partido de Montero tinha tomado conta da cidade. Os europeus haviam desistido; os *caballeros* haviam desistido. *Don* Martin explicara na verdade que era coisa temporária — que iria trazer Barrios para resgatá-la. Onde estava tudo isso agora — com *don* Martin (cuja maneira irônica de falar sempre fizera o capataz sentir-se vagamente contrafeito) encalhado na Grande Isabel? Todos haviam desistido. Mesmo *don* Carlos. A apressada remoção do tesouro para o mar não significava outra coisa. O capataz dos *cargadores*, numa revulsão de subjetividade exasperada até quase o ponto de insanidade, contemplava o seu mundo sem fé nem coragem. Fora traído!

Com as ilimitadas sombras do mar atrás de si, Nostromo de dentro do seu silêncio e imobilidade, defrontando os vultos altaneiros dos picos agrupados à volta do branco, enevoado esplendor do Higuerota, tornou a rir alto, pôs-se de pé num pulo e ficou imóvel. Tinha de partir. Mas para onde?

"Não há dúvida alguma. Eles nos mantêm e nos incitam como se fôssemos cães nascidos para lutar e caçar por eles. O *vecchio* está certo", disse consigo, lenta e mordazmente. Lembrava-se do velho Giorgio tirando o cachimbo da boca para lançar essas palavras, por sobre o ombro, ao café cheio de maquinistas de trem e ajustadores mecânicos das oficinas da ferrovia. Essa imagem fixou-lhe o propósito irresoluto. Tentaria encontrar o velho Giorgio se pudesse. Deus sabe o que poderia ter-lhe acontecido! Andou alguns passos, então tornou a parar, e sacudiu a cabeça. À esquerda e à direita, diante dele e atrás dele, os arbustos enfezados farfalhavam misteriosamente na escuridão.

— Teresa também estava certa — acrescentou em tom baixo com um toque de temor respeitoso. Perguntou-se se ela morrera zangada com ele ou se ainda estava viva. Como em resposta ao seu pensamento, meio de remorso e meio de esperança, com um adejar sereno e oblíquo uma grande coruja, cujo grito apavorante: — *Ya-acabó! Ya-acabó!* — anuncia calamidade e morte na crença popular, atravessou-lhe vagamente o caminho feito uma grande bola negra.

Na derrocada de todas as realidades que constituíam a sua força, viu-se afligido pela superstição e estremeceu ligeiramente. A *signora* Teresa então devia ter morrido. Não podia significar outra coisa. O grito do pássaro de mau agouro, o primeiro som que ouvia no seu regresso, era um adequado sinal de boas-vindas à sua atraiçoada individualidade. Os poderes invisíveis que ele ofendera ao recusar-se a trazer um padre para a mulher agonizante estavam erguendo sua voz contra ele. Ela morrera. Com admirável e humana coerência, ele relacionava tudo a si próprio. Ela sempre fora uma mulher de conselhos sensatos. O velho Giorgio devia estar aturdido pela perda, agora que tencionava possivelmente recorrer-lhe à sagacidade. O golpe iria tornar assaz obtuso por algum tempo o ancião sonhador.

Quanto ao capitão Mitchell, Nostromo, à maneira dos subordinados de confiança, considerava-o uma pessoa habilitada pela educação talvez a assinar papéis num escritório e a dar ordens, mas inútil em todo o restante, e com algo de néscio. A necessidade de levar pelo beiço, quase que diariamente, a sua pomposa e rabugenta solenidade de velho marujo havia se tornado enfadonha, com o hábito, para Nostromo. A princípio lhe dera uma satisfação íntima. Mas a necessidade de superar pequenos obstáculos se torna aborrecida para uma personalidade confiante em si, tanto pela certeza do êxito como pela monotonia do esforço. Ele não confiava na inclinação do seu superior para a ação atarantada. Aquele inglês velho não tinha discernimento, dizia consigo. Seria vão supor que, informado da verdadeira situação do caso, guardasse a informação para si. Falaria em fazer coisas impraticáveis. Nostromo o temia, como qualquer pessoa temeria sobrecarregar-se com alguma apoquentação persistente. Ele não tinha discrição alguma. Acabaria por trair o tesouro. E Nostromo decidira que o tesouro não iria ser traído.

A palavra se fixara tenazmente na sua consciência. Sua imaginação recorrera à noção simples e clara de traição para explicar a aturdida percepção de estar liqüidado, de ter inadvertidamente sacrificado sua existência numa questão em que sua personalidade não fora levada em conta. Um homem traído é um homem destruído. A *signora* Teresa (que Deus lhe tenha a alma!) estava certa. Ele nunca fora levado em conta. Destruído! O vulto branco dela curvada no leito, o cabelo preto caído, o semblante de testa larga erguido para ele, a ira de suas denúncias, pareciam-lhe agora majestosos, com a terribilidade da inspiração e da morte. Pois não fora à toa que o pássaro maligno soltara seu grito lamentoso por sobre a sua cabeça. Ela estava morta — que Deus lhe tenha a alma!

Como partilhava o livre pensamento anticlerical das massas, a mente de Nostromo usava a fórmula piedosa pela força superficial do hábito, mas com entranhada sinceridade. O espírito popular é incapaz de ceticismo, e tal incapacidade empresta a sua desvalida energia às artimanhas de vigaristas e aos impiedosos arrebatamentos de líderes inspirados por visões de um alto destino. Ela estava morta. Mas consentiria Deus em receber-lhe a alma? Morrera sem confissão nem absolvição, pois ele não se dispusera a conceder-lhe outro momento do seu tempo. O desprezo que ele sentia pelos padres enquanto padres não diminuíra, mas afinal de contas era impossível saber se o que afirmavam era ou não verdade. Poder, punição, perdão são noções simples e verossímeis. O magnífico capataz dos *cargadores*, privado de certas realidades simples, tais como a admiração das mulheres, a adulação dos homens, a admirada notoriedade de sua vida, estava pronto para sentir o peso da culpa sacrílega cair-lhe sobre os ombros.

De cabeça descoberta, vestindo só calça e camisa leves, sentia a tepidez tardia da areia fina sob a sola dos pés. A praia estreita luzia à distância numa longa curva que definia o contorno daquele lado agreste da baía. Feito uma sombra perseguida, deslocou-se pela praia, entre o sombrio bosquete de palmeiras e o lençol d'água que lhe jazia à esquerda, tão imóvel quanto a morte. Caminhava impetuosa e apressadamente pelo silêncio e pela solidão, como se tivesse esquecido toda prudência e cuidado. Mas sabia que daquele lado da água não corria o risco de ser descoberto. O único habitante era um índio apático, calado e solitário que cuidava das *palmerías* e às vezes levava uma carga de cocos a vender na cidade. Vivia sem mulher numa choupana aberta, com um fogo permanente de galhos secos ardendo quase sem chama perto de uma velha canoa que jazia na areia de fundo para cima. Podia ser facilmente evitado.

O latido dos cães à volta do rancho do índio foi a primeira coisa que lhe refreou a velocidade. Tinha esquecido os cães. Desviou-se abruptamente e mergulhou no bosquete de palmeiras, como se adentrasse uma multiplicidade de colunas num átrio imenso, cuja densa obscuridade parecia sussurrar e roçagar no alto, acima de sua cabeça. Atravessou-o, entrou numa ravina, subiu até o topo de um cômoro íngreme, despido de árvores e de arbustos.

Dali viu, ampla e vaga à luz das estrelas, a planura entre a cidade e a baía. Nos bosques acima, algum pássaro noturno produzia um estranho ruído martelado. Embaixo, além da *palmería* na praia, os cães do índio continuavam a latir ruidosamente. Perguntou-se o que os teria perturbado tanto e, olhando da sua elevação, surpreendeu-se ao perceber deslocamentos inexplicáveis no terreno abaixo, como se diversos pedaços oblongos da planura estivessem em movimento. Aquelas nesgas escuras, mutáveis, que alternadamente prendiam e eludiam a vista, mudavam de lugar distanciando-se sempre da baía, numa sugestão de propósito e ordem consecutivos. Uma luz se fez no seu espírito. Era uma coluna de infantaria em marcha noturna para o terreno acidentado mais acima, ao pé das colinas. Mas estava tão pouco a par da situação que não tinha como fazer conjecturas ou especulações.

A planura retomara a sua umbrosa imobilidade. Desceu o cômoro e encontrou-se no ermo aberto, entre a baía e a cidade. A vastidão, indefinidamente prolongada por um efeito de obscuridade, tornava-lhe mais sensível o profundo isolamento. Seu passo se afrouxou. Ninguém o esperava; ninguém pensava nele; ninguém lhe aguardava nem desejava a volta.

— Traído! Traído! — murmurou de si para consigo. Ninguém se teria importado; a não ser talvez as meninas, pensou. Mas elas estavam com a *signora* inglesa e não pensavam absolutamente nele.

Vacilou no seu propósito de rumar direto para a Casa Viola. Para quê? Que poderia esperar dali? Sua vida parecia lhe falhar em todos os respeitos, mesmo nas desdenhosas censuras de Teresa. Estava penosamente cônscio de sua própria relutância. Seria o remorso que ela profetizara com, percebia-o agora, o seu último alento?

Entrementes, desviara do caminho reto, inclinando-se, por uma espécie de instinto, para a direita, em direção do desembarcadouro e da baía, a cena dos seus labores diários. A grande extensão da alfândega assomou de vez como o muro de uma fábrica. Ninguém lhe pediu a senha quando se aproximou, e sua curiosidade se aguçou ao passar cautelosamente pela frontaria e ver duas inesperadas janelas acesas.

Tinham o fascínio de uma vigília solitária de algum misterioso sentinela aquelas duas janelas, as únicas a lançar o seu débil clarão sobre a baía por toda a vasta extensão do edifício abandonado. Quase que se podia sentir a solidão. Um forte cheiro de madeira queimada pairava numa fina bruma, levemente perceptível aos seus olhos erguidos para a cintilação das estrelas. Quando avançou no profundo silêncio, o rechinar de inúmeras cigarras no capim seco pareceu ensurdecedor aos seus ouvidos apurados. Passo a passo, lentamente, chegou ao grande vestíbulo, sombrio e cheio de fumaça acre.

Um fogo aceso junto à escadaria queimara fracamente até converter-se num monte de brasas. A madeira grossa não ardera; só uns poucos degraus debaixo queimaram, com um lampejar de fagulhas a definir as bordas carbonizadas. No alto da escada, ele viu uma faixa de luz projetada por uma porta aberta sobre o vasto patamar, velado por uma lenta nuvem de fumaça. Era aquele o aposento. Subiu os degraus, mas se deteve porque avistara dentro a sombra de um homem sobre uma das paredes. Era uma sombra de ombros altos, informe, imóvel, de cabeça baixa, fora da sua linha de visão. Lembrando-se de que estava desarmado, o capataz deslocou-se para o lado e, eclipsando-se num canto escuro, ficou à espera, olhos fitos na porta.

Como um enorme barracão arruinado, o andar de cima, inacabado e sem forro sob o alto teto, estava cheio de fumaça, a qual oscilava às correntes de ar que se entrecruzavam na obscuridade dos numerosos aposentos e passagens de elevado pé-direito. A certo momento, uma das venezianas balouçantes bateu contra a parede com um estrondo seco, como se empurrada por mão impaciente. Um pedaço de papel veio voando de algum lugar, roçagando o patamar da escada. O homem, fosse ele quem fosse, não escureceu o vão de porta iluminado. Por duas vezes o capataz, adiantando-se alguns passos do seu canto, esticou o pescoço na esperança de avistar o que ele poderia estar fazendo ali tão silencioso. Mas ambas as vezes não discerniu senão os ombros largos e a cabeça pensa. Aparentemente, não estava fazendo coisa alguma, e não se mexia do lugar, como se meditasse — ou, talvez, lesse um papel. E nenhum som vinha do aposento.

Mais uma vez o capataz recuou. Perguntou-se quem seria ele — algum monterista? Mas receava mostrar-se. Revelar sua presença em terra, a não ser muitos dias depois, poderia, a seu ver, pôr o tesouro em perigo. Com o seu próprio conhecimento a assoberbar-lhe a alma toda, parecia-lhe impossível que qualquer pessoa em Sulaco deixasse de fazer a suposição correta. Ao fim de algumas semanas, seria diferente. Quem poderia dizer que ele não tinha voltado por terra, de algum porto além dos limites da República? A existência do tesouro confundia-lhe os pensamentos, suscitando uma angústia peculiar, como se a sua vida estivesse acorrentada a ele. Tornou-o timorato por um momento diante daquela enigmática porta iluminada. Que o sujeito fosse para o diabo! Não queria vê-lo. Não haveria nada que aprender do seu rosto, conhecido ou desconhecido. Era uma tolice ficar ali à espera, perdendo tempo.

Menos de cinco minutos depois de penetrar no edifício, o capataz iniciou a retirada. Foi-se escada abaixo com perfeito sucesso, deu uma olhada por sobre o ombro para a luz no patamar superior e atravessou furtivamente o vestíbulo a correr. Mas no momento em que estava saindo pela grande porta, com a atenção posta em escapar à observação do homem lá de cima, alguém que ele não ouvira aproximar-se às pressas pela frontaria chocou-se contra ele. Ambos soltaram uma exclamação de surpresa, pularam para trás e ficaram imóveis, indistintos um ao outro. Nostromo não abriu a boca. O outro homem falou primeiro, em tom surdo e surpreso:

— Quem é você?

Já parecera a Nostromo reconhecer o doutor Monygham. Agora não tinha mais dúvida. Hesitou pelo espaço de um segundo. A idéia de fugir sem dizer palavra lhe ocorreu ao espírito. Não adiantava! Uma inexplicável repugnância de pronunciar o nome pelo qual era conhecido manteve-o em silêncio mais um pouco. Por fim disse em voz baixa:

— Um *cargador*.

Aproximou-se do outro. O doutor Monygham recebeu um choque. Lançou os braços para cima e manifestou seu espanto num brado, esquecido de si ante o prodígio daquele encontro. A alfândega não estava tão deserta quanto parecia. Havia alguém no aposento iluminado lá em cima.

Não há nada de mais fugidio no fato consumado do que a sua surpresa. Incessantemente solicitada por considerações que lhe afetam os temores e os desejos, a mente humana se afasta naturalmente do lado maravilhoso dos acontecimentos. E foi da maneira mais natural possível que o doutor perguntou àquele homem que apenas dois minutos antes acreditava se tivesse afogado no golfo:

— Viu alguém lá em cima? Viu?

— Não, não o vi.

— Então como sabe?

— Eu estava fugindo da sombra dele quando nos chocamos.

— A sombra dele?

— Sim. A sombra dele no quarto iluminado — disse Nostromo em tom desdenhoso. Encostando-se de braços cruzados ao pé do imenso edifício, baixou a cabeça, mordendo os lábios de leve e sem olhar para o médico. "Agora", pensou, "ele vai começar a me perguntar sobre o tesouro."

Mas os pensamentos do outro estavam preocupados com um acontecimento não tão prodigioso quanto a aparição de Nostromo, mas em si mesmo muito menos claro. Por que Sotillo se retirara, com toda a sua tropa, de modo tão repentino e tão sigiloso? O que era que isso pressagiava? Ocorreu contudo ao doutor que o homem lá em cima seria um dos oficiais deixados atrás pelo desapontado coronel para se comunicar com ele.

— Creio que ele está esperando por mim — disse.

— É possível.

— Tenho de ir ver. Não se vá embora, capataz.

— Ir para onde? — murmurou Nostromo.

Mas o médico já o havia deixado. Permaneceu encostado à parede, a fitar a água escura da baía; o estridular das cigarras lhe enchia os ouvidos. Uma invencível vagueza que lhe assoberbou os pensamentos tirou-lhes todo o poder de determinar-lhe a vontade.

— Capataz! Capataz! — chamou a voz do doutor, urgentemente, lá de cima.

A sensação de traição e ruína flutuava-lhe sobre a sombria indiferença como por sobre um indolente mar de breu. Mas ele se desencostou da parede e, erguendo a vista, viu o doutor Monygham debruçado à janela iluminada.

— Venha ver o que Sotillo fez. Não precisava ter medo do homem daqui de cima.

Ele retrucou com uma risada breve e amargurada. Ter medo de um homem! O capataz dos *cargadores* de Sulaco ter medo de um homem! Encolerizava-o que alguém pudesse sugerir semelhante coisa. Encolerizava-o estar desarmado e escondido e em perigo por causa do amaldiçoado tesouro, de tão pouca importância para as pessoas que o tinham amarrado ao seu pescoço. Não podia livrar-se da preocupação com ele. Para Nostromo, o médico representava todas essas pessoas... Não havia sequer perguntado pelo tesouro. Nem uma só palavra de curiosidade acerca do mais desesperado cometimento de sua vida.

Às voltas com tais pensamentos, Nostromo tornou a entrar no cavernoso vestíbulo, onde a fumaça diminuíra consideravelmente, e a subir os degraus, não tão quentes sob seus pés agora, rumo à faixa de luz no alto. O doutor assomou nela por um instante, agitado e impaciente.

— Suba! Suba!

No momento de cruzar o umbral, o capataz experimentou um choque de surpresa. O homem não tinha se movido. Viu-lhe a sombra no mesmo lugar. Estremeceu e então entrou com a sensação de estar prestes a resolver um mistério.

Era muito simples. Pela infinitesimal fração de um segundo, à luz de duas velas que tremeluziam e pingavam, através de uma névoa leve, azulada e pungente a arder-lhe nos olhos, viu o homem de pé, tal como o havia imaginado, de costas para a porta, lançando uma sombra enorme e distorcida sobre a parede. Mais veloz que um relâmpago veio-lhe a impressão da postura forçada, descambada do outro — os ombros projetados para a frente, a cabeça afundada no peito. Então distinguiu-lhe os braços atrás das costas, e tão horrivelmente torcidos que os dois punhos cerrados, amarrados um ao outro, tinham sido forçados para cima das omoplatas. Dali seus olhos acompanharam, num relance instantâneo, a corda escondida que ia dos pulsos atados até uma grossa trave sobre a qual passava para ir prender-se num grampo da parede. Não foi preciso olhar as pernas hirtas, os pés flacidamente pendentes, com os artelhos a uns quinze centímetros do solo, para saber que o homem tinha sido açoitado até perder os sentidos. Seu primeiro impulso foi correr para ele e cortar a corda de um só golpe. Apalpou a cintura à procura da faca. Não tinha faca — sequer uma faca. Ficou parado, trêmulo, e o médico, encarapitado no canto da mesa, a fitar pensativamente a cruel e lamentável cena, o queixo apoiado na mão, disse, sem se mexer:

— Torturado... e morto com um tiro no peito... já esfriando.

Essa informação acalmou o capataz. Uma das velas que já bruxuleava no castiçal apagou-se.

— Quem fez isso? — perguntou.

— Sotillo, garanto-lhe. Quem mais? Torturado; naturalmente. Mas por que o matou? — O doutor olhou fixamente para Nostromo, que sacudiu os ombros de leve. — E veja, um tiro repentino, dado num impulso. É evidente. Bem que eu gostaria de conhecer o seu segredo.

Nostromo se adiantou e inclinou-se ligeiramente para olhar,

— Acho que vi este rosto nalgum lugar — murmurou. — Quem é?

O médico tornou a voltar os olhos para ele.

— Talvez eu ainda chegue a invejar-lhe a sorte. Que acha disso, capataz, hein?

Mas Nostromo não ouviu sequer tais palavras. Pegando a vela acesa remanescente, colocou-a sob a cabeça caída. O doutor permanecia sentado, esquecido, com um olhar vago. Então o pesado castiçal de ferro, como se arrancado da mão de Nostromo, caiu com estrondo ao chão.

— Olá! — exclamou o médico, erguendo os olhos com um estremecimento. Pôde ouvir o capataz cambalear até a mesa e arquejar. Com a repentina extinção da luz de dentro, o morto negrume que selava o vão das janelas avivou-se ao seu olhar com as estrelas.

— Claro, claro — murmurou o doutor consigo, em inglês. — O bastante para fazê-lo cair duro.

O coração de Nostromo parecia querer sair-lhe pela boca. Sua cabeça girava. Hirsch! O homem era Hirsch! Agarrou-se firmemente à borda da mesa.

— Mas ele estava escondido na chata — disse, quase gritando. Sua voz baixou de tom. — Na chata, e... e...

— E Sotillo o trouxe para dentro — disse o médico. — Ele não é mais assustador para você do que você foi para mim. O que eu queria saber é como foi que ele persuadiu alguma alma compassiva a matá-lo com um tiro.

— Então Sotillo sabe... — disse Nostromo, em voz mais serena.

— Tudo! — atalhou o doutor.

O capataz golpeou a mesa com o punho.

— Tudo? O que é que está dizendo? Tudo? Sabe tudo? Impossível! Tudo?

— Claro. O que quer dizer com impossível? Afirmo-lhe que ouvi esse tal Hirsch ser interrogado na noite passada aqui, neste mesmo quarto. Ele sabia o seu nome, o nome de Decoud, e tudo sobre o carregamento de prata... A chata foi partida ao meio. Ele estava abjetamente rastejando de terror diante de Sotillo, mas lembrou-se disso. O que é que você quer mais? Lembrava-se menos a respeito de si mesmo. Encontraram-no pendurado à âncora do navio deles. Deve ter se agarrado a ela quando a chata afundou.

— Afundou? — repetiu Nostromo lentamente. — Sotillo acredita nisso? *Bueno!*

O médico, um tanto impaciente, não alcançava imaginar o que mais poderia alguém acreditar. Sim, Sotillo acreditava que a chata afundara e que o capataz dos *cargadores*, juntamente com Martin Decoud e talvez um ou dois fugitivos políticos, se afogara.

— Bem que eu lhe disse, *señor* doutor — observou Nostromo nesse ponto —, que Sotillo não sabia tudo.

— Hein? O que quer dizer?

— Ele não sabia que eu não estava morto.

— Tampouco eu sabia.

— E não se importou (e nenhum dos *caballeros* no cais), já que conseguiram mandar um homem de carne e osso como os *señores* numa missão absurda que não podia terminar bem.

— Você esquece, capataz, que eu não estava no cais. E não tinha em boa conta essa missão. Assim, não precisa me censurar. Só lhe digo, homem, que tínhamos muito pouco tempo para pensar nos mortos. A morte estava bem atrás de nós todos. Você se fora.

— Fui, de fato! — interrompeu Nostromo. — E no interesse de quem? Diga-me?

— Ah! isso é problema seu — disse o médico, rudemente. — Não me pergunte.

Os murmúrios fluentes cessaram no escuro. Empoleirados no canto da mesa, com os rostos ligeiramente desviados, sentiam seus ombros se tocarem e tinham os olhos voltados para uma sombra ereta quase dissolvida na obscuridade da parte mais afastada do aposento que, com os ombros e a cabeça para a frente, em medonha imobilidade, parecia preocupada em ouvir cada palavra.

— *Muy bien!* — resmungou Nostromo finalmente. — Que assim seja. Teresa tinha razão. É mesmo problema meu.

— Teresa morreu — observou o médico distraidamente, enquanto sua mente seguia uma nova linha de idéias sugerida pelo que poderia ter sido chamado de retorno de Nostromo à vida. — Ela morreu, a pobre mulher.

— Sem um padre? — perguntou o capataz ansiosamente.

— Que pergunta! Quem lhe poderia arranjar um padre na sua última noite?

— Que Deus lhe tenha a alma! — exclamou Nostromo com um fervor sombrio e desesperançado que não chegou a surpreender o doutor Monygham, pois, voltando à conversação anterior, prosseguiu o capataz num tom sinistro: — *Sí, señor* doutor. Como estava dizendo, é problema meu. Um problema enorme.

— Não há outro homem, nesta parte do mundo, que pudesse ter se salvado nadando como você fez — disse o médico, com admiração.

E houve novo silêncio entre os dois homens. Ambos ficaram a refletir, e a diversidade de suas naturezas fez com que os pensamentos nascidos daquele encontro fossem em direções diferentes. O doutor, impelido a ações arriscadas pela sua lealdade aos Gould, meditava com reconhecimento na cadeia de sucessos que tinham trazido de volta aquele homem para onde seria da maior utilidade na obra de salvar a mina de San Tomé. O doutor era leal à mina. Ela se apresentava, aos seus olhos de cinqüentão, sob a forma de uma mulherzinha num vestido liso de longa cauda, com uma cabeça sedutoramente coberta por uma farta cabeleira loura e com a delicadeza, o refinamento e a bondade de seu interior, que partilhava da natureza da gema e da flor, revelando-se em cada atitude de sua pessoa. À medida que os perigos se adensavam à volta da mina de San Tomé, tal ilusão adquiria força, permanência e autoridade. Ela finalmente o solicitava! Essa solicitação, exaltada por um desprendimento espiritual das sanções costumeiras de esperança e recompensa, tornavam a individualidade pensante, atuante do doutor Monygham extremamente perigosa para ele próprio e para os outros, fazendo com que todos os seus escrúpulos se desvanecessem no altivo sentimento de que a devoção era a única coisa que se interpunha entre uma mulher admirável e um medonho desastre.

Era uma espécie de embriaguez que o tornava de todo indiferente à sorte de Decoud, mas lhe deixava o entendimento perfeitamente lúcido para a apreciação da idéia política de Decoud. Era uma boa idéia — e Barrios seria o único instrumento para a sua realização. A alma do doutor, mirrada e amesquinhada pela vergonha de uma desonra moral, tornava-se implacável na expansão de sua ternura. O regresso de Nostromo era providencial. Não pensava nele humanamente, como um semelhante que acabara de escapar das fauces da morte. O capataz era, para o doutor, o único mensageiro possível para Cayta. O homem certo. A misantrópica desconfiança do médico contra a humanidade (tanto mais amarga quanto fundada num malogro pessoal) não o punha suficientemente acima das fraquezas comuns. Estava sob o conjuro de uma reputação estabelecida. Trombeteada pelo capitão Mitchell, confirmada pela repetição e fixada pela anuência geral, a lealdade de Nostromo nunca fora questionada pelo doutor Monygham como um fato. E não haveria de ser agora, quando tão precisado estava dela, que iria questioná-la. O doutor Monygham era humano; aceitava a concepção popular da incorruptibilidade do capataz simplesmente porque nenhuma palavra ou fato jamais contraditara uma simples afirmação. Parecia fazer parte do homem, como as suas suíças ou os seus dentes. Era impossível concebê-lo de outra forma. A questão era saber se ele concordaria em aceitar um encargo tão perigoso e desatinado. O médico era suficientemente observador para ter percebido, desde o começo, que havia algo de peculiar no temperamento do capataz. Ele estava sem dúvida pesaroso com a perda da prata.

— Será preciso fazê-lo confiar totalmente em mim — disse de si para consigo, com certa agudeza de compreensão da natureza com que tinha de avir-se.

Da parte de Nostromo, o silêncio estivera repleto de sombria irresolução, ira e desconfiança. Foi o primeiro a rompê-lo, contudo.

— Nadar não foi o mais difícil — disse. — E sim o que veio antes... e o que vem depois é que...

Não chegou a terminar o que ia dizer, interrompendo-se como se o seu pensamento se tivesse chocado contra um obstáculo sólido. O espírito do médico prosseguiu nas suas maquinações com sutileza maquiavélica. Disse com toda a simpatia de que era capaz:

— Foi uma infelicidade, capataz. Mas ninguém pensaria em culpá-lo. Foi uma grande infelicidade. Para começar, o tesouro jamais deveria ter sido removido da montanha. Mas foi Decoud quem... seja como for, está morto. Não há necessidade de falar dele.

— Não — concordou Nostromo, quando o médico fez uma pausa —, não há necessidade de falar dos mortos. Mas eu ainda não estou morto.

— Tem razão. Só um homem da sua coragem poderia se salvar.

Nisso o doutor Monygham era sincero. Tinha em alta estima a intrepidez daquele homem, a quem dava pouco valor, desiludido que estava da humanidade em geral, devido à circunstância particular em que sua própria coragem falhara. Tendo tido de enfrentar sozinho, durante o seu período de eclipse, numerosos perigos físicos, conhecia bem o elemento mais perigoso comum a todos: a sensação esmagadora, paralisante, da pequenez humana, a qual é realmente o que derrota um homem em luta contra as forças naturais, sozinho, longe dos olhos dos seus semelhantes. Estava particularmente bem preparado para apreciar a imagem mental do capataz que elaborara para si, dele subitamente precipitado, após horas de tensão e ansiedade, num abismo de águas e trevas, sem terra nem céu, e enfrentando-o não apenas com espírito impertérrito, mas com êxito visível. Claro que o homem era sabidamente um nadador incomparável, mas o doutor achava que tal circunstância dava prova de uma intrepidez de espírito ainda maior. Era-lhe deleitável; por ela ele podia augurar o sucesso da árdua missão que pretendia confiar ao capataz tão maravilhosamente restituído à sua utilidade. E num tom de vaga satisfação observou:

— Deve ter sido terrivelmente escuro!

— Foi a pior escuridão do golfo — assentiu o capataz sucintamente. Abrandara-o o que lhe parecia um sinal de certo leve interesse pelo que lhe tinha acontecido; acrescentou umas poucas frases descritivas com fingida e ríspida despreocupação. Nesse momento se sentiu comunicativo. Esperava a continuidade desse interesse que, aceitado ou rejeitado, lhe teria devolvido a sua personalidade — a única coisa perdida naquela missão insensata. Mas o médico, absorto numa insensata aventura particular, era terrível na perseguição de sua idéia. Deixou que uma exclamação de pesar lhe escapasse.

— Eu quase chego a desejar que você tivesse gritado e mostrado uma luz.

Esta inesperada declaração assombrou o capataz pelo seu caráter de desapiedada atrocidade. Era como dizer: "Eu gostaria que você tivesse se mostrado um covarde; gostaria que lhe cortassem a garganta em paga do seu trabalho". Naturalmente, ele a referia a si próprio, enquanto ela só dizia respeito à prata, pronunciada que foi singelamente e com muitas restrições mentais. A surpresa e a ira lhe roubaram a fala, e o doutor continuou sem que quase o escutasse Nostromo, cujo sangue a ferver lhe pulsava forte nos ouvidos.

— Porque estou convencido de que Sotillo, de posse da prata, teria dado meia-volta e rumado para algum pequeno porto no estrangeiro. Economicamente, teria sido uma perda, mas ainda menos ruinosa do que vê-la afundada. Melhor do que isso só tê-la à mão nalgum lugar seguro e usar parte dela para subornar Sotillo. Mas duvido que *don* Carlos chegasse jamais a pensar nisso. Ele não está preparado para Costaguana, essa é que é a verdade, capataz.

O capataz tinha dominado a fúria que lhe rugia tempestuosa nos ouvidos a tempo de ouvir o nome de *don* Carlos. Pareceu emergir dela um outro homem — um homem que falava refletidamente, numa voz branda e uniforme:

— E teria *don* Carlos ficado contente se eu entregasse esse tesouro?

— Não me admiraria que todos pensassem dessa maneira agora — disse o doutor sombriamente. — Nunca fui consultado. Decoud fez como quis. Os olhos de todos já estão abertos a esta altura, acho eu. Por mim, sei que se a prata miraculosamente aparecesse agora na praia, eu a daria toda a Sotillo. E, do jeito como estão as coisas, eu seria aprovado.

— Aparecesse miraculosamente — repetiu o capataz em voz bem baixa; em seguida elevou-lhe o tom: — Isso, *señor*, seria um milagre maior do que o que qualquer santo poderia realizar.

— Acredito em você, capataz — disse o doutor secamente.

Prosseguiu desenvolvendo a sua concepção da perigosa influência de Sotillo sobre a situação. E o capataz, ouvindo-o como que em sonho, sentia-se de tão pouca importância quanto o vulto indistinto, imóvel do homem morto que ele enxergava ereto sob a viga, com seu ar de quem estivesse também ouvindo, ali descurado, esquecido, como um terrível exemplo de desprezo.

— Foi então por um impensado e tolo capricho que vieram me procurar? — atalhou ele subitamente. — Não fiz por eles o bastante para merecer alguma consideração, *por Dios*? Será que os *hombres finos*, os cavalheiros, não precisam pensar quando há um homem do povo pronto a arriscar o corpo e a alma? Ou talvez não tenhamos alma... como os cães?

— Havia Decoud também, com o seu plano — tornou a lembrar-lhe o médico.

— *Sí!* E também o homem rico de San Francisco que tinha alguma coisa a ver com o tesouro; que sei eu? Não! Ouvi coisas demais. Me parece que tudo é permitido aos ricos.

— Compreendo, capataz — disse o doutor.

— Que capataz? — atalhou Nostromo, em voz enérgica mas calma. — O capataz está arruinado, destruído. Não há capataz algum. Oh, não! Não mais encontrará o capataz.

— Ora vamos, isso é infantil! — protestou o médico; e o outro se acalmou de repente.

— Tenho sido de fato como uma criança pequena — murmurou.

E quando seus olhos voltaram a deparar a figura do homem assassinado, suspenso na sua horrível imobilidade, que semelhava a paciente imobilidade da atenção, ele perguntou, numa branda cisma:

— Por que Sotillo torturou este pobre coitado? Sabe? Tortura alguma poderia ser pior do que o medo dele. Posso entender que o matassem. Sua angústia era insuportável de ver. Mas por que atormentá-lo assim? Ele não poderia dizer mais nada.

— Não, não podia dizer mais nada. Qualquer homem são teria visto isso. Ele lhe contou tudo. Mas eu explico o que é, capataz. Sotillo não queria acreditar no que ele dizia. Não em tudo.

— No que é que não queria acreditar? Não compreendo.

— Eu compreendo porque vi o homem. Ele se recusa a acreditar que o tesouro tenha se perdido.

— O quê? — exclamou o capataz agitadamente.

— Isso o espanta, hein?

— Devo entender, *señor* — prosseguiu Nostromo em tom ponderado e por assim dizer cauteloso —, que Sotillo pensa que o tesouro foi salvo de alguma maneira?

— Não, não! Isso seria impossível — disse o médico com convicção; e Nostromo emitiu um grunhido no escuro. — Isso seria impossível. Ele acha que a prata não estava mais na chata quando ela afundou. Convenceu-se de que toda a exibição de levá-la embora por mar é uma simples impostura encenada para iludir Gamacho e os seus nacionais, Pedrito Montero, o *señor* Fuentes, nosso novo *jefe político*, e ele próprio também. Só que, diz ele, não é assim tão tolo.

— Mas ele não tem juízo algum. É o maior imbecil que jamais se intitulou coronel neste país de maldades — rosnou Nostromo.

— Não é mais insensato do que muitos homens sensatos — disse o doutor. — Convenceu-se de que o tesouro pode ser encontrado porque deseja ardentemente apoderar-se dele. E receia também que seus oficiais o abandonem e se passem para Pedrito, que ele não tem a coragem de enfrentar nem de nele confiar. Entende isso, capataz? Ele não precisa temer nenhuma deserção enquanto restar alguma esperança de essa enorme pilhagem aparecer. Assumi o encargo de manter acesa essa esperança.

— Assumiu? — repetiu o capataz de *cargadores* cautelosamente. — Bem, isso é ótimo. E quanto tempo acha que conseguirá mantê-la acesa?

— Enquanto puder.

— Que quer dizer?

— Posso lhe dizer com exatidão. Enquanto estiver vivo — replicou o médico em tom obstinado. E em poucas palavras narrou a história de sua detenção e as circunstâncias de sua soltura. — Eu vinha à procura daquele patife quando nos encontramos — concluiu.

Nostromo ouvira com profunda atenção.

— Está resolvido então a ter uma morte rápida — murmurou entre dentes.

— Talvez, meu ilustre capataz — disse o doutor irascivelmente. — Você não é o único aqui capaz de encarar de frente uma morte feia.

— Sem dúvida — resmungou Nostromo, alto o bastante para ser ouvido. — Pode mesmo haver mais de dois tolos neste lugar. Quem sabe?

— E isso é assunto meu — disse o médico laconicamente.

— Assim como levar essa maldita prata pelo mar era assunto meu — retorquiu Nostromo. — Compreendo, *bueno*. Cada um de nós tem suas próprias razões. No entanto, o *señor* foi a última pessoa com quem conversei antes de partir e me tratou como se eu fosse um tolo.

Nostromo não gostava nada do modo sardônico com que o doutor lhe tratava a grande reputação. O reconhecimento levemente irônico de Decoud costumava deixá-lo contrafeito; todavia a familiaridade de um homem como *don* Martin era lisonjeira, ao passo que o doutor não passava de um joão-ninguém. Podia ainda lembrar-se dele como um pária sem tostão a vaguear furtivamente pelas ruas de Sulaco, sem nenhum amigo ou conhecido, até *don* Carlos Gould contratá-lo para trabalhar na mina.

— O *señor* pode ser muito esperto — prosseguiu pensativamente, a fitar a obscuridade do aposento, impregnado do hediondo enigma do torturado e escorchado Hirsch. — Mas não sou tão tolo como quando parti. Aprendi uma coisa desde então; que o *señor* é um homem perigoso.

O doutor Monygham estava surpreso demais para fazer outra coisa que não fosse exclamar:

— O que é que está dizendo?

— Se ele pudesse falar, diria a mesma coisa — continuou

Nostromo com uma inclinação da cabeça sombria, que se recortava em silhueta contra a janela iluminada pelas estrelas.

— Não compreendo o que quer dizer — murmurou o doutor Monygham.

— Não? Se não houvesse confirmado a loucura de Sotillo, talvez ele não tivesse tido tanta pressa em torturar esse pobre Hirsch.

O médico estremeceu à sugestão. Mas, com absorver-lhe todas as suscetibilidades, sua devoção lhe deixara o coração endurecido contra o remorso e a piedade. No entanto, para seu completo alívio, sentia necessidade de repelir enfática e desdenhosamente a sugestão.

— Ora! Como se atreve a me dizer isso em se tratando de um homem como Sotillo? Confesso que nem pensei em Hirsch. Se tivesse pensado, teria sido inútil. Qualquer um podia ver que o infeliz estava condenado desde o momento em que se agarrou àquela âncora. Estava condenado, eu lhe digo! Assim como eu próprio estou condenado... muito provavelmente.

Isso foi o que o doutor Monygham disse em resposta à observação de Nostromo, plausível bastante para lhe afligir a consciência. Ele não era um homem empedernido. Mas a necessidade, a magnitude, a importância do encargo que assumira apequenava todas as considerações meramente humanas. Tinha-o assumido com um espírito de fanatismo. Não gostava disso. Mentir, enganar, embair, mesmo o ser mais vil, era-lhe odioso, por uma questão de educação, instinto e tradição. Fazer tais coisas, próprias do caráter de um traidor, contrariava-lhe a natureza e lhe ultrajava os sentimentos. Assumira o sacrifício com um espírito de humilhação. Dissera a si próprio amargamente: "Sou o único que serve para esse trabalho sujo". E acreditava nisso. Não era um homem sutil. Tamanha era a sua simplicidade que, embora não tivesse qualquer idéia heróica de ir atrás da morte, o risco assaz mortal a que se expunha tinha um efeito encorajador e reconfortante. Para essa condição espiritual, a sorte de Hirsch se apresentava como parte da atrocidade geral das coisas. Ele considerava o episódio de um ponto de vista prático.

O que significava? Seria indício de alguma perigosa mudança da idéia fixa de Sotillo? Que aquele homem tivesse sido morto assim era o que o doutor não conseguia compreender.

— Sim. Mas por que morto a tiro? — murmurou de si para consigo.

Nostromo se mantinha muito calado.

9

Dividido entre dúvidas e esperanças, consternado pelo repicar dos sinos que saudavam a chegada de Pedrito Montero, Sotillo passara a manhã a batalhar com os seus pensamentos — um combate para o qual o indispunham a vacuidade do seu espírito e a violência de suas paixões. O desapontamento, a cupidez, a ira e o medo provocavam no peito do coronel um tumulto mais ruidoso que o estrépito dos sinos da cidade. Nada do que tinha planejado acontecera. Nem Sulaco nem a prata da mina lhe caíram nas mãos. Não havia realizado nenhuma proeza militar que lhe garantisse a posição nem obtido nenhuma vasta presa de guerra para poder bater em retirada. Pedrito Montero, quer como amigo quer como inimigo, enchia-o de terror. O barulho dos sinos o enlouquecia.

Imaginando a princípio que pudesse ser imediatamente atacado, pusera seu batalhão em armas na praia. Andava de um extremo a outro do aposento, parando algumas vezes para roer as unhas da mão direita e olhando sombriamente de través para o assoalho; então, com uma soturna mirada de repugnância em derredor, reiniciava a caminhada num selvagem alheamento. Seu chapéu, seu chicote de montaria, sua espada e seu revólver jaziam em cima da mesa. Os oficiais, apinhados junto à janela de onde se descortinava a vista da porta da cidade, disputavam entre si o uso do seu binóculo de campanha, adquirido a longo prazo no ano anterior de Anzani. O binóculo passava de mão em mão, enquanto seu possuidor se via acossado por interrogações aflitivas.

— Não há nada, nada para ver! — repetia impacientemente.

Não havia nada. E quando o piquete nas touceiras próximas da Casa Viola foi mandado de volta à unidade principal, nenhum sinal de vida apareceu no trecho de terra árida e poeirenta que se estendia entre a cidade e as águas do porto. Mas no fim da tarde um cavaleiro, emergindo pela porta, pôde ser visto cavalgando destemidamente. Era um emissário do *señor* Fuentes. Como estava sozinho, foi-lhe permitido entrar. Desmontando diante da grande porta, saudou os calados circunstantes com jovial descaramento e pediu para ser levado imediatamente ao "*muy valiente*" coronel.

O *señor* Fuentes, ao assumir suas funções de *jefe político*, voltara as suas habilidades diplomáticas para a tarefa de tomar posse tanto da baía como da mina. O homem que escolhera ao acaso para negociar com Sotillo era um notário público que a revolução encontrara a definhar na cadeia pública, acusado de forjar documentos. Liberado pela turba juntamente com as outras "vítimas da tirania *blanca*", apressara-se a ir oferecer seus préstimos ao novo governo.

Partira resolvido a demonstrar muito zelo e eloqüência no tentar convencer Sotillo a entrar na cidade sozinho para uma conferência com Pedrito Montero. Nada estava mais longe das intenções do coronel. A mera e fugaz idéia de confiar-se às mãos do famoso Pedrito Montero fizera-o sentir-se mal diversas vezes. Estava fora de questão — era loucura. E colocar-se em posição de aberta hostilidade também era loucura. Tornaria impossível uma procura sistemática do tesouro, daquela fortuna em prata que ele parecia sentir estar algures à volta, que farejava estar por perto.

Mas onde? Onde? Céus! Onde? Oh! por que deixara aquele médico ir-se! Que imbecil havia sido. Mas não! Fora a única coisa certa, refletia distraidamente, enquanto o mensageiro esperava embaixo, tagarelando aprazivelmente com os oficiais. Era do melhor interesse daquele doutor patife voltar com informação positiva. Mas, e se alguma coisa o detivesse? Uma proibição geral de sair da cidade, por exemplo! Haveria patrulhas!

O coronel, com a cabeça entre as mãos, dava voltas ao miolo como se acometido de vertigem. Uma repentina inspiração pusilânime lhe sugeriu um expediente não desconhecido dos estadistas europeus quando desejam retardar uma negociação difícil. De botas e esporas, enfiou-se na rede com um açodamento muito pouco dignificante. Seu rosto bem parecido se tornara amarelo com a tensão de opressivos cuidados. A crista do seu nariz regular se aguçara; as narinas audaciosas pareciam agora mesquinhas, encolhidas. A mirada veludosa, acariciante, dos seus belos olhos amortecera-se, decompusera-se até, pois as órbitas amendoadas, lânguidas, estavam indevidamente injetadas de sangue por causa de muita insônia agoureira. Dirigiu-se ao surpreso emissário do *señor* Fuentes numa voz combalida, exangue. Ela surgia pateticamente débil de sob uma pilha de ponchos que sepultava sua elegante figura até os bigodes negros, não frisados, pendentes, sinal de prostração física e incapacidade mental. Febre, febre — uma febre violenta havia acometido o "*muy valiente*" coronel. Um desordenado desvairamento de expressão, causado pelos espasmos esparsos de uma leve cólica que repentinamente havia se declarado, e os dentes a matraquear de medo reprimido tinham uma autenticidade que impressionou o emissário. Era um ataque de gripe. O coronel explicou que estava impossibilitado de pensar, de ouvir, de falar. Aparentando estar fazendo um esforço sobre-humano, o coronel disse com voz entrecortada que não estava em condições de dar uma resposta adequada ou de executar qualquer das ordens de sua excelência. Mas amanhã! Amanhã! Ah! amanhã! Que não se inquietasse sua excelência *don* Pedro. O bravo regimento de Esmeralda ocupava a baía, ocupava... E cerrando os olhos, rolava a cabeça dorida, feito um inválido semidelirante, sob o olhar inquisitivo do emissário, que se via obrigado a debruçar-se sobre a rede a fim de poder ouvir-lhe as aflitivas e entrecortadas palavras. Nesse meio-tempo, o coronel Sotillo confiava em que o senso humanitário de sua excelência permitiria que o doutor, o médico inglês, saísse da cidade com o seu estojo de medicamentos estrangeiros para atendê-lo. Rogava ansiosamente a sua senhoria, o *caballero* ali presente, o obséquio de, quando passasse pela Casa Gould, entrar para informar o doutor inglês, que provavelmente lá estaria, de que os seus serviços eram urgentemente solicitados pelo coronel Sotillo, acamado com febre na alfândega. Urgentemente. Urgência urgentíssima. Aguardado com extrema impaciência. Mil vezes obrigado. Fechou os olhos fatigados e não quis voltar a abri-los, ficando ali deitado absolutamente imóvel, surdo, mudo, insensível, exangue, vencido, prostrado, aniquilado pela doença impiedosa.

Mas assim que o outro fechara atrás de si a porta do patamar, o coronel pulou da rede, atirando para cima com ambos os pés uma avalanche de cobertas de lã. Tendo suas esporas se enredado na confusão de ponchos, ele quase caiu de ponta-cabeça, e só foi recuperar o equilíbrio no meio do aposento. Escondido atrás das persianas semicerradas, ficou à escuta do que se passava embaixo.

O emissário já montara e, voltando-se para os soturnos oficiais que ocupavam o largo vão de porta, tirou o chapéu cerimoniosamente.

— *Caballeros* — disse, em voz muito baixa —, permitam-me recomendar-lhes que cuidem bem do seu coronel. Foi uma grande honra e satisfação tê-los visto a todos, uma bela unidade exercendo a virtude militar da paciência nesta situação tão exposta, onde há tanto sol e água praticamente nenhuma, enquanto uma cidade repleta de vinho e encantos femininos está pronta a abraçá-los como os homens corajosos que são. *Caballeros*, tenho a honra de saudá-los. Haverá muita dança hoje à noite em Sulaco. Adeus!

Mas sofreou seu cavalo e inclinou a cabeça de viés ao ver o velho major sair, muito alto e magro, num casaco reto, apertado, que lhe chegava aos calcanhares como se fosse o invólucro da bandeira do regimento enrolada no mastro.

O idoso e sagaz guerreiro, após enunciar em tom dogmático a proposição geral de que o "mundo estava cheio de traidores", prosseguiu fazendo um panegírico de Sotillo em voz pausada. Atribuiu-lhe, com pachorrenta ênfase, todas as virtudes sobre a face da Terra, englobando-as todas num disparatado coloquialismo corrente entre as classes subalternas de ocidentais (especialmente em torno de Esmeralda).

— E — concluiu, com uma súbita elevação de voz — um homem de muitos dentes, "*hombre de muchos dientes*". *Sí, señor*. Quanto a nós — continuou, portentoso e emocionado —, vossa senhoria está contemplando o melhor corpo de oficiais da República, homens sem par pelo valor e sagacidade, "*y hombres de muchos dientes*".

— O quê? Todos eles? — perguntou o indecoroso emissário do *señor* Fuentes com um risinho abafado, zombeteiro.

— *Todos. Sí, señor* — afirmou o major gravemente, com convicção. — Homens de muitos dentes.

O outro fez o cavalo girar em direção do portal que semelhava o portão alto de um tristonho celeiro. Ergueu-se nos estribos, estendeu um braço. Era um patife chistoso, que nutria por aqueles estúpidos ocidentais um sentimento de grande desdém, próprio de um natural das províncias centrais. A estultícia dos esmeraldinos suscitava-lhe em particular um divertido menosprezo. Principiou um discurso sobre Pedro Montero, mantendo uma expressão solene. Fez um floreio com a mão como que a apresentá-lo à atenção deles. E quando viu todos os rostos rígidos, todos os olhos fitos nos seus lábios, pôs-se a bradar uma espécie de catálogo de perfeições:

— Generoso, valoroso, afável, profundo — tirou o chapéu entusiasticamente —, um estadista, um invencível chefe de guerrilheiros — baixou surpreendentemente a voz até uma nota cava, grave — e um dentista.

Partiu imediatamente em seguida, a passo picado; as pernas rígidas escarranchadas, os pés voltados para fora, as costas eretas, a inclinação pimpante do *sombrero* sobre a postura reta, firme, dos ombros, exprimiam uma infinita, intimidadora impudência.

No andar de cima, por trás das venezianas, Sotillo não se moveu por um bom tempo. A audácia do sujeito o estarrecia. O que estariam dizendo seus oficiais embaixo? Não diziam coisa alguma. Completo silêncio. Ele estremeceu. Não era assim que se imaginara naquela etapa da expedição. Vira-se triunfante, inconteste, satisfeito, o ídolo dos soldados, a ponderar com secreta satisfação as alternativas de poder e opulência que se lhe ofereciam. Ai! Que diferença! Perturbado, inquieto, letárgico, a queimar de ira ou a gelar de terror, sentia um medo tão insondável quanto o mar a avançar sobre ele de todos os lados. Aquele tratante de um doutor tinha de sair com a informação. Isso era evidente. Ela não teria utilidade para ele — sozinho. Não poderia fazer nada com ela. Maldição! Jamais sairia. Já estava provavelmente preso, encarcerado junto com *don* Carlos. Riu alto, um riso insano. Ha! ha! ha! ha! Pedrito Montero é que conseguiria a informação. Ha! ha! ha! ha! — e a prata. Ha!

De repente, em meio às risadas, ficou imóvel e silencioso como se convertido em pedra. Ele também possuía um prisioneiro. Um prisioneiro que devia, devia sim saber toda a verdade. Tinha de fazê-lo falar. E Sotillo, que durante todo esse tempo não se esquecera de Hirsch, sentiu uma inexplicável relutância à idéia de ir a extremos.

Sentiu uma relutância — parte daquele medo insondável que avançava sobre ele de todos os lados. Relutantemente lembrou-se também dos olhos esbugalhados do comerciante de peles, de suas contorsões, de seus soluços e juras ruidosos. Não era compaixão ou sequer mera sensibilidade nervosa. O fato era que, embora Sotillo não tivesse acreditado sequer por um momento na história dele — não podia acreditar, ninguém acreditaria em tamanho disparate —, aquelas inflexões de desesperada veracidade o haviam desagradavelmente impressionado. Fizeram-no sentir-se nauseado. E suspeitava também que o homem talvez houvesse enlouquecido de medo. Um lunático é coisa desesperadora. Ora! Fingimento. Só fingimento. Ele sabia como lidar com isso.

Empenhou-se em chegar ao ponto certo de ferocidade. Seus belos olhos envesgaram ligeiramente; bateu palmas; um ordenança descalço surgiu sem ruído, um cabo, com a baioneta a pender-lhe sobre a coxa e um bastão na mão.

O coronel lhe deu ordens e dentro em pouco o desventurado Hirsch, empurrado por vários soldados, encontrou-o a carranquear assustadoramente numa grande poltrona, chapéu na cabeça, joelhos bem afastados, cotovelos para fora, dominador, imponente, irresistível, arrogante, sublime, terrível.

Com os braços amarrados atrás das costas, Hirsch havia sido violentamente atirado num dos quartos menores. Por muitas horas ali ficara aparentemente esquecido, estirado exânime no chão. Dessa solidão, cheio de desespero e terror, fora brutalmente arrancado a socos e pontapés, passivo, em estado de aparvalhamento. Ouviu as ameaças e admoestações, e depois deu as respostas costumeiras às perguntas, com o queixo enfiado no peito, as mãos atadas às costas, oscilando de leve diante de Sotillo e sem nunca erguer a vista. Quando foi forçado a levantar a cabeça pela ponta de uma baioneta a lhe espetar o queixo, seus olhos tinham uma expressão vácua, como que em transe, e gotas de suor do tamanho de ervilhas lhe corriam pelas manchas, contusões e escoriações do rosto pálido. Então pararam de súbito.

Sotillo o fitou em silêncio.

— Não quer deixar de ser teimoso, seu patife? — perguntou.

Uma corda, cuja ponta estava amarrada aos punhos do *señor* Hirsch, já fora atirada por cima de uma trave e três soldados lhe seguravam a outra ponta, à espera. Ele não respondeu. Seu grosso lábio inferior estava caído, numa expressão de estupidez. Sotillo fez um sinal. Hirsch foi erguido aos empuxões e um berro de desespero e agonia irrompeu no aposento, encheu os corredores dos vastos edifícios, rasgou o ar lá fora, fez todos os soldados do acampamento ao longo da praia olharem para as janelas, e sobressaltou alguns dos oficiais que tagarelavam agitadamente no vestíbulo, olhos a brilhar; outros, apertando os lábios, olharam sombriamente para o chão.

Sotillo, seguido pelos soldados, havia deixado o aposento. O sentinela no patamar apresentou armas. Hirsch continuou a berrar sozinho por trás das venezianas semicerradas enquanto a luz do sol, refletida pelas águas da baía, projetava uma contínua ondulação luminosa no alto da parede. Ele berrava de sobrancelhas erguidas e boca escancarada — incrivelmente larga, negra, enorme, cheia de dentes — cômica.

O ar parado e escaldante da tarde sem vento fez com que as ondas de sua agonia chegassem até os escritórios da Companhia ONV. Do balcão, o capitão Mitchell, tentando entender o que estava acontecendo em geral, ouvira-o débil mas distintamente, e aquele som distante, aterrador, ficou-lhe nos ouvidos após ele ter se retirado para dentro, de faces empalidecidas. Várias vezes foi expulso do balcão naquela tarde.

Sotillo, irritadiço, mal-humorado, andava sem descanso de um lado para outro, fazia reuniões com seus oficiais, dava ordens contraditórias em meio a esse berreiro agudo que se difundia por todo o edifício vazio. Por vezes havia longos e terríveis silêncios. Ele entrou repetidamente na câmara de tortura onde sua espada, chicote de montar, revólver e binóculo de campanha jaziam sobre a mesa, a fim de perguntar com forçada tranqüilidade:

— Vai agora dizer a verdade? Não? Eu posso esperar. — Mas não se podia permitir esperar muito. Era isso. Toda vez que entrava e saía batendo a porta, o sentinela no patamar apresentava armas e recebia em resposta um olhar instável, virulento, tenebroso, que na realidade não enxergava coisa alguma, sendo mero reflexo da alma lá dentro — uma alma de raiva, irresolução, avareza sombrias.

O sol já se tinha posto quando tornou a entrar. Um soldado trouxe duas velas acesas e saiu furtivamente, fechando sem ruído a porta.

— Fale! seu judeu filho do demônio! A prata! A prata, estou dizendo! Onde está? Onde é que vocês patifes estrangeiros a esconderam? Ou confessa ou...

Um ligeiro estremecimento correu dos membros torturados pela corda acima, mas o corpo do *señor* Hirsch, empreendedor homem de negócios de Esmeralda, pendia sob a grossa trave, perpendicular e mudo, a defrontar medonhamente o coronel. O afluxo de ar noturno, esfriado pelas neves da Serra, espalhava aos poucos uma deliciosa frescura pelo calor fechado do aposentado.

— Fala... ladrão... patife... *pícaro*... se não...

Sotillo tinha agarrado o chicote de montar e ficara parado

com o braço erguido. Por uma só palavra, uma só palavrinha, ele sentia que se teria ajoelhado, aviltado, rastejado no chão diante da mirada letárgica, consciente daqueles olhos parados a saltarem da cabeça imunda, desgrenhada, que pendia muito quieta, a boca torta com os lábios cerrados. O coronel rangeu os dentes de raiva e bateu. A corda vibrou devagar sob o golpe, como o longo fio de um pêndulo a sair do repouso. Mas nenhum movimento pendular foi comunicado ao corpo do *señor* Hirsch, o conhecido comerciante de peles do litoral. Com um esforço convulsivo de seus braços retorcidos, ele se ergueu uns centímetros, encolhendo-se sobre si mesmo como um peixe à ponta de uma linha de pesca. A cabeça do *señor* Hirsch tombou para trás do pescoço esticado; o queixo lhe tremia. Por um instante, o matraquear dos seus dentes encheu o vasto e sombrio aposento onde as velas punham uma mancha de luz à volta das duas chamas que queimavam lado a lado. E enquanto Sotillo, de pé com a mão erguida, esperava que ele falasse, o outro, com o súbito lampejo de um arreganho de dentes e com um estiramento para a frente dos ombros torcidos, cuspiu-lhe violentamente na cara.

O chicote erguido desceu, e o coronel pulou para trás com um grito abafado de consternação, como se atingido por um jato de veneno mortal. Com rapidez de relâmpago, agarrou o revólver e disparou duas vezes. O estampido e a concussão dos tiros pareceram lançá-lo imediatamente do estado de ira incontrolável no de estupor idiota. Ficou parado, de queixo caído e olhos vidrados. O que tinha feito, *sangre de Dios!* O que tinha feito? Estava ignobilmente horrorizado do seu ato impulsivo, que selara para sempre aqueles lábios dos quais tanto iria arrancar. Que podia dizer? Como poderia explicar? Idéias de fuga temerária para algum lugar, qualquer lugar, lhe passaram pela cabeça; até mesmo a idéia pusilânime e absurda de esconder-se debaixo da mesa lhe acudiu à covardia. Era tarde demais; seus oficiais haviam acorrido tumultuosamente, num grande estrépito de bainhas de espada, com brados de estupefação. Mas como não cuidaram imediatamente de enfiar as espadas no seu peito, o lado atrevido do caráter de Sotillo assomou. Passando a manga do uniforme pelo rosto, ele se refez. Seu olhar truculento correu lentamente à volta, silenciou a bulha onde houvesse; e o corpo rígido do falecido *señor* Hirsch, comerciante, após oscilar imperceptivelmente, fez meia-volta e se imobilizou em meio a murmúrios amedrontados e um contrafeito arrastar de pés.

Uma voz alta observou:

— Eis um homem que nunca mais vai falar. — E outra, vinda da fileira de trás de rostos, exclamou, tímida e insistente:

— Por que o matou, *mi colonel*?

— Porque ele confessou tudo — respondeu Sotillo, com a desfaçatez do desespero. Sentia-se acuado. Enfrentava impudentemente a situação fiado na solidez de sua reputação, e com bastante êxito. Seus ouvintes o sabiam bem capaz de um ato daqueles. Estavam dispostos a crer na sua história lisonjeira. Não há credulidade tão veemente e cega quanto a credulidade da cobiça, que, por sua universalidade, dá a medida da miséria moral e da penúria intelectual da humanidade. Ah! ele tinha confessado tudo, aquele judeu rebelde, aquele *bribón*. Ótimo! Então não se precisava mais dele. Uma repentina e grossa casquinada se fez ouvir, de parte do capitão mais velho — um homem cabeçudo, de miúdos olhos redondos e bochechas monstruosamente gordas que nunca se mexiam. O velho major, alto e grotescamente andrajoso feito um espantalho, pôs-se a andar à volta do cadáver do falecido *señor* Hirsch, murmurando consigo com inefável satisfação que desse modo não havia necessidade de temer quaisquer futuras traições do patife. Os outros espiavam, apoiando-se ora num pé ora noutro, e sussurrando pequenas observações entre si.

Sotillo afivelou a espada e deu ordens lacônicas, peremptórias, para apressar a retirada, decidida de tarde. Sinistro, impressionante, o *sombrero* descido até as sobrancelhas, ele cruzou o umbral em tamanha confusão mental que se esqueceu inteiramente de tomar providências no tocante ao possível retorno do doutor Monygham. Ao sair em bando atrás dele, dois ou três dos oficiais olharam rapidamente para trás, para o falecido *señor* Hirsch, comerciante de Esmeralda, deixado a oscilar rigidamente, a sós, com duas velas acesas. Na vacuidade do aposento, a sombra maciça da cabeça e dos ombros sobre a parede tinha um ar de vida.

Embaixo, as tropas entraram em forma silenciosamente e partiram por companhias, sem tambor nem cometa. O velho major espantalho comandava a retaguarda; todavia, o piquete que deixara para trás com ordens de incendiar a alfândega (e "queimar a carcaça do judeu traidor ali onde estava dependurada") malogrou de certo modo, no seu açodamento, em pôr fogo à escada. O cadáver do falecido *señor* Hirsch ficou sozinho na lúgubre solidão do edifício inacabado, que ressoava sobrenaturalmente com as batidas de portas e os estalidos de trincos, o roçagar de papéis rasgados tocados pelo vento, cujas rajadas faziam ressoar trêmulos lamentos sob o alto teto. A luz das duas velas que queimavam diante da perpendicular e exânime imobilidade do falecido *señor* Hirsch lançava um clarão ao longe, sobre terra e água, como um sinal dentro da noite. Ele ali ficou para sobressaltar Nostromo com a sua presença e para intrigar o doutor Monygham com o mistério do seu fim atroz.

— Mas por que foi morto a tiros? — tornou o médico a perguntar-se, audivelmente. Dessa vez respondeu-lhe o riso seco de Nostromo.

— O *señor* parece muito preocupado com uma coisa muito natural, doutor. Por quê? É bem possível que cedo sejamos todos mortos a tiros, um após outro, se não por Sotillo, então por Pedrito, ou Fuentes, ou Gamacho. E talvez sejamos também torturados, ou coisa pior, *quién sabe*?, por causa da bela história da prata que o *señor* meteu na cabeça de Sotillo.

— Já estava na cabeça dele — protestou o doutor. — Eu apenas...

— Sim. E o *señor* a pregou ali de modo a que o próprio diabo...

— Foi exatamente isso que eu pretendi fazer — interrompeu o outro.

— Foi isso que pretendeu fazer. *Bueno*. É como eu digo. O *señor* é um homem perigoso.

As vozes, que sem se elevar iam se tornando rixentas, pararam repentinamente. O falecido *señor* Hirsch, ereto e obscuro contra as estrelas, parecia estar à espera, atento, num silêncio imparcial.

Mas o doutor Monygham não pretendia altercar com Nostromo. Nesse supremo ponto crítico dos destinos de Sulaco, ele finalmente admitia que aquele homem era de fato indispensável, mais indispensável que a obsessão do capitão Mitchell, seu orgulhoso descobridor, podia conceber — muito além do que o melhor dos insípidos gracejos de Decoud sobre "o meu ilustre amigo, o incomparável capataz dos *cargadores*" jamais pretendera ir. O homem era incomparável. Não "um em mil", mas o único, o absolutamente único. O doutor se rendia. Havia algo no gênio daquele marinheiro genovês que imperava nos destinos de grandes empresas e de muita gente, a fortuna de Charles Gould, a sorte de uma mulher admirável. A este último pensamento, o médico teve de limpar a garganta antes de poder falar.

Mudando completamente de tom, observou ao capataz que, para começar, este não corria nenhum grande risco pessoal. Pelo que todos sabiam, estava morto. Era uma enorme vantagem. Ele só tinha de se manter longe das vistas, na Casa Viola, onde se sabia que o velho garibaldino se encontrava sozinho — com sua esposa morta. Os criados tinham fugido, todos. Ninguém pensaria em ir procurá-lo lá, ou em qualquer outro lugar.

— Isso seria realmente verdade — disse Nostromo amargamente —, se eu não tivesse encontrado o *señor*.

Por algum tempo o doutor se manteve em silêncio.

— Quer dizer que acha que eu posso denunciá-lo? — perguntou com voz insegura. — Por quê? Por que eu faria isso?

— E eu sei lá? Por que não? Para ganhar um dia, talvez. Sotillo levaria um dia para me torturar, ou tentar outras coisas talvez, antes de me atravessar o coração com uma bala; como fez com aquele pobre diabo ali. Por que não?

O médico engoliu com dificuldade. Sua garganta ficara seca por um instante. Não era de indignação. Assaz pateticamente, ele acreditava que perdera o direito de se indignar com quem quer que fosse — por coisa alguma. Era só de apreensão. Será que o outro tinha sabido da sua história, por acaso? Se tivesse, seria o fim de sua utilidade nesse sentido. O homem indispensável lhe escapava à influência, devido àquela mancha indelével que o tornava, a ele, próprio para o trabalho sujo. Uma sensação de náusea assoberbou o doutor. Ele teria dado qualquer coisa para saber, mas não se atrevia a aclarar a questão. O fanatismo de sua devoção, nutrido pela consciência do seu rebaixamento, endurecera-lhe o coração na tristeza e no desprezo.

— Por que não, de fato? — repetiu sardonicamente. — Então o mais seguro será você me matar aqui mesmo. Eu me defenderia. Mas você deve saber que ando desarmado.

— *Por Dios!* — disse o capataz exaltadamente. — Vocês, gente fina, são todos iguais. Todos perigosos. Todos traidores dos pobres que são os seus cães.

— Você não entende — disse o médico pausadamente.

— Eu entendo vocês todos! — gritou o outro com um gesto violento, tão obscuro aos olhos do doutor quanto a persistente imobilidade do falecido *señor* Hirsch. — Um homem pobre tem de cuidar de si no meio de vocês. Digo que não se importam com os que os servem. Veja o meu caso. Depois de todos esses anos, de repente aqui estou eu como um desses vira-latas que latem fora dos muros: sem um canil nem um osso duro para roer. Caramba! — Mas abrandou-se, com uma imparcialidade desdenhosa: — Evidentemente — prosseguiu em tom calmo — eu não acho que o *señor* se apressaria em me entregar a Sotillo, por exemplo. Não é isso. É que eu não sou nada! De repente... — Deixou cair os braços. — Nada para ninguém — repetiu.

O doutor respirou aliviado.

— Ouça, capataz — disse, esticando o braço quase afetuosamente até o ombro de Nostromo. — Vou lhe dizer uma coisa muito simples. Você está seguro porque é necessário. Eu não o delataria por razão alguma porque preciso de você.

No escuro, Nostromo mordeu o lábio. Já tinha ouvido aquilo demasiadas vezes. Sabia o que significava. Nada disse mais para ele. Tinha de cuidar de si agora, pensou. E pensou também que não seria prudente ir-se deixando o outro encolerizado. O médico, considerado um grande terapeuta, tinha, entre a populaça de Sulaco, a fama de ser um homem maligno. A fama se baseava fundamentadamente na sua aparência pessoal, que era estranha, e nas suas maneiras desabridas e irônicas — provas visíveis, sensíveis e incontroversas da disposição malevolente do doutor. E Nostromo era do povo. Assim, limitou-se a grunhir incredulamente.

— Você, para falar claro, é o único homem — continuou o médico. — Está em seu poder salvar esta cidade... e todos da ganância destrutiva de homens que...

— Não, *señor* — disse Nostromo taciturnamente. — Não está em meu poder trazer de volta o tesouro para o *señor* o entregar a Sotillo ou Pedrito ou Gamacho. Que sei eu?

— Ninguém espera o impossível — foi a resposta.

— O *señor* mesmo o disse: ninguém — murmurou Nostromo num tom sombrio, ameaçador.

Mas o doutor Monygham, cheio de esperança, não fez caso das palavras enigmáticas e do tom ameaçador. Para os olhos de ambos, acostumados à penumbra, o falecido *señor* Hirsch, tornando-se mais distinto, parecia ter se aproximado deles. E o médico baixou a voz ao expor o seu plano como se temesse ser entreouvido.

Ele estava confiando inteiramente no homem indispensável. A lisonja implícita e a sugestão de grandes riscos soavam bem familiares aos ouvidos do capataz. A mente dele, a flutuar na irresolução e no descontentamento, reconheceu-as com amargor. Compreendia perfeitamente que o médico estava ansioso por salvar a mina de San Tomé da destruição. Sem ela, ele não seria coisa alguma. Era do interesse dele. Assim como fora do interesse do *señor* Decoud, dos *blancos* e dos europeus ter os *cargadores* do seu lado. O pensamento do capataz se deteve em Decoud. O que aconteceria com ele?

O prolongado silêncio de Nostromo inquietou o doutor. Ele observou, assaz desnecessariamente, que, embora o capataz estivesse seguro no momento, não poderia viver escondido para sempre. Tinha de escolher entre aceitar a missão de ir procurar Barrios, com todos os seus perigos e dificuldades, ou abandonar Sulaco às escondidas, ingloriamente, na penúria.

— Nenhum dos seus amigos poderia recompensá-lo e protegê-lo neste momento, capataz. Nem mesmo o próprio *don* Carlos.

— Não quero coisa alguma nem da proteção nem das recompensas de vocês. Eu só gostaria de poder confiar na coragem e no bom senso de vocês. Quando eu voltar em triunfo, como diz, com Barrios, talvez os encontre a todos mortos. O *señor* tem uma faca encostada à sua garganta neste instante.

Foi a vez de o médico se manter em silêncio, a considerar as horríveis contingências.

— Bem, nós confiaríamos na sua coragem e no seu bom senso. E você também tem uma faca encostada à garganta.

— Ah! E a quem devo agradecer por isso? Que me importam as políticas e as minas de vocês; a prata e as constituições de vocês; o *don* Carlos disto, ou o *don* José daquilo...

— Isso eu não sei — exclamou o médico, exasperado. — Mas há gente inocente em perigo cujo dedo mínimo vale mais do que você ou eu e todos os ribieristas juntos. Não sei. Você deveria ter se interrogado antes de consentir que Decoud o metesse nisso tudo. Era seu dever pensar como homem; mas se não pensou então, tente agir como homem agora. Imaginava você que Decoud se importava com o que lhe iria acontecer?

— Não mais que o *señor* — murmurou o outro.

— Não: eu me importo com o que irá acontecer-lhe tanto quanto me importo com o que irá me acontecer.

— E tudo isso porque é um ribierista assim tão devotado? — perguntou Nostromo em tom de incredulidade.

— Tudo isso porque sou um ribierista assim tão devotado — repetiu o doutor Monygham torvamente.

Mais uma vez Nostromo, a fitar distraidamente o corpo do falecido *señor* Hirsch, permaneceu em silêncio, refletindo em que o médico era uma pessoa perigosa em mais de um sentido. Impossível confiar nele.

— O *señor* fala em nome de *don* Carlos? — perguntou por fim.

— Sim. Falo — disse o doutor em voz alta, sem hesitar. — Ele deve se apresentar agora. Deve — acrescentou num murmúrio que Nostromo não entendeu.

— O que foi que disse, *señor*?

O médico estremeceu.

— Digo que você deve ser honesto consigo mesmo, capataz. Seria mais do que loucura falhar agora.

— Honesto comigo mesmo — repetiu Nostromo. — Como sabe se eu não estaria sendo honesto comigo mesmo mandando-o ao diabo com as suas propostas?

— Eu não sei. Talvez você fosse — respondeu o doutor com uma rudeza que visava a esconder-lhe o desfalecimento do coração e da voz. — Tudo o que sei é que você faria bem em sumir daqui. Alguns dos homens de Sotillo podem aparecer à minha procura.

Desceu da mesa e ficou a ouvir com atenção. O capataz também se pôs de pé.

— Supondo que eu fosse a Cayta, o que o *señor* faria nesse meio-tempo? — perguntou ele.

— Iria imediatamente à procura de Sotillo assim que você tivesse partido; da maneira como estou pensando.

— Uma maneira muito boa; isso se o engenheiro-chefe consentir. Lembre a ele, *señor*, que eu tomei conta do velho inglês rico que está pagando a estrada de ferro, e que salvei as vidas de alguns da sua gente quando o bando de ladrões veio do Sul para assaltar um dos seus trens pagadores. Fui eu quem descobriu tudo, pondo em risco minha própria vida mas fingindo participar dos planos deles. Assim como o *señor* está fazendo com Sotillo.

— Sim. Sim, claro. Mas eu posso oferecer ao engenheiro-chefe melhores argumentos — disse o doutor apressadamente. — Deixe comigo.

— Ah, sim! É verdade. Eu não sou nada.

— De modo algum. Você é tudo.

Adiantaram-se alguns passos em direção à porta. Atrás deles, o falecido *señor* Hirsch guardava a imobilidade de um homem descurado.

— Tudo vai ficar bem. Eu sei o que dizer ao engenheiro — continuou o médico, em voz baixa. — Minha dificuldade será com Sotillo.

E o doutor Monygham parou de súbito no umbral da porta como que intimidado com a dificuldade. Ele fizera o sacrifício de sua vida. Considerava essa a oportunidade adequada. Mas não queria esbanjar a própria vida cedo demais. Em sua qualidade de traidor da confiança de *don* Carlos, teria de indicar afinal o esconderijo do tesouro. Isso seria o fim da sua burla e o fim dele próprio, igualmente, às mãos do coronel enfurecido. Queria retardá-lo até o derradeiro momento, e estivera a queimar os miolos inventando algum lugar de ocultação a um só tempo plausível e de acesso difícil.

Comunicou sua dificuldade a Nostromo e concluiu:

— Sabe o que mais, capataz? Penso que quando chegar a hora de ter de dar a informação, vou indicar a Grande Isabel. É o melhor lugar em que posso pensar. Qual é o problema?

Nostromo soltara uma exclamação abafada. O médico ficou à espera, surpreso, e ao cabo de um instante de profundo silêncio, ouviu uma voz rouca balbuciar:

— Loucura total — e calar-se num arquejo.

— Por que loucura?

— Ah! O *señor* não compreende — respondeu Nostromo com mordacidade, assumindo um tom de desdém à medida que prosseguia: — Três homens, em meia hora, veriam logo que terreno algum fora remexido em qualquer ponto da ilha. Acha que um tesouro assim seria enterrado sem deixar vestígios? Hein, *señor* doutor? Ora, não ganharia nem meio dia mais sem que antes Sotillo lhe cortasse a garganta. A Isabel! Que estupidez! Que idéia infeliz! Ah! vocês são todos iguais, vocês homens finos e inteligentes. Tudo quanto sabem fazer é iludir homens do povo fazendo-os correr riscos mortais por causa de objetivos de que nem mesmo estão certos. Se der certo, vocês ficam com as vantagens. Se não, não faz mal. É apenas um cão. Ah! *Madre de Dios*, eu... — Sacudiu os punhos acima da cabeça.

O doutor ficou a princípio acabrunhado com aquela veemência feroz, sibilante.

— Bem! A mim me parece que, como você mesmo diz, os homens do povo não são tolos tampouco — interpôs casmurramente. — Não. Mas vamos e venhamos: você é tão esperto. Sabe de algum lugar melhor?

Nostromo se acalmara tão depressa quanto se havia inflamado.

— Sou suficientemente esperto para isso — disse tranqüilamente, quase com indiferença. — O *señor* quer indicar a ele um esconderijo que seja vasto o bastante para ele levar dias vasculhando; um lugar onde um tesouro em lingotes de prata possa ser enterrado sem deixar vestígios na superfície.

— E um lugar à mão — acrescentou o médico.

— Justamente, *señor*. Diga-lhe que o tesouro foi afundado.

— Isso tem a vantagem de ser verdade — disse o médico desdenhosamente. — Ele não acreditará.

— Diga-lhe que foi afundado num lugar onde vai conseguir pôr-lhe as mãos e ele acreditará bem depressa. Diga-lhe que foi afundado na baía para ser recuperado mais tarde por mergulhadores. Diga-lhe que descobriu que recebi ordens de *don* Carlos Gould de descer as caixas silenciosamente em certo ponto de uma reta que vai do fim do ancoradouro até a entrada. A profundidade não é muito grande ali. Ele não tem mergulhadores, mas tem um navio, botes, cordas, correntes, marinheiros; uma espécie de marinheiros. Deixe-o procurar a prata. Deixe-o pôr os seus parvos a dragar de trás para diante, de diante para trás, e transversalmente, enquanto ele fica sentado lá vigiando até os olhos lhe saltarem das órbitas.

— Realmente, é um idéia admirável — murmurou o doutor.

— *Sí*. Diga-lhe isso e veja se ele não acredita! Vai passar dias de raiva e de tormento; e continuará a acreditar. Não pensará noutra coisa. Não desistirá enquanto não for afugentado; ora, pode até esquecer de matar o *señor*. Não irá comer nem dormir. Ele...

— É isso mesmo! Isso mesmo! — repetiu o médico num

sussurro nervoso. — Capataz, começo a acreditar que você é um grande gênio, à sua maneira.

Nostromo se calara; então recomeçou a falar num outro tom, sombrio, consigo próprio, como se tivesse esquecido a existência do doutor.

— Há alguma coisa num tesouro que prende o espírito de um homem. Este irá rezar, blasfemar e no entanto continuar; irá amaldiçoar o dia em que ouviu falar a respeito e deixar que sua hora final o surpreenda desprevenido, ainda acreditando que errou por pouco. Verá o tesouro toda vez que fechar os olhos. Só o esquecerá quando estiver morto; e mesmo então... Doutor, já ouviu falar dos infelizes gringos do Azuera, que não conseguem morrer? Ha! ha! Marinheiros como eu. Não há como fugir de um tesouro depois que ele se apodera do espírito da pessoa.

— Você é um homem diabólico, capataz. É a coisa mais plausível.

Nostromo apertou-lhe o braço.

— Para ele será pior do que sede no mar ou fome numa cidade cheia de gente. O *señor* sabe o que é? Ele vai sofrer tormentos maiores do que aqueles a que submeteu esse pobre-diabo que não inventou nada. Nada! Nada! Não é como eu. Eu poderia ter contado a Sotillo uma história fatal por muito pouca dor.

Riu-se desvairadamente e voltou-se, no umbral, para o corpo do falecido *señor* Hirsch, uma longa mancha opaca na obscuridade semitransparente do aposento, entre os dois altos paralelogramas das janelas cheias de estrelas.

— Você, homem temeroso! — exclamou. — Você será vingado por mim, Nostromo. Fora do meu caminho, doutor! Afaste-se, ou, pela alma sofredora de uma mulher que morreu sem confissão, eu o estrangulo com minhas duas mãos.

Desceu aos pulos até o vestíbulo escuro, esfumaçado. Com um grunhido de pasmo, o doutor Monygham correu temerariamente em sua perseguição. No fim dos degraus chamuscados, levou um tombo, caindo de cara com uma força que teria aturdido um espírito menos absorto por uma tarefa de amor e devoção. Levantou-se num átimo, machucado, abalado, com uma estranha impressão de o globo terrestre lhe ter sido atirado à cabeça no escuro. Mas era preciso mais do que isso para deter o corpo do doutor Monygham, dominado pela exaltação do sacrifício de si — uma exaltação racional, decidida a não perder vantagem alguma que o acaso lhe pusesse no caminho. Correu com impetuosa, trôpega rapidez, os braços feitos um moinho de vento no seu esforço de manter o equilíbrio sobre os pés aleijados. Perdeu o chapéu; as abas de sua capa de gabardina voavam-lhe à retaguarda. Não queria perder de vista o homem indispensável. Mas levou um bom tempo e percorreu um bom trecho desde a alfândega até conseguir agarrar-lhe o braço por trás, rudemente, ofegante.

— Pare! Está louco?

Já Nostromo andava devagar, de cabeça pensa, como se a sua velocidade tivesse sido contida pela fadiga da irresolução.

— E o que lhe importa? Ah! esqueci de que precisa de mim para alguma coisa. Sempre. *Siempre* Nostromo.

— Que queria dizer quando falou em estrangular-me? — perguntou o doutor arquejante.

— O que eu quis dizer? Quis dizer que o próprio rei dos demônios o enviou a esta cidade de covardes e tagarelas para encontrar-me, entre todas as noites de minha vida, justamente na de hoje.

Sob o céu estrelado surgiu o Albergo d'Italia, escuro e baixo, rompendo a negra chatice da planura. Nostromo parou.

— Os padres dizem que ele é um tentador, não dizem? — acrescentou por entre os dentes semicerrados.

— Não diga bobagens, meu caro. O diabo não tem nada a ver com isto. Tampouco a cidade, que você pode chamar pelo nome que quiser. Mas *don* Carlos Gould não é nem um covarde nem um tagarela. Concorda com isso? — Ficou à espera. — E então?

— Eu poderia ver *don* Carlos?

— Céus, não! Por quê? — exclamou o médico, agitado. — Digo-lhe que é loucura. Não o deixarei entrar na cidade de modo algum.

— Eu tenho de entrar.

— Não tem não! — silvou o doutor, ferozmente, quase fora de si pelo temor de o homem perder sua utilidade por causa de algum tipo de capricho imbecil. — Digo-lhe que não entrará. Eu preferia antes...

Deteve-se falto de palavras, sentindo-se exaurido, impotente, a apoiar-se no braço de Nostromo depois da corrida.

— Traído! — murmurou o capataz consigo, e o doutor, que entreouvira a palavra, esforçou-se por falar calmamente.

— Exatamente o que lhe aconteceria. Você seria traído.

Pensou, com angustiante temor, que o homem era tão conhecido que não poderia jamais passar despercebido. A casa do *señor* administrador estava sem dúvida cercada de espiões. E nem mesmo se poderia confiar nos criados da casa.

— Reflita, capataz — disse enfaticamente. — De que está rindo?

— Estou rindo da idéia de que se alguém que não aprovasse a minha presença na cidade (o *señor* doutor compreende, pois não?), de que se alguém fosse me delatar a Pedrito, não estaria fora do meu poder fazer as pazes com ele. Essa, a verdade. Que acha?

— Você é um homem de infinitos recursos, capataz — disse o doutor Monygham desoladamente. — Reconheço isso. Mas a cidade está cheia de falatórios a seu respeito; e os poucos *cargadores* que não estão escondidos entre o pessoal da estrada de ferro andaram o dia todo gritando "Viva Montero" pela *plaza*.

— Os meus pobres *cargadores*! — murmurou Nostromo. — Traído! Traído!

— Sei que no cais você não fazia muita cerimônia em acertar com um bastão os seus pobres *cargadores* — disse o médico em tom feroz, que demonstrava estar ele se recuperando dos seus esforços. — Não se iluda. Pedrito está furioso pela salvação do *señor* Ribiera e por ter perdido o prazer de fuzilar Decoud. Já correm boatos pela cidade de que o tesouro foi escamoteado. Tê-lo perdido não agrada a Pedrito tampouco; mas deixe-me dizer-lhe que mesmo que você tivesse toda aquela prata nas mãos para pagar o seu resgate, ela não o salvaria.

Voltando-se celeremente, e agarrando o médico pelos ombros, Nostromo lhe aproximou o rosto do seu próprio.

— *Maladetta!* Continua a falar-me desse tesouro. Jurou me arruinar. Foi o último homem que me olhou antes de eu ir embora com ele. E Sidoni, o maquinista, diz que o *señor* tem olho mau.

— Ele devia saber. Salvei-lhe a perna quebrada o ano passado — disse o médico com firmeza. Sentia nos ombros o peso daquelas mãos afamadas entre a populaça por romper cordas grossas e entortar ferraduras. — E a você ofereço o melhor meio de salvar-se, solte-me, e de recuperar a sua grande reputação. Você se vangloriou de tornar o capataz dos *cargadores* famoso de uma ponta a outra da América por causa dessa maldita prata. Mas eu lhe ofereço uma oportunidade melhor; solte-me, *hombre*!

Nostromo o soltou abruptamente e o doutor temeu que o homem indispensável lhe fosse de novo fugir. Mas ele não fugiu. Afastou-se a passo lento. O médico claudicava ao seu lado; a um tiro de pedra da Casa Viola, Nostromo tornou a deter-se.

Silenciosa na sua inóspita negrura, a Casa Viola parecia ter mudado de natureza; o lar de Nostromo parecia repeli-lo com um ar de mistério inauspicioso e hostil. O doutor disse:

— Você estará seguro ali. Entre, capataz.

"Como posso entrar?", parecia Nostromo perguntar-se em voz baixa, interiorizada. "Ela não pode desdizer o que disse, e eu não posso desfazer o que fiz."

— Garanto-lhe que está tudo bem. Viola se encontra sozinho ali. Dei uma olhada quando vim da cidade. Você estará perfeitamente seguro nessa casa até sair dela para tornar o seu nome famoso no campo. Vou agora cuidar dos arranjos para sua partida com o engenheiro-chefe e lhe trarei notícias antes do amanhecer.

Evitando, ou talvez temendo penetrar o significado do silêncio de Nostromo, o doutor Monygham deu-lhe uma leve palmada no ombro, e, no seu andar vivaz, claudicante, afastou-se em direção aos trilhos da estrada de ferro, sumindo completamente no escuro após o terceiro ou quarto pulo. Parado entre os dois postes de madeira para as pessoas amarrarem seus cavalos, Nostromo não se moveu, como se ele também estivesse solidamente plantado no solo. No fim de meia hora, ergueu a cabeça ao forte latir dos cães nos pátios da ferrovia, que irrompera subitamente, tumultuoso e amortecido como se viesse de sob a planície. Aquele doutor coxo de olho mau tinha chegado lá bem depressa.

Passo a passo Nostromo se aproximou do Albergo d'Italia Una, que nunca antes vira tão escuro, tão silencioso. A porta, um buraco preto na parede branca, permanecia aberta como a deixara vinte e quatro horas antes, quando nada tinha a esconder do mundo. Ficou parado diante dela, irresoluto, feito um fugitivo, um homem traído. Pobreza, miséria, penúria! Onde foi que ouvira essas palavras? A ira de uma mulher agonizante profetizara tal destino à sua loucura. Ao que parecia, ele lhe iria chegar muito em breve. E os *léperos* ririam — ela tinha dito. Sim, ririam se soubessem que o capataz dos *cargadores* estava à mercê do doutor doido que, poucos anos atrás, podiam lembrar comprando comida pronta numa barraca da *plaza* por uma moeda de cobre — como se fosse um deles.

Naquele momento, a idéia de procurar o capitão Mitchell lhe passou pela cabeça. Olhou na direção do cais e viu um pequeno clarão de luz no edifício da Companhia ONV. O pensamento de janelas iluminadas não lhe era simpático. Duas delas o haviam atraído até a alfândega vazia, só para cair nas garras do doutor. Não! Não tornaria a aproximar-se de janelas iluminadas nessa noite. O capitão Mitchell estava lá. E do que poderia ser informado? O doutor lhe arrancaria tudo como se ele fosse uma criança.

Do umbral chamou em voz abafada:

— Giorgio!

Ninguém respondeu. Entrou.

— *Hola viejo!* Está aí?

Na escuridão impenetrável, a cabeça lhe girava na ilusão de a obscuridade da cozinha ser tão vasta quanto a do golfo Plácido e de o chão inclinar-se para a frente como uma chata afundado.

— *Hola! viejo!* — repetiu, balbuciante, a oscilar no lugar onde estava postado. A mão, que estendeu para firmar-se, tocou a mesa. Adiantando um passo, apalpou-a e sentiu uma caixa de fósforos sob os dedos. Imaginou ter ouvido um suspiro baixo. Ficou um momento à escuta, segurando a respiração; depois, com mãos trêmulas, tentou acender um fósforo.

O pedacinho de madeira flamejou ofuscadoramente na ponta dos seus dedos, erguidos acima dos olhos que piscavam. Um olhar concentrado deparou com a cabeça leonina e encanecida do velho Giorgio contra a negra lareira — mostrou-o inclinado para a frente numa cadeira, imóvel, a mirar fixamente, rodeado, coroado por grandes massas de sombra, as pernas cruzadas, o queixo na mão, o cachimbo vazio no canto da boca. Horas pareceram decorrer até ele voltar o rosto; exatamente nesse instante o fósforo se apagou e ele desapareceu, engolido pelas sombras, como se as paredes e o teto da casa desolada houvessem desabado sobre a sua cabeça encanecida, em fantasmagórico silêncio.

Nostromo ouvio-o mexer-se e proferir apaticamente as palavras:

— Pode ter sido uma visão.

— Não! — disse-lhe brandamente. — Não é uma visão, velho.

Uma voz forte, profunda, perguntou no escuro:

— É você que eu estou ouvindo, Gian' Battista?

— *Sí, viejo*. Calma, Não tão alto.

Depois de ter sido solto por Sotillo, Giorgio Viola, trazido até a porta pelo afável engenheiro-chefe, tornara a entrar em sua casa, que fora forçado a deixar quase no exato momento da morte da esposa. Tudo estava em silêncio. A vela lá em cima ainda queimava. Quase lhe chamou o nome; e a idéia de que nenhum chamamento seu jamais voltaria a ser respondido pela voz dela fê-lo cair pesadamente numa cadeira com um gemido alto, arrancado pela dor, como se uma lâmina aguda lhe atravessasse o peito.

Pelo resto da noite não emitiu mais nenhum som. A escuridão se fez cinzenta e no alvorecer incolor, límpido, vítreo, a cordilheira denteada se destacou lisa e opaca, como se recortada em papel.

A alma entusiástica e severa de Giorgio Viola, marujo, campeão da humanidade oprimida, inimigo dos reis e, pela graça da senhora Gould, dono de hospedaria na baía de Sulaco, havia descido o abismo hiante da desolação em meio aos restos do seu passado. Lembrava-se de, entre duas campanhas, ter namorado durante uma curta semana na época da colheita de azeitonas. Nada chegava perto da grave paixão daquele tempo a não ser a funda, veemente consciência da sua desolação. Descobriu toda a medida da sua dependência da silenciada voz daquela mulher. Era da voz dela que sentia falta. Distraído, atarefado, perdido na contemplação interior, raramente olhava para a mulher nesses últimos anos. Pensar nas filhas era um motivo de preocupação, não de consolo. Era da voz dela que sentiria falta. E lembrava-se da outra criança — do menino que morrera no mar. Ah! um homem teria sido algo em que se apoiar. E, ai!, até Gian' Battista — dele e de Linda sua mulher lhe falara com tanta ansiedade antes de mergulhar no derradeiro sono sobre a face da Terra, ele a quem ela pedira em alta voz que lhe salvasse as filhas, pouco antes de morrer — até ele estava morto!

E o velho, curvado para a frente, a cabeça na mão, ficara sentado o dia inteiro em imobilidade e solidão. Não tinha ouvido o descarado tumulto dos sinos na cidade. Quando ele cessara, o filtro de barro no canto da cozinha continuara o seu rápido gotejar musical dentro do grande jarro poroso debaixo dele.

Perto do pôr-do-sol, ele se levantara e, com movimentos vagarosos desaparecera pela estreita escada acima. Sua corpulência a obstruía, e o roçar de seus ombros produzia o barulhinho de um rato a correr por trás do reboco de uma parede. Enquanto permaneceu lá em cima, a casa ficou silenciosa como um túmulo. Então, com o mesmo leve ruído de roçadura, desceu. Teve de amparar-se às cadeiras e mesas para alcançar o seu assento. Apanhou o cachimbo no alto console da lareira — mas não fez qualquer tentativa de pegar o tabaco —, meteu-o vazio no canto da boca e tornou a sentar-se na mesma postura contemplativa. O sol da entrada de Pedrito em Sulaco, o último sol da vida do *señor* Hirsch, o primeiro da solidão de Decoud na Grande Isabel, passara sobre o Albergo d'Italia Una no seu caminho para o ocidente. O tintinante gotejar do filtro tinha cessado, a vela lá em cima queimara até o fim, e a noite acossou Giorgio Viola e sua esposa morta com suas trevas e seu silêncio que pareciam invencíveis até o capataz dos *cargadores*, voltando dentre os mortos, pô-los em fuga com o crepitar e o clarão de um fósforo.

— *Sí, viejo*. Sou eu. Espere.

Nostromo, depois de barricar a porta e fechar as janelas cuidadosamente, apalpou uma prateleira à procura de uma vela e acendeu-a.

O velho Viola tinha se levantado. Seguira com os olhos os sons feitos por Nostromo no escuro. A luz o revelou de pé, sem apoio, como se a mera presença de um homem que era leal, bravo, incorruptível, que era tudo quanto o seu filho teria sido, fosse quanto bastava para dar sustentação à sua força em declínio.

Levou a mão até o cachimbo de urze branca, cujo fornilho estava chamuscado na borda, e franziu as sobrancelhas hirsutas à luz.

— Você voltou — disse com trôpega dignidade. — Ah! Muito bem! Eu...

Interrompeu-se. Nostromo, apoiando as costas à mesa, de braços cruzados sobre o peito, fez-lhe um leve aceno de aquiescência.

— Pensou que eu tinha me afogado! Não! O melhor cão dos ricos, dos aristocratas, dessa gente fina que só sabe falar e trair o povo, ainda não morreu.

O garibaldino, imóvel, parecia beber o som da voz tão bem conhecida. Sua cabeça se moveu ligeiramente como se num sinal de aprovação, mas Nostromo percebeu com clareza que o velho nada entendera das palavras. Não havia ninguém que o entendesse — ninguém a quem ele pudesse confidenciar a sorte de Decoud, a sua própria, o segredo da prata. O doutor era um inimigo do povo — um tentador...

O corpo maciço do velho Giorgio tremeu da cabeça aos pés no esforço de conter sua emoção à vista daquele homem que havia partilhado da intimidade da sua vida doméstica como se fosse um filho crescido.

— Ela acreditava que você voltaria — disse solenemente.

Nostromo ergueu a cabeça.

— Ela era uma mulher sábia. Como eu poderia deixar de voltar...?

Completou o pensamento mentalmente: "...se ela me profetizou um fim de pobreza, miséria e penúria". Estas palavras de ira de Teresa, nas circunstâncias em que haviam sido pronunciadas, como o grito de uma alma impedida de reconciliar-se com Deus, avivaram a obscura superstição da fortuna pessoal de que mesmo o maior gênio entre os homens de aventura e de ação raramente está livre. As palavras dominavam a mente de Nostromo com a força de uma poderosa maldição. E que praga fora aquela que as palavras dela tinham lançado sobre ele! Ficara órfão tão cedo que não podia se lembrar de nenhuma outra mulher a quem chamasse de mãe. Doravante não haveria qualquer empresa na qual não falhasse. O encantamento já estava atuando. A própria morte o iludiria agora... Disse com violência:

— Vamos, *viejo*. Me arranje de comer. Estou com fome! *Sangre de Dios!* A barriga vazia me deixa tonto.

Com o queixo de novo enfiado no peito nu acima dos braços cruzados, descalço, a espiar de sob uma fronte taciturna os movimentos do velho Viola que vasculhava os armários, ele parecia estar de fato sob o império de uma praga — um capataz arruinado e sinistro.

O velho Viola saiu de um canto escuro e, sem dizer palavra, despejou sobre a mesa, esvaziando as palmas das mãos, algumas côdeas de pão seco e meia cebola crua.

Enquanto o capataz se punha a devorar sua ração de mendigo, engolindo com uma voracidade de olhos vítreos pedaço após pedaço o que lhe jazia à frente, o garibaldino foi até o outro canto, e, agachando-se, encheu uma jarra de barro de vinho tinto tirado de um garrafão empalhado. Num gesto familiar, como quando servia fregueses no café, enfiara o cachimbo entre os dentes para ter as mãos livres.

O capataz bebeu sofregamente. Um ligeiro rubor lhe acentuou o bronzeado das faces. À sua frente, Viola, com uma virada da cabeça branca e maciça em direção da escada, tirou o cachimbo vazio da boca e disse lentamente:

— Depois do disparo do tiro aqui embaixo, o tiro que a matou tão certeiro como se tivesse atingido o seu coração angustiado, ela chamou por você para salvar as meninas. Por você, Gian' Battista.

O capataz ergueu os olhos.

— Ela fez isso, *padrone*? Salvar as meninas! Elas estão com a *señora* inglesa, a sua rica benfeitora. Ei! velho do povo. A tua benfeitora...

— Estou velho — murmurou Giorgio Viola. — A uma inglesa foi permitido dar um leito a Garibaldi quando ele estava ferido na prisão. O maior homem que jamais viveu. Um homem do povo também; um marinheiro. Posso deixar que outra pessoa me ponha um teto sobre a cabeça. *Sí*... Estou velho. Posso deixá-la. A vida às vezes dura demasiado.

— E talvez ela própria não tenha um teto sobre a cabeça dentro de poucos dias, a menos que eu... Que é que diz? Terei de pôr um teto sobre a cabeça dela? Devo tentar; e salvar todos os *blancos* junto com ela?

— Você fará isso — disse o velho Viola em voz forte. — Você fará isso como meu filho teria...

— Teu filho, *viejo*!... Nunca houve um homem como teu filho. Ah, eu devo tentar... Mas, e se fosse só parte da praga para me iludir?... E então ela me chamou para salvar... e depois...?

— Ela não disse mais nada. — O heróico seguidor de Garibaldi, ao pensar na eterna quietude e silêncio do corpo amortalhado que estava estendido na cama lá em cima, desviou o rosto e ergueu a mão até a fronte estriada. — Ela morreu antes que eu pudesse segurar as suas mãos — balbuciou compassivamente.

Diante dos olhos arregalados do capataz, a mirar o vão de porta da escada escura, flutuava o vulto da Grande Isabel como um estranho navio em perigo, carregada de enorme riqueza e da vida solitária de um homem. Era-lhe impossível fazer o que quer que fosse. Só podia conter a língua, já que não havia ninguém em quem confiar. O tesouro se perderia provavelmente — a menos que Decoud... E seu pensamento aí se deteve abruptamente. Percebeu que não podia imaginar de modo algum o que Decoud provavelmente faria.

O velho Viola não havia se mexido. E o capataz imóvel baixou as suas longas pestanas, que lhe davam à parte superior da face ameaçadora, de negras suíças, um toque de candidez feminina. O silêncio durara um longo tempo.

— Deus lhe dê repouso à alma! — murmurou sombriamente.

10

O dia seguinte foi tranqüilo na parte da manhã, a não ser pelo fraco ruído de disparos ao norte, na direção de Los Hatos. O capitão Mitchell os ouvira do seu balcão com ansiedade. A frase "Na minha posição delicada, de único agente consular então no porto, tudo, senhor, tudo era causa bastante de ansiedade" tinha o seu lugar na relação mais ou menos estereotipada de "acontecimentos históricos" que nos anos subseqüentes esteve ao dispor dos estrangeiros ilustres em visita a Sulaco. A menção à dignidade e neutralidade da bandeira, tão difícil de manter na posição dele — "bem no auge desses acontecimentos, entre a barbárie daquele pirata e vilão, Sotillo, e a tirania mais organizada mas quase igualmente atroz de sua excelência *don* Pedrito Montero" — vinha a seguir. O capitão Mitchell não era homem de se estender muito acerca de meros perigos. Mas insistia em que fora um dia memorável. Nesse dia, perto do cair da tarde, ele tinha visto "aquele meu pobre subordinado — Nostromo. O marinheiro que descobri e que se pode dizer que eu fiz. O homem da famosa cavalgada até Cayta, senhor!".

Considerado pela Companhia ONV como um velho e leal

servidor, ao capitão Mitchell foi facultado chegar ao termo de sua utilidade em condições de sossego e dignidade à frente do serviço, que se ampliara enormemente. O alargamento das operações, com seu exército de funcionários, um escritório na cidade, o velho escritório na baía, a divisão em departamentos — passageiros, cargas, frete de chatas, e assim por diante — assegurou-lhe maiores lazeres em seus últimos anos na Sulaco regenerada, capital da República Ocidental. Apreciado pelos naturais da terra em razão de sua boa índole e de suas maneiras cerimoniosas, pomposo e simplório, conhecido há anos como um "amigo de nosso país", ele se sentia uma personalidade importante na cidade. Levantando-se cedo para um passeio pela praça do mercado enquanto a sombra gigantesca do Higuerota ainda cobria as barracas de frutas e flores abarrotadas de cores brilhantes, atendendo despreocupadamente aos assuntos do dia, bem acolhido nas casas, cumprimentado pelas senhoras na alameda, com entrada em todos os clubes e um lugar certo na Casa Gould, levava a sua existência privilegiada de velho solteirão e homem de sociedade com grande conforto e solenidade. Todavia, nos dias de paquete, aparecia cedo na baía, em seu próprio barco tripulado por uma guapa equipagem de uniforme azul e branco, pronto para sair e abordar o navio assim que mostrasse a proa entre os promontórios da barra.

Era ao escritório da baía que costumava levar algum passageiro privilegiado que trouxera no seu barco, convidando-o a tomar assento por um momento enquanto assinava alguns papéis. E, sentando-se à sua própria mesa, o capitão Mitchell continuava a falar hospitaleiramente:

— Não temos muito tempo se quiser ver tudo num só dia. Vamos sair dentro de um instante. Almoçaremos no Clube Amarilla, embora eu seja sócio também do Anglo-Americano: engenheiros de minas e homens de negócio, sabe; e do Mirliflores, inclusive, um novo clube: ingleses, franceses, italianos, toda a sorte de gente, rapazes muito joviais que quiseram fazer uma cortesia a um antigo residente, senhor. Mas almoçaremos no Amarilla. Vai interessá-lo, imagino. A coisa mais genuína do país.

Homens das primeiras famílias. O próprio presidente da República Ocidental pertence a ele, senhor. Um belo bispo antigo, de nariz quebrado, no pátio. Uma notável peça de escultura, penso. O *cavaliere* Parrochetti (sabe, Parrochetti, o famoso escultor italiano) esteve trabalhando aqui por dois anos; tinha na mais alta conta o nosso velho bispo... Pronto! agora estou inteiramente ao seu dispor.

Ufano da sua experiência, imbuído do senso de importância histórica dos homens, acontecimentos e edifícios, falava pomposamente em sentenças espasmódicas, com ligeiros movimentos circulares dos braços curtos, grossos, não deixando nada "escapar à atenção" do seu privilegiado cativo.

— Muita construção em curso, como pode observar. Antes da separação era uma planície de capim esturricado encoberta por nuvens de poeira, com uma trilha de carros de boi até o nosso desembarcadouro. Nada mais. Esta é a porta da baía. Pitoresca, não? Antigamente a cidade acabava bem aqui. Estamos agora entrando na *calle* de la Constitución. Observe as antigas casas espanholas. De grande dignidade, não? Acho que estão como eram no tempo dos vice-reis, a não ser pelo pavimento. Tacos de madeira agora. O Banco Nacional de Sulaco, ali, com guaritas de sentinela de cada lado do portão. A Casa Avellanos deste lado, com todas as venezianas do andar térreo fechadas. Uma mulher maravilhosa vive aí, a *señorita* Avellanos, a bela Antonia. Uma personalidade, senhor! Uma mulher histórica! Do outro lado, a Casa Gould. Entrada nobre. Sim, *os* Gould da Concessão Gould originária, que o mundo inteiro conhece agora. Tenho dezessete das ações de mil dólares das minas da San Tomé Consolidada. As modestas economias de toda a minha vida, senhor, que serão o bastante para garantir o conforto dos meus últimos dias na pátria, quando eu me aposentar. Entrei pelo andar térreo, veja. *Don* Carlos, um grande amigo meu. Dezessete ações — uma pequena fortuna para a gente deixar de herança, também. Tenho uma sobrinha, casou-se com um pároco, homem de muito valor, titular de uma pequena paróquia em Sussex; uma porção de filhos. Eu mesmo nunca me casei. Um marinheiro tem de ter espírito de sacrifício. Debaixo dessa mesma arcada, senhor, com alguns jovens engenheiros, pronto para defendermos essa casa onde recebemos tantas gentilezas e hospitalidade. Assisti à primeira e última carga dos cavaleiros de Pedrito contra as tropas de Barrios, que haviam recém-tomado a porta da baía. Não puderam resistir aos novos fuzis comprados por aquele pobre Decoud. Foi uma fuzilaria mortal. Num instante a rua ficou bloqueada por uma massa de homens e cavalos mortos. Não fizeram novo avanço.

E o dia todo o capitão Mitchell continuaria a falar assim à sua vítima mais ou menos indulgente:

— A *plaza*. Considero-a magnífica. Duas vezes a área de Trafalgar Square.

Bem do meio dela, sob o sol abrasador, ele apontava os edifícios:

— A *intendencia*, agora palácio presidencial; o *cabildo* onde a câmara baixa do parlamento se reúne. Vê as casas novas do outro lado da *plaza*? É a Compañía Anzani, uma firma de artigos gerais, como aquelas cooperativas de nossa pátria. Os guardas nacionais mataram o velho Anzani em frente do seu cofre. Inclusive por esse crime específico o deputado Gamacho, que comandava os nacionais, um homem selvagem e sanguinário, foi executado publicamente por garroteamento em cumprimento de uma sentença da corte marcial instaurada por Barrios. O sobrinho de Anzani converteu a loja numa companhia. Todo aquele lado da *plaza* foi incendiado; antes era colunado. Um incêndio terrível a cuja luz eu assisti ao fim do combate, os *llaneros* fugindo, os nacionais depondo as armas, e os mineiros da San Tomé, todos índios da cordilheira, a passar como uma torrente ao som de flautas e pratos, bandeiras verdes tremulando, uma massa selvagem de homens de ponchos brancos e chapéus verdes, a pé, montados em mulas, em jumentos. Um espetáculo desses, senhor, jamais se verá de novo. Os mineiros, senhor, marcharam sobre a cidade, comandados por *don* Pepe no seu cavalo preto, e com suas próprias mulheres na retaguarda, montadas em burros, gritando para animá-los, senhor, e tocando pandeiros. Lembro que uma dessas mulheres tinha um papagaio verde pousado no ombro, tão tranqüilo quanto um pássaro de pedra. Acabavam de salvar o seu *señor* administrador; pois Barrios, embora ordenasse imediatamente o ataque, de noite, também teria chegado tarde demais. Pedrito Montero levara *don* Carlos para fuzilá-lo, como o tio dele há muitos anos, então, como disse Barrios depois, já "não valeria a pena combater por Sulaco". Sem a Concessão, Sulaco não era coisa alguma; e havia toneladas e toneladas de dinamite distribuídas por toda a montanha com detonadores ligados e um velho sacerdote, o padre Roman, pronto para fazer explodir a mina de San Tomé à primeira notícia de fracasso. *Don* Carlos havia decidido não deixar nada para trás e dispunha do homem certo para cuidar disso, aliás.

Assim falava o capitão Mitchell no meio da praça, a proteger a cabeça com um guarda-sol branco orlado de verde; todavia, no interior da catedral, à luz mortiça, com um leve aroma de incenso a pairar na fresca atmosfera, e aqui e ali uma figura feminina, de preto ou toda de branco, cabeça velada, a voz dele se tornava solene e dramática.

— Aqui — dizia, apontando um nicho na parede da nave penumbrosa — o senhor vê o busto de *don* José Avellanos, "Patriota e estadista", como reza a inscrição, "Ministro às cortes da Inglaterra e da Espanha etc. etc., falecido nas florestas de Los Hatos, consumido pela luta de sua vida inteira em prol do Direito e da Justiça no alvorecer da Nova Era". Muito parecido. Trabalho de Parrochetti a partir de algumas velhas fotografias e de um esboço a lápis feito pela senhora Gould. Eu conhecia bem esse ilustre hispano-americano da velha escola, um verdadeiro *hidalgo*, amado por todos que o conheciam. O medalhão de mármore na parede, em estilo antigo, representando uma mulher de véu com as mãos entrelaçadas sobre os joelhos, comemora o desventurado jovem cavalheiro que partiu de barco com Nostromo naquela noite fatal, senhor. Veja: "À memória de Martin Decoud, sua noiva Antonia Avellanos". Direto, simples, nobre. Ali está essa senhora, senhor, tal como é. Uma mulher excepcional. Os que pensavam que ela fosse se entregar ao desespero estavam enganados, senhor. Muita gente a censurou porque não tomou o véu. Esperavam isso dela. Mas *doña* Antonia não era do estofo de que se fazem freiras. O bispo Corbelan, seu tio, vive com ela na casa de cidade dos Corbelan. É um tipo arrebatado de sacerdote, sempre a aborrecer o governo por causa das terras e conventos da antiga igreja. Creio que o têm em alta conta em Roma. Agora vamos até o Clube Amarilla, logo do outro lado da *plaza*, comer alguma coisa.

Assim que saíram da catedral, do topo mesmo do nobre lance de degraus, a voz dele se elevou pomposamente, seu braço retomou o gesto circular.

— O *Porvenir*, lá adiante naquele primeiro andar, logo acima da fachada das lojas em vidro laminado francês: nosso principal diário. Conservador, ou melhor dizendo, parlamentar. Temos aqui o partido parlamentar de que o atual chefe de Estado, *don* Juste López, é o presidente; um homem muito sagaz, no meu entender. Um intelecto de primeira, senhor. O partido democrático de oposição se apóia principalmente, lamento dizer, nesses socialistas italianos, senhor, com suas sociedades secretas, camorras, e outras da mesma espécie. Há muitos italianos fixados aqui em terras da ferrovia, operários de escavações exonerados, mecânicos, e assim por diante, todos ao longo da linha-tronco. Há aldeias inteiras de italianos no campo. E os naturais da terra também estão sendo atraídos para esses caminhos... Bar americano? Sim. E mais adiante o senhor pode ver outro. Nova-iorquinos costumam freqüentar sobretudo aquele. E aqui estamos no Amarilla. Observe o bispo ao pé da escada, à direita, assim que entrarmos.

E o almoço começava e terminava seu profuso e desapressado desfile de iguarias numa pequena mesa da galeria; o capitão Mitchell cumprimentava com a cabeça, curvava-se, erguia-se para falar por um instante com diferentes funcionários em trajes pretos, comerciantes de jaleco, oficiais uniformizados, *caballeros* de meia-idade vindos do campo: homens nervosos, miúdos, pálidos, e homens trigueiros, plácidos, gordos, e europeus ou americanos de alta posição, cujos rostos pareciam muito brancos em meio à maioria de pele escura e olhos negros, luzentes.

O capitão Mitchell se recostava na cadeira, lançando à volta olhares de satisfação, e estendia por sobre a mesa uma caixa repleta de grossos charutos.

— Experimente um para acompanhar o seu café. Tabaco local. O café preto que se toma no Amarilla não tem igual no mundo inteiro, senhor. Recebemos o grão de uma famosa plantação nos contrafortes, cujo proprietário envia três sacas todo ano de presente aos seus companheiros de clube em comemoração da luta contra os nacionais de Gamacho travada destas mesmas janelas pelos *caballeros*. Ele estava na cidade àquela altura e tomou parte nela, senhor, até o último extremo. O café chega em três mulas, não do modo comum, de trem; de jeito nenhum! é trazido até o pátio, escoltado por peões montados, pelo próprio *mayoral* da sua propriedade, que sobe a escada, de botas e esporas, e o entrega formalmente à nossa junta com as palavras "Em memória dos que tombaram no dia 3 de maio". Nós o chamamos de café *tres de mayo*. Prove-o.

Com uma expressão de quem se preparasse para ouvir um sermão na igreja, o capitão Mitchell levava a pequena xícara aos lábios. E o néctar era sorvido até a última gota durante um confortante silêncio, em meio a uma nuvem de fumaça de charutos.

— Olhe aquele homem de preto que está saindo — dizia ele, inclinando-se à pressa para a frente. — É o famoso Hernández, ministro da Guerra. O correspondente especial do *The Times*, que escreveu aquela impressionante série de cartas apelidando a República Ocidental de "casa do tesouro do mundo", escreveu um artigo só sobre ele e a força que ele organizou, os renomados carabineiros do campo.

O convidado do capitão Mitchell, que olhava com curiosidade, via uma figura vestida numa casaca de abas longas a andar com passo solene, de olhos baixos, rosto comprido de expressão tranqüila, fronte de estrias horizontais, cabeça pontuda cujo cabelo grisalho, ralo no topo, penteado cuidadosamente a toda a volta e enrolado nas pontas, lhe cobria o pescoço e lhe chegava até os ombros. Esse, então, era o famoso bandido do qual a Europa ouvira falar com interesse. Ele se cobria com um *sombrero* de copa alta e aba larga, reta; um rosário de contas de madeira se enrolava ao seu pulso direito. E o capitão Mitchell então continuava:

— O protetor dos refugiados de Sulaco contra a fúria de Pedrito. Como general de cavalaria ao lado de Barrios, distinguiu-se no assalto a Tonoro, em que o *señor* Fuentes foi morto juntamente com os últimos monteristas remanescentes. Ele é amigo e humilde servidor do bispo Corbelan. Ouve três missas todos os dias. Aposto que vai entrar na catedral e rezar uma ou duas preces antes de ir para casa fazer sua *siesta*.

Tirava várias baforadas do charuto, em silêncio; então, no seu melhor tom pomposo, pontificava:

— A raça espanhola, senhor, é fecunda em personalidades notáveis de todas as classes sociais... Sugiro irmos agora até a sala de bilhar, que é fresca, para um bate-papo tranqüilo. Até as cinco nunca há ninguém ali. Posso contar-lhe episódios da revolução separatista que o iriam embasbacar. Quando o calor forte amainar, daremos uma volta pela alameda.

O programa prosseguia inexorável, como uma lei da natureza. A volta pela alameda era feita a passo lento e entre observações solenes.

— Toda a alta sociedade de Sulaco está aqui, senhor. — O capitão Mitchell se curvava à esquerda e à direita num nunca acabar de cumprimentos cerimoniosos; depois, animadamente, assinalava: — *Doña* Emilia, a carruagem da senhora Gould. Veja. Sempre com mulas brancas. A mulher mais bondosa, mais graciosa, que o sol jamais iluminou. De elevada posição, senhor. De elevada posição. Primeira dama de Sulaco; bem antes da esposa do presidente. E digna disso. — Tirava o chapéu; e então, com uma estudada mudança de tom, acrescentava negligentemente que o homem de preto do lado dela, de alto colarinho branco e rosto contorcido, cheio de cicatrizes, era o doutor Monygham, inspetor dos hospitais do Estado, diretor-médico das minas da San Tomé Consolidada. — Um íntimo da casa. Sempre por ali. Não admira. Foram os Gould que o fizeram. Homem muito esperto e tudo o mais, entretanto jamais gostei dele. Ninguém gosta. Lembro-me ainda dele de camisa xadrez e sandálias do país com uma melancia debaixo do braço; tudo quanto tinha para comer num dia. Um figurão agora, senhor, e maligno como sempre. Mas... Não há dúvida de que fez bastante bem a sua parte na ocasião. Salvou-nos a todos daquele demônio implacável, Sotillo, em circunstâncias nas quais um homem mais escrupuloso teria falhado.

Seu braço se erguia.

— A estátua eqüestre que estava em cima daquele pedestal foi retirada. Era um anacronismo — comentava o capitão Mitchell ambiguamente. — Fala-se em substituí-la por um fuste de coluna de mármore, comemorativo da separação, com anjos de paz nos quatro cantos e uma Justiça de bronze a suster uma balança em equilíbrio, toda dourada, no topo. Encomendou-se um desenho ao *cavaliere* Parrochetti, desenho que o senhor poderá ver enquadrado na sala municipal. Deverão ser gravados nomes a toda a volta da base. Bem! Não poderiam começar por nome melhor que o de Nostromo. Ele fez pela separação tanto quanto qualquer outro, e — acrescentava o capitão Mitchell — recebeu em troca menos que muitos outros, quando se pensa nisso. — Sentava-se num dos bancos de pedra sob as árvores e batia com a mão convidativamente no assento ao lado. — Foi ele quem levou a Barrios as cartas de Sulaco que decidiram o general a abandonar Cayta por algum tempo e vir até aqui por mar em nossa ajuda. Felizmente, os transportes ainda estavam na baía. Senhor, eu nem sabia que o meu capataz dos *cargadores* continuava vivo. Não tinha idéia. Foi o doutor Monygham quem topou por acaso com ele na alfândega, evacuada uma ou duas horas antes pelo miserável do Sotillo. Não me contaram nada; não me fizeram sequer uma insinuação; nada, como se eu não fosse digno de confiança. Monygham arranjou tudo. Foi até os pátios da ferrovia e conseguiu chegar à presença do engenheiro-chefe que, em atenção aos Gould e a tudo o mais, consentiu em deixar uma locomotiva descer a linha, trezentos quilômetros, com Nostromo a bordo. Era a única maneira de tirá-lo daqui. No acampamento de construção ao fim da linha ele conseguiu um cavalo, armas, algumas roupas e partiu sozinho naquela maravilhosa cavalgada: seiscentos quilômetros em seis dias, através de uma região conturbada, culminando na proeza de atravessar as linhas monteristas à volta de Cayta. A história dessa cavalgada, senhor, daria um livro dos mais emocionantes. Ele levava todas as nossas vidas no seu bolso. Devoção, coragem, fidelidade, inteligência não bastavam. Evidentemente, tratava-se de alguém de todo incorruptível e destemido. Mas era preciso um homem que soubesse como ser bem-sucedido. E ele era esse homem, senhor. No dia 5 de maio, estando eu praticamente encarcerado no escritório da baía da minha companhia, ouvi de repente o apito de uma locomotiva nos pátios da ferrovia, a quatrocentos metros de distância. Não pude acreditar nos meus ouvidos. Fui até o balcão de um pulo e vi uma locomotiva numa grande nuvem de vapor sair a toda pelos portões do pátio, guinchando feito doida, e depois, logo à frente da hospedaria de Viola, diminuir de velocidade até quase parar. Distingui, senhor, a figura de um homem (não poderia dizer quem fosse) que saiu correndo do Albergo d'Italia Una pular para dentro da cabina do maquinista, e então, senhor, a locomotiva pareceu arremeter-se para longe da casa e sumiu num piscar de olhos. Como quando se apaga uma vela de um sopro, senhor! Havia um maquinista de mão cheia na plataforma da máquina, senhor, isso lhe garanto. Foram alvo de intensa fuzilaria dos guardas nacionais em Rincón e em outra localidade. Felizmente, a linha férrea não tinha sido arrancada. Em quatro horas alcançaram o acampamento de construção... O resto o senhor sabe. Tem só de olhar à sua volta. Há gente nesta alameda que hoje passeia nas suas carruagens ou que está simplesmente viva porque anos atrás eu contratei um marinheiro italiano fugitivo, para ser capataz do nosso cais, só pela solidez da sua aparência. E isso é um fato. Um fato por cima do qual não se pode passar, senhor. No dia 17 de maio, exatamente doze dias depois de eu ter visto o homem da Casa Viola embarcar naquela locomotiva, e de ficar a me perguntar o que significava, os transportes de Barrios estavam entrando nesta baía e a "casa do tesouro do mundo", conforme o homem do *The Times* chama a Sulaco no seu livro, foi salva para a civilização, intacta, e para um grande futuro, senhor. Pedrito, com Hernández a oeste, e os mineiros da San Tomé assediando a porta do interior, não pôde impedir o desembarque. Fazia uma semana que estivera a enviar mensagens a Sotillo para este vir juntar-se a ele. Se isso acontecesse, haveria morticínios e condenações que não teriam deixado vivo nenhum homem ou mulher de posição. Mas aí é que entra o doutor Monygham. Sotillo, cego e surdo a tudo mais, permaneceu a bordo do seu vapor acompanhando a dragagem da prata que ele acreditava estar no fundo da baía. Dizem que nos últimos três dias ficou fora de si, vociferando e espumando de desapontamento por não conseguir nada, a percorrer o convés e a gritar pragas contra os botes com as dragas, a dar ordens e de repente bater o pé bradando: "No entanto, ela está aí! Eu posso vê-la! Posso senti-la!".

— Ele estava se preparando para enforcar o doutor Monygham (que trazia a bordo) na ponta do guindaste de ré quando o primeiro dos transportes de Barrios, um de nossos próprios navios, por falar nisso, entrou a fumegar e, alinhando-se ao lado, abriu fogo com uma peça pequena sem preliminar nenhuma. Foi a surpresa mais completa deste mundo, senhor. Ficaram tão atônitos que a princípio nem responderam ao fogo. Homens caíam à direita e à esquerda como paus de um jogo de bolão. É um milagre que Monygham, de pé na escotilha de ré com a corda já à volta do pescoço, escapasse de ser crivado de balas, feito uma peneira. Ele me contou depois que se dera por perdido e pusera-se a gritar com toda a força dos pulmões: "Icem uma bandeira branca! Icem uma bandeira branca!". Subitamente, um velho major do regimento de Esmeralda, que estava ali perto, desembainhou a espada com um berro de "Morre, traidor perjuro!" e atravessou com ela o corpo de Sotillo antes de tombar morto por uma bala na cabeça.

O capitão Mitchell fez uma pausa.

— Por Deus, senhor! Eu poderia continuar a contar histórias horas a fio. Mas já é tempo de partirmos para Rincón. Não seria admissível o senhor passar por Sulaco sem ver as luzes da mina de San Tomé, uma montanha inteira refulgindo como um palácio iluminado sobre o campo escuro. É uma excursão agradável... Mas deixe-me contar-lhe uma pequena anedota, senhor, só para ilustrar. Umas duas ou mais semanas depois, quando Barrios, proclamado *generalísimo*, saíra rumo ao sul em perseguição de Pedrito; quando a junta provisória, com *don* Juste López à frente, promulgara a nova constituição, e o nosso *don* Carlos Gould estava fazendo as malas para ir em missão a San Francisco e Washington (os Estados Unidos, senhor, foram a primeira grande potência a reconhecer a República Ocidental); umas duas semanas depois, eu dizia, quando começávamos a sentir que nossas cabeças estavam seguras sobre os nossos ombros, se assim posso falar, um homem de destaque, um grande embarcador pela nossa linha, vem me ver a negócios e me pergunta logo de entrada: "Diga-me, capitão Mitchell, aquele sujeito [referia-se a Nostromo] ainda é ou não o capataz dos seus *cargadores*?". "Qual é o problema?", pergunto. "Porque, se ele for, então não me importo; despacho e recebo boa quantidade de carga pelos barcos da sua companhia; mas vi-o há já vários dias vadiando pelos cais, e ainda há pouco me parou com a maior calma do mundo para me pedir um charuto. Ora, sabe que os meus charutos são muito especiais, e eu não os consigo com tanta facilidade assim." "Espero que tenha feito uma exceção", respondi com muita brandura. "Ora, sim. Mas é um grande aborrecimento. O sujeito está sempre filando charutos." Senhor, desviei meus olhos e então perguntei: "O senhor foi um dos prisioneiros no *cabildo*?". "Sabe muito bem que fui, e em cadeias, aliás", responde ele. "E sob uma multa de quinze mil dólares?" Ele enrubesceu, senhor, porque correu o boato de que havia desmaiado de medo quando o vieram prender e de que depois se comportou diante de Fuentes de maneira tal que fez os próprios *policianos* que o tinham arrastado até lá pelos cabelos rirem da sua bajulação. "Sim", responde ele com jeito de envergonhado. "Por quê?" "Oh, por nada. O senhor esteve a pique de perder um bom dinheiro", digo, "ainda que tivesse a vida poupada... Mas o que posso fazer pelo senhor?" Ele jamais entendeu aonde eu queria chegar. Não ele. É assim que são as coisas, senhor.

Erguia-se um pouco emperradamente e o passeio até Rincón era feito com uma só observação filosófica do impiedoso cicerone de olhos fitos nas luzes de San Tomé, que parecia suspensa, dentro da noite escura, entre o céu e a terra.

— Uma grande potência, essa, para o bem e para o mal, senhor. Uma grande potência.

E o jantar no Mirliflores, de excelente cozinha, deixava no espírito do viajante que lhe fazia as honras a impressão de que havia em Sulaco muitos jovens agradáveis, competentes, com salários aparentemente altos demais para a sua circunspecção, destros na arte de, como se diz, "tirar um sarro" do seu afável anfitrião.

Com um rápido passeio até a baía num carro de duas rodas (que o capitão Mitchell chamava de cabriolé) puxado por uma mula magricela e veloz chicoteada o tempo todo por um cocheiro obviamente napolitano, o ciclo quase se completava diante dos escritórios iluminados da Companhia ONV, que permaneciam abertos até essa hora tardia por causa do vapor. Quase — mas não de todo.

— Dez horas. O seu navio não estará pronto para partir antes da meia-noite e meia, no mínimo. Entre para um conhaque com soda e mais um charuto.

E no gabinete privado do superintendente, o privilegiado passageiro do *Ceres*, do *Juno* ou do *Palas*, aturdido e por assim dizer mentalmente aniquilado sob uma repentina avalanche de vistas, sons, nomes, fatos e informações imperfeitamente apreendidas, ouvia como uma criança fatigada ouve um conto-de-fadas; ouvia uma voz, familiar e surpreendente em sua pomposidade, dizer-lhe, qual vinda do outro mundo, ter havido "nesta mesma baía" uma demonstração naval internacional que pôs fim à guerra entre Costaguana e Sulaco. Ter sido o cruzador dos Estados Unidos, *Powhatan*, o primeiro a saudar a bandeira ocidental — branca, com uma coroa de louros verdes no meio circundando uma flor jalde de *amarilla*. Ter sido o general Monteiro, menos de um mês após proclamar-se imperador de Costaguana, morto a tiro (durante uma distribuição pública e solene de ordens e cruzes) por um jovem oficial de artilharia, irmão da sua amante de então.

— O abominável Pedrito, senhor, fugiu do país — a voz dizia. E continuava: — O capitão de um de nossos navios me contou recentemente que reconheceu Pedrito o *guerrillero*, de chinelos roxos e um barrete de fumante, em veludo, com uma borla dourada, feito proprietário de uma casa de má fama num dos portos do Sul.

— O abominável Pedrito! Com os diabos, quem era? — perguntava-se a ilustre ave de arribação a pairar nos confins da vigília e do sono de olhos resolutamente abertos e com uma leve mas amável crispação nos lábios, entre os quais ressaltava o décimo oitavo ou vigésimo charuto daquele dia memorável.

— Ele me apareceu, aqui neste mesmo gabinete, senhor, como uma assombração — dizia o capitão Mitchell de Nostromo com afeto verdadeiramente caloroso e um toque de melancólico orgulho. — Bem pode imaginar, senhor, o efeito que me causou. Ele voltara por mar com Barrios, evidentemente. E a primeira coisa que me disse, assim que fiquei em condições de ouvi-lo, foi que tinha conseguido recolher o bote da chata que flutuava no golfo! Parecia bastante abalado com a circunstância. E era uma circunstância deveras notável, quando se tem em mente que fazia dezesseis dias que a prata afundara. Pude ver imediatamente que era um outro homem. Fitava a parede, senhor, como se houvesse uma aranha ou algo assim a correr por ali. A perda da prata lhe atormentava o espírito. A primeira coisa que me perguntou foi se *doña* Antonia já sabia da morte de Decoud. A voz dele tremia. Tive de lhe dizer que *doña* Antonia, na verdade, ainda não regressara à cidade. Pobre moça! E logo quando eu me preparava para lhe fazer mil perguntas, ele, com um repentino "Com licença, *señor*", sumiu do meu gabinete. Só tornei a vê-lo três dias depois. Eu estava terrivelmente ocupado então, sabe. Parece que ele andou perambulando pela cidade e fora dela, e por duas noites foi dormir nos barracões do pessoal da ferrovia. Parecia não ter nenhum interesse pelo que estava acontecendo. Perguntei-lhe no cais: "Quando é que vai assumir o seu posto, Nostromo? Haverá agora bastante trabalho para os *cargadores*".

— "*Señor*", responde ele, olhando-me com um olhar demorado, indagador, "o senhor se admiraria se eu lhe dissesse que estou cansado demais para voltar a trabalhar em seguida? E que trabalho poderia eu fazer agora? Como posso olhar na cara os meus *cargadores* depois de ter perdido uma chata?"

— Roguei-lhe que não pensasse mais na prata, e ele sorriu. Um sorriso que me entrou pela alma adentro, senhor. "Não foi nenhum engano", eu lhe disse. "Foi uma fatalidade. Uma coisa que não podia ser evitada." "*Sí, sí!*", respondeu ele, e foi-se. Achei melhor deixá-lo a sós por algum tempo até ele se recuperar. Senhor, levou anos na verdade para ele se recuperar. Eu estava presente ao seu encontro com *don* Carlos. Devo dizer que Gould é um homem muito frio. Durante tantos anos tivera de conter os seus sentimentos com mão firme para poder lidar com ladrões e patifes, em constante perigo de arruinar-se a si e a mulher, que aquilo acabou por se tornar uma segunda natureza. Ficaram a olhar-se longo tempo. *Don* Carlos perguntou o que podia fazer por ele, no seu modo tranqüilo, reservado.

— "Meu nome é conhecido de ponta a ponta de Sulaco", ele disse, tão tranqüilo quanto o outro. "Que mais poderia fazer por mim?" Foi tudo quanto se passou naquela ocasião. Mais tarde, porém, apareceu uma excelente escuna de cabotagem à venda, e a senhora Gould e eu demos um jeito de comprá-la e dá-la de presente a ele. Foi o que se fez, mas ele devolveu o preço do barco nos três anos seguintes. Os negócios prosperavam por todo este litoral, senhor. Além disso, aquele homem alcançou sucesso em tudo, menos em salvar a prata. A pobre *doña* Antonia, que acabara de passar pela terrível experiência das florestas de Los Hatos, teve também um encontro com ele. Queria saber a respeito de Decoud: o que conversaram, o que fizeram, o que pensaram até o fim daquela noite fatal. A senhora Gould me contou que a atitude dele foi perfeita quanto à tranqüilidade e à simpatia. A senhorita Avellanos só rompeu em lágrimas quando ele lhe contou como Decoud tinha dito que o seu plano teria magnífico êxito... E teve, sem dúvida, senhor. Um grande êxito.

O ciclo estava finalmente prestes a terminar. E enquanto o privilegiado passageiro, a tremer com a deleitosa expectativa do seu beliche, esquecia de perguntar-se "mas qual poderia ser afinal o plano de Decoud?", o capitão Mitchell dizia:

— Pena que tenhamos de nos separar tão cedo. O seu interesse e a sua compreensão tornaram o meu dia muito agradável. Vou agora levá-lo para bordo. O senhor teve um vislumbre da "casa do tesouro do mundo". Um nome muito bom esse. — E a voz do patrão do barco à porta, avisando que a embarcação estava pronta, encerrava o ciclo.

Nostromo de fato havia encontrado o bote da chata, que deixara na Grande Isabel com Decoud, a flutuar ao largo, vazio, no golfo. Estava então na ponte do primeiro dos transportes de Barrios, a uma hora de Sulaco. Barrios, que sempre se deleitava com um feito arrojado e era um bom juiz em matéria de coragem, se afeiçoara grandemente ao capataz. Durante a viagem de contorno da costa, o general manteve Nostromo sempre perto de si, dirigindo-se a ele freqüentemente naquele modo abrupto e barulhento que era sinal de especial consideração de sua parte.

Os olhos de Nostromo foram os primeiros a avistar, bem à proa, o minúsculo, esquivo ponto negro que, juntamente com os contornos das Três Isabéis logo à frente, era tudo quanto se podia ver na lisa, tremulante vacuidade do golfo. Há ocasiões em que fato algum deve ser descurado por insignificante; um pequeno bote tão longe de terra poderia ter alguma significação que valia a pena descobrir. A um sinal de assentimento de Barrios, o transporte saiu do curso, passando perto o bastante para verificar que ninguém tripulava a pequena casca de noz. Era apenas um botezinho comum à matroca, com os remos dentro. Mas Nostromo, a cujo espírito Decoud estivera insistentemente presente havia dias, reconhecera de pronto com emoção o bote a remos da chata.

Não se podia cogitar de parar para recolhê-lo. Cada minuto era momentoso, envolvia as vidas e o futuro de uma cidade inteira. A proa da capitania, com o general a bordo, retomou o seu curso. Atrás, a frota de transportes, espalhada a esmo por cerca de dois quilômetros ao largo, como o final de uma regata oceânica, avançou impetuosamente, toda negra e a fumegar no céu a ocidente.

— *Mi general* — a voz de Nostromo se fez ouvir alta mas tranqüila de trás de um grupo de oficiais. — Eu gostaria de salvar aquele bote. *Por Dios*, eu o reconheço. Pertence à minha companhia.

— E, *por Dios* — casquinou Barrios em voz ruidosa, bem-humorada —, você pertence a mim. Vou fazê-lo capitão de cavalaria assim que avistarmos de novo um cavalo.

— Posso nadar melhor do que monto, *mi general* — exclamou Nostromo, esgueirando-se até a amurada com uma expressão resoluta nos olhos. — Deixe-me...

— Deixá-lo! Mas que homem pretensioso este — caçoou o general, jovialmente, sem sequer olhar para ele. — Deixá-lo ir! Ha! ha! ha! Quer que eu admita que não posso tomar Sulaco sem ele. Ha! ha! ha! Gostaria de nadar até lá, meu filho?

Um tremendo grito de uma a outra ponta do navio pôs-lhe fim à caçoada. Nostromo tinha saltado por sobre a amurada; e sua cabeça escura emergiu já bem longe do navio. O general resmungou um estarrecido:

— *Cielo!* Ai os meus pecados! — em tom de estupefação. Um olhar ansioso bastou para mostrar-lhe que Nostromo estava nadando com a maior facilidade; e ele então bradou, bravo: — Não! Não! Não vamos parar para recolher esse sujeito impertinente. Ele que se afogue, esse capataz maluco.

Só mesmo a força bruta teria impedido Nostromo de pular a amurada. Aquele bote vazio, surgindo misteriosamente ao seu encontro, como se impelido por um espectro invisível, exercia a fascinação de um sinal, de um aviso, parecia responder de maneira assustadora e enigmática ao pensamento persistente de um tesouro e da sorte de um homem. Ele teria pulado mesmo que a morte andasse por ali naquele meio quilômetro de água. Estava lisa como um lago e, por alguma razão, não havia tubarões no golfo Plácido, embora do outro lado de Punta Mala eles abundassem.

O capataz agarrou-se à popa e bufou com força. Uma estranha, opressiva sensação o assoberbara enquanto nadava. Livrara-se das botas e do casaco na água. Ficou ali agarrado durante algum tempo, recuperando o fôlego. À distância, os transportes, mais aglomerados agora, rumavam direto para Sulaco, com o seu ar de competição amistosa, de esporte náutico, de regata; a fumaça congregada de suas chaminés lhe passava como uma leve, sulfurosa nuvem de neblina acima da cabeça. Havia sido a sua audácia, a sua coragem, o seu ato que pusera em movimento sobre o mar aqueles navios que corriam a salvar as vidas e fortunas dos *blancos*, os opressores do povo, a salvar a mina de San Tomé, a salvar as crianças.

Com um destro e vigoroso impulso içou-se por sobre a popa. O mesmo bote! Sem dúvida; sem dúvida alguma. Era o bote da chata número 3 — o bote deixado com Martin Decoud na Grande Isabel a fim de que ele tivesse algum meio de ajudar-se a si próprio caso nada se pudesse fazer por ele da praia. E agora o bote lhe viera ao encontro, vazio e inexplicável. O que fora feito de Decoud? O capataz procedeu a um exame minucioso. Procurou algum arranhão, alguma marca, algum sinal. Tudo quanto descobriu foi uma mancha parda na amurada, adiante do banco do remador. Aproximou o rosto dela e esfregou-a fortemente com o dedo. Depois sentou-se no paneiro, passivo, com os joelhos encostados um ao outro e as pernas de través.

A gotejar da cabeça aos pés, com o cabelo e as suíças escorridos e pingando e um olhar sem brilho fito nas tábuas do fundo, o capataz dos *cargadores* de Sulaco mais parecia um cadáver de afogado que subisse do fundo para mandriar no pequeno bote à hora do pôr-do-sol. A comoção de sua cavalgada aventurosa, a comoção da volta a tempo, da consecução, do êxito, todas essas comoções se centravam à volta das idéias correlatas do grande tesouro e de o único outro homem que lhe sabia da existência ter-se ido. Até o último momento, ele estivera quebrando a cabeça sobre como visitar a Grande Isabel sem perda de tempo e sem ser percebido. Pois a idéia de sigilo acabara por se vincular tão estreitamente à do tesouro que ao próprio Barrios ele evitara mencionar a existência de Decoud e da prata na ilha. As cartas que levava ao general, contudo, faziam uma breve menção à perda da chata como tendo a ver com a situação em Sulaco. Nas circunstâncias, o zarolho matador de tigres, farejando a batalha de longe, não perdera tempo a inquirir o mensageiro. Na verdade, conversando com Nostromo, Barrios dera por certo que tanto *don* Martin Decoud quanto os lingotes da San Tomé haviam perecido juntos, e Nostromo, não diretamente questionado, mantivera-se calado, sob a influência de alguma forma indefinível de ressentimento e de desconfiança. Que *don* Martin contasse tudo com os seus próprios lábios — isso foi o que disse consigo mentalmente.

E agora, com os meios de chegar à Grande Isabel postos assim em seu caminho tão prematuramente, a sua agitação se fora, como quando a alma foge do corpo inerte sobre uma terra que ela não mais conhece. Nostromo não parecia mais conhecer o golfo. Por longo tempo, suas pálpebras sequer piscaram, uma única vez, por sobre a vítrea vacuidade do seu olhar. Então, devagar, sem que um só membro se mexesse, sem a crispação de um só músculo nem um só tremor de pálpebra, uma expressão, uma expressão viva assomou-lhe às feições paradas, um pensamento profundo surgiu-lhe no olhar vácuo — como se uma alma proscrita, uma alma meditativa, tranqüila, encontrando desocupado em seu caminho aquele corpo, ali se tivesse introduzido furtivamente, dele se apoderando.

O capataz franziu o cenho; e na imensa quietude do mar, das ilhas e da costa, das configurações de nuvens no céu e das trilhas de luz sobre a água, aquele franzir de cenho tinha a ênfase de um gesto poderoso. Nada mais se moveu por um longo tempo; então o capataz sacudiu a cabeça e rendeu-se ao universal repouso de todas as coisas visíveis. Pegando subitamente os remos, e com um único movimento, fez o bote dar a volta e rumar para a Grande Isabel. Mas antes de começar a remar, inclinou-se novamente sobre a mancha parda na amurada.

— Conheço isso — murmurou, com um empuxão sagaz da cabeça. — É sangue.

Suas remadas eram longas, vigorosas e firmes. De quando em quando olhava por sobre o ombro para a Grande Isabel, que apresentava o seu penhasco baixo ao seu olhar ansioso, como um rosto impenetrável. Por fim a proa tocou terra. Ele lançou, mais do que arrastou, o bote sobre a pequena praia. De pronto, voltando as costas ao pôr-do-sol, mergulhou com longas passadas na ravina, fazendo a água do riacho esparrinhar e voar para o alto a cada passo, como que a expulsar-lhe o raso, límpido, murmurante espírito com os pés. Queria aproveitar cada momento da luz do dia.

Uma massa de terra, grama e arbustos esmagados caíra muito naturalmente sobre a cavidade ao pé da árvore pensa. Decoud cuidara do ocultamento da prata de acordo com as instruções, usando a pá com certa inteligência. Mas o meio sorriso de aprovação de Nostromo mudou-se numa crispação desdenhosa do lábio à vista da própria pá ali atirada, bem à mostra, como que por total descuido ou pânico súbito, denunciando toda a manobra. Ah! Eram todos iguais na sua loucura, esses *hombres finos* que inventaram leis e governos e tarefas fastidiosas para o povo.

O capataz apanhou a pá, e a sensação do cabo na sua palma suscitou-lhe subitamente o desejo de dar uma espiada nas caixas de couro do tesouro. Com umas poucas pazadas, pôs a descoberto as arestas e os cantos de várias delas; depois, tirando mais terra, deu-se conta de que uma tinha sido acutilada com uma faca.

Soltou uma surda exclamação a essa descoberta e caiu de joelhos com uma olhada de apreensão irracional por sobre um dos ombros, e em seguida por sobre o outro. O couro rijo se tinha fechado e ele hesitou antes de enfiar a mão pela longa fenda e apalpar os lingotes dentro. Estavam ali. Um, dois, três. Sim, quatro faltavam. Haviam sido tirados. Quatro lingotes. Mas quem fora? Decoud? Ninguém mais. E por quê? Com que propósito? Por que maldito capricho? Ele que explicasse. Quatro lingotes levados embora num barco — e sangue!

De frente para o golfo aberto, o sol claro, sem nuvens, inalterado, mergulhava nas águas num grave e sereno mistério de imolação de si, consumado longe de todos os olhos mortais, com uma infinita majestade de silêncio e paz. Quatro lingotes a menos! — e sangue!

O capataz ergueu-se devagar.

— Ele pode ter simplesmente cortado a mão — murmurou. — Mas então...

Sentou-se sobre a terra fofa, passivamente, como se estivesse agrilhoado ao tesouro, as pernas dobradas seguras entre as mãos numa expressão de desesperançada submissão, como um escravo posto de guarda. Uma única vez ergueu a cabeça vivamente: o matraquear de intenso fogo de mosquetes chegou-lhe aos ouvidos, como se alguém tivesse derramado do alto um jorro de ervilhas secas sobre um tambor. Após ficar à escuta algum tempo, disse a meia-voz:

— Ele jamais voltará para explicar.

E tornou a baixar a cabeça.

— Impossível! — murmurou sombriamente.

Os sons de disparos cessaram. O sinal de uma grande conflagração em Sulaco chamejou acima da costa, tremulou nas nuvens à entrada do golfo, pareceu tocar com um rubro e sinistro reflexo os vultos das Três Isabéis. O capataz não chegou a vê-lo, embora erguesse a cabeça.

— Mas então não poderei saber — articulou distintamente e permaneceu calado, de olhos fitos, durante horas.

Não poderia saber. Ninguém jamais saberia. Como seria de supor, o fim de *Don* Martin Decoud jamais foi objeto de especulação de quem quer que fosse além de Nostromo. Mesmo que a verdade dos fatos se tornasse conhecida, restaria sempre a questão: por quê? Ao passo que a versão de sua morte no afundamento da chata não tinha nenhuma incerteza de motivo. O jovem apóstolo da separação morrera lutando por suas idéias num acidente para sempre lamentado. Mas a verdade era que morrera de solidão, o inimigo conhecido só de poucos nesta terra, e ao qual só os mais simplórios de nós têm condições de resistir. O brilhante costaguanense dos bulevares morrera de solidão e de falta de fé em si próprio e nos outros.

Por certas boas e válidas razões para além de mera compreensão humana, as aves marinhas do golfo evitavam as Isabéis. O cimo rochoso do Azurera era o covil delas; os patamares e abismos rochosos ressoavam ao seu selvagem e tumultuoso clamor, como se elas estivessem a altercar para sempre por causa do seu legendário tesouro.

Ao fim do seu primeiro dia na Grande Isabel, Decoud, virando-se na sua toca de áspero capim à sombra de uma árvore, murmurou consigo:

— Não vi um único pássaro o dia todo.

E tampouco ouvira qualquer som o dia todo, a não ser aquele, então, de sua própria voz a murmurar. Havia sido um dia de silêncio absoluto — o primeiro que jamais tivera na vida inteira. E não pregara olho. Apesar de todas essas noites e dias de luta em vigília, a planejar, a falar; apesar da última noite de perigo e dura labuta física no golfo, não conseguira fechar os olhos um momento que fosse. No entanto, do nascer ao pôr-do-sol, estivera deitado no chão, de costas ou de borco.

Estirou-se, e a passo lento desceu até a ravina para passar a noite ao lado da prata. Se Nostromo voltasse — como poderia fazer a qualquer momento —, era ali que iria olhar primeiro; e a noite seria, evidentemente, a hora adequada para uma tentativa de comunicação. Lembrou-se com profunda indiferença de que não comera nada desde que fora deixado sozinho na ilha.

Passou a noite de olhos abertos, e quando o dia rompeu comeu alguma coisa com a mesma indiferença. O brilhante "Decoud filho", o mimado queridinho da família, o namorado de Antonia e jornalista de Sulaco, não estava capacitado a avir-se sozinho consigo mesmo. De simples condição exterior de existência, a solidão se torna muito depressa um estado de alma em que as simulações de ironia e ceticismo já não têm lugar. Apodera-se do espírito e arrasta o pensamento para o exílio da total descrença. Após esperar três dias pela visão de algum rosto humano, Decoud surpreendeu-se a duvidar de sua própria individualidade. Ela se dissolvera no mundo de nuvem e água, de forças naturais e formas da natureza. Somente em nossa atividade encontramos a ilusão alentadora de uma existência independente do conjunto de coisa de que somos parte inerme. Decoud perdeu toda a crença na realidade de sua ação passada e futura. No quinto dia, uma imensa melancolia desceu sobre ele, palpavelmente. Decidiu não entregar-se àquela gente de Sulaco, que o havia acossado, irreal e terrível, como espectros tagarelas e obscenos. Viu-se a si mesmo lutando debilmente no meio deles, e Antonia, gigantesca e encantadora como uma estátua alegórica, a contemplar com olhos desdenhosos a sua debilidade.

Nenhum ser vivo, nem a mancha de uma vela distante, apareceu no seu âmbito de visão; e, como para escapar à solidão, ele se absorveu na própria melancolia. A vaga consciência de uma vida mal orientada entregue a impulsos cuja lembrança lhe deixava um gosto amargo na boca, foi o primeiro sentimento moral da sua virilidade. Ao mesmo tempo, porém, não sentia nenhum remorso. Que poderia lamentar? Não reconhecera outra virtude que não fosse a inteligência, e sua paixão era facilmente tragada por essa grande e ininterrupta solidão de esperar sem fé. A insônia havia despojado sua vontade de toda a energia, pois não chegara a dormir sete horas nos sete dias. A sua era a tristeza de uma mente cética. Contemplava o universo como uma sucessão de imagens incompreensíveis. Nostromo estava morto. Tudo tinha malogrado ignominiosamente. Não mais se atrevia a pensar em Antonia. Ela não sobrevivera. Mas se tivesse sobrevivido, não poderia defrontá-la. E todo e qualquer esforço parecia sem sentido.

No décimo dia, após uma noite sem cochilar uma só vez (ocorrera-lhe que Antonia possivelmente não poderia amar um ser tão impalpável quanto ele), a solidão aparecia como um grande vazio e o silêncio do golfo como uma corda tensa, fina, a que ele se suspendia com ambas as mãos, sem medo, sem surpresa, sem qualquer tipo de emoção. Só pelo fim da tarde, no comparativo alívio da fresca, começou a desejar que aquela corda se rompesse. Imaginava-a partindo-se com o estampido de uma pistola — um estalo seco, cheio. E isso seria o seu fim. Considerava tal eventualidade prazerosamente, porque receava as noites insones nas quais o silêncio, mantendo-se ininterrupto sob a forma de uma corda de que ele pendia com ambas as mãos, vibrava com frases disparatadas, sempre as mesmas mas de todo incompreensíveis, acerca de Nostromo, de Antonia, de Barrios, e com proclamações acompanhadas de um zumbido irônico e insensato. De dia, podia contemplar o silêncio como uma corda imóvel esticada até o ponto de ruptura, com a sua vida, a sua vida vã, dela suspensa como um peso.

"Será que vou ouvi-la romper-se antes de cair?", perguntava-se.

O sol estava duas horas acima do horizonte quando se levantou, emaciado, sujo, lívido, e olhou com seus olhos injetados de sangue. Os membros lhe obedeceram lentamente, como se cheios de chumbo, e no entanto sem tremor; o efeito daquela condição física dava-lhe aos movimentos uma resoluta, deliberada dignidade. Agia como se cumprisse alguma espécie de rito. Desceu até a ravina, pois a fascinação de toda aquela prata, com o seu poder potencial, sobrevivia por si, fora dele. Pegou o cinto com o revólver que ali jazia e afivelou-o à cintura. A corda do silêncio jamais poderia romper-se na ilha. Ela devia deixá-lo cair e afundar no mar, pensou. Afundar! Estava olhando para a terra solta que cobria o tesouro. No mar! Seu aspecto era o de um sonâmbulo. Pôs-se lentamente de joelhos, e trabalhando com os dedos, com diligente paciência, descobriu uma das caixas. Sem pausa, como se realizasse um trabalho que fizera muitas vezes antes, rasgou-a de comprido e retirou quatro lingotes, que pôs nos bolsos. Tornou a cobrir a caixa exposta e, passo sobre passo, saiu da ravina. Os arbustos se fecharam às suas costas com um zunido.

Fora no terceiro dia da sua solidão que arrastara o bote até perto da água com a idéia de remar para algum lugar, mas havia desistido, em parte por insinuação da esperança tardia de que Nostromo voltasse, em parte pela convicção da total inutilidade de qualquer esforço. Agora o bote precisava apenas de um pequeno empurrão para ser posto a flutuar. Comera um pouco todos os dias depois do primeiro e ainda lhe restava alguma força muscular. Pegando os remos devagar, remou para longe do penhasco da Grande Isabel, que se erguia às suas costas aquecido pelo sol, como se pelo calor da vida, banhado em generosa luz da cabeça aos pés, numa radiância de esperança e júbilo. Remou direto em direção ao sol poente. Quando o golfo escureceu, parou de remar e jogou os remos para dentro do barco. O ruído cavo que fizeram ao cair foi o ruído mais alto que jamais ouvira na vida. Foi uma revelação. Parecia chamá-lo de muito longe. De fato, o pensamento "Talvez eu consiga dormir esta noite" passou-lhe pelo espírito. Mas não acreditou nele. Não acreditava em nada, e permaneceu sentado.

O alvorecer detrás das montanhas pôs um lampejo nos seus olhos que não piscavam. Após um límpido amanhecer, o sol surgiu esplêndido acima dos picos da cordilheira. O grande golfo irrompeu em brilhos a toda a volta do bote; e, nesse esplendor de impiedosa solidão, o silêncio tornou a aparecer-lhe à frente, retesado como escura, fina corda.

Seus olhos a fitaram por um pouco, sem pressa; ele mudou de assento, foi sentar-se na amurada. Continuaram a fitá-la fixamente, enquanto a mão dele, apalpando a cintura, desabotoou a aba do coldre, puxou o revólver, engatilhou-o, trouxe-o para diante; apontando-o contra o peito, puxou o gatilho e, com força convulsiva, atirou longe a arma ainda fumegante. Seus olhos a olharam enquanto ele tombava para a frente e ficava pendente, o peito sobre a amurada, os dedos da mão direita aferrados ao banco. Eles a olharam...

— Está feito — balbuciou ele numa súbita golfada de sangue. Seu último pensamento foi: "Como terá morrido o capataz?". A rigidez dos dedos se afrouxou e o namorado de Antonia Avellanos rolou pela amurada sem ter ouvido a corda do silêncio romper-se na solidão do golfo Plácido, cuja cintilante superfície permaneceu serena após a queda do corpo.

Vítima do desiludido fastio que é a retribuição com que é aquinhoada a audácia intelectual, o brilhante *don* Martin Decoud, sobrecarregado com os lingotes da prata de San Tomé, desapareceu sem deixar traço, engolido pela imensa indiferença das coisas. Sua figura acaçapada, insone, sumiu-se de perto da prata de San Tomé, e por algum tempo os espíritos do bem e do mal que pairam sobre todo tesouro escondido da terra poderiam ter pensado que aquele ficara esquecido da humanidade toda. Então, poucos dias depois, outra forma apareceu, distanciando-se do sol poente para ficar a noite toda sentada imóvel, desperta, dentro da estreita e negra ravina, quase na mesma atitude, no mesmo lugar em que estivera sentado o outro homem insone que partira tão silenciosamente num pequeno bote, perto da hora do crepúsculo. E os espíritos do bem e do mal que pairam sobre um tesouro proibido compreenderam logo que a prata de San Tomé contava agora com um fiel e perpétuo escravo.

O magnífico capataz dos *cargadores*, vítima da desencantada vaidade que é o prêmio da ação audaciosa, ficou sentado, na atitude abatida de um pária perseguido, ao longo de uma noite de insônia tão torturante quanto qualquer uma das que conhecera Decoud, seu companheiro na missão mais desesperada da sua vida. E ele se perguntava como Decoud teria morrido. Mas sabia o papel que ele próprio desempenhara. Primeiro uma mulher, depois um homem, abandonados ambos na sua hora extrema, por causa desse amaldiçoado tesouro. Ele foi pago por uma alma perdida e por uma vida desaparecida. À atônita quietude do temor sucedeu um assomo de imenso orgulho. Não havia mais ninguém no mundo, além de Gian' Battista Fidanza, capataz dos *cargadores*, o incorruptível e leal Nostromo, capaz de pagar tal preço.

Ele havia tomado a decisão de que nada poderia agora roubá-lo do que lhe cabia. Nada. Decoud morrera. Mas como? De que estava morto, ele não tinha nem sombra de dúvida. Mas quatro lingotes?... Para quê? Pretendia voltar para buscar mais — algum outro dia?

O tesouro começava a exercer o seu poder latente. Perturbava a mente clara do homem que pagara o preço. Ele estava certo de que Decoud morrera. A ilha parecia estar cheia desse sussurro. Morto? Fora-se! E surpreendeu-se à escuta de zunir de arbustos e de chapinhar de passos no leito do riacho. Morto! O falador, o *novio* de *doña* Antonia!

— Ah! — murmurou, com a cabeça nos joelhos, sob a lívida madrugada enevoada que rompia sobre a Sulaco libertada e sobre o golfo cor de cinza. — É para ela que ele correrá. Para ela correrá!

E quatro lingotes! Será que os pegara por vingança, para lançar um feitiço, como a mulher raivosa que profetizara remorso e fracasso e no entanto lhe confiara a tarefa de salvar as meninas? Bem, ele as salvara. Tinha derrotado o feitiço da pobreza e da penúria. Fizera tudo sozinho — ou quem sabe ajudado pelo diabo. Que importava? Ele o fizera, traído que fora, e salvando no mesmo lance a mina de San Tomé, a qual lhe aparecia odiosa e imensa, dominando por força de sua riqueza o valor, a labuta e a fidelidade dos pobres, a guerra e a paz, os trabalhos da cidade, do mar e do campo.

O sol iluminou o céu por trás dos picos da cordilheira. O capataz contemplou por algum tempo a terra solta, pedras e arbustos esmagados que cobriam o esconderijo da prata.

— Devo enriquecer muito lentamente — pensou ele em voz alta.

11

Sulaco sobrepujou a prudência de Nostromo, enriquecendo depressa com os ocultos tesouros da terra, vigiados pelos apreensivos espíritos do bem e do mal, arrancados pelas mãos laboriosas do povo. Era como uma segunda juventude, uma nova vida, cheia de promessa, de inquietação, de labuta, espalhando prodigamente sua riqueza pelos quatro cantos de um mundo agitado. Mudanças materiais vieram na esteira dos interesses materiais. E outras mudanças mais sutis, sem marcas externas, afetaram as mentes e os corações dos trabalhadores. O capitão Mitchell voltara para a sua pátria onde ia viver de suas poupanças investidas na mina de San Tomé; e o doutor Monygham tinha envelhecido; sua cabeça se tornara de um cinza de aço, mas sua expressão não mudara; vivia ele do inexaurível tesouro de sua devoção, encerrada no segredo do seu coração como uma reserva de riqueza ilegítima,

O inspetor-geral dos hospitais do Estado (cuja manutenção está a cargo da Concessão Gould), o consultor oficial de assuntos sanitários da municipalidade, o médico-chefe das Minas Consolidadas de San Tomé (cujo território, que contém ouro, prata, cobre, chumbo e cobalto, se estende por quilômetros no sopé da cordilheira), sentira pobreza, miséria e penúria durante a segunda, prolongada visita que os Gould fizeram à Europa e aos Estados Unidos. Íntimo da casa, amigo provado, celibatário sem laços e sem domicílio (exceto de natureza profissional), ele fora convidado a residir na Casa Gould. Nos onze meses de ausência do casal, os aposentos familiares, que recordavam a cada olhar a mulher a quem ele havia dedicado toda a sua lealdade, tornaram-se intoleráveis. À medida que se aproximava o dia da chegada do paquete *Hermes* (o mais recente acréscimo à esplêndida frota da Companhia ONV), o doutor manquejava pela cidade com maior vivacidade, retrucava mais sardonicamente aos simples e aos mansos, isso por pura excitação.

Fez a sua modesta mala com rapidez, com impetuosidade, com entusiasmo, e, ao vê-la ser levada além do velho porteiro no portão da Casa Gould, experimentou uma sensação de deleite, de embriaguez; depois, ao aproximar-se a hora, sentado sozinho no grande landau atrás das mulas brancas, meio de lado, o rosto contorcido, verdadeiramente maldoso, pelo esforço de autodomínio, e segurando um par de luvas novas na mão esquerda, dirigiu-se para a baía.

O coração se dilatou tanto no seu peito quando viu os Gould

no convés do *Hermes* que seus cumprimentos se reduziram a um resmungo apressado. Na volta para a cidade, os três se mantiveram em silêncio. E no pátio o doutor, de maneira mais natural, disse:

— Vou agora deixá-los a sós. Virei visitá-los amanhã. Posso?

— Venha almoçar, caro doutor, e chegue cedo — disse a senhora Gould no seu vestido de viagem, com o véu descido, voltando-se para olhá-lo do sopé da escada, enquanto, do alto, a Madona em vestes azuis e o menino no seu braço pareciam recebê-la com uma expressão de apiedada ternura.

— Não espere encontrar-me em casa — avisou-o Charles Gould. — Vou sair cedo para a mina.

Depois do almoço, *doña* Emilia e o *señor* doutor atravessaram a passo lento o portão interior do pátio. Os grandes jardins da Casa Gould, cercados de altos muros e dos taludes de telhas vermelhas dos tetos vizinhos, se abriam diante deles com massas de sombra sob as árvores e superfícies ensolaradas nos gramados. Uma tripla fileira de laranjeira rodeava o conjunto. Jardineiros morenos, descalços, de imaculadas camisas brancas e largas *calzoneras*, pontilhavam a área, agachados junto aos canteiros, passando entre as árvores, puxando delgadas mangueiras de borracha por sobre o cascalho dos caminhos; os finos jatos d'água se cruzavam em curvas graciosas, cintilando à luz do sol com um leve tamborilar sobre os arbustos e produzindo efeito de diamantes aspergidos sobre a grama.

Doña Emilia, segurando a cauda do vestido claro, caminhava ao lado do doutor Monygham, que trajava uma casaca comprida, preta, e severa gravata também preta sobre um imaculado peitilho. Debaixo da sombra de um grupo de árvores, onde havia mesinhas espalhadas e poltronas de vime, a senhora Gould sentou-se numa cadeira baixa e ampla.

— Não se vá ainda — disse ao doutor Monygham, que não conseguia arrancar-se do local. O queixo aninhado entre as pontas do colarinho, devorava-a com olhos furtivos que, felizmente, eram redondos e insensíveis como bolas de mármore enevoado e incapazes de revelar-lhe os sentimentos. Sua emoção compassiva ante os sinais do tempo no rosto daquela mulher, ante o ar de fragilidade e penosa fadiga que se instalara nos olhos e nas têmporas da "incansável *señora*" (como *don* Pepe costumava chamá-la anos atrás com admiração), quase o levava às lágrimas. — Não se vá ainda. Hoje o dia é todo meu — insistiu a senhora Gould com brandura. — Ainda não estamos oficialmente de volta. Ninguém virá. Só amanhã é que as janelas da Casa Gould estarão iluminadas para uma recepção.

O doutor deixou-se cair numa cadeira.

— Vai dar uma *tertulia*? — perguntou, com ar desinteressado.

— Uma recepção simples para todos os bons amigos que queiram vir.

— E só amanhã?

— Sim. Charles estará cansado após um dia na mina, e eu também... Seria bom eu tê-lo só para mim uma noite, depois da nossa volta a esta casa que eu amo. Ela assistiu à minha vida toda.

— Ah! sim! — rosnou o doutor, repentinamente. — As mulheres contam o tempo a partir da festa de casamento. Não viveu um pouco antes disso?

— Sim, mas o que há antes para lembrar? Não havia preocupações.

A senhora Gould suspirou. E como dois amigos que, após uma longa separação, retornaram ao período mais agitado de suas vidas, eles se puseram a falar da revolução de Sulaco. Parecia estranho à senhora Gould que pessoas que nela tinham tomado parte lhe esquecessem a memória e as lições.

— E no entanto — interveio o doutor — nós que desempenhamos nossos papéis nela tivemos nossa recompensa. *Don* Pepe, embora bastante idoso, ainda pode montar a cavalo. Barrios bebe de cair em alegre companhia lá na sua *fundación* além do bolsão* de Tonoro. E o heróico Padre Roman (imagino o velho padre

* Em espanhol no texto: *bolsón*, vale deserto plano, cercado de montanhas e com um lago raso no centro. (N. T.)

explodindo sistematicamente a mina de San Tomé, soltando uma exclamação piedosa a cada estampido, e tomando pitadas de rapé entre as explosões), o heróico padre Roman diz que não teme o mal que os missionários de Holroyd podem causar ao seu rebanho, enquanto *ele* estiver vivo.

A senhora Gould estremeceu ligeiramente à alusão da destruição que chegara tão perto da mina de San Tomé.

— Ah, mas e você, caro amigo?

— Fiz o trabalho para o qual servia.

— Você enfrentou os perigos mais cruéis de todos. Algo mais do que a morte.

— Não, senhora Gould! Só a morte, por enforcamento. E fui recompensado acima dos meus méritos.

Notando a mirada da senhora Gould fixa nele, baixou os olhos.

— Fiz minha carreira, como vê — disse o inspetor-geral dos hospitais do Estado, segurando de leve as lapelas da sua casaca preta de fina qualidade. O respeito próprio do doutor, marcado interiormente pela desaparição quase completa do padre Beron dos seus sonhos, mostrava-se exteriormente no que, contrastando com a sua negligência de outrora, parecia um culto exagerado da aparência pessoal. Levada a cabo dentro de severos limites de forma e cor, e perpetuamente renovada, essa mudança de vestuário dava ao doutor Monygham um ar ao mesmo tempo professional e festivo, ao passo que o seu modo de andar e a imutável expressão rabugenta do seu rosto adquiriam, por causa dela, surpreendente incongruidade.

— Sim — prosseguiu ele. — Nós todos tivemos a nossa recompensa: o engenheiro-chefe, o capitão Mitchell...

— Nós o encontramos — interrompeu a senhora Gould, com a sua voz encantadora. — O pobre homem veio lá do campo expressamente para ver-nos em nosso hotel de Londres. Comportou-se com grande dignidade, mas acho que tem saudades de Sulaco. Divagou sobre "acontecimentos históricos" até me dar vontade de gritar.

— Hum! — resmungou o doutor —, deve estar ficando velho. Mesmo Nostromo está mais velho, embora não tenha mudado. E, falando nele, eu queria dizer-lhe uma coisa...

Por algum tempo, a casa estivera cheia de murmúrios, de agitação. De repente, os dois jardineiros, ocupados com os pés de rosas ao lado do arco do jardim, caíram de joelhos, de cabeça baixa, à passagem de Antonia Avellanos, que vinha caminhando ao lado do tio.

Investido com o chapéu cardinalício após uma breve visita a Roma, até onde fora chamado pela Propaganda, o padre Corbelan, missionário de índios selvagens, conspirador, amigo e protetor de Hernández, o bandoleiro, avançava a passos largos, lentos, emaciado e inclinado para a frente, com as mãos poderosas enclavinhadas às costas. O primeiro cardeal-arcebispo de Sulaco conservara o seu ar soturno e fanático, o aspecto de capelão de bandidos. Acreditava-se que a sua inesperada elevação à púrpura era um contragolpe à invasão protestante de Sulaco organizada pelo Fundo Missionário Holroyd. Antonia, com a beleza da face como que algo toldada, de corpo um pouco mais cheio, avançava com o seu andar ligeiro e a sua grave serenidade, sorrindo de longe para a senhora Gould. Trouxera o tio para ver a querida Emilia, sem cerimônia, só por um momento antes da *siesta*.

Quando todos se sentaram, o doutor Monygham, que passara a detestar cordialmente todos quantos se aproximassem da senhora Gould com alguma intimidade, manteve-se de lado, fingindo estar perdido em profunda meditação. Uma frase mais alta de Antonia fê-lo levantar a cabeça.

— Como podemos abandonar, a gemer sob a opressão, aqueles que foram nossos compatriotas poucos anos atrás, que *são* nossos compatriotas ainda? — dizia a senhorita Avellanos. — Como podemos permanecer cegos e surdos, sem piedade pelas cruéis injustiças sofridas pelos nossos irmãos? Há um remédio.

— Anexar o resto de Costaguana à ordem e prosperidade de Sulaco — disse o doutor com brusquidão. — Não há outro remédio,

— Estou convencida, *señor* doutor — respondeu Antonia,

com a grave tranqüilidade de uma resolução invencível —, de que essa era desde o princípio a intenção do pobre Martin.

— Sim, mas os interesses materiais não a deixarão comprometer-lhes o desenvolvimento por uma simples idéia de piedade e justiça — resmungou o doutor mal-humoradamente. — E talvez estejam certos.

O cardeal-arcebispo endireitou o talhe emaciado, ossudo.

— Trabalhamos por eles; nós os criamos, a esses interesses materiais dos estrangeiros — disse o último dos Corbelan em voz profunda, de tom acusatório.

— Mas sem eles vocês não são nada — exclamou o doutor de longe. — Eles não permitirão.

— Que se cuidem, então, pois o povo, impedido de realizar suas aspirações, pode se insurgir e reclamar sua parte nas riquezas e sua parte no poder — declarou o popular cardeal-arcebispo de Sulaco, significativa e ameaçadoramente.

Seguiu-se um silêncio durante o qual sua eminência ficou a olhar para o chão, de cenho franzido, e Antonia, graciosa e tesa na sua cadeira, a respirar calmamente na força da sua resolução. Então a conversa tomou uma inflexão social, voltando-se para a visita dos Gould à Europa. O cardeal-arcebispo, quando estivera em Roma, havia sofrido de nevralgia na cabeça o tempo todo. Era o clima, o mau ar.

Depois de tio e sobrinha terem se ido, com os criados novamente se pondo de joelhos e o velho porteiro, que conhecera Henry Gould, quase totalmente cego e inválido agora arrastando-se para beijar a mão estendida de sua eminência, o doutor Monygham, olhando-os pelas costas, pronunciou uma só palavra:

— Incorrigíveis!

A senhora Gould, erguendo os olhos, deixou cair ao colo, num gesto de desânimo, suas alvas mãos que cintilavam com o ouro e as gemas de muitos anéis.

— Conspirando. Sim! — disse o doutor. — A última dos Avellanos e o último dos Corbelan estão conspirando com os refugiados de Santa Marta que afluem para cá a cada revolução. O Café Lambroso, no canto da *plaza*, está cheio deles; pode-se ouvir a sua tagarelice do outro lado da rua como o barulho de um viveiro de papagaios. Estão conspirando para a invasão de Costaguana. E sabe onde vão buscar a força de que precisam? Nas sociedades secretas de imigrantes e naturais, onde Nostromo (eu deveria antes dizer capitão Fidanza) é o grande homem. O que é que lhe dá essa posição? Quem saberá dizer? Gênio? Ele tem gênio. Tem mais influência sobre a populaça do que jamais teve. É como se tivesse algum poder secreto, algum meio misterioso de manter a sua influência. Faz reuniões com o arcebispo, como nos dias de antigamente que a senhora e eu lembramos. Barrios é inútil. Mas para chefe militar eles têm o piedoso Hernández. E podem inflamar o país com o novo brado de "a riqueza para o povo".

— Será que nunca haverá paz? Nunca haverá sossego? — sussurrou a senhora Gould. — Pensei que nós...

— Não! — atalhou o doutor. — Não há paz nem sossego no desenvolvimento dos interesses materiais. Eles têm a sua própria lei, a sua própria justiça. Mas ela se funda na utilidade e é desumana; não tem retidão, não tem a continuidade e a força que só podem ser encontradas num princípio moral. Senhora Gould, aproxima-se o tempo em que tudo quanto a Concessão Gould representa oprimirá tão pesadamente o povo quanto a barbárie, a crueldade e o desgoverno de alguns anos atrás.

— Como pode dizer isso, doutor Monygham? — exclamou ela, como se ferida no lugar mais sensível de sua alma.

— Posso dizer o que é verdade — insistiu o médico, obstinadamente. — Ela oprimirá pesadamente e provocará ressentimento, derrame de sangue e vingança porque os homens se tornaram diferentes. Acha que agora a mina marcharia sobre a cidade para salvar o seu *señor* administrador? Acha isso?

Ela apertou as costas de suas mãos entrelaçadas contra os olhos e murmurou desesperadamente:

— Foi para isso então que trabalhamos?

O doutor baixou a cabeça. Podia acompanhar o pensamento silencioso dela. Fora para isso que a sua vida se despojara de todas as venturas íntimas da afeição diária de que sua ternura necessitava, assim como o corpo humano necessita de ar para respirar? E o médico, indignado com a cegueira de Charles Gould, apressou-se a mudar de assunto.

— É sobre Nostromo que eu lhe queria falar. Ah! esse homem tem certa continuidade e força. Nada acabará com ele. Mas isso não importa. Há algo inexplicável em curso: ou talvez fácil demais de explicar. Como sabe, Linda é praticamente a zeladora do farol da Grande Isabel. O garibaldino já está velho demais. Sua função é limpar as lâmpadas e cozinhar na casa, mas não pode mais subir as escadas. A Linda de olhos negros dorme de dia e vigia a luz a noite toda. Não o dia inteiro, porém. Levanta-se às cinco da tarde, quando o nosso Nostromo, sempre que está na baía com a sua escuna, vem fazer-lhe a corte, remando um pequeno bote.

— Ainda não se casaram? — perguntou a senhora Gould. — A mãe queria o casamento, pelo que entendi, desde quando Linda era ainda bem criança. O ano e pouco que as meninas ficaram comigo durante a guerra de separação, essa extraordinária Linda costumava declarar muito singelamente que ia ser a mulher de Gian' Battista.

— Ainda não estão casados — disse o médico laconicamente. — Tenho cuidado um pouco dessa gente.

— Obrigado, caro doutor Monygham — disse a senhora Gould, e sob a sombra das grandes árvores seus dentes miúdos, iguais, brilharam num juvenil sorriso de branda malícia. — As pessoas não sabem como o senhor é bondoso. Não quer que elas saibam, como se de propósito, só para me apoquentar, a mim que de há tanto confio no seu bom coração.

O médico, erguendo o lábio superior, como se quisesse morder, inclinou-se constrangidamente na cadeira. Com a completa absorção de um homem para quem o amor chegou tarde, não como a mais esplêndida das ilusões, mas como uma desventura inestimável e iluminadora, a visão daquela mulher (de quem estivera privado por quase um ano) sugeria idéias de adoração, de beijar-lhe a barra do vestido. E esse excesso de sentimento se traduzia naturalmente em maior ferocidade de linguagem.

— Receio ficar esmagado sob tanta gratidão. No entanto essa gente me interessa. Fui várias vezes ao farol da Grande Isabel para cuidar do velho Giorgio.

Não contou ele à senhora Gould que era porque lá encontrava, na ausência dela, o refrigério de uma atmosfera de sentimento congenial na austera admiração do velho Giorgio pela "*signora* inglesa — a benfeitora", no passional, volúvel, torrencial afeto da Linda de olhos negros por "nossa *doña* Emilia — aquele anjo", nos adoradores olhos erguidos da loura Giselle de alvo pescoço, que depois resvalavam em sua direção num relance de viés, meio brejeiro, meio cândido, que fazia o doutor exclamar mentalmente: "Se eu não estivesse velho e feio como estou, iria pensar que a atrevida anda me lançando olhares amorosos. E talvez ande. Atrevo-me a dizer que os lança a todos". O doutor Monygham não disse nada disso à senhora Gould, a providência da família Viola, mas voltou a falar no que chamava de "o nosso grande Nostromo".

— O que lhe quero contar é o seguinte: o nosso grande Nostromo não deu muita atenção ao velho e às meninas durante alguns anos. É verdade também que andava fora, nas suas viagens de cabotagem, dez meses por ano. Estava fazendo a sua fortuna, conforme disse certa vez ao capitão Mitchell. Parece ter se saído invulgarmente bem. Aliás, era de esperar. Trata-se de um homem cheio de recursos, cheio de confiança em si mesmo, pronto a assumir toda a espécie de chances e de riscos. Lembro-me de eu estar um dia no escritório de Mitchell quando ele entrou com aquele ar calmo, grave que ostenta por toda parte. Estivera mercadejando no golfo da Califórnia, disse, a olhar diretamente para a parede atrás de nós, como costuma, e ficou contente de ver no seu regresso que um farol estava sendo construído no penhasco da Grande Isabel. Muito contente, repetiu. Mitchell explicou que era a Companhia ONV que o estava construindo, para atender ao serviço de paquetes, por recomendação dele próprio. O capitão Fidanza teve a gentileza de dizer que era uma excelente recomendação. Lembro-me de ele revirar as pontas dos bigodes e de olhar toda a volta da cornija do aposento antes de propor que o velho Giorgio fosse designado para faroleiro.

— Ouvi falar disso. Fui consultada na ocasião — disse a senhora Gould. — Pus em dúvida que fosse bom para aquelas meninas ficar encerradas na ilha como numa prisão.

— A proposta agradou ao temperamento do velho garibaldino. Quanto a Linda, qualquer lugar seria bastante agradável e bonito para ela desde que Nostromo o sugerisse. Podia ficar à espera da decisão de Gian' Battista tanto ali quanto em qualquer outro lugar. Minha opinião é a de que sempre esteve apaixonada por aquele capataz incorruptível. Além disso, pai e irmã estavam ansiosos por afastar Giselle das atenções de um certo Ramírez.

— Ah! — fez a senhora Gould, interessada. — Ramírez? Que tipo de homem é?

— Apenas um *mozo* da cidade. Seu pai era *cargador*. Quando ainda um menino magricela, andava a correr esfarrapado pelo desembarcadouro até Nostromo pegá-lo e fazer dele um homem. Assim que cresceu, ele o pôs numa chata e em pouco dava-lhe o encargo do barco número 3: o que levou a prata embora, senhora Gould. Nostromo escolheu essa chata para isso porque era a mais forte da frota da companhia e a que melhor velejava. O jovem Ramírez foi um dos cinco *cargadores* incumbidos de transportar o tesouro da alfândega naquela famosa noite. Como o barco que ele dirigia afundou, Nostromo, ao deixar o serviço da companhia, recomendou-o ao capitão Mitchell como seu substituto. Havia-o adestrado bem na rotina do trabalho e assim o senhor Ramírez, de um garoto esfomeado, se fez homem e capataz dos *cargadores* de Sulaco.

— Graças a Nostromo — disse a senhora Gould com calorosa aprovação.

— Graças a Nostromo — repetiu o doutor Monygham. — Juro que o poder desse sujeito me assusta quando penso nele. Que o pobre do velho Mitchell ficasse satisfeito de nomear alguém para o trabalho, poupando-se aborrecimentos, não é de surpreender. O que é prodigioso é o fato de os *cargadores* de Sulaco aceitarem Ramírez como seu chefe simplesmente porque tal era a vontade de Nostromo. Está claro que não é um segundo Nostromo, como ingenuamente se imaginava; mesmo assim, é uma posição brilhante. Animou-o a cortejar Giselle Viola, que, como sabe, é a beldade reconhecida da cidade. O velho garibaldino, contudo, tem-lhe violenta aversão. Não sei por quê. Talvez porque não seja nenhum modelo de perfeição, como o seu Gian' Battista, a encarnação da coragem, da lealdade, da honra do "povo". O *signor* Viola não tem em grande conta os naturais de Sulaco. Os dois, o velho espartano e essa Linda de rosto alvo, com a sua boca vermelha e os seus olhos de carvão, vigiavam ferozmente a loura. Ramírez foi avisado para afastar-se. Contaram-me que o pai Viola ameaçou-o certa vez com a sua espingarda.

— Mas, e quanto à própria Giselle? — quis saber a senhora Gould.

— Creio que é uma namoradeira — disse o médico. — Não acho que se importasse muito, desta ou daquela maneira. Evidentemente lhe agradam as atenções dos homens. Ramírez não foi o único, deixe-me dizer-lhe, senhora Gould. Houve pelo menos um engenheiro da estrada de ferro também afastado com uma espingarda. O velho Viola não permite qualquer brincadeira com a sua honra. Tornou-se inquieto e cheio de suspeitas desde a morte da mulher. Ficou muito satisfeito de poder afastar a filha mais nova da cidade. Mas veja o que aconteceu, senhora Gould. Ramírez, o honesto e desprezado pretendente, é proibido de pisar na ilha. Muito bem. Ele respeita a proibição, mas volta naturalmente os olhos para a Grande Isabel com freqüência. Parece que adquiriu o hábito de ficar contemplando o farol à noite. E durante essas vigílias sentimentais descobre que Nostromo, isto é, o capitão Fidanza, regressa a desoras de suas visitas aos Viola. Às vezes, por volta da meia-noite.

O médico fez uma pausa e olhou significativamente para a senhora Gould.

— Sim. Mas não compreendo — disse ela, com um ar de perplexidade.

— Agora é que vem a parte estranha — prosseguiu o doutor Monygham. — Viola, que é rei na sua ilha, não consente nenhum visitante depois do escurecer. Até mesmo o capitão Fidanza tem de ir embora depois do pôr-do-sol, quando Linda vai cuidar do farol. E Nostromo parte obedientemente. Mas o que acontece depois? Que é que ele faz no golfo entre dez e meia e meia-noite? Mais de uma vez foi visto remando furtivamente na baía a essa hora tardia. Ramírez rói-se de ciúmes. Não se atreve a aproximar-se do velho Viola, mas arranjou coragem suficiente para escarnecer Linda a respeito disso uma manhã de domingo em que ela veio ao continente assistir à missa e visitar o túmulo da mãe. Houve uma cena no desembarcadouro, de que na verdade fui testemunha. Aconteceu no começo da manhã. Ele devia estar propositalmente esperando por ela. Passei ali por mero acaso, chamado para uma conferência urgente pelo médico da canhoneira alemã atracada na baía. Linda despejou cólera, desprezo e fogo sobre Ramírez, que parecia fora de si. Foi um espetáculo estranho, senhora Gould: o longo desembarcadouro, aquele *cargador* desvairado com sua faixa carmesim e a moça toda de preto, numa das extremidades; a quietude de uma manhã de domingo à sombra das montanhas; nada, a não ser uma ou duas canoas deslocando-se entre os navios ancorados, e o bote da canhoneira alemã que vinha para levar-me. Linda passou bem perto de mim. Notei-lhe os olhos desvairados. Chamei por ela. Não me ouviu. Nem me enxergou. Mas eu olhei o rosto dela. Estava feio de ver-se, raivoso, infeliz.

A senhora Gould endireitou-se, abrindo bem os olhos.

— Que quer dizer, doutor Monygham? Será que suspeita da irmã mais nova?

— *Quién sabe!* Quem pode dizer? — respondeu o médico, sacudindo os ombros como um costaguanense nato. — Ramírez veio ao meu encontro no desembarcadouro. Cambaleava; parecia insano. Pôs as mãos na cabeça. Tinha de falar com alguém, simplesmente tinha. Claro que, apesar do seu estado de desvario, me reconheceu. As pessoas me conhecem bem por aqui. Vivi tempo demais entre elas para ser mais do que o doutor de mau olhado que pode curar males da carne e trazer má sorte com uma olhadela. Ele veio ao meu encontro. Tentou manter-se calmo. Tentou explicar que queria apenas avisar-me contra Nostromo. Parece que o capitão Fidanza, nalguma reunião secreta, me citou como o homem que mais despreza os pobres, o povo. É bem possível. Ele me distingue com a sua eterna aversão. E uma palavra do grande Fidanza pode ser o bastante para algum tolo me enfiar uma faca nas costas. A comissão sanitária que presido não é bem-vista pela populaça. "Cuidado com ele, *señor* doutor. Destrua-o, *señor* doutor", sibilou Ramírez bem no meu rosto. E depois abateu-se. "Aquele homem", tartamudeou, "lançou um feitiço sobre as moças." E quanto a ele próprio, já tinha falado demais. Precisava agora fugir, fugir e esconder-se nalgum lugar. Queixou-se ternamente de Giselle e depois xingou-a de nomes que não se podem repetir. Se tivesse certeza de poder fazê-la gostar dele de algum modo, ele a levaria para longe da ilha. Para as florestas. Mas não adiantava... Foi-se embora a passo largo, agitando os braços acima da cabeça. Percebi então um velho negro, que estivera sentado atrás de uma pilha de caixotes, pescando do desembarcadouro. Enrolou as suas linhas e escapuliu-se imediatamente. Mas deve ter escutado alguma coisa e deve ter falado também, porque alguns amigos ferroviários do velho garibaldino, imagino eu, o advertiram contra Ramírez. Mas Ramírez desapareceu da cidade.

— Sinto que tenho um dever a cumprir em relação a essas moças — disse a senhora Gould apreensiva. — Nostromo está em Sulaco agora?

— Está, desde domingo último.

— É preciso falar com ele: imediatamente.

— Quem se atreverá a falar com ele? Mesmo Ramírez, doidamente apaixonado, foge da mera sombra do capitão Fidanza.

— Pois eu posso. E vou falar — declarou a senhora Gould. — Uma palavra será o bastante para um homem como Nostromo.

O médico sorriu azedamente.

— Ele deve pôr um fim nessa situação que se presta a... Não posso acreditar que seja verdade o que se diz dessa criança — continuou a senhora Gould.

— Ela é muito atraente — resmungou o doutor, sombriamente.

— Ele vai compreender, estou certa. Tem de pôr fim a tudo isso casando-se com Linda imediatamente — proclamou a primeira-dama de Sulaco com enorme firmeza.

Ao portão do jardim assomou Basilio, bem mais gordo e untuoso, com uma face glabra, envelhecida, rugas nos cantos dos olhos e o cabelo negro de azeviche bem alisado. Abaixando-se com cuidado atrás de uma moita ornamental de arbustos, pôs no chão uma criança pequena que estivera a carregar ao ombro — sua filha mais recente com Leonarda. A amuada, mimada *camerista* e o chefe da criadagem da Casa Gould tinham se casado havia alguns anos.

Permaneceu agachado durante certo tempo, contemplando ternamente a sua progênie, que lhe devolveu o olhar com imperturbável gravidade; então, solene e respeitável, desceu o caminho.

— O que é, Basilio? — perguntou a senhora Gould.

— Chegou um telefonema pelo escritório da mina. O patrão vai dormir na montanha hoje.

O doutor Monygham ergueu-se e olhou para o outro lado. Um silêncio profundo reinou durante algum tempo à sombra das mais altas árvores dos encantadores jardins da Casa Gould.

— Está bem, Basilio — disse a senhora Gould. Viu-o afastar-se pelo caminho, passar por trás dos arbustos em flor e reaparecer com a criança empoleirada no seu ombro. Atravessou a entrada de portão entre o jardim e o pátio a passo medido, atento à sua pequena carga.

O doutor, de costas para a senhora Gould, contemplava um canteiro de flores ao longe, iluminado pelo sol. As pessoas o tinham por desdenhoso e azedo. A verdade de sua natureza estava na capacidade de apaixonar-se e na sensibilidade do seu temperamento. O que lhe faltava era o polido empedernimento dos homens do mundo, o empedernimento de que resulta uma fácil complacência em relação a si próprio e aos outros, a complacência polarmente distante da verdadeira simpatia e compaixão humanas. Essa falta de empedernimento lhe explicava a inclinação sardônica do espírito e as falas cortantes.

Em profundo silêncio, e a contemplar rancorosamente o brilhante canteiro de flores, o doutor Monygham despejava imprecações mentais sobre a cabeça de Charles Gould. Atrás dele, a imobilidade da senhora Gould acrescentava à graça de uma figura sentada o encanto da arte, de uma atitude captada e interpretada para sempre. Voltando-se abruptamente, o doutor despediu-se.

A senhora Gould recostou-se à sombra das grandes árvores plantadas em círculo. Recostou-se de olhos fechados e as mãos brancas descansando nos braços da poltrona. A meia-luz sob as cerradas massas de folhas lhe acentuava a juvenil graciosidade do rosto, fazia o tecido claro, leve, e a renda branca do seu vestido parecerem luminosos. Miúda e delicada, como se irradiasse uma luz própria na sombra espessa dos galhos entrelaçados, ela semelhava uma boa fada, fatigada de uma longa carreira de beneficência, tocada da mortífera suspeita da inutilidade de seus esforços, da inanidade de sua magia.

Tivesse alguém lhe perguntado em que pensava, ali sozinha no jardim da casa, com o marido na mina e a casa fechada para a rua como uma habitação vazia, a franqueza dela teria de elidir a pergunta. Ocorrera-lhe ao espírito que a vida, para ser larga e plena, tem de involucrar o cuidado com o pretérito e o futuro em cada passageiro minuto do presente. Nosso trabalho diário tem de ser feito para a glória dos mortos e para o bem dos que os sucederem. Ela pensou nisso e suspirou sem abrir os olhos — sem fazer movimento algum. O rosto da senhora Gould se tornou rígido por um segundo, como se para receber sem recuo uma grande vaga de solidão que se lhe abateu sobre a cabeça. E veio-lhe ao espírito também que ninguém jamais lhe perguntaria com solicitude no que pensava. Ninguém. Ninguém a não ser talvez o homem que acabara de despedir-se. Não — ninguém a quem pudesse responder na descuidada sinceridade da ideal perfeição da confiança.

A palavra "incorrigível" — uma palavra que havia sido recentemente pronunciada pelo doutor Monygham — flutuava dentro da sua triste e calada imobilidade. Incorrigível na devoção à grande mina de prata era o *señor* administrador! Incorrigível na sua dura, resoluta dedicação aos interesses materiais nos quais fixara a sua fé no triunfo da ordem e da justiça. Pobre rapaz! Ela tinha uma nítida visão dos cabelos grisalhos em suas têmporas. Ele era perfeito — perfeito. Que mais poderia ela ter esperado? Era um colossal e duradouro sucesso; e o amor era apenas um breve instante de esquecimento, uma curta embriaguez cujo deleite se recorda com um sentimento de tristeza, como se tivesse sido um profundo pesar sofrido até o fim. Havia, nas necessidades da ação bem-sucedida, algo inerente que trazia consigo a degradação moral da idéia. Ela viu a montanha de San Tomé debruçada sobre o campo, sobre toda a terra, temida, odiada, opulenta — mais desalmada que qualquer tirano, mais impiedosa e autocrática que o pior governo, pronta para esmagar inumeráveis vidas na expansão de sua grandeza. Ele não via isso. Não podia ver. Não era sua culpa. Ele era perfeito, perfeito, mas ela jamais poderia tê-lo para si. Jamais; nem por uma breve hora inteiramente para si nessa antiga casa espanhola que ela tanto amava! Incorrigíveis, o último dos Corbelan, a última dos Avellanos, dissera o doutor; mas ela via claramente a mina de San Tomé possuindo, consumindo, queimando a vida do último dos Gould de Costaguana; dominando o espírito enérgico do filho como se tivesse dominado a lamentável fraqueza do pai. Um terrível sucesso para o último dos Gould. O último! Ela havia esperado longo, longo tempo que talvez... Mas não! Não ia haver outros. Uma imensa desolação, o pavor da continuidade de sua própria vida, baixou sobre a primeira-dama de Sulaco. Com visão profética, viu-se a si mesma sobrevivendo sozinha à degradação do seu jovem ideal de vida, de amor, de trabalho — sozinha na "casa do tesouro do mundo". A expressão sofredora, cega, profunda, de um sonho penoso assomou-lhe à face de olhos fechados. Na voz indistinta de alguém que desditosa dormisse passivamente entregue a um pesadelo impiedoso, ela balbuciou ao acaso as palavras:

— Interesses materiais.

12

Nostromo estivera a enriquecer muito lentamente. Isso devido à sua prudência. Podia dominar-se mesmo quando o faziam perder o equilíbrio. E tornar-se escravo de um tesouro com plena consciência de si é um acontecimento raro, que perturba a mente. Mas especialmente por causa da dificuldade de convertê-lo numa forma em que pudesse tornar-se acessível. O simples ato de tirá-lo da ilha pouco a pouco envolvia dificuldades, perigos de iminente descoberta. Tinha de visitar a Grande Isabel em segredo, entre as suas viagens de cabotagem, que eram a fonte ostensiva de sua fortuna. A tripulação de sua própria escuna era de recear, como se vivesse a espionar o seu temido capitão. Não se atrevia a ficar muito tempo nos portos. Assim que o seu navio de cabotagem tinha sido descarregado, apressava-se a empreender outra viagem, pois temia despertar suspeitas com até mesmo um dia de atraso. Às vezes, durante uma estada de uma semana ou mais, conseguia fazer só uma visita ao tesouro. E era tudo. Um par de lingotes. Sofria por causa dos seus temores tanto quanto por causa de sua prudência. Fazer coisas às escondidas o humilhava. E sofria sobretudo pela concentração de seu pensamento no tesouro.

Uma transgressão, um crime, ao entrar na vida de um homem, devora-a como uma proliferação maligna, consome-a como uma febre. Nostromo havia perdido a paz; a autenticidade de todas as suas qualidades fora destruída. Ele próprio o sentia e amiúde amaldiçoava a prata de San Tomé. A sua coragem, a sua magnificência, o seu lazer, o seu trabalho, tudo era como antes, só que agora se tornara uma impostura. Mas o tesouro era real. Aferrava-se a ele com um apego mental, mais tenaz. Odiava porém a sensação de tocar os lingotes. Às vezes, depois de guardar um par deles em sua cabine — fruto de uma expedição noturna secreta à Grande Isabel — ficava a olhar fixamente os dedos, como se surpreso de não terem deixado nenhuma mancha na pele.

Ele encontrara meios de vender as barras de prata em portos distantes. A necessidade de ir longe tornava demoradas as suas viagens de cabotagem, e rareavam, espaçavam-se demais suas visitas à casa de Viola. Estava fadado a dali tirar a sua mulher. Dissera isso certa vez ao próprio Giorgio. Mas o garibaldino afastara o assunto com um majestoso aceno de mão, segurando um escuro cachimbo de raiz de roseira aceso. Não havia pressa; não era homem de empurrar as filhas a quem quer que fosse.

Conforme o tempo passou, Nostromo descobriu sua preferência pela mais jovem das duas. Tinham certas semelhanças profundas de natureza, que devem existir para que haja completa confiança e compreensão, independentemente das diferenças exteriores de temperamento que possam também existir para exercerem seu próprio fascínio por contraste. Sua mulher teria de conhecer-lhe o segredo, se não a vida seria impossível. Sentia-se atraído por Giselle, com o seu olhar cândido e a sua alva garganta, dócil, calada, um gosto da excitação por sob a indolência tranqüila; ao passo que Linda, com o seu rosto ardentemente pálido e intenso, enérgica, toda fogo e palavras, com um toque de melancolia e desdém, esgalho do velho tronco, vera filha do austero republicano, mas com a voz de Teresa, lhe inspirava uma profunda desconfiança. Ademais, a pobre moça não conseguia esconder o seu amor por Gian' Battista. Ele podia ver que seria violento, exigente, suspicaz, intransigente — como a alma dela. Giselle, pela beleza loura mas cálida, pela placidez exterior de sua natureza que continha uma promessa de submissão, pelo encanto de seu mistério juvenil, despertava-lhe a paixão e lhe aquietava os temores quanto ao futuro.

As ausências de Nostromo de Sulaco eram longas. Ao voltar da mais longa delas, discerniu chatas carregadas de blocos de pedra sob o penhasco da Grande Isabel; guindastes e andaimes lá em cima; vultos de trabalhadores a se movimentar, e um pequeno farol já se erguendo sobre os alicerces à beira do penhasco.

A essa cena surpreendente, inesperada, jamais sonhada, julgou-se irremediavelmente perdido. O que o podia salvar agora de ser descoberto? Nada! Um temor atônito se apoderou dele a essa virada da sorte, que projetaria uma luz de grande alcance sobre o único lugar secreto de sua vida; daquela vida cuja própria essência, valor, realização, consistia em seu reflexo nos olhos admirativos dos homens. A não ser por aquilo que estava além da compreensão comum; que se erguia entre ele e o poder que ouve e dá eficácia à má intenção das maldições. Aquilo que era escuro. Nem todo homem tem tal escuridão. E iam pôr uma luz ali. Uma luz! Viu-a luzir sobre a desonra, a pobreza, o desprezo. Alguém certamente iria... Talvez alguém tivesse já...

O incomparável Nostromo, o capataz, o respeitado e temido capitão Fidanza, o inconteste patrono de sociedades secretas, republicano como o velho Giorgio e revolucionário de coração (mas de outra maneira), estava a ponto de atirar-se, pela amurada do convés de sua própria escuna. Aquele homem, subjetivo até quase a insanidade, encarou o suicídio de frente, premeditadamente. Mas não chegou a perder a cabeça. Deteve-o o pensamento de que não seria uma saída. Imaginava-se morto, e a desonra, a vergonha a continuar. Ou, melhor dizendo, não conseguia imaginar-se morto. Estava tão intensamente imbuído do sentimento de sua própria existência, coisa de infinita duração em suas mudanças, que não podia compreender a noção de finalidade. A terra continua para sempre.

E era um homem corajoso. Uma coragem corrupta, mas tão adequada aos seus propósitos quanto a do outro tipo. Velejou perto do penhasco da Grande Isabel lançando um olhar penetrante, do convés, à entrada da ravina, tapada por um entrelaçamento de arbustos intacto ainda. Velejou perto o bastante para trocar saudações com os trabalhadores, que protegiam os olhos com a mão à beira do penhasco a prumo sobranceado pela lança de um poderoso guindaste. Percebeu que nenhum deles tinha qualquer oportunidade de sequer aproximar-se da ravina onde a prata estava escondida, quanto mais de entrar nela. Na baía soube que ninguém dormia na ilha. As turmas de trabalhadores regressavam ao porto toda tarde, cantando canções em coro nas chatas vazias puxadas pelo rebocador da baía. De momento, ele nada tinha a temer.

Mas e depois?, perguntava-se. Mais tarde, o zelador do farol veio morar na casinha que estava sendo construída a cerca de cento e cinqüenta metros da baixa torre com luzeiro, e a quatrocentos e tantos da ravina escura, sombreada, selvática, que guardava o segredo da sua segurança, da sua influência, da sua magnificência, do seu poder sobre o futuro, do seu desafio à má sorte, a toda e qualquer possível traição de rico ou de pobre — mas e daí? Jamais poderia desembaraçar-se do tesouro. A sua audácia, maior que a de qualquer outro homem, soldara aquele veio de prata à sua própria vida. E o sentimento de temerosa e ardente sujeição, o sentimento de sua escravidão — tão irremediável e profunda que com freqüência comparava-se, em pensamento, aos lendários gringos nem mortos nem vivos, agrilhoados à sua conquista de riqueza ilícita no Azuera — oprimia intensamente o independente capitão Fidanza, proprietário e comandante de uma escuna de cabotagem, cuja guapa aparência (e fabulosa boa sorte nos negócios) era tão conhecida no litoral oeste de um vasto continente.

Com exuberantes suíças e ar grave, um pouquinho menos ágil no andar, o vigor e a simetria de seus poderosos membros ocultos pela vulgaridade de um terno de *tweed* marrom confeccionado por judeus nos cortiços de Londres e vendido pelo departamento de roupas feitas da Compañía Anzani, o capitão Fidanza era visto nas ruas de Sulaco cuidando de seus negócios, como de hábito, daquela viagem. E, como de hábito, permitiu que corresse a notícia de que tivera um grande lucro com a sua carga. Era uma carga de peixe salgado e a Quaresma estava perto. Foi visto em bondes, transitando da cidade para a baía e vice-versa; falava com pessoas num ou dois cafés, na sua voz ponderada, firme. A geração que já nada saberia da famosa cavalgada a Cayta ainda não tinha nascido.

Nostromo, o capataz dos *cargadores* erroneamente assim chamado, construíra para si, sob o seu verdadeiro nome, uma outra existência pública que foi todavia modificada pelas novas condições; uma existência menos pitoresca, mais difícil de manter na crescente e variada população de Sulaco, a progressista capital da República Ocidental.

O capitão Fidanza, sem pitoresco, mas revestido sempre de uma certa aura de mistério, foi bem reconhecido sob o alto teto de vidro e ferro da estação ferroviária de Sulaco. Tomou um trem local e desceu em Rincón para visitar a viúva do *cargador* que morrera em conseqüência dos seus ferimentos (ao alvorecer da "nova era", tal como *don* José Avellanos) no pátio da Casa Gould. Concordou em sentar-se e tomar um copo de limonada fresca na cabana, enquanto a mulher, de pé, despejava uma torrente de palavras a que ele não dava ouvidos. Deixou algum dinheiro com ela, como de costume. As crianças órfãs, já crescidas e na escola, que o chamavam de tio, pediram-lhe ruidosamente a bênção. Ele a deu, também, e parou um instante no vão da porta para olhar, com um ligeiro franzir de cenhos, a face lisa da montanha de San Tomé. Essa leve contração da sua fronte bronzeada foi notada na loja maçônica que ele freqüentava — mas desapareceu antes do banquete. Ostentou-a na reunião de alguns bons camaradas, italianos e ocidentais, congregados em sua honra sob a presidência de um pequeno fotógrafo meio corcunda, de aparência doentia e indigente, de rosto pálido e alma magnânima tinta de vermelho pelo ódio sanguinário a todos os capitalistas, opressores dos dois hemisférios. O heróico Giorgio Viola, o velho revolucionário, não teria entendido nada de seu discurso de abertura; e o capitão Fidanza, prodigamente generoso como de hábito com alguns camaradas mais pobres, não fez discurso algum. Ouviu, carrancudo, com a atenção muito longe, e partiu inacessível, calado, como um homem cheio de preocupações.

Sua carranca se acentuou quando, no começo da manhã, observou os pedreiros saindo para a Grande Isabel em chatas carregadas de blocos de pedra esquadriados, em quantidade suficiente para acrescentar outra fiada à torre quadrada do farol. Esse era o ritmo do trabalho. Uma fiada por dia.

E o capitão Fidanza ficou a meditar. A presença de estranhos na ilha o isolaria totalmente do tesouro. Já tinha sido assaz perigoso e difícil antes. Estava com medo e com raiva. Refletia com a determinação de um amo e a astúcia de um escravo acovardado. Então rumou para a praia.

Era um homem engenhoso, cheio de recursos, e, como de hábito, o expediente que encontrou num momento crítico foi suficientemente eficaz para alterar a situação de maneira radical. Tinha o dom de converter o próprio perigo em segurança, aquele incomparável Nostromo, "um homem em mil". Com Giorgio instalado na Grande Isabel, não haveria necessidade de esconder-se. Poderia ir abertamente, à luz do dia, visitar-lhe as filhas — uma das filhas — e ficar até tarde conversando com o velho garibaldino. Então no escuro... noite após noite... se arriscaria a enriquecer mais depressa agora. Ansiava pegar, abraçar, absorver, subjugar em posse inconteste o seu tesouro, cuja tirania lhe oprimira o espírito, as ações, o próprio sono.

Foi visitar seu amigo capitão Mitchell — e a coisa se fez conforme o doutor Monygham relatara à senhora Gould. Quando o projeto foi discutido com o garibaldino, algo assim como o apagado reflexo, o vago fantasma de um sorriso muito antigo assomou furtivamente sob os brancos e enormes bigodes do velho inimigo jurado de reis e ministros. As filhas eram objeto de suas preocupações angustiadas. A mais nova, particularmente. Linda, com a voz da mãe, havia tomado o lugar desta. O seu profundo, vibrante "Hein, *padre*?" parecia, a não ser pela mudança da palavra, o próprio eco do arrebatado, desaprovador "Hein, Giorgio?" da pobre *signora* Teresa. Era sua firme opinião a de a cidade não ser o lugar adequado para as moças. O apaixonado mas ingênuo Ramírez lhe merecia profunda aversão, como se resumisse os pecados do país cuja gente era cega, vis *esclavos*.

No regresso de sua viagem seguinte, o capitão Fidanza encontrou os Viola instalados na casinha do faroleiro. O conhecimento que tinha das idiossincrasias de Giorgio não o enganara. O garibaldino recusara-se a considerar a idéia de ter qualquer tipo de companhia, além das moças. E o capitão Mitchell, ansioso por agradar o seu pobre Nostromo, com aquele acerto de inspiração que só o verdadeiro afeto pode alcançar, nomeara oficialmente Linda Viola subencarregada do farol da Isabel.

— O farol é propriedade privada — costumava explicar. — Pertence à minha companhia. Tenho autoridade para nomear quem eu queira, e Viola será o homem. E praticamente a única coisa que Nostromo (um homem que vale o seu peso em ouro, fique sabendo) jamais me pediu que fizesse por ele.

Assim que ancorou a escuna defronte da nova alfândega, com o seu pretenso ar de templo grego, de teto reto, colunada, o capitão Fidanza remou em seu pequeno bote para fora da baía, no rumo da Grande Isabel, e isso abertamente, à luz do dia declinante, diante dos olhos de todos, com uma sensação de ter dominado as Parcas. Devia firmar uma posição regular. Pediria agora a filha de Viola em casamento. Pensava em Giselle enquanto remava. Linda talvez o amasse, mas o velho ficaria contente em conservar a mais velha, que tinha a voz da sua mulher.

Não remou em direção à estreita praia onde desembarcara com Decoud e depois sozinho em sua primeira visita ao tesouro. Rumou para a praia da outra ponta e subiu a pé o aclive regular e suave da ilha em forma de cunha. Giorgio Viola, a quem ele avistara de longe, sentado num banco sob a parede fronteira da casa, ergueu ligeiramente o braço em resposta à sua saudação em voz alta. Subiu até lá. Nenhuma das moças apareceu.

— É bom aqui — disse o velho, à sua maneira austera, distante.

Nostromo assentiu com a cabeça; após um breve silêncio, disse:

— Viu minha escuna passar há menos de duas horas? Sabe por que estou aqui, antes, por assim dizer, de minha âncora ter se firmado no fundo deste porto de Sulaco?

— Você é bem-vindo como se fosse um filho — declarou o velho serenamente, com os olhos voltados para o mar.

— Ah! teu filho. Eu sei. Eu sou o que o teu filho teria sido. Está bem, *viejo*. São boas-vindas verdadeiramente boas. Ouça, vim pedir-lhe a mão de...

Um temor súbito acometeu o destemido e incorruptível Nostromo. Não se atrevia a pronunciar o nome que tinha em mente. A breve pausa só serviu para dar acentuado peso e solenidade ao final alterado da frase.

— De sua filha! — O coração lhe batia apressado. — Já é tempo de...

O garibaldino o deteve com o braço estendido.

— Isso ficou para você decidir.

Ergueu-se devagar. A barba, sem aparar desde a morte de Teresa, cerrada, branca como neve, lhe cobria o peito robusto. Voltou a cabeça para a porta e chamou na sua voz forte:

— Linda.

A resposta dela veio aguda e abafada lá de dentro; e o espavorido Nostromo se ergueu também, mas permaneceu mudo a fitar a porta. Tinha medo. Não de ser recusado pela moça a quem amava — nenhuma simples recusa poderia interpor-se entre ele e uma mulher que desejasse —, mas o espectro luzente do tesouro ergueu-se à sua frente, exigindo obediência num silêncio que não podia ser contestado. Tinha medo porque, nem morto nem vivo, como os gringos no Azuera, pertencia de corpo e alma à ilegalidade de sua audácia. Tinha medo de ser-lhe proibido pisar na ilha. Tinha medo e não disse nada.

Vendo os dois homens de pé à sua espera, Linda se deteve no vão da porta. Nada poderia alterar-lhe a ardente alvura imóvel do rosto; todavia, seus olhos pretos pareciam captar e concentrar toda a luz do sol poente num lampejo de fogo dentro das suas negras profundezas, cobertas de pronto pelo vagaroso baixar das pálpebras espessas.

— Olha para o teu marido, senhor e benfeitor — ressoou a voz do velho Viola com uma força que parecia encher o golfo todo.

Ela se adiantou com os olhos quase cerrados, como uma sonâmbula num sonho de beatitude.

Nostromo fez um esforço sobre-humano.

— Já é tempo, Linda, de ficarmos noivos — disse calmamente, no seu tom de voz nivelado, descuidoso, inabalável.

Ela depôs a mão na palma que lhe era oferecida, baixando a cabeça, negra com lampejos de bronze, sobre a qual a mão do pai descansou por um instante.

— E assim a alma da morta é satisfeita.

A frase veio de Giorgio Viola, que continuou a falar durante algum tempo sobre a esposa falecida, enquanto os dois, sentados lado a lado, não se olharam uma só vez. Então o velho calou-se; e Linda, imóvel, começou a falar.

— Desde quando tive consciência de viver neste mundo, vivi só para você, Gian' Battista. E você sabia disso! Sabia disso... Battistino.

Pronunciou o nome com exatamente a mesma entonação da mãe. Uma escuridão como que tumular desceu sobre o coração de Nostromo.

— Sim. Eu sabia — disse.

O heróico garibaldino sentou-se no mesmo banco baixando a cabeça grisalha, a velha alma a sós com suas lembranças, ternas e violentas, terríveis e sombrias — solitário na terra cheia de homens.

E Linda, sua filha mais amada, estava dizendo:

— Eu era sua desde quando posso me lembrar. Tinha só de pensar em você para a terra se tornar vazia aos meus olhos. Quando você estava ali, eu não conseguia enxergar mais ninguém. Eu era sua. Nada mudou. O mundo lhe pertence e você me deixa viver nele... — Baixou a voz grave, vibrante, para uma nota ainda mais grave, e achou outras coisas que dizer — torturantes para o homem a seu lado. Pareceu não ver a irmã, a qual saía com um pano de altar que estava bordando nas mãos; ela passou diante deles, silenciosa, fresca, loura, e, depois de uma olhadela e um leve sorriso, foi-se sentar um pouco mais adiante, do outro lado de Nostromo.

A tarde estava silenciosa. O sol já quase tocava as águas de um oceano purpúreo; e a torre branca, lívida contra o fundo de nuvens que enchiam o alto do golfo, sustentava o farol, vermelho e fulgente, como um emblema ardente aceso pelo fogo do céu. Giselle, indolente e recatada, erguia o pano de altar de quando em quando para esconder bocejos nervosos, como os de uma pantera nova.

De súbito, Linda correu até a irmã e, tomando-lhe a cabeça, cobriu-lhe o rosto de beijos. O cérebro de Nostromo dava voltas. Quando ela a deixou como que aturdida pelas carícias violentas, de mãos soltas no regaço, o escravo do tesouro sentia-se capaz de dar um tiro nela. O velho Giorgio ergueu a cabeça leonina.

— Aonde vai, Linda?

— Para o farol, *padre mio*.

— *Sí, sí*... para o seu trabalho.

Levantou-se também, olhou para a filha mais velha; depois, num tom cuja nota festiva parecia o eco de uma disposição de ânimo perdida na noite dos tempos:

— Vou preparar alguma coisa na cozinha. Ah! Filho! O velho sabe onde achar uma garrafa de vinho, também.

Voltou-se para Giselle, mudando para um tom de austera ternura:

— E você, pequena, reze não ao Deus dos padres e dos escravos, mas ao Deus dos órfãos, dos oprimidos, dos pobres, das criancinhas, para que te dê um homem como este de marido.

A mão dele pousou por um instante, pesada, no ombro de Nostromo; depois ele entrou na casa. O desesperançado escravo da prata de San Tomé sentiu, a essas palavras, as presas venenosas do ciúme lhe morderem fundo o coração. Assustou-o a novidade da experiência, a sua força, a sua intimidade física. Um marido! Um marido para ela! No entanto era natural que Giselle devesse ter um marido mais cedo ou mais tarde. Ele jamais compreendera isso antes. Ao descobrir que a beleza dela podia vir a pertencer a outrem, sentiu-se capaz de matar também aquela outra filha do velho Giorgio. Murmurou, sorumbático:

— Dizem que você ama Ramírez.

Ela sacudiu a cabeça sem olhar para ele. Lampejos de cobre corriam pela fartura da sua cabeleira loura. Sua fronte lisa tinha o lustre macio, puro, de uma pérola inestimável no esplendor do pôr-do-sol, que misturava a obscuridade dos espaços estrelados, a púrpura do mar e o carmesim do céu numa quietude magnífica.

— Não — respondeu ela, lentamente. — Eu nunca o amei. Acho que eu nunca... ele me ama: talvez.

A sedução de sua voz lenta morreu no ar, e seus olhos erguidos permaneceram fitos no nada, como que indiferentes e sem pensamentos.

— Ramírez lhe disse que a ama? — perguntou Nostromo, contendo-se.

— Ah! uma vez: numa tarde...

— Que miserável... ah!

Ele dera um pulo, como se tivesse sido picado por um moscardo, e ficou de pé à frente dela, emudecido de raiva.

— *Misericordia divina!* Você também, Gian' Battista! Que desgraçada eu sou! — lamentou-se ela em tom cândido. — Eu contei a Linda, e ela ralhou comigo; ralhou. Será que tenho de viver cega, muda e surda neste mundo? E ela contou a papai, que pegou sua espingarda e começou a limpá-la. Pobre Ramírez! Então você chegou, e ela lhe contou.

Ele a fitou. Cravou os olhos na concavidade da sua alva garganta, que tinha o irresistível encanto das coisas jovens, palpitantes, delicadas e vivas. Seria essa a criança que ele conhecera? Seria possível? Deu-se então conta de que naqueles últimos anos tinha-a visto realmente muito pouco; quase nada. Nada. Ela chegara ao mundo como algo desconhecido. E chegara a ele de surpresa. Era um perigo. Um perigo assustador. A feroz determinação, de caráter instintivo, que nunca faltara a Nostromo nos perigos desta vida acrescentava sua força inabalável à violência da paixão dele. Numa voz que lhe fazia lembrar música de água correndo, tilintar de sinos de prata, ela continuou:

— E vocês três se juntaram para me trazer a esta prisão de céu e água. Mais nada. Só céu e água. Oh, *Santissima madre*. Meu cabelo vai embranquecer nesta ilha aborrecida. Eu seria capaz de odiá-lo, Gian' Battista!

Ele riu alto. A voz dela o envolvia como uma carícia. Ela lamentou a sua sorte, esparzindo inconscientemente, como uma flor, o seu perfume pelo frescor da tarde, a indefinível sedução da sua personalidade. Era culpa dela se ninguém jamais admirara Linda? Mesmo quando eram pequenas, e saíam com a mãe para ir à missa, ela se lembrava de que ninguém prestava atenção em Linda, que não tinha medo, e preferiam antes assustá-la, a ela que era tímida, com suas atenções. Era por causa do cabelo cor de ouro, achava ela.

Ele se manifestou:

— Seu cabelo é como ouro, seus olhos são como violetas, e seus lábios como a rosa; seus braços roliços, sua garganta branca...

Imperturbável na indolência da sua postura, ela enrubesceu violentamente até a raiz dos cabelos. Não era presunçosa. Tinha tanta consciência de si quanto uma flor. Mas estava deleitada. Talvez até mesmo uma flor goste de ouvir elogios. Ele baixou a vista e acrescentou, impetuosamente:

— Os seus pezinhos!

Recostando-se contra a áspera parede de pedra da casa, ela parecia se aquecer languidamente na tepidez do róseo rubor. Só os seus olhos baixos fitaram num relance os pequenos pés.

— Então você vai finalmente casar-se com a nossa Linda. Ela é terrível. Ah! Agora vai entender melhor, já que você lhe disse que a ama. Não vai mais ser tão brava.

— *Chica!* — disse Nostromo. — Eu não disse nada a ela.

— Então se apresse. Venha amanhã. Venha e diga-lhe, para que ela me dê alguma paz com os seus ralhos e, talvez, quem sabe...

— Possa dar ouvidos ao seu Ramírez, hein? É isso? Você...

— Valha-me Deus! Como você é violento, Giovanni — disse ela, sem se perturbar. — Quem é Ramírez?... Ramírez... quem é ele? — repetiu, sonhadoramente, no lusco-fusco do golfo nublado, com uma listra vermelha no horizonte a oeste, qual uma barra de ferro incandescente posta de través na entrada de um mundo sombrio como uma caverna onde o magnífico capataz dos *cargadores* ocultara suas conquistas de amor e de riqueza.

— Ouça, Giselle — disse ele em voz contida —, não vou dizer palavras de amor à sua irmã. Quer saber por quê?

— Ai! eu talvez não pudesse entender, Giovanni. O pai diz que você não é como os outros homens; que ninguém nunca o entendeu direito; que os ricos ainda vão se surpreender... Oh! santo céu! estou cansada.

Ergueu o bordado para esconder a parte inferior do rosto, depois deixou-o cair no regaço. O luzeiro estava tapado do lado de terra, mas de viés, afastando-se da coluna escura da torre, podiam enxergar a longa lança de luz, acesa por Linda, atirando-se contra o brilho agonizante de um horizonte de púrpura e vermelho.

Giselle Viola, com a cabeça apoiada à parede da casa, os olhos semicerrados, e os pezinhos, de meias brancas e chinelas pretas, cruzados um sobre o outro, parecia entregar-se, tranqüila e fatídica, ao lusco-fusco que se adensava. O encanto do seu corpo, o mistério promissor da sua indolência, irradiavam-se na noite do golfo Plácido como fresca e embriagadora fragrância espalhando-se pelas sombras, impregnando o ar. O incorruptível Nostromo respirou-lhe a sedução ambiente no tumultuoso arfar do seu próprio peito. Antes de deixar a baía, ele tirara a roupa feita de capitão Fidanza para poder remar com mais conforto na longa distância até as ilhas. Estava agora de pé à frente dela na camisa axadrezada e na faixa vermelha em que costumava aparecer no cais da companhia — um marinheiro do Mediterrâneo que desembarcara para tentar a sorte em Costaguana. O lusco-fusco de púrpura e vermelho o envolvia também — próximo, macio, profundo, a não mais de cinqüenta metros do local onde se adensara tarde após tarde em torno da paixão autodestrutiva do total ceticismo de *don* Martin Decoud, a qual flamejava mortalmente na solidão.

— Você tem de escutar — disse ele por fim, com completo domínio de si. — Não direi nenhuma palavra de amor à sua irmã, de quem estou noivo desde hoje à tarde, porque é a você que eu amo. É a você!

O crepúsculo lhe permitiu ainda ver o terno e voluptuoso sorriso que assomara instintivamente aos lábios dela, moldados para o amor e para os beijos, endurecer-se em linhas tensas, desvairadas, de terror. Ele não pôde mais conter-se. Ao mesmo tempo que lhe fugia à aproximação, ela estendeu os braços para ele, abandonados e esplêndidos na sua lânguida rendição. Ele segurou a cabeça dela entre as mãos e cobriu-lhe de beijos rápidos a face erguida que brilhava à luz púrpura do crepúsculo. Dominador e terno, entrava aos poucos na plenitude de sua posse. E percebeu que ela chorava. Então o incomparável capataz, o homem de amores despreocupados, tornou-se meigo e carinhoso, como uma mulher com uma criança pesarosa. Falou-lhe baixinho, afetuosamente. Sentou-se ao lado dela e ninou-lhe a cabeça loura contra o peito. Chamou-a de sua estrela, sua florzinha.

Escurecera. Da sala da casinha do faroleiro, onde Giorgio, um dos Mil Imortais, inclinava a cabeça leonina e heróica sobre um fogo de carvão, veio um som chiante e o aroma de uma artística *frittura*.

Na obscura confusão daquilo que acontecia como uma catástrofe, foi na cabeça feminina dela que sobreviveu algum lampejo de razão. Ele estava perdido para o mundo na quietude do abraço que os unia. Mas ela lhe sussurrou no ouvido:

— Deus do céu! O que vai ser de mim... aqui... agora... entre este céu e esta água que detesto? Linda, Linda... estou vendo-a!... — Tentou soltar-se dos braços dele, que haviam se relaxado de súbito ao som daquele nome. Mas ninguém se aproximava de seus vultos escuros, enlaçados e pelejando contra o fundo branco da parede. — Linda! Pobre Linda! Estou tremendo! Morrerei de medo diante da minha pobre irmã Linda, que hoje se tornou noiva de Giovanni... meu amante! Giovanni, você deve ter enlouquecido! Não consigo compreendê-lo! Você não é como os outros homens! Não desistirei de você; nunca; só para Deus em pessoa! Mas por que você fez esta coisa terrível, cruel, louca, cega?

Liberta, ela deixou pender a cabeça, tombarem as mãos. O pano de altar, como se arrebatado por um vento forte, fora parar longe deles, a alvejar contra o chão escuro.

— De medo de perder minha esperança em você — disse Nostromo.

— Você sabia que era dono de minha alma! Você sabe tudo!

Ela nasceu para você! Mas o que podia se meter entre você e mim? O quê? Diga-me — repetiu ela, sem impaciência, com soberba segurança.

— Sua falecida mãe — respondeu ele, em voz muito baixa.

— Ah!... Pobre mãe! Ela sempre... É uma santa no céu, agora, e eu não posso desistir de você por causa dela. Não, Giovanni. Só para Deus em pessoa. Você endoideceu; agora porém está feito. Oh! o que foi que fez? Giovanni, meu amado, minha vida, meu amo, não me deixe aqui neste túmulo de nuvens. Não pode me deixar agora. Deve me levar embora; imediatamente; neste instante; no seu pequeno bote. Giovanni, me tire daqui esta noite, livre-me dos olhos de Linda, tenho medo de ter de olhar para ela novamente.

Achegou-se bem a ele. O escravo da mina de San Tomé sentiu o peso dos grilhões nos membros, uma pressão como a de uma mão fria sobre os seus lábios. Lutou contra o encantamento.

— Não posso — disse. — Não ainda. Há uma coisa que se ergue entre nós dois e a liberdade pelo mundo.

Ela aproximou ainda mais o corpo do dele com um sutil e ingênuo instinto de sedução.

— Você está delirando, Giovanni... meu amor! — sussurrou ela, cativante — O que é que pode haver? Leve-me embora; com tuas próprias mãos; para casa de *doña* Emilia; para longe daqui. Não sou muito pesada.

Era como se ela esperasse que ele a erguesse de pronto nas palmas das mãos. Perdera a noção de todas as possibilidades. Tudo podia acontecer naquela noite de portentos. Como ele não se movesse, ela quase gritou:

— Eu lhe digo que tenho medo de Linda! — E ele ainda não se mexia. Ela se aquietou, matreira. — O que é que pode haver? — perguntou em tom insinuante.

Ele a sentiu cálida, viva, a respirar, a palpitar no côncavo do seu braço. Na consciência exultante de sua força, e no triunfante alvoroço de sua mente, forcejou por libertar-se.

— Um tesouro — disse. Tudo estava quieto. Ela não compreendeu. — Um tesouro em prata para comprar uma coroa de ouro para a tua fronte.

— Um tesouro? — repetiu ela em voz fraca, como que das profundezas de um sonho. — Que é que está dizendo?

Ela se desvencilhou com brandura. Ele se levantou e olhou para ela, cônscio do seu rosto, do seu cabelo, dos seus lábios, das covas de suas faces — vendo-lhe o fascínio da pessoa na noite do golfo como se a visse no fulgor do meio-dia. A voz despreocupada e sedutora dela tremia com um alvoroço de temerosa admiração e incontrolável curiosidade.

— Um tesouro em prata! — balbuciou ela. E então perguntou açodadamente: — Qual? Onde? Como conseguiu, Giovanni?

Ele lutava contra o encantamento do cativeiro. Foi como se desferisse um golpe heróico que exclamou:

— Como um ladrão!

O mais cerrado negrume do golfo Plácido pareceu cair-lhe sobre a cabeça. Ele não conseguia enxergá-la agora. Ela se desvanecera num longo, obscuro silêncio abismal, de onde sua voz lhe veio após algum tempo com um leve lampejo, que era o de sua face:

— Eu amo você! Eu amo você!

Estas palavras deram a ele uma invulgar sensação de liberdade; lançaram um feitiço mais forte do que o amaldiçoado encantamento do tesouro; mudaram-lhe a penosa sujeição àquela coisa morta numa exultante convicção do seu próprio poder. Ele a cercaria, disse, de um esplendor tão grande quanto o de *doña* Emilia. Os ricos viviam de riqueza roubada ao povo, mas ele não roubara nada aos ricos — nada que já não tivessem perdido com a sua loucura e a sua traição. Pois ele fora traído — disse —, iludido, tentado. Ela acreditou nele... Ele conservara o tesouro para fins de vingança, mas esta agora não importava. Só ela importava. Ele lhe poria a beleza num castelo sobre uma colina coroada de oliveiras — um palácio branco acima de um mar azul. Ali a conservaria como uma jóia num escrínio. Conseguiria terra para ela — terra dela própria, fértil, com vinhedos e cereais — para que a pisasse com os seu pezinhos. Beijou-os... Ele já havia pago tudo com a alma de uma mulher e a vida de um homem... O capataz dos *cargadores* provara a suprema embriaguez de sua generosidade. Com soberba, punha aos pés dela o tesouro dominado, em meio à escuridão impenetrável do golfo, a escuridão que desafiava — como se dizia — a sabedoria de Deus e a astúcia do diabo. Mas ela deveria deixá-lo enriquecer primeiro — advertiu.

Ela ouvia como que em transe. Com os dedos lhe revolvia os cabelos. Ele se endireitou aturdido, fraco, vazio, como se tivesse jogado a alma fora.

— Apressa-te, então — disse ela. — Apressa-te, Giovanni, meu amante, meu amo, pois não te darei a ninguém mais, a não ser Deus, e tenho medo de Linda.

Ele lhe adivinhou o estremecimento e prometeu fazer o que pudesse. Confiava na coragem do seu amor. Ela prometeu ser corajosa para poder ser sempre amada — longe, num branco palácio sobre uma colina acima do mar azul. Então, com tímida, tateante impaciência, murmurou:

— Onde está ele? Onde? Conte-me isso, Giovanni.

Ele abriu a boca e permaneceu calado — fulminado.

— Isso não! Isso não! — disse em voz entrecortada, aterrado com o encantamento do segredo que o mantivera mudo perante tantas pessoas e que voltava a selar-lhe os lábios com força não diminuída. Nem mesmo a ela poderia contar. Nem mesmo a ela. Era perigoso demais. — Proíbo-te de perguntar — gritou-lhe, abrandando cautelosamente a ira da voz.

Ele não tinha recuperado a liberdade. O espectro do tesouro ilícito erguia-se ao seu lado como um vulto de prata, impiedoso e secreto, com um dedo nos lábios pálidos. A alma lhe morreu à visão de si próprio a se esgueirar pela ravina com o cheiro de terra, de folhagem úmida nas narinas — a esgueirar-se para dentro dela, sob o domínio de uma determinação que lhe entorpecia o peito, e a esgueirar-se de volta carregado de prata, com os ouvidos alerta a qualquer som. Tinha de ser feito nessa noite mesmo — aquele trabalho de escravo medroso!

Ele se agachou, comprimiu a barra da saia dela contra os lábios e murmurou uma ordem:

— Diga-lhe que não vou ficar — e afastou-se subitamente, silencioso, sem sequer o som de passos na noite escura.

Ela permaneceu sentada, a cabeça indolentemente apoiada à parede, e os pezinhos, de meias brancas e chinelas pretas, cruzados um sobre o outro. O velho Giorgio, ao sair, não pareceu tão surpreso com a informação quanto ela vagamente receava. Pois ela estava agora cheia de inexplicável temor — temor de tudo e de todos, exceto do seu Giovanni e do tesouro dele. Mas aquilo era incrível.

O heróico garibaldino aceitou a repentina partida de Nostromo com sagaz indulgência. Recordava-se dos seus próprios sentimentos e demonstrou uma compreensão masculina da verdadeira situação do caso.

— *Va bene*. Que vá. Ha! ha! Por mais bela que seja a mulher, sempre irrita um pouco. Liberdade, liberdade. Há de mais de uma espécie. Ele disse a grande palavra, e o filho Gian' Battista não é manso. — Parecia estar instruindo a imóvel e assustada Giselle... — Um homem não deve ser manso — acrescentou dogmaticamente, do vão da porta. A imobilidade e o silêncio dela pareceram desagradá-lo. Não fique invejosa da boa sorte de sua irmã — admoestou-a, muito sério, com a sua voz profunda.

Na verdade, teve de vir à porta novamente para dizer à filha mais nova que entrasse. Era tarde. Gritou-lhe o nome três vezes até ela chegar a mexer a cabeça. Deixada a sós, tornara-se presa inerme do espanto. Foi para o dormitório que partilhava com Linda como uma pessoa profundamente adormecida. Tal aspecto era tão ostensivo que mesmo o velho Giorgio, de óculos, erguendo os olhos da Bíblia, sacudiu a cabeça quando ela cerrou a porta atrás de si.

Atravessou o quarto em linha reta sem olhar para coisa alguma e foi-se sentar imediatamente junto à janela aberta. Linda, descendo furtivamente da torre na exuberância da sua felicidade, encontrou-a com uma vela acessa às costas, de frente para a noite escura cheia de suspirosas lufadas de vento e do som de distantes aguaceiros — uma legítima noite do golfo, cerrada demais para o olho de Deus e as astúcias do diabo. Ela não voltou a cabeça quando a porta se abriu.

Havia algo naquela imobilidade que chegou até Linda, nas profundezas do seu paraíso. A irmã mais velha pensou, encolerizada: a menina está pensando naquele desgraçado do Ramírez. Linda ansiava por falar. Disse na sua voz despótica:

— Giselle! — e não teve o mínimo movimento em resposta.

A moça que ia viver num palácio e pisar em terra sua estava prestes a morrer de medo. Por coisa alguma deste mundo teria voltado a cabeça para encarar a irmã. O coração lhe batia loucamente. Disse com açodamento contido:

— Não fale comigo. Estou rezando.

Linda, desapontada, saiu do quarto em silêncio, e Giselle continuou ali sentada incrédula, absorta, aturdida, paciente, como se esperasse a confirmação do inacreditável. A desesperadora negrura das nuvens parecia parte de um sonho. Ela esperava.

Não esperou em vão. O homem cuja alma estava morta dentro de si, esgueirando-se para fora da ravina, carregado de prata, vira o lampejo da janela acesa e não pôde deixar de voltar sobre seus passos, desde a praia.

Contra aquele impenetrável fundo de cena, obliterando as altas montanhas junto ao litoral, ela avistou o escravo da prata de San Tomé, como se pelo extraordinário poder de um milagre. Aceitou-lhe o regresso como se dali em diante o mundo já não pudesse ter surpresas por toda a eternidade.

Ela se levantou, compelida e rígida, e pôs-se a falar antes de a luz de dentro incidir no rosto do homem que se aproximava.

— Você veio para me levar embora. Está bem! Abre teus braços, Giovanni, meu amante. Estou indo.

Os passos prudentes dele se detiveram e com os olhos a luzir desvairadamente ele falou em voz áspera:

— Ainda não. Tenho de enriquecer lentamente... — Uma nota ameaçadora apareceu em sua voz. — Não se esqueça de que o seu amante é ladrão.

— Sim! Sim! — murmurou ela, à pressa. — Vem mais perto! Ouça! Não me largue, Giovanni! Nunca, nunca!... Terei paciência!

Seu vulto se inclinou consoladoramente por sobre o batente baixo para o escravo do ilícito tesouro. A luz do quarto se apagou, e carregado de prata, o magnífico capataz abraçou-lhe o alvo pescoço na escuridão do golfo como um homem a se afogar agarra-se a uma palha.

13

No dia em que a senhora Gould, nas palavras do doutor Monygham, ia "dar uma tertúlia", o capitão Fidanza desceu da sua escuna ancorada na baía de Sulaco, calmo, teso, cuidadoso na maneira por que se sentou no seu bote e pegou os remos. Já passava da sua hora habitual. A tarde ia bem avançada quando desembarcou na praia da Grande Isabel e a passo firme subiu o aclive da ilha.

De longe distinguiu Giselle sentada numa cadeira de viés, com o espaldar apoiado à extremidade da casa, sob a janela do quarto das moças. Tinha o bordado nas mãos e o erguera até a altura dos olhos. A tranqüilidade daquela figura moça exasperou o sentimento de perpétua discórdia e porfia que ele trazia no peito. Encolerizou-se. Parecia-lhe que ela devia ouvir o tilintar de seus grilhões — seus grilhões de prata, desde longe. E na praia, naquele mesmo dia, tinha encontrado o doutor de olho maligno, que o olhara muito a fito.

Quando ela ergueu a vista, ele se enterneceu. Sorriram um para o outro e o frescor floral desse sorriso entrou-lhe pelo coração. Então ela franziu o cenho. Era um aviso para ser cauteloso. Ele parou a uma certa distância e em voz alta, indiferente, disse:

— Bom dia, Giselle. Linda ainda está de pé?

— Sim, está na sala com o pai.

Ele se acercou e, olhando pela janela para o quarto de dormir, de medo de ser surpreendido por Linda que para ali voltasse por alguma razão, disse, mal movendo os lábios:

— Você me ama?

— Mais do que à minha própria vida. — Ela continuou a bordar sob o olhar contemplativo dele e a falar, de olhos fitos no trabalho: — Ou então não poderia viver. Não poderia, Giovanni. Pois esta vida é como morte. Oh, Giovanni, vou morrer se você não me levar embora daqui.

Ele sorriu descuidosamente.

— Virei até a janela quando escurecer — disse.

— Não, não faça isso, Giovanni. Não esta noite. Linda e o pai estiveram conversando por um longo tempo hoje.

— Sobre o quê?

— Ramírez, pelo que acho ter ouvido. Não sei. Tenho medo. Estou sempre com medo. É como morrer mil vezes por dia. O seu amor é para mim o que o seu tesouro é para você. Está ali, mas nunca posso pegar o bastante.

Ele olhou para ela muito quieto. Era linda. O desejo crescera dentro dele. Tinha agora dois amos. Mas ela era incapaz de uma emoção continuada. Havia sinceridade no que dizia, mas dormia placidamente de noite. Quando o via, sempre se inflamava. Então, apenas uma maior taciturnidade assinalava a mudança que nela se operava. Tinha medo de trair-se. Tinha medo de dor, de dano físico, de palavras ríspidas, de defrontar a cólera e de testemunhar violência. Pois a alma dela era leve e terna, com uma sinceridade pagã nos seus impulsos. Ela murmurou:

— Desista do *palazzo*, Giovanni, e do vinhedo nas colinas, pois estão deixando o nosso amor faminto.

Ela parou de falar ao ver Linda de pé, calada, na esquina da casa.

Nostromo voltou-se para a sua noiva com uma saudação e espantou-se com os seus olhos pisados, suas faces encovadas, sua expressão de angústia e mal-estar.

— Esteve doente? — perguntou, esforçando-se por imprimir uma nota de preocupação na pergunta.

Os olhos negros dela chamejavam.

— Estou mais magra? — perguntou.

— Sim... talvez... um pouco.

— E mais velha?

— Todo dia conta; para todos nós.

— Vou ficar de cabelos brancos, receio, antes de o anel estar no meu dedo — disse lentamente, mantendo o olhar fito nele.

Ela esperou pela resposta dele, descendo as mangas arregaçadas da blusa.

— Não há perigo disso — disse, distraidamente.

Ela se voltou, como se algo de terminante tivesse sido dito, e foi-se ocupar das tarefas domésticas enquanto Nostromo conversava com o seu pai. Conversar com o velho garibaldino não era coisa fácil. A idade lhe deixara intacta as faculdades, só que ele parecia ter se retirado para alguma profundeza dentro de si. Suas respostas custavam a vir, com um efeito de augusta gravidade. Mas nesse dia mostrava-se mais animado, mais alerta; parecia haver mais vida no velho leão. Estava preocupado com a integridade de sua honra. Acreditava na advertência de Sidoni sobre os desígnios de Ramírez em relação à filha mais nova. E não confiava nela. Ela era frívola. Não contou nada de seus cuidados ao "filho Gian' Battista". Era um assomo de vaidade senil. Queria demonstrar que estava ainda à altura da tarefa de defender sozinho a honra de sua casa.

Nostromo partiu cedo. Assim que desapareceu, caminhando rumo à praia, Linda atravessou o umbral e, com um sorriso fatigado, foi-se sentar ao lado do pai.

Desde aquele domingo em que o apaixonado e desesperado Ramírez esperara por ela no cais, não tinha mais nenhuma dúvida. Os desvarios de ciúme daquele homem não foram nenhuma revelação. Apenas fixaram com precisão, como um prego cravado no coração dela, o sentimento de irrealidade e impostura que, em vez de contentamento e segurança, experimentava nas suas relações com o noivo. Ela passara adiante, despejando indignação e desprezo sobre Ramírez, mas, naquele domingo, quase morrera de infelicidade e de vergonha, debruçada sobre a lápide esculpida e inscrita do túmulo de Teresa, oferecida por subscrição pelos maquinistas e montadores das oficinas da ferrovia, em sinal de respeito pelo herói da unidade italiana. O velho Viola não conseguira levar a cabo seu desejo de sepultar a esposa no mar; e Linda chorou sobre a lápide.

O ultraje gratuito estarreceu-a. Se ele queria partir-lhe o coração — muito bem. Tudo era permitido a Gian' Battista. Mas por que pisotear os cacos; por que tentar mortificar-lhe o espírito? Ah! Esse ele não conseguiria partir. Ela enxugou as lágrimas. E Giselle? Giselle! A pequena que, desde que começara a engatinhar, vivera sempre agarrada às suas saias em busca de proteção. Quanta falsidade! Mas talvez ela não pudesse evitar isso. Em havendo um homem em jogo, a pobre, infeliz cabeça de vento não conseguia conter-se.

Linda possuía uma boa dose do estoicismo de Viola. Resolveu não dizer nada. Mas, mulher que era, infundiu paixão ao seu estoicismo. As breves respostas de Giselle, instigadas por temorosa cautela, punham-na fora de si pelo seu laconismo, que mais parecia desdém. Certo dia, precipitou-se sobre a cadeira em que a indolente irmã estava reclinada e deixou a marca dos seus dentes na base do mais alvo pescoço de Sulaco. Giselle deu um grito. Mas também tinha a sua dose do heroísmo de Viola. Prestes a desmaiar de pavor, disse apenas, em voz preguiçosa:

— *Madre de Dios!* Vai me comer viva, Linda?

E esse repente passou, não deixando nenhum traço na situação. "Ela não sabe de nada. Não pode saber", refletiu Giselle. "Talvez não seja verdade. Não pode ser", tentou Linda persuadir-se a si própria.

Mas quando reviu pela primeira vez o capitão Fidanza, após o encontro com o aturdido Ramírez, a certeza do seu próprio infortúnio voltou-lhe. Ela o viu, do umbral da porta, ir-se embora no seu bote, e perguntou-se estoicamente: "Será que vão se encontrar hoje à noite?". Decidiu não deixar a torre nem por um segundo. Quando ele desapareceu, ela entrou e foi-se sentar junto do pai.

O venerando garibaldino sentia-se, em suas próprias palavras, "ainda um moço". De uma ou de outra maneira, boa parte dos mexericos em torno de Ramírez lhe tinha chegado aos ouvidos ultimamente; e o seu desprezo e aversão por aquele homem que obviamente não era o que o seu filho teria sido, haviam-no inquietado. Dormia muito pouco agora; mas algumas noites atrás, em vez de ler — ou ficar apenas sentado, com os óculos de prata da senhora Gould sobre o nariz, diante da Bíblia aberta —, ele andara a percorrer diligentemente a ilha toda com a velha espingarda, em guarda à sua honra.

Linda, pondo a esguia mão trigueira sobre o joelho dele, tentou acalmar-lhe a agitação. Ramírez não estava em Sulaco. Ninguém sabia onde estava. Fora-se. A sua conversa sobre o que faria não queria dizer nada.

— Não — interrompeu-a o velho. — Mas o filho Gian' Battista me contou, muito senhor de si, que o *esclavo* covarde estava bebendo e jogando com os patifes de Zapiga lá no lado norte do golfo. Talvez ele arranje alguns dos piores canalhas daquela cidade canalha de negros para ajudá-lo na sua tentativa de raptar a pequena... Mas não estou tão velho assim. Não!

Ela argumentou fervorosamente contra a probabilidade de qualquer tentativa ser feita; por fim, o velho emudeceu e ficou a mascar os bigodes encanecidos. As mulheres tinham idéias obstinadas que deviam ser toleradas — sua pobre esposa era assim e Linda se parecia com a mãe. Não era decente para um homem discutir.

— Pode ser. Pode ser — resmungou.

Ela não tinha de modo algum o espírito tranqüilo. Amava Nostromo. Voltou os olhos para Giselle, sentada a certa distância, com algo de ternura maternal e a ciumenta aflição de uma rival ultrajada pela derrota. Então se levantou e foi até ela.

— Ouça... você — disse com rudeza.

A irresistível candura do olhar, todo orvalho e violeta, que se ergueu para ela, suscitou-lhe cólera e admiração. Tinha lindos olhos — a *chica* — aquela vil coisinha feita de carne alva e negro fingimento. Não sabia se ansiava por arrancá-los com gritos de vingança ou cobrir-lhes a misteriosa e descarada inocência de beijos de piedade e de amor. E repentinamente eles ficaram vácuos, fitando-a sem nenhuma expressão, a não ser um leve sinal de medo não de todo oculto nas profundezas do coração de Giselle, junto com as outras emoções.

Linda disse:

— Ramírez anda se gabando pela cidade de que vai levar você embora da ilha.

— Que tolice! — respondeu a outra, e, com uma perversidade nascida do longo refreamento, acrescentou: — Não é o homem para isso — num tom de zombaria, com trêmula audácia.

— Não? — disse Linda por entre os dentes. — Não é? Bem, muito cuidado então porque o pai tem andado por aí à noite com uma espingarda carregada.

— Não é bom para ele. Você deve dizer-lhe para não fazer isso, Linda. Ele não me ouviria.

— Não vou dizer nada; nunca, nunca mais; a ninguém — exclamou Linda arrebatadamente.

Aquilo não poderia durar, pensou Giselle. Giovanni tinha de levá-la logo — da próxima vez que viesse. Ela não agüentaria mais tais pavores por toda a prata deste mundo. Falar com a irmã a punha doente. Mas não a inquietava a vigilância do pai. Ela rogara a Nostromo que não viesse até a janela naquela noite. Ele havia prometido ficar longe então. E ela não podia saber, ou sequer imaginar ou conceder, que ele tivesse outra razão de vir até a ilha.

Linda fora diretamente para a torre. Era hora de acender o farol. Desaferrolhou a pequena porta e galgou pesadamente a escada em espiral, levando consigo o amor pelo magnífico capataz dos *cargadores* como uma carga cada vez maior de vergonhosos grilhões. Não; não a podia atirar fora. Não; que o céu desse fim àqueles dois. E andando à volta da lanterna, cheia da luz do lusco-fusco e do brilho da lua, acendeu-a com movimentos cuidadosos. Então os braços lhe caíram ao longo do corpo.

— E com nossa mãe olhando — murmurou. — Minha própria irmã; a *chica*!

Todo o aparelho refrator, com seus acessórios de latão e suas coroas de prismas, luzia e faiscava como um abobadado altar de diamantes, contendo não uma lâmpada mas alguma chama sagrada a dominar o mar. E Linda, a zeladora, de preto, com um rosto pálido, cabisbaixa numa cadeira, a sós com o seu ciúme, muito acima das vergonhas e paixões da terra. Uma dor estirada, estranha, como se alguém a puxasse brutalmente pelo cabelo negro com lampejos de bronze, fê-la levar as mãos às têmporas. Eles iam se encontrar. Iam se encontrar. E ela sabia onde também. Na janela. O suor da agonia lhe gotejava pelas faces, enquanto a luz da lua ao largo cerrava, como uma colossal barra de prata, a entrada do golfo Plácido — a sombria caverna de nuvens e quietude no litoral corroído pela rebentação.

Linda Viola ergueu-se de repente com um dedo no lábio. Ele não amava nem a ela nem à sua irmã. A coisa toda parecia tão sem finalidade a ponto de assustá-la e de também lhe dar alguma esperança. Por que ele não a levava embora? Que é que o impedia? Era incompreensível. Pelo que estavam esperando? Com que fim aqueles dois mentiam e enganavam? Não por causa do seu amor. Que não existia. A esperança de reconquistá-lo para si própria fê-la quebrar o voto de não deixar a torre naquela noite. Ela devia falar imediatamente com o pai, que era judicioso e iria entender. Desceu a correr a escada em espiral. No momento de abrir a porta embaixo ouviu o som do primeiro tiro já disparado na Grande Isabel.

Sentiu um choque, como se a bala lhe tivesse atingido o peito. Continuou a correr sem pausa. A casa estava às escuras. Ela gritou à porta:

— Giselle! Giselle! — então rodeou à pressa o canto da casa e gritou o nome da irmã junto à janela aberta, sem obter resposta; enquanto, aturdida e veloz, fazia a volta, Giselle saiu pela porta, e a ultrapassou numa corrida silenciosa, o cabelo solto, os olhos fitos à frente. Pareceu deslizar sobre a grama, como se na ponta dos pés, e desapareceu.

Linda avançou a passo lento, com os braços esticados à frente. Tudo estava quieto na ilha; não sabia para onde se dirigia. A árvore sob a qual Martin Decoud passara seus últimos dias contemplando a vida como uma sucessão de imagens sem sentido, lançava uma grande mancha de sombra sobre a grama. Repentinamente, ela avistou o pai, de pé, mudo, sozinho, à luz da lua.

O garibaldino — grande, ereto, com o cabelo e a barba brancos de neve — tinha uma serenidade monumental na sua imobilidade, apoiado à espingarda. Ela pôs a mão, de leve, no braço dele. Ele não se mexeu.

— O que foi que fez? — perguntou, na sua voz habitual.

— Atirei em Ramírez; infame! — respondeu ele, com os olhos voltados para onde a sombra era mais negra. — Chegou como um ladrão e como um ladrão tombou. A menina tem de ser protegida.

Não tentou mover-se um centímetro que fosse, avançar um só passo. Ficou ali de pé, austero e imóvel, como a estátua de um ancião a guardar a honra de sua casa. Linda tirou a mão trêmula do braço dele, firme, inabalável como um braço de pedra, e, sem uma palavra, adentrou o negrume da sombra. Viu uma agitação de vultos informes no chão e parou incontinenti. Um murmúrio de desespero e choro tornou-se mais forte ao seu ouvido tenso.

— Implorei a você que não viesse esta noite. Oh, meu Giovanni! E você prometeu. Oh! Por que, por que foi que você veio, Giovanni?

Era a voz da sua irmã. Desfez-se num soluço angustioso. E a voz do engenhoso capataz dos *cargadores*, amo e escravo do tesouro de San Tomé, que fora inadvertidamente surpreendido pelo velho Giorgio quando se esgueirava pela aberta em direção da ravina para pegar mais prata, respondeu descuidosa e fria, mas surpreendentemente enfraquecida, desde o chão:

— Parecia-me impossível atravessar a noite vivo sem te ver uma vez mais, minha estrela, minha florzinha.

A brilhante *tertulia* recém-acabara, os últimos convidados tinham se ido, e o *señor* administrador já se recolhera ao seu quarto quando o doutor Monygham, a quem esperavam no começo da noite mas não viera, surgiu no passeio de blocos de madeira sob as lâmpadas elétricas da deserta *calle* de la Constitución e encontrou o grande portão da casa ainda aberto.

Entrou claudicante, manquejou pelos degraus acima e encontrou o gordo e untuoso Basilio prestes a apagar as luzes da sala. O próspero mordomo ficou boquiaberto àquela tardia invasão.

— Não apague as luzes — ordenou o doutor. — Quero ver a *señora*.

— A *señora* está na *cancillaria* do *señor* administrador — disse Basilio em voz untuosa. O *señor* administrador parte para a montanha dentro de uma hora. Ao que parece, teme-se uma certa agitação entre os operários. Uma gente desavergonhada, sem juízo nem decência. E vadia. *señor*. Vadia.

— E você é um imbecil vadio e desavergonhado — disse o doutor, com aquela faculdade de exasperar-se que o tornara tão estimado de todos. — Não apague as luzes.

Basilio se retirou com dignidade. O doutor Monygham, à espera na sala brilhantemente iluminada, ouviu então uma porta se fechar na outra extremidade da casa. Um tilintar de esporas esvaiu-se. O *señor* administrador partira para a montanha.

Com um zunido compassado de sua longa cauda, a cintilar de jóias e seda brilhante, a cabeça delicada como que pensa sob a massa de cabelo louro, onde os fios de prata se perdiam, a "primeira-dama de Sulaco", como o capitão Mitchell costumava descrevê-la, avançou pelo corredor iluminado, mais opulenta que todos os sonhos de opulência, considerada, amada, respeitada, honrada, e mais solitária que qualquer outro ser humano jamais quiçá o fora nesta terra.

— Senhora Gould! Um minuto, por favor!

O chamado do doutor fê-la deter-se com um sobressalto à porta da sala iluminada e vazia. Pela similaridade de estado de ânimo e de circunstâncias, a visão do doutor, de pé ali sozinho entre os grupos de móveis, trouxe-lhe à memória emocional o inesperado encontro que tivera com Martin Decoud; parecia ouvir no silêncio a voz daquele homem, morto tão deploravelmente havia tantos anos, pronunciar as palavras: "Antonia deixou o seu leque aqui". Foi porém a voz do doutor que falou, um tanto alterada pela agitação. Ela lhe notou o brilho dos olhos.

— Senhora Gould, necessitam da senhora. Sabe do que aconteceu? Lembra-se sem dúvida do que lhe contei sobre Nostromo ontem. Bem, parece que uma lancha, um barco coberto vindo de Zapiga, com quatro negros, ao passar perto da Grande Isabel, foi chamado do penhasco por uma voz de mulher (a de Linda, na verdade) ordenando-lhes (era noite de luar) que dessem a volta até a praia e levassem um homem ferido à cidade. O *patrón* (de quem ouvi tudo isto) evidentemente fez o que lhe era pedido. Contou-me que quando deram a volta até o lado baixo da Grande Isabel encontraram Linda Viola à espera. Seguiram-na: ela os levou até uma árvore não muito distante da casa. Ali depararam com Nostromo jazendo no chão, a cabeça no colo da moça mais nova, e o pai Viola de pé a uma certa distância, apoiado na sua espingarda. Sob a orientação de Linda, foram buscar uma mesa na casa para servir de maca, após lhe quebrarem as pernas. Eles estão aqui, senhora Gould. Quero dizer, Nostromo e... e Giselle. Os negros o trouxeram ao hospital de primeiros socorros perto da baía. Ele mandou o assistente me chamar. Mas não era a mim que queria ver: era à senhora, senhora Gould! À senhora.

— A mim — sussurrou a senhora Gould, encolhendo-se um pouco.

— Sim, à senhora! — exclamou o médico — Implorou-me... ao seu inimigo, conforme acha... que a levasse imediatamente. Parece que tem algo a contar-lhe em sigilo.

— Impossível — murmurou a senhora Gould.

— Ele me disse: "Lembre a ela que eu fiz algo para garantir um teto sobre a sua cabeça"... senhora Gould — prosseguiu o doutor, muito agitado —, lembra-se da prata? A prata na chata... que se perdeu!

A senhora Gould lembrava-se. Mas não disse que abominava a simples menção de tal prata. Ela, que era a franqueza personificada, recordava-se com exagerado horror de que, pela primeira e última vez de sua vida, escondera do marido a verdade a respeito daquela mesma prata. Fora pervertida pelos seus temores na ocasião, e nunca se perdoara. Ademais, aquela prata, que jamais teria descido se o marido estivesse a par das notícias trazidas por Decoud, havia quase sido, de maneira tortuosa, a causa da morte do doutor Monygham. E tais coisas lhe pareciam assustadoras.

— Será que se tinha mesmo perdido? — exclamou o doutor. — Sempre achei que havia alguma coisa de misterioso em Nostromo, desde então. Acredito que ele queira agora, à beira da morte...

— À beira da morte — repetiu a senhora Gould.

— Sim. Sim... Talvez ele queira lhe contar alguma coisa a respeito dessa prata que...

— Oh, não! Não! — exclamou a senhora Gould em voz baixa. — Pois já não está perdida e acabada? Já não existem, sem ela, tesouros suficientes para fazer toda a gente do mundo infeliz?

O médico se manteve calado, num silêncio desapontado, submisso. Por fim, arriscou-se a dizer, baixinho:

— E há aquela filha de Viola, Giselle. O que vamos fazer? Parece que pai e filha tiveram...

A senhora Gould admitiu que se sentia na obrigação de fazer o que pudesse por aquelas moças.

— Tenho um *volante* aqui — disse o doutor. — Se não se importa em subir nele...

Ficou à espera, cheio de impaciência, até a senhora Gould tornar a aparecer com um grande manto cinza, de fundo capuz, atirado sobre o vestido.

Foi assim que, de manto e capuz monásticos sobre o vestido de noite, aquela mulher, cheia de resignação e compaixão, ficou à cabeceira do leito onde, estirado de costas, imóvel, jazia o esplêndido capataz dos *cargadores*. A brancura dos lençóis e travesseiros dava-lhe um sombrio enérgico relevo à face bronzeada, às mãos trigueiras, nervosas, tão hábeis num leme, numa rédea ou num gatilho, que agora repousavam abertas e ociosas sobre uma colcha branca.

— Ela é inocente — dizia o capataz em voz profunda e contida, como se temeroso de que uma palavra mais alta pudesse romper o domínio que o espírito ainda mantinha sobre o corpo. — Ela é inocente. Fui só eu o responsável. Mas não importa. Por tais coisas, eu não responderia perante nenhum homem ou mulher vivos.

Fez uma pausa. O rosto da senhora Gould, muito branco dentro da sombra do capuz, inclinou-se sobre ele com uma sombria e invencível tristeza. E os soluços abafados de Giselle, ajoelhada junto à outra extremidade do leito, o cabelo dourado, com lampejos de cobre, solto e espalhado sobre os pés do capataz, mal chegavam a perturbar o silêncio do quarto.

— Ah! O velho Giorgio: guardião da tua honra! Imagine só, o *vecchio* me surpreendendo com pé tão leve, pontaria tão firme. Eu próprio não conseguiria fazer melhor. Mas o custo de uma carga de pólvora poderia ter sido poupado. A honra estava salva... *Señora*, ela teria seguido até o fim do mundo Nostromo, o ladrão... Eu disse a palavra. O encantamento está rompido!

Um gemido baixo da moça fê-lo baixar os olhos.

— Não a posso ver... Não faz mal — prosseguiu ele, com uma sombra da antiga e magnífica negligência na voz. — Um beijo é quanto basta, não há tempo para mais. Uma alma arejada, *señora*! Brilhante e quente, como o sol; enevoada num instante, e já serena noutro. Eles a esmagariam lá, entre eles. *Señora*, volte para ela o olho da sua compaixão, tão afamada, de um a outro canto do país, quanto a coragem e a audácia do homem que lhe fala. Ela se consolará com o tempo. E mesmo Ramírez não é mau sujeito. Não estou zangado. Não! Não foi Ramírez que derrotou o capataz dos *cargadores* de Sulaco. — Fez uma pausa e, esforçando-se, em voz mais alta, meio incoerentemente, declarou:

— Morro traído... traído por...

Mas não disse por quem ou por que morria traído.

— Ela não me teria traído — continuou, abrindo muito os olhos. — Ela era leal. Iríamos para muito longe; logo, logo. Eu poderia, por amor dela, ter me libertado daquele amaldiçoado tesouro. Por essa menina, eu teria abandonado caixas e caixas dele... cheias. E Decoud pegou quatro. Quatro lingotes. Por quê? *Picardía!* Para me trair? Como poderia eu devolver o tesouro com quatro lingotes a menos? Diriam que os tinha roubado. O doutor teria dito isso. Ai! o tesouro ainda me prende!

A senhora Gould debruçou-se sobre ele, fascinada — gelada de apreensão.

— Que aconteceu com *don* Martin aquela noite, Nostromo?

— Quem sabe? Eu fiquei a pensar no que aconteceria comigo. Agora sei. A morte me pegaria desprevenido. Ele foi-se embora! Ele me traiu. E a *señora* acha que eu o matei! Vocês são todos iguais, vocês gente fina. A prata me matou. Ela me prendeu. Ainda me prende. Ninguém sabe onde ela está. Mas a *señora* é a mulher de *don* Carlos, que o pôs nas minhas mãos e disse: "Salve-o mesmo ao preço de sua própria vida". E quando voltei, e vocês todos pensaram que ele se perdera, que é que eu escuto? Não tinha maior importância. Que se vá. Avante, Nostromo, o leal, cavalgue para salvar a nós todos, nossa vida tão valiosa!

— Nostromo! — sussurrou a senhora Gould, debruçando-se ainda mais. — Eu também detestei a idéia dessa prata, do fundo do meu coração.

— Maravilhoso, que um de vocês deteste a riqueza que sabem muito bem que foi arrancada das mãos dos pobres. O mundo se apóia nos pobres, como diz o velho Giorgio. A *señora* foi sempre boa para os pobres. Mas existe algo de amaldiçoado na riqueza. *Señora*, quer que eu lhe diga onde está o tesouro? Só à *señora*... Brilhante! Incorruptível!

Havia uma doída, involuntária relutância no seu tom de voz, nos seus olhos, que, com o seu gênio da intuição empática, a mulher percebeu claramente. Desviou os olhos da deplorável sujeição do homem agonizante, consternada, desejando não mais ouvir falar da prata.

— Não, capataz — disse. — Ninguém sente falta dela agora. Que fique para sempre perdida.

Após ouvir tais palavras, Nostromo cerrou os olhos, não disse mais nada nem fez qualquer movimento. Fora, à porta do quarto de doente, o doutor Monygham, perturbado ao extremo, os olhos a brilhar de impaciência, foi ao encontro das duas mulheres.

— Vamos, senhora Gould — disse, quase brutalmente na sua impaciência —, diga, eu não tinha razão? Há um mistério. A senhora conseguiu uma informação a respeito, não conseguiu? Ele lhe contou...

— Ele não me contou nada — disse a senhora Gould com firmeza.

A expressão de inimizade temperamental por Nostromo desapareceu dos olhos do doutor Monygham. Ele recuou, submissamente. Não acreditava na senhora Gould. Mas sua palavra era lei. Aceitava-lhe a negação como uma fatalidade inexplicável que afirmava a vitória do gênio de Nostromo sobre o seu próprio. Mesmo perante aquela mulher a quem amava com secreta devoção, ele fora derrotado pelo magnífico capataz dos *cargadores*, o homem que vivera sua vida na presunção de ininterrupta fidelidade, retidão e coragem!

— Por favor, mande alguém buscar minha carruagem imediatamente — disse a senhora Gould de dentro do capuz. Depois, voltando-se para Giselle Viola: — Venha para junto de mim, criança, venha. Vamos esperar aqui.

Giselle Viola, prostrada pela dor, com seu jeito de criança, o rosto coberto pelo cabelo solto, foi até ela. A senhora Gould introduziu a mão pelo braço da indigna filha do velho Viola, o imaculado republicano, o herói sem jaça. Lenta, gradualmente, como uma flor seca que tombasse, a cabeça da moça, que teria seguido um ladrão até o fim do mundo, descansou no ombro de *doña* Emilia, a primeira-dama de Sulaco, a esposa do *señor* administrador da mina de San Tomé. E a senhora Gould, sentindo-lhe o soluçar contido, nervoso e agitado, teve o primeiro e único instante de amargura na vida. Era digno do próprio doutor Monygham.

— Console-se, criança. Logo, logo ele esqueceria você por causa do tesouro.

— *Señora*, ele me amava. Ele me amava — sussurrou Giselle, desesperada. — Ele me amava como nunca tinha amado antes.

— Eu também fui amada — disse a senhora Gould em tom severo.

Giselle agarrou-se a ela convulsivamente.

— Oh, *señora*, mas viverá adorada até o fim da sua vida — soluçou ela.

A senhora Gould manteve silêncio ininterrupto até a carruagem chegar. Ajudou a moça quase desmaiada a subir o degrau. Depois de o doutor ter fechado a porta do landau, curvou-se para ele.

— Não pode fazer nada? — sussurrou.

— Não, senhora Gould. Além disso, ele não me deixaria tocá-lo. Não importa. Dei só uma olhada... Seria inútil...

Mas prometeu ir ver o velho Viola e a outra moça naquela mesma noite. Podia conseguir que o barco da polícia o levasse até a ilha. Ficou parado na rua, a olhar o landau partir devagar atrás das mulas brancas.

O boato de algum acidente — um acidente com o capitão Fidanza — tinha se espalhado pelos novos cais com suas fileiras de lâmpadas e os vultos escuros dos altos guindastes. Um grupo de vagabundos noturnos — os mais pobres entre os pobres — instalara-se à porta do hospital de primeiros socorros, a sussurrar sob o luar na rua vazia.

Não havia ninguém com o homem ferido a não ser o pálido fotógrafo, pequeno, frágil, sanguinário, o abominador de capitalistas, empoleirado num banco alto perto da cabeceira do leito, com os joelhos elevados e o queixo apoiado nas mãos. Tinha sido chamado por um camarada que, trabalhando até tarde no desembarcadouro, ouvira de um negro tripulante da lancha que o capitão Fidanza tinha sido trazido para terra com um ferimento mortal.

— Tem qualquer legado a fazer, camarada? — perguntou, ansioso. — Não se esqueça de que precisamos de dinheiro para o nosso trabalho. Os ricos têm de ser combatidos com suas próprias armas.

Nostromo não deu resposta. O outro não insistiu e continuou encolhido no seu banco, cabeludo, selvaticamente hirsuto, como um macaco corcunda. Após um longo silêncio, disse solenemente:

— Camarada Fidanza, você recusou qualquer ajuda do doutor. Ele é de fato um perigoso inimigo do povo?

À fraca iluminação do quarto, Nostromo voltou a cabeça lentamente sobre o travesseiro e abriu os olhos, dirigindo à estrambótica figura empoleirada do outro um olhar de profunda e enigmática indagação. Depois a cabeça lhe rolou de volta, as pálpebras caíram, e o capataz dos *cargadores* morreu sem uma só palavra ou gemido ao fim de uma hora de imobilidade, sacudido por breves tremores que davam testemunho dos mais atrozes sofrimentos.

O doutor Monygham, ao sair no barco da polícia para as ilhas, contemplou o brilho da lua sobre o golfo e o alto, negro vulto da Grande Isabel projetando longe um feixe de luz sob a canópia de nuvens.

— Remem devagar — disse, a conjecturar o que iria lá encontrar. Tentou imaginar Linda e o pai, e descobriu uma estranha relutância no próprio íntimo. — Remem devagar — repetiu.

Desde o momento em que havia disparado sobre o ladrão de sua honra, Giorgio Viola não se movera do lugar. Ali ficara de pé, a velha espingarda apoiada ao chão, a mão segurando o cano perto da boca. Depois de a lancha que levava Nostromo definitivamente para longe dela ter deixado a praia, Linda, subindo, detivera-se à frente do pai. Ele não pareceu dar-se conta da sua presença, mas quando ela, perdendo a calma forçada, gritou:

— Sabe quem o senhor matou? — ele respondeu:

— Ramírez, o vagabundo.

Pálida, e fitando o pai com um olhar insano, Linda riu-lhe na cara. Após algum tempo, ele a imitou timidamente, num eco distante e grave de sua risada. Então ela parou, e o velho falou, como se surpreso:

— Ele gritou com a voz do filho Gian' Battista.

A arma lhe caiu da mão aberta, mas o braço continuou estendido durante um momento, como se ainda estivesse apoiado. Linda agarrou-o rudemente.

— O senhor está velho demais para entender. Vamos para casa.

Ele a deixou conduzi-lo. No umbral, tropeçou desajeitadamente, quase indo ao chão com a filha. Sua excitação, sua atividade nos últimos dias tinha sido como o clarão de uma lâmpada morrente. Apoiou-se ao espaldar de sua cadeira.

— Na voz do filho Gian' Battista — repetiu em tom severo. — Ouvi-o... Ramírez... o miserável...

Linda o ajudou a sentar-se e, inclinando-se, silvou-lhe no ouvido:

— O senhor matou Gian' Battista.

O velho sorriu sob o bigode cerrado. As mulheres tinham estranhas fantasias.

— Onde está a menina? — perguntou, espantado com a penetrante friúra do ar e com a desusada debilidade da lâmpada junto da qual costumava sentar-se metade da noite com a Bíblia aberta à sua frente.

Linda hesitou por um momento, depois desviou os olhos.

— Ela está dormindo — disse. — Falaremos dela amanhã.

Não suportava olhá-lo. Ele a enchia de temor e de piedade quase insuportável. Observara a mudança que lhe sobreviera. Ele jamais entenderia o que havia feito; e mesmo para ela a coisa toda permanecia incompreensível. Ele disse com dificuldade:

— Me dê o livro.

Linda depôs sobre a mesa o volume fechado, com a sua gasta capa de couro, a Bíblia que fora presenteada a ele, havia tanto tempo, por um inglês em Palermo.

— A menina tem de ser protegida — disse ele, numa voz estranha, pesarosa.

Por trás da cadeira, Linda torcia as mãos, chorando sem ruído. Subitamente, dirigiu-se para a porta. Ele a ouviu mover-se.

— Aonde vai? — perguntou.

— Ao farol — respondeu ela, voltando-se para olhá-lo maleficamente.

— O farol! *Sí*... dever.

Muito ereto, cabelos brancos, leonino e heróico em sua absorta quietude, ele apalpou o bolso da camisa vermelha à procura dos óculos que lhe tinham sido dados por *doña* Emilia. Colocou-os. Após um longo período de imobilidade, abriu o livro e fitou do alto, através das lentes, o texto em duas colunas de letra miúda. Uma expressão rígida, severa, assomou-lhe ao rosto com um leve franzir de cenhos, como que em resposta a algum pensamento sombrio ou a alguma sensação desagradável. Mas não desviou os olhos do livro enquanto ia pendendo para a frente, devagar, suavemente, até a cabeça nevada apoiar-se às páginas abertas. Um relógio de madeira tiquetaqueava metodicamente na parede caiada, e, esfriando-se aos poucos, o garibaldino ali ficou sozinho, ríspido, incorrupto, como um velho carvalho desarraigado por uma traiçoeira rajada de vento.

O luzeiro da Grande Isabel ardia constante acima do perdido tesouro da mina de San Tomé. No brilho azulado de uma noite sem estrelas, a lanterna projetava um facho amarelado até o horizonte distante. Como um pontinho negro contra os vidros brilhantes, Linda, ajoelhando-se na galeria exterior, apoiou a cabeça à balaustrada. A lua, que descaía a oeste, fitou-a radiante.

Embaixo, ao pé do penhasco, cessou o ruído regular dos remos de uma canoa de passagem, e o doutor Monygham se ergueu no paneiro de ré.

— Linda! — gritou, lançando a cabeça para trás. — Linda!

Linda se levantou. Tinha reconhecido a voz.

— Ele está morto? — perguntou, debruçando-se sobre a balaustrada.

— Sim, minha pobre menina. Vou dar a volta — respondeu o médico, de baixo. — Encostem na praia — disse aos remadores.

O vulto negro de Linda se destacou, de pé, à luz da lanterna, com os braços erguidos acima da cabeça, como se estivesse a pique de atirar-se.

— Eu é que o amava — murmurou, com a face rígida e branca como mármore à luz da lua. — Eu! Só eu! Ela te esquecerá, a ti que morreste miseravelmente por causa do seu rosto bonito. Não consigo entender. Não consigo. Mas nunca te esquecerei. Nunca!

Ficou silenciosa e imóvel, como se reunisse toda a sua força para lançar, num grande grito, toda a sua fidelidade, dor, perplexidade e desespero.

— Nunca! Gian' Battista!

O doutor Monygham, que dava a volta na canoa da polícia, ouviu o nome passar-lhe acima da cabeça. Era outro dos triunfos de Nostromo, o maior, o mais invejável, o mais sinistro de todos. Naquele grito sincero de imorredoura paixão que parecia ecoar de Punta Mala ao Azuera e além, até a linha clara do horizonte, encoberto por uma vasta nuvem branca que brilhava como uma massa de prata sólida, o gênio do magnificente capataz dos *cargadores* dominou o golfo escuro que guardava suas conquistas de riqueza e de amor.

Posfácio
CONRAD OU A CRISE DO HERÓI

EM BUSCA DE UM ROSTO

Para aqueles que, em matéria de literatura, gostam das delimitações nítidas, a obra de Joseph Conrad há de possivelmente afigurar-se desconcertante. Quase toda ela pode e deve ser classificada sob a rubrica de ficção de aventuras, tanto assim que, ao lado de Alexandre Dumas, Júlio Verne e R. L. Stevenson, ele é um dos quatro mestres do gênero estudados individualmente por Jean-Ives Tadié em seu *Le roman d'aventures*. Todavia, o mesmo Tadié, no capítulo que lhe dedica, não se furta a reconhecer ultrapassarem as suas narrativas longas e curtas os limites do gênero, ou fazerem-no, "em todo caso, atingir novos cimos".[1]

Os ingredientes canônicos da ficção de aventuras estão habitual e ostensivamente presentes nos livros de Conrad. A começar do espaço exótico — exótico, evidentemente, do ponto de vista eurocêntrico que os enforma — em que a maioria deles se ambienta: a Indonésia, a Malásia, a África negra, a América do Sul. Depois, na figura do herói que os protagoniza e cuja luta contra perigos e obstáculos de vária sorte irá dar corpo à própria noção de aventura como irrupção do inesperado ou do destino no seio do cotidiano para levar a vida humana a uma situação de transe. Por fim, na escrita dramática com que o romancista busca recriar no espírito do leitor o *frisson* da aventura, fazendo-o vicariamente experimentar-lhe as ansiedades e os terrores.

Quando se comparam, porém, as narrativas de Conrad com as de "clássicos" do gênero, como o Fenimore Cooper e o Frederick Marryat pelos quais ele confessou certa feita ter sido particularmente influenciado, as diferenças logo ressaltam. Em

[1] Jean-Yves Tadié, *Le roman d'aventures*, Paris, PUF, 1982, p. 149.

Marryat e Cooper, o protagonista da narrativa é bem aquele "herói sem rosto"[2] de que fala Marcel Brion a propósito de um dos personagens de Júlio Verne, isto é, um ser esquemático, falto de espessura psicológica, cujo caráter é definido pela ação que o empenha e fora da qual ele inexiste. Trata-se, pois, de um herói "plano", sem interioridade por assim dizer, mero suporte da aventura que foi criado para cumprir. Com os protagonistas de Conrad isso já não vige. Eles não são feitos de uma só peça, como os heróis da cavalaria andante, *sans peur et sans reproche*. Ainda que sejam destemidos, nunca estão acima de censura. Lord Jim, do romance homônimo, com abandonar à sua sorte os passageiros do navio de que é primeiro-imediato, quando ele ameaça afundar, fica estigmatizado pela pecha de covarde e tem de imolar a própria vida para limpar-se dela. Também Razumov, o informante de polícia de *Sob os olhos do Ocidente* (1911), termina seus dias surdo e aleijado num vilarejo da Rússia depois de ter se aliviado, pela confissão aos anarquistas a quem traíra, do seu sentimento de culpa. A essa linhagem de heróis divididos, às voltas com problemas de consciência, pertence ainda o protagonista de *Nostromo*, conforme em pouco se verá.

De momento importa acentuar que a divisão interior dá espessura ao herói conradiano, enriquecendo-lhe o caráter e dramatizando-lhe a psicologia. Mesmo que seja em prejuízo do interesse puramente exterior da ação, a qual passa a ter de dividir espaço com a caracterização psicológica. Se bem Conrad houvesse declarado não ser a sua obra "uma análise interminável de sentimentos artificias" e sim "essencialmente ação [...] nada mais que ação",[3] o certo é que ele repetidamente nos fa-

[2] Marcel Brion, "A viagem iniciatória", in Raymond Bellour e Jean-Jacques Bouchier (orgs.), *Júlio Verne — uma literatura revolucionária*, trad. de T. C. Netto, São Paulo, Documentos, 1969, pp. 35-42. Acerca da conceituação de romance de aventuras, ver meu ensaio "As dimensões da aventura", in *A aventura literária*, São Paulo, Companhia das Letras, 1990, pp. 11-24.

[3] Jean-Yves Tadié, *op. cit.*, p. 172.

culta, da interioridade dos seus personagens, vislumbres bastantes para nos darmos conta da complexidade de motivos e dos conflitos de valores ali em curso. "Bastantes" é, no caso, o adjetivo certo. Indica ser ainda pela ação, mais do que pelo comentário autoral, que o personagem conradiano vai ganhando verossimilhança e poder de convencimento. Indica também que, moderno *avant la lettre*, Conrad fugia do explicativismo do romance vitoriano de que foi o último abencerrage para manter, em quanto escreveu, uma margem de ambigüidade por onde pudesse transitar livremente a "nossa capacidade de encantamento e de surpresa, nosso senso do mistério que nos envolve a vida",[4] para citar palavras do prefácio de *O negro do "Narciso"* (1897), prefácio que vale por uma profissão de fé de romancista.

A inclinação de Conrad pela ficção de aventuras tem a ver de perto com a sua história de vida, pelo que será útil nela nos determos um instante antes de passar à análise daquele que a crítica costuma considerar o seu maior romance, *Nostromo*.

CAPITÃO DE LONGO CURSO

Joseph Conrad é o nome literário de Józef Teodor Konrad Korzeniowski, nascido em 1857 numa província ucraniana da Polônia. Pouco depois de ele ter nascido, seu pai, que pertencia a uma família da pequena nobreza rural, foi exilado na Rússia meridional. Isso porque se pusera à frente do movimento revolucionário contra a ocupação russa da Polônia, a qual, desmembrada então entre a Rússia, a Prússia e a Áustria, não mais existia como nação independente. As agruras do exílio minaram a saúde da mãe de Conrad, que morreu em 1863. O pai, Apollo Korzeniowski, tradutor de Shakespeare, Dickens e Victor Hugo, além de autor ele próprio de poemas patrióticos, cedo

[4] *The Nigger of the "Narcissus" / Typhoon / and other stories*, Harmondsworth, Penguin, 1979, p. 11.

infundiu no filho a paixão pela literatura. Aos cinco anos de idade, o pequeno Józef já lia, em polonês e francês, livros de ficção, de viagens e de história. O funeral de Apollo em 1869 se constituiu numa grande manifestação nacionalista em Cracóvia que deu a Józef a primeira noção do alto custo, em sofrimento humano, das ilusões da política — um dos temas principais de *Nostromo*.

Duplamente órfão, ficou ele entregue aos cuidados de um tio materno, que se encarregou de educá-lo. Inflamada, porém, pela leitura de romances de aventuras e narrações de viagens, a imaginação do menino logo o indispôs com a disciplina escolar e o levou a conceber o plano de abandonar os estudos para se tornar marinheiro. Aos dezenove anos, contra a vontade do tio, homem de um sólido senso prático nos antípodas do espírito quixotesco de seu cunhado literato, Conrad foi para Marselha onde, depois de fazer amizade com pilotos e marujos provençais, conseguiu embarcar num veleiro de três mastros rumo às Índias Ocidentais ou Antilhas Britânicas. Em 1876, engajou-se em outro Veleiro, o *Saint-Antoine*, que levava para a Colômbia armas compradas por uma facção conservadora rebelada contra o governo central. Armas como aquelas que, em *Nostromo*, Martin Decoud adquire na França para os seus amigos *blancos*. O primeiro imediato do *Saint-Antoine*, Dominic Cervoni, era um marinheiro corso de grandes bigodes negros sempre cuidadosamente frisados que iria servir de modelo para o epônimo de *Nostromo*, conforme está dito no seu prefácio. Dominic reaparecerá ainda em *O espelho do mar* (1906) e em *A flecha de ouro* (1919) como companheiro do próprio Conrad num bando de contrabandistas que traficava armas para os insurretos carlistas da Espanha, de Marselha até a costa daquele país.

Nesses primórdios da sua vida marinheira, embora tivesse dispensado a tutela do tio polonês, Conrad não lhe dispensava o dinheiro, que vinha acudi-lo nos momentos de aperto. Inclusive quando, afligido por dívidas de jogo em Monte Carlo, tentou pôr fim à vida com um tiro no peito. O tio, em atenção "à nossa honra nacional"[5] e ao vínculo familiar — conforme explicou em carta a um amigo polonês —, saldou-lhe a dívida. Do gosto de dissipar dinheiro, uma das fraquezas de seu personagem Nostromo, Conrad jamais se curaria; até o fim dos seus dias gastou sempre mais do que ganhava. Em 1878, conseguiu ele finalmente ingressar na marinha mercante britânica, onde fez carreira. Naturalizou-se inglês no mesmo ano de 1886 em que obteve o certificado de capitão de longo curso, para a alegria do tio, que, como todo polonês oprimido, via na Inglaterra a terra da liberdade, e para orgulho do próprio Conrad, que se dizia então "um imperialista". Mas esse orgulho estaria possivelmente inquinado por um subliminar sentimento de culpa, o qual iria ter variadas figurações na sua futura obra de ficção. A culpa de quem, em vez de ter ficado na pátria para, como Apollo Korzeniowski, lutar em prol da sua liberdade, trocara-a pela liberdade de uma pátria adotiva, tão imperialista quanto a Rússia opressora da Polônia.

A serviço do império colonial da rainha Vitória, que se estendia pelos sete mares, Conrad serviu na marinha mercante inglesa durante dezessete anos, primeiro como tripulante, depois imediato e por fim capitão de navio. Viajou diversas vezes à Austrália, à Índia, à China e sobretudo às antigas colônias holandesas das Índias Orientais (Java, Sumatra, Bornéu) onde ambientaria algumas de suas narrativas mais conhecidas, como *Um pária das ilhas* (1896) e *Lord Jim* (1900). Essas são narrativas costeiras, a que se irão somar narrativas lidimamente marítimas do tipo de *Juventude* (1898), *Tufão* (1902), *A linha de sombra* (1916). Foi porém a serviço do imperialismo belga e não inglês que Conrad pôde realizar um sonho de meninice: conhecer o interior da África. Em 1890 capitaneou um vapor de roda à popa no Congo belga, viagem que lhe inspirou *O coração das trevas* (1899). As trevas, no caso, conotam "o desconhecido, o

[5] *Apud* Cedric Watts, *Nostromo* (serie "Penguin critical studies"), Londres, Penguin, 1990, p. 8.

impenetrável, o primitivo, o mal"[6] e simbolizam a descoberta, pelo romancista, do lado mais sombrio, arquetípico, da psique humana, tanto quanto dos aspectos mais cruéis da exploração colonialista. Essa viagem ao Congo assinalou praticamente o fim da vida marinheira de Conrad: foi o seu último comando. O aumento do número de transatlânticos a vapor na marinha mercante restringia cada vez mais o mercado de trabalho, em particular daqueles que, como ele, pertenciam aos tempos da aventurosa e romântica navegação a vela. Dos dias de embarcadiço traria ele contudo, para a sua obra de ficção, um rico cabedal de incidentes, lugares e tipos humanos, e, sobretudo, uma moral de vida. Conforme observa N. H. Newhouse a propósito, pela "própria natureza do seu trabalho", os marinheiros "estavam ligados por uma estreita camaradagem e dedicados a uma honesta eficiência", já que a vida a bordo "exigia total lealdade e disciplina".[7] Também nos romances de Conrad a camaradagem, a disciplina, a lealdade e a dedicação ao trabalho — para não falar da coragem e do domínio de si que o mar requer daqueles que se arrisquem a desafiar-lhe os perigos, a exemplo do pouco imaginativo mas decidido capitão MacWhirr de *Tufão* — são os valores de base arraigados na consciência de seus heróis e é a desobediência a um ou outro deles que, dividindo-a interiormente, gera os momentos de crise sobre os quais o romancista se compraz em debruçar-se, como em *Nostromo*.

Enquanto subia o rio Congo em demanda de Kinchassa, Conrad levava na bagagem o manuscrito inconcluso do seu primeiro romance. Quando, terminada a viagem, já de volta à Europa, ele não conseguiu arranjar outro comando, resolveu concluir o romance e tentar a sorte no mercado literário. Com o barateamento dos livros em conseqüência do avanço tecnológico e com o grande crescimento do público ledor após as

[6] Paul O'Prey, introdução a *Heart of darkness*, Londres, Penguin, 1983, p. 9.

[7] Neville H. Newhouse, *Joseph Conrad* (série "Literature in perspective"), Londres, Evans, 1971, p. 14.

reformas que instituíram a alfabetização universal, esse mercado estava então em alta na Inglaterra. Aumentava a demanda popular de relatos passados em terras exóticas e foi com base nisso que escritores como Rider Haggard, Kipling e R. L. Stevenson alcançaram sucesso e notoriedade. Graças a uma opinião farovável do crítico Edward Garnett, a quem os editores submeteram previamente o manuscrito do romance de estréia de Conrad, este foi publicado em 1895. *Almayer's Folly*[8] rendeu apenas vinte libras ao seu autor, mas as numerosas resenhas de imprensa que suscitou, a maioria delas francamente favorável, abriram-lhe as portas da nova carreira, além de ter lhe conquistado amigos duradouros como o próprio Garnett e o romancista John Gallsworthy.

Escrever numa língua estrangeira como o inglês, que ele só começara a aprender aos 23 anos de idade, custou-lhe sangue, suor e lágrimas. Mas conseguiu não apenas alcançar um magistral domínio do idioma como assimilar-lhe de tal modo a índole que esta lhe afeiçoou a visão de mundo. Deixou ele escrito num texto autobiográfico: "fui eu quem fui adotado pelo gênio da língua [...] verdadeiramente acredito que ele teve uma ação direta sobre o meu temperamento e que moldou meu caráter ainda plástico".[9] Para Ford Madox Ford, amigo e colaborador literário de Conrad, nenhuma outra língua teria servido tão bem como o inglês para exprimir a complexa visão conradiana de vida, já que "todas as palavras inglesas são instrumentos destinados a suscitar emoções indistintas".[10]

Nos anos que se seguiram à publicação do romance de estréia, até sua morte em 1924, Conrad se dedicou integralmente à profissão de escritor. Mirando-se no espelho de Flaubert, via a prosa de ficção antes como uma forma de arte que um meio de

[8] Este título é de difícil tradução: *Folly* tanto significa "loucura, insensatez" como "construção dispendiosa e considerada inútil", sendo ambas as acepções pertinentes ao caso do protagonista do romance.

[9] Neville H. Newhouse, *op. cit.*, p. 30.

[10] Ibidem, p. 30.

entretenimento e a praticava com um rigor que dificilmente lhe consentia produzir mais de uma página por dia. No entanto escreveu, numa média de um livro por ano, cerca de 25 volumes, entre romances, coletâneas de contos, ensaios e textos de memórias; vários dos romances, antes de aparecer em livro, foram divulgados seriadamente na imprensa, como era costume na época. Essa intensa produção nunca o pôs a salvo, entretanto, das dificuldades de dinheiro. Casara-se em 1896 e o nascimento de filhos em 1898 e 1906 aumentou-lhe os encargos, agravados por seus hábitos perdulários. Mas nem os apertos de vida nem o sucesso literário conseguiram desviá-lo do seu caminho de renovador. Conrad começou a escrever e a publicar quando a época de ouro do romance vitoriano — Thackeray, Dickens, George Eliot, Meredith, Hardy — já estava encerrada; por outro lado, o auge da sua carreira coincidiu com o surgimento de modernos como Lawrence, Joyce, Virginia Woolf e Huxley. Assim, ele pode ser visto como um elo de transição entre uns e outros, na medida em que, ultrapassando as preocupações de edificação moral, comentário autoral do comportamento dos personagens e ilustração do geral pelo particular que eram típicos da ficção vitoriana, desenvolveu uma técnica impressionista na qual a narração em perspectiva, a visada cinematográfica, a pluralidade de focos, o recurso ao simbólico e ao alusivo antecipam e anunciam certos procedimentos mais radicais da modernidade.

IMAGINAÇÃO & DOCUMENTO

Para a maior parte da crítica, *Nostromo* é o melhor romance de Conrad; ele próprio o considerava a sua "maior tela",[11] com isso pondo-lhe em destaque o caráter de painel social. O romance foi publicado inicialmente de forma seriada num semanário londrino, entre janeiro e outubro de 1904. Nesse mesmo ano

[11] *Apud* Robert F. Haugh, *Joseph Conrad: discovery in design*, Norman, University of Oklahoma Press, 1957, p. 147.

apareceu em livro com o texto revisto pelo autor, que continuou a aprimorá-lo nas edições subseqüentes, para tanto levando em conta inclusive os reparos e observações dos que o haviam resenhado na imprensa. *Nostromo* ocupa outrossim um lugar central na cronologia da melhor fase da produção de Conrad, a que vai de 1895, com *Almayer's Folly*, a 1916, com *A linha de sombra*, e é marcada pela contínua experimentação com a técnica de narrar. Só em *O negro do "Narciso"*, seu terceiro livro, conseguira ele superar as falhas dos anteriores, qual fosse o andamento moroso e irregular da narração, a falta de vigor no desenho dos personagens e, em particular, certo comprazimento no verbalismo que lhe foi censurado por H. G. Wells: "O senhor Conrad é palavroso [...] tem ainda de aprender a outra e importante metade de sua arte, a de deixar coisas por dizer".[12] *Nostromo* no-lo mostra já no pleno domínio de sua pessoalíssima maneira de narrar, para cujo desenvolvimento muito lhe aproveitaram as discussões de teoria do romance com Ford Madox Ford, um profundo conhecedor do assunto.

À diferença das narrativas que o precederam, todas elas inspiradas na experiência marítima do seu autor e nas andanças dele pelas Índias Orientais, *Nostromo* é obra de pura imaginação. Conrad conhecia a América do Sul apenas de passagem. Tocara na Colômbia, visitara duas localidades costeiras da Venezuela e, segundo diz na "Nota do autor" que antecede *Nostromo*, estava no golfo do México, onde seus contatos com a terra "eram breves, poucos e fugazes", quando ouviu a história que daria origem ao romance. Ou seja, a do marinheiro americano que havia roubado um batelão carregado de prata durante uma das revoluções latino-americanas, história da qual ele, Conrad, teve a confirmação ao encontrar muitos anos mais tarde, numa loja de livros usados, uma referência num livro de memórias. Obviamente, nem essa breve anedota nem o superficial conhecimento que tinha da América do Sul poderiam ter resultado num livro da minuciosidade

[12] Neville H. Newhouse, *op. cit.*, p. 39.

de *Nostromo*. Antes de se abalançar a escrevê-lo, ele se documentou amplamente acerca da história, da geografia e dos costumes da região. Nisso pôde contar com a providencial ajuda de R. B. Cunninghame Graham, um socialista amigo seu, ligado a Friedrich Engels e William Morris, que escrevera artigos na imprensa inglesa a propósito da intervenção dos Estados Unidos em Cuba e no Panamá, denunciando-os como nascente potência imperialista, a mesma cujos tentáculos se iriam fechar sobre a imaginária republiqueta onde Conrad situa a ação do seu romance. Por ter viajado extensamente pela América Central e do Sul, ali se metido em agitações revolucionárias e assistido de perto à devastação do Paraguai pelas campanhas militares contra Solano López, Cunninghame Graham estava apto a fornecer a Conrad informações, indicações e sugestões de primeira mão. Num taverneiro italiano que aquele tinha conhecido no Paraguai este se inspirou para criar a figura de Giorgio Viola, o garibaldino de *Nostromo*. A facúndia e a corpulência do embaixador da Colômbia na Inglaterra, a ele apresentado em Londres pelo prestativo amigo, traduziu-as no eloqüente mas inócuo idealismo político de *don* José Avellanos e na imponente mas desastrosa obesidade do ditador-presidente Ribiera, dois personagens do livro. O próprio Cunninghame Graham, com os seus cabelos e longos bigodes ruivos, foi o modelo de Charles Gould, o dono da mina de San Tomé cuja prata é *o primo mobile* da ação de *Nostromo*.

Outros dados e sugestões, Conrad os colheu em fontes escritas. Uma delas foram as *Memórias de Garibaldi*, na tradução francesa de Alexandre Dumas pai, que lhe deram elementos para compor a história de vida e as idéias libertárias de Giorgio Viola, bem como o tipo de tortura a que é submetido o comerciante Hirsch pelo coronel Sotillo num dos momentos mais dramáticos do romance: também Garibaldi cuspiu no rosto do seu torturador — o único gesto de coragem que o pávido Hirsch tem e que lhe vai custar imediatamente a vida. De um livro de Ramón Páez acerca da flora e da fauna sul-americanas, publicado na Inglaterra em 1863, tirou Conrad o grito do pássaro noturno, "Ya-acabó! Ya-acabó!", que, num lance simbólico, confirmará à consciência culposa de Nostromo a morte de Teresa Viola, sua mãe postiça. De *Venezuela*, livro de E. B. Eastwick (Londres, 1868), procede, além de vários nomes de pessoas e lugares citados no romance, a figura de Antonia Avellanos, inspirada na de uma jovem beldade venezuelana que, educada na Europa, emancipara-se dos costumes claustrais das mulheres de sua pátria; a figura do autor desse livro, por sua vez, iria sugerir a Conrad a de sir John, o financista da estrada de ferro saudado em público pelo general Montero como o homem que trazia um milhão e meio de libras para Costaguana; algo semelhante aconteceu com o próprio Eastwick na Venezuela, e não em Costaguana, evidentemente.

Aliás, este toponímico criado por Conrad para dar nome à sua imaginária república sul-americana costuma ser erroneamente interpretado como significando "costa do guano" — ou seja, do excremento de aves marinhas exportado maciçamente pelo Chile para o resto do mundo — quando na verdade significa "costa das palmeiras". *Guano* é, em Cuba, o nome genérico de várias qualidades de palmeiras,[13] e duas palmeiras aparecem inscritas na bandeira de Costaguana, país que, pelas suas características geográficas, parece ser uma mistura de México, Venezuela, Argentina, Paraguai e Colômbia, especialmente esta última, com seus dois litorais, um para o Pacífico outro para o Atlântico: é no litoral do Pacífico de Costaguana que se situa a província de Sulaco, cuja separação para se constituir numa república independente, isso por volta de 1890, segundo se pode inferir de certas referências cronológicas do romance, vai formar o pano de fundo político e histórico dos acontecimentos de *Nostromo*.

Ao coquetel geográfico que é Costaguana corresponde um coquetel histórico. Dos personagens envolvidos no processo de fundação da república de Sulaco, vários tiveram seus modelos na Guerra do Paraguai, com cujos sucessos Conrad se familiarizou através de dois livros. Um deles é *Seven eventful years in Para-*

[13] Ver esse verbete no *Dicionário espanhol-português* de J. M. Almoyna, Porto, Porto Editora, 1979.

guay (Londres, 1869), de G. F. Masterman, médico que serviu no Paraguai durante a ditadura de Solano López; detido a certa altura, teve os tornozelos presos em grilhões de ferro e foi torturado por padres que queriam fazê-lo confessar uma suposta conspiração contra o ditador. Temos aí o modelo evidente do doutor Monygham, o médico da mina de San Tomé torturado pelo padre Berón durante a ditadura de Guzmán Bento e aleijado para o resto da vida pelos grilhões que lhe prenderam os tornozelos tantos meses. Registra Masterman no seu livro que Solano López vivera algum tempo em Paris antes de assumir o poder no Paraguai, assim como o Pedrito Montero de *Nostromo*, figura de caudilho com traços também do doutor Francia, ditador paraguaio anterior a López que, inflamado por leituras francesas acerca do consulado e do Império napoleônico, sonhou desde moço ser também cônsul, ditador e imperador do seu país, sonho que é de igual modo o de Pedrito Montero. A informação sobre o doutor Francia consta em *Letters from the battle-fields of Paraguay* (Londres, 1870), de Richard F. Burton, outra fonte consultada por Conrad, que dela tirou dados para compor a figura do cético e afrancesado Martin Decoud, calcado num certo Juan Decoud, jornalista liberal que — como Martin, que teve de fugir de Sulaco à aproximação das tropas de Montero, tão vilipendiado por ele nas colunas do seu jornal — fugiu do Paraguai para escapar à ira de Solano López.

No bem documentado capítulo do seu ensaio[14] sobre *Nostromo* em que lhe estuda as fontes (capítulo de onde foram seletivamente extraídas as informações para aqui trazidas), inclui Cedric Watts a imprensa inglesa a qual, ao comentar na virada do século a instabilidade política dos países sul-americanos, falava com freqüência nos "interesses materiais" amiúde conflitantes de potências de fora — e "interesses materiais" é uma frase-chave de *Nostromo* que tem a ver com a ingerência de capitais ingleses e norte-americanos na vida econômica de Costaguana. Não

[14] Ver fonte citada na nota 5.

se esquece tampouco Cedric Watts de mencionar, além das fontes diretas onde Conrad colheu elementos textuais, fontes indiretas ou contextuais, de difusa presença no romance. Entre elas, a teoria evolucionista do século XIX que, ao substituir a noção de uma Providência interessada no destino de cada alma pelo jogo de forças cósmicas impessoais voltadas tão-só para a sobrevivência da espécie, não do indivíduo, fez tábula rasa de qualquer pretensão antropocêntrica, assim como antes de Darwin, mas em clave irônica, o fizera o Voltaire iluminista de *Micromegas*. Também em Conrad a consciência de "irremediável pequenez"[15] do homem é irônica na medida em que contrasta com a desmesura de suas ambições e pretensões.

Essa consciência transparece em *Nostromo* na reiterada oposição da perenidade e vastidão da paisagem de Sulaco — o pico nevado do Higuerota iluminado pelo primeiro sol da manhã, o precipício do Azuera assombrado pelos espectros dos gringos em busca de tesouros, a calma mortal do golfo Plácido em cujo extremo o sol de põe —, à transitoriedade e mesquinhez das agitações humanas a que serve de palco. Mais que pano de fundo neutro, a paisagem ou meio físico surge aqui como uma espécie de divindade caçoísta movimentando os cordéis da ação dramática. Afinal de contas, é a calmaria do golfo que provoca a situação de crise fixada no romance. Por falta de vento na vela da chata que transportava para fora do país a prata da Concessão Gould, Nostromo se vê obrigado a escondê-la numa ilha próxima a fim de evitar que caia em mãos das tropas monteristas. Por sua vez, a solidão da ilha acaba por levar ao suicídio Martin Decoud, que ali ficara escondido enquanto Nostromo, seu companheiro de aventura, voltava sigilosamente para Sulaco. Auge da situação crítica, a morte de Decoud incita Nostromo a guardar para si a prata e a pretextar que afundou nas águas do golfo. O remate dessa seqüência ininterrupta de causas e efeitos, bem ao gosto do determinismo oitocentista, não poderia ser mais irôni-

[15] *Apud* Cedric Watts, *op. cit.*, p. 41.

co: certa noite em que volta secretamente à ilha em busca da prata roubada, Nostromo é morto por Giorgio Viola, seu pai postiço, o qual o confunde com Ramírez, sedutor de sua filha mais nova, Giselle, quando o verdadeiro sedutor é Nostromo.

Outra fonte contextual do romance é a doutrina econômica de Adam Smith, segundo a qual o interesse privado, conquanto obedeça só à lei do egoísmo, traz paradoxalmente benefícios coletivos ao se aplicar a atividades de produção. Idéias assim são perfilhadas por Gould, o proprietário da mina de prata de Sulaco e sócio do financista americano Holroyd na sua exploração: ele acredita estarem a paz e o bem-estar de Costaguana na exclusiva dependência dos "interesses econômicos" ali implantados pelo capital estrangeiro. Mas num romance polifônico como *Nostromo*, a visão utilitária de Gould tem de dividir terreno com a visão ética do doutor Monygham, o médico de sua mina e o protegido de sua esposa: para Monygham, os interesses materiais são por natureza amorais, pelo que a Concessão Gould, a despeito dos bons propósitos do seu dono, acabará, levada pela lei desumana da busca do lucro, oprimindo o povo de Sulaco não menos que a barbárie política dos caudilhos contra a qual Gould se opôs ao financiar o movimento separatista dos *blancos*. Outra voz discordante é a do capataz dos estivadores, Nostromo, que, para compensar-se de ter sido um inocente útil a serviço dos poderosos, não só se apodera da prata que lhes pertencia como passa a participar de uma sociedade secreta de Sulaco que congrega os inimigos dos "capitalistas opressores".[16]

Ainda que encarasse com ceticismo as idéias marxistas de seu amigo Cunninghame Graham, nem por isso deixava Conrad de perceber, pelo que dá a entender nesse passo ficcional, que o liberalismo econômico conduzia naturalmente à luta de classes. O ceticismo político parece ser, aliás, a ótica prevalecente em *Nostro-*

[16] Ver, no capítulo 12 da terceira parte, a passagem em que Nostromo é homenageado por "alguns bons camaradas, italianos e ocidentais" numa reunião presidida por um fotógrafo "de rosto pálido e alma tinta de vermelho pelo ódio sanguinário a todos os capitalistas, opressores dos dois hemisférios".

mo e um dos seus *Leitmotive* é a incompatibilidade de raiz entre o ideal e o real: toda ação, quando bem-sucedida, acarreta a "degradação moral da idéia"[17] que a inspirou. O ceticismo é ademais a marca distintiva do caráter de Martin Decoud e com suas opiniões coincide amiúde o narrador impessoal, o que faria pensar fosse Decoud uma espécie de *persona* do próprio Conrad, suposição invalidada pela natureza dialógica de *Nostromo*. No romance lidimamente dialógico, o autor jamais se confunde com qualquer dos personagens, estando o dialogismo precisamente nessa distância "irônica" entre um e outros. Não obstante, Osborn Andreas, autor de um estudo sobre a dissidência [*non-conformity*] em Conrad, analisa-lhe toda a obra como multímoda mas iterativa figuração da ânsia do *outcast* ou proscrito de reconquistar a aceitação do grupo social que o rejeitou. Daí ver Andreas em *Nostromo* algo assim como uma fábula admonitória da futilidade das revoltas políticas em prol da liberdade sempre que nesta não estejam interessadas, em benefício próprio, as forças econômicas. Fábula que ele assim descodifica numa discutível leitura biografista: "*Nostromo* é a laboriosa e cuidada justificativa que Conrad dá de sua deserção das fileiras dos patriotas revolucionários poloneses. [...] Era opinião dele que fora a presunção do credo humanitário e liberal do século XIX de os ideais abstratos de progresso e justiça terem eficácia por si que lhe havia matado o pai e a mãe e feito dele, o filho, um proscrito de sua pátria. *Nostromo* é o ataque de Conrad à respeitável suposição vitoriana de o centro do poder estar em ideais abstratos mais do que nas forças econômicas".[18]

[17] A expressão ocorre, ao fim do capítulo 11 da terceira parte, no monólogo interior de Emilia Gould quando ela reflete, desencantada, acerca do sucesso material do marido: "Havia, nas necessidades da ação bem-sucedida, algo inerente que trazia consigo a degradação moral da idéia".

[18] Osborn Andreas, *Joseph Conrad: a study in non-conformity*, Londres, Vision, 1962, pp. 196-197. Também em um dos ensaios recolhidos em *Tese e antítese* (São Paulo, Nacional, 1964, pp. 57-93) Antonio Candido estuda um tema recorrente na obra de Conrad, o do "homem surpreendido" cuja crise "decorre em geral do conflito com o grupo, ou os padrões".

UMA ESCRITA IMPRESSIONISTA

No prefácio/profissão de fé de *O negro do "Narciso"*, Conrad sustenta que a arte da ficção, como todas as artes, se dirige "principalmente aos sentidos" e, por via deles, busca suscitar no espírito do leitor "uma impressão" da "atmosfera emocional, moral, do tempo e do lugar" dos acontecimentos narrados. Donde aspirar ela, no uso da palavra escrita, "à plasticidade da escultura, à cor da pintura e à mágica subjetividade da música". Bastaria a palavra "impressão", imediatamente vinculada aqui a atmosfera e pintura, para mostrar que estamos diante de uma definição "oficinal" do impressionismo literário, de vez que provém de um praticante e não de um teórico. Teórico desse tipo de estilo é Arnold Hauser, que o liga, de um lado, à sobreexcitação do homem moderno em conseqüência da multiplicidade de impressões a assediá-lo a cada passo, e, de outro, a um sentido heraclitiano da vida para o qual a realidade não é uma totalidade coesa mas uma constelação de percepções fugazes e atomizadas. Preocupado pois em representar mais o processo da percepção que o objeto ou acontecimento percebido, o impressionismo cuida de enfocá-lo de diferentes pontos de vista que, ao se unificarem momentaneamente no espírito do leitor durante o esforço de compreensão, dão a esta um caráter dinâmico.[19]

A técnica impressionista transluz em *Nostromo* desde o nível da frase até o da estrutura narrativa. A adjetivação, rica mas sem exagero, tende ao sensorial, sobretudo ao visual e ao palpável, ao mesmo tempo que o ritmo da frase, ora arrastado, ora célere, e reforçado com freqüência pela ênfase das aliterações, completa-a com uma dimensão sonora. Aí Conrad confirma, na prática da escrita, o que dissera em carta a um editor seu: "minha obra [...] é [...] de uma fidelidade absoluta às minhas sensa-

[19] A citação de Conrad é do prefácio de *O negro do "Narciso"*. A aplicação do conceito de impressionismo também à literatura é feita por Arnold Hauser na sua *História social da literatura e da arte*, trad. espanhola de A. Tovar e F. P. Varas-Reyes, Madri, Guadarrama, vol. 2, pp. 402-61.

ções (que são o fundamento artístico da literatura)".[20] Evidencia-se a sensorialidade da prosa de Conrad notadamente nas abundantes passagens descritivas de *Nostromo*, quando ele se demora a presentificar, aos olhos mentais do leitor, a paisagem de Sulaco. Tais passagens não são um interlúdio gratuito, descrição pelo amor da descrição, mas o sinal estilístico do que se poderia chamar de uma ótica pascaliana. Já fizemos referência a ela, sem chamar-lhe assim, ao falar do repetido contraste, em *Nostromo*, da majestade da paisagem com a mesquinhez das agitações humanas de que é palco, contraste em que se entremostra o pessimismo existencial de Conrad, confirmando os nexos de consubstancialidade das paisagens descritas com a semântica da narrativa. Antes de citar um exemplo dessa consubstancialidade, não será demais lembrar que as descrições são, as mais das vezes, não estáticas mas dinâmicas, mostrando as irisações da paisagem com as diferenças de iluminação, ao nascer do sol, no pino do dia, ao crepúsculo, como se o romancista estivesse emulando a pintura dos impressionistas, Monet à frente com a sua série da mesma vista da catedral de Rouen em diferentes horas de um dia.

Da imbricação da paisagem com a dramática da narrativa e a visão de mundo do romancista — a atmosfera física feita também "atmosfera emocional, moral, do tempo e do lugar" — o exemplo mais ilustrativo talvez seja o episódio da noite do golfo, em "As Isabéis", a segunda parte do romance, episódio que é decisivo para o curso da ação subseqüente. Com apagar as formas do mundo, as trevas da noite deixam os homens sem qualquer apoio de fora, entregues a si e aos seus demônios, pelo que são a natural figuração do lado inconsciente, do lado obscuro da psique. Ali se emboscam os instintos que levam o herói conradiano ao pecado supremo da perda do domínio de si, como o Kurtz de *O coração das trevas*. É também na escuridão impenetrável do golfo que vem à tona o novo Nostromo, não mais o providencial e solícito capataz de es-

[20] *Apud* Jean-Yves Tadié, *op. cit.*, p. 172.

tivadores, de virtudes solarmente emblematizadas nesse apelido,[21] mas agora o furtivo, ressentido capitão Fidanza[22] cujo pacto com as trevas ficará simbolizado na natureza sempre noturna de suas incursões à Grande Isabel para visitar em segredo o tesouro que roubou. Dessa metamorfose Martin Decoud tem um vislumbre fugaz mas revelador quando discerne, "nos murmúrios nervosos, na excitação vingativa do famoso capataz", em vez da sua "tranqüilidade usual, característica", algo de "mais profundo, algo de que ninguém suspeitava". Este instante de percepção, tanto mais breve quanto significativo, mostra quão bem Conrad soube aproveitar o reparo feito por H. G. Wells e desenvolver a outra metade da sua arte, "a de deixar coisas por dizer". O vislumbre de Decoud da interioridade de Nostromo se constitui num momento tipicamente epifânico. Apontada por Robert F. Haugh[23] como uma estrutura recorrente na arte de Conrad, *epifania* (em grego, "aparição, manifestação") é um termo do vocabulário religioso a que James Joyce deu sentido mais lato ao defini-lo como "uma súbita manifestação espiritual, tanto na vulgaridade da fala ou do gesto". São momentos "delicados e evanescentes" — duas condições particularmente do agrado do impressionismo — que, por reveladores da essência de uma pessoa ou situação, devem ser registrados "com extremo cuidado"[24] pelo escritor. Se bem não use o termo "epifania", Conrad a ela se refere implicitamente no fim do prefácio de *O negro do "Narciso"* quando escreve: "vede! —

[21] Na linguagem náutica italiana, *nostromo* é o mestre ou contramestre mais antigo de embarcação mercante que dirige a marinharia de convés. Em espanhol, a mesma palavra aparece como *nostramo* ou *nuestramo*. Quando desembarcou em Sulaco, o epônimo do romance era contramestre de navio. Todavia, há uma conotação irônica na designação: *nostro uomo* se diz do homem de confiança, providencial.

[22] Também neste nome, que passa a ser usado por Nostromo subseqüentemente ao roubo da prata e ao seu desligamento da companhia de navegação, há ironia: *fidanza* quer dizer, em italiano, "confiança".

[23] Ver fonte citada na nota 11.

[24] *Apud* Paulo Vizioli, *James Joyce e sua obra literária*, São Paulo, EPU, 1991, p. 28.

toda a verdade da vida está ali: um momento de visão, um suspiro, um sorriso". O leitor não terá dificuldade de identificar outros momentos desse tipo ao longo de *Nostromo*.

Mas voltemos à solidão absoluta do golfo Plácido, que coloca também Martin Decoud desamparadamente diante de si mesmo. Sozinho na Grande Isabel, sem ter mais com quem falar para fazer praça da sua ironia e do seu ceticismo, ele se põe "a duvidar de sua própria individualidade". E, esmagado pela "solidão e falta de fé em si próprio e nos outros", mata-se dentro de um bote, tomba da amurada e é "engolfado pela imensa indiferença das coisas". Nesta última frase está compendiada a ótica pascaliana[25] sob a qual é vista metafísica e ceticamente em *Nostromo* a relação entre o homem e o universo. Ótica que, por estabelecer vínculos de significatividade *moral* entre o homem e a sua ambiência física, tende constantemente para o analógico e o simbólico. Um pequeno exemplo: na última página do romance, a noiva de Nostromo, Linda (traída por ele, que a trocou pela irmã mais nova, Giselle), grita-lhe desesperadamente o nome do alto do farol, ao sabê-lo morto. O grito ecoa até a vasta nuvem que cobre o golfo Plácido e que, iluminada pela lua, semelha "uma massa de *prata sólida*" [grifo meu]. O símile, que traz a colação o mesmo metal maldito que corrompeu a alma de Nostromo e lhe apressou a morte, tem aqui inegavelmente o som de um irônico réquiem.

Em nível da estruturação da narrativa, a técnica impressionista avulta na plasticidade com que o tempo é tratado em *Nostromo*. Os acontecimentos não se enfileiram linearmente numa seqüência temporal. Há um ziguezague constante entre o pre-

[25] O termo é de Cedric Watts. Diz respeito evidentemente às célebres passagens dos *Pensamentos* em que Pascal contrasta a pequenez do homem com a imensidade do universo como um nada em relação ao infinito. Mas da comparação tira ele, diferentemente de Conrad, um argumento em favor do homem, o fragílimo caniço pensante que, por pensante, é "mais nobre" do que "o universo [que] o esmagasse" (ver François Mauriac, *O pensamento vivo de Pascal*, trad. S. Milliet, São Paulo, Martins, 1941, pp. 84, 92 e 119).

sente e o passado, de modo que cabe amiúde ao leitor reconstituir o nexo seqüencial entre os fatos, estratagema graças ao qual se dinamiza a sua percepção psicológica da duração. Esta, de resto, não é marcada pelo tempo do relógio, mas pela dramática da narrativa, em cujo sistema de medidas um sucesso breve, mas importante, tem, claro está, maior duração que anos inteiros em que nada de mais significativo aconteça. Ainda aqui o episódio da noite no golfo é ilustrativo. Por serem de decisiva importância para o que se vai seguir, os sucessos dessa única noite, durante a qual Nostromo e Decoud forcejam por impedir o carregamento de prata de cair nas mãos dos monteristas, são fixados pormenorizadamente num vagaroso andamento narrativo. Já os anos imediatamente posteriores à derrota dos monteristas, sua expulsão de Sulaco e a proclamação desta como república independente, por se tratar de anos anódinos comparativamente aos dias agitados da luta armada entre *blancos e negros*, merecem apenas breve referência no apanhado que, ao estilo dos guias de turismo, o capitão Mitchell faz da história da a essa altura estável e próspera República de Sulaco para um inominado visitante, isso no capítulo 10 de "O farol", terceira e última parte do romance.

Simétricas do plástico tratamento do tempo são as constantes variações na magnitude da visada narrativa, que fazem lembrar as das tomadas cinematográficas — panorâmicas da paisagem de Sulaco alternando às vezes quase sem transição com grandes planos da expressão de um rosto ou de um objeto particularmente significativo. Por sua vez, na narração em perspectiva de *Nostromo*, isto é, vista pelos olhos de diferentes observadores, a voz do narrador onisciente e impessoal alterna com as de narradores pessoalizados pela subjetividade dos quais se refratam os acontecimentos. A subjetividade do capitão Mitchell, um desses narradores, é a de um típico vitoriano convencional e pomposo que se inculca uma espécie de informante oficial da história da República nos anos que precederam e se seguiram de perto à guerra da separação de Sulaco de Costaguana. Contrasta ele frontalmente nisso com Martin Decoud, o qual na longa carta que pouco antes de partir com Nostromo na chata carregada de prata escreve à irmã na França, vê com os olhos céticos e zombeteiros de um cosmopolita entediado a vida política e social de Sulaco, com seus caudilhos sanguinários e seus políticos grandíloquos, sua aristocracia *criola* de latifundiários e sua população miserável de mestiços e índios, uns e outros marionetes de uma mesma força tentando passar-se por história. A disparidade entre essas duas visões de mundo como que convida o leitor a relativizar seu próprio julgamento das ações e motivações dos personagens.

A ÓTICA EUROCÊNTRICA

Aparentemente, é também sem nenhum *parti-pris* que o narrador impessoal e onisciente, a quem incumbe reportar os acontecimentos a maior parte do tempo, se debruça sobre os mesmos personagens. Ele lhes relata as ações e lhes ilumina as motivações sem aprová-las nem desaprová-las, timbrando, ao contrário, em fazer sentir um distanciamento irônico em relação a elas. A sua é a palavra *bivocal* típica do romance dialógico tal como estudado por Mikhail Bakhtin, palavra que exprime "ao mesmo tempo duas intenções diferentes: a intenção direta do personagem que fala e a intenção refrangida do autor".[26] Todavia, a medida do distanciamento irônico não é igual em todos os casos. Aumenta consideravelmente quando se trata de personagens como Pedrito Montero ou o coronel Sotillo, vilões declarados, ou mesmo *don* Juste López, prócer do partido *blanco*. Um é o estereótipo do caudilho feroz, o outro do militar cúpido, e o terceiro do político verboso da América Latina focalizados pela lente da irrisão, que deles faz títeres de comédia. Esse tipo de enfoque responde igualmente pelo uso sistemático de um pejorativo como "populaça" posto na boca de um ou outro perso-

[26] Mikhail Bakhtin, *Questões de literatura e de estética* (*A teoria do romance*), trad. A. F. Bernardini e outros, São Paulo, Hucitec/Unesp, 1988, p. 127.

nagem, inclusive do próprio narrador impessoal, para designar a arraia miúda de Sulaco, mestiços e índios quase sempre desordeiros e borrachos.

É bem verdade que tal visão depreciativa do que ele próprio chama de "classes subalternas" vai encontrar seu melhor porta-voz num natural da terra, Martin Decoud. *Criollo* em sentido estrito, isto é, sul-americano de ascendência européia, o bem-nascido Decoud pertence à aristocracia fundiária de Sulaco, na qual vê "o mais puro sangue de nossas grandes famílias". Esta referência à pureza de sangue ganha particular significância quando, um pouco adiante, num monólogo interior, ele vincula a "indisciplina" e "barbárie" do povo de Costaguana à sua condição mestiça de "população de todas as cores e raças". O nexo de causalidade entre barbárie e mestiçagem ou raças "inferiores" era característico de certo racismo supostamente científico em voga no século XIX e então acoroçoado pelo darwinismo social. Fazia-se ele acompanhar freqüentemente de uma caracterologia étnico-nacional em que o narrador onisciente de *Nostromo*, quando busca explicar a cupidez de Sotillo, claramente incorre: "Há sempre algo de infantil na rapacidade das raças passionais, lúcidas do Sul, carentes do nebuloso idealismo dos nortistas que, ao menor encorajamento, sonham com nada menos que a conquista da Terra". Esta explicação étnica da rapacidade hispânica de Sotillo vale também para o "nebuloso idealismo" de seu avesso inglês, Charles Gould, para quem a exploração da mina de San Tomé, mais do que um negócio, era um ideal. Embora não fale especificamente em infantilidade, como o narrador impessoal, Martin Decoud fala em algo parecido, a "maldição de futilidade" que vê pesar sobre o caráter dos costaguanenses, com seus "sentimentos altissonantes e uma moralidade negligente, esforços violentos em prol de uma idéia e uma sombria aquiescência a todas as formas de corrupção". Daí a "paródia democrática", as "instituições que são uma piada" e as "leis que são uma farsa" em que ele resume toda a vida cívica de sua pátria.

Como esse seu personagem, também Conrad via com pessimismo a situação da América Latina, cuja história política, de sucessivos pronunciamentos militares e ditaduras cruéis, respalda à saciedade a visão crítica que dela nos dá *Nostromo*. Numa carta de 1898 a Cunninghame Graham, comenta Conrad a propósito da Guerra Hispano-Americana: "um melancólico e ridículo espetáculo [...] Será que o inevitável desfecho dessa luta despertará na raça latina a consciência de sua posição arriscada? [...] Estará talvez a raça condenada?".[27] Não é difícil ver, pela ênfase em noções como raça e condenação ou maldição, a semelhança dessas frases com as, citadas, de Martin Decoud. Este é, aliás, o único não-europeu em que o foco narrativo se demora com freqüência, o que faz dele, juntamente com Nostromo, Charles e Emilia Gould, e o doutor Monygham, um dos protagonistas da narrativa. Não-europeu apenas de nascimento, porque, no seu parisianismo, na sua aversão de cosmopolita ao provincianismo de Costaguana, ele o é de espírito e de coração. Com isso se confirma a ótica eurocêntrica da narrativa, que se volta para a colônia estrangeira de Sulaco: os engenheiros ingleses da estrada de ferro hospedados no albergue do italiano Viola, pai postiço do também italiano Nostromo; o inglês capitão Mitchell, superintendente do escritório da companhia de navegação; Charles, costaguanense de ascendência britânica, e sua britânica esposa Emilia, a anfitriã da mansão Gould, freqüentada pela elite da cidade, da qual fazem parte *don* José Avellanos, o ideólogo do liberalismo *blanco*, e sua filha Antonia, tão européia na sua inconformidade com os padrões de recato feminino de Costaguana; o doutor Monygham, o médico inglês contratado pela mina de San Tomé. Os costaguanenses de alguma presença na ação do romance orbitam em torno desse núcleo que representa os interesses materiais estrangeiros no país, com destaque para a mina de prata financiada pelo capital americano de Holroyd, a que se vêm juntar a estrada de ferro e a companhia de navegação inglesas. São esses interesses que

[27] Cedric Watts, *op. cit.*, p. 38.

sustentam no poder o partido *blanco* e apóiam a separação da província ocidental quando se sentem ameaçados pelo populismo *negro*.

Através de opiniões de Decoud e Monygham, assim como do narrador impessoal, *Nostromo* involucra uma crítica ao imperialismo econômico, sem deixar contudo, no seu enfoque eurocêntrico, de refletir-lhe o viés. Viés que é de resto típico do romance geográfico de aventuras[28] a que a maior parte da obra de Conrad reconhecivelmente se filia. A voga dessa modalidade de ficção no século XIX e nas primeiras décadas do século XX acompanhou de perto o fastígio do colonialismo. Com fazer do exótico o principal condimento da sua receita de popularidade, o romance geográfico de aventuras celebrava o encontro da "civilização" de padrão europeu com a "barbárie" de sociedades periféricas, ao mesmo tempo que a incompatibilidade dos seus respectivos valores. No apego mais ou menos estrito aos hábitos de vida e de convivência da metrópole, o colonizador marcava o seu distanciamento do colonizado. Quem transgredisse a invisível mas impositiva linha de separação, sobretudo por via de casamentos mistos, atraía sobre si a degradação social. É o que acontece com o protagonista do romance de estréia de Conrad, Almayer, que luta baldadamente por reconquistar, para si e para a sua filha mestiça, as boas graças da sociedade branca de que se excluíra ao desposar uma nativa de Bornéu. E em *O coração das trevas*, ao tentar exprimir *in articulo mortis* a sua experiência de engolfamento na vida selvagem da África, Kurtz só encontra uma exclamação de horror.

Em *Nostromo* não há engolfamento, só ceticismo: a América índia e mestiça terá ainda de esperar por B. Traven para finalmente se reconhecer a si mesma num olhar europeu.

[28] A designação é usada por Antonio Gramsci, possivelmente inspirado em Júlio Verne; ver *A aventura literária*, *op. cit.*, p. 19.

MORAL OU POLÍTICO

A crítica é praticamente unânime em considerar *Nostromo* um romance político. E ele o é pelo destaque que nele têm os acontecimentos que levaram à fundação da República de Sulaco, os quais lhe constituem o fulcro da ação dramática. Todavia, como já o fizera em *Almayer's Folly* e *Lord Jim*, não pretenderia Conrad sublinhar o primado do individual sobre o social ao escolher o nome de um dos protagonistas para título do romance? A ser correta a suposição, teríamos então antes ficção moral que ficção política, pois nesses livros anteriores ocupava o primeiro plano a crise de consciência de seus heróis às voltas com o problema de transgressão de alguma norma e com o sentimento de culpa daí advindo. Numa carta, esclarecia o próprio Conrad que Nostromo, apesar de ter dado título ao romance, não era o seu herói, cabendo mais bem à prata o papel de "pivô dos acontecimentos morais e materiais, por afetar as vidas de todos na narrativa".[29] E numa passagem que constava na primeira edição de 1904 mas foi eliminada nas ulteriores, falava ele a certa altura de a prosperidade de Sulaco estar sendo promovida "menos pela diligência do que pelos temores, necessidades e crimes de homens de vistas curtas para o bem e para o mal".[30] Dessarte, se *Nostromo* não pode ser visto *stricto sensu* como um romance de herói, à semelhança de *Lord Jim*, é não obstante um romance moral em torno dos "temores, necessidades e crimes de homens de vistas curtas para o bem e para o mal", sendo a prata seu "pivô", a corporificação material do poder e dos perigos da riqueza.

Os acontecimentos políticos de que Sulaco irá ser o cenário estão na dependência direta da prata da Concessão Gould. É ela quem estimula os pruridos separatistas da província. E é ela quem acende a cobiça de Pedrito Montero e de Sotillo, os quais, sem aliar-se, se apressam a invadir a cidade com suas

[29] Cedric Watts, *op. cit.*, p. 97.
[30] Ibidem, p. 56.

tropas a fim de se apoderar da riqueza da mina, tão logo a insurreição do general Montero triunfa na capital. Por aí se confirma o primado, em *Nostromo*, do moral sobre o político: este será só o pano de fundo sobre o qual se vão destacar os dramas pessoais de seus protagonistas, nenhum dos quais tem maior interesse pela política em si, só por força das circunstâncias nela se envolvendo. É o caso de Charles Gould que, quando se decide a explorar a mina de San Tomé e torná-la produtiva, o faz movido pelo desejo de oferecer uma reparação moral à memória do pai, morto de desgosto após arruinar-se pela concessão de lavra que os políticos de Costaguana lhe impuseram para saldar um empréstimo e extorquir-lhe mais dinheiro através de impostos abusivos. Malgrado seja um idealista de princípios rígidos, parco nas palavras mas firme nas decisões, Charles, seu filho, acaba tendo também de transigir com a corrupção oficial e recorrer ao suborno para garantir o funcionamento da sua mina. Em defesa dela, imiscui-se a contragosto na política dando apoio financeiro ao partido *blanco* e à sua revolução separatista e, pior de tudo, a administração da mina o apaixona a tal ponto que se torna a mais exigente das amantes, pouco tempo lhe deixando para dedicar à esposa. Esta, que desde o princípio lhe partilhara os sonhos idealistas, angustia-se de ver o homem a quem ama e admira obsessionado pela sua própria criação, como se a prata da mina tivesse uma fatalidade própria de que não se podem furtar os que escolham ou precisam servi-la.

A Monygham, que nutre uma paixão sem esperanças por Emilia Gould, tampouco interessa a política, embora, por causa dela, tivesse ficado aleijado física e moralmente pelo resto da vida. Preso outrora por ordem do ditador Guzmán Bento, a quem a mania de perseguição fazia ver em toda parte conspiradores empenhados em matá-lo, fora submetido a tais torturas que, para se livrar da dor insuportável, denunciara outras pessoas tão inocentes quanto ele como implicadas num complô que nunca existira. Mais grave que a claudicação resultante dos grilhões do longo período de cárcere é o senso de aviltamento que desde então passa a roê-lo por dentro, fazendo-o sentir-se um covarde irredimível. No entanto, a veneração que tem por Emilia Gould o limpará dessa pecha quando, na tentativa de resguardar os interesses da causa separatista e a vida de Charles Gould nela comprometida, ele quase morre às mãos de Sotillo, de quem corajosamente esconde até o último instante o destino do carregamento de prata. Assim, mais uma vez, a prata é a ominosa potência que dirige os destinos humanos. Só que agora, inversão compensadora, a intromissão deliberada de Monygham em política, ainda que por motivos não políticos, serve para redimi-lo de uma culpa pela qual a sua involuntária intromissão outrora havia sido responsável.

É o absorvente amor por Antonia Avellanos, única crença a que se apega o seu espírito cético de tudo o mais, que leva Martin Decoud a se meter na vida política de Costaguana, desde sempre uma sinistra farsa sem sentido, a seu ver. Não apenas aceita o encargo de comprar armas para os *blancos* na Europa como acompanha pessoalmente o seu transporte por mar até Sulaco; ali irá pôr-se à frente do jornal *Porvenir* para, de suas colunas, fustigar o golpista Montero e seus *negros*; é ainda ele quem concebe o plano de secessão da província ocidental. Faz tudo isso sem deixar um só momento de descrer das ilusões liberais de seus companheiros de partido, pelo que o episódio do culto cívico à sua memória como um dos pais na nova república, na parte final do romance, é de marcada ironia. Desde seu regresso a Sulaco, o amor passara a ser o objetivo da vida de Decoud, e quando, na solidão da Grande Isabel, sua imaginação se põe a representar-se Antonia morta pelos invasores da cidade, o ceticismo dele, não tendo mais a que apegar-se, impõe-lhe a saída do suicídio.

Finalmente, ainda que simpatizasse com as idéias garibaldinas de Giorgio Viola, seu compatriota que o persuadira a ficar em Sulaco para ali tentar a vida, Nostromo não nutria qualquer interesse por política. Seu ressentimento contra a "gente fina", em cujas mãos não passou por algum tempo de útil instrumento, tinha mais caráter emocional que ideológico. Estava ligado à sua vaidade de capataz dos estivadores que, além da temerosa admiração da "populaça" de Sulaco, precisava do prestígio advindo de os seus serviços serem indispensáveis aos poderosos. Tal ressentimento é espicaçado pelos ralhos de Teresa Viola, quando lhe fala com desdém do pouco lucro que ele tivera com a sua subserviência aos estrangeiros; o perigo da missão que estes lhe impõem de salvar o carregamento de prata, mesmo ao custo de sua própria vida, leva o ressentimento ao ponto de ruptura. E a decisão, induzida por circunstâncias fortuitas, de guardar para si o tesouro, dando-o como naufragado nas águas da baía, é a forma de revide que o ressentimento encontra para dominar a alma do capitão Fidanza, o *alter ego* do ex-capataz. A ligação de Fidanza com os esquerdistas de Sulaco não passa de um desdobramento lógico desse sentimento agora hegemônico. Apesar de freqüentar as suas reuniões secretas, ele não parece ter, pela causa, nada do entusiasmo dos convertidos. Tanto que, agonizante, guarda-se de contar, ao fotógrafo marxista que lhe vai pedir recursos para a luta contra os capitalistas, o paradeiro do tesouro. Este, por acordo tácito com Emilia Gould, permanecerá para sempre enterrado na ilha do farol.

Pode-se ler o transe como um confronto de valores entre o velho e o novo Nostromo. Os valores de vida daquele, a lealdade e a honestidade em especial, que estão subsumidos no caráter por assim dizer instrumental desse apelido, terminam por preponderar sobre o ressentimento vingativo do outro, numa espécie de ajuste de contas final do herói em crise consigo próprio. Ajuste que tem a ver com o apego de Conrad a uma ética tradicional de heroísmo, honestidade, fidelidade e bondade de que toda a sua obra é uma ilustração fabular, desde que não se veja neste adjetivo qualquer intuito pedagógico. É a mesma ética que John Gardner, em seu *On moral fiction*, mostra ser inerente a esse tipo de ficção, independentemente de sua circunstância histórica. Nessa ética, antípoda do relativismo moral, os valores são reais e inerentes; são aquelas "verdades eternas" a que Faulkner se refere, anteriores à nossa existência individual.[31] Aliás, Zdislaw Nadjer[32] aponta Faulkner como um dos legatários da "tradição dos *ethos* da honra" que Conrad trouxe para o "reino da literatura da classe média". Trata-se de uma tradição aristocrática, conservadora, que remonta a Homero e esplende na *Chanson de Roland*; implica fidelidade a um princípio, quaisquer que sejam as contingências com que tenha de avir-se. Nadjer explica inclusive o apego de Conrad ao *ethos* da honra como uma decorrência do seu vínculo de família com a nobreza polaca, para quem o sentimento de honra individual estava inextricavelmente ligado ao de honra nacional e à luta em prol da independência da pátria. Seja como for, esse sentimento tem sempre um lado íntimo, centrado na consciência do próprio mérito, e um lado público, que assume a forma de reputação. O oposto da honra é a vergonha, sentida intimamente como culpa e marcada publicamente pela desonra. Existe uma total incompatibilidade entre a ética da honra e a ética do sucesso. A primeira, qualitativa, se move no plano dos imperativos e encontra a sua pedra de toque na coragem; esta, por sua vez, conduz ao paradoxo de, para dar valor à sua vida, dever o homem estar pronto a sacrificá-la, como se de nada valesse, sempre que a honra esteja em jogo. Já a moral do sucesso é relativista por natureza, e quantitativa; não preconiza a ação em termos de imperativos a cumprir, mas mede-lhe a utilidade em função dos resultados a alcançar.

A pertinência desta ordem de idéias para o entendimento da crise de identidade típica do herói de Conrad salta aos olhos. No caso de Nostromo, o que temos é uma dialética de compatibilização do lado íntimo com o lado público. O herói sem rosto, o herói do romance convencional de aventuras, não ostenta praticamente um lado íntimo porque a sua interioridade, no grau zero, esgota-se na ação. Já no romance conradiano de aventuras, por refratar-se numa interioridade *ativa*, a ação se

[31] John Gardner, *On moral fiction*, Nova York, Basic Books, 1978, p. 24.

[32] Zdislaw Nadjer. "Conrad and the idea of honor", in *Joseph Conrad: Theory and world fiction*, org. por Wolodymyr T. Zyla e Wendell M. Aycock, Lubbock, Texas Tech University, 1974, pp. 103-16.

torna moralmente dilemática. O primeiro Nostromo agia sob o impulso dos imperativos; o segundo age de acordo com os resultados a alcançar. Mas seria simplificar demais as coisas pensar um e outro como duas pessoas diversas: são uma só e mesma pessoa dividida por dentro entre duas éticas inconciliáveis. O primeiro Nostromo se apresentava uno na identificação sem brechas da convicção do mérito próprio com a reputação *urbi et orbi*. No segundo a convicção é posta em xeque por um íntimo sentimento de culpa que inquina ademais o reconhecimento público, fazendo-o parecer imerecido, mentiroso. Daí a secretividade do segundo Nostromo, obrigado a uma vida noturna de idas em sigilo à ilha do farol para ir retirando os lingotes roubados e namorar a Giselle que aceitou sem discussão ser sua cúmplice, em vez da Linda que poderia talvez trair-lhe o segredo. Tal secretividade, denunciadora do rompimento do pacto de coerência entre o íntimo e o público característico do *ethos* da honra, vai ser a causa da sua morte acidental pela mão de Viola, o garibaldino de moral severa, num desfecho bem conforme à lógica da justiça poética.

O leitor atento ao jogo de simetrias e oposições em que se compraz a ficção moral de Conrad perceberá, no final do romance, a antítese que se estabelece virtualmente entre Monygham e Nostromo. Um se redime do auto-aviltamento por um gesto de coragem e dedicação sem esperança de retribuição; o outro, vítima do excesso de vaidade, morre como um ladrão da honra alheia. Donde não estranhar coubesse ao mesmo Monygham enunciar a moralidade da fábula da República de Sulaco, que é também as dos que, voluntária ou involuntariamente, foram os seus protagonistas: "Não há paz nem sossego no desenvolvimento dos interesses materiais. Eles têm a sua própria lei, a sua própria justiça. Mas ela se funda na utilidade e é desumana; não tem retidão, não tem a continuidade e a força que só podem ser encontradas num princípio moral".

J. P. P.

Józef Teodor Konrad Korzeniowski nasceu em 1857, em Berditchev, Polônia (hoje Ucrânia), numa família de patriotas empenhados em libertar seu país do domínio russo. Exilado com a família na Rússia, teve o primeiro contato com a língua inglesa através do pai, tradutor de Shakespeare e outros autores de renome. Ficou órfão aos onze anos, passando a ser educado por um tio materno em Cracóvia. Em 1874 ingressou na Escola de Marinha de Marselha, inaugurando uma relação de amor com o mar que haveria de marcar toda a sua vida. Em 1878 mudou-se para a Inglaterra, onde seguiu carreira na marinha, e em 1884 ganhou a cidadania britânica, com o nome de Joseph Conrad. Entre outros países, esteve no Congo e nas ilhas da Malásia, viagens que serviram de inspiração para muitos de seus romances. Abandonou a carreira na marinha em 1893, por febres contraídas na América do Sul e no Extremo Oriente. Logo depois, aos 38 anos, publicou o primeiro livro, *A loucura do Almayer*, no qual descreve os europeus fracassados e perdidos que encontrou nas ilhas do Pacífico. A essa seguiram-se doze obras de caráter realista e romântico e 28 narrativas breves. Entre as mais importantes estão *Lord Jim* (1900), *O coração das trevas* (1902), *Nostromo* (1904), *O agente secreto* (1907), *Sob os olhos ocidentais* (1911) e *A linha de sombra* (1917). Joseph Conrad morreu em 1924, na Inglaterra.

José Paulo Paes nasceu em Taquaritinga, São Paulo, em 1926. Estudou química industrial em Curitiba, onde publicou seu primeiro livro de poemas, em 1947. Trabalhou num laboratório farmacêutico e numa editora de livros, aposentando-se para poder dedicar-se inteiramente à literatura. Pesquisador, tradutor, ensaísta e poeta, também foi colaborador regular na imprensa literária. Morreu em 1998. Pela Companhia das Letras publicou *A aventura literária* (1990), *Prosas seguidas de* Odes mínimas (1992) e *Socráticas* (2001), e pela Companhia das Letrinhas, *Uma letra puxa a outra* (1992), *Um número depois do outro* (1993), *A revolta das palavras* (1999) e *Ri melhor quem ri primeiro* (1998).

COMPANHIA DE BOLSO

O cavaleiro inexistente
Fábulas italianas
Italo Calvino

Nove noites
Bernardo Carvalho

Che Guevara: a vida em vermelho
Jorge G. Castañeda

Cisnes selvagens
Jung Chang

Nostromo
Joseph Conrad

Agosto
Rubem Fonseca

As dez maiores descobertas da medicina
Meyer Friedman,
Gerald W. Friedland

O livro das religiões
Jostein Gaarder, Victor Hellern,
Henry Notaker

O silêncio da chuva
Luiz Alfredo Garcia-Roza

Auto-engano
Eduardo Giannetti

Declínio e queda do Império Romano
Edward Gibbon

O queijo e os vermes
Carlo Ginzburg

A dança do Universo
Marcelo Gleiser

Cartas chilenas
Tomás Antônio Gonzaga

Gostaríamos de informá-lo
de que amanhã seremos mortos
com nossas famílias
Philip Gourevitch

Dois irmãos
Milton Hatoum

Uma história dos povos árabes
Albert Hourani

O processo
Franz Kafka

Uma história da guerra
John Keegan

Cem dias entre céu e mar
Amyr Klink

No ar rarefeito
Jon Krakauer

Boca do Inferno
Ana Miranda

Livro de sonetos
Nova antologia poética
Vinicius de Moraes

Além do bem e do mal
Humano, demasiado humano
O nascimento da tragédia
Friedrich Nietzsche

Ética
Adauto Novaes (Org.)

Poesia erótica em tradução
José Paulo Paes (Org.)

Livro do Desassossego
Poesia completa de Alberto Caeiro
Fernando Pessoa

Retrato do amor quando jovem
Décio Pignatari (Org.)

O povo brasileiro
Darcy Ribeiro

Adeus, Columbus
Philip Roth

Um antropólogo em Marte
Oliver Sacks

O mundo assombrado pelos demônios
Carl Sagan

O Evangelho segundo Jesus Cristo
A jangada de pedra
José Saramago

A mulher que escreveu a Bíblia
Moacyr Scliar

O julgamento de Sócrates
I. F. Stone

Estação Carandiru
Drauzio Varella

Clarissa
Incidente em Antares
Erico Verissimo

Rumo à estação Finlândia
Edmund Wilson

1ª edição Companhia das Letras [1991]
1ª edição Companhia de Bolso [2007]

Esta obra foi composta pela Verba Editorial
em Janson Text e impressa pela Geográfica em ofsete
sobre papel Pólen Soft da Suzano Papel e Celulose